本書出版得到國家古籍整理出版專項經費資助
全國高等院校古籍整理研究工作委員會重點項目

中山大學中國古文獻研究所 編

全粵詩

第十一册

嶺南美術出版社

图书在版编目（CIP）数据

全粤诗. 11 / 中山大学中国古文献研究所编. —广州：岭南美术出版社，2010.6
ISBN 978-7-5362-4330-9

Ⅰ.①全… Ⅱ.①中… Ⅲ.①古典诗歌—作品集—中国—明代 Ⅳ.①I222.72

中国版本图书馆CIP数据核字(2010)第094836号

责任编辑： 左　丽
易文翔
徐　凯
王威廉
责任技编： 许骏生
钟智燕
封面设计： 李　颖

全粤诗（第十一册）

出版、总发行： 岭南美术出版社
（广州市文德北路170号3楼 邮编：510045）
经　　销： 全国新华书店
印　　刷： 广州市岭美彩印有限公司
版　　次： 2010年6月第1版
2010年6月第1次印刷
开　　本： 889mm×1194mm　1/32
印　　张： 28.25
印　　数： 1-1000册
ISBN 978-7-5362-4330-9

定　　价： 136.00元

主　编：陳永正
副主編：吕永光　楊　權　史洪權
審　校：劉斯翰

本册主編： 李君明

主要整理者：
郭培忠 楊 權
陳 方 張 星
陳永正 陳永滔
吕永光 李君明
宋 迪 張 玲
史洪權

全粤詩第十一冊總目

卷三五四

林大春 …… 一

林大春一 …… 一

卷三五五

林大春二 …… 二二

卷三五六

林大春三 …… 三六

卷三五七

林大春四 …… 七七

卷三五八

林大春五 …… 八七

卷三五九

林大春六 …… 一三〇

卷三六〇

胡庭蘭 …… 一五〇

趙時舉 …… 一五七

李光宸 …… 一五八

詹甘雨 …… 一五八

楊一廉 …… 一五九

李文綱 …… 一六〇

韋憲文 …… 一六〇

梁有貞 …… 一六四

鄧于蕃 …… 一六七

梁士楚 …… 一六九

鄒可張……一七二
佘國璽……一七四
陳三俊……一七五
胡世祥……一七六
卷三六一
葉春及……一七七
葉春及一……一七七
卷三六二
葉春及二……二〇九
卷三六三
王天性……二四四
卷三六四
龐尚鵬……二六七
龐尚鵬一……二六七
卷三六五
龐尚鵬二……三〇〇
卷三六六
蘇季達……三五三
姚光虞……三五三
彭應乾……三六四
黃志尹……三六四
王鳳翎……三六八
王鳳翀……三七〇
王鳳翔……三七一
佘光裕……三七一
黃在衮……三八〇

黃在衮……三八二
黃在素……三八五
黃應芳……三八六
梁直……三八六
林萬詔……三八七
楊茂先……三八八
謝元光……三八九
李炤……三九一
陳顯……三九二
葉懋……三九四

卷三六七

鄭旻……三九五
黎民衷……三九六
陳萬言……四〇三
張大猷……四〇六
李邦義……四〇六
李思悅……四〇八
陳彥際……四〇八
吳繼澄……四〇九
梁幹……四一〇
梁楫……四一〇
鄺鸞……四一二
李茂魁……四一四
陳克侯……四一四
李以龍……四二五
吳譽聞……四三〇
李時春……四三二

譚諭……四三二
曾遷……四三四
李以麟……四三五
卷三六八
霍與瑕……四四〇
霍與瑕一……四四〇
卷三六九
霍與瑕二……四五三
卷三七〇
霍與瑕三……四六三
卷三七一
霍與瑕四……四八六
卷三七二
霍與瑕五……四九九
卷三七三
霍與瑕六……五〇七
卷三七四
霍與瑕七……五一七
卷三七五
霍與瑕八……五四八
卷三七六
岑用賓……五八〇
劉介齡……五八二
翟瑀……五八五

方蕖……五八五
廖文炳……五八九
劉士進……五八九
何進修……五九〇
郭槃……五九二
梁夢雷……五九九
顔璉……六〇一
王顯先……六〇一
杜漸……六〇二
張廷臣……六〇四
倫文……六一一
蒙詔……六一一
鍾振……六一二
唐宙……六一三

卷三七七

郭棐……六一四

卷三七八

梁棟材……六五〇
龐一夔……六五〇
蘇民懷……六五三
黄鏊……六五九
鄭用淵……六六二
鄭佐……六六五
王文明……六六六
姚文粹……六六七
黎紹詵……六六八

卷三七九
王弘誨……六六九
王弘誨一……六七〇
卷三八〇
王弘誨二……六八五
卷三八一
王弘誨三……七〇一
卷三八二
王弘誨四……七二〇
卷三八三
王弘誨五……七四三
卷三八四
王弘誨六……七六三
卷三八五
王弘誨七……七七六

全粵詩第十一冊目次

卷三五四

林大春 …… 一

林大春一 …… 一

去粵效玄暉體卻寄蘇銓部道先 …… 一

憶昔 …… 二

江上逢巫明府 …… 二

都下承恩寺夜呈顧比部子良 …… 二

徂暑山行過臨江宿熊氏池館留題五首 …… 三

秋日臥痾京邸與王鄭二司徒論書時二君相繼自吳中至 …… 三

題海日圖壽曾封君 …… 四

題野橋圖 …… 五

送李解元歸嶺南詩 …… 五

送麻正郎督餉遼東時遼東大饑 …… 六

閱海觀圖聊效白沙體為董翁壽 …… 六

誥封恭人顧母挽詩 …… 六

又代錢惟重挽顧母辭一章 …… 七

題董村小隱園中竹 …… 七

藥湖歌 …… 七

古鏡吟 …… 八

送客 …… 八

客至憶弟二首 …… 八

哭梁公實三首 …… 九

稍辭尚書省執熱伏舍中李郎中書來問云有遇曰槐花飲可便欣然呼童子向傍舍采之盈掬而歸連飲數次不覺成篇 …… 九

病後戲為孟郊體呈李員外……九
題菊便面……一〇
除夕二首……一〇
送劉叔度入楚二首……一〇
贈蕭錦衣……一一
北平同紀使君謁夷齊廟於孤竹故墟……一一
呂梁夜過王水部……一一
十月從留都南歸江上阻風端居默禱厥明……
連得順風徑渡鄱陽入豫章計日踰嶺……一二
早行即事……一二
贈白將軍……一二
寄別鄭貢元……一三
題李家所藏畫菜……一三
對雨偶成示弟……一三
坐臥偶成……一三
贈陳醫士……一三
題鄭文學扇……一四
戲題醉客扇……一四
寄友……一四
素扇……一四
上元晨起口占……一五
不寐偶成……一五
夏日新製小車成招蘇明府王周二孝廉同
舍弟仲季輩並驅如東山會葉尉先生攜酒
見候因為之一酌而別時返照初涼群峰獻
秀諸君復乘興登雲壑望風泉臨曲水為流
觴之會及取山下齋米為粥啜之陶然至暮
而還……一五

聞姪兒應崑昨始發蒙走筆賦此兼貽示後生……一六
贈劉山人蔬具為供賓費時山人適招洪廣文別……一六
讀陶淵明責子詩依韻和之……一六
讀杜少陵誚淵明責子詩因次其韻反其意以示兒曹……一六
六月三日出郊園……一七
曉出……一七
有以四軸求書讀書樂詞者訝其淺俗無味因為古意四首示之……一七
郊園再至……一八
從軍行用季子韻……一八
怨詩……一八
擬古憶西山遺老……一九
贈何廣文……一九
別季子之嶺南……一九
歲在戊寅予適返自鐘溪屏居簡出念百年已過半惴修名之不立詎意我生之辰乃辱里中父老搢紳先生之徒儼然造焉愧莫為謝也詩以代柬……二〇
戒酒詞……二〇
將之羅浮發鳳城途中述懷示同遊……二一
題鄭文學吳箎……二一
山中辱陳方伯見貽詩扇手持久之扇敝骨存李生取之加白索書因為賦此……二一

卷三五五

林大春二……二二

登南劍州城樓懷陳廣文……二二
夏日過延平曾徐二郡伯邀遊凌虛閣陪楊少府時楊謫居將樂……二二
游石華洞示季弟兼懷仲氏……二三
望夫山吟……二三
別孫使君教授臨江……二四
病在告聞李子藩亦病欲乞歸走筆訊之 ……二四
贈蕭上舍還潮……二五
自關塞歸將北上寄蘇道先時蘇謫居浙東……二五
大梁留別楊屯田先生……二六
毛明府以夏彔四竹見貽既題四絕其上復戲為長句一首以報毛君……二七
贈顧別駕兼懷董侍郎長歌……二七
賦得韓之水為潮州丘使君壽……二八
古道行……二八
題便面上竹……二九
戲題醉客扇……二九
王生卜居於東走筆賦贈……二九
冬日蘇明府席上醉歌……二九
九馬行……三〇
有畫憶阮郎圖者戲為作此……三一
客有以仙人渡海便面索書者戲筆作此 ……三一
旋波宗丈少與予同舉茂才異等蓋長予四歲今年己卯為華甲重逢臘月之望其初度也內正齊眉二郎偉器疊見孫枝拜舞堂下可謂人間樂事因為古體二十韻以賀之……三二

青陽歌……三二
金山引為潮州郭使君壽……三三
冬夜辱韓參知見過即席賦贈得柏梁體一首……三三
萬曆癸未仲弟拜官三水使道省予予因賦此以壯其行時季弟以督學使至先之韓江……三四
題吕端俊畫竹吕為夏仲昭畫師……三四
清夢行和季弟……三五
題向北之居……三五

卷三五六

林大春三……三六
京師元夜聞簫效庚子山體寄蕭生……三六
郊壇呈錢惟重……三六
過王亦頤見其二子索書題贈……三六
題王亦頤詩箑……三七
送胡比部之官金陵……三七
送西曹使之江南恤刑……三七
送謝節推之桂林……三八
送成生使江藩……三八
周進士挽詩……三八
恒山道中寄惟重……三九
鄴下别陳户曹之金陵予如塞上……三九
同魯朝選出使京洛道别……三九
入關二首……三九
登嶽四首……四〇
驪山除夕對雪呈盧明府二首……四〇
安惠王挽詞……四一

登靈州城樓別丘懋實二首……四一
東林寺……四一
豐城逢夏子還都余尚南征……四二
哭張啟東四首……四二
重過蕭氏園亭二首……四二
題趙氏墓圖……四三
四月居嶺表得惟重書自都下十一月渡江
聞惟重秋中使節入湖南却赴章水……四三
顧徵君家園詩八首……四三
西署白雲樓為雲間董原漢……四五
贈顧少府顧董生舅也生於其行有渭陽之
思焉請予為賦是詩……四六
宿雲霄驛……四六
度閩關有懷……四六
江上聞董原漢以言事謫戍蠻方慨然有述
……四六
湖亭二首……四六
送鄒廣文之潮……四七
送謝廣文之潮陽……四七
送楊劍州……四七
送陳明府改任德安德安江右衝邑也……四七
題王節士卷……四八
王長史八十二壽詩……四八
雪中訪戴和陳正郎同年韻……四八
送輝縣趙少尹……四八
別戴筠臺使嶺外……四九
送章員外僉憲廣右……四九
將歸先寄舍弟……四九

宿山海關夢為梁甫吟……四九
古意……四九
舟中睡起懷劉山人……五〇
秋夜……五〇
蚤起得舟字……五〇
秋日奉命南征……五〇
旅夜……五一
題黃州劉使君舊隱其堂上有徐相國所贈
詩章在焉……五一
題曹封君雙壽異徵卷二首……五一
江上……五一
廬山道中……五二
安慶渡江次韻陳推府見贈之作……五二
東鄉逢撫州陳使君以詩見別次韻奉答
……五二
過泰和得劉廣文在潮信息其弟同諸侄攜
酒夜過……五二
讀楊文貞公家世德錄二首……五三
憂起劉廣文見招以病不赴詩以寄懷……五三
酬鄭使君見訪有懷之作……五三
送謝廣文之衡陽……五三
贈李參謀……五四
濱海遺思卷為何潮州……五四
起復赴京途聞趙良弼自遼東領郡之順德
尋以母憂奔汝上因取道過其廬訪之悵然
為別……五四
寄謝山人茂秦二首……五五
自滎澤過河宿原武二首……五五
麒麟冢二首……五五

雪中逢聞博士二首……五六
寄易水張兵憲二首……五六
再至京師得張少參遼陽之訊詩以答之二首……五七
古意二首……五七
過文王演易臺……五七
岳武穆廟……五八
得解官報離陳至大梁寫懷寄示陳中諸生三首……五八
自河南歸過黃州逢張少參同日至乃以夜不果會明發始得邂逅以別詩以志之四首……五八
旅宿偶成……五九
舟行……五九
江上得風曉發……五九
壽鄭東渚八十一……六〇
蒼梧和劉大參蚤起寄懷之作……六〇
府江道中呈劉大參二首……六〇
江上蚤發東游府江同年……六〇
贈姚將軍歸南海……六一
秋前一日提兵過勾漏洞留示區明府二首……六一
寄贈海北戴參戎……六一
德慶舟中與方孝廉話別……六一
惠州西湖同李台州王邵武二君夜泛二首……六二
白鶴峰謁蘇東坡祠……六二
望羅浮柬王李二君二首……六二

石門瀑布……六三
和馬憲副清戎策士見貽之作……六三
再過贛江別同年徐憲副辱以楚遊詩見示且索近作書此寄之二首……六三
送周耿西計偕北上……六三
題戴文進畫圖……六四
題東籬晚節便面……六四
題鳳鶴圖……六四
送謝春元赴禮闈……六四
題海雲亭……六五
題謝家池館……六五
送朱邑丞應朝時新尹初至例以佐貳行……六五
送葉尉入覲……六五
次韻酬鄭使君兼以奉招二首……六五
郊園小齋……六六
早秋曉望……六六
壽詩……六六
悼劉山人二首……六六
挽詩……六七
故庠生蕭鴻逵挽詞……六七
梅州贈蕭廣文……六七
興寧道中……六八
詠院中雙松……六八
次韻周生喜雨二首……六八
惠陽辱胡少參成參戎邀遊西湖二首……六八
鄭惠陽邀上白鶴峰同葉賓州夜集二首……六九

季秋八日發博羅數里許風雨大作因偕同遊葉大夫張將軍鄭文學諸君子宿於張明府莊上三首……六九
羅浮歸路寄懷曾明吾二首……七〇
後五草堂……七〇
西山初結小隱舍弟季子偕陳宋二貢士及蕭趙諸親友棹舟來訪遲明別去有招予言歸之意因成二首寄之……七二
重過雲山隱居同諸昆季夜集對雨……七二
夏日重過蘇青陽隱居……七三
旅館春日贈比鄰陳文學……七三
章別駕園亭北畔有桂一株近地尺許忽長嫩枝結花二顆大如茉莉其色瑩白可愛予過別駕別駕因請予觀之亦平昔希所觀見者也因書以紀瑞云……七三
送余醫生歸上杭……七三
雲山隱君以平生詩草惠示輒有批評不謂我僭反辱謙愛詩以致謝……七四
九日陪郭使君梅別駕飲少峰池亭使君有詩四首因用其韻各得一字和之……七四
夢遊金山寺題詩八句醒而祇記頸聯一對餘忘之矣追惟夢境因足成之……七五
鶴皋八十壽詩……七五
寄懷張東山用贈別韻……七五
吾庠林廣文先生屢卻貧生之饋久孚多士之心聞而賀之作此寄意……七五

挽詩……七五
開歲六日風□□□□吳生光卿同諸姪小集於大隱軒適葉鄭二老者至遂留共酌時有歌者……七六
人日雨……七六

卷三五七

林大春四……七七
御書月朗風清樓扁……七七
金臺曉雪圖贈蕭侍御……七七
賦得邊馬有歸心……七七
嵣山圖為張別駕……七八
送董太常得賜還上海……七八
送蕭上舍遊太學南歸……七八
送萬明府赴湖州……七八
送錢明府之晉江……七九
送毛明府之鄱陽……七九
送梁比部公實謝病歸羅浮……七九
永安道中寄張少參周僉憲……八〇
塞上讀霞海篇寄管涔子……八一
西楚霸王廟……八一
題奉使承恩圖為張太史……八二
南征寄吳中望顧子良兼憶錢惟重……八二
代張職方上南都孫宗伯二十二韻時張適使西邊……八二
雙壽崇封詩為賈尚書父母……八三
送王明府再任桂林……八三
送楊廣文赴金川……八三
廣昌留別城中人士……八四

豪士吟……八四
冬夜鄭使君蕭徵君見過聯句……八四
董大參家屋梁產芝二莖形如合璧……八四
臘月九日以立雪程門試諸文學令各賦詩因成十二句……八五
新春九日步自東山上方廣洞俯矙滄洲抵暮而還因和洪廣文十二韻……八五
小雨……八五
瑤池曲壽周母……八六
送龔丞謝病歸臨江……八六
題周徵君隱居十韻……八六

卷三五八

林大春五……八七
早朝即事……八七
至前習儀朝天宮……八七
讀劉文敏公遺事二首……八七
送宋節推之扶風……八八
贈楊濮州……八八
送劉同知之福寧……八八
送人之南雄……八八
春日北地逢張少參……八九
度蕭關憶南都友人……八九
出塞……八九
自塞上還入洛憂旱之作……八九
入楚憶舍弟……九〇
麻城呈陶明府……九〇
山行即事……九〇
驪駒……九〇

雨中過麻姑山簡董使君王司理……九〇
七閩道中……九一
寄題蕭廷玘池亭兼訊其從子曰貞……九一
徐州道中遇陳比部歸吴因訊錢惟重……九一
憶昔……九一
過孟子祠堂……九二
旅行即事……九二
童使君邀遊清源山同蔡中丞王符卿二首
……九二
讀陳郎中贈詩和答……九二
薛舍人尊甫壽卷……九三
讀遼海集寄蘇中丞……九三
生辰在途其夜夢長劍耿耿倚天外之句曉
起因足成之……九三
冬夜過魏大夫醉為短述贈之……九三
雨中臥痾小樓辱曾水部以詩見懷次韻答
之……九四
徐州别姚大參之陜右予如江黄……九四
上杭贈丘子……九四
過陳侍御西園……九四
張督府平寇詩用韻……九四
劉山人山居用韻……九五
遊金山詩……九五
新秋清遠道中呈樊督學勞屯田時二公並
行縣適予發舟會城因與俱西……九五
再用前韻和樊督學二首……九六
宿飛來寺次韻二首……九六
將至京遇聞博士時博士來自南都……九六

須次公車辱比部四君子召集崔員外宅……九七
送李給事冊封長沙便道省親……九七
送陳侍御按閩……九七
別陳僉憲赴蒼梧……九七
別鄭少參之貴州用韻……九八
寄丘懋實都諫……九八
九日欒城逢趙侍御……九八
王屋山和顏侍御……九八
陳州柳湖夜泛次楊屯田韻……九八
贈湖亭高士兼寄意趙使君……九九
別梁憲副入覲便道歸省……九九
東歸夜宿新陽留別趙使君良弼時良弼起自服舍送予至此……九九
光山小駐至麻城道中答山中故人……九九
重宿朱氏山亭……一〇〇
九日登東山時適鄭節推重建雙忠廟落成……一〇〇
題張許二公廟……一〇〇
紀文丞相入潮遺事……一〇〇
自梧湖江上桂林與莊大參聯舟夜話慨然有懷京洛之舊時嘉靖乙丑至前一日也……一〇〇
暮春喜晴和劉大參韻……一〇一
別陳方伯之山東……一〇一
題曾澄江忠節卷……一〇一
雙壽承恩為丁使君雙親賦……一〇一

於容縣江上遇方海圜至自勾漏因與維舟夜酌……一〇二
端州舟次聞鄭督學西入桂林口占寄意……一〇二
劉山人僦居鄰舍書此為贈……一〇二
山中寄別楊少參之七閩兼懷顏侍御二首……一〇二
汝南趙良弼頃以中丞出撫荊襄遂南至於衡嶽望予於嶺外因使使訊焉且示近作及先後見夢諸篇予乃掇其略和之凡得四首聊以寄懷云爾……一〇三
得良弼楚中書有曾中丞撫蜀平蠻之作且云中丞每有書至及逢人輒猥及不佞浙中事因感而賦之……一〇三
寄劉少卿小魯……一〇四
郊居暇日偶得故人遠訊漫有寄答蔣明府吳廣文聞而和之因以見示輒用前韻奉酬四首……一〇四
歲除寇至和吳廣文五首……一〇五
寄郭舜舉行人……一〇五
春日得曾中丞書至自吉水……一〇六
唐明府自泰和馳素卷索書兼示近作走筆賦此……一〇六
鳳渚薛生以歲暮來訪季弟於山齋因留信宿別去詩以贈之……一〇六
送吳廣文移官陵水……一〇六
和周生菊下獨酌韻同舍弟作……一〇六
次韻蕭府君喜陳別駕至潮之作……一〇七

舍弟季子郊居觀梅有作因用其韻自嘲書以示之……一〇七
督府司馬凌公大征羅旁上功次得蒙綺幣之賜兼廕一子為勳衛蓋異數也其年冬十月適會誕辰於是丘使君請予作詩為賀遂成一律……一〇七
聞丘使君頃得稍遷報有飄然之思焉詩以別之……一〇七
歲除和趙隱君見贈之作……一〇八
送游廣文歸瓊海……一〇八
贈揭陽鍾生……一〇八
過海陽馮明府歸山卻寄……一〇八
惠陽唐節推以事至潮辱枉騎過東山因遊曲水爰有短述為贈且訂羅浮夙約云爾……一〇九
揭陽林明府以開歲九日貽書至書此奉答……一〇九
題蕭處士之居……一〇九
門人王生挾策北上會道病卒於逆旅櫬返故廬哀以挽之……一〇九
秋遊梅州贈朱貳府……一〇九
梅州東巖贈徐明府時以朱倓招至……一一〇
重過古氏山亭……一一〇
初秋與門人周生陪謝明府及黃梁二廣文祈神海上俯瞰大湖環視石壁漫有短述以紀其事四首……一一〇
喜門人張生至自會稽……一一一
潮之海口有蓮花峰者即故宋文信國登望處今年之秋游擊將軍金丹始督兵屯營於此請予為作是詩……一一一
萬曆八年歲在庚辰夏四月二十八日曉夜夢五雲見於西北光瑩燭天錦綺奪目覺後猶宛然在前詩以紀之……一一一

聞曾中丞總憲留臺寄贈……一一一
贈別故令歐公歸莆中……一一二
訪蘇隱君於青陽山中歸卻寄此……一一二
久辭典修郡乘乃辱友人以詩趣行因次韻答之……一一二
平湖韓生景藩嘗以素卷索書予持歸海上者十年庚辰大比予弟仲子就試禮闈而生亦適計偕北上因呼童覓敝篋中卷軸依然遂作是詩書以寄之嗟乎士之遇世品題亦猶是矣一紙之書豈偶然哉……一一二
題巖石號意……一一三
送黃國子謁選之京……一一三
寄別林貳府奉例北上……一一三
將之羅浮趙隱君以詩見贈次韻為別……一一三
至郡得鄭使君見寄之作有悵別之意焉因用韻答之……一一四
九日至羅浮偕同遊歷覽諸勝欣然會心漫有短述留題石壁以紀歲月四首……一一四
放生池……一一五
五草堂詩……一一五
盛夏過石峰竹林留題為壽……一一七
山中寄別盧明府之應陽……一一七
趙明府以季夏晦日自普寧過訪山居因為江舟小酌鼓枻中流是時梧葉未落意山欲秋至夜別去感而賦此……一一七

暮秋寄懷蘭谿陸孝廉……一一八
周富川以西粵賢令議擢臺省矣乃竟稍遷為台州貳守因遂取道過予山中詩以志別……一一八
山居冬夜辱三廣文棹舟來訪別承靜宇林君以詩見貽因次得賢字韻和答兼用為謝……一一八
寄番禺謹齋陳孝廉……一一九
宰荔灣陳文學……一一九
寶峰鄭大夫挽辭……一一九
陳文學訪舊鄱陽聯宗徐呂之間歸甫旬日遂鼓栧過予別而寄此……一二〇
答陳將軍留贈二首……一二〇
和張使君中秋見贈詩韻……一二〇
送梁廣文之保昌……一二〇
送黃廣文之連江兼懷小江吳司馬二首……一二一
送蔣貳守之臨安……一二一
題雲海遙瞻卷為郭使君……一二一
陳守戎得代別予賦此為贈兼致意于乃兄少參君……一二一
送于總戎鎮八閩……一二二
海陽柯明府挽辭……一二二
長泰方明府以雙親榮壽編見貽書此為賀……一二二
七夕承郭使君枉過于謝家池館有詩見貽依韻奉答……一二二
中秋前二日訪章別駕名園聽琴……一二三

予適有鳳城之遊辱何郡丞示以病中喜
雍兒至之作依韻和之……………………………一一三
送龍秀才歸江右兼寄意于乃翁廣文先
生………………………………………………一一三
儒隱林君挽辭…………………………………一一三
秋日章定南書至自章水賦此寄贈……………一一四
題畫月便面……………………………………一一四
頃歲卜居郡南至是始辭郭使君還山悵
然有作…………………………………………一一四
旅館春日懷歸預別城中交遊諸君子
………………………………………………一一四
黎廣文以古端硯見貽書此為謝………………一一五
和盧方伯暮春見訪郊居出示家藏二首
………………………………………………一一五
寄二謝…………………………………………一一五
挽蕭處士………………………………………一一五
二酉園…………………………………………一一六
天尺樓…………………………………………一一六
季夏之初澄海陳生泛舟來訪會海陽蕭
生書至自郡因遂賦此…………………………一一六
長安秋月………………………………………一一七
和林廣文寄詠庭蓮用韻………………………一一七
吳生光卿齋為風雨所破旋葺成之予過
見壁上多有題詠因走筆賦此以贈
………………………………………………一一七
元夜邀孫比部李山人園林小集………………一一七
獻歲春前王郡公還自惠州以書見貽有
虛館相迎語作此謝之…………………………一一七

王郡公以人日見貽詩箋依韻奉酬……一二八
李山人春日別予郊居以詩畫寄予作此
答之……一二八
暮春送孫比部至郡承郡公攜觴過訪即
席口占為贈……一二八
鳳城春夜辱勞使君邀集于金山精舍別
歸卻寄是詩兼以為謝……一二八
寄金生……一二九
題明府清渠宗兄別業……一二九

卷三五九

林大春六……一三〇
古意……一三〇
閨詞……一三〇
暮春寄遠……一三〇
中秋還自遼海至山海關賦得關山月留
別陳司馬四首……一三〇
司馬席上中秋……一三一
贈蕭兵馬……一三一
贈鹽寺僧……一三一
海口撫琴……一三一
柳湖……一三一
便面二首……一三一
過蕭錦衣北園五首……一三二
東山小集以玻璃杯酌包少府少府雅博
其趣遂舉一贈之戲成二絕……一三二
自嘲……一三二
鳳城七夕辱比鄰陳君治具見貽有感而
作……一三二

生日避客於北郊山齋四絕……一三三
山東旅行即事四首……一三三
滕縣雪後……一三三
雨……一三三
送王明府之齊二首……一三四
送滑州張明府二首……一三四
贈廣德鄜使君……一三四
送人赴東原驛官……一三四
邊城雪……一三四
潯陽曉渡……一三五
便面二首……一三五
過邯鄲呂公祠柬楊次泉陰月溪二公時陰赴關右督學予與楊並之官河南云二首……一三五
去大梁入輝縣道中人不知其為故臬吏也漫有短述卻寄同遊諸君子二首……一三五
聞程生得官回鄉作此贈之……一三五
秋聲圖……一三六
便面……一三六
郊寺送客……一三六
贈王提舉二首……一三六
蒼梧九日偶成二絕……一三六
小臥草亭適劉廣文壽日詩以賀之二首……一三六
贈客……一三七
贈劉大參公子二首……一三七
東歸過贛州辱施徐二嶺北邀遊望江樓
偶成二絕……一三七

雁蕩冬遊四首聊紀其大者……一三七
旅館臥疾辱元岡公以詩見貽依韻奉答
兼以寄懷二絕……一三八
蕭都事席上戲贈歌者二首……一三八
贈劉山人葛衣……一三八
山陰姚生過潮謁予請書走筆賦此……一三八
萬曆甲戌暮春四日實謝郡丞初度之辰
時年六十有四也甲周伊始別墅重開賓
朋畢集笙歌滿座予聞而慶以是詩二首
……一三八
戴使君自廣州歸壺山取道見訪因作此
贈之四首……一三九
寄丘上舍……一三九
送人之梧州……一三九
寄贈徐貢元……一三九
海陽余生以求書馮明府興學之碑過予
因為二首贈之……一三九
題溪雲深處為張別駕……一四〇
辛未新春試筆……一四〇
以筆墨秋扇贈鄭使君戲成三絕……一四〇
送勞掌教之任連州四首……一四〇
冬日過同年趙司理話舊遂成四絕……一四一
送海陽曾廣文之虔州掌教二首……一四一
重至鳳城會龔別駕同綦參戎夜遊金山
四首……一四一
聞金大參久不視事詩以奉訊四首……一四二
贈海陽馮明府二首……一四二
漢高斬蛇便面……一四二

偶以敝衣遺劉山人山人以季子遇榮老
事辭口占答之……一四三
為劉山人題扇上景贈別洪廣文之福安
福安宋行在也二首……一四三
題畫……一四三
夏日獨坐我盧家兄以數瓜見貽示曰此
邵平遺種也詩以代意……一四三
題夏杲四時畫竹圖四首……一四三
宮辭三絕送黃虞部北上……一四四
贈謝左史二首……一四四
贈王廣文還餘姚四首時廣文以徵其伯
父陽明先生像贊至……一四四
贈陳廣文移官江藩四首……一四五
余在梧時嘗贈劉生詩箑一執既別去八
年聞其箑尚在茲有復持扇至為生請書
者因走筆寄此二首……一四五
送劉謝二生歸海陽二首時生以臨其舅
氏至……一四五
送揭陽鄭生兼訊其伯父貢元二首生歸
德鄭使君之子也……一四五
贈周進士……一四六
得王明府恒叔書至自確山兼索近作為
書四絕寄之……一四六
秋日漫遊名山得友人曾中丞趙少宰書
自南北至四首……一四六
送張少府奉詔待次公車二首……一四七
山居漫興四首……一四七
送鬱林王判官二首……一四七

寄丘司寇二首……一四七
山中話別吴生北上……一四八
送羅少府歸雩都二絕……一四八
送馬郡丞之官隴右二首……一四八
孫比部以建言謫潮陽賓于小墅清夜相過感而賦此……一四八

卷三六〇

胡庭蘭……一五〇
渡淮次新息……一五〇
鶴嶺書聲……一五一
宿鳳凰山棲鳳窩……一五一
鯉橋春浪……一五一
白沙夜泛……一五一
謝都護李園留別……一五一
聖誕日古潘道中見桃李花……一五二
朝天宫即事……一五二
春日早朝……一五二
雨夜與何名川憲副……一五二
過徐州與劉又洲兵憲……一五三
晚發……一五三
贈萬淺源大參入賀……一五三
與吴自湖總制……一五三
塞上曲……一五四
紅崖山春望……一五四
提兵與阮中丞追討倭寇於峰頭澳……一五四
武定女官鳳索林領兵先至軍容壯甚余喜之因成長句……一五四
平易門逆寇大飲至叨功之首……一五四

觀射……一五五
夜啼烏……一五五
海珠寺……一五五
贈海嶽羅山人歸金壇……一五六
登菊坡亭……一五六
趙時舉……一五七
答王皓溪……一五七
觀競渡……一五七
李光宸……一五八
遊小金山……一五八
詹甘雨……一五八
天香結社次韻答贈梁東林丈二首……一五八
楊一廉……一五九
送司訓易虞臺歸田……一五九
李文綱……一六〇
追吊陳長卿……一六〇
韋憲文……一六〇
別舍弟純義……一六一
丁氏花園……一六一
漫興……一六一
阻雨宿一嘉鋪楊家……一六一
宿巴東縣……一六二
飛練亭……一六二
平越道中……一六二
泊長沙……一六二
襄陽雜詠……一六三
再游白雲洞何君載酒於雲峰崖念白雲主人先友何子明已逝舊□讀書處□雲室石梯□梁屏榻仍在而雲堂觀音像則新創也悵然有感賦此……一六三

白雲洞宴集呈何子明……一六三
梁有貞……一六四
雲臺山……一六四
劉仙巖……一六四
謁李忠簡公祠……一六四
海珠餞別……一六五
小金山謁蘇祠言別……一六五
浮邱社懷趙太史……一六六
峽山飛來寺……一六六
過梅嶺……一六六
羅浮吟……一六六
鄧于蕃……一六七
登坡山……一六七
謁李忠簡公祠……一六八
匡山吊古……一六八
飛來寺……一六八
過梅嶺……一六八
遊南華寺……一六九
寄劉吏部……一六九
梁士楚……一六九
遊南華寺……一七〇
中秋九日得晴字……一七〇
答黄公紹聞倭之作……一七〇
懷侯國儲參戎……一七〇
夜郎道中……一七一
九日黎惟敬朱石潭鄧雲川湛然上人集
朝漢臺……一七一
江潭晚泊……一七一

柳枝詞……一七一
題朱山人隱居……一七一
鄒可張……一七二
奉浮葛二仙入祀朱明館……一七二
觀大參陳道襄釣臺捕魚……一七二
送方元素回歙……一七三
遊小金山……一七三
浮邱社懷趙太史……一七三
浮邱景紫烟樓……一七三
浮邱景挹袖軒……一七四
飛來寺……一七四
宗國璽……一七四
宿萬里橋……一七五
陳三俊……一七五
謁李忠簡公祠……一七五
浮邱社懷趙太史……一七五
胡世祥……一七六
朱明道院宴集得飛字……一七六
由青霞過石洞訪葉化甫得龍字……一七六

卷三六一

葉春及……一七七
葉春及一……一七七
送大司馬劉公晉御史大夫赴南都……一七七
送少參歸安韓公兵備廣右兼懷方伯喬公督學劉公……一七九
葉順德報政……一七九
送周納言之金陵……一七九
壽謝惕齋先生六十……一八〇

送方伯滕公拜大中丞操江……一八〇
輓鄭烈婦……一八一
題松栢芝蘭圖壽兵憲王公……一八一
登衡山至雪霽堂雨繼以大風……一八一
秋草鶺鴒詩送黃箴卿扶兄櫬歸閩……一八二
與張道人……一八三
贈別譚見日山人……一八三
遠行有以金鱸者賦謝……一八四
飲陳巽卿宅即席賦得帝字……一八四
祁山人遊武夷追送李氏阡即席賦贈
……一八四
梅關憶羅浮書屋……一八五
大王莊行……一八五
盧山謠答謝潘二子……一八五
和梁廣文苦雨見寄……一八六
荊卿歌……一八六
王憲副招飲梅庵……一八七
鄭太守謠……一八七
送洪將軍參將思州……一八七
送牛將軍之長樂……一八七
用謝惕齋先生韻壽劉古唐翁六十有一
……一八八
初春滕方伯支學憲招飲藥洲藥洲南漢
離宮有池今名白蓮池畔有九曜石……一八八
趙太史黎秘書龐太守湛別駕周明府祁
孝廉過訪石洞……一八九
同趙太史憩玉女峯……一八九
同趙太史遊飛雲頂……一九〇

青霞楼讌集……一九〇
雁子講堂與趙太史諸公夜談……一九〇
五雲鳴珮卷爲李雙江博士題……一九〇
王母壽詩……一九一
飲潘魏叔宅……一九一
贈合浦耿將軍……一九一
夜至碧山草堂得開字……一九一
潘祁叔正叔沈汝清徐文仲攜酒過訪得林字……一九二
中丞滕公學憲郭公枉過草堂……一九二
壽潘祁叔六十……一九二
送孫使君請告歸檇李……一九二
中秋飲潘魏叔亭子翫月得光字……一九三
除夕同郭建初登高士峯明日立春……一九四
訪江惟誠華林寺並贈同學諸子……一九四
同山人林熙甫父老陳焜諸生陳巽卿陳練遊菱溪五雲山……一九五
小岞石臺……一九五
訪詹咫亭先生巢雲書院兼呈社中諸友……一九五
同郭學憲歐水部胡計部朱明洞得山字……一九六
郭學憲歐水部胡計部過訪石洞得東字……一九六
洪參戎和平大捷喜而有贈……一九七
同晉江黃欽甫宿飛雲頂……一九七
李敬可劉和甫訪予石洞敬可贈詩有卜鄰之意賦此奉答……一九七

飛雲頂……一九七
楊明府覲歸……一九八
長洲……一九八
三月三日同黎惟仁林開先譙梁少仲東
庄……一九八
白雲洞口號……一九八
病起見菊……一九九
入羅浮夜訪毛聯伯姻家……一九九
贈毛聯伯……一九九
送楊明府入覲……一九九
題陳明府園亭……二〇〇
句漏洞用壁間韻……二〇〇
壽養晦林翁八十……二〇一
送陸川尉上計……二〇一
晚泊彭城……二〇一
阻風女兒港同順德何紫雲嚴從陽避暑
大孤神祠酌酒賦詩……二〇一
病夜……二〇二
題天池寺步顧東橋壁間韻……二〇二
均州公署獨酌……二〇二
官舍……二〇三
開池……二〇三
送王羅江掌教昌化……二〇三
洛陽道中……二〇四
藩伯徐公子與餞別省中賦得軒字同席
顧季狂郭建初……二〇四
題白鶴峯壁……二〇四
遊黃塘山庄……二〇四

送南園鄭文學遷榮府教授……二〇五
上大司馬劉公二十八韻……二〇五
奉送御史大夫少司馬吳公晉大司空還陪京三十韻……二〇六
鄭端州邀星巖登高因之泛湖陳潯州在焉賦得仙字……二〇六
蔣公子訪予石洞賦贈……二〇七
李侯甘棠遺愛卷……二〇七
奉送吳郡黃公參政雲南二十韻……二〇七
奉送林使君捧日瞻雲詩……二〇八
登太和山南巖霧雨連日披而出遊賦十四韻……二〇八

卷三六二

葉春及二……二〇九
答陳別駕……二〇九
答從仁齋……二〇九
浮丘爲趙瀫陽太史賦……二〇九
五羊舟中與譚永明感舊……二一〇
奉送遡川楊公按察滇南……二一〇
題徐孟晦綠陰草堂……二一〇
端陽前二日宗陽約遊西湖同遊葉韡夫嚴體恕姚抗之姪孫世俊得堪字……二一〇
姪孫世俊置酒第一樓同席潘李諸子得樓字……二一〇
姪孫世儀將母永平省覲……二一一
送姻家韓伯聲之任桐栢……二一一
奉陪中丞滕公學憲郭公登白鶴峰同賦……二一一

暮春端州鄭使君招飲七星巖……二一一
初夏鄭使君招飲七星巖……二一二
李廣文署夜談……二一二
丁亥生日……二一二
宦蹟流芳卷爲鄭端州乃祖題……二一二
椿萱三壽卷爲端州鄭太守題……二一三
同鄭使君遊七星巖……二一三
同王兵憲登崇熹塔……二一三
華墩清隱卷為羅氏題……二一三
二瑞詩和劉開府……二一四
送蔡禎啓歸端州……二一四
送柯廣文先生赴建陽……二一四
題沈条戎風木圖……二一四
甘棠遺愛卷為李明府題……二一五
和沈参戎曉發望平海韻……二一五
逸史留芳卷為保昌吴令乃翁賦……二一五
九日高士峯讌集……二一六
同祁山人登高士峰……二一六
豐谷道中洪子順邀飲分韻得涯字……二一六
金陵懷李宗陽赴襲……二一六
寄劉玉汝……二一七
送姪男兆備兵寧紹……二一七
元旦……二一七
穀日登盤谷巖樓諸生同遊言巖西南有芹山觀舊址乃白玉蟾脩煉之所遂往尋之席地復酌……二一七
舟中抱病遣怀……二一八
葉韡夫李宗陽携酒見訪……二一八

霧雨至太和宫俯視一氣咫尺不辨……二一八
質明謁帝期雨亦往忽然晴朗遂得遍遊……二一九
登太和山……二一九
過虎巖訪不二上人……二一九
林均州招飲滄浪亭席上口占同席王楊兩孝廉余門人東官黄于廣……二一九
送廖大夫解綬歸閩……二二〇
寄吴一庵别駕……二二〇
元旦同梁懋孚葉思叔冒雨遊湖是夜風雨大作隨波達旦……二二〇
赴西粤投檄祁在德崔子玉送至石門……二二〇
訪曾明吾……二二一
題白鶴山房……二二一
遊海隅山……二二一
贈鄭叔異……二二一
送祁馬石赴京……二二二
送葉韡夫赴京……二二二
酬梁少仲見寄……二二二
寄歐楨伯……二二二
銅嶺弔古……二二二
留别陳輔德李敬可……二二三
歸羅浮……二二三
七夕……二二三
重陽後一日梁懋孚約遊北山……二二三
閒居……二二四
金陵寄內……二二四

賞姪丈兆菊……二二四
和劉古唐翁論學詩……二二五
夢中作……二二五
不寐……二二五
奉送按察馬公治兵河東……二二六
除夕前二日武昌孫大守李別駕韓司刑
置酒黃鶴樓席上口占……二二六
挽東泉李將軍……二二六
直沽……二二六
憶祁仲繩……二二六
懷梁僉憲……二二七
鱷湖道中……二二七
登飛來寺……二二七
臨湘驛憶曾明吾……二二七
元日學憲李萬卿同男兆姪見過……二二八
贈陳養齋……二二八
酬周玉虹見示閱師之作……二二八
贈別周玉虹……二二八
送周玉虹至江口口號……二二八
期訪陳養齋因事不果詩以謝過兼爲後
期……二二九
贈陳太僕北上……二二九
打魚……二二九
藤州清明……二三〇
第一樓秋興……二三〇
書懷……二三〇
南望……二三一
梧桐山……二三一

留別二陳明府……一三一
陸川縣齋對雨呈張明府……一三一
陸川縣譙樓晚眺呈張明府……一三一
中秋飲姚氏園亭……一三二
龍山爲交埤鄭君賦……一三二
壽李長史……一三二
題節孝卷……一三二
惠安有三岐麥六岐稷士民賦詩贈奉答
……一三三
題觀羅臺……一三三
奉送嶺西王公參政湖南……一三三
送丘南安還海康……一三四
題江秀才蓮花草廬……一三四
漫題東徐弼卿張仲矩二國子陳巽卿洪子崇江惟城三茂才……一三四
詹侍御遊匡盧折肱不果詩以訊之……一三五
飲洪子崇宅率爾賦贈……一三五
秋登大武山……一三五
清海臺送陳山人入京得山字……一三五
晚發臨清……一三六
茆屋落成詶韓甥寅仲……一三六
寄和太保兄弟紫燕……一三六
贈真空上人……一三六
題畫贈方伯滕公……一三七
鄭生學醫從海上軍索贈賦此……一三七
送張伯珍赴京……一三七
答呂文在……一三七
贈玉娥……一三七

代玉娥龕……二三八
賦得海不揚波贈張將軍……二三八
送潘去華侍御還朝去華在粤著書名百
六書成而召故次首及之……二三八
與梁思立譚永明飲韋純顯宅……二三九
太和道士李理雄余字之守雌丐詩贈以
絕句……二三九
太和道士王思明從登紫霄峰問其泉對
曰上善即老子若水者也字之子静號以
若水丐詩贈之……二三九
白雲山樓中……二三九
題石山船二首……二四〇
七月晦日同諸子大雨遊三髻山鼓御風
之章……二四〇
贈羅浮吴道士……二四〇
柯節婦詩……二四〇
贈汝誠應貢北上……二四一
同李宗陽泛西湖招姪男兆不至口占促
之時年十五……二四一
答真空上人……二四一
賞報……二四一
洛陽望三髻山……二四二
宏路道中……二四二
峽江渡……二四二
題茶洋驛清風亭……二四二
贈別韋純顯赴泰和……二四三
朝斗壇步月……二四三
用韻答林中洲見問……二四三

友人約赴佛會詩以答之……二四三
十四歲讀書永福寺友人伐鼓七聲命詩
索道士酒……二四三

卷三六三

王天性……二四四
昔予……二四四
今予……二四五
新居城治……二四六
別左侯……二四六
送邑宰陞任……二四六
懷默冲道人……二四七
春莫夢訪冲默道人山房……二四七
月夜泛舟……二四八
過謝少滄……二四八
招少滄飲……二四八
憶少滄……二四八
送吴少府……二四八
蔡井泉招飲……二四八
示長孫……二四九
桃……二四九
蓮……二四九
菊……二四九
午日江飲觀競渡三首……二四九
和林澄川弔湖山萬塚五首……二五〇
初入魯境……二五〇
孟夏大埔令招飲印山口占代謝……二五〇
故人宅對月……二五一
寄雲石山人……二五一

步冲默來韻……………………………………………二五一
九日偶成似冲默………………………………………二五一
誕第九男戲筆…………………………………………二五一
有感……………………………………………………二五二
別左小洲邑侯四首……………………………………二五二
代和小洲客邸書懷……………………………………二五三
和小洲舟次……………………………………………二五三
酬唐曙臺秋日見寄……………………………………二五三
曙臺惠詩久稽裁答漫成一首謝過……………………二五三
謝少滄許見過不至……………………………………二五四
少滄至復有此賦………………………………………二五四
昨晴擬今早過少滄值雨如注遂止……………………二五四
飲少滄宅………………………………………………二五四
和顧伯龍邑侯九日感懷………………………………二五五
破龍潭寺………………………………………………二五五
龍潭寺新成復遊二首…………………………………二五五
爲三閭解嘲……………………………………………二五五
宋高宗…………………………………………………二五六
陸丞相墓詩……………………………………………二五六
分書自序………………………………………………二五六
詠書齋…………………………………………………二五六
感遇復佘灼齋…………………………………………二五七
詠懷二首………………………………………………二五七
辛卯歲…………………………………………………二五七
辛卯初誕………………………………………………二五七
秋思……………………………………………………二五八
所思……………………………………………………二五八
冬日即事………………………………………………二五八

戒子…………………………二五八
先潦後旱…………………………二五九
上周二魯…………………………二五九
二魯有漳江水急布帆飛詩扁見贈次韻
酬之…………………………二五九
和抵澄…………………………二六〇
族譜重修…………………………二六〇
讀二親傳…………………………二六〇
王全吾新架二石橋…………………………二六一
和李心齋司訓雙髻山詩…………………………二六一
結社陶情…………………………二六一
贈冲默道人…………………………二六一
別後有懷冲默道人前韻…………………………二六二
午日書懷兼憶冲默道人…………………………二六二
冬孟遣興兼憶南巖舊遊奉酬冲默道人
…………………………二六二
秋日寄懷之作…………………………二六二
閒居有懷王廷評全吾…………………………二六二
步冲默道人來韻…………………………二六二
久雨有懷林澄川刺史…………………………二六三
又懷章少峰別駕…………………………二六三
又懷王蒙川刺史…………………………二六三
新作鳳凰臺二首…………………………二六三
村居…………………………二六四
茅居…………………………二六四
和徐北溪…………………………二六四
又九日二首…………………………二六四
辰日荷正峰李諭君賜賀賦謝二首…………………………二六五
抱枕有懷正峰…………………………二六五

海中八景……二六五

卷三六四

龐尚鵬……二六七
龐尚鵬一……二六七
古驛書懷……二六七
入秦即事……二六八
新橋落成酬和譚別駕……二六八
盧方伯枉過園亭酬和十四韻……二六八
次韻答孔臨干……二六九
壽譚別駕……二六九
登樓書感……二六九
有所慕四首……二七〇
泛溪紀遊……二七〇
自檢……二七一

殘月如新月……二七一
城中還用韻答盧方伯……二七二
曉起……二七二
種花……二七二
讀陶詩……二七二
元旦述懷用韻……二七三
小樓朝霽見西樵山……二七三
故人罷尚書郎索居海上遙有此寄……二七三
誦盧方伯獨居手簡……二七四
正月二日諸公登小樓和答十二韻……二七四
新歲拂架帙八韻……二七四
端州積雨潦大漲有司供億紛然民甚苦之……二七五
贈譚廣文之京……二七五

感遇……二七五
寄贈佘侍御家居八韻……二七六
懶……二七六
拙……二七六
和盧方伯開徑移樹……二七七
飲八十三翁何大僕池亭……二七七
窺園……二七七
寫懷……二七八
寫懷用杜韻……二七八
風折竹……二七八
會劍客談兵……二七九
吳戶曹傳樞貴言訝余不通京師書……二七九
別江西藩臬諸丈……二七九
友人邀遊故相夏桂洲白鷗園寶澤樓……二七九
初至大梁……二八〇
飲張氏別業……二八〇
次韻答李三洲中丞……二八〇
次韻答岑蒲谷方伯……二八〇
次韻答倫穗石正郎……二八一
次韻答鄒海嶼邑侯……二八一
邊行……二八一
對雪次韻……二八一
寧夏秋日紀懷……二八一
哀見初任……二八二
鐵柱泉中秋對月寄懷……二八二
田園燕集次韻答雙臺……二八二
次韻酬和李中丞……二八二

聞郭夢菊祠部北上將戒期次韻勸駕……一八三
次韻聞西北邊警……一八三
村居雜詠和盧方伯……一八三
江上秋陰……一八四
答西莊和盧方伯……一八四
深雨……一八四
葺先人別業……一八四
陳秀才歸田……一八五
夏景園廬……一八五
地畔築小堤使園廬相屬……一八五
秋日園居……一八五
月中觀群兒戲鬥……一八六
小樓中望所期客……一八六
予適誦詩一鳥久立花間不去……一八六
聞譚長公之官宜山暴卒於蒼梧作此志恨……一八六
憶亡弟次韻……一八七
八仙圖……一八七
登盧方伯華樓……一八七
立春十二韻……一八七
蚯蚓吟……一八八
元夕連雨苦寒……一八八
元夜蚯蚓鳴用韻……一八八
雨中樓居……一八八
筠臺戴郡公枉駕敝廬賦此爲別……一八九
暮春書懷和周雲谷……一八九
秋日得塞上督府書……一八九

得邊帥書……二八九
殘年寫懷……二九〇
視溪亭樹……二九〇
醒枕……二九〇
老婦……二九〇
春前一夕宿遠客……二九一
懷光孝寺寄霍南嶠用韻……二九一
苦應酬和高左史呈譚別駕……二九一
重陽書懷和譚別駕……二九一
泛海有述……二九一
懷劉躍衢年兄……二九二
獨坐和盧方伯……二九二
客有問予別墅者作此答之……二九二
答友人話舊……二九二
登黃鶴樓和同年張侍郎……二九三
久雨……二九三
和移石床近蓮花……二九三
夏日無客……二九三
晚眺祈晴聞龍舟出海……二九三
頹垣和譚別駕……二九四
園亭避暑用韻……二九四
和王總戎假寓西莊……二九四
和譚別駕病起……二九四
秋日苦熱……二九五
臥遊海珠寺……二九五
中秋良會客有不待月而別者……二九五
清夜吟用韻書感……二九五
贈劉翰林還京……二九五

暮春……二九六
聞杜鵑……二九六
聞蟬……二九六
園樹有巢鵲……二九六
古劍……二九七
鄙述答諫議蕭公……二九七
雜言……二九七
睡覺……二九七
村居雜言……二九八
雨景……二九八
西平道中……二九八
高茗峰陳莘野劉純吾三公隔水不得相見……二九八
默坐……二九八
絕句和杜……二九九

卷三六五

龐尚鵬二……三〇〇
醫巫閭山……三〇〇
西河驛……三〇〇
院中葵……三〇〇
颶風歌……三〇一
聞雁……三〇一
鄰婦哭殤子用韻……三〇一
曉行歌送盧方伯如城……三〇二
泛溪紀遊……三〇二
感時排律和楊臚山……三〇二
惠短箋口號……三〇三
弼唐兄食不重肉乃東西遠遊無寧歲感而賦此寓忠告之意……三〇三

雪月歌壽盧方伯……三〇四
偶有異聞作此發浩嘆……三〇四
鄰曲招飲添歲酒……三〇四
七十春遊歌贈劉山人……三〇四
挽同年孟玢唐中丞……三〇五
木棉行……三〇五
卧遊羅浮和盧方伯……三〇五
譚山人過草堂有贈……三〇六
歲晏行……三〇六
金山寺聞雞……三〇七
虛室行……三〇七
木綿飛絮歌……三〇七
新月篇……三〇八
鬥鳩行……三〇八
猛虎行……三〇九
李陽河即事……三〇九
贈翰林王忠銘省覲還海南……三〇九
登大梁城樓……三〇九
雄州簡譚次川大參……三一〇
次韻初秋雨夜有所思……三一〇
次樊北萊督學感秋韻寄懷……三一〇
次西莊臨池玩月韻答孔臨干……三一〇
天關書院飲至次韻答吳自湖中丞……三一〇
次韻答冼石雲……三一一
楚中曉行……三一一
次韻答倫警軒廷評……三一一
次韻答歐崙山……三一一
次韻答張印江同年……三一二

次韻答吴川樓太守……三一二
度梅關用韻……三一二
周莓厓中丞邀遊滕王閣別後用韻奉寄……三一二
陳鶴山榮壽冠帶……三一二
陳學樵丈榮壽冠帶……三一三
驛亭所至見總制王鑒川留題及撿所上封事數讀之勃然興懷賦此寄贈……三一三
秦中書感……三一三
次韻答凌海樓同年……三一三
過大同村莊感述……三一四
曾元山臺長謫居光孝寺與予別業爲鄰賦詩寄贈就韻答之……三一四
謁韓范二公祠……三一四
詹道長抗疏還閩作此訊之詹令予邑有聲……三一四
次重陽韻答王總制時聞搗巢大捷曉發巡河西……三一四
次韻答朱鎮山尚書……三一五
巡邊苦雨答王鑒川總制……三一五
長途書感……三一五
行邊……三一五
延安清涼寺次壁間韻時聞西警……三一六
靈武臺……三一六
安化聞疊江伯兄訃……三一六
林中丞念堂與予夙有心期卒于姑蘇挽之……三一六
吊譚省吾……三一六

泰和別陳養蘭先生……三一七
次韻答王鑒川總制時報罷東歸……三一七
次贈別韻答張少渠中丞……三一七
先君諱日……三一七
壽南泉兄八十……三一八
對客夜談……三一八
新宅觀珠燈次韻……三一八
寄何州牧……三一八
代鄒麥二公酬和譚別駕寄懷……三一九
寄懷海村家兄次韻譚別駕……三一九
次韻酬蘇眉山寄贈……三一九
水亭落成次韻酬和譚別駕……三一九
次韻酬和戴筠臺太守……三一九
次韻雨中遣悶兼七夕過從和雙台星野二兄……三二〇
小構落成次韻酬和周雲谷……三二〇
立秋值七夕同鄉燕會酬和盧方伯……三二〇
簡譚見日昔年以布衣遠遊曾上書闕下時論偉之……三二〇
次韻譚山人登城樓寄懷……三二一
村居和盧方伯……三二一
和譚別駕用杜律秋興韻四首寄懷劉躍衢年兄……三二一
盧方伯移舟過小亭……三二一
和友人懷溪園……三二一
寄譚見日……三二二
珠江夜泛……三二二
春日村居……三二二

贈去雁……三二二
春燕……三二三
贈歸雁……三二三
寫懷……三二三
村居感事寄所知……三二三
讀龐德公傳……三二四
過田家有述……三二四
鍾心瞿道長欲枉顧作此招之……三二四
望白雲寄城中諸公……三二四
贈方進士之任慈利……三二五
望西樵和盧方伯……三二五
午睡……三二五
酬黃東明博士……三二五
陳古洲表弟詩來多感慨就韻寄酬……三二五
酬楊臚山兼寄姚柏庵……三二六
冼秋官日錄……三二六
憶亡弟次韻……三二六
聞曹諫議抗疏改官次韻書感話……三二六
酬交親枉過……三二七
和鄒明府登何太僕定性樓……三二七
聞宮車晏駕愴然書感……三二七
陳右崧大守將赴京過予晚酌……三二七
螢……三二七
百舌……三二八
譚永明中秋枉顧談時事因及高堂白髮感而賦此……三二八
陪陳忠甫飲譚別駕宅用韻……三二八
對新月懷盧方伯往金山登高……三二八

秋日溪山野望折簡邀同遊……三二九
次韻酬和關紫雲過訪草堂……三二九
喜友人過訪……三二九
陳丹泉枉顧別後寄懷……三二九
迓陳洛南尚書致仕……三三〇
贈何廣文之任樂昌……三三〇
贈醫師……三三〇
春日壽家慈用韻……三三〇
元夜喜晴……三三〇
春日泛海值風雨……三三一
夏日山房次韻和陳洛南尚書……三三一
度嶺謁張文獻次韻……三三一
讀佛書……三三一
夏日懷陳洛南尚書……三三二
七夕前二日檢佛書寄懷盧方伯……三三二
癸酉中秋憶前辛酉茲夕鎖院校文……三三二
園中秋思用韻和盧方伯……三三二
次韻梁塾師贈于化弟會試……三三二
秋試罷舉用韻寄酬鍾少濂……三三三
和劉珠江遊龜峰矩洲嶽橋賞梅次韻……三三三
登六合樓……三三三
新正海棠石榴盛開約同鄉燕會……三三三
懷六榕寺塔……三三四
人日會酌書懷……三三四
用韻贈鄉中諸館賓……三三四
和楊生早春試筆聞新雷……三三四
春夜大雷雨和楊館賓……三三四

高左史枉顧草堂和盧方伯……………………三三五
與二客曉起登樓……………………三三五
南鄰黄山人招飲……………………三三五
弱唐兄寒月遠遊用韻懷寄……………………三三五
贈武將軍枉駕敝廬和盧方伯……………………三三六
贈何中丞赴召……………………三三六
讀盧方伯著作篇有述……………………三三六
春初雨中寄隔溪孔二和盧方伯……………………三三六
新歲卻賀客和盧方伯……………………三三六
早春寄陳洛南尚書……………………三三七
送李蘭亭進士還京……………………三三七
用韻酬同年雲明府同窗吴秀才……………………三三七
贈霍悦來進士還京……………………三三七
過盧方伯竹園……………………三三八
劉躍衢年兄枉駕草堂有述……………………三三八
和羅古墩懷寄……………………三三八
十四夜對月獨酌用韻和王總戎……………………三三八
贈于化弟遊朗寧……………………三三八
答譚盧二公懷北溪園亭……………………三三九
秋夜即事……………………三三九
南園會棋用韻……………………三三九
劉年兄聞邸報有贈次韻寄酬……………………三三九
東遊泛海會戴山人于南步村居……………………三四〇
水村小景……………………三四〇
三公……………………三四〇
夏日園中……………………三四〇
村舍……………………三四〇
漁家樂和黄東明……………………三四一

和苦熱用韻……三四一
初夏雨後莊居和徐相公……三四一
用韻贈于化弟赴春官……三四一
題天倫樂事圖中畫紫荊芝蘭釣渭水皆異景也其兄弟一門雍睦各取號於此云……三四二
燕集平遠臺用韻酬和大諫議蕭公……三四二
大宗伯林公談鄉園時政作詩以羊開府爲言用韻酬和……三四二
贈大諫議乾養蕭公使琉球……三四二
贈大行人繹梅謝公使琉球……三四三
池口舟中……三四三
五桂亭……三四三
讀邸報書事……三四三
過戞羹侯墓……三四三
喜郝少泉道長行部至清苑……三四三
登王屋山時朝廷遣官特祀……三四四
園池偶述……三四四
次韻答郭夢菊儀曹……三四四
白登城……三四四
萬里長城……三四四
竇家莊……三四四
李廣射石……三四五
土木驛……三四五
出居庸關……三四五
瀋陽夜月……三四五
虎皮驛……三四五
沙嶺……三四五

盤山驛……三四五
李陵臺明妃塚……三四六
蘇武城……三四六
姜女石……三四六
華表柱……三四六
入山海關……三四六
答臨干雲谷……三四六
次韻答弼唐兄……三四七
別孔臨干凡六年偶泛舟過橋下望水竹
新居勃然有懷……三四七
與蘇近齋年兄對榻話舊……三四七
壽邵端臺……三四七
贈別樂平高秀才……三四七
贈別樂平舒子長禮部儒士……三四七
樂平舊友過草堂告予北行……三四八
端陽日次韻寄壽周雲谷……三四八
贈筠臺戴太守還閩……三四八
山居避俗……三四八
得戴筠臺太守遊山記……三四八
白沙先生像……三四八
詩柬不書名……三四九
聞有司議賑……三四九
憶亡弟次韻……三四九
懷關玄門累期不至……三四九
猫臥花下石山……三四九
周雲谷枉顧別後寄懷次韻……三四九
送別還城次韻……三四九
溪亭新築石徑漫題……三五〇

東門别業爲陳二山太守題……三五〇
漁……三五〇
樵……三五〇
耕……三五〇
牧……三五〇
訪黄山人二絶……三五一
鄰翁問治生口占一絶……三五一
秋天……三五一
梁山人夜宿東書堂有述用韻寄酬……三五一
早起用韻……三五一
夜坐……三五一
寄夔州郭使君……三五二
幽獨……三五二
竹下乘涼……三五二
題寄南華寺……三五二

卷三六六

蘇季達……三五三
送提督武學金冲菴主政考績……三五三
姚光虞……三五三
擬古十九首……三五四
雜詠……三五九
詠雪……三五九
寄永嘉劉郡丞……三五九
得陳明佐書……三六〇
贈别黄幼彰次韻……三六〇
和蘇子仁暮春雨中登木末亭之作……三六〇
送楊僉憲之雲南……三六〇
送周國雍守順慶……三六一

寄同年陳明佐……三六一
寄同年楊孺培……三六一
送沈庫部守廉州……三六一
玉亭漫述……三六一
大司成王公邀集徐園……三六二
鷄鳴寺同國學諸公登望……三六二
渡江舟次寄送楨伯致仕還里中……三六二
春日……三六三
高門橋晚歸……三六三
高樹……三六三
長門怨……三六三
後宮詞……三六三
彭應乾……三六四
建寧道中感懷……三六四
黄志尹……三六四
待月嶺南第一樓……三六四
海珠餞別……三六五
謁李忠簡公祠……三六五
小金山謁蘇祠言別……三六五
厓山吊古……三六五
浮邱社懷趙太史……三六六
奉浮葛二仙入祀朱明館……三六六
朱明館……三六六
浮邱八景……三六六
望羅浮……三六七
遊七星巖……三六七
鎮海樓眺望……三六八
王鳳翎……三六八

潞河聞長笛……三六八
送岑省軒還東莞……三六九
夏日觀蓮憶濂溪雅趣……三六九
送李聚吾父母轉北司徒郎……三六九
贈幕史粹公罷政歸釣鼇臺……三七〇
萬竹歌……三七〇
王鳳翀……三七〇
贈幕史粹公罷政歸釣鼇臺……三七一
王鳳翔……三七一
題舒中賜大尹種德傳芳圖……三七一
佘光裕……三七一
遊海珠寺……三七二
海珠同章崑岡節推宴分賦……三七二
登小金山……三七二
厓門懷古……三七三
飛來寺……三七三
將進酒……三七四
聞笛……三七四
春莫……三七四
春夜……三七五
旅亭夜酌……三七五
蕭烈女……三七五
有懷……三七五
弔岳武穆……三七五
郊行……三七六
大觀亭弔余忠宣公……三七六
無題……三七六
約過李芝山客舍……三七七

望君山……三七七
感舊……三七七
金谷園圖……三七八
旅思……三七八
俠客行……三七八
道經舊遊有感……三七九
舟中夜泊……三七九
北上道中……三七九
荊門道懷古……三七九
早朝……三七九
九日同陸明府劉揮使葉春元江中共酌……三八〇
黄在衮……三八〇
韓祠懷古……三八〇
遊南華寺……三八〇
噴玉巖……三八一
西樵山……三八一
黄在裘……三八二
海珠遠眺……三八二
海珠……三八二
小金山……三八二
過梅嶺……三八三
宿曹溪方丈……三八三
黄龍洞……三八三
杯峰石……三八三
五指參天峰……三八三
文筆峰……三八四
金雞嶺……三八四

馬鞍岡……三八四
厓山吊古……三八四
西樵山……三八五
黄在素……三八五
古墟市……三八五
黄應芳……三八六
題愛雲祁君號……三八六
梁直……三八六
泊峽山遊飛來寺……三八七
送李邑侯報政入都……三八七
林萬韶……三八七
謁李忠簡公祠……三八七
楊茂先……三八八
海珠同章崑岡節推宴分賦……三八八
浮邱八景……三八八
飛來寺……三八九
謝元光……三八九
謁李忠簡公祠……三九〇
浮邱社懷趙太史……三九〇
浮邱八景……三九〇
李炤……三九一
題饒志尹池亭……三九一
陳顯……三九二
圓珠積翠……三九二
忠讜凝嵐……三九二
鶴洲漁唱……三九三
狼嶺樵歌……三九三
烏石醴泉……三九三

狀元古井……三九三
仙巖夜月……三九四
石壁朝雲……三九四
葉懋……三九四
石門……三九四

卷三六七

鄭旻……三九五
守歲即席漫賦……三九五
嘉魚夜舟……三九五
黎民衷……三九六
從化揚溪峒……三九六
清海樓霜夜聞笛……三九六
五仙石……三九七
讀書泰泉精舍……三九七
大司馬黃公席上分賦石虹湖得鏡字……三九七
明妃詞……三九八
七夕……三九八
月夜吳舍人過集……三九八
溪南別業為萬銓部賦……三九九
元旦早朝……三九九
秋日謁陵……三九九
答大崙山人見懷之作……三九九
泊京口與友人望金焦……三九九
九日蒲澗紀遊同歐子楨伯家兄惟敬賦……四〇〇
邊事……四〇〇
上元曲李子藩席上賦……四〇一

太平寺……四〇一
中秋蘇溪逢吳大行元山……四〇一
贈臥芝山人傅汝輯……四〇二
禮斗壇……四〇二
大龍道中即事……四〇二
使粵道出益陽雨後口占……四〇二
寄贈林井丹兵憲入楚……四〇二
陳萬言……四〇三
春日集浮邱社……四〇三
浮邱社懷趙太史……四〇四
聞邊報貢虜有變……四〇四
偶山……四〇五
張大猷……四〇六
雲臺庵……四〇六
李邦義……四〇六
謝朝中貴人……四〇七
楞伽峽……四〇七
遊燕喜次韻……四〇七
李思悅……四〇八
陰那山祖師院……四〇八
陳彥際……四〇八
浮丘懷趙太史……四〇八
吳繼澄……四〇九
和吳雪窗鍾鳳山看花……四〇九
遊大帽山……四〇九
擒張璉回過車磐驛……四〇九
梁幹……四一〇
壽竹叔七十一……四一〇

梁栢……四一〇
懷趙太史……四一〇
過沛……四一一
早朝時皇太子出閣讀書……四一一
子夜變歌……四一一
獨漉行……四一二
橋頭溪……四一二
鄭鸞……四一二
無題和李商隱……四一二
無題和李商隱……四一三
懷龍川劉生昆仲……四一三
李茂魁……四一四
送戚元敬大將軍還登州……四一四
陳克俟……四一四
貴州城……四一五
貴陽道中值雪……四一五
雪夜鎮寧公館承嚴大夫載酒……四一五
出京晚宿蘆溝橋……四一五
渡楚江……四一五
將之滇南留別黎惟敬歐楨伯袁茂文諸公……四一六
袁民部茂文招飲不赴時予方拜騰越之命……四一六
再拜欽賞日恭紀……四一六
聞命金滄留別同官……四一六
謁比干墓……四一七
諸葛武侯祠在南陽……四一七
秦人洞……四一七

至日清浪衛……四一七
關將軍廟在關索嶺有馬跑泉在焉……四一七
平夷驛候林郡丞不至予出都日郡丞賦詩一章且解所衣貂領贈之約予于滇關相待久不見至悵然留題於壁……四一八
天寶兵士塚……四一八
呂仙祠……四一八
聞報東宋師朱……四一八
往予經貴筑嚴鎮寧蘇普安各留歡信宿別忽十載二君皆泉下人矣流涕賦此……四一九
自沅州至武陵……四一九
下吏時七月七日……四一九
留別李中丞孟成……四二〇
留別劉將軍……四二〇
出都門……四二〇
別宋郡丞師朱……四二〇
三閭大夫祠……四二一
昆明池留別江雲南郡公陳郡丞王別駕任節推諸丈……四二一
夜渡盤江……四二一
界亭驛雨泊……四二二
十五夜見月……四二二
重送陳兵憲……四二二
出京承陳戶部德基餞別……四二二
岳武穆廟……四二二
送游宗謙還蒲中……四二三
壽陳淇涯初度……四二三

送潘子朋入京……四一三
送趙文學之任桃源……四一三
邀何康二山人小酌時李子玉梁憲甫同集得盟字……四一四
賦得偕壽蘭孫賀潘君理父母隱君松原安人陳氏雙壽舉孫應瑞……四一四
壽韋鴻初……四一四
擬七夕宮詞……四一五
登淨樂寺閣……四一五
李以龍……四一五
將北上次白沙先生韻……四一六
嘉會樓三首……四一六
江浦吟追次林南川韻二首……四一六
楊太后……四一七
陸丞相……四一七
文丞相……四一七
張太傅……四一七
雷電山蕭莊二節婦墓……四一八
圭峰登高二首……四一八
圭峰題李真人巖……四一八
旅夜書懷二首……四一八
舟次沙頭……四一九
夏夜不寐……四一九
重陽雨坐有懷圭峰登高……四一九
寒夜……四一九
弔厓二首……四二〇
雲岳尊先生升任蒼梧詩以言別……四二〇
吳譽聞……四二〇

春日居九樓懷仁和梁明府……四三一
初入鎮郡……四三一
登匡山……四三一
李時春……四三二
待月嶺南第一樓……四三二
譚諭……四三二
遊七星巖……四三二
星巖二十景……四三三
曾遷……四三四
朱明洞懷葛稚川……四三四
李以麟……四三五
擬古……四三五
春晚……四三六
梅花下有懷水石鄧山人……四三六
夜經龍興寺……四三六
病中秋夜……四三六
閒居雜詠……四三六
丙申春同諸社丈北郊會張吳二將軍楊
武生邀酌松下晚歸書事二首……四三八
定帆亭……四三八
滘頭看山同鄧吉夫曾明吾梁伯靜舟中
……四三八
遊匡山上袁明府蕭老師……四三八

卷三六八

霍與瑕……四四〇
霍與瑕一……四四〇
龍德歌壽甘泉湛尊師……四四〇
陟東門……四四一

採松歌……四四二
集古雅歌題慕溪兼賀壽……四四三
贈遠人送蔣道林郎歸湖湘……四四三
送洪覺山先生北歸……四四四
惜別……四四五
安愚雅詩……四四五
就芝頌……四四六
初四日舟至觀音巖憶諸兄弟集古寄懷……四四六
代諸兄贈予和前韻益嗟于弟行役之意也……四四六
寄潘春樓年兄……四四七
李太華死事……四四七
送杜呂方伯入覲……四四八
老鶴冥棲……四四九
巖窩……四四九
寒食……四四九
贈謝尹北上……四五〇
招隱……四五〇
南江遐祉……四五一
開復舊河濠……四五一
北山有松……四五一
桂之坡……四五一

卷三六九

霍與瑕二……四五三
聖人出……四五三
戰城南……四五三
雉子斑……四五三

閶闔開……四五四
有所思……四五四
江南弄……四五四
長歌行……四五四
短行歌……四五四
大堤行……四五五
採蓮曲……四五五
梅花落……四五五
公無渡河……四五五
戰城南……四五五
越人歌……四五六
黄鵠歌……四五六
度關山……四五六
採桑度……四五六
戰城南……四五七
關山月……四五七
長歌行……四五七
臨高臺……四五七
易水歌……四五七
君馬黄……四五八
雞鳴歌……四五八
將進酒……四五八
巫山高……四五八
龍閣晴雲……四五九
鳳池朝日……四五九
藤涌月露……四五九
桂圃風香……四五九
岡尾樵歌……四五九

灣頭釣艇……四五九
登洲湧潮……四六〇
西淋返照……四六〇
江南弄……四六〇
遠別離……四六〇
田家樂……四六〇
估客樂……四六一
龍馬歌……四六一
望九疑……四六一
謁重華……四六一
寄遠……四六一

卷三七〇

霍與瑕三……四六三
論詩呈雙魚……四六三
奉酬勉純……四六五
乘月訪覺山先生於西溪次夕復侍教次鐵峰韻……四六五
用鐵峰韻贈明谷方子北歸……四六五
贈別……四六六
遊羅浮……四六六
德州別達泉朱殿撰……四六六
贈練臺子……四六七
琴軒……四六七
寄沈尹四首……四六八
贈沈尹北征……四六九
送王巾川北歸二首……四七〇
贈別……四七〇
天關送遠……四七一

十月十三日送孫小渠歸廬州……四七一
和寄孫三渠翁壽……四七二
用陳唐山韻送艾陵林先生北上三首……四七二
再步韻寄懷郭平川黄門……四七三
人日喜晴……四七四
送梁浮山……四七四
題畫李白望月……四七五
遊鏡林和泰泉公韻……四七五
鏡林泛舟……四七五
一葦所如……四七六
送曹洞峰憲副陟廣右……四七七
採蓮曲……四七八
壽陳唐山七十一……四七八
謝張鄮西見寄佳作……四七九
寄懷龍皐葉大夫……四七九
贈張印江社丈……四八〇
贈大司馬文峰陳老先生東歸……四八〇
相思歌……四八一
寄關紫雲八十翁步相思歌韻……四八二
珠江别意送趙瀫陽太史東歸……四八二
山斗遺思……四八三
一杯亭春望……四八四
又用前韻四首……四八四
舟行步前韻……四八五

卷三七一

霍與瑕四……四八六
望白雲山有作……四八六

雨中見桃花……四八七
岑年伯見和步韻稱謝併謝周苺厓都堂……四八七
遊白雲……四八七
洗兵馬行……四八八
柳川……四八九
錦厓……四八九
後洞……四九〇
西橋……四九〇
送三水陶尹陟留都治中別駕用韻……四九一
齊壽篇……四九一
前山吟……四九二
萱草忘憂……四九二
柳之山……四九二
桂之山……四九三
龍江野酌和秋宇胡內翰見示之作……四九三
陳劍巖西遊走筆送之……四九四
春日觀稼……四九五
括滕王閣序用韻送夏見吾公祖年丈齋……四九五
捧北上……四九五
贈效泉之官澄邁……四九五
和何次瀾歸樵……四九六
魯四府考績恩封……四九六
衡門逸叟歌……四九七
桂之圃歌……四九七

卷三七二

霍與瑕五……四九九
題畫……四九九

赤壁……四九九
海珠……四九九
送文瀾開館清江用芝山舍弟韻席上……四九九
早春即事和韻……五〇〇
和韻賀海嶼公六旬初度……五〇一
春日陪侯侍御遊洪巖用盧大參韻……五〇一
舟行用盧方伯莘老韻……五〇二
鵝湖道中……五〇三
紫雲……五〇三
龍津……五〇三
鄔子……五〇三
瑞洪……五〇四
趙家圍……五〇四
湖畔……五〇四
登岸……五〇四
走筆奉和匡南見寄……五〇四
端午歸石頭海山索題畫……五〇五
商山四皓……五〇五
臨川諸老邀遊醉鄉別寄……五〇五
送葉藴西歸龍山……五〇五
卷三七三
霍與瑕六……五〇七
右江吟……五〇七
府江吟……五〇八
登觀瀾閣……五〇九
重登觀瀾閣……五〇九
呂亭驛走筆……五〇九

走筆謝齊太衛戴渾庵……五〇九
秋江送遠……五一〇
長相思……五一〇
題直山莊……五一一
侍泉翁尊師遊羅浮步韻……五一一
出都門口占別家兄……五一一
泊淮……五一一
慕溪黎子別號也父曰一溪故曰慕溪云……五一一
樓居書懷……五一一
遊羅浮和寶潭十絕……五一二
迎春示馮秀才……五一二
秋堂獨坐……五一三
別館都春……五一三
清溪夜泊……五一三
濛灃……五一三
曲江……五一四
曲江謁先師甘泉精舍……五一四
晚泊……五一四
苦旱……五一四
聞鷓鴣……五一四
步韻送古林何老先生北上……五一四
豁然樓燕集……五一五
翠微歌……五一五
賀高明尹……五一六
山中吟……五一六

卷三七四

霍與瑕七……五一七

月夜登樵……五一七
下第自遣……五一八
五月五日奉鄺翁韻即事……五一八
催鄺西賞蓮兼謝祈晴見獎之作……五一八
五月十五日奉鄺翁韻……五一八
侍諸老遊城用韻……五一九
新春粵山懷弼塘麗尊師……五一九
鏡林泛舟……五一九
瑞雪……五一九
初春十一粵秀山社會……五二〇
武夷圖三昔歌……五二〇
走筆和海山舍弟訂來樵之約……五二一
題節孝卷爲鄧母譚氏……五二一
邵少湄折柬有樓臺將送暑涼露報新秋之句用何詩飄灑欣然余懷走筆答之……五二一
樓臺送暑之句再三歌諷渾欲傷秋再用韻紀興……五二三
用韻奉答郭西橋……五二三
和古林何先生聞報之作……五二三
藕花亭雜詠爲梁浮山中書……五二四
盍簪樓雜詠十首……五二五
十八灘雜詠……五二七
區見泉表弟新居寄賀四首……五二九
頃波來東有遊樵之約喜走筆答之……五三〇
走筆招區頓池四表……五三〇
岐山親家東廳雅敘走筆……五三〇
和韻呈歐禎伯親丈……五三一

和韻酬譚姪婿……五三一
發南康過左蠡……五三二
都昌曉晴晚別張都閫……五三二
得家書訃仲兄少石仲弟少玉之報……五三二
春夜泛湖漫興……五三三
春日泛湖漫興……五三三
王中宇憲長齎捧入賀贈別……五三四
發南浦渡鄱湖雜詠……五三四
陪侯戎院何方伯張都閫東巡避暑鉛山
觀音洞……五三五
再遊青蓮洞……五三六
重遊石井庵……五三六
餞侯戎院入閩……五三六
立春和盧星野方伯韻雜興……五三七
新春再和韻雜興……五三九
二月二十一日清明如樵展掃……五四一
得同亭雜詠……五四二
和區逵鴻見示村居之作……五四三
明月吟贈兩湖黃都督北歸……五四四
憶弟……五四四
送葉養直歸龍山……五四五
偶題……五四六
升平樂……五四六
立秋前二夕聞歌……五四六
括易送中丞滕少松公祖陟留都……五四六

卷三七五

霍與瑕八……五四八
侍甘泉師謁四賢祠……五四八

聞甘泉師翁遊南嶽歸志喜…………五四八
寄何麓池臨江通府…………五四八
題月塘…………五四九
沈章山參政見示詠雪佳作奉和…………五四九
六月姚江舟中…………五四九
泊丈亭寄翁見海中丞…………五五〇
喜九弟閉關結伴苦學…………五五〇
青梅閨怨…………五五〇
元夜立春…………五五〇
讀萊軒感事之作走筆漫書…………五五一
寄懷梁雲端時連雨七旬矣雲端西遊三旬矣…………五五一
登雨青樓…………五五一
和韻送時庵陳子歸廣右…………五五二
聞唐子妙陽出憲獄喜而賦此…………五五二
黎氏旌節榮獎…………五五二
其二…………五五二
走筆奉和陳唐山見懷之作…………五五二
山居奉答詩社列位老伯見懷之作…………五五三
奉懷弼塘尊師古林尊丈…………五五三
奉懷素予劉尊師…………五五四
苦西北二江大水傷稼…………五五四
寄家書南京偶題書緘…………五五四
和友竹見寄兼致謝懷…………五五五
夜飲孟兩峰宅論學…………五五五
七夕陰雨次日雷風更烈…………五五五
入三里同吳州守王縣尹觀鳳化城二首…………五五五

宿三里山家……五五六
遷江道中偕陳尹月下……五五六
五月望日至雷塘大水始涸憶在邕州曾
爲李侍御言太陰犯畢豕將涉波今乃城
市游魚鼈也……五五六
十六日偕胡余二守登柳州南樓小酌……五五六
七月三日午刻走筆……五五七
走筆答何次瀾見寄……五五七
天香草堂見梅……五五七
粵山社會逢海嶼初度……五五七
春山偶筆……五五八
陪弼唐尊師祀雲谷次日山間父老來讌
……五五八
承盧星野教聞謗毋辯小詩謝教兼申來
樵舊約……五五八
次韻……五五九
讀譚二華翁薦書有感自述……五五九
東湖……五五九
和鄧秀才見寄……五五九
鄧仰泉偕姪訪余山中索詩座上作……五六〇
走筆附寄安寓方田二表……五六〇
五月廿日琴沙偕方田諸君泛舟賞荔用
前韻……五六〇
黃萊軒見懷依韻奉謝……五六一
橋梓長春……五六一
鄧仰泉挽歌……五六二
鴻映閩逵……五六二
清明謁陵遂遊西山……五六二

贈別……五六四
東平阻雨觀畫聞鶯漫興……五六四
桐城夜雨甚烈次日喜晴……五六四
上弦月……五六五
景州曉行……五六五
乙亥被命出山別三城諸君子……五六五
雷雨即晴用韻……五六五
奉別黃碧川大參歸番禺四首……五六五
送王震所憲副……五六六
走筆奉別陳省齋……五六六
七月二十朝……五六七
賀省亭殿下新居兼謝見贈……五六七
滕王閣宴集括閣序送張憲長小圃年丈
北轉……五六七
發南浦別郊餞諸丈……五六八
人日喜晴用韻……五六八
走筆……五六八
和韻……五六九
夜坐聞塔鈴……五六九
聽鶴亭和韻……五六九
晴日登盍簪樓用海嶼韻紀興……五七〇
十洲草亭十首和玉田韻……五七一
走筆和玉田見示之作……五七二
趙穀陽太史東歸贈寄……五七二
浮邱社詩……五七三
送及泉舍弟用甫舍侄西遊……五七四
春日過粹齋七弟墓……五七四
新春試筆用區封君韻……五七四

夏日即事……五七五
夏日賓館獨酌……五七五
端午後二日感懷……五七五
春臺惠紀……五七五
惠德歛音……五七六
賀箕野七十一……五七六
聞紫雲丈丹成志喜……五七七
賀區玉田七十一用梁穗灣韻……五七七
六十五壽晨玉田穗灣諸老見贈和韻……五七七
贈紫霞劉山人……五七七
奉和督府慶雲瑞鵲詩……五七八
送聶瑤峰進士知南陵……五七九

卷三七六

岑用賓……五八〇
海珠餞別……五八〇
謁李忠簡公祠……五八一
游南華寺……五八一
宿曹溪方丈……五八一
題劉御史我崧墓……五八二
贈戰貢士歸楚……五八二
劉介齡……五八二
送唯吾王侍御謫楚……五八二
吳興署中同顧若溪司空徐龍灣太守賦
雪中紅梅次二公韻……五八三
飛來寺晚泊……五八三
賦得七月既望泛舟赤壁……五八三

雲峰寺……五八三
波羅道院……五八四
講經臺……五八四
紅白紫菊……五八四
懷南園五先生……五八五
翟瑀……五八五
集飲東林梁先生書舍……五八五
方蕖……五八五
懷王百穀……五八六
新秋……五八六
雁……五八六
賦得春有遊女……五八六
燕巖庵……五八七
秋夜……五八七
送王伯穀還金昌……五八七
江行……五八七
賦得漢細君……五八七
賦得楊柳……五八八
出塞曲……五八八
擬宮詞……五八八
文姬琵琶圖……五八八
惜花……五八八
廖文炳……五八九
嘉會樓讌集次韻……五八九
劉士進……五八九
白燕……五八九
飛霞閣水松……五九〇
何進修……五九〇

鎮海樓宴王渙江丈口號……五九〇
夜雨宿西莊……五九〇
午夢……五九一
遊海珠寺……五九一
廿三日觀迎祀纛儀仗後宴集黃信卿啟……五九一
芳亭……五九一
登城西角樓眺望……五九一
送鄭比部讞獄粵西……五九二
懷徐灌園……五九二
郭棨……五九二
登鎮海樓……五九二
海珠……五九三
遊西樵山……五九三
過梅嶺……五九三
六祖法壇……五九四
鏡宇……五九四
聞砧……五九四
聞雁……五九四
感秋……五九五
揚州懷古……五九五
登飛來十九福地……五九五
小姑山……五九六
登白雲寺……五九六
聞笛……五九六
落花……五九六
李衛公祠……五九七
人日淮河阻閘……五九七
登岳陽樓……五九七

謁岳武穆祠……五九八
早朝……五九八
浮丘懷趙相國……五九八
昭烈廟……五九八
四峰書院……五九九
梁夢雷……五九九
山下館曉發……五九九
望湖亭宴集得臺字……五九九
李太府邀飲岳陽樓偕吳郡丞……六〇〇
登太和絕頂……六〇〇
二月二十五夜夢二弟抱其幼子款款談
家事不休覺而志哀……六〇〇
顏璉……六〇一
遊霍山……六〇一
王顯先……六〇一
金雞嶺……六〇一
馬鞍岡……六〇二
杜漸……六〇二
海珠……六〇二
謁李忠簡公祠……六〇二
小金山……六〇三
厓山吊古……六〇三
浮邱社懷趙太史……六〇三
飛來寺……六〇三
張廷臣……六〇四
出郊看花至东山寺……六〇四
上巳社集喜葉化父至自羅浮……六〇四
遊浮丘山……六〇四

西樵山……六〇五
送訶林棲霞上人參方……六〇五
遊粤秀峰……六〇五
遊六榕寺……六〇六
謁李忠簡公祠……六〇六
春日社集浮邱别墅即事……六〇六
奉葛浮二仙祀朱明館……六〇六
入浮邱社……六〇七
浮邱社懷趙太史……六〇七
朱明館……六〇七
浮邱八景……六〇八
飛來寺……六〇八
過梅嶺……六〇九
韓祠……六〇九
游南華寺……六〇九
望羅浮……六〇九
遊七星巖……六一〇
文筆峰……六一〇
金雞嶺……六一〇
馬鞍岡……六一〇
倫文……六一一
海珠贈别……六一一
蒙詔……六一一
河南村狗……六一一
鍾振……六一二
湖中三嶼……六一二
十萬山……六一二
仙人橋……六一二

唐宙……六一三
思母……六一三
卷三七七
郭棐……六一四
鄧山人招同鄒令尹黄少參黄令尹張都
運郭學憲遊六榕寺……六一四
五仙觀……六一四
庚申春日偕蒙葵東孫居素蒙近野孫鵜
泉區碧江梁文泉諸年兄飲王地官肖溪
于五層樓次壁上韻……六一五
菩提壇……六一五
懷南園五先生……六一五
遊海珠寺……六一五
海珠餞別……六一五
和何許二前輩壁韻四首……六一六
謁李忠簡公祠……六一六
秋日自珠江過石門二首……六一七
謁蘇文忠公祠……六一七
金山謁東坡祠……六一七
小金山餞別趙寧宇憲使……六一七
過小金山懷東坡……六一八
金山集古……六一八
厓門二十首……六一九
厓山吊古……六二二
扶胥口偶作……六二二
偕林素禺太守尊丈遊波羅廟用東坡韻
……六二三
浴日亭……六二三

和趙瀫陽太史答黎瑤石內史偕遊浮邱之作……六二三
趙太史招遊浮邱山和韻尚書……六二四
浮邱社懷趙太史……六二四
奉浮葛二仙入祀朱明館……六二四
秋日登浮邱臺……六二五
飛來寺……六二五
和樂周弟寄韻……六二六
峽山飛來寺……六二六
飛來寺……六二六
過梅嶺……六二八
賴明府召飲于韓臺偕區廣文觀競渡……六二八
韓祠懷古……六二八
宿曹溪方丈……六二八
訪南華寶林謁六祖……六二九
宿曹溪禪林……六二九
懷黎惟敬鄧君肅游羅浮……六二九
季春遊浮邱小集喜葉化甫至自羅浮談……六二九
四百峰之勝……六二九
遊七星巖……六三〇
陳文峰制軍邀遊七星巖……六三〇
度靈羊峽望崧臺……六三一
星巖二十景……六三一
中宿峽……六三四
五指參天峰……六三五
文筆峰……六三五
金雞嶺……六三五

馬鞍岡……六三五
宿伏城驛懷樂羊子……六三六
秋夜過林念塘盧起溟小酌……六三六
擣衣篇……六三六
送陳廉訪年丈入覲……六三七
阻雪淮上……六三七
謁岳武穆廟……六三七
出紫荊……六三八
寄王元馭內翰年兄……六三八
湘陰館中寫懷……六三八
早朝……六三八
送徐少浦膳部侍母還吴……六三八
寄別同署諸丈……六三九
落花吟……六三九
寄陸湛庵儀部……六三九
答王忠銘太史贈韻……六四〇
漢諫議大夫王褒墓……六四〇
秋江釣叟……六四〇
憲副招飲黄鶴樓賦謝……六四〇
大庾嶺謁張文獻公祠……六四〇
聞東夷報急請援……六四一
麥訒軒年兄壽八十庭列十二丈夫子賦賀……六四一
區海目内翰北上……六四一
和李芳麓侍御宴姚園韻……六四一
七十一答同社……六四二
賀蔣鍾岳明府奏最……六四二
送海剛峰大理祭告南海兼歸省……六四二

明妃詞用儲光羲韻……六四三
採蓮曲……六四三
明妃曲……六四三
皇極殿早朝……六四三
太廟陪祀……六四四
圜丘陪祀……六四四
郭林宗……六四四
徐孺子……六四五
錦江圖為陳明佐少卿作……六四五
嚴子陵……六四五
遊南華……六四六
寄懷海剛峰同年……六四六
度梅關……六四六
泊岳州望洞庭……六四六
遊西樵山……六四七
初冬過梅嶺……六四七
四賢吟……六四八
夏晝登南樓……六四九
秋入三里點香營伍兼課耕兵……六四九
自賓州歷柳慶諸邊堡點閲……六四九

卷三七八

梁棟材……六五〇
金陵歐林二君往省科試……六五〇
龐一夔……六五〇
報同守永昌……六五一
蘭津謁諸葛武侯祠……六五一
撫巡南甸……六五一
詠懷……六五二

春日寄直閣林員外……六五二
壽混成叔明府八十……六五二
曾孫生……六五三
過曲靖……六五三
蘇民懷……六五三
詠懷……六五三
詠史……六五四
秋日遊靈谷寺……六五四
春日重遊瓦官寺……六五四
南關道中……六五五
書北齊馮淑妃傳後……六五五
題顔宗漁樵耕讀圖為姚侍御賦……六五六
俠客行……六五六
野老……六五六
婕妤怨……六五七
鉢池山……六五七
秣陵秋思……六五七
採蓮曲……六五七
海珠寺……六五八
光孝寺訪智海上人……六五八
黄鏊……六五九
登鎮海樓……六五九
登坡山……六五九
謁李忠簡公祠……六五九
厓山吊古……六五九
浮邱社懷趙太史……六六〇
奉浮葛二仙入祀朱明館……六六〇
浮邱八景……六六〇

過梅嶺……六六一
韓祠懷古……六六一
文筆峰……六六一
金雞嶺……六六二
馬鞍岡……六六二
歸燕……六六二
鄭用淵……六六二
兗州道中有懷南劍諸友……六六三
水簾洞……六六三
越王臺……六六三
虞美人草……六六四
登朝漢臺……六六四
懷南園五先生……六六四
浮邱社懷趙太史……六六四
浮邱景朱明館……六六五
飛來寺……六六五
鄭佐……六六五
得蕭漢潁漕河書卻寄……六六五
懷陳士鵠……六六五
次梁廷復韻寄答……六六六
春宮詞……六六六
王文明……六六六
弔羅貞烈……六六六
姚文粹……六六七
封川江上感述……六六七
輒有所述……六六七
黎紹詵……六六八
曉行……六六八

夏日次答韋純顯草堂小集……六六八
集純顯宅……六六八
卷三七九
王弘誨……六六九
王弘誨一……六七〇
歲莫太學宴集分韻得天字……六七〇
趙太宰讀易圖……六七〇
讀書秋夜簡陳仁甫太史……六七一
雨過即事簡陳公望宮諭……六七一
擬詩贈許伯楨太史貤榮拜恩……六七一
秋夜獨坐簡故鄉知己……六七二
夏日讀百家書有感……六七二
癸丑七月八日賤生七十有二初度日舉
高年會約家兄八十翁德銘偕莫吳周程
褚五老在坐合五百餘歲爰賦詩五言古
風七章以侑壽觴云……六七三
詠史示兒……六七四
登文筆峰……六七四
同唐仁卿登謝公墩……六七五
雪中訪唐仁卿……六七五
送翟從先布衣奉母還粵……六七六
送任白甫孝廉應試……六七六
送吳瑞穀之應天廣文……六七六
仲秋有事園陵同任白甫詠……六七七
宿臥佛寺……六七七
彭蠡湖……六七八
積金峰……六七八
雨中望焦山……六七八

張公洞……六七八
蘇堤懷古……六七九
遊淨寺遍參五百應真像……六七九
曉起由靈隱登北高峰絶頂……六八〇
遊明昌寺……六八〇
贈真州李孝廉……六八〇
山莊雜詠……六八一
雨中感秋和陳公望宫諭韻……六八一
元春祭祠堂因送時聞侄應貢之京……六八二
過東光訪王慎齋館丈集陶留贈……六八二
梁公子元忠頃遇予龍門里第以尊翁開府墓誌見屬予嘉其仁孝至情而慶開府公之禧後未有艾也傷往懷今賦三十一韻……六八二
壽母篇……六八三
曉發陽羨道中……六八四
贈年家子李説甫……六八四
卷三八〇
王弘誨二……六八五
鳳臺圖爲張鳳臺侍御題……六八五
大椿圖爲郭明龍太史題……六八五
欹器圖……六八六
群牛圖……六八七
岱宗吟……六八七
武夷歌……六八八
槐樓歌……六八九
春雪歌……六八九
丘園歌爲少司成王師竹題……六九〇

新樂王晚年得子歌……六九一
證道歌叩王煉師……六九二
壽伯兄歌……六九三
慶仲兄七十九壽章……六九四
送伯兄同妹夫陳箕南新授光祿南歸因寄懷白下諸親暨家中二仲兄……六九五
送仲兄新授光祿南歸……六九五
觀虎行……六九六
呂梁行……六九六
石丸詩……六九七
譙國冼夫人廟詩……六九七
玲瓏巖和蘇長公韻……六九八
壽潘光祿母七十……六九八
集慶寺觀宋理宗燕遊圖……六九八
與戴宮允高太史賞雪中白菊即席賦得角字……六九八
九月雪中對菊適王廣文送酒侑以秋雪歌次韻奉答……六九九
秋夜長……六九九
題節俠奇遊送馬惟渥太學還金陵……七〇〇
採蓮曲……七〇〇

卷三八一

王弘誨三……七〇一
昭陵挽章……七〇一
孝懿皇后挽歌……七〇一
挽少傅馬文莊公……七〇二
三疏辭官未允漫述……七〇三

春日承郭陳袁王四翁丈邀飲龍津飛雲
園林……七〇三
夏日同陳仁甫陳公望遊淨業寺……七〇四
飛來峰……七〇五
別陸成叔山人……七〇六
孤山吊林和靖墓……七〇六
舟次逢黄白仲山人……七〇六
人日……七〇七
題壯遊冊贈袁上舍……七〇七
讀書春夜……七〇七
蛛網……七〇七
賦夾竹桃……七〇七
聞瓊亂……七〇八
同陳仁甫郊行……七〇八
月夜聽友人彈琴……七〇八
長安步月……七〇九
晚泊廖村……七〇九
青絞道中……七〇九
初至京憩橋松上人蘭若……七〇九
過任城兵憲丘厚山年丈邀同廉憲王竹
陽年丈宴集南池……七〇九
陳少詹小有園宴集……七一〇
舟行雜詠……七一〇
桓山……七一〇
焦山……七一一
燕磯觀音閣……七一一
送盧思仁祠部抗疏歸田……七一一
過十八灘……七一一

贈陳蓮水遷鎮遠太守……七一一
銅鼓嶺觀海寄賀明府……七一二
贈聰上人……七一二
石嶺樵歌……七一二
華巖洞……七一三
卓錫泉……七一三
村莊雜興……七一三
常武篇賀中丞常公遣師西征大捷……七一四
送王荊石先生掌南院……七一五
賀曹長公中丞次公大參同拜誥命……七一五
恭上太宰楊公晉秩太保誦德述懷四十
六韻……七一六
遊英德碧落洞……七一七
外弟周心如鴻臚南歸壽母……七一七
賞牡丹……七一七
春雪……七一八
九日同王慎齋館丈遊泛……七一九
夜宿江館即事……七一九

卷三八二

王弘誨四……七二〇
壽陳松師相公……七二〇
初春感興……七二一
種槐……七二一
獻俘……七二一
北上再發瓊南阻寇……七二一
歌風臺……七二三
人日唐仁卿見過……七二三
贈沈子靜館丈冊封楚藩……七二三

送游紫南鄉丈自文安擢諭海寧……七二二
首夏侍經筵有述……七二三
題伯兄文明精舍……七二三
送趙太史使吉藩……七二三
壽少傅楊公……七二三
送韓太史使朝鮮……七二四
送梁浮山舍人往濮陽祭葬尚書蘇公……七二四
郭侯前塘招飲白家園……七二四
送余太史冊封衡藩……七二四
壽萱卷爲劉母鄧孺人賦……七二五
送粘酒與戴汝誠宮允……七二五
送袁懋吉中翰奉使塞上歸省……七二五
送許雲程大行奉使還瓊爲宮保海公營墓……七二五
送顧中秘仲方請告南還……七二六
送水部周明宇兵備淮揚……七二六
節壽慶陳母唐孺人……七二六
扈駕功德寺陪李大司寇于徐二學士登西山對月……七二六
送李太清給諫抗疏斥還……七二七
送宗伯趙公應召北上……七二七
送秘書王澄源奉使南還……七二八
送王見齋年丈赴華亭諭……七二八
題韓醫士蘇臺畫像韓乃太史敬堂之兄……七二八
送太史何錫川使襄楚二藩便道省覲……七二八

送太史莊梅谷使韓慶二藩……七二八
送鄧春宇年丈尹清流……七二九
送姚蘖庵孔目轉內台都事……七二九
送譚侍御赴謫……七二九
送大司徒松坡畢公致政還鄉……七二九
送沈少宰予告歸省……七三〇
送劉肖華太守廉州之任……七三〇
送王仰石太守之任惠州……七三〇
房村道中會尚書潘公治河賦贈……七三一
遊茅山……七三一
文昌祠……七三一
天竺寺參觀音大士像……七三二
元日同鄭春寰明府遊仙巖……七三二
遊楊歷巖……七三二
仁化司馬明府邀遊錦石巖……七三二
答張崌崍中丞……七三三
憩天界寺之萬松庵……七三三
遊靈谷寺……七三三
九月望日郭司馬畢冢宰魏司徒枉小齋
賞菊因用杜韻賦謝……七三四
山癯老人九景詩和畢松坡太宰韻……七三四
壽李封君六十……七三六
題羅浮歸隱卷送歐楨伯虞部南歸……七三六
寄題楊太宰桃花嶺……七三六
西寧侯宋遇吾還京……七三六
天津舟次送葉龍塘年丈備兵永平……七三六
拱日依雲卷爲陳泰寧題……七三七
酬吴明卿藩參見寄……七三七

立春前一日任白甫孝廉見過……七三七
贈沈虹臺太史冊封肅藩……七三七
贈陳宗伯致政歸莆陽……七三八
挽高前江揮使以勤事沒於海……七三八
庚午春興四首時在彭澤江上……七三九
翟家婦……七三九
金山……七四〇
寄答張事軒親家……七四〇
再到山莊漫興……七四〇
望湖亭懷古……七四〇
遊南安東山寺……七四一
宿太平驛……七四一
建州城懷古……七四一
遊觀音閣……七四一
過高庵荔枝園與同遊諸君野服散坐並賦……七四一
謝張帶川送荔枝……七四二
盧山黃龍寺……七四二
題恩州環翠堂……七四二
奉邀樊以齋寓公泛舟西湖……七四二

卷三八三

王弘誨五……七四三
冬夜同戴宮允邀徐殿讀陳翰編過飲分韻……七四三
送臨淮李秀巖留守南京……七四三
送歐楨伯大理遷南工曹……七四三
送大司成樟溪戴公歸四明……七四四
秋日登紫微閣和陳公望韻……七四四

送直閣黎瑶石致政南還……七四四
立春日賜宴和王見齋年丈韻……七四四
贈大司寇王麟泉致政還溫陵……七四五
送南大司成張玉陽加太常領北雍……七四五
五指參天峰和丘文莊公韻……七四五
送司空陳公之金陵……七四六
發白沙留别親舊……七四六
發雷陽有司供張日侈賦此志愧……七四六
電白南樓觀海爲方明府題……七四七
寇公祠……七四七
過雷陽寓公樊以齋新構居易堂留題……七四七
曲江拜張文獻祠……七四七
入賀萬壽聖節……七四七
和葉臺山少宗伯贈别用韻……七四八
得請奉别留都知己……七四八
庚子自南禮乞歸再會鄉同年于珠江舟次……七四八
沈太守邀飲驪珠臺漫賦……七四九
王南興將軍林塘宴集同興軒……七四九
癸卯春日同林憲副許給諫楊邑簿鄭馮……
謝三文學登明昌塔絕頂……七四九
賀邑侯陳元周生子……七四九
春日吴薛陳黄林潘張諸孝廉邀登明昌塔……七五〇
登明昌塔……七五〇
岳武穆祠……七五〇
吊少傅丘文莊公墓……七五〇

弔宫保海忠介公墓……七五一
讀海忠介公平黎草因爲轉上當道……七五一
徐貞烈婦挽詩……七五一
地震夢中得詩……七五二
送鄭尉入覲……七五二
初秋送陳元周明府移官歸善……七五二
壽司理熊公時署儋耳……七五二
送慈風上人還金陵因訊其師雪浪上座……七五三
遊陵水舊城經廖尚書故里留題貽其家……七五三
子姓諸文學……七五三
登龍門塔分得龍門高深四韻……七五三
登岱……七五四
登萬州東山題壁……七五四
天池……七五五
仙巖……七五五
辛丑七月八日賤生六十自述……七五五
丁未初度自述……七五五
尚書考滿蒙恩賦歸三世俱拜二品誥命
焚黄先壟感而有述……七五六
送倪太守入計……七五六
壽許鑒垣七十……七五六
贈鄧總戎鎮貴陽……七五七
題飛舄朝天卷贈趙石樓明府入覲……七五七
送沈燕雲侍御按粤竣視京營……七五七
茅中峨觀畢之建寧二守任……七五七
指雲瓊島卷慶熊司理尊人七十……七五七
喜鄭廣文見過……七五八

堉陳子行兒鯤同遊太學……七五八
寄題陳玉壘太史清華樓居……七五八
集唐句壽松師陳老先生……七五九
舟中集杜句……七五九
乞歸候旨集杜……七六〇
祖師堂聯句……七六〇
同黎岱嶼年丈海珠寺眺望……七六〇
火樹篇……七六一
擬清華樓居集百排律十韻……七六一
九日同林憲副許給諫登明昌塔拜高皇
帝玉音……七六二
留別譚太玄諸昆仲……七六二
賀崖州鄭養真太守生子……七六二

卷三八四

王弘誨六……七六三
桂樹……七六三
題畫……七六三
黃龍潭……七六四
梅花帳……七六四
惠山泉……七六四
天池……七六四
藏經閣……七六五
予自七十始製生棺題曰歸息庵而繫以
辭……七六五
吊梁原沙……七六五
臨溪書院……七六五
隱居……七六五

海田道中……七六六
飲丘文莊公寶勑樓……七六六
墨池清興卷爲瓊山少府宋任宇題……七六七
陽江環翠堂中留題四首……七六七
長門秋怨……七六七
題映雪讀書畫……七六七
燕子磯……七六八
聞雁……七六八
送袁上舍歸嶺南……七六八
嶺南三名相……七六八
泰山雜詠……七六九
五老觀梅圖爲溫陵林和之題……七六九
燕京上元歌……七六九
止止庵拜白真人像……七七〇
紫陽精舍懷古……七七〇
夜飲水晶庵……七七〇
放鶴亭……七七〇
石佛寺……七七〇
望湖亭……七七〇
天遊峰……七七一
仙掌峰……七七一
水簾洞……七七一
遊南華……七七一
逍遙洞……七七一
望東林……七七一
玉簪花……七七二
林章叔送狀元紅荔枝賦謝……七七二
荔枝……七七二

贈王南薰……七七二
題胡墨溪小像……七七二
無題……七七二
聞蟬……七七三
贏惠庵十景詩爲鄧元宇將軍賦……七七三
燕子樓……七七四
黄樓……七七五
寄題木谷嶺奇石……七七五

卷三八五

王弘誨七……七七六
峽山寺……七七六
白雲山……七七六
羅浮山……七七六
翠巖……七七七
遊南華寺……七七七
錦石巖……七七七
同蔣明府遊玉柱巖得蓮字……七七七
通天巖……七七八
玲瓏巖絕頂三首……七七八
遊石鐘山……七七八
題群龍圖……七七九
題御醫陳小山墨梅……七八〇
擬題玄兔應制……七八〇
聞砧……七八〇
春日對雪簡白甫……七八〇
七夕讌集……七八一
重登金山……七八一
初秋長安感懷……七八一

自天竺度嶺至五雲寺詢蓮池上座不遇……七八一
避亂山居即事……七八二
曉發故城……七八二
拜文忠公……七八二
送袁莞沙之左州……七八二
夏日同樊寓公柯袁鄭三孝廉遊天寧寺登懷坡堂諸古跡……七八二
憨山上人渡海邀余说法……七八三
辛丑七月八日賤生六十自述……七八三
桐江謁客星祠……七八三
遊南安東山寺登眺絕頂……七八三
珠江會同年九人得珠字……七八四
都門會曾植齋少宗伯……七八四
外孫張穆叔從父命遠行至今半載杳無消息悵然感懷二首……七八四
中秋忽得穆叔變報驚疑未信遣人再訪述懷……七八四
馬生辭予至廣常厄而歸再此贈別……七八五
虎丘……七八五
題沈宗伯乃翁栢溪公墨竹卷……七八五
遊九華……七八五
秋日過陳仁甫太史宅時雨中庭前花卉艷香過人因取唐詩藥徑深紅蘇山窗滿翠微為韻就席成五言絕十首……七八六
說經訓兒……七八六
放生玳瑁……七八六
題大鑒像……七八六

對菊……………………………………七八六
曉發龍江閣和松波太宰贈行韻………七八六
嬾融祖師堂…………………………七八七
王昭君辭……………………………七八七
遊爛柯山……………………………七八七
孔劍鋒種種幻術而尤精推數學能道人
心上事歷歷不爽若有鬼神通之書此問
之………………………………………七八七
贈樓醫懷川…………………………七八七
黄嶺滿題……………………………七八八
題沈生畫風晴雨露竹四幅…………七八八
謝龍鱗張帶川送狀元紅荔枝題扇……七八八
張子翼送王忠銘北上三十韻應和……七八八
張子翼江亭餞別四首送太史王忠銘北
上應和…………………………………七八九
開元塔…………………………………七九〇
重遊環翠堂……………………………七九〇
翠巖亭題石二首………………………七九〇

全粵詩卷三三五四

林大春

林大春（一五二三—一五八八），字井丹，潮陽人。精熟史漢，工古文辭。明世宗嘉靖二十九年（一五五〇）進士。除行人，晉户部主事，歷官至浙江副使兼提學使。其在河南睢陳僉事時，執法不避權貴，故相高拱銜之，以大計謫。後二年，拱免相，起蒼梧僉事，尋移浙江。迨高拱再相，言官希拱意，劾大春命題割裂經義，遂罷歸。家居十八年，於桑梓利病必備悉達之官。著有井丹集。清康熙潮州府志卷九上、清道光廣東通志卷二九四、清吳道鎔著廣東文徵作者考有傳。

林大春詩，以民國二十四年（一九三五）潮陽郭氏雙百鹿齋重刊本井丹先生文集為底本，參校明萬曆十九年（一五九一）潮陽林克明刊增修本井丹先生集。

林大春一

去粵效玄暉體卻寄蘇銓部道先

離袂臨廣潮，離帆下豐渚。長途一以長，玉容曠修阻。龍泉悵復分，鳳吹憐歡聚。夕鱗翔碧川，秋鳥遊珠樹。感此夜西征，幽懷日東注。夙期寧遽逢，芳訊何當遇。日入吟虛堂，出門誰與晤。

憶昔

憶昔傾蓋交，意氣秋霜間。感子故意長，豈獨平生歡。痛飲誰能醉，清量江海寬。奇懷古鮮儔，高情良所嘆。一朝杳言笑，重雲分羽翰。狂歌東去越，長鑱西入關。中原思齊驅，遠隔河與山。風塵滿天地，慎矣頤清顏。

江上逢巫明府

浩蕩江船夕，為問故人居。蒼然烟樹中，絃歌載路衢。停橈忽見候，燈光遙駐車。倒衣話疇昔，欲去仍踟躕。世事促席間，交情脫劍初。秉燭坐長夜，華筵揚清酤。雅歌對鳴琴，狂談倒玉壺。醉下巫馬堂，宵夢承明廬。留連亦所羨，所思在道途。重君琅玕遺，我報非璚琚。人生豈不勞，聚散如行珠。願言各努力，重會未可圖。

都下承恩寺夜呈顧比部子良

昔年同上策，邈爾坐相失。子臥江黃間，予走羌秦役。重來忽為鄰，禪林宛棲戢。曠焉面目親，居然氣志一。青春意已深，相看俱病疾。寒風勉重裘，日夕慎餐食。門巷轉紆回，頗乏高軒入。方外多所求，狷中聊所執。有時發孤詠，清宵鬼神泣。長嘯起徘徊，看劍中天立。群峰當北戶，諸星駢南集。壯遊憶龍門，仗節羞馬邑。借問百年中，茲逢能幾日。但願經四方，宇內長寧謐。

徂暑山行過臨江宿熊氏池館留題五首

天南土風暖，入夏火雲偏。遊子憶賜冰，倦馬思飲泉。高城俯清江，山路蜿以蜒。何不息塵鞅，愧彼衡門賢。

頻年道傍子，來往見驂騑。為問關南客，江人呼嶺南為關南琴書今是非。曉露聞芳杜，初日試荷衣。不有城東社，安能忘遄歸。

四月黃梅雨，山亭水氣涼。主人方岳長，家系出熊湘。昨年蔣詡歸，三徑招求羊。如何厭世紛，空餘水雲鄉。

湜湜池中魚，熠熠枝上禽。禽聲一何哀，魚泳如有心。猶記含環歸，日暮聽鳴琴。感此嘆人生，胡為悲陸沉。

夜臨太玄宅，朝登文選樓。樓中書萬卷，一帙涵千秋。楚史不可作，誰能讀墳丘。嗟哉傳經人，世業思箕裘。

秋日臥痾京邸與王鄭二司徒論書時二君相繼自吳中至

宿昔好奇書，家世本嶺嶠。山中禹篆稀，海上羲文杳。習靜入山中，冥心坐幽討。風起珠林鳴，翡翠翔其表。晴雲泛溟渤，蛟龍浴儀曜。感此悟真詮，因之契夙好。一自出山來，公車待明詔。朝遊齊魯郊，暮宿燕門徼。前年西入關，京洛恣臨眺。秦跡訪西華，漢圖陟嵩少。迤邐出商墟，謁我先人廟。墓門有石碣，云是宣尼造。文古苔蘚深，讀之淚盈抱。心晝良在茲，幽懷耿惟肖。無奈白日馳，悒悒紅塵繞。有時忽乘興，對客漫揮掃。祇為舒沉鬱，聊用資言笑。豈知海內英，神交乃不約。孔叢起西垂，邂逅咸陽道。索我雙素書，為我發清嘯。相思別後看，傳家詎為寶。舞劍兩悠悠，飛蓋何寥渺。昨予自東還，二君並南召。谷口意已真，會稽諒同調。今茲明光歸，相見各傾倒。自言徵仲交，況慕祝京兆。俗方右江河，君乃薄沈趙。坐客盡驚嗟，病夫亦狂叫。生綃藹霧披，墨精紛日耀。為君振翛翰，含情轉悽悄。因思造化工，為窮金石奧。下及晉魏初，上乃徹軒昊。史籀已雕鑿，寧復論斯邈。芝玉遡頹波，元常啟末照。嗟哉王右軍，未免偏傍誚。男兒自我作，何必師窈窕。千古餘鳥跡，道合自然妙。安得還此風，與子遊渾灝。

題海日圖壽曾封君

漢陰訪遺老，習池思舊遊。茲風耿不磨，我心良悠悠。樓閣隱青冥，峰巒接丹丘。海上群仙來，高會動十洲。盡道山中人，鶴筭不知秋。

題野橋圖

南國有喬木，鬱鬱凌星辰。根株五百年，盡作蒼龍鱗。下有幽人居，云是同枝親。悠悠玩雲物，瀟瀟出風塵。青山連野望，碧海迷通津。手持落木枝，為橋度行人。行人一以度，軒車忽見詢。因之覽六合，遺愛七澤濱。一朝入郎署，然諾輕千鈞。漢皇思李齊，馮唐稱先臣。持節赦雲中，斯意良未申。感激歌古調，白日追灕淳。歌罷長嘆息，悵望空山春。

送李解元歸嶺南詩并序

始余善今國子先生李君，因知君有子，奇士也。歲戊午，李子果舉嶺南鄉試第一，明年至禮部，不遇，留事國子先生，間以先生之命謁余，余幸一再見焉。顧未有言於李子者，而李子尋以是秋歸展墓，且行矣，於是乃以言請，作此送之。

凌霄無俗懷，摘月踰仙嶺。嶺海闢賢關，清名徹宸鏡。朝上春官書，眾眼紛難定。寧為失路悲，且復慰晨省。趨庭奉餘歡，投詩訪予病。輝光一再逢，煩襟思重整。一旦膏車歸，微霜度林景。會少別苦新，意深言未罄。豈不念離憂，所重從親令。丘隴夙所懷，展謁義斯正。天遠羅浮高，日出扶桑瑩。安得從子遊，千古尋幽勝。南望倚秋空，為子發孤詠。

送麻正郎督餉遼東時遼東大饑

天意何荼毒，東人萬骨枯。君今出門去，殘兵應待哺。欲從東海羅，翹首隔天吴。關門路一線，誰能飛萬芻。泉府良苦竭，江南亦荒蕪。主上睠東顧，治賦屬吾儒。嗟彼溝中瘠，饑溺予之辜。謀臣乏長慮，俗吏厭良圖。所貴壯士心，捨命自不渝。勉矣復何道，忠信以為軀。

閲海觀圖聊效白沙體為董翁壽翁子傳策

莊生辭楚使，犧牛誠妙喻。雄視天地間，何物入吾趣。陳君表漢俗，盗賊寧下吏。豈必登要津，方能化邑里。天地貴長存，人生各有志。日出滄海東，君為東海士。問君胡不試，所志良在此。海今亦有年，覽君初度篇。問君觀此海，烟雲幾變遷。請自今以往，觀之變桑田。衣食滿天下，麟鳳遊人間。畫工知此意，畫此寄高筵。我為歌此辭，雲飛海上山。

誥封恭人顧母挽詩并序

曩楚人盧生為余道顧母之賢，相其君子有隱德，所居容膝，其地第而不鏝，其戶簾而不飾，二子皆以學致大官。余嘗辱其子遊，余過蘄，母使使饋之食。余登其堂，良然。嘉靖甲寅，誥封為太恭人，明年卒。余乃與友人錢惟重作詩輓之。

憶昔聞母賢，盧奎為我言。相夫服山林，鉛華蚤見捐。所居何必廣，取足事蘋蘩。垂簾傳一經，席地思三遷。二子振英風，荀薛光後先。一撫西南夷，瘡痍方息肩。一執皋陶法，匍訇多平反。余亦汗漫遊，執戟從周旋。往年過其廬，賢母授我餐。問訊北堂前，所聞誠獨然。聖主重徽音，命復凌雲烟。云何厭紈綺，白玉朝真仙。空餘教子機，猶聞女誡篇。好德兼懷飯，斯文倘可傳。

又代錢惟重挽顧母辭一章

井丹亦有言，之子在江黃。井丹過閭時，余亦浮荊湘。雲羽各差池，未獲同登堂。憶昔顧生來，明經謁未央。生也奉檄歸，江漢空相望。悵余未云遇，神交千里長。去年余西歸，比鄰接輝光。每懷生也進，遙知母也強。昨日聞報書，云已遊大荒。造物茫何意，孝子心苦傷。井丹甫作誦，清風激中腸。因之感聚散，不獨悲存亡。如玉慚徐孺，生芻聊寄將。

題董村小隱園中竹

愛汝干霄節，無亭也自幽。有時凡鳥出，戛擊鸞鳴球。春回鄒律變，淚染湘君怨。何當擬如金，礪彼淇澳心。

藥湖歌

丹成黃鶴去，湖上空千秋。黃鶴胡不歸，高視翔九州。九州已陳跡，千秋誰復遊。幸子出未暮，縱觀滄海流。澄心坐巖壑，雅志凌墳丘。徵書下雲漢，湖山空復愁。長揖謝湖山，吾志在皇休。皇休邁三五，余心良已酬。豈學鴟夷子，區區事吳謀。謀成忌鳥喙，空泛五湖舟。

古鏡吟

古鏡亦有名，不知何代發。傳言山澤中，千年成妙質。棄置沒塵土，靈光間明滅。地寶豈終藏，樵者矚明穴。白日風雨驚，鬼嘯聲激烈。因持贈佳人，比之雙寶玦。佳人賞我趣，為我披心結。靜觀臨廣庭，天然自奇絕。龍文隱空青，丹鳳吹玄雪。有時中夜開，青天見明月。恍如清秋空，河山影盡列。又如碧海遊，坐見金銀闕。人心亦如此，萬里光澄澈。但願時時開，持此幽貞節。

送客

清晨都門開，西山白突兀。幽人起梳頭，望見驪車出。借問子何之，五嶺懷仙術。山中翡翠巢，海上蛟龍窟。有弟欲同歸，征衣正披拂。天空鴻雁稀，寒風削人骨。

客至憶弟二首

曉月在南戶，風高鴉亂諠。客從東方來，道路多險偏。自云遇回車，渺如帆外山。但聞車上音，恨不隨車還。念已過徐泗，入共荊人言。

論交易水上，誰為燕趙英。感彼悲歌客，悠然千載情。我亦慕其人，高論坐心傾。乾坤亦已長，斯世貴有鳴。無為多意氣，空言負平生。

哭梁公實三首

北風吹南海，海日黯不開。因風緬伊人，悽然傷我懷。長途騁芳轍，胡為中道乖。偃蹇青雲上，而獨沉冥棲。豈無雙干將，切玉猶比泥。愧與鉛刀競，龍氣本難諧。紛予樹蘭蕙，畦徑幸不迷。所嗟各異路，古意誰共回。

魯連愛高節，長揖千金貲。鮑焦憤世士，立抱枯木枝。中行久不作，如子亦已奇。嗟哉乘軒客，碌碌空何為。麒麟苟不殊，郊藪聊可羈。

眾鳥翽林鳴，一鳥拂林飛。林飛向空沒，眾鳥聲正悲。悲鳴思轉長，羽翰故依依。九關難可留，烏兮盍來歸。飲啄各有時，時久悲已衰。常恐失群侶，俯仰願多違。

稍辭尚書省執熱伏舍中李郎中書來問云有遇曰槐花飲可便欣然呼童子向傍舍采之盈掬而歸連飲數次不覺成篇

仙方何處遇，持贈古人情。呼童採槐花，落英滿空庭。盛以白玉碗，沃我漢金莖。少服祛沉痾，因之通仙靈。高歌向天地，翛然萬慮清。

病後戲為孟郊體呈李員外

病骨瘦如鶴，翛然凌素秋。不解為君舞，羞自向人愁。世事堪絕粒，孤懷空淚流。豈無天外音，欲上陸無輈。豈無海外翮，欲渡河無舟。寥落飛翻志，棲遲鵷鷺儔。鷹鸇去已久，鳥雀徒啾啾。嗟彼隨陽雁，各有稻粱謀。故人大鵬姿，可與八表遊。安得垂雲翼，攜我上丹丘。

題菊便面

君德似陶潛，愛此東籬菊。三徑來清風，千秋步芳躅。乘興入匡廬，醉倚東林宿。不用白衣人，落英自堪嚼。

除夕二首

日暮群書罷，泠然壁上琴。懷人江嶺間，一地懸一心。心曲無時盡，歲序空自深。
夾道殘雪開，秉燭訪鄰居。鄰居不我捨，轉復過我廬。我廬空四壁，何以晚相娛。

送劉叔度入楚二首

日出臨昭臺，送子涉遠郊。念子何當歸，歲月阻且遙。風急文凰哀，千仞高翔翺。青天吹羽翰，何不集九苞。邈然睇南荊，去矣戀中朝。周道方倭遲，將毋發長謠。
長謠何所惜，鳳飛詎能止。和鳴求其曹，浩渺行湘涘。殷武伐久張，周文化重被。不見庶人風，猶自歌漁父。矍矍澤上鸇，搏鳥將誰媚。懷哉勿復陳，請觀滄浪水。

贈蕭錦衣

漢家屯塞日，諸將請行秋。氣合飛黃動，烟高太白浮。丈夫會有遇，且莫異封侯。

北平同紀使君謁夷齊廟於孤竹故墟

天造商周際，興亡代有人。後車號尚父，叩馬稱逸民。尚父或可繼，逸民孰與鄰。讓國事微細，餓死歸其真。豈知身後名，高風激千春。附驥非所料，善報詎所論。孟子尊古聖，孔門曰求仁。嗟哉聖賢心，今古難擬倫。如彼登華嶽，諸山空嶙峋。又如泛滄海，百流非通津。予生百世下，上馳千載神。故里詢遺廟，夙心仰後塵。看山見薇蕨，隨馬入荊榛。城郭猶殷舊，清朝祀典新。使君以時至，先後俱稱循。有璽始建白，繼今名公巡。雅懷節所尚，繼治道須因。餘韻兹仍在，移風意更勤。行看懦頑起，坐令習尚淳。峨峨商公文，金石羅秋旻。會須載名筆，重此勒貞珉。

吕梁夜過王水部

朝望吕梁山，暮泊吕梁上。疏鑿見神功，闢開由天創。十月寒雨來，聲帶秋濤壯。濤聲盡東走，石勢皆北向。參差虎豹蹲，噴薄蛟龍藏。夷險互倚伏，陰晴倏千狀。恍如浮太空，坐泛星河長。寂莫旅魂驚，狂瀾思欲障。因懷王子猷，清夜遙相訪。一息覽乾坤，千年談霸王。雄文陋雕刻，同心嘆凋喪。憑軒忽涕流，大禹功誰尚。願學仲尼觀，敢事莊生放。今古倘不殊，幽期在昭曠。

十月從留都南歸江上阻風端居默禱厥明連得順風徑渡鄱陽入豫章計日踰嶺

十月泛長江，風帆宛自開。朝發江東門，寒風欣北來。誰知中道間，風乃與時乖。帆開飛不去，日暮江厓棲。故人阻烟波，舟師委沙泥。投詩謝河伯，潛心雁所懷。清宵若有應，晨興路不迷。千里倏然至，思親願始諧。何以報罔極，流風吾當回。

早行即事

碧霧湧諸峰，青虹繪林麓。一雨送新凉，郊原半膏沐。曉來行路人，覩之自怡樂。平生澤物心，所至問民瘼。但云穫有秋，室家願始足。是時正西成，田疇盡收熟。黃雲被江干，清流灌幽木。悠悠白鷺飛，片片秋雲落。感此念所之，民命在司牧。禁闥故所戀，淮陽今不薄。爰言謝同心，聊以慰空谷。

贈白將軍

平生負豪氣，自云秦起裔。北行驅暴齊，南遊破彊魏。三十握兵符，西撫朱明桂。一朝海上來，慷慨敵王愾。青山驃騎餘，碧水戈船外。閒來過里人，痛飲從歡會。浮雲世事多，物態良堪畏。將軍莫夜行，恐有灞陵尉。

寄別鄭貢元

始謂膏車發，將予涉遠郊。況值青春時，相贈有柳條。如何亟行邁，遂令樽俎遙。離别豈不多，君茲謁聖朝。明經昔所重，文學行見招。世道此維繫，那獨為親交。倘逢東海客，勿云西山樵。

題李家所藏畫菜

人皆重紛華，爾獨謝炎涼。雖無東陵姿，聊比蘭澤芳。纖紅徒自媚，蜂蝶漫相將。為問肉食者，寧知此味長。

對雨偶成示弟

天氣方鬱蒸，言念甘霖澍。涼飆西南來，懸空忽如注。翠竹濃且幽，棠陰醒復睡。衆鳥奔雷鳴，蠅蚊逐風去。不用扇高枕，翻欲覆長被。衹恐聲漸微，戶外簷花細。

坐臥偶成

掃榻偏宜臥，臥起仍獨坐。一鷺何盈盈，修篁復个个。忘憂草色蕃，能睡花魂破。西北雲正深，長空雨如墮。

贈陳醫士

向平婚嫁畢，嚴子成都市。不掛杖頭錢，不逐上方去。衹持三世醫，濟人已無數。青囊久失傳，丹溪思妙契。況是宋人家，寧論五馬貴。來往盡鴻儒，坐對南山翠。

題鄭文學扇

平生不嗜書，索我題紈扇。一題山水蒼，再題山月現。抱膝坐孤航，濯足滄江上。何當拉同心，雲遊五嶽遍。

戲題醉客扇

自飲莫自醒，飲人莫自醉。自醒悍妻嗔，自醉驕客吠。所以劉伶飲，一醉輒自去。荷插隨我身，死即埋此地。豈必效阮生，區區哭窮路。

寄友

一別輒九日，鬢髮焉不白。寄語同心人，好來煮白石。世事何時了，纔了又還積。不如且丟去，塵襟自洗滌。習習清風生，坐見天宇碧。

素扇

素扇本無書，書之當畫圖。清風在懷袖，逸思散江湖。為問涼飆生，主人曾記無。萬事皆如此，由來歸太虛。

上元晨起口占

向來雨乍晴，咸欣得元夜。火樹傾城作，鼇山待月卸。豈意寒復生，霏微欲傾瀉。烟雲蔽白日，風光乃不借。慘澹南高峰，寂寞東林社。不如且安眠，清香浸蘭麝。

不寐偶成

虛名愧南金，拙性憐燕玉。卻怪昔時賢，懸經叩牛角。羽翼笑黃公，縱衡嗟鬼谷。天清月色孤，庭空松子落。山童渾欲睡，寧顧黃粱熟。

夏日新製小車成招蘇明府王周二孝廉同舍弟仲季輩並驅如東山會葉尉先生攜酒見候因為之一酌而別時返照初涼群峰獻秀諸君復乘興登雲壑望風泉臨曲水為流觴之會及取山下齋米為粥啜之陶然至暮而還

誰言世路崎，輕車漫復試。東出寅賓門，呼叱皆平地。況復聚群英，兼之集昆季。當年九折馳，今日龍門御。揚鑣振山谷，飛茵走童稚。眾志欣所同，末俗見仍異。豈意風塵中，蕭然見仙尉。長驅為爾留，攜壺見真素。高歌動爾歸，鞅掌多王事。言歸日已移，群峰正初霽。泉聲東南來，諸君興方熾。西山返照涼，雲壑微風細。攀躋俯夕陰，臨流臥蒼翠。恍如登會稽，曲水浮觴觶。為問清齊人，脫粟有真味。呼童煮白石，野火蒸然沸。一飲各傾杯，無殊薑與桂。堪笑天台遊，胡蔴兆奇會。二女至今誇，疇昔山中趣。

聞姪兒應崑昨始發蒙走筆賦此兼貽示後生

眉山蘇老泉，廿七始奮發。晚得孟子書，疑義心與折。一朝振文名，名公亟稱絕。懷中挾二雛，飛鳴向天闕。何況方盛年，及茲更超脫。譬彼春空雲，徐開吐明月。心靈豈厭遲，悶極聞偏悅。但願式如金，試彼磨針鐵。庶幾亢吾宗，免教墮閥閱。

贈劉山人蔬具為供賓費時山人適招洪廣文別

問道廣文招，此物聊當肉。昨宵當座談，詎敢然諾宿。況復鄰家子，伏雌方在掬。牆頭遇酒尊，新秋醞已熟。但願天氣涼，孤亭夜深酌。

讀陶淵明責子詩依韻和之

灼灼池中蓮，花明摘其實。婉彼班生女，投機嗣史筆。誰云烏獲身，不勝雛一匹。所思既匪彝，承家故無術。借曰猶未知，業非六與七。況復厭膏粱，行當樹榛栗。如之何勿思，甘為轅下物。

讀杜少陵誚淵明責子詩因次其韻反其意以示兒曹

少陵誚陶翁，謂其未聞道。不見鮑焦生，洛水空立槁。憤俗故所懷，捐軀恨不早。何況骨肉間，安得不縈抱。

六月三日出郊園

別墅依林泉，薄言避諠燠。入門多南風，奇花間修竹。坐久神氣清，胸懷了無俗。烹茶焚柏香，餘烟淡蒼玉。蟬琴間迭奏，鳥語歡相續。客至自城隅，童歸散沂浴。摧薪煮碧芹，移脯具饘粥。翛然世味殊，曲肱枕初熟。

曉出

冠蓋廢逢迎，群書恣幽暇。長日苦炎熱，還應待涼夜。云胡太鬱蒸，小臥渾如炙。起坐月舒光，星言仍夙駕。蒼茫啟北扉，散步長林下。曉風撲單衣，高枕乃吾舍。舍北有清泉，方塘暗流寫。蘢葱半荊棘，翠草安可藉。俯視獵平田，狂夫逐奔麝。狡兔匿其蹤，鷹厖正呼吒。羨彼高天翼，冲舉誰能射。

有以四軸求書讀書樂詞者訝其淺俗無味因為古意四首示之

春暉開繡戶，日日理殘機。機中千萬縷，織作雲錦衣。

莫以夏日長，光陰何迅速。春蠶容易老，即看繭成熟。

金風忽報秋，銀河急暝流。擣衣聲正苦，為寄隴西頭。

嚴冬百卉摧，紛紛雪飄墜。妾意比貞松，凌寒正蒼翠。

郊園再至

芳郊久不涉，孤軒半苔絮。舊失壁上題，新得夢中句。舊題倦卻尋，新詩聊復試。有鳥向之鳴，有客三回顧。睠此嘉木陰，坐久仍閒步。野眺四山青，何妨掩塵霧。三公非所期，灌園豈吾事。吾惟適其真，含情弄毫素。

從軍行用季子韻

漢皇重拓地，漢北心所期。詔徵五陵少，赴募寧詎遲。挾策繫單于，壯志擒焉支。云胡專閫寄，一石懸纖絲。秋高胡馬鳴，殺氣連西垂。芻粟飛以挽，牛酒椎且釃。奇材不見收，劍客空逶隨。長歌別紫塞，微吟向江湄。回首望黃雲，巖冗多故耆。徘徊隴月，河水方漣漪。頗牧才難用，李廣稱數奇。言歸南山下，朝遊鹿與麋。因思古豪俊，勒銘鐘鼎彝。談兵赤龍門，說劍白猿悲。安能賦田園，獨酌臥東籬。寄語同袍者，努力酬恩私。

怨詩

我聞曰：『君子不怨天。』又曰：『詩可以怨。』大抵皆為不得於時作也。予自結髮涉世，歸來未老，任過其德，寧復敢望，獨所恨者，不能逆探俗趨，輒望人以賢者之事，乃賢不可測，往往背馳，以致忠言見誅，友道淪鋪，乃作怨詩，擬谷風云耳。

谷風猶有怨，嗟我獨何尤。目擊萬丈坑，援起為君謀。誰知援者心，翻為溺者仇。揮謝道傍子，勿復增離憂。

擬古憶西山遺老

昨予登南山，山中見垂釣。云本太丘遺，不幸生末造。先人捋虎鬚，比屋多俘剿。從之復九仇，退焉修四廟。族里擅豪華，信義從吾好。晚來臥松石，結友思同操。瞥然忽遇予，揖予攄懷抱。謂予金馬客，何用棲玄豹。今乘紫氣遊，盍著五千道。感此父老言，區區愧瓊報。笑談猶在目，顏容未枯燥。如何厭塵氛，翛然竟長嘯。重來不再逢，中心怛而悼。一滴慰幽冥，聊用發高蹈。

贈何廣文

沉淪悲叔季，淳樸已無餘。嗟君猶古心，操持耿不渝。千里覓同枝，五畝荒田廬。作宦為模範，教立方蘇湖。湖海道仍在，踰淮興不孤。歸來無雜物，圖書聊自娛。短褐尚不完，簞瓢常晏如。有兒能世業，非徒讀父書。人生苟無慕，應不愧吾儒。

別季子之嶺南

天時多變遷，人事迭消長。紛紛大道旁，日夕兢輪鞅。豈不憚煩勞，所思良不淺。謀王本素心，談天寄青眼。寧肯臥巖冗，白首同泱莽。所以於陵子，辭爵性云褊。南陽有昆季，三國迩來往。彼此會有適，致身各通顯。汝昔抱奇姿，中年尚偃蹇。今日強行邁，夙志從茲展。莫言久不鳴，一鳴振清響。莫言久不飛，一飛蔽天壤。持此慰離腸，一思一回轉。

歲在戊寅予適返自鱷溪屏居簡出念百年已過半惴修名之不立詎意我生之辰乃辱里中父老搢紳先生之徒儼然造焉愧莫為謝也詩以代柬

行年過伯玉，荏苒成五六。四十年來事，是非付流壑。我生值仲冬，一陽正初復。雪意已含梅，清霜猶在菊。閉門謝高軒，澄心坐林麓。云胡粟里親，壺觴競相屬。祝我好容顏，勉我加饘粥。或期以渭濱，或歌以淇澳。此事在皇天，予敢居然卜。但願共升平，談笑無拘束。無論彭與殤，焉知寵與辱。題詩寄中懷，聊因代赤牘。

戒酒詞

嘗觀酒德頌，劉伶昔所遺。深言酒中趣，胸懷不可羈。靜聽隱雷霆，熟視太山低。豈知腐腸藥，能令真性移。所以古哲人，毋使麯蘖迷。旨酒夙所惡，善言愜心期。衛武戒耽樂，享壽躋期頤。溫恭稱睿聖，遐哉百世師。為語同時友，請誦賓筵詩。

將之羅浮發鳳城途中述懷示同遊

日月懸太空，星辰列次舍。名山奠坤軸，川流亙長夜。丈夫生其間，獨往安可謝。三光羅心胸，五嶽為臺榭。焉能事田園，何用植桑柘。伊余秉孤貞，少伏長林下。一朝謬通籍，風雲在呼吒。嶽瀆恣所如，行遊半區夏。一自拂衣歸，泉石多清暇。忽忽二十年，卒卒如駒罅。言念羅與浮，光靈岱嵩亞。鬱鬱巖洞幽，翼翼飛泉瀉。矧有同心人，白鶴時能跨。今者如不往，百歲行將罷。因茲乘興來，清秋發長駕。不學南州生，區區力耕稼。不學向平遊，猶待畢婚嫁。誓將陟其巔，山靈諒余迓。

題鄭文學吳箑

邇來人好奇，一箑長尺五。澹蕩引齊紈，悠揚搖白羽。作者製亦新，持者意尤古。行抽袖裏蛇，往作月中斧。噓氣成白虹，震闞若虓虎。不學輕柔姿，冷暖趨時侶。

山中辱陳方伯見貽詩扇手持久之扇敝骨存李生取之加白索書因為賦此

高人臥紫薇，貽我江南箑。中有尺素書，元是陳琳筆。珠璣入夜光，星斗當朝出。出入在懷袖，清風自披拂。華容易衰朽，勁節猶存骨。有客稱好奇，見之如拱璧。問予乞取去，施白加圓潔。如鸞皜其衣，如鳳舒其翼。持以過山亭，為我開沉鬱。索我臨池書，問我長生術。書罷望南山，南山光突兀。（以上井丹林先生文集卷一）

全粤詩卷三五五

林大春二

登南劍州城樓懷陳廣文

長夏忽疑秋，高樓坐風雨。為問樓前江，劍化昔何處。劍化千年不重回，滄江萬里東南開。孤帆澹蕩沒遠天，白鳥悠悠天際來。翛然一嘯動思君，千山萬壑生晴雲。

夏日過延平曾徐二郡伯邀遊凌虛閣陪楊少府時楊謫居將樂

高閣凌雲雲欲低，下有百尺凌雲梯。大夫登高並能賦，興來我亦同攀躋。為乘風雨留長夏，遊陪況復行吟者。江濤滿地雪山來，人語遙從半空下。空中此會意何如，主人不減魏應徐。梅福尚為南昌尉，河上張騫空使車。千山日暮景奇絶，呵雨問天呼明月。明月不至海天空，把酒聽歌思飛越。清歌宛轉變秦聲，倚劍西臨懷玉京。人生奔走真何事，關山戎馬紛縱横。諸君盡是東南美，干將莫邪氣相似。龍光此日會重逢，燕頷何當報天子。君不見，范生寒，折齒摺脅西入關。丈夫封侯自有時，豈必長滯江潭間。時席上歌者適為范叔綈袍之舞。

游石華洞示季弟兼懷仲氏

高雲過天雙白鶴，翛然長嘯下寥廓。古洞春深積翠幽，碧玉清瓊倚巖閣。俯視諸閩控九溪，未論君山與王屋。絕磴恍如陟劍門，涓滴翻疑通箭括。仙人已去鸞鳳遙，丹室猶餘龍虎伏。憶我少時從此去，千里江山隔烟樹。一別悠悠十五年，重來卻記舊遊處。汝今來遊值我年，壯志直欲窮五原。我昔驅馳恣遊衍，北走碣石西崑崙。此時遠望東南下，名山大嶽如雲屯。卻思此地巖谷好，忽憐故山最相肖。海上遙連閬苑高，人間更悟曹溪妙。與汝仲兄坐讀書，渠時且長汝還少。汝今好遊渠尚棲，兩地相思不復疑。春來鴻雁紛北去，安得雙翰一寄之。寄之將云何，臨風感慨多。戎馬關山堪涕淚，但逢幽勝且狂歌。狂歌涕淚兩難分，念渠久已懷世紛，何當一出凌青雲。須將手持九節杖，槌碎玉華石，五色煉散之，裁為錦織文。補仙裳，報夫君。茲山於我應有盟，他年挈以歸滄溟。

望夫山吟

妾家錢塘西，與君隔烟渚。因風訊青鸞，贈君雙錦字。君行在高雲，妾棲在簷戶。為君理修容，悵然心獨許。云胡中道間，玉顏事塵土。徒自惜鉛華，強自學歌舞。舞處影空憐，歌時聲獨苦。衷情欲訴誰，頻向夢中語。日夕待君歸，逢君何太遲。風雨一言合，滄波多所思。風雨豈不多，滄波豈不廣。素心既已酬，一輩終然往。感君一顧恩，聽妾前致辭。願君無遺妾，葑菲當自知。知不知，恨别離。春江月滿愁仍虧。為君且輟金縷衣，欲行不行雙淚垂。但願君心長在妾，不怨妾身與君違。君不見，望夫山，千秋萬古誰能移。

别孫使君教授臨江

使君起自飛龍初，執政大臣有薦書。翻然欲復貞觀時，拔茅彙進登唐虞。祇為尚書期不赴，遂令十載留公車。一朝賦就雄三輔，分符千里拜黄圖。黄圖三輔名天下，文學吏治傾西都。豈知世事非古昔，不愛鳴瑟愛箏竽。黄金硃錫人所羡，素絲直節誰能渝。解綬蕭然别畿甸，憐才復爾寄江湖。畿甸江湖渾不異，民風士習元相須。君不見漢家制禮叔孫生，魯國兩生空躊躕。又不見六國紛紛爭帝秦，仲連譊譊秦兵趨。世道污隆有如此，誰云禄薄官為儒。

病在告聞李子藩亦病欲乞歸走筆訊之

吾親即君親，君親比吾親仍健。君身似吾身，君病視吾仍較淺。君為天官曹，云是分别在朝在野之賢豪。吾猶一計吏，治賦寧如古人之才高。吾今欲去良有以，問君之病胡為爾。四海聞知半溝壑，五侯出入盡金紫。蒼生屬望正吾人，去矣憑誰翊天子。大廈元非一柱功，長城況復千夫怒。君不見南山杞梓撐金臺，澤邊樗櫟生莓苔。他山有石空雲靄，卞氏之璧終須開，問君之病胡為哉。

贈蕭上舍還潮

汝去今何方，千山萬山回故鄉。汝來昔何日，西風北風起京邑。西風北風掃胡塵，千山萬山戰後人。人生蹤跡詎有定，暮行百越朝三秦。秦越區區那足齒，羨君意氣傾千里。我家況與君家鄰，清夢隨君渡潮水。贈君亦有綠綺琴，聽君一曲愁人心。別來拂拭虛窗下，琤琤猶作龍唇吟。

自關塞歸將北上寄蘇道先時蘇謫居浙東

去年分袂忽西遊，離懷世路空悠悠。卻從燕趙走河洛，欲乘紫氣凌青牛。紫氣微茫不可見，關山浩蕩若為愁。仰天長嘯更西去，朝行暮行邊塞頭。邊場風色滿眼新，平沙荒磧半胡塵。日暮獨吟古戰地，白草茫茫愁殺人。胡笳何處入雲哀，烽烟又報白登臺。三月大河尚冰雪，虜騎馮河踏雪來。逐北正思漢飛將，中夜昂藏動星劍。欲請長纓縛左賢，歸來疏奏未央殿。論兵愧乏盧龍策，作賦空驚梁兔苑。兔苑詞人稱絕奇，一時冠履盡追隨。臨川翻憐驟雨筆，宋玉總愧雄風辭。羌雲隴樹非吾土，東望滄溟萬餘里。攬劍翻然下朔方，王孫惜別驪歌起。珮玉珊珊送玉人[一]，蘭芷紛紛憶公子。歸向秦川正暮春，去時傾蓋轉相親。索居已就蘭若遠，門前車馬何諠嗔。題詩仍留長樂觀，祖道重開灞滻濱。主人投轄意良苦，賤子驅車辭已勤。竟去三秦指百粵，還趨江漢循河津。可憐赤地幾千里，區區欲效淮陽臣。春盡未嗟行路難，太行回首更西看。籃輿偏念僕夫苦[二]，每從險仄傍銀鞍。

銀鞍飄忽洛陽轉，訪舊夜宿黃泥阪。興亡戰處跡已陳，今古繁華事空嘆。山徑周馳愁鬱紆，翻憶關河勢空蕩。長城萬里連霄起，黃河九曲來天上。前朝陵廟宛依然，百代遺文餘斷簡。遊覽忽銷旅客愁，恨不移置懷人眼。一從別後兩茫茫，奇文勝蹟空中玩。風前倚棹入匡廬，雨際題詩招惠遠。四月薰風五嶺東，故山歸及荔枝紅。親顏頓開遊子至，秉燭相看夢寐中。綵衣起舞為親壽，老親猶念別離久。滿堂賓客盡含愁，相寬更酌荷花酒。幼女出門問父誰，山妻脈脈重回首。酒闌客散扇枕罷，洞房涕淚詢安否。青鏡朝臨塵土容，當日妙年成老醜。人生離別寧足論，但念年華暗奔走。何況區區身外名，底事誰能為不朽。秦中洛浦帝王都，當年帝業今何有。祇應長醉杯中物，百年願結神仙友。誓將及此愛吾廬，猶誦詩人畏簡書。因記天涯留宿約，擬從江上問謫居。秋雲淡淡秋水多，已辦青錢易棹歌。便期明發渡江去，遷客有酒定如何。

［一］玉，明萬曆本作『王』。

［二］籃，明萬曆本作『蘭』。

大梁留別楊屯田先生

去年此日與君來，今年此日與君別。從教世事逐浮雲，莫把丹心負明月。吳箋楚簡為題詩，豈意於今記別離。含情濡毫不忍下，恐留別後更相思。往予與公同補河南，以甲子二月入大梁。至是，予被讒去，其行亦在二月中，乃因公寄予吳人所製冊一帙，書以為別，初冊擬寫舊稿，乃竟留書，此亦數也。時乙丑歲。

毛明府以夏杲四竹見貽既題四絕其上復戲為長句一首以報毛君

夏君畫竹如畫龍，毛君贈我勝鼎鐘。閒來為掃百十字，天風吹落雙芙蓉。涼飄亂葉聲颯颯，光生四壁秋溶溶。戶外競走侯王駕，看竹問字開心胸。安知鳳兮歌楚客，但見鳥跡凌斯邕。書罷煩將報明府，莫比杜甫題韋松。

贈顧別駕兼懷董侍郎長歌

可是雲間陸士衡，曩與吾友曾齊名。賢書特達凌東京，光觀上國聞韶英。出宰不合遷廬陵，西之玉壘為文星。邇來潮州馳駿聲，分符假守刑獄清。韓山為直韓水平，不獨堯佐擅其稱。士林合口同歡騰，惟餘賤子徒嗟驚。借問胡為徒嗟驚，巖居谷飲違專城。況兼稟性寡所營，未嘗投牘於公卿。以此無媒遠識荊，龍門不得御李膺。何期按節獮春兵，因而下訪揚雲亭。立談未了心先傾，欲求飛白行殺青。奇聯妙扁紛縱橫，須臾掃盡盈空庭。華堂十丈環朱扃，光風霽月樓崢嶸。玉輝紫薇不可登，松竹猶疑在耳鳴。書罷忽焉陶性靈，使君觀之心內寧。謂將攜歸懸翠屏，長洲不數文徵明。也知政績久踰成，它年錦里過雙旌。會須重過下帷生，為言鶴骨猶峻嶒。

賦得韓之水爲潮州丘使君壽

君不見韓江之水清且漣，昔日何名今姓韓。乾坤剖闢江回環，不緣刺史疇能傳。借問刺史家誰邊，昌黎爲邑韓爲先。爲爭佛骨摧龍顏，投荒遠謫南海壖。南海之中蛟鱷蟠，含沙射人甘如羶。刺史投文達淵泉，坐令孽魄妖魂遷。始知正氣衝斗躔，不特文章光燭天。斯人一去何當還，今日使君堪接聯。使君在朝秉芳荃，召對金門吏隱兼。名馳五嶽跨其巔，豈惟三楚騰孤騫。一朝臥治東南偏，回瞻紫闥凌空寒。去年下車法象懸，霜風凜凜廉貪頑。天吳深悲海若潛，令人擊節驅鱷篇。再見黃犢橫秋田，談經問字羅英賢。有時乘興卻躋攀，北走臥龍西飛鸞。微茫星宿入毫端，吐吞溟渤性靈全。時維五月薰風旋，池塘過雨碧荷圓。千里封疆歌且絃，搢紳奉觴稱南山。爲君起舞張廣筵，盤空白鶴來翩躚。獨有揚生白尚玄，曾從翁孺識輶軒。恨不作賦隨登壇，一書一度思留連。心知所思不在言，神交氣合非徒然。但願嶺左人安眠，時和俗厚群生歡。天子書名御屏前，行看接武夔龍班。君不見韓之水，清且漣。昔何名，今姓韓。從此長流千萬年，會須更作使君灘。

古道行

古道金丹點頑鐵，原來此語良虛設。又道驊騮不用鞭，假饒不是空徒然。世上才豪盡奔走，何事空房仍獨守。千言萬語不投機，始信賢愚非偶爲。不如高臥強飧食，閒看兒童相對奕。

題便面上竹

一枝竹，能令人不俗。其色似搖金，其聲如戛玉。彼美人兮在空谷，秣白駒兮芻一束。飄然物外心，豈可羈以祿。

戲題醉客扇

酒中有妙理，一醉翔千仞。酒中有真味，勸子何不飲。世人飲酒空飲醇，寧知厚薄皆殊品。倘遇神仙笑相接，高歌動處白雲歇。會須吸盡天河水，江漢為枯滄海竭。

王生卜居於東走筆賦贈

百金買宅千金鄰，古人所重得其親。豈伊草創一時事，還將世業垂千春。我家從祖對西山，東有劉氏族其間。劉家車駕號能文，每與吾祖相盤桓。君今卜居在東陌，正近車駕舊時宅。曉起遙見西山青，晚來俯瞰銀河白。問君胡為卻便此，衹緣去予僅百武。欲踵昔賢劉氏風，閒過子雲來問字。予幸先人有敝廬，門外徒勞長者車。我去子來無不可，免令折簡相招呼。君不見參差竹，相睽那隔宿。風雨亦可過，何須嘆離索。

冬日蘇明府席上醉歌

庭前莫作長松樹，怪惹淒風起陰霧。爭知乾鵲噪其顛，為報行人千里至。行人千里自何方，云自揚州吳楚之豫章。銀章紫綬動星宿，文學吏治生輝光。世人折腰為五斗，甘事逢迎競趨走。五柳先生歸去來，彭澤遺碑在人口。歸去來兮蕪田園，三徑荒兮松菊存。卻笑移家住東郭，還如卜宅居南村。南村非為卜其宅，素心樂與數晨夕。乘興來遊盡酒豪，醉後狂歌半吟伯。中有山人號石洲，平生意氣凌清秋。矧是通家辱遊好，復以文字相綢繆。以此行來兩不厭，不問春花秋月與冬霰。虛堂坐久到飛潮，促席談傾過奔電。有時背着霜風高，力挽門屏遮怒號。歲寒正須共冰雪，寧學經生感二毛。君不見東家有客珠為履，玳瑁簪兒那足齒。又不見西家有女翠為衱，高倚妝樓笑槃汲。一朝客散美人捐，當日繁華不復還。仰視樓前玉委地，徒聞環珮聲珊珊。人生得意祇如此，何似君家淡如水。請君聽我醉時歌，天空月色銀河裏。

九馬行

君不見吳興公子八駿圖，飛騰矯若群龍趨。白日忽疑風雨至，滿堂賓客生歡呼。又不見周王殿下畫五馬，蹄嘶仰秣長松下。陰雲慘澹起高臺，恍若麒麟出東野。吁嗟神物難久存，一圖剝落隨湮淪。畢宏韋偃不可作，空餘詩牘留千春。豈意於今忽見此，珍重周生遠攜取。問誰作者自勾吳，唐寅妙手追前史。依稀遠逼畫龍公，不說林良與欽禮。雄文一舉冠南都，惜哉不遇空老死。怪得畫馬無定疋，不用周遊遍八極。渡江化龍非所思，但畫霜蹄二十七。輕塵軟草按轡行，人馬回翔兩相得。或經茂樹相向鳴，或逐涼飆傍人立。暖嚼平蕪瘦骨高，浴罷清泉血汗濕。錦石金莎色似烟，修鬣方瞳幹如鐵。須臾變化態不同，生綃恐與天河通。可奈觀者不省事，徒以方員肥瘦論其工。豈知牝牡驪黄外，自有天然意趣之無窮。安得馳之冀北之廣野，定須雲錦千疋皆為空。以此命名作冀圖，知子含情憶塞翁。吾聞騏驥之初世，未識鹽車隴阪心忡忡。一朝邂逅遇知己，千金一顧何其雄。天下未必無伯樂，人間豈盡非宛洛。有才到底終為用，不見荊山卞和璞。

有畫憶阮郎圖者戲為作此

余昔漫遊歷天台，仙蹤不見空塵埃。始知好事傳虛幻，那有仙子逐人來。不然山中現妖物，時人誤爾談仙術。誰家畫出相思容，毋乃筆意隨所適。石橋飛跨碧峰顛，白雲滿地赤城出。千年壁立生蒼苔，何似人間望夫石。

客有以仙人渡海便面索書者戲筆作此

誰道百花新，一肩挑住洛陽春。誰云萬里浪，一腳踏之如長阪。世路未須愁險巇，王道平平復蕩蕩。任它物態幾番休，持此周旋光爛熳。豈必騎鶴上揚州，兼之腰纏十萬貫。

旋波宗丈少與予同舉茂才異等蓋長予四歲今年己卯為華甲重逢臘月之望其初度也内正齊眉二郎偉器疊見孫枝拜舞堂下可謂人間樂事因為古體二十韻以賀之

髫年相對人如玉，兩家先子號伯叔。君今容鬢似蒼松，予亦矍然稱老翁。吾家小兒纔學步，君有機雲能作賦。嗟予澹蕩且薄遊，憐君留滯數經秋。莫言老手慵折桂，留卻高枝與兒輩。莫道兒曹數尚奇，人生得意自有時。是日登堂值花甲，新月再圓梅再發。彩衣起舞正翩翩，又得明珠掌上看。況復齊眉堪並壽，行見飛黄競馳驟。他年栗里揚休風，不說燕山與河東。

青陽歌

君不見青陽之音高入雲，飛揚直上凌蒼旻。低者沉吟落九淵，微茫斷續如輕烟。高下疾徐中音節，流商激徵鳴清角。但看閃閃雕梁繞，不覺悠悠彩雲歇。我家童子六七人，學之為能得其真。中有二子稱奇特，低眉度曲如有神。一鼙一唱令人老，高臺夜半千人吼。問誰傳者曰宋生，生身況出金陵道。少年即向五陵遊，北走碣石南并州。將軍帳下舞長劍，學士堂前歌白頭。一朝卻從南海渡，時人乍見還驚顧。唯有老夫愛新聲，故令群兒齊學步。學步是耶非，云胡忽告歸。江山千里隔，浩蕩知音稀。群兒空記來時調，嗟爾去後疇相依。君不見五湖四海皆奇跡，五侯七貴多門客。夜夜歌鐘動四鄰，豈無達者長相憶。又不見青陽之歌歌爛漫，聽來不覺神光煥。人生得意須遇知，不獨文章與仕宦。

金山引為潮州郭使君壽

君不見，金城山，千尋奕奕高莫攀，古來賢達生其間。亦有十相來遊寓，至今聲實留人寰。又不見，潮陽守，千載悠悠名不朽，投檄烟波鱷魚走。濟溺亨屯起斯文，後學先生稱北斗。徽音勝跡茲已陳，吁嗟繼者真何人。漢家有道林宗侶，虎竹符分南海濱。為詢有道家何處，斗牛炫赫龍光聚。洛中曾共李膺舟，汝上論文黃叔度。一朝恩薦入彤庭，昂霄聳壑何崚嶒。是時楚越多奇士，惟有二郭偏齊名。天子臨軒親賜策，制下爭看金馬客。文學賢良三百人，滾滾登臺更通籍。詔提刑獄下建州，三山九曲擅風流。揚州再見何水部，襄陽忽借山公籌。銅鞮拍手兒童唱，山公時飲習池上。野夫乘興款仙扉，百遍相過亦不厭。歸來歲序屬新春，正值崧高降嶽辰。欲假長篇持獻壽，雲箋彩筆空逡巡。當筵請效南山誦，願君去作明堂棟。姓字行雕紫閣麟，雄辭直吐丹山鳳。

冬夜辱韓參知見過即席賦贈得柏梁體一首

生不願封萬戶侯，但願一識韓荊州。蒼山碧海空悠悠，白日青天願始酬。相逢意氣凌清秋，龍光爍爍干斗牛。憶昔韓侯侍冕旒，垂紳正色立螭頭。手奉丹書下御樓，王侯抗禮迎道周。高標直節誰能侔，金章紫綬臨荒陬。于蕃于宣申伯儔，大嶺之東湛恩流。江湖廊廟關離憂，神交氣合非強求。燈前細論聽吟謳，一談一笑皆墳丘。黃唐盛際臻鴻休，麟出瑞世鳳來遊。伊予既覯美且修，深宵忘卻千古愁。新月微茫風颼颼，攬衣起視思貂裘。士遇知心懷壯猷，安能屈曲希巢由。

萬曆癸未仲弟拜官三水便道省予予因賦此以壯其行時季弟以督學使至先之韓江

吾宗系出殷太師，氏族分封自周武。長林之下始開基，流衍中原散河汝。一朝移家到七閩，潮海三遷肇吾祖。承家奕葉重清修，惟有遺經寄環堵。科名載見洪宣朝，比予乃歷圖書府。積慶實由先大夫，愧予何似空寰宇。嗟汝仲季璠璵姿，仲氏如龍季如虎。意氣昂藏逼紫霄，筆端磊落驚風雨。少小從予謁帝都，悲歌擊築思豪舉。飛蓋盡皆鄴下英，論文半是雲間侶。中年更作越門遊，收拾江山事千古。溟渤波濤指顧中，岱華星月歸談吐。歸來幸汝擢賢科，方以奇策干明主。翩翩季子尚諸生，執經猶待持衡史。叶汝今上策又未收，卻抱青氊向江渚。而兄送汝河之干，汝弟候汝江之滸。河干江滸隨所之，誰知別離心獨苦。但願一鐸啟群蒙，行看吾道回鄒魯。異日褒章動雙闕，從容召對聞天語。而兄雖即老烟霞，汝等應能紹簪組。矧有兒曹讀父書，青雲萬里堪延佇。天街振翮良在茲，誰云世路多修阻。

題呂端俊畫竹曰為夏仲昭畫師

龍種鳳媒森壁立，參差翠影濃還濕。古來畫竹幾多家，誰似當朝呂生筆。呂生筆有仲昭傳，餘韻鏗然自往還。不向生綃題姓字，空餘勁節留人間。

清夢行和季弟

余昔夢遊登金山，山寺浮空淩廣寒。海色蒼茫雄劍外，鐘聲隱見落花間。又夢雲中降一老，松姿雪色顧予笑。手貽玄玉金龍文，題曰天街拾瑤草。等閒復夢韓與蘇，論文尊酒罄歡娛。長廊廣廈細旃上，恍如身世在蓬壺。以此堂名作三夢，時對二賢坐吟諷。鐫之圖志示不忘，方之董揚夢龍鳳。豈知吾弟亦有之，翛然諸葛夢來時。三分割據豈而志，千載神交方在茲。云胡爾才人未識，南陽高臥空默默。抱膝聊為梁甫吟，亦以清夢名其宅。春容大篇若解嘲，飛商流徵揖風騷。我來見之長太息，乾坤今古誰為豪。諸葛韓蘇各分半，勳業文章皆夢幻。奚如瑤草發天街，拾之可歷喬松筭。漫道海色鐘聲句有神，至今世上知音者何人。藉草且向天街臥，不學朝燕與暮秦。有時自檢千金篇，與汝共結神交友。不作莊生夢蝴蝶，但見鸞鳳蹁躚蛟龍走。人生得意隨所如，寧論世事榮與枯。願言獨寐不願醒，俯視世人皆醉皆濁皆如無。嗚呼，不獨此曹皆如無，古來皇王帝霸皆如浮雲歸太虛。

題向北之居

人皆忌北居，豈知北居可望斗堪摘月。不見皇家宅，九州百官臺署森羅列。惟有翰苑與使垣，歲歲年年向天闕。豈非職論思，兼之司喉舌。夜靜起見極星明，雨霽行看天宇徹。人居曷忌北與南，男兒所志燕與越。會須方行遍區隅，文峰筆陣摩滄碣。（以上井丹林先生文集卷二）

全粵詩卷三五六

林大春三

京師元夜聞簫效庾子山體寄蕭生

春燈亂馬鳴，俠氣動燕城。當尊綺羅滿，連雲甲第横。月低金闕樹，冰斷玉河聲。一曲秦臺奏，悠然蕭史情。

郊壇呈錢惟重

梅雨收新霽，青郊帶遠空。九衢臨漢苑，四險護堯宫。雲繞瑶臺上，天回玉柱東。麟遊欣此日，鳳覽幸君同。

過王亦頤見其二子索書題贈

久客寡相過，言尋王仲宣。高朋文細論，稚子墨能研。花氣含殘雨，亭陰散曉烟。酒餘還看劍，為贈鳳雛篇。

清夢行和季弟

余昔夢遊登金山，山寺浮空淩廣寒。海色蒼茫雄劍外，鐘聲隱見落花間。又夢雲中降一老，松姿雪色顧予笑。手貽玄玉金龍文，題曰天街拾瑤草。等閒復夢韓與蘇，論文尊酒罄歡娛。長廊廣廈細旃上，恍如身世在蓬壺。以此堂名作三夢，時對二賢坐吟諷。鐫之圖志示不忘，方之董揚夢龍鳳。豈知吾弟亦有之，倏然諸葛夢來時。三分割據豈而志，千載神交方在茲。云胡爾才人未識，南陽高臥空默默。抱膝聊為粱甫吟，亦以清夢名其宅。春容大篇若解嘲，飛商流徵揖風騷。我來見之長太息，乾坤今古誰為豪。諸葛韓蘇各分半，勳業文章皆夢幻。奚如瑤草發天街，拾之可歷喬松筭。漫道海色鐘聲句有神，至今世上知音者何人。藉草且向天街臥，不學朝燕與暮秦。有時自檢千金箒，與汝共結神交友。不作莊生夢蝴蝶，但見鸞鳳蹁躚蛟龍走。人生得意隨所如，寧論世事榮與枯。願言獨寐不願醒，俯視世人皆醉皆濁皆如無。嗚呼，不獨此曹皆如無，古來皇王帝霸皆如浮雲歸太虛。

題向北之居

人皆忌北居，豈知北居可望斗堪摘月。不見皇家宅，九州百官臺署森羅列。惟有翰苑與使垣，歲歲年年向天闕。豈非職論思，兼之司喉舌。夜靜起見極星明，雨霽行看天宇徹。人居曷忌北與南，男兒所志燕與越。會須方行遍區隅，文峰筆陣摩滄碣。（以上井丹林先生文集卷二）

全粵詩卷三五六

林大春三

京師元夜聞簫效庾子山體寄蕭生

春燈亂馬鳴，俠氣動燕城。當尊綺羅滿，連雲甲第横。月低金闕樹，冰斷玉河聲。一曲秦臺奏，悠然蕭史情。

郊壇呈錢惟重

梅雨收新霽，青郊帶遠空。九衢臨漢苑，四險護堯宫。雲繞瑤臺上，天回玉柱東。麟遊欣此日，鳳覽幸君同。

過王亦頤見其二子索書題贈

久客寡相過，言尋王仲宣。高朋文細論，稚子墨能研。花氣含殘雨，亭陰散曉烟。酒餘還看劍，為贈鳳雛篇。

題王亦頤詩箋有序

亦頤故藏詩箋一函，蓋正德間戴内翰所贈者，時纔六七歲耳，猶知寶而藏之，每出次輒攜以隨。至是因出示，余慨然有感，書此識之。

内史能文日，尚書識鳳雛。郢吟留白綺，越客重明珠。幾度鶯花落，空隨龍劍孤。誰知同社客，握手正踟躕。

送胡比部之官金陵

雄圖六代後，上客兩京才。曉發青門去，秋臨畫省開。興王龍虎地，今古鳳凰臺。登眺應多感，東都可賦哉。

送西曹使之江南恤刑二首

北極龍書下，西翰鳳使分。星垂吳楚闊，春湧漢江聞。劍佩辭雙闕，衣冠集五雲。定回東海旱，白日醉虞薰。

澤國開吳郡，江城識漢官。天高雄虎峙，地迥接龍盤。刑擬成康措，詩從鮑謝刊。應焚路生疏，拜手入長安。

送謝節推之桂林

廿載憐同薦，高秋悵别遥。乾坤梅嶺隔，風露桂華飄。冰似鳴仙珮，山疑入紫霄。明刑更多暇，應望五雲朝。

送成生使江藩

玉樹上朝光，飛星入豫章。龍宫傳漢制，兔苑謁梁王。征旆隨衡雁，秋衣帶洛霜。勝遊應有作，誰復似鄒陽。

周進士挽詩四首有序

進士諱汝器，河南人。未第時嘗夢見余名於日中。有老人在雲霧裏指示之曰：『若進必同此生也。』後果與余同對大庭，遂辱遊好。嘉靖辛亥進士。當入選補邑，尋以病不拜。明年得告歸，未行而卒。

孤魂返南國，涕淚動西京。寶劍終辭去，瑤琴遂不鳴。春深啼鳥怨，日落野陰横。獨有嵩陽路，傷心對賈生。

銜恩滯雙闕，賫志掩重泉。方擬金莖賜，翻憐玉樹捐。龍蛇識何意，鵩鳥賦空傳。别有菟園侣，悲歌蒿里篇。

迢遥同賦日，夢寐十年餘。遂有周瑜重，空慚阮籍疏。鳴珂宫樹曉，説劍塞鴻初。誰謂幽明隔，風塵泣素車。

拜官遲抱病，獻疏感恩深。鄴下還詞賦，周南本腹心。尚方餘賜履，單父待鳴琴。列宿俄然墜，明珠空自沉。

恒山道中寄惟重

百里恒山道，寒光一駐驂。蒼茫過燕趙，迢遞望肴函。天遠君應念，月明誰與談。謂予比庾信，未敢賦江南。

鄴下別陳戶曹之金陵予如塞上

河鄴傷心處，驅車路不同。馬聲分遠靄，人影散寒空。玉塞黄圖外，金陵王氣中。愁來兩相憶，春至有歸鴻。

同魯朝選出使京洛道別

漢節俱千里，予西君向東。辭榮寧獨往，不辱竟誰同。天隱寒沙暮，月高烟樹空。離懷惟寶劍，相望氣成虹。

入關二首

地扼三秦塞，天雄百二城。重關猶虎視，嚴夜候雞鳴。日抱黄河出，山連華嶽横。獨憐禾黍盡，悽惻憶周京。

壯節關山外，雄圖河漢流。空城經戰壘，落日記歌樓。豈作黄金説，真乘紫氣遊。堯封欲有寄，回首隔中州。

登嶽四首

靈嶽中天起，高寒逼太陰。峰巒積雪徧，松檜一冬深。騎馬愁仍滑，披衣行且吟。朝來偶乘興，惜未有招尋。

海内傳名嶽，關西望獨尊。青牛人已遠，白璧事空存。幽樹千年色，飛泉萬丈源。誰知嶺外客，此日駐山門。

來迎者羽士，言共訪仙蹤。峽隱真人骨，峰窺玉女容。神林龍騎入，天路鳳旗重。更見磨厓石，千秋紀漢封。

客思登臨動，山光遠近開。風烟盡東望，天地忽西來。城擁咸陽樹，春生渭北臺。脩然悵歸路，車騎滿塵埃。

驪山除夕對雪呈盧明府二首

馬首西入秦，驪山東向人。臘殘驚旅鬢，日晚倦風塵。古殿連雲盡，溫泉帶雪新。長安茲不遠，明發漢家春。

雪意連西嶽，空濛滿上林。年華兼日暮，天意與冬深。暗隱珠宮色，寒流玉樹音。陽春自同調，應入郢人吟。

安惠王挽詞

天人推夙德，朝野望音徽，一自從遊去，求仙遂不歸。鄒枚詞賦盡，閩越諫書稀。惟有小山曲，愁隨丹旐飛。

登靈州城樓别丘懋實二首

昔别憐君病，茲逢笑獨留。客中仍下榻，醉裏更登樓。野樹乘春發，沙雲帶日流。離懷當此際，況復是邊頭。

共有紉蘭約，非關攀桂留。臨風倚長劍，對月憶南樓。塞上春光滿，天邊清夢流。美人如問訊，為出玉搔頭。

東林寺

客行乘夏日，霖雨帶秋陰。雲接虎溪暗，山藏蓮社深。遠公已寂寞，陶令此登臨。勝跡真誰記，空林猿暮吟。

豐城逢夏子還都余尚南征

清夜見龍光，蒼茫入豫章。主人復行客，遊子尚他鄉。蟬意含秋遠，江聲引夏長。明朝重相望，南北渺烟霜。

哭張啟東四首

昔年聞汝訃，凄斷恍虛無。今日遲予至，那堪見汝孤。乾坤餘短劍，霄漢哭長途。回首忽三載，秋墳臥綠蕪。

五嶽行堪遍，諸山入望低。高談天地晚，浪跡死生齊。楚璧終難獻，燕臺悵欲迷。猶懷鸚鵡賦，歸臥鳳凰溪。

留滯值時危，高才合數奇。相看戎馬日，送爾國門時。江漢孤舟遠，秋風鴻雁遲。誰知當日淚，不是為生離。

論交千載上，世路眼俱青。抗節憐徐稚，卑棲似管寧。南海悲朝露，西京返使星。歸來餘一哭，山雨為凄零。

重過蕭氏園亭二首

遠客乘秋至，秋亭四望開。烟霞猶小隱，歲月此重來。海內頻書疏，山間獨酒杯。應思舊遊處，幾復問昭臺。
蔣詡開新徑，丘園已自名。青山來遠近，碧海遞微明。月下亭初靜，天高秋有聲。客來時一醉，誰是羊求生。

題趙氏墓圖

真隱人何處，佳城此鬱盤。玉棺曾駐馬，碧樹總棲鸞。地引山靈合，天分海氣寒。誰憐廬墓意，千古共悲看。

四月居嶺表得惟重書自都下十一月渡江聞惟重秋中使節入湖南却赴章水

書至猶燕闕，秋來漢水邊。衣冠游楚客，簫鼓下江船。抵為尋張華，還應憶仲宣。何當乘逸興，飛旆日南天。

顧徵君家園詩八首並序

徵君園名江黃間，園以八景名焉。客有從之遊者，賦詩八篇，江南人士聞而和之甚眾。嘉靖癸丑傳至京師，作者隱隱起臺署中，會余至自海上，辱與其仲子居，雖非能作，頗幸聞焉，因欲寓翰茲園，而徵君且攜仲子之家至矣，乃親接其人，談其勝，壽以此詩。

榮壽堂

卜築依清漢，華堂擁翠微。北辰嚴倚閣，南極藹臨扉。仙醴行歌席，天香落舞衣。願言長此地，歲歲醉恩輝。

惜陰軒

詩禮趨賢子，光陰仰聖傳。言持採芝賦，來問凌雲篇。簾燕銜書濕，簷花點墨鮮。窺園應未暇，須以日為年。

月光亭

皓魄出江東，孤亭先映空。老翁歌擬扇，稚子學為弓。寶樹參差發，瑤臺遠近同。悠然謝莊賦，蕭瑟起秋風。

活水池

活水開明鏡，尋源坐碧瀾。幽深接江漢，清淺入峰巒。王母筵方啟，山公興未闌。臨書時盡黑，獨抱夜珠看。

流觴塢

種竹三為徑，疏泉曲作池。山陰元勝集，河朔更吾師。旋繞飛觴出，歡呼坐客移。酒酣還自記，不讓右軍詞。

烟柳堤

春柳護春堤，春烟曉望西。曲聲風處斷，飛絮雪來迷。黄覺鳴鶯入，白看振鷺低。徵君東有宅，漉酒正堪攜。

三槐畝

春事動經丘，修槐蔭廣疇。微雲澹新緑，小雨破先秋。本自三公貴，何須萬戶侯。興移置堂宇，千載挹風流。

拳石峰

選石玫瑰積，真成高士峰。洞雲盤紫栢，溪月泛芙蓉。寶氣時能見，丹砂或自逢。何當訪玄豹，從此駕蒼龍。

西署白雲樓為雲間董原漢

樓上白雲滿，雲間是故鄉。山川辨紆曲，天地睹圓方。災異誰能問，從遊見不妨。昔人稱大隱，此意一何長。

贈顧少府顧董生舅也生於其行有渭陽之思焉請予為賦是詩

渭陽愁送客，車馬望遙岑。為誦瓊瑰賦，因知山水心。鶴飛江樹渺，龍去海雲深。時自聞吴詠，無勞悵越吟。

宿雲霄驛

三秋為漢使，萬里度雲霄。月下傳砧急，風高擁節遙。浮烟收野市，宿雨斷江橋。一夢清如水，悠悠見聖朝。

度閩關有懷

復此度關吟，天寒歲欲深。江雲行渺渺，嶺樹坐陰陰。白日仍投璧，清宵有郤金。管寧何處在，遼海憶同心。

江上聞董原漢以言事謫戍蠻方慨然有述

故人禦魑魅，而我尚飄萍。伏闕報主日，浮湘老客星。瘴烟憐地遠，肺病憶時寧。郤愧群賢後，寧忘汗簡青。

湖亭二首

見說湖山勝，亭虛客未歸。空懷放鶴處，尚想釣魚磯。天際孤帆小，雲中清磬微。何當返蘭棹，一製薜蘿衣。

平生重高義，十載賦長楊。國士心應苦，王孫興未忘。豪遊盡宛洛，雅調雜齊梁。為問湖中事，松筠半已荒。

送鄒廣文之潮

今日送鄒陽，梁園芳草長。江行春共遠，嶺宿意俱蒼。山險分閩越，天開見鳳凰。悠然懷往路，不覺憶吾鄉。

送謝廣文之潮陽

吾邑昌黎後，斯文遠至今。由來風不薄，此去道須任。曉月江帆小，春雲嶺路深。逢迎如有問，為報歲寒心。

送楊劍州

昔為衡嶽臥，今向蜀門遊。何得楚雲雨，西之劍水頭。霸圖悲躍馬，天險笑通牛。無路從君去，翻然思壯猷。

送陳明府改任德安德安江右衝邑也

復此尚方賜，猶乘潘令車。河陽留不得，懷縣意何如。吳越徵兵日，東南過客初。人生關氣象，名肯讓匡廬。

題王節士卷

碧海烽烟起，青山轉戰長。千夫齊矚敵，一死為勤王。鐵騎悲秋草，金戈泣曉霜。猶餘英爽在，時護水西鄉。

王長史八十二壽詩

戴禮名家舊，王門上客題。辭歸非楚穆，壽考似磻溪。山靜卿雲起，江空山仗齊。誼傳迎漢詔，今過董膠西。

雪中訪戴和陳正郎同年韻

同雲出漢署，結駟共懷賢。地僻疑招隱，杯深問草玄。御溝低玉樹，仙闕起瑤天。忽聽朱絃奏，難和白雪篇。

送輝縣趙少尹

十載漢公車，共城拜秩初。才堪鸞鳳侶，地本竹林居。露坐聞清嘯，山行見古書。中原民力盡，何以佐軍儲。

別戴筠臺使嶺外

青門別漢使，離恨滿秋空。氣合雕龍外，名高畫省中。園林愁積霧，嶺海望長風。定有羅浮月，隨君訪葛洪。

送章員外僉憲廣右

誰言五嶺外，西去帝城遙。風物悲虞狩，江山屬漢朝。天高法曜轉，日出瘴烟消。千古勳名在，君看銅柱標。

將歸先寄舍弟

壯志苦難酬，孤懷厭薄遊。看書驚母病，伏枕淚先流。即日須陳疏，清秋定買舟。因風寄鴻雁，一為解親愁。

宿山海關夢為梁甫吟

重關對搖落，孤館罷登臨。海日青宵出，山雲紫塞深。馬思千里道，夢識百年心。未遂南陽臥，空為梁甫吟。

古意

見說西征急，征夫行路難。初聞度遼海，復道返長安。傳箭幾時歇，寄書何處看。秋宵散銀燭，獨照錦衾寒。

舟中睡起懷劉山人

夙有山中約，茲行意若何。江村到處好，風雨暮來多。畫舸星宵入，文幃客曙過。因君動幽思，清夢繞烟蘿。

秋夜

鎮日孤舟臥，清宵坐看山。呼童聽落葉，對月問離顏。樓閣行將近，帆檣去不還。愁心與秋水，一夜到鄉關。

蚤起得舟字

客鬢忽蕭颼，長河急暝流。舳艫千里暮，桐葉一天秋。雲淨瞻南斗，風清憶上游。狂歌嘆留滯，為待李膺舟。

秋日奉命南征[一]

促織鳴高樹，微霜已載途。十年懷漢節，千里借兵符。地道遙分楚，江山半入吳。傳聞赤壁戰，烽火一時無。

[一]『日』，明萬曆本作『月』。

旅夜

深夜候明發，重雲未肯開。幽襟仍宛轉，孤詠且徘徊。風急鴉聲散，燈寒雁影來。翻思金闕路，雪裏賜貂回。

題黄州劉使君舊隱其堂上有徐相國所贈詩章在焉

丞相題詩處，幽人昔考槃。漢家新劍履，楚國舊衣冠。秋覺蟾光入，風知玉樹寒。時聞山簡醉，莫作習池看。

題曹封君雙壽異徵卷二首

蜀道回輿日，鹿門同隱時。烟霞長作主，琴劍與諸兒。芝本商山種，桃疑閬苑移。名聞漢皇帝，白首戴恩私。

逆旅悲塵世，浮生祇懵然。因之悟物理，早已識真詮。天賜齊眉壽，人思化鶴年。寧知終孝者，猶自泣詩篇。

江上

經秋為北客，此日渡江東。隔岸花相似，看山路不同。蟲喧時作雨，月暈晚驚風。獨有雙龍劍，蒼茫吐白虹。

廬山道中

為愛匡廬好，終朝騎馬行。低回山澗出，繚繞徑花明。寺古僧初定，溪閒虎不鳴。誰能絕頂上，愁看海雲生。

安慶渡江次韻陳推府見贈之作

故里今寥落，因君愁思開。飄颻憐獨往，慷慨念群才。峰曉孤帆度，江昏片雨來。不知重會日，何處共登臺。

東鄉逢撫州陳使君以詩見別次韻奉答

憶別時聞政，相逢卻問詩。已看黃犢滿，似怪紫麟遲。江海今須會，風雲重所思。贈君有蘭芷，秋暮以為期。

過泰和得劉廣文在潮信息其弟同諸侄攜酒夜過

之子官猶冷，潮陽信始回。豺狼他日鬥，鴻雁昨宵來。畫舫凌風泊，青樽傍月開。故園有松桂，盡是不凡材。

讀楊文貞公家世德錄二首

忠貞稱世篤，家學本淵源。相業三朝重，書香奕葉存。崧高生為國，宣召死銜恩。況是弘農後，清風可更論。

草昧攀龍日，朝陽起鳳年。賜書存故老，遺訓入新編。社稷功難並，天曹事可傳。將來有名彥，應不愧前賢。

憂起劉廣文見招以病不赴詩以寄懷

相約梅花候，相過楊柳初。詎知多病後，猶是積愁餘。野興詩從減，春風鬢欲疏。空懷劉子駿，應著太常書。

酬鄭使君見訪有懷之作

偶臥寧逃俗，長慵合避人。比鄰時獨往，意氣晚愈真。細雨青山近，秋空皓月新。猶聞傳羽檄，卻恐到蒲輪。

送謝廣文之衡陽

江城嚴鼓角，送客值愁時。浮海存吾道，臨岐動爾書。山傳龍度遠，秋識雁回遲。何日岣嶁上，披雲覓禹碑。

贈李參謀

幕府稱多士，如君獨擅名。丹心同許國，白首坐論兵。湖海觀天象，風雲結地營。功成忽歸去，卻笑棄繻生。

濱海遺思卷為何潮州

地遠滄溟北，天高揭嶺東。共言歌召父，何意失文翁。廟貌烽烟後，人情涕淚中。猶餘韓子木，蕭颯起秋風。

起復赴京途聞趙良弼自遼東領郡之順德尋以母憂奔汝上因取道過其廬訪之悵然為別四首

萬里驚離別，三秋雁渺茫。徒聞滯遼左，不道借淮陽。旅客悲關塞，孤臣憶廟廊。那堪萱草折，垂淚動江鄉。

夙有東都好，言過叔度廬。門前餘轍跡，客至見圖書。林暖秋藏笋，溪寒夕薦魚。猶懷將母意，惆悵對籃輿。

賤子嗟行役，慈闈晝掩扉。恨窮東海水，愁絕北山薇。宇內交遊斷，天邊心事非。誰知當日淚，偏灑故人衣。

曉覺倚廬臥，秋深別夢殘。片雲生樹杪，明月在簷端。聞禮談何易，知心諒獨難。與君俱有父，行矣慎加餐。

寄謝山人茂秦二首

鄴下曾揮袂，山中動幾年。憂愁淹日月，南北阻風烟。道豈蒼生繫，詩因白馬傳。無由重相遇，徒誦卜居篇。

梁苑多詞客，漢家今幾人。鄒陽久零落，枚乘已風塵。老去惟君在，書來憶我真。聲名滿京洛，何處覓垂綸。

自滎澤過河宿原武二首

向曉泊南岸，長風送北流。翻疑銀漢路，真作泛槎遊。樹隱黑陽暮，天空原武秋。停舟問樵牧，猶是古中州。

地僻車塵少，河流野岸平。乾坤留禹跡，風物拱神京。旅館懷人夢，山城過客情。還因漢文學，一問魯諸生。

麒麟冢二首并序

西平有麟產於民居，忽雷雨大作，民爭擊之，既霽，麟死焉。有司為立冢於郊，予過而感之，為作是詩。

百代禎祥出，生來何數奇。人非西狩日，道豈獲麟時。秋草明新冢，烟光映古碑。空令車馬客，歌泣至今疑。

昨宵鷟鳳過，是年中秋月明時，有大鳥披五采從西來，百鳥隨之。此地復麟屯。雷雨蛟龍怒，風雲百鳥奔。疑聞嘯岐水，何異在郊原，卻笑漢天子，頻年為改元。

雪中逢聞博士二首

白雪青徐路，同雲玉宇寬。河流平遠岸，嶽勢隱諸巒。清入冰絃潤，光生寶劍寒。誰憐孤館夜，獨對廣文看。

飛雪迴瑤天，君行何處邊。游秦如有約，入楚更誰賢。野闊迷津樹，橋危候渡船。臨風戒僮僕，愁濕錦鞍韉。

寄易水張兵憲二首并序

初，予出京師，公從易水來，與予別於涿鹿之野。既去，予不幸有先安人憂，而公遂高臥於易水之上。後數年，予復來自嶺外，將至涿郡，因作是詩以寄之。

鹿野愴離襟，鴻飛各故林。空懷慈烏恨，猶想伏龍吟。滄海催行劍，青山違素心。知予惟鮑子，千里待徽音。

思君易水上，此日薊門過。殿闕風雲近，邊關夜月多。時清收涕淚，俗古尚悲歌。為問東山謝，蒼生意若何。

再至京師得張少參遼陽之訊詩以答之二首

含香趨省署，灑酒向都亭。別去知何日，重來鬢已星。邊塵隨客到，海色對人青。欲問遼東鶴，臨風憶管寧。

君今猶漢塞，我昔度榆關。帝跡依然在，仙蹤詎可攀。天高赤雁迥，氣暖玉貂閒。聞道東夷貢，年年泛海還。

古意二首

一別昭陽路，瑤臺舊已非。新妝收翠黛，錦瑟暗清徽。書斷青鸞杳，恩沾玉露稀。徒勞望宮樹，猶自護仙衣。

歲晚玉容苦，天寒輦路長。自知憐弱質，不敢怨微霜。桂水飄涼夜，桃花逼艷陽。當年同女伴，日日侍君王。

過文王演易臺

西伯居幽處，遺經護紫雲。君王自明聖，天意在斯文。龍馬驚秋出，鬼神泣夜聞。一從嗟既沒，玄論日紛紛。

岳武穆廟

宋室陵夷日，中原板蕩時。壯心期滅虜，鋭氣失班師。十二金牌出，千年寶鼎移。空餘報國淚，寂寞灑殘碑。

得解官報離陳至大梁寫懷寄示陳中諸生三首

拙宦已忘機，言歸便得歸。出門看柳色，駐馬更春衣。卦冢筮初長，歌臺雪尚飛。他年何處望，應覺從遊稀。

世事年來異，民風太古遺。疏慵宜遠徙，道路莫深悲。別淚花枝墮，商歌畫角吹。行藏茲偶爾，未必繫明時。

天意更何如，朝來賦卜居。同遊聯組綬，孤館對琴書。鶴舞梁園夕，鴻飛上苑初。交情兩不厭，吾駕欲躊躇。

自河南歸過黄州逢張少參同日至乃以夜不果會明發始得邂逅以别詩以志之四首

同日駐征軺，無因慰寂寥。非關勞遠道，自是隔深宵。城隱雪堂暗，江空赤壁遥。使君應有客，明月坐吹簫。

良晤詎云晚，侵晨聞叩扉。歡言歧路合，未覺鬢毛非。市枉夷門騎，香飄漢署衣。從知故遷謫，同此戀恩暉。

憶子過陳國，紛予錄楚囚。祇缘悲孝女，空自負仙舟。書至蒹葭夕，懷深鱸膾秋。陽春不可和，白璧竟難酬。

我至從宛洛，君來自岳陽。微懷寄嵩少，玉色帶瀟湘。別路鶯花爛，歸心雲水長。何年同豹隱，清夜望龍光。

旅宿偶成

征途逢別館，旅宿意悠然。竹引清風直，花隨細雨偏。從人來問字，對客坐談玄。歸雁無情甚，飄飄入遠天。

舟行

雨霽連霄月，空江獨樹陰。岸移山隱見，水動石浮沉。書帙閒來睡，詩篇懶廢吟。時逢遊洛客，知我在陳心。時予自陳還，過廬陵，客有道予在陳事者，聞而有感。

江上得風曉發

天風催曉發，客路喜聞雞。帆影看雲見，灘聲聽雨迷。贛江庾嶺北，汀樹晚潮西。晨省明朝是，毋勞尺素題。

壽鄭東渚八十一

聖世稱人瑞，真同五色雲。磻溪堪並駕，箕潁若為群。徑老松筠在，庭虛蘭桂芬。知予未能副，嘆息撫龍文。

蒼梧和劉大參蚤起寄懷之作

九日明朝是，風烟故國非。秋深菊未吐，山險雁來稀。久病虛時望，疏慵薄宦機。多君能作賦，獨羨李膺歸。

府江道中呈劉大參二首

獨棹春流急，空山宿霧昏。江聲來象郡，水勢入龍門。夢攪風前雨，愁連戰後村。不緣同旅泊，那得話鄉園。

盡道江行好，烝徒竟日諠。看書忘卷帙，對客亂人言。樹古崖疑墮，湍高石欲翻。應思三峽路，淒斷坐聞猿。大參前官四川。

江上蚤發東游府江同年

曉起見青山，白鳥飛其間。古樹雲猶宿，虛舟意自閒。乾坤誰剖闢，江水任洄環。寄語同門友，無嗟青鬢斑。

贈姚將軍歸南海

嶺海今多事，將軍此日閒。龍韜懸古樹，猿臂枕空山。故老應相問，遊人獨未還。何時過嚴武，爛醉百花間。

秋前一日提兵過勾漏洞留示區明府二首

六月飛征騎，群峰擁翠華，江空魚陣肅，風細隼旗斜。石壁前朝字，桑田故令家。今朝過勾漏，不是為丹砂。

征途苦炎熱，明日又新秋，似與山靈約，寧忘靜者求。龍鱗搖碧樹，鳥道接丹丘。洞裏無朝夜，都應秉燭遊。

寄贈海北戴參戎

王者今無戰，將軍尚道邊。羽書搖白日，甲士控朱弦。珠浦潮生夜，瓊崖月在天。從兹漢驃騎，不復數樓船。

德慶舟中與方孝廉話別

奔走經時久，憑君幾日閒。容江新月上，瀧水白雲間。處世思蟬蜕，論文愧豹斑。離懷等秋葉，一夜遍空山。

惠州西湖同李台州王邵武二君夜泛二首

旅泊茲何地，西湖亦勝遊。座餘王子筆，客上李膺舟。岸遠千峰見，天空一鶴留。因知蘇學士，不異在杭州。

地得陳公勝，堤緣蘇步名。漁歌江月白，樵臥野烟清。講幄諸儒疏，樓船漢將兵。誰知湖上客，談笑正關情。

白鶴峰謁蘇東坡祠

流寓千年地，文章百代儒。奇才驚帝座，逸氣滿江湖。雲覆松陰合，天清白鶴孤。誰憐春夢裏，猶自戀蓬壺。蘇在惠州野步，有老嫗語公曰：學士在朝時榮遇，至舍蓮燭送歸，自今觀之，譬如一場春夢。

望羅浮柬王李二君二首

高標出嶺外，特地起金蓮。岱嶽連滄海，峨眉入洞天。俯看朝日出，側聽夜河懸。倚棹時凝望，玉京飛曙烟。

聞道蓬萊閣，東浮海上來。空濛迷下界，縹緲絕氛埃。洞湧金沙合，山分鐵柱開。應疑聞鳳嘯，幾欲借龍媒。

石門瀑布

瀑布出空微，誰能測化機。有無看不定，聲色總俱非。着地珠為沼，穿林翠拂衣。長疑風雨至，化作烟雲飛。

和馬憲副清戎策士見貽之作

見說轅門啟，輕裘佇望賒。軍威行細柳，詩興寄梅花。坐覺龍韜入，吟從虎幄斜。知君愁瀚海，不為惜年華。

再過贛江別同年徐憲副辱以楚遊詩見示且索近作書此寄之二首

復此虔臺會，翻疑昨日逢。山留登眺處，水寫別離蹤。楚跡多乘興，新詩得大宗。應憐倦遊者，猶自問雕龍。

與君俱拙宦，廿載一官同。棄置復何道，飛翻可自工。州分二水合，地迥百蠻通。勿謂庾關隔，而無鴻雁東。

送周耿西計偕北上

爽氣西山發，於今三薦書。聲華五嶺外，家學百年餘。辯玉人應遇，鵬摶事豈虛。他時過錦里，寧復羡相如。

題戴文進畫圖

疊嶂俱環翠，中山似蘂珠。日巖幾深淺，烟樹半虚無。沙際停舟楫，村間賣酒壚。斷橋如有路，應可到蓬壺。

題東籬晚節便面

風標秋始見，霜節晚踰奇。裛露陶生醉，餐英楚客悲。松篁原比德，桃李漫多姿。歲歲重陽會，知心欲待誰。

題鳳鶴圖

本是同心侣，飛鳴各有時。梧桐爛霞色，松柏偃霜姿。野曠聲踰遠，庭空下獨遲。誰憐千仞意，惟待九皋知。

送謝春元赴禮闈

觀國逢明盛，傳家本會稽。才名今入洛，文藻昔遊齊。鵬翼衝霄舉，龍光映斗低。寧如蘇季子，挾策向關西。

題海雲亭

如翬方結搆，非霧此淹留。縹緲連鮫室，絪緼接蜃樓。星辰回麗藻，冠冕萃名流。野客來何暮，翻疑醉十洲。

題謝家池館

為愛習池勝，山公罄客懽。千峰驚雨霽，五月覺天寒。榻穩金莎臥，杯傳玉屑餐。悠然動遐思，清興寄柔翰。以上二首俱和丘使君作。

送朱邑丞應朝時新尹初至例以佐貳行

敝邑留新尹，之京選庶僚。帆飛滄海曲，班入紫宸朝。鮫鱷時方遁，璣犀俗未饒。知君憫民瘼，萬里貢風謠。

送葉尉入覲

宦遊今幾載，多半在天涯。踰嶺心猶壯，趨朝鬢已華。嵩呼應共祝，海晏即為家。莫寢并州夢，還來玩鹿車。尉自五羊遷今職，先後幾十年，年踰六十餘矣。予製小車，完日驅試之，東山尉嘗往候，故云。

次韻酬鄭使君兼以奉招二首

懶性隔鄰居，猶如千里餘。菊花秋已過，梅蕊歲將除。下榻憐徐稚，窺園憶仲舒。尋常偶得句，寧意獲瓊琚。

尺牘勞相訊，新詩老自娱。忘年惟我共，清夢或時俱。天暖墨池草，人間筆陣圖。使君倘乘興，還為市清酤。

郊園小霽

雨霽得涼風，花間過小童。龍吟蒼嶼外，鶴舞亂烟中。山簡來應慣，嵇康懶更工。平生青白眼，獨坐向高空。

早秋曉望

露氣冷衣襟，蒼山月未沉。客帆開遠渚，宿鳥散高林。始覺梧桐落，還驚蟋蟀吟。猶餘夏雲在，飄忽起層陰。

壽詩

藹藹青松姿，重經甲子時。嚴冬增秀色，湛露長孫枝。冠蓋臨風集，壺觴泛月移。共言歌大雅，壽考祝維祺。

悼劉山人二首

年來嘆離索，老至覺多愁。未遂鹿門去，翻從禽慶遊。河流仍故道，草色自芳洲。遺恨先人業，魂消三徑秋。
嗜酒希楊子，家貧孰爾攜。猶懷洪博士，頻向小塘西。日午催釀黍，樵回問炙雞。誰知忽異路，空有石門題。

挽詩

南村曾卜宅，蒿里竟長遊。橘老泉猶繞，書殘雨未收。生平懷一顧，高義薄層丘。坐覺孤鴻淚，荒郊二月秋。

故庠生蕭鴻逵挽詞

外史曾分校，中懷故獨宣。荀龍名第五，燕駿價踰千。豈意題橋日，翻成賦鵩年。空餘遺緒在，灑淚北風前。曩予承乏修志，君實以文學應聘，分董其事，於鄙意多所推明。今歲之秋，方抱藝東上，乃不幸齎志以歿，其手注輿地等篇。故老多傳之者，詞故及之。

梅州贈蕭廣文

與君俱嶺外，君住曲江頭。風度親應見，雲山豈夢求。一經傳泮水，五載客梅州。咫尺除書下，還為上國遊。

興寧道中

青年慕請纓，策馬問君平。謂我三千字，能將百萬兵。歲華驚轉瞬，蹤跡半浮萍。今日重過處，臨風感慨生。

詠院中雙松

喬松依故國，雙峙儼清班。露坐團疑蓋，遙瞻聳似山。清風恬旅宿，古戍壓人寰。柯葉原無改，餘陰自往還。

次韻周生喜雨二首

周官禮大侵，商室望為霖。為遇今秋旱，方知古哲心。天連遙海碧，雲擁亂山深。見說澄潭下，雙龍時夜吟。

七夕明朝是，佳期銀漢濱。定因牛女會，預灑屬車塵。羽檄驚心急，樓船望眼新。新詩隨雨至，誰擬和陽春。

惠陽辱胡少參成參戎邀遊西湖二首

三秋動遊興，二妙共登臺。勝跡遲予至，湖光為客開。皇華掀日月，細柳肅風雷。薄暮飛蘭棹，深宵泛玉杯。

本為羅浮隱，先看湖上山。輕風移棹穩，細草濕衣斑。歌起朝雲墓，杯傾明月灣。中流簫鼓急，獨送野夫還。

鄭惠陽邀上白鶴峰同葉賓州夜集二首

白鶴歸何處，孤峰百雉城。江流去無限，客至若為情。徑繞荒臺晚，亭虚古木清。金風涼入座，玉斝為君傾。

勝集誰相候，賢哉二大夫。行藏千古合，名位半分無。縹緲秋含雨，清新夕薦蒲。偏憐漫遊者，幾復話方壺。

季秋八日發博羅數里許風雨大作因偕同遊葉大夫張將軍鄭文學諸君子宿於張明府莊上三首

夜入羅浮路，朝來風雨新。多緣清祖道，應為灑車塵。六里青莊遠，三秋古樹春。因過陶令宅，下馬盡交親。明府於予為舊屬，又與葉、張諸君有連。

嶺表兹何地，山中别有天。徒聞星猝聚，不見月初弦。村遠篝燈出，雲深擁被眠。晨興還舉網，呼酒坐烹鮮。

栗里慚同隱，蓬蹤感夙遊。君方令勾漏，予亦臥邊州。疏節蒼松在，清名白日流。誰知風雨夜，重對萬山秋。

羅浮歸路寄懷曾明吾二首

新詩勞問訊，握手至今看。豈謂烟波隔，翻嗟會面難。明珠徒自媚，寶瑟向誰彈。知有天台約，何緣過考槃。

海嶽心猶壯，風塵鬢未華。聽詩懷上國，度德憶通家。廬隱江門樹，書封石洞霞。音徽纔咫尺，相望即天涯。明吾，南海人，予年家子也。昔嘗有詩訊予，及予至，謂宜來，乃適以奇字落第不果，而予行矣，聞異時有書請葉石洞見訪，及約蘭谿趙太史為台蕩之遊，詩故及之。

後五草堂有序

先是，沔陽陳玉叔書至自蜀，請予為賦五草堂詩。明年，移官入閩，有書報予曰『草堂五詠，江漢生色矣。顧猶願有請者，幸明公終賦之。』予許諾。會入山，不果寄。至是，乃復走使山中，因竟為作此。

南紀草堂

沔陽，江漢之所會也，是謂南紀。玉叔有園正直其南，二水合流經其下，下有甫田，中有陂塘，於是亦名其堂曰『南紀』，蓋一郡之大觀也。

鳳野分南紀，龍飛屬上游。洲聯二水合，景似百泉幽。碧沼金鱗出，芳畦玉粒浮。時聞解珠佩，沔陽之南即鄭交甫遇仙女解佩珠處。不為狎沙鷗。

建興草堂

洒故名建興，玉叔有園地在城北，有松有筠，可蔬可菊，堂是以得名焉。見故郡風物，實首於此。

去家才咫尺，回首隔城陰。徑繞花臺古，洒陽北有散花臺，高數丈。堂連太白深。按水經注：『沌水通洒陽之太白湖』。新篁生鳳彩，老柏作龍吟。直北知何處，風雲滿上林。

背郭草堂

堂在郭之西，不離人境外，而其地夷曠，時聞棹歌欸乃，樵牧上下，亦城郭山林也，故堂以郭名，明不遠如此。

世業方城裏，先人有敝廬。一從出郭去，遂與市塵疏。牧笛樓臺外，漁歌烟雨餘。洒陽有烟雨樓。何須向巖谷，此地即仙居。

梅花館

青州公故植梅百株，楊相國曾有詩贈，井陘公復為歌詠以貽子姓，示清白也。故館以梅著，蓋清白傳家，所從來遠矣。

本為春先茁，多因雪後花。青齊傳素節，紫閣絢仙葩。比玉神偏瘦，凌霜影未斜。清標名漢代，疑是太丘家。

雪坡草堂

汭陽城裏，其東有刹，巍然高視人寰者，報恩寺也。寺西有地，屹然特峙，花木並美，三冬時至積素盈丘者，雪坡也。玉叔因堂其中，而仍其名，間引高僧取道藏經讀之，蓋宛乎東林之社，惠遠之交也。

勝跡倚空門，寒光湧玉坤。依稀白作社，宛轉兔為園。錫杖高僧過，金經靜夜翻。峨山峰頂月，何意照湘沅。

西山初結小隱舍弟季子偕陳宋二貢士及蕭趙諸親友棹舟來訪遲明別去有招予言歸之意因成二首寄之

小築渾如戲，相逢卻道真。繫船橋間竹，入座雨隨人。載酒東鄰遠，聽雞北望頻。應憐交泰日，天末見垂綸。

眼底都無礙，悠然見遠山。山間田已綠，門外草初斑。化俗真何陋，浮生樂半閒。相招向城郭，未擬鹿車還。

重過雲山隱居同諸昆季夜集對雨

相睽方隔宿，相憶似三秋。頻走陳公牘，復登李郭舟。壎篪誇伯仲，談笑薄公侯。不覺青山晚，蕭蕭雨未休。

夏日重過蘇青陽隱居

幽人依碧嶼，愛客走瑤緘。為問朝陽石，因過避暑巖。荒臺擎翠蓋，曲水卸孤帆。談笑終無厭，西山日未銜。

旅館春日贈比鄰陳文學

旅食對春暉，朝來過客稀。因君懷白社，好我似緇衣。得意花隨發，無情鳥亂飛。掄才聞漢詔，莫把素心違。

章别駕園亭北畔有桂一株近地尺許忽長嫩枝結花二顆大如茉莉其色瑩白可愛予過别駕别駕因請予觀之亦平昔希所覯見者也因書以紀瑞云

本是蟾宫種，移栽老實家。别駕有五子。清霜抽嫩節，小雨吐奇葩。欲寸珠能舞，如瓜玉有華。由來希覯事，長笑酌流霞。

送余醫生歸上杭生，楚人也

賣藥來城市，乘槎到海涯。遨遊三楚客，談笑五侯家。露冷丹楓下，天空白雁斜。西歸猶未老，寧肯臥烟霞。

雲山隱君以平生詩草惠示輒有批評不謂我僭反辱謙愛詩以致謝

匡生善説詩，令人會解頤。顧予得佳句，聊爾贊微辭。飄逸驚鴻舉，疏慵愧豹窺。敢云斫匠手，一字足為師。

九日陪郭使君梅別駕飲少峰池亭使君有詩四首因用其韻各得一字和之

熊車隨別駕，戲馬到山家。今夕是何夕，黄花尚未花。長廊通露氣，古木宿烟霞。獨有林中叟，同來玩物華。

泉源分鳳渚，山色藹丹丘。姓字曾題座，風騷憶壯遊。庭芳金粟吐，池湧錦鱗浮。翦作東籬菊，聊充北海甌。

深林殘暑退，宿雨乍凉天。片月弦初上，長河影漸連。論文樽酒外，看劍斗牛邊。更覺沉冥思，飄飄入紫烟。

主人常愛客，座上滿鴻儒。架挿三墳軸，堂開五嶽圖。風流何水部，經術董江都。授簡俱能賦，無慚為大夫。

夢遊金山寺題詩八句醒而衹記頸聯一對餘忘之矣追惟夢境因足成之

梵宇中流見，空香四壁清。鐘聲花半落，海色劍孤橫。客至銅陵道，僧歸鐵甕城。相逢渾舊識，端坐問蓬瀛。

鶴皋八十壽詩

野鶴鳴皋日，非熊入夢年。仙姿何矍鑠，彩舞正蹁躚。摘實桃如斗，餐英菊似錢。看君刷毛羽，應擬變成玄。

寄懷張東山用贈別韻代作

三春愁裏別，一葉夢中舟。夢中舟用陳季卿下第，遊青龍寺，遇終南山翁，以竹一葉作舟，載之抵家事。牛斗張華劍，鷫鸘李白裘。黄山雲谷邈，翠嶺日巖幽。何得窮登眺，同聆古洞湫。

吾庠林廣文先生屢卻貧生之饋久乎多士之心聞而賀之作此寄意

青陽回泮藻，絳帳引諸生。瑞雪迎人過，和風入座傾。懸魚休再至，執雉總空行。持此幽貞節，寧辭絕俗名。

挽詩

君心似古人，吾弟最相親。吾弟忽長逝，君身亦已塵。江南白日短，海曲青山春。念此空沾臆，徒傷萬彙新。

開歲六日風□□□□吳生光卿同諸姪小集於大隱軒適葉鄭二老者至遂留共酌時有歌者

新春天氣好，夜始見飄風。幸有諸賢聚，何妨二老同。清歌欺白紵，緑酒妬新豐。人日明朝是，晴陰付太空。

人日雨

獻歲占人日，惟祈此日晴。豈知春雨至，更覺春花明。濕舞空庭鶴，寒棲獨樹鶯。老夫猶見客，相對話蓬瀛。（以上井丹林先生文集卷三）

全粤詩卷三五七

林大春四

御書月朗風清樓扁四字睿宗皇帝所書，嘉靖初，上以賜侍臣

宸藻章雲漢，星樓接太虚。千秋餘鳥跡，八體備麟書。賞踰金笥重，恩同玉曆初。虞薰時自至，漢璧夜長舒。清襲蘭宫外，光承桂殿餘。寧知丹鳳使，重表卧龍居。

金臺曉雪圖贈蕭侍御

天際六花飛，空山亂鳥稀。輕霑梁苑席，細灑洛城扉。玉馬祥初見，銅駝氣漸微。袁生何處卧，王子此時歸。對月懷青女，因風想宓妃。徘徊憐霰集，珍重托霜威。

賦得邊馬有歸心

血汗灑金微，丹心戀玉畿。主恩深國士，客陣仗天威。敢謂河精出，真乘星將飛。赤松聞廟略，白羽識兵機。夜夜胡笳發，年年塞草肥。殺身那足論，願裹伏波歸。

螗山圖為張別駕

溪上卜居靜，山間開徑遙。人懸朱紱望，客至白雲朝。樹色明沙岸，泉聲下浦橋。佩刀終有氣，寶劍暗干霄。藜杖聊空闊，松門任寂寥。誰知仲舉座，此日正相招。

送董太常得賜還上海

禮樂看方改，天人策並論。趨朝重青秩，還第寵殊恩。壯志終麟閣，幽期且鹿門。花明内史宅，雲擁奉常軒。湖海知龍臥，巖廊想駿奔。何年徵賈傅，此日送陳蕃。獻賦人同病，孤吟客自存。徒懷與書籍，空忝問詞源。夜起銀河迥，秋悲玉露繁。圖南如可料，應過董生園。

送蕭上舍遊太學南歸

河山頻送客，天地有歸橈。詞藻家何處，風塵路轉遙。裘全仍季子，筆在尚班超。挾策臨雍日，聽歌飲泮朝。壯懷雄獻馘，盛事感環橋。回首蘭堪折，驚心蓬共飄。十年餘綠鬢，四海戀青霄。漢署空留滯，淮南肯見招。孤窗鳴夏雨，故國漲秋潮。安得凌鵬翮，憑君學鳳簫。

送萬明府赴湖州

易水幽都北，吳山震澤東。相看千里外，去住九春中。歧路仍朱淚，長途豈籍窮。離歌當折柳，客路嘆飄蓬。戀闕遲燕甸，登臺俯越宮。溪寒出天目，城古暗防風。冰泮王祥宅，春開陸羽叢。植花看欲遍，萝藻若為工。朝罷雲間舄，閒詢桑下童。未論非百里，從此識三公。獻賦才寧並，明經薦偶同。周南憐獨滯，冀北訝群空。湖闊孤帆白，天高落日紅。何時逢舊侶，清夜醉新豐。

送錢明府之晉江

青門誰悵別，赤縣汝之官。政識循良美，人稱孝友難。艱危酬獻璧，感激盡披丹。師帥今多寄，神君此共看。漢圖百雉迴，周服七閩寬。迤邐刺同合，蒼茫金粟寒。卻疑洛形勝，猶是晉衣冠。東去連鯨鱷，南遊愧羽翰。雲垂秋縹緲，池泳曉潺漫。對月空悲謝，臨風更憶潘。何當書繫雁，應待紙回鸞。倘遇狂歌客，無勞訪義安。

送毛明府之鄱陽

茂邑推名宰，天朝寵俊髦。繭絲知有戒，製錦詎辭勞。循傳元東漢，明經本大毛。人疑三代直，地接九江皋。盤錯才能振，驅馳膂力牢。凌虛合霄漢，涉險利波濤。長路風烟積，孤懷殿陛高。春雲彌宇宙，秋月見纖毫。彭澤空栽柳，河陽恥種桃。絃歌聽已遍，山水念同袍。

送梁比部公實謝病歸羅浮

清朝無隱淪，藻翰況茲辰。汝去將何適，余留疇更因。十年聞嶺表，千古見風神。浩蕩江湖棹，飄飆京洛塵。大庭奇策士，秘閣阻詞臣。豪憶中原侶，光隨上國賓。越吟愁欲破，賈疏涕踰頻。列職參臺寺，趨朝旅搢紳。高名齊李杜，逸氣並徐陳。共嘆三都麗，爭憐二妙新。未忘疲執戟，寧憶倦垂綸。賦罷長卿病，歌餘原憲貧。巷紆長者轍，書寄大家親。載酒行皮几，聽詩坐角巾。春宵仍吐鳳，秋雨任懸鶉。曠絕含香地，蹉跎佩玉身。賜歸空飲海，興至若迷津。家去八千里，山藏四百春。惠連時助句，求仲復為鄰。鍛訪嵇中散，耕尋鄭子真。燒丹非仕漢，採藥總逢秦。悵望多青眼，孤懷足紫宸。陳蕃元簡峻，公瑾但逡巡。問舊虛登榻，論交愧飲醇。追陪聯鵷鵲，想像盡麒麟。詎謂音如玉，翻驚鬢似銀。才雄終起謝，計拙豈遊荀。飛越知攀桂，支離亦採薪。故人半草莽，別業已荊榛。雲滯瑤池翮，淵歸合浦珍。抵應棲豹霧，自是附龍鱗。他日蓮成社，看君蒲作輪。

永安道中寄張少參周僉憲

古道黃河北，荒城黑水邊。此中一何意，相見兩茫然。良晤悲仍晚，懷歸覺太堅。無能徵舊約，空復感新篇。落日思公瑾，春愁別茂先。花濃野館外，雨細客衣前。心折珠崖路，情深玉塞天。風烟萬餘里，重會定何年。

塞上讀霞海篇寄管涔子

當代推詞伯，如公思獨玄。明霞歸遠渚，孤月出高天。魯壁存經舊，漢宫作賦先。蒼茫辭闕下，灑落向江邊。興引赤城愜，情憐碧海偏。奇文振巖穴，麗藻發林泉。玉鐸驚回首，金聲失比肩。草書潛逼聖，載酒細論賢。門比孫登重，山因謝朓傳。遊秦膺舜岳，思越感堯年。夜夢抽簪侶，秋懷倚劍篇。登臨嗟遠矣，風物轉悠然。好靜能齊俗，端居或問禪。賓僚盡傾倒，騷雅幸周旋。重望歸安石，幽期合稚川。曹劉時並蓋，李郭或同船。賤子暫持節，長途許執鞭。青門逢勝集，紫省列群仙。忝竊分徐榻，光輝入孔筵。終南巧舞外，長樂婉歌前。忽奏陽春曲，兼聆流水絃。疑遊洞庭浦，如陟華山巔。縹緲飛千里，空濛俯八埏。别來餘臘雪，吟處起春烟。朝傍黑河宿，暮從青戍眠。寶刀增意氣，彩筆愧塵緣。塞晚愁聞雁，溪清想釣鱣。何時隨汗漫，白日共聯翩。醉訪燒丹地，閒行種藥田。枕書仍寤寐，驛傳若留連。沙隱朔雲暗，峰回羌樹圓。關西悵脩阻，空復望飛箋。

西楚霸王廟

四壁歌聲起，淒涼入楚宫。清宵開武帳，殺氣貫長虹。壯士泣俱下，嬌姬曲未終。重圍疋馬度，百騎一朝空。澤國身仍健，田家計亦工。始知非力屈，信乃是天窮。子弟嗟亡北，君王恥向東。霸圖盡垓下，遺恨失關中。玉斗謀臣怒，金甌漢將功。蒼茫易代後，寥落竟誰雄。世事隨流水，乾坤一楚弓。諸陵翳禾黍，古廟立椅桐。山色彭城近，川原豐沛通。惟餘百戰地，千古尚悲風。

題奉使承恩圖為張太史

漢帝親同姓，詞臣禮大封。金章辭鳷鵲，玉節拜山龍。感激崇追贈，光輝展敬宗。天臨石室曉，雲護寶書重。泉壤開冠冕，蘋蘩薦鼎鐘。張華有雄劍，何以效勳庸。

南征寄吴中望顧子良兼憶錢惟重

二兄並西署，而我獨南行。已報吴中急，空傳鄴下兵。樓船秋戰罷，廟議日何成。向夕辭燕闕，新聞隔鳳城。逢人愧奔走，世事嘆紛更。洛浦疑留佩，滄浪且濯纓。無家還入海，有友未歸京。阻絕干戈際，蹉跎歲月情。亂離親定否，遷轉俗相輕。時惟重稍遷司副。舊日惟吴季，聞風抵顧生。比鄰能再卜，車蓋定須傾。倘遇衡陽雁，為煩一寄聲。

代張職方上南都孫宗伯二十二韻時張適使西邊

昭代稱多士，孤忠世有人。傳家重清白，雅志抱經綸。對策屢親覽，校書列近臣。經筵隨紫氣，國學坐青春。奉杖臨雍日，陳詩幸洛辰。旋遷宗伯貳，復佐宰衡鈞。已見官儀肅，行看海宇均。婺星驚隕落，天意動悲辛。匍匐龍山外，號呼鏡水濱。嚴陵藏避俗，安石起為民。卻向開基地，應辭要路津。鎬豐知鎮靜，禮樂待儒紳。文藻東都賦，風雲北闕身。平生仰喬嶽，遲暮接丰神。矧附河東鳳，兼懷閣上麟。蒼茫俱戀漢，慷慨獨遊秦。豈作彈冠笑，惟憐解劍真。乾坤青眼隔，吾道白頭新。邊塞魚書斷，中原羽檄頻。何當息氛祲，從此靜胡塵。勳業垂伊傅，鐘彝勒甫申。懸知戴南斗，夜夜拱星辰。

雙壽崇封詩為賈尚書父母

北斗瞻垂象，南山賦雅篇。周庠今踰重，漢制近能全。玉露傳中禁，瑤池集上筵。共憐執爵美，誰識斷機賢。勳業風雲會，恩光日月先。遙知華封裏，長此祝堯年。

送王明府再任桂林

君今去懷縣，空復憶河陽。吏隱流風在，閒居作賦長。朔徭看始化，越鳥訝俱翔。天接扶桑外，人行八桂鄉。壯懷經馬柱，客思渡熊湘。春樹誰家雉，秋田何處蝗。嶺雲朝似霧，江月夜如霜。和璧終當識，牙琴且莫忘。有時還結綬，昨日共揮觴。會待尚書履，飛飛入建章。

送楊廣文赴金川

都門罷祖筵，獨馬去翩翩。別路荷風外，離懷梅雨前。山含晴谷樹，日泛曉河烟。楚客秋看劍，吳人夜控船。薄言尋樂地，還此盡高天。城隱諸峰出，溪分四會連。衣冠崇儼聖，俎豆肅趨賢。道在祿從薄，官閒地自偏。花明通德里，雲擁廣文氈。載酒期何日，聽詩動有年。人間狂是客，江上漫仍仙。應笑揚雄戟，徒勞草太玄。

廣昌留別城中人士

郭外青山曉，雲中萬木秋。狂歌時對酒，長嘯一登樓。風雨懷雙璧，乾坤照獨愁。深林豺虎怒，平野鳳麟遊。卻笑全城策，空慚臥轍留。題詩謝豪俊，明月看吳鈎。

豪士吟

古昔稱豪士，飄飄混世塵。片言卿相合，一笑美人嗔。公子東還魏，將軍西卻秦。捐軀報知己，解劍結交親。長鋏遊齊日，敝貂歸洛辰。應知慕斯義，且臥清漳濱。

冬夜鄭使君蕭徵君見過聯句

剪燭坐青宵，蕭論文慰寂寥。月高天氣冷，鄭風急露華飄。尊酒留歡劇，蕭絃琴引興饒。鄭秦臺驚逸奏，金谷羨清標。雅尚懷真隱，鄭丹心戀紫霄。愁看江廓霧，蕭閒聽海門潮。何日登台阜，蕭還期度石橋。鄭願君松柏志，莫向歲寒凋。

董大參家屋梁產芝二莖形如合璧

瑞靄來青嶂，靈芝產畫梁。乾坤開正色，雲物繞西方。照眼重金細，籠紗合璧香。惟天眷有德，俾爾壽而康。荀淑家聲舊，太丘譽望揚。德星他日聚，百里見輝光。

臘月九日以立雪程門試諸文學令各賦詩因成十二句

聖跡三川外，斯文洛水東。伊人何處至，問業此宵同。瑞雪連坤軸，飛花滿太空。寒來寧自覺，立久意踰恭。載酒嗤揚子，吹笙陋馬融。誰知一見後，渾似坐春風。

新春九日步自東山上方廣洞俯矙滄洲抵暮而還因和洪廣文十二韻

微靄鬱春宵，朝來積翠遙。言尋曲水會，漫作小山招。古廟遺忠烈，荒林見海樵。天開金粟洞，地隱赤城標。縹渺祛塵慮，孤高絕市囂。風聲驚遠浦，雨意漲新潮。壁立滄洲近，霜飛白鷺驕。歸途餘謝屐，世路感陶腰。山暝雲隨佩，壺傾月在瓢。猶聞村鼓急，時訝野烟燒。釣艇依城郭，行人夜度橋。幽懷殊未已，雅詠得瓊瑶。

小雨

小雨近秋天，停雲已颯然。飄來涼似雪，捲去白於綿。倏見炎蒸伏，因知造化權。唐生休問相，蘇季豈論田。騁望聊舒嘯，行吟或晏眠。樹侵移榻外，葉落檢書前。疏豁應知白，幽深更守玄。駕言招隱士，才愧小山篇。

瑤池曲壽周母

復此瑤池會，重承王母歡。筵前鳴雜佩，膝下舞斑斕。雲淨青鸞出，天清白鶴盤。桑田隨世界，海日映仙壇。坐見松花碧，閒吟桂子丹。老生今曼倩，擬摘絳桃看。

送龔丞謝病歸臨江

八月潮聲壯，晴光湧碧虛。如何拂衣去，卻憶故山居。宦況逢秋淡，交情病欲疏。魂遙孤鶴迴，興逐野雲舒。菊老陶潛徑，蓬深仲蔚廬。應看鳳毛起，親受紫泥書。君有子能世其業，故云。

題周徵君隱居十韻

黃鵠宜高舉，寧同斥鷃鳴。貪夫競逐利，烈士重徇名。所以完初子，歸來自赤城。忘他朱紱美，愛此碧山清。豈羨鱸魚膾，偏為玉筍羹。端居意有會，閉戶學無生。但覺烟霞入，誰知冠蓋迎。臺空行雨夢，院繞步虛聲。白眼看時輩，朱門不世情。猶懷鸞鳳嘯，閒日訪孫生。（以上井丹林先生文集卷四）

全粤詩卷三五八

林大春五

早朝即事

秋風夜度銀河繞，瑞色朝連金殿開。聖主凝旒垂日照，群工拖玉擁雲來。千年卜曆同周鼎，萬里論功軼漢臺。忽報渥洼天馬至，更看重譯越裳回。

至前習儀朝天宫

清鐘隱隱凌雲杪，曉樹蒼蒼滿露團。貝闕星流春色動，銅龍漏滴珮聲寒。忽驚風雨知韶奏，始識威儀陋漢官。冬至圜丘催大祀，皇穹早已格鳴鑾。

讀劉文敏公遺事二首

昭代詞名起石渠，兩朝曾此奉鑾輿。經筵舊有河清頌，史館新傳漢紀書。北伐武成頒上騎，南郊祀罷賜飛魚。從容扈蹕還能賦，不學相如獻子虛。

黃閣雲深北斗遲，南都一別紫宸知。召還不比梁王傅，得告真如太子師。最憶天顔朝退後，猶傳日講夢來時。漢家災異頻相問，時有軒車到水涯。

送宋節推之扶風

宋玉西行思不窮，長風吹旆入關中。天臨寶劍清霜外，地接金城朔氣東。漢月夜馳三輔道，秦雲朝謁九成宮。政餘憶我尋芳訊，好寄南來塞上鴻。

贈楊濮州

虎竹符分寵上才，驪駒歌罷别中台。西京共惜淮陽去，東郡誰知伯起來。千里風塵過孟館，百年懷抱上莊臺。那堪去住情無限，城闕秋高畫角哀。

送劉同知之福寧

雪霽春雲度錦旌，風吹祖道薦金觥。論文共惜休玄别，獻賦空餘子駿情。天轉雁聲多楚塞，日含海氣近閩城。何時更遇雙龍劍，深夜重聽五鳳笙。

送人之南雄

花封萬里隔梅關，墨綬初分霄漢間。翠嶺天高星宿動，滄江月出夜珠還。粵王臺上秋雲冷，丞相祠前春草閒。莫向離筵悵歧路，行看飛舄點朝班。

春日北地逢張少參

憶在黃圖慕風雅，歡從翠節見輝光。可憐秦隴客懷盡，為話東南幽思長。山近流雲破春葉，亭深落月飛秋霜。酒餘一問邊城事，把劍相看賦朔方。

度蕭關憶南都友人

蕭關北望塞雲層，塞上荒臺抵自登。隴樹晴窺清渭月，江鴻曉度大河冰。壯懷寂寞空羈旅，世事蒼茫念友朋。迢遞何由瞻玉節，欲乘春水下金陵。

出塞

三春已暮尚西征，慷慨誰憐出塞情。烽火連年驚漢戍，乾坤千古限秦城。風前劍佩明星落，戰後關山青草生。賈誼迂疏空表餌，何當投筆靜邊聲。

自塞上還入洛憂旱之作

一劍飄飖紫塞來，忍看旱魃登荒臺。洛陽以西木欲拔，楚江之北山為灰。天上何人作霖雨，客中空自賦殷雷。宓妃神女不可見，回風行雲安在哉。

入楚憶舍弟

霧重峰高花氣悲，風烟處處總愁思。天低野館遊秦夢，月落江樓入楚時。海内交遊空滿眼，山中松桂憶連枝。池塘此日仍春草，長夏無妨同賦遲。

麻城呈陶明府

旅客炎風坐翠屏，聞君露冕拜郊坰。天回河汝江聲出，雲起東南楚岸青。飛舄從知快沾濕，節旄莫自嘆飄零。百年共有憂時志，明日須開喜雨亭。

山行即事

萬木幽陰隱翠微，群峰窈窕護青扉。途長未覺驅車倦，日暮翻憐傾蓋稀。入徑花香邀夏簟，穿簾水氣報春衣。悠然動起巖居興，目極江雲千里歸。

驪駒

少日浩蕩遊江渚，長驅每自快鳴鑣。一賦驪駒轉紆鬱，卻思彩鷁仍飄飖。風濤夜泊彭蠡澤，海月秋度維揚橋。滄洲銀漢不可問，東走西征空魂銷。

雨中過麻姑山簡董使君王司理有序

公清興，招我勝遊，枉駕頗勤，賞心亦切。顧江雨空濛，仙山縹渺，悵焉就道，率爾賦詩，未遂先驅，聊徵後約。

曉色蒼茫源口雨，仙山幽興杳難乘。金丹悵望空排霧，玉液曾聞可似冰。最愛顏公書獨古，欲陪謝老賦何能。高秋肯為投車出，多病無妨策馬登。

七閩道中

江峰積翠曉衣前，汀樹微茫夕照邊。南望風烟含越嶺，西來舟楫入閩天。窮愁歸路八千里，抱病驅車十二年。忽憶舊遊迷處所，不堪幽思邈山川。

寄題蕭廷玘池亭兼訊其從子曰貞

習家池館傍秋潮，一別空憐積翠遙。題壁總虛池上墨，登樓真聽月中簫。乘槎此日仍歸漢，擊壤何年共頌堯。最愛竹林懷小阮，可能琴酒坐相招。

徐州道中遇陳比部歸吳因訊錢惟重

經秋惜別感飄蓬，旅夜相逢對朔風。看劍君行向渚北，驅車我已入山東。人情黯慘干戈後，歧路蒼茫涕淚中。尺素憑將寄言偃，百年飛動幾時同。

憶昔

獨馬衝寒曙色催，十年曾忝薦書來。麟野雪消凍仍合，龜山雲滿午初開。大風曉謁高皇廟，細雨春登管仲臺。往事祇今重回首，舊遊何處可銜杯。

過孟子祠堂

荒郊回首接滕陽，月下鄒城孟子堂。井地如行今尚在，凶年重見可能忘。參天古柏森森靜，拂澗青蘋冉冉香。千古太山瞻氣象，令人空復憶宣王。

旅行即事

東人何罪苦荒蕪，西使重來感慨孤。眼見老羸轉溝壑，況聞少壯散江湖。發倉欲矯長孺詔，赴闕須陳鄭俠圖。聞道周官弛除道，行看商雨遍郊衢。

童使君邀遊清源山同蔡中丞王符卿二首

風烟萬里入南臺，清源洞名。檻外諸山次第開。北海張筵緣福地，西京留客盡仙才。淒清虎嘯林間出，繚繞鸞笙天際來。為問昔人棲隱處，飛霞此去有蓬萊。

層巒積翠曉雲涼，古洞參差紫柏香。碧海秋濤見舟楫，長空霽色隱橋梁。憑虛似復登華嶽，望遠真仍憶朔方。戎馬年來暗西北，憑誰談笑靜封疆。

讀陳郎中贈詩和答

忽看長劍倚天愁，坐讀新詩滿院幽。隔岸梅花春帶雪，澄江月色曉凌秋。風騷白日回千古，鸞鶴清時下九州。解榻論文或不愧，欲辭華省入丹丘。

薛舍人尊甫壽卷

層霄靄靄騰奎壁，望裏悠然見壽星。拜秩親窺鳳池紫，承恩卻望南山青。鹿門舊識龐公隱，汾曲新傳薛氏經。不用巖居避塵世，定將嵩祝報明庭。

讀遼海集寄蘇中丞

黄河碧海詞源遠，中夏諸夷半識名。禮樂重開箕子國，車徒新築仲山城。玉魚卜地悲群姓，金烏傳方泣五兵。作誦誰如周吉甫，勒名已有漢公卿。

生辰在途其夜夢長劍耿耿倚天外之句曉起因足成之

昨別關塞秋風清，歸途迢遞陽欲生。我生百年忽欲半，宇宙一笑將何成。長劍耿耿倚天外，疏星脈脈傍河明。夢餘卻記雲中字，晨起書之淚滿纓。

冬夜過魏大夫醉為短述贈之大夫，關中人

驅車曾向玉河路，把酒相看說海東。此日重逢憐漢月，同袍猶自詠秦風。夜横寶劍龍光遠，雪滿瑤臺鶴夢空。起草年來更何事，知君興在華山中。

雨中臥痾小樓辱曾水部以詩見懷次韻答之

高樓獨立城南陲，亦有凌烟入夢思。多病祇宜滄海去，素心聊與白雲期。川西華藻傳巴檄，澤國秋蘭見楚辭。為賦離居感蕭瑟，滿天風雨暮吟時。

徐州別姚大參之陝右予如江黄

昔予西使君出關，君入閩時予歸山。相望若為河海隔，相逢卻在風塵間。燕京同日辭朝出，闕里新秋謁聖還。忽向彭城悵歧路，秦山楚水照離顏。

上杭贈丘子

海霧空濛隱夕暉，山城幾度换征衣。鄉關見説猶傳箭，野戰朝來未解圍。歌笑有情能愛客，登臨何處可忘歸。請纓投筆俱疏闊，且共論文坐翠微。

過陳侍御西園

秋菊籬邊露未晞，西園十里步朝暉。風飄花氣浮新醁，天入湖光落舞衣。早歲懸車隨釣隱，中朝簪筆憶龍飛。酒餘客散林塘静，醉擁笙歌月下歸。

張督府平寇詩用韻

漢家租賦歲頻蠲，何事妖氛漫斗躔。廊廟玉符分上將，江城虎幄集群賢。扶桑夜静逢時雨，五嶺春回起夕烟。盡道樓船下南粤，風光重見武皇年。

劉山人山居用韻

笑看蒼龍護野橋，桃源去路覺迢迢。空齋初下徐生榻，老樹猶懸巢父瓢。硯洗池塘將月涸，茶烹竹葉和雲燒。當年羽翼謀臣計，黄綺何曾為漢招。

遊金山詩有序

金山，本予郡金城山也。嘉靖癸亥，予北上至郡，友人翁希登爲具，召過之，且以爲別。初，希登以地官郎出佐潮州，政暇輒與客登是山而賦焉，間頗為複道，亭臺甚麗，山日增勝，會量移去。至是，復自惠陽假守潮州，而予適至，以有茲會，其時胡、揭二别駕與予同年趙司理並同遊云。

金城碧樹倚穹蒼，盡道新開漢署郎。長夏渾如對陰雪，遊人不信是炎荒。雨餘村樹歌鴻雁，洞裏簫笙引鳳凰。此日重來憐勝集，明朝相望渺烟霜。

新秋清遠道中呈樊督學勞屯田時二公並行縣適予發舟會城因與俱西

烟波萬頃接清秋，星使雙飛動遠州。青瑣昔曾聞抗疏，蘭宮幾復羨名流。乾坤氣合雌雄劍，湖海今看李郭舟。此日西行嶺外客，誰知風雨更同遊。

再用前韻和樊督學二首

霜清梧葉曉峰秋，俄見風行海外州，十載名高島夷識，百年道在日星流。山開紫翠雲歸寺，沙動微明月滿舟。盡道文翁能化蜀，全勝陸賈越南遊。

彤庭相望薊門秋，翠節相逢古粤州。去國虞卿書自著，憂時賈傅淚長流。殷勤把贈千金劍，浩蕩心隨萬斛舟。卻恨詩成人已遠，濠梁誰擬續重遊。

宿飛來寺次韻二首

古寺秋聲隱暮蟬，飛來漫説此江邊。雲門瑞藹燒丹地，石室靈湫卓錫泉。雙樹曉深留獨鶴，空香夜靜下群仙。忽驚雷雨蒼山動，未許蛟龍紫洞眠。

繡壁珠宫翠嶺邊，琪花瑤草自依然。鐘聲敲落雲中月，劍氣閒窺洞裏天。江海百年傳上乘，乾坤何處息塵緣。蓬萊見説無多路，擬向山房學問禪。

將至京遇聞博士時博士來自南都

江東嶺表忽同來，千里風塵旅色開。雪裏聞雞懷遠道，月中騎馬步荒苔。悲歌共有燕門思，作賦真憐建業才。聖世相看豈無意，黄金遲爾上昭臺。

須次公車辱比部四君子召集崔員外宅

四君子者，即崔員外與湖南曾君、河東何君、西川高君也，何舊與予同官，别自塞上，辱知最深，而三君又皆傾蓋之遇。員外，泌陽人。

逍遥漢署白雲流，退食偏招旅客遊。尊酒醉憐枚馬賦，西風寒對黑貂裘。月移飛蓋金臺晚，霧隱離歌玉塞秋。往事新知空感激，時清何以贊皇猷。

送李給事册封長沙便道省親

天門詔下拜彤墀，肅立千官彩仗移。玄衮介圭諸國賜，銀章金册使臣知。熊湘地遠存周輔，粤嶺雲開識漢儀。王事從容慰晨省，定將歌頌答恩私。

送陳侍御按閩

長安雪裏别青驄，見説南中事不同。百戰閩王臺館盡，一朝漢郡畫圖空。從容廟議歸司馬，慷慨功成念總戎。朝野澄清須此日，車輪無用臥關東。

别陳僉憲赴蒼梧

家山同日赴徵書，有客他鄉嘆索居。漫道周南留太史，還疑西蜀拜相如。蒼梧霜雪龍行外，翠嶺風烟虎戰餘。應憶舊遊在中秘，故人今已佩金魚。

别鄭少參之貴州用韻

憐君獨立波流際，此日西南任轉蓬。已把丹心照江水，莫將筆意奪天工。君能作墨水畫，有天然之趣。
遐陬剩有相如檄，殊俗猶傳漢武風。最是蕭條秦塞路，不知談笑幾人同。

寄丘懋實都諫

匈奴十月寇邊關，壯士於今未解顔。報國此身堪自許，清時何意送君還。百年交定風塵際，萬死恩深涕淚間。惆悵河梁成往跡，相思頻上薊門山。

九日欒城逢趙侍御

曾為漢使接清班，猶記周遊河濟間。此日相逢對秋色，與君未減舊時顔。孤城月落中山出，平野烟銷滹水還。不用登高重垂淚，風雲直北是京關。

王屋山和顔侍御

孤標特立紫雲中，千古名山隱華嵩。夜静風霜隨寶劍，秋高星斗映珠宫。天壇日出滄溟小，太乙烟開河漢空。更有群仙齊獻壽，依稀鳴佩月華東。

陳州柳湖夜泛次楊屯田韻

垂楊荏苒映湖光，雲物依稀似水鄉。乘興偶來尋學士，宋蘇子由嘗讀書其上。羈棲敢謂卧睢陽。陳州即睢陽舊治。風前桂棹從渠遠，雨後荷花恠獨香。夜半忽聞歌古調，不堪幽思繞巖廊。

贈湖亭高士兼寄意趙使君

高士得官不肯住，輪蹄此日遠相聞。自驚青眼驪黄外，誰解低頭雁鶩群。蘇子亭前秋葉晚，董村竹裏暮雲分。相逢若問淮陽事，一臥何能答聖君。

别梁憲副入覲便道歸省

十年焚草識名流，河尹猶傳李郭舟。歲晚相逢憐夜璧，天寒憶别看吴鈎。燕臺曉色鸞旂入，恒嶽春暉彩袖遊。此日東封待詞賦，周南未許重淹留。公，恒山人，嘗讀書中秘，起諫垣，擢為京兆尹，今歲甲子出憲河南，始與予會。

東歸夜宿新陽留别趙使君良弼時良弼起自服舍送予至此

三年泣血臥樵蘇，今日之行為别吾。廬墓早曾聞漢代，乘車始覺過成都。春城寒食孤燈夜，午嶺薰風萬里途。試問當時黄郭會，不知曾到此間無。

光山小駐至麻城道中答山中故人

山城十日渡江干，不是悠悠戀一官。世事猶聞賈傅淚，交遊未厭貢生冠。溪田漠漠通泉細，竹舍陰陰帶霧寒。若效耦耕空避世，平生幽意詎應難。

重宿朱氏山亭

春宵宛轉山亭臥，喜見亭前千萬峰。仙客每從雲外至，主人疑是洞中逢。輕烟細捲疏簾雨，孤月遥傳古寺鐘。舊日石橋流水過，至今識面有青松。

九日登東山時適鄭節推重建雙忠廟落成

荒郊漸啟三千界，古廟重開二百年。天遣忠魂留遠地，人傳盛事屬高賢。雲門翠滿玄旌出，石屋涼生瀑布懸。此日登臨成勝跡，須題姓字照山川。

題張許二公廟

臨岐高會擁笙謳，誰念睢陽將士愁。虜騎合圍邊月暮，孤城接戰陣雲秋。忠成剩有江淮粟，論定寧專李郭籌。千載鍾生作神語，可憐一夢博封侯。

紀文丞相入潮遺事

王氣蕭條向北都，猶勤天討下蓬壺。江舟不解荊胥劍，南國空傳蜀相圖。古廟青觴靈馬伏，野橋芳草白麟孤。誰知一別厓門震，楚水燕山恨未蘇。

自梧溯江上桂林與莊大參聯舟夜話慨然有懷京洛之舊時嘉靖乙丑至前一日也

梧江桂嶺天南盡，江上聯舟夜語餘。鎮日蠻烟青兕出，孤燈瘴雨白鴻疏。寒開吏部床頭酒，閒傍中郎枕上書。忽憶舊遊同舍客，年年端拱拜宸居。

暮春喜晴和劉大參韻

連宵風雨牽愁思，此日登臨一解顏。溪洞微茫飛鳥外，江城隱映落花間。祇緣作吏空三徑，不為投荒到百蠻。聞道漢家徵貢禹，懸知青夢繞鵷班。

別陳方伯之山東

同來瘴嶺忽經秋，同病懷歸相慰留。才薄途窮有知己，官遷名重生離憂。岱宗樹向雲間出，河濟舟如天上浮。自古中原異邊徼，風烟誰念馬卿愁。

題曾澄江忠節卷

长安北望虜塵飛，宋室山河半已非。江畔孤城臣力竭，天涯疋馬壯心違。雲龍錦字新題壁，水寫真容舊賜衣。三百年來多死士，廬陵雙節至今稀。

雙壽承恩為丁使君雙親賦

天上雙星耿自流，人間五福此全收。身同龐隱當平世，兒有萊衣屬壯遊。玉露新沾芝草濕，瑤池重見碧桃秋。使君更擬陳情疏，不似區區為報劉。

於容縣江上遇方海圍至自勾漏因與維舟夜酌

見說西尋勾漏歸，滄江東去對朝暉。丹砂已就仙人鼎，烟水應牽賦客衣。鸚鵡籠中秋自語，蜻蜓竹裏暮還飛。忝徒莫訝維舟急，塵世相逢此地稀。

端州舟次聞鄭督學西入桂林口占寄意

臥病滄江笑薄遊，忽聞車馬向邊州。祇言庾嶺客從入，不信衡陽雁獨留。九月天時勝三伏，千山嵐氣上孤舟。寄書不去非無意，欲待張衡問四愁。

劉山人僦居鄰舍書此為贈

西家有客隱房廊，疑是梁鴻與孟光。湖海早能藏姓字，江山誰復擅文章。風前鳳嘯聲凄切，天際鴻飛影混茫。卻笑南陽一出後，斷烟空鎖臥龍岡。

山中寄別楊少參之七閩兼懷顏侍御二首

京洛相逢湖海過，題詩惜別奈愁何。三川有夢頻飛蓋，九曲無緣聽棹歌。江柳夜霑春霧濕，汀花曉拂夏雲多。知君未厭清狂客，時遣音書到薜蘿。

忽惜舊遊同病客，茲行此日復誰同。波流共挽人應老，風采獨持事已空。月白鑒湖騰豹霧，天清碧海卧漁翁。祗須聽爾匡時策[一]，南嶽峰頭望斷虹。

[一] 匡，明萬曆本作『康』。

汝南趙良弼頃以中丞出撫荊襄遂南至於衡嶽望予於嶺外因使使訊焉且示近作及先後見夢諸篇予乃掇其略和之凡得四首聊以寄懷云爾

問君别時三十侵，而我行年不動心。我今半百君强仕，倏然兩地成孤吟。雷起大澤春雲暗，蟬鳴高樹秋山深。安得鼓翅凌風去，洞庭仙樂聞空音。

清夢遥聞入楚天，猶疑共卧董村田。豈予無夢渾忘卻，祗為思君多不眠。五嶺病餘愁尚在，三苗俗化信方傳。詩來自覺關幽興，不是高唐神女篇。

諺云髮短心苦長，胡乃言與夢相將。已將風物歸吟草，敢冒時名入薦章。彈冠貢子一何淺，著書嵇生殊未狂。但使知稀便為貴，豈必丘壑非巖廊。

總戎楚蜀流風遠，方駕曹劉思更玄。出鎮雄藩渠已後，登高能賦若為先。天開圖畫湘潭月，地逼丹霄石廩烟。知有仲宣樓獨倚，可無叔子淚堪傳。

得良弼楚中書有曾中丞撫蜀平蠻之作且云中丞每有書至及逢人輒猥及不佞浙中事因感而賦之

懷予幾見尺書題，到處逢人説會稽。慚愧三年卧汾曲，徒聞五月入蠻溪。文章定許峨眉妒，勳業還將玉壘齊。何日更同湖上客，遙隨車馬躡丹梯。

寄劉少卿小魯[一]

憶昔東遊探禹穴，清卿信息來公車。滄波自逐輕鷗去，碧海從教尺鯉疏。春雨荷鋤栽玉朮，秋花欹枕集方書。誰知未厭烟霞癖，猶向懷人問子虛。

［一］明萬曆本無『小魯』二字。

郊居暇日偶得故人遠訊漫有寄答蔣明府吳廣文聞而和之因以見示輒用前韻奉酬四首

郭裏青山隱茂林，蒼松聊與結同心。忽驚天外征鴻度，何意人間起鳳吟。城滿絃歌江月皎，家傳玉鐸海雲深。寂寥愧我空樵唱，敢附明堂大雅音。

漢令爭如茂宰賢，江皋今始見秋田。庭空野雉穿簾宿，夜靜山童抱犢眠。政府無書聊自信，口碑有頌任渠傳。明光起草它年事，佇看瑤華入大篇。

南海儒紳本故鄉，東山雲物笑相將。校書才已超天祿，作賦名曾達建章。官冷未妨袁子臥，途長寧效阮生狂。重逢不用嗟留滯，此日江湖即廟廊。

古來政教難並全，況有新詩思入玄。南嶽壯遊爾獨早，羅浮大隱疇能先。琴聲時帶朱陵雨，劍氣猶含鐵柱烟。循吏儒林彼何者，石渠金匱終須傳。

歲除寇至和吳廣文五首

玉簫金鼓近春暉，舊日繁華事已非。剛道土牛隨地轉，卻看鐵騎逐雲飛。滄溟那更堪垂釣，翠阜何緣共採薇。猶憶當年壬癸會，嚴城白晝鎖重圍。

南郭滄江入海艘，何無忠憤怒秋濤。千山殺氣青天泣，萬古傷魂白骨高。寡婦幾家供野火，孤兒無處薦溪毛。可憐授鉞諸飛將，不念宸衷東顧勞。

誰謂江南庾信哀，多應未上粤王臺。愁聞繡幕珠簾盡，猶載歌鐘舞袖來。獻疏可誰醫國手，傳經今見掞天才。相逢道有徵兵詔，無數龐眉慘色開。

年來金甲幾時銷，一望烟村迥寂寥。石竇夜窺南海月，雲門晴吼越江潮。張羅豢虎謀何拙，縱壑游魚勢自驕。大會番禺須此日，樓船應不讓嫖姚。

誰染關山戰血紅，三吳壯士引雕弓。荒林虎嘯風聲切，野戍烏啼夜色空。未信吟詩能退虜，翻令生子學從戎。何當挽取天河水，淨洗扶桑日月東。

寄郭舜舉行人

錢塘揮袂忽三秋，羨汝名成四國遊。仗節恩新逢聖主，分庭禮自抗王侯。南隨越鳥湖山遠，東望秦松岱嶽幽。我亦昔曾陪漢使，壯心今已負名流。

春日得曾中丞書至自吉水

河尹風流十載逢，仙舟每自憶林宗。西行却轉三巴馭，北望應懸五鳳鐘。翠嶺春回芳草合，青原書到白雲封。開函不覺神飛去，何日重登江上峰。

唐明府自泰和馳素卷索書兼示近作走筆賦此

生綃十丈錦為裝，千里遙傳到草堂。豈謂輶軒在翁孺，終當書籍代中郎。新詩句句光堪摘，春雁年年情更長。見說時清政多暇，栽花應已遍河陽。

鳳渚薛生以歲暮來訪季弟於山齋因留信宿別去詩以贈之

孤山玉蕊破晴芬，家弟朝朝苦憶君。說到便憐書似雪，重來空有賦凌雲。幽齋夜語山靈動，曲水春臨海色分。忽別雁行歸鳳渚，徒勞牛斗望龍文。

送吴廣文移官陵水

河汾早負干時策，此日翻成泛海遊。高弟誰從觀廟器，名山聊復訪墳丘。風濤乍轉諸星曉，島樹長青萬壑秋。卻憶舊遊歐博士，偏逢吏部入中州。

和周生菊下獨酌韻同舍弟作

誰移丹菊遍疏籬，恰比醇醪色味奇。三徑況存松作伴，小山誰許桂聯枝。珠簾顧影情偏適，玉斝浮香醉豈辭。一自潘生作賦後，嵇才鮑思總堪疑。

次韻蕭府君喜陳別駕至潮之作

二妙同登桂苑秋，金樓靈鷲況同遊。重逢已覺成三益，得句還應逼四愁。射斗遙空餘短劍，凌風極浦憶仙舟。嗟予忝竊仍分榻，疑傍簫聲與鳳謀。

舍弟季子郊居觀梅有作因用其韻自嘲書以示之

臘殘春近憶郊坰，擬看梅花過小亭。世態定須愁冷落，良工應已愧丹青。風飄雪片衣猶濕，月擁芳魂睡欲醒。卻笑孤山林處士，未能閉戶草玄經。

督府司馬凌公大征羅旁上功次得蒙綺幣之賜兼廕一子為勳衛蓋異數也其年冬十月適會誕辰於是丘使君請予作詩為賀遂成一律

蒼梧南海漢時功，淥水今看鳥道通。信有魚龍來作陣，肯教蛇虺更為宮。恩波世及垂勳籍，命服親承列上公。況值陽春正初度，遙知歌舞異方同。

聞丘使君頃得稍遷報有飄然之思焉詩以別之

襄陽紫陌散銅鞮，為報山公征馬嘶。漫說兒童歌正好，誰知父老望中迷。花明野戍迎前浦，霧隱春帆走綠堤。惆悵無因共攀臥，離魂飛度武陵西。

歲除和趙隱君見贈之作

華髮新辭鐵豸冠，歸來重對臘初殘。尊前漫説丹心在，世上休將白眼看。春近簾櫳破深碧，風生庭砌動微寒。多君得句能相贈，擬向嚴陵共釣竿。

送游廣文歸瓊海

忽驚心動拜官時，千里遙傳寄子辭。淚盡慈顏空入夢，看來筆跡轉堪疑。寒雲擁嶼珠崖小，孤月横空碧海遲。搖落那知同抱恨，西風回首不勝悲。

贈揭陽鍾生有序

曩予嘗因士林之請，為鍾母作序，時已知有鍾生矣。及是，生乃以揭陽重修學宫事至潮，求碑於予，遂作是詩為贈。

昔因賢母知賢子，獨抱遺經傍老親。忽聽城中歌在泮，權辭膝下到江濱。歡生比屋看嘉客，香覆盤餐饋野人。慚愧迂疏勞遠賁，何能一筆照千春。

過海陽馮明府歸山卻寄

五載幽居隔鳳城，諸君徒爾聽徽聲。何知郭裏絃歌地，偏得風前緩步行。碧海停舟今日事，青宵挈榼古人情。酒餘不别空歸去，坐見金山逐望生。

惠陽唐節推以事至潮辱枉騎過東山因遊曲水爰有短述為贈且訂羅浮夙約云爾

向曉看山紫翠重，為攀玉節探仙蹤。青雲器遠情偏洽，白紵歌殘興正濃。風送瀑泉鳴錦瑟，霞披彩袖削芙蓉。臨流卻憶羅浮勝，期爾同登四百峰。

揭陽林明府以開歲九日貽書至書此奉答

夜雨春城倚碧波，岐山西望隔銀河。卻憐雙鯉乘潮入，恍接飛鳧帶雪過。避俗漫從中散放，流風應在浚儀多。吾宗況復家聲舊，勳業那無足雅歌。

題蕭處士之居

茫茫天地即吾廬，肯向人間賦卜居。漫插疏籬種霜菊，閒添新水豢金魚。圖開崧嶽丹霞古，夢入花源紫洞虛。帶卻清風滿城郭，門前時許駐高車。

門人王生挾策北上會道病卒於逆旅櫬返故廬哀以挽之

岸寒木落霜風淒，腸斷孤魂過楚溪。北闕有書心獨苦，南窗無自手重攜。故廬寂寞荒丘外，行旅欷歔野水西。猶幸遺容僅相肖，銘辭留待老夫題。時泰和令唐君伯元為紀終事寄予，將屬銘焉。

秋遊梅州贈朱貳府

程江江上繫蘭舟，鐵漢樓前楓葉秋。問俗漫從野老得，如君須向古人求。亭開西墅臨長浦，寺隱東巖帶廣疇。取次招尋行已遍，卻看談笑振勳猷。

梅州東巖贈徐明府時以朱侯招至

怪得東巖勝不聞，多因地僻遠塵氛。豪遊此日逢仙尹，高誼由來重使君。石鼓聲沉纔雨歇，天風吹冷欲秋分。登臨莫問行藏事，就此堪為猿鶴群。

重過古氏山亭

群峰朝湧碧雲西，雲繞山亭水繞堤。漫道習池客再至，那堪鄭驛酒頻攜。朱樓隱映松陰合，翠壁斜侵竹露低。自是塵寰多古意，何須重向武陵迷。

初秋與門人周生陪謝明府及黄梁二廣文祈神海上俯瞰大湖環視石壁漫有短述以紀其事四首

滄溟萬里自天開，雲漢歌殘此地來。身隱漫勞浮海伴，民窮還仗濟川才。沙分鳳野聲含雨，浪起龍門勢作雷。為問昌黎歸去後，不知登眺幾人回。

五嶽曾隨一鶴遊，奇觀今日此全收。奔濤乍駭群龍鬥，乘水翻疑積雪浮。天外帆飛唯片葉，夢中人去已千秋。蒼茫頓起凌空思，欲倚乘槎泛斗牛。

錦石繽紛儼翠翹，神功天鑿障秋潮。雲梯直下三千尺，鐵纜斜牽五十條。伏虎彎弓應錯認，非熊垂釣可須招。山童報道靈湫出，佇看甘霖下九霄。

年來海上已忘機，此日看山思欲飛。為有清標兼二妙，況聞麗藻逼玄暉。懸崖細草承仙佩，滚浪飛花濕羽衣。莫道太空渾無意，層雲西北正霏霏。

喜門人張生至自會稽生名訪，小越之子也

林居喜見張公子，為道別時方妙年。壯志祇今思國士，文心早已得家傳。不妨呂步談災異，猶有侯生悟太玄。忽憶舊遊如夢裏，稽山回首隔蒼烟。

潮之海口有蓮花峰者即故宋文信國登望處今年之秋游擊將軍金丹始督兵屯營於此請予為作是詩

誰傾銀漢落晴灣，種得蓮花儼翠鬟。丞相留題空瀚海，將軍行壘耀天山。潮聲夜轉漁燈入，野色朝開獵騎還。共說邊城屯細柳，西風不用玉為關。

萬曆八年歲在庚辰夏四月二十八日曉夜夢五雲見於西北光瑩燭天錦綺奪目覺後猶宛然在前詩以紀之

清宵夢繞卿雲起，朵朵芙蓉天外開。疑是應龍騰紫極，還如彩鳳出中台。為霖為雨終須合，非霧非烟莫浪猜。遥憶漢庭應有矚，群臣同上望星臺。

聞曾中丞總憲留臺寄贈

金陵自古稱雄地，玉節南來作鎮時。鳳舞龍盤渾是昔，攀鱗附翼在今兹。猶傳諸葛平巴蜀，何異姬

公奠洛伊。漫説東都饒勝事，誰從登眺撰新詩。

贈別故令歐公歸莆中

柴桑歸去幾經年，此日重逢思惘然。餘韻尚存今宓子，升堂猶自老彭宣。千鍾竹葉誼長夜，百里桃花媚遠天。別向閩關春未暮，定知紫氣滿前川。

訪蘇隱君於青陽山中歸卻寄此

江上維舟擬造廬，竹間遥望引輕裾。誰傳信息千山外，應為神交十載餘。雲影漸移歸澗谷，峰陰乍轉見樵漁。別來卻憶雙庭桂，不信朝陽跡已墟。

久辭典修郡乘乃辱友人以詩趣行因次韻答之

海邦文獻沉淪久，華斧憑誰秉至公。料有持衡歸筆下，寧期馳幣到山中。作書苦謝二千石，贈我能追三百風。不是野夫甘玩世，雕龍元自屬良工。

平湖韓生景藩嘗以素卷索書予持歸海上者十年庚辰大比予弟仲子就試禮闈而生亦適計偕北上因呼童覓敝篋中卷軸依然遂作是詩書以寄之嗟乎士之遇世品題亦猶是矣一紙之書豈偶然哉

一卷藏之已十年，臨池徒爾笑張顛。非關寶劍無人解，自是瑤琴不用絃。石室苔深迷鳥跡，海山雲湧伴龍眠。誰知此日方題破，送汝飛騰到日邊。

題巖石號意

巖居應不羨時名，笑倚玫瑰物外情。興在竹林因小阮，人傳杜句識徐卿。孤峰半插秋雲白，邃谷平臨夜月清。已種千頭饒橘樂，定栽三樹看槐生。

送黃國子謁選之京

鳴榔西上覺凌寒，應為時清好做官。有子已堪書籍付，結交頻把佩刀看。離程雪意催河柳，故國秋聲長澤蘭。欲寄舊遊倍秋思，非關無雁到雲端。

寄別林貳府奉例北上

平生未識逋仙面，忽見梅花正憶君。氏族千年憐共派，封書百里愧論文。山深麋鹿眠豐草，雪霽鸞凰出彩雲。聞道西行應徵辟，途長何以策奇勳。

將之羅浮趙隱君以詩見贈次韻為別

羅浮海上號仙山，長擬閒遊未得閒。臺榭半凋千古跡，江湖空老壯時顏。欲騎白鶴身飛去，若見黃龍手自攀。可奈同懷不同往，為君須取大丹還。羅浮有黃龍洞，南漢王所宮也。白鶴峰在惠州，即東坡故宅。

至郡得鄭使君見寄之作有悵别之意焉因用韻答之

名山有約已多年，迢遞無由訪葛仙。海日夜騰談裏見，洞梅春湧夢中懸。星垂佩劍催行色，風送征帆阻别筵。豈意卧遊傳麗藻，先收花鳥入新篇。

九日至羅浮偕同遊歷覽諸勝欣然會心漫有短述留題石壁以紀歲月四首

迢遙徑路松蘿滿，一道鳴蟬玉磬聲。立馬乍驚仙樂奏，登臺偏訝雨花明。軒傳遺履青鸞入，洞有餘丹紫氣生。卻向珠宫問奇事，御香猶繞漢雙旌。朱明洞有先皇敕賜絳旛二

九日登臨願不虚，問誰曾此謁仙居。皆云太守二千石，更有遊人歲百餘。入地銅龍向天闕，騰空錦雀下庭除。荒碑梵宇多題字，不見當年御簡書。是日，有故饒陽太守陳君及蜀中一百二十歲老人者至。

青霞洞曉霞初起，愛日亭開日正東。雨後徑留苔蘚碧，秋深池動藕花紅。樓窺朝斗臨滄海，樹隱飛雲接太空。聞道尚書遺賜履，令人空復仰高風。朝斗，壇名。飛雲頂則山之最高處。

名山地僻君為主，古洞天開石作題。氣壯漫誇鯨海躍，家貧空有鹿門攜。飛泉細灑銀河裊，宿霧輕籠玉女低。更喜玉娥醉相映，新妝閒對鐵橋西。是為石洞，為葉大夫隱所。有玉女、玉娥二峰及洗耳泉在焉。鐵橋在兩山之交，其下有大小石樓。

放生池

高秋覽勝愜幽期，向曉歸來度古陂。海上空傳不死藥，人間衹有放生池。石留杖履痕猶昔，水寫笙簧韻未移。結網垂綸何必問，蛟龍蝘蜓莫須疑。

五草堂詩有序

五草堂者，沔陽陳玉叔大參公故物也。玉叔官四川，一日有書來請予詩。予因頗採其事，得近體五首，書以寄之。沔陽即古竟陵。

考槃草堂

考槃者，玉叔高祖也，與兄青州守齊名。嘗出粟萬石賑饑，賜爵不受，詔旌其門。今江北有草堂在焉，玉叔修之，重始也。

朝宗沔水向東流，中有碩人臥一丘。盡道表閭逢聖主，不緣輸粟拜通侯。雲歸澗谷三湘暮，月引漁樵七澤秋。寂寞幽棲今再造，猶餘逸韻並青州。

六羨草堂

是為玉叔尊甫井陘公所築。公博學好古，與予同舉進士，官至按察副使，備兵井陘。家居時，嘗求竟陵陸羽著茶經故址，已不可得，乃即城北上關最高處，而作是堂，因書羽辭曰『六羨歌』者以自廣。其辭曰：

『不羡黄金罍，不羡白玉杯，不羡朝入省，不羡暮登臺，千羡萬羡西江水，長自竟陵城下來。』玉叔奉之，本孝思也。

城闕江關接地靈，懷哉良友隔幽冥。荒苔剩有陳蕃榻，故跡空迷陸羽經。金罍玉杯情不戀，朝臺暮省夢還醒。素心最愛東流水，流到千年總未停。

玉沙草堂竟陵故為玉沙郡

玉沙，故郡。玉叔新圃中多水竹雲物之趣，堂之得名，因之存舊也。

新陽古道玉為沙，背郭名園結綺霞。修竹珊珊鳴雜佩，飛泉滾滾散瑶華。窗含翠雨孤峰出，座倚青苹北斗斜。客有問奇兼載酒，朝朝頻向子雲家。

獨耕草堂

漢桓帝幸竟陵，有老父獨耕不輟，張溫叩其姓名，不對。徐曰：『立天子以理天下耶，將以天下奉一人耶？』溫慚而去。今玉叔有墅，相傳即其故處，故特書之，志古也。

漢主宸遊下石城，竟陵，一名石城。當途不輟隴頭耕。侍臣立馬驚餘論，野老驅牛隱姓名。湖海變遷朝日在，桑田滄蕩晚烟生。何期外史探奇甚，獨倚滄浪望玉京。

蓮花草堂

蓮花池上故有童學士亭樹，今廢。玉叔於學士有連，其子光祿君遂以屬之。玉叔拓而新焉，堂曰蓮花，示不忘也。

內方學士蓮花主，此日蓮花又屬君。霽色曾窺淮海月，芳魂猶帶蜀江雲。玉叔自淮安守遷西川督學。閒來開徑招求仲，興至臨池學右軍。一自公車赴徵召，北山徒爾勒移文。

盛夏過石峰竹林留題為壽

步屧朝朝竹徑西，不言桃李自成蹊。臨池漫說野鸞嘯，隔岸從教駐馬蹄。萬里風來諸谷應，四鄉雲起亂山低。主人高臥床頭易，曆算遙應與鶴齊。

山中寄別盧明府之應陽

卜居已就天南遠，拜邑遙傳楚澤間。懷古定過鄖子國，祈靈應到五家山。停雲樹影盤飛蓋，宿雨溪聲響佩環。野鶴翛翛鳴自適，寧知鸞鳳邈難攀。

趙明府以季夏晦日自普寧過訪山居因為江舟小酌鼓枻中流是時梧葉未落山意欲秋至

夜別去感而賦此

高枝瑞鵲曉相呼，為報干旄入浚都，閭里共驚仙舄下，湖山空傍客星孤。風清遠渚飛蘭槳，露冷丹楓倒玉壺。莫道姮娥不可問，波光時自有明珠。

暮秋寄懷蘭谿陸孝廉有序

始予視學浙中時，孝廉以諸生乞終養，許之。後予歸且十載，則生之孝養已終，當事者重其名，檢予所署故牘語，徵赴博士，辭不就。尋因友人趙太史觀察嶺外，寓書報予，會予入山踰深，顧未有以報也。至是，門人周生之官赤城，過山中為別，謂將取道蘭谿訪孝廉，遂作是詩寄之。

西風瑟瑟露瀼瀼，憶爾名高寶婺光。應訝冥鴻棲海曲，何無雙鯉到蘭陽。龍門水湧寒空紫，鱸浦潮來秋色黃。聞道山公方啟事，著書誰不羨嵇康。

周富川以西粵賢令議擢臺省矣乃竟稍遷為台州貳守因遂取道過予山中詩以志別

長林豐草愛巖居，翠壁丹霄逈自如。敢謂天南高士宅，漫勞花外故人車。西遊靈谷留仙藻，東過名山見禹書。曾向赤城探奇勝，何當乘興訪旌旟。

山居冬夜辱三廣文棹舟來訪別承靜宇林君以詩見貽因次得賢字韻和答兼用為謝

陶生性本愛林泉，誤落塵樊三十年。晚歲無心成小隱，今朝何意集群賢。翠屏玉立江如練，錦纜風牽月正弦。天外忽傳歌白雪，巖阿習習起春烟。

寄番禺謹齋陳孝廉有序

予聞孝廉之賢舊矣，其先世有顯者。今秋省試，予甥□□□□實主其家，及歸，為予言孝廉所以遇甥者甚厚，自為相得晚也。予因高其義，慕其人，而作是詩寄贈。

見說先人陳太丘，由來風韻已千秋。羨君意氣横滄海，不獨文章焕斗牛。好客朝攜金勒騄，教兒夜誦紫燈浮。吾甥傾蓋懷知己，壯志應期五嶽遊。

宰荔灣陳文學有序

先是，鄭甥為予道謹齋之賢，予既知有荔灣矣。予從子應岳復有請曰：『荔灣於謹齋為昆季，即中表□□□所主，而岳之所主則其姪洪源，然總之者荔灣也。荔灣負奇而文，與謹齋齊名，蓋雅士也。岳常從季父遨遊其家，從容間語，未嘗不敬慕伯父，皆有意於伯父之言者，似不可無作。』乃復為是詩以寄之。

美人贈我雙琅玕，何似陳家有二難。予季平生氣凌斗，與君邂逅心如丹。晴雲金谷飛觴暮，皓月珠江倚劍寒。況復阿咸陪笑語，別來猶自憶新歡。

寶峰鄭大夫挽辭

年來故老半凋殘，元亮哀詞詎忍看。宦跡遺思餘劍履，交情垂淚動衣冠。天低古樹黄雲暮，月落空庭紫氣寒。感慨江河無日返，憑誰力與障狂瀾。

陳文學訪舊鄱陽聯宗徐呂之間歸甫旬日遂鼓枻過予別而寄此

紛予一臥已經秋，有客何來獨繫舟。為道西從彭蠡至，更兼北向呂梁遊。亭陰午霽青蘿滿，池影春生白雁幽。揖別江橋空佇立，多應明月伴吳鈎。

答陳將軍留贈二首

投筆何人本姓班，曾隨飛將出雲間。平居幕府心如水，生縛名王氣若山。陣轉東南回斗極，旗翻嶺海壓塵寰。何期重枉夷門駕，逸興飄飄不可攀。

詩成着語自驚人，誰道儒生骨相貧。長嘯登樓當日事，高名題閣百年身。棲遲澗谷予堪老，談笑封疆跡已塵。此日為君增意氣，寧將身世嘆沉淪。

和張使君中秋見贈詩韻

長空月色滿雕闌，獨把新詩仔細看。怪底孤吟眠不得，由來佳句法應難。江清水碧魚龍喜，海闊風高雁鷲歡。莫道秋深尚炎熱，蒼山今已動微寒。

送梁廣文之保昌

青氊海上幾經霜，忽報移官又水鄉。入境定思唐相國，看山猶是漢封疆。南遊冠蓋衝朝霧，北指帆檣下夕陽。它日飛騰從此度，應餘教澤嶺雲長。

送黃廣文之連江兼懷小江吳司馬二首

白雲彌望湧秋濤，有客西行悵別勞。此去傳經猶故國，朝來出餞盡時髦。舟移劍浦龍光度，路繞香爐鳥篆高。更喜舊遊同吏隱，無令芳問隔江皋。

釣龍臺近卧龍居，杖屨相逢或問予。為道從無關奏記，遙知蚤已謝徵書。天風古刻秋聲外，月色空梁曉夢初。欲把青銅懸碧落，照人離鬢各蕭疏。

送蔣貳守之臨安

頻年疏薦見懸魚，貳守尹惠屢薦，有懸魚語。此日肩隨五馬車。地盡西南行劍外，天連巴蜀渡瀘初。三秋悵別郵亭淚，千古循良太史書。若向龍城持漢節，未應鴻雁故人疏。

題雲海遙瞻卷為郭使君

千里分符來嶺嶠，百年親舍接衡廬。停車野望秋雲外，露冕郊行春雨餘。仙藥空中盤舞鶴，雄文海上避飛魚。懸知夢入桃源路，為願人間蓮社居。

陳守戎得代別予賦此為贈兼致意于乃兄少參君

細雨清宵獨騎過，臨岐慷慨為悲歌。天家講武君須赴，海國論文孰更多。秋浦揚帆思玉塞，涼風卧篁看銀河。池塘夢後寬相憶，應向從行問薜蘿。

送于總戎鎮八閩總戎，肅愍公之後也

南天萬里淨氛埃，西漢樓船海上來。盡道忠貞今世篤，誰知疆理自君開。風烟東接蓬萊島，舟楫西通灩澦堆。此日全閩暫移鎮，還看平步上雲臺。

海陽柯明府挽辭

走馬京華引駿髦，飛鳧嶺嶠試牛刀。才名蚤已誇天目，家學遥應接地曹。海氣侵人詩骨瘦，江城作客壯心勞。瀕歸不灑長沙淚，應化祥雲五色高。

長泰方明府以雙親榮壽編見貽書此為賀

雲箋何處傳青鳥，點點珠璣映碧峰。瑞氣遥瞻嚴子瀨，歡聲先動浚儀封。齊眉天錫偏難老，雙詔日邊擬再逢。知爾三公應不換，要將忠赤報飛龍。

七夕承郭使君枉過于謝家池館有詩見貽依韻奉答

明河隱映七香移，天上幽期衹自知。羽騎暗沾珠露濕，霓裳輕動彩雲披。應聞夜語長生殿，重見秋光太液池。獨有林宗愛清興，仙舟何幸此追隨。

中秋前二日訪章別駕名園聽琴

南海梧桐飄昨夜，西園物色近中秋。長廊翠擁金城入，曲檻光生寶鏡浮。門徑幾回驚客到，笑談千古訝天游。薰風忽奏虞庭曲，時見鸞凰下九州。

予適有鳳城之遊辱何郡丞示以病中喜雍兒至之作依韻和之

廊廟江湖志未休，清時蚤已擅名流。猶懷畫省香縈袖，不信青山雪滿頭。淮浦三年汲老卧，會稽今日馬遷遊。龍駒忽報來千里，庭訓應知為道謀。

送龍秀才歸江右兼寄意于乃翁廣文先生

清明宿霧點征衣，為感鶺鴒到海圻。原隰空餘白骨在，風烟真護旅魂歸。孤舟夜雨山溪漲，野店秋霜嶺路晞。晨省若還詢近事，疏慵久與世相違。

儒隱林君挽辭

嗟君高義薄層丘，一諾能輕萬戶侯。錦里家聲推甲第，朱門客散幾春秋。老來猶記雕蟲句，君曩在泮，見予少時應世之文，至老猶記其語，輒為客誦之。夢去應隨化蝶遊。今日登堂餘一哭，四山風雨暗滄洲。

秋日章定南書至自章水賦此寄贈

高卧青山深復深，封書誰遣到芳林。徒懷氣隱豐城劍，猶喜聲傳單父琴。百雉星聯秋雁集，萬峰雲净夜猿吟。何當一鼓浮湘棹，聽爾飛騰鸞鳳音。

題畫月便面

玉容蕭瑟倚秋風，高髻雲鬟態不同。歡逐河山浮影外，愁隨藥兔擣聲中。仙衣欲寄無征戍，彤管徒勞雁畫工。猶恐丹心容易動，故令圍住廣寒宫。

頃歲卜居郡南至是始辭郭使君還山悵然有作

鳳凰春色倚匡廬，歲暮逢君此卜居。蜀郡依嚴非杜甫，臨邛訪吉豈相如。指南漫說文章在，虚左誰云禮數疏。此日予歸君赴闕，可能無夢到樵漁。時使君方考績北上。

向以避俗居郡下者一年辱城中搢紳諸老時時見過招邀不勌蓋經歲如一日也至是辭歸因作此為别

碧水蒼山本舊盟，風烟百里隔金城。移居遠地非無意，念我時來豈世情。杖屨登高秋葉下，方舟競渡夏雲生。歸歟往事成追憶，相望惟憑鴻雁聲。

旅館春日懷歸預别城中交遊諸君子

旅館相留已判年，滿城風雨艷陽天。忽馳歸夢龍山外，因賦離居鳳水前。飛蓋追隨憐七子，吹笙縹渺憶群仙。知君預擬蘭亭會，應為王生促祖筵。

黎廣文以古端硯見貽書此為謝

見說君家有硯莊，龍肝鳳眼紛琳琅。分予一片情何厚，對客三杯喜欲狂。曉樹籠烟留白雪，晴波浴日洗玄霜。臨池揮灑神應助，抱璞無勞嘆夜光。

和盧方伯暮春見訪郊居出示家藏二首

碧海春深波浩蕩，青山日暮樹陰濃。光輝野屋留車轍，珍重家藏出鼎鍾。五色彩霞人吐鳳，千言紫氣道猶龍。深宵未遣星軺動，為把層雲古洞封。

年來兩地各巖居，一札寧通政府書。晉室還須借安石，漢庭空復薦相如。園林雨霽花猶濕，簫鼓風喧芰欲舒。何幸相逢更相別，偏留繡句照蓬廬。

寄二謝

小院輕風落翠禽，海棠疏雨變濃陰。猶聞再整蘭亭會，因識同盟蓮社心。好客年來應不厭，耽詩醉去可能吟。野夫近得消愁法，日寫黃庭十數尋。

挽蕭處士

安貧自古說黔婁，此日嗟君事與符[一]。若遇聖門堪作狷，漫通仙籍詎為迂。君近歲嘗為群仙會，蓋有托而逃之意。愁雲寂寞詩篇在，翠雨淒其草色孤。負米析薪兒志苦，忍看鶴馭上清都。

〔一〕符，明萬曆本作『苻』。

二西園有序

園在見南江閣以東，井陘公所命以遺玉叔藏書處。玉叔營之，備泉石花卉之觀，極辭翰彝鼎之富。又於芝英亭上列奇石以象五宗，時往登焉，即如置身蓬閬間矣。題曰二酉，擬洞天也。

澤國天開翼軫墟，憑將先子命藏書。空中樓閣羅星象，海內文章列地輿。五嶽風清歌鳳外，三山雲起臥龍初。主人遊玩應無厭，不說神宮洞府居。

天尺樓有序

亦玉叔所建，以藏累朝玉音者。其高凌太空，俯瞰雲夢，因取古去天尺五語以名之，江湖雖遠，不忘君也。

高築危樓霄漢間，飛甍咫尺近天顏。登臨賦客留新製，邂逅仙人講大還。宸翰幾驚神物護，丹心聊與彩雲閒。先憂後樂吾曹事，須記岳陽鎮禹山。

季夏之初澄海陳生泛舟來訪會海陽蕭生書至自郡因遂賦此

綠池香動碧荷風，掛席遙馳到海東。漫道說詩似劉向，誰知問字過揚雄。冰弦引滿彤雲外，玉樹飛英紫氣中。夜靜忽聞蕭史曲，欲乘雙鳳入高空。

長安秋月

乾坤萬里絕纖埃，塞外涼飆動地來。良夜騰騰飛玉魄，清輝隱隱上金臺。連天水色關山靜，幾處蘆花鴻雁哀。撫景漫思青女態，臨文空愧謝莊才。

和林廣文寄詠庭蓮用韻

步月披星到草堂，微聞露氣藕花香。荷衣半偃鹿眠穩，翠蓋輕搖鶴唳長。施絳五年猶是客，草玄三世竟為郎。誰知雅調凌雲起，會見丹心與繡腸。

吳生光卿齋為風雨所破旋葺成之予過見壁上多有題詠因走筆賦此以贈

清齋四壁金風起，雅調高朋玉露收。爛漫珠璣山鬼泣，淋漓翰墨海天愁。斗間龍隱張華劍，屋裏貂寒季子裘。不見洛陽年少客，立談揮涕動宸旒。

元夜邀孫比部李山人園林小集

盈盈皓魄隱林端，今夕何期此共看。海嶽遊人探玉燭，江湖遷客憶金鑾。歌聲入座停雲梟，桂影浮空滿露團。休問行藏悵歧路，天涯相聚盡新歡。

獻歲春前王郡公還自惠州以書見貽有虛館相迎語作此謝之

瑤華飛墜報先春，為築金臺迓野人。卻笑嵇生態疏放，徒慚逸少意清真。烟銷翠嶺麟遊遠，月轉滄江鶴夢頻。見說郡齋無个事，高名偏映御屏新。

王郡公以人日見貽詩箋依韻奉酬

野曠天空萬籟聞，誰傳筆陣掃千軍。輕搖白羽團侵月，細灑陽春調入雲。贈我寧論青玉案，酣歌何待紫榴裙。瞻言百里知何日，獨倚龍光望斗文。

李山人春日別予郊居以詩畫寄予作此答之

曾陪仙客醉辭林，此日南來泛海心。徙鱷溪頭頻倚劍，眠牛隴上憶還金。青宵過我卿雲合，長嘯出門春草深。悵別詩成渾是畫，況堪畫裏見騷吟。

暮春送孫比部至郡承郡公攜觴過訪即席口占為贈

扁舟送客滯江城，趣駕過予豈世情。拂袖珠璣看錯落，充庭綺席任縱橫。行藏往事孤懷在，邂逅新知感慨生。漢署馮唐容易老，何當召對入承明。

鳳城春夜辱勞使君邀集于金山精舍別歸卻寄是詩兼以為謝

玉樹金城遠市諠，畫橋燈火使君軒。登堂乍解南州榻，入座頻催北海樽。碧海龍蟠過夜雨，丹山鳳嘯起朝暾。平明忽掛歸帆去，回首朱旙隔紫垣。

寄金生門人，名九成

故遊何處望中迷，一札遥傳浙水西。漫道終軍方弱冠，誰憐仲蔚久幽棲。江雲翠繞龍湫遠，海日光涵鳳島低。何得重逢在霄漢，雄文親睹御書題。

題明府清渠宗兄别業

柴桑昔載追遊地，此日淵明酒興豪。松菊猶存三徑老，琴書在御一堂高。池窺曉月魚龍窟，竹覆秋雲翡翠巢。莫道東山非大隱，時聞北海寄風騷。（以上井丹林先生文集卷五）

全粵詩卷三五九

林大春六

古意

阿房紫光滿，上林秋色遥。東方隱金馬，季子敝黑貂。

閨詞

曉起見晴雲，雲山逈不分。垂簾且云臥，猶得夢夫君。

暮春寄遠

清夜江橋别，歸舟失暝烟。那堪三月暮，獨對落花前。

中秋還自遼海至山海關賦得關山月留别陳司馬四首

微月昏出東，美人秋臥起。明發送征夫，飛芻渡遼水。

清商動瑶瑟，秋光看欲滿。驕虜聞已歸，征夫應不遠。

月出關門開，風高塞上回。停車看寶劍，下馬接金杯。
東還復西去，相將總壯顏。青天懸玉鏡，為我照榆關。

司馬席上中秋

明月當空滿，遊人獨未歸。清歌振瑤席，坐客欲沾衣。

贈蕭兵馬

花發上林苑，風清太液池。列侯同錫宴，親記柏粱詩。

贈鹽寺僧

結社聊依郭，看經坐捲簾。時多山客至，定少水晶鹽。

海口撫琴

微雨渡江關，横琴坐雲海。山水如有情，鍾期復何在。

柳湖

朝游湖水長，暮遊湖水香。今朝蘇學士，不讓汲淮陽。

便面二首

古人重一物，可托千金交。雖云草木微，比德稱瓊瑤。

青山靜如霧，飛泉何處來。聲疑天外起，勢散作風雷。

過蕭錦衣北園五首

萬事干戈後，孤亭杳靄間。天留今日醉，人得片時閒。
廣園臨碧沼，曲徑繞青扉。竹霧籠金勒，松風護錦衣。
夜直金鑾月，朝眠玉塞雲。于今灞陵尉，莫訝李將軍。
枕石雲猶冷，看花日未斜。應疑金谷勝，不是石崇家。
扶桑南海木，絳露滿花團。何必思姚魏，春風羨牡丹。

東山小集以玻璃杯酌包少府少府雅博其趣遂舉一贈之戲成二絶

明珠空照乘，寶劍自凌雲。此物能祛毒，因之持贈君。
玉瓚黄流美，金杯琥珀香。始知清廟器，不作野人觴。

自嘲

翠竹迎風舞，山童見客呼。如何清夜月，清興半分無。

鳳城七夕辱比鄰陳君治具見貽有感而作

新秋猶旅食，嘉蔬與芳鄰。一飯應須報，寧同按劍人。

生日避客於北郊山齋四絶

至日陽回近，生辰傍汝居。君親原不負，天意竟何如。

高臥神偏適，無營夢轉稀。依稀時有夢，猶傍彩雲飛。

作字應隨興，臨池秖自寬。誰知真懶處，托意在毫端。

過客休題鳳，時人喜畫龍。乾坤知己在，安敢嘆孤蹤。

山東旅行即事四首

百里荒村烟火休，黄河之水竟東流。舊時策馬暮投宿，淒絶秖今空石樓。

睢陽之北嶧陽西，日暮風烟尚鼓鼙。夜半阿誰馳鄭驛，翩翩衣馬羽林兒。

齊城西望接長安，物色淒涼大野寒。野草如飴嘗具美，青霞漠漠可誰餐。

傾盆三月水連天，沃野全歸亂草邊。為問城齊仲山甫，可能一闢汶陽田。

滕縣雪後

滕文國外西日斜，東望滄溟不見家。十里平蕪盡瑤樹，卻疑嶺上破梅花。

雨

六月七日雨如泉[一]，千村萬樹迷秋烟。青娥臥靜涼生閣，夜半開門人渡船。

〔一〕日，明萬曆本作『月』。

送王明府之齊二首

長風漠漠灑平蕪，千古齊城説霸圖。君去試看淄水上，行人猶自拜夷吾。

北海春回一騎過，西京人去奈離何，何時便渡康浪水，為寄當年白石歌。

送滑州張明府二首

即看寶劍動神州，羨爾銅章下鐵丘。好過漆園詢故事，至今人尚説莊周。

今朝相送五雲間，春樹猶含冰雪顏。明日相思定何處，滿天風雨過秋山。

贈廣德鄺使君

十年意氣動京闕，千里分符吴楚間。一夜東風吹錦旆，人傳春在伍牙山。

送人赴東原驛官

燕臺南望魯城東，有客乘春向此中。此去看山見楊柳，至今猶是展禽風。

邊城雪

起被朝衣輕着霞，凌晨走馬憶京華。孤城此日堪惆悵，三月已破還雪花。

潯陽曉渡

江上寒雲斂曉暉，一年兩度照征衣。離人日日懷燕塞，何事孤鴻猶未歸。

便面二首

碧水浮雲弄晚岑，秋深落葉滿空林。石橋乘興欲飛度，誰識維舟結網心。

萬壑寒來凝玉馬，六花飛盡見瓊枝。驅馳應有梁園約，不似羊生入楚時。

過邯鄲呂公祠柬楊次泉陰月溪二公時陰赴關右督學予與楊並之官河南云二首

仙跡千年草樹空，行人猶自拜仙宮。可憐人世驚心事，都在黃粱一夢中。

拜將封侯事幾回，朱輪鼎食總堪哀。東都建節西都騎，不信曾從夢裏來。

去大梁入輝縣道中人不知其為故臬吏也漫有短述卻寄同遊諸君子二首

海上幽居歲幾更，山中一出為蒼生。衹今聽得孫登嘯，肯向時人說姓名。

昔從此路入梁園，今別梁園復此路。寄語鄒枚舊詞客，相思莫誦凌雲賦。

聞程生得官回鄉作此贈之

明月高懸四海寬，朔風吹動九邊寒。長安卷軸應無數，不道陳生已拜官。

秋聲圖

一雨秋山爽氣深，主人坐我秋雲陰。披圖莫誦秋聲賦，玉樹蕭蕭愁客心。

便面

百頃風濤萬馬奔，空山行旅盡銷魂。未論天險開巫峽，疑有神功鑿禹門。

郊寺送客

窗外忽過夜雨聲，郊南送客喜新晴。酒醒孤寺車塵遠，何處人家起暮笙。

贈王提舉二首

廿載干戈草木稀，東南秋色近如絲。朝來借得西風力，扶起幽巖三兩枝。

江城新月帶微霜，策馬征途幽興長。聞道海氛今欲淨，登高何處醉重陽。

蒼梧九日偶成二絕

九月炎荒暑未回，如雲瘴氣滿高臺。菊花本是凌霜物，怪得今朝不肯開。

誰道一官清似水，虛堂猶自出樽罍。官衙況在山深處，不用登高便避災。

小臥草亭適劉廣文壽日詩以賀之二首

年來嶺海說玄經，秋滿乾坤臥草亭。夜起月明銀漢淨，壽星長自護文星。

香飄絳帳魯芹宮，此日諸生拜馬融。莫道廣文官獨冷，明經本是漢三公。

贈客

千里江湖縈客夢，十年市隱見人心。問奇時向揚雄宅，不學邯鄲破萬金。

贈劉大參公子二首

蒼梧郭裏萬山斜，獨對青燈映雪花。不向李膺投姓字，無人知道是通家。

嚴君幾載滯邊城，此日仙郎傍母行。漢代向歆今不忝，明經應自振家聲。

東歸過贛州辱施徐二嶺北邀遊望江樓偶成二絕

樓外青山伴客歸，那知夢與青雲違。雲山偶爾從茲別，何事王生淚濕衣。王維有『雲山從此別，淚濕薜蘿衣』之句。

長江東去意何如，醉倚江樓問太虛。百折從來回不住，乾坤到處即吾廬。

雁蕩冬遊四首聊紀其大者

千年幽勝擅南陬，萬里祥雲枕碧流。氣動若為丹鳳舞，秋深坐使白猿愁。龍湫瀑布

絕磴懸崖隱萬峰，長空昨夜起蛟龍。真形化作靈巖石，噓氣猶成玉露濃。靈巖龍鼻水

仙子何年闢洞天，手持雙斧下蒼烟。簷前時許金莖滴，為種華山玉井蓮。靈峰洞

石梁飛度自天台，誰復移之此地來。歲久渾如枯樹色，天寒忽見野梅開。石梁洞

旅館臥疾辱元岡公以詩見貽依韻奉答兼以寄懷二絕

肺病經時歸夢頻，祇緣詞客意相親。閉門偶爾尋丹訣，得句猶懷問字人。

馬卿作賦傳西蜀，狗監從容奏上林。湖水坐連千里碧，春風空對百花深。

蕭都事席上戲贈歌者二首

誰云燕趙有佳人，越女今看翠黛新。一曲清歌君不見，餘音猶自繞梁塵。

清歌宛轉玉簫閒，嬴女空傳引鳳還。任是蕭郎同化去，何如卻住在人間。

贈劉山人葛衣

萬里歸來一絡單，憑君莫作等閒看。不緣溽暑深相贈，欲待淒風耐歲寒。

山陰姚生過潮謁予請書走筆賦此

曲水蘭亭繞碧雲，茂林修竹望中分。舊遊此日翻成夢，好為殷勤謝右軍。

萬曆甲戌暮春四日實謝郡丞初度之辰時年六十有四也甲周伊始別墅重開賓朋畢集笙歌滿座予聞而慶以是詩二首

別墅春深啟壽筵，曾逢甲子度周天。如今又喜添三歲，欲待桃開定幾千。

朝來禊事酒初醒，又見群仙禮壽星。過客不知蓬島會，還疑逸少醉蘭亭。

戴使君自廣州歸壺山取道見訪因作此贈之四首

見說壺公三徑荒，廣南太守興偏長。已將心事追黃綺，肯把功名比趙張。

龍門禹穴號奇遊，漢水燕山亦壯猷。不見羅浮長嘯客，秋來乘興到滄洲。

清宵百里泛湖天，猶憶當年訪戴船。此日相看渾似昔，爭知嶺外別風烟。

海上方壺一劍劖，閒中日月自題緘。何年共理蘭溪棹，臥看飛雲避雨巖。

寄丘上舍

有客攜琴到海濱，與君云是結交親。公然不寄一行字，何況扁舟訪故人。

送人之梧州

曾隨幕府典兵符，郡國猶藏漢版圖。此去若過瀧水上，逢人應說舊蒼梧。

寄贈徐貢元

曾銜丹詔下江城，再接音書太古情。聞道賢良今得薦，未應曲學負鄒生。

海陽余生以求書馮明府興學之碑過予因為二首贈之

綿蕞初開馬上翁，兩生不發笑孫通。嗟君此去緣何事，應為賢侯化育功。

傳言貞石起荒陂，疑是當年漢水移。何似今朝重文教，漫求拙筆寫豐碑。

題溪雲深處為張別駕

碧溪之上白雲飛，早出晚步溪雲歸。閒來自擬登樓賦，恨不停雲坐釣磯。

辛未新春試筆二首

朝來輕暖試纖羅，風物熙然總太和，為報桃花今已破，春光終比舊年多。

空階縱步聽鳴鳩，誰信山人春思幽。惟有窗前雙蛺蝶，閒隨清夢到莊周。

以筆墨秋扇贈鄭使君戲成三絕

夢中五色尋常見，醉裏千文禿似山。留卻一枝新更好，憑君揮灑落人間。

剛丟半點光如漆，一月能消得幾分。聞道草玄今尚白，故將石墨贈揚雲。

霜標玉質好誰同，執手踟躕等畫工。莫向涼飆嘆蕭瑟，山間時自有炎風。

送勞掌教之任連州四首

橫經幾載臥潮陽，再轉湟州秋色涼。莫道宦遊千里隔，風烟猶爾是同鄉。

曾向雲間陪二陸，卻從嶺左拜昌黎。于今匹馬連山道，翻作青衿兩地思。

探奇乘興望滄溟，時向東山萬古亭。此去登臨誰最勝，聯翩白鶴倚秋汀。

吾鄉多士屢蜚聲，報道都充六館英。玉鐸流音君更遠，行看丹闕薦陽城。

冬日過同年趙司理話舊遂成四絕

曲江宴罷幾經春，君入荊兮我使秦。往事祇今俱莫問，與君同是倦遊人。

論交夙昔盡豪遊，半立螭頭侍冕旒。一自風流波蕩後，誰能白髮老丹丘。

歸歟吾道任洄環，那復姬公入夢班。獨有鳳凰臺上客，逢人猶自說孤山。

山林朝市孰高深，須識孫登一嘯心。可奈同鄉各異縣，何當杖履日相尋。

送海陽曾廣文之虔州掌教二首

橫經幾涉鳳凰溪，又報除書赴水西。莫道廣文官尚冷，青雲到處擁輪蹄。

三江遙接楚天來，二水中流越嶺開。定有蛟龍從此伏，憑君色笑動風雷。

重至鳳城會龔別駕同暴參戎夜遊金山四首

往年曾過鳳凰城，卻遇君侯朝帝京。更被王孫招隱去，于今車蓋始初傾。

君家先子號名臣，況復遺思渤海濱。此日相逢重相惜，知君不忝舊儒紳。

誰道韓江秋寂寞，扁舟葉葉倚烟霞。登臨更有參軍賦，爛醉何妨對菊花。

凌風重上最高臺，日暮歌鐘動地來。為道主人能愛客，無勞更鼓漫相催。

聞金大參久不視事詩以奉訊四首

先朝抗疏柏臺臣，云是南中第一人。二十年來持斧處，至今風動八閩春。公曩自侍御史出僉閩憲，轉監軍使。

從來骨鯁冠清班，吾道無因自楚還。見說鄉閭須表正，徵書誰遣到家山。

海國頻年息戰爭，憑君誰敢負初盟。嚴城一箭飛難到，徑路惟看徹曉行。公歸自楚藩參政，頃復即家起備兵嶺海，仍轉前職，遂撫定諸巢，平逋寇。

厭歷封疆曉霧多，禁中應復憶廉頗。舊遊知己尋常是，何事芳心繞薜蘿。

贈海陽馮明府二首

再宴曲江感二難，勾吳家學擅衣冠。君今出宰真餘緒，勳業還將汗竹看。

徵書應怪驛來遲，製錦文成衹自知。漢家封侯男兒事，況及馮唐未老時。

漢高斬蛇便面

堪笑群雄競逐鹿，誰知白帝化為蛇。今朝老嫗當塗哭，明日車書是漢家。

偶以敝衣遺劉山人山人以季子遇榮老事辭口占答之

季子居高視曷卑，榮公一笑古來稀。當年道左遺何物，不是升堂老敝衣。

為劉山人題扇上景贈别洪廣文之福安福安宋行在也二首

荷蕢曾過孔氏門，幽懷遥寄萬山雲。孤村寥落歸來晚，滿背斜陽欲獻君。

獨棹孤舟向海涯，此中曾作帝王家。于今往事俱陳跡，惟見蟠桃幾樹花。

題畫

松聲草色孤舟夜，江上微茫月影斜。千里幽懷憑寄語，欲乘春興入桃花。

夏日獨坐我廬家兄以數瓜見貽示曰此邵平遺種也詩以代意

世上穠華漫爾遺，个中風物幾人知。多君得此能相贈，況是東陵五色奇。

題夏杲四時畫竹圖四首

龍種初栽鳳沼邊，春深玉立已參天。為乘好雨添幽色，不是濃雲與淡烟。鳳池春雨

修篁怪石儼仙班，長日輕風響珮環。無限晴光重蒼翠，淇園何物更追攀。淇園晴翠

偃仰懸崖幾度秋，老龍蜕骨入林幽。扶疏直節干霄上，化作長虹跨九州。懸崖老節

萬頃瀟湘雪亂翻，朝來開霽玉為坤。惟餘綠葉孤標在，不見英皇染淚痕。湘州雪霽

宮辭三絕送黄虞部北上

青絲為髻羽為衣，曾侍君王步輦歸。卻笑新妝太清素，故令下界玩芳菲。
蘭閨獨立已多時，月白風清衹自知。忽憶主恩渾未報，頻將青鏡照蛾眉。
夜度簫笙入紫霄，晨飄仙佩雜瓊瑤。如今老卻纖纖手，肯向人間學舞腰。

贈謝左史二首

曾聞賈傅出長沙，前席恩深戀漢家。往事衹今付湘水，閒隨漁父入桃花。
月上高枝夜未眠，時聞染翰落雲烟。臨川筆意應誰似，一箑揮來價十千。

贈王廣文還餘姚四首時廣文以徵其伯父陽明先生像贊至

晉代風流憶謝安，笑將明月對玄看。為詢賭墅圍棋處，孰與君家小杏壇。
七國紛紛睨上都，將軍東下夜平吳。可憐賜食堪惆悵，爭似吾皇禮碩儒。
冀北雲遊入楚天，行囊一束舊青氈。南來為訪林和靖，衹少梅花賦幾聯。
五嶽年來夢已虛，憑君猶自憶匡廬。歸途倘過東林社，好寄淵明一紙書。

贈陳廣文移官江藩四首

鍾靈泉水碧泠泠，臺上孤梅老更青。一自梅開梅落後，更無泉溜響空庭。

羨爾來遊古道還，漸看春色上賢關。閒來濬取靈源水，散作烟雲滿舊山。

帝子分封自漢初，威儀禮數降乘輿。當年董賈俱為傅，何處王門不曳裾。

抱璞當年識者稀，一官三共道應非。若教羊勝公孫在，怪得文園乞病歸。

余在梧時嘗贈劉生詩箋一執既别去八年聞其箋尚在茲有復持扇至為生請書者因走筆寄此二首

梧中一箑數行書，贈爾曾經八載餘。此日重書還此箑，料應執手更踟躕。

草玄作賦三朝事，流水高山萬古心。最喜侯生能問字，何妨鍾子獨知音。

送劉謝二生歸海陽二首時生以臨其舅氏至

轅門客散覺身輕，長夜烏啼恨未平。惟有賢甥兩垂淚，何人不起渭陽情。

翩翩公子重輕肥，爭似囊琴信馬歸。歸過庭前如問訊，為言秋色在郊扉。

送揭陽鄭生兼訊其伯父貢元二首生歸德鄭使君之子也

若翁高誼動西都，千里遙分宋國符。此日相逢重相問，南來鴻雁近來無。

辭榮伯子臥江潯，信義能祛虎豹侵。聞道年來住城郭，應知幽興寄山林。

贈周進士

海潮冬至冷來遲，籬菊初開蕊未披。惜别題詩何所贈，清標霜節與君宜。

得王明府恒叔書至自確山兼索近作為書四絶寄之

歸舟夜泛嚴陵雨，征旆朝衝雁蕩雲。回首十年千里隔，江山何處不思君。

七篇仁義遊梁日，三嘆歸歟厄蔡年。年少于今推茂宰，懸知吾道在中天。

書來念我鬢毛斑，疑是金丹好駐顔。不見渭濱淇上老，丹書懿戒等閒删。

朝來缺月掛林端，哦得新詩滿素紈。卻笑狂夫多野意，丁寧莫向貴遊看。

秋日漫遊名山得友人曾中丞趙少宰書自南北至四首

故人天上雙鴻至，野客山中一鶴隨。讀罷封書鴻不見，素心惟有鶴先知。

西川峻跡歸南斗，東魯名成返聖朝。應憶山人無个事，故將書使到漁樵。

海宇空茫念我同，平生交誼古人風。當年管鮑成何事，赢得千秋説霸功。

有弟抱奇千里去，立談渾是骨肉親。可憐賦就時難遇，空負巖廊薦引人。

送張少府奉詔待次公車二首

五嶺年來方息戰，一官何事苦更移。鸞凰本是飛騰物，飛去應棲梧樹枝。

山林遠遁真成癖，車馬頻勞豈世情。一曲驪駒悵歧路，滿天風雨隔江城。

山居漫興四首

滿江風雨晝龍過，簫鼓諠諠奈爾何。不見真龍雲外伏，閒憑銀漢長金波。

松陰坐久自生涼，桐葉初飄秋興長。但覺微吟驚地籟，何如揮汗度羊腸。

結籬未種淵明菊，作榭寧棲安石雲。時報林宗元禮過，為詢東漢黃徵君。

疏池不鑿暗通溪，徑路蕭蕭亂草萋。驅石駕虹君莫問，任它金谷與銅鞮。

送鬱林王判官二首王以鹽法提舉幕史來潮。

漢家煮海儲邊計，幕下推賢遣使來。使者風流自江左，故將民瘼報霜臺。

風林鬱鬱武皇州，勾漏巖巖葛令遊。此去三秋多碧樹，應陪五馬上丹丘。

寄丘司寇二首

故人十載臥青丘，不學康浪去叩牛。何意清朝重耆舊，翻然結綬上神州。

三臺周歷尋常事，數疏低回動紫宸。卻笑孫弘歸再出，空餘曲學拜平津。

山中話別吳生北上

天路紛紛繞玉珂，多情猶自入烟蘿。看花得意男兒事，自古男兒事更多。

送羅少府歸雩都二絕

一官何事獨求歸，應為迷途覺者稀。此日王門裾不曳，漫將玉珮換荷衣。

鬱鬱佳城古勒銘，多君一顧慰先靈。若還海宇飄蓬日，應向江湖訪客星。

送馬郡丞之官隴右二首

曾聞召對栽花日，憶在明光起草時。不是馬卿清節重，誰能別駕到天涯。

負奇遷謫誰同調，見說荊州與會稽。此日陶生滯江左，嗟君猶自赴關西。馬君，荊州人也。自金谿令召入，以忤時相補司徒郎。尋左官嶺外，為惠陽別駕，與予門人會稽陶生並離省署。頃，生量移南都，而君竟有隴西之命，有書報予，惜別賦此。

孫比部以建言謫潮陽賓于小墅清夜相過感而賦此四首

青年抗疏動重華，萬古綱常為漢家。狀貌張良成羽翼，才名賈傅出長沙。

承家世篤孤忠遠，報國心懸白日高。海上于今頻北望，宸衷應已念西曹。

高臥清齋聽曉鐘，行吟雙樹寄幽蹤。今宵對爾青藜杖，它日應傳白鶴峰。

吳越歸來十載餘，乾坤空老萬山居。忽馳北海通家刺，欲效河汾詣闕書。（以上井丹林先生文集卷六）

（郭培忠整理）

全粵詩卷三六〇

胡庭蘭

胡庭蘭，或作胡廷蘭，字伯賢，號桐江。增城人。曾師事王希文。明世宗嘉靖二十八年（一五四九）解元，二十九年（一五五〇）進士。授南京戶部主事，遷北京陝西司員外郎，萬曆八年（一五八〇）督學閩中，时倭寇圍福州，廷蘭守城破寇有功，而忌者議其越俎代庖，乃以僉事整飭，兵备雲南。以監軍指揮擒賊功尤大。因忌者構陷，遽移疾歸，遂不復出。嘗講學鳳臺，合王、湛之旨而一之。著有相江集。明郭棐粵大記卷一八、清道光廣東通志卷二八一有傳。

渡淮次新息

淼淼淮河流，東行過新息。方舟濟斜陽，悠然見桐柏。霧合青山低，霜侵綠蘋歇。緬懷仲宣賦，邈把瑤芬擷。歸周問潛鼎，悼魏嗟沉璧。靈濤逐奔雷，驚風舞飄葉。出潁當何期，鳴笳臨路發。（明張邦翼嶺南文獻卷二六）

鶴嶺書聲

瑞鶴丹崖倚碧空，古松芳藹蔭瑶穹。漢庭博士横經館，魯國諸生讀禮宫。五夜弦歌明月裏，兩齋燈火暖雲中。悠揚已覺龍吟動，節奏還應鳳律同。

宿鳳凰山棲鳳窩

鳳凰閣千仞，九重增城廬。城中藏洞府，市上隱懸壺。雲卧毛骨寒，冥棲心鏡娱。樓堞几席下，群仙入窗虚。就枕見山色，悠然睇遐墟。俯仰宇宙内，此樂復何如。

鯉橋春浪

仙鯉當年縱碧流，何人鞭石誇平疇。雲低萬里青虹見，春漲三江錦浪浮。漠漠地疑通漢渚，盈盈人望濟川舟。誰云涸轍無消息，驤首龍門是舊遊。（以上康熙增城縣志卷一三）

白沙夜泛

客子秋深歸興饒，青囊書劍久沉寥。征鴻帶日下荒渚，明月隨船起洞簫。露冷金卮浮白盡，風鳴霜葉亂紅飄。先登共濟無難事，獨採江蘭魄易消。

謝都護李園留别

畫船撾鼓發城西，屯蓋飛觴信棹棲。一院紅蕖應為醉，千峰黄葉不堪題。掄文愧我追飛兔，舞劍知君試斷犀。滿域干戈重回首，幾時談笑靜黔黎。

聖誕日古潘道中見桃李花

青雀黃龍天使槎，赤城瓊島帝臣家。驚濤夜泛千峰月，絕嶠春回萬樹花。雁背霞從沙際沒，鬣帆風向浪前賒。誰臨無地通三界，人在中天祝九華。

朝天宮即事

蓬萊宮闕麗神皋，鴛鷺班行入譽髦。紫館飛簾懸碧落，玉童持籙下金鼇。香浮寶鳳天花散，塔擁銅龍地軸牢。自是玄元流惠海，不妨金碧是塗膏。

春日早朝

碧虛澄霧九衢分，太極含暉萬象新。闕繞祥雲開鳳翼，旗沾瑞露濕龍鱗。鴛行肅穆瑤階曙，人意融和玉燭春。白首丹心瞻帝座，九天紅日見堯仁。

雨夜與何名川憲副

客路萍蓬催短鬢，石床風雨送殘宵。閒庭片片簷花盡，高閣沉沉玉漏遙。伏枕已違青鎖夢，垂衣端想紫宸朝。批龍鳴鳳非無意，吹竹彈絲祇自饒。

過徐州與劉又洲兵憲

北望彤雲擁帝京，帆開秋影下彭城。三千未拜諸羌客，百萬新傳小范兵。水帶龍溝聯巨艦，山圍鵠壟樹危旌。佇看妙術酬明主，肯把常談慰老生。

晚發

使槎初上白沙汀，漫卷圖書信獨征。竹塢樵烟生薄霧，石潭漁火落殘星。閒看浴鷺機應息，不採漪蘭佩亦馨。宛宛靈修添悵望，瑞雲多處是龍城。

贈萬淺源大參入賀

幾曲薰風度紫薇，三山華月映瑤芝。篋銜日下龍顔近，酒餞花前馬步遲。飛蓋雲仍千里樹，流鶯春繞萬年枝。欣逢湛露沾周宴，旋聽鳴珂滿鳳池。

與吴自湖總制

三年仗鉞擁輕裘，談笑平原識壯猷。五嶺雲霞開帥幕，九嶷烟月入邊樓。玉書天上翔鸞日，銅柱霜前斷雁秋。最是歸來投筆吏，每從銀漢望旄頭。

金城千雉起黄灣，坐控三藩百二關。桂浦東回雲作嶂，扶胥南下浪為山。琱弓掛月龍蛇動，赤幟連

營虎豹閒。共説功成應勒鼎，即看池上鳳毛還。（以上明張邦翼嶺南文獻卷二九）

塞上曲

揮鞭萬里長，葱嶺暮雲黄。聞説單于遁。明朝獵白狼。（明張邦翼嶺南文獻卷三一）

紅崖山春望

萬樹晴光淑气催，行春一馬獨徘徊。雲移玉笋空中出，日映仙葩鏡裏來。極浦緑烟川草遍，小橋紅陣野棠開。莫傷戎事淹衣劍，且把年芳入酒杯。

提兵與阮中丞追討倭寇於峰頭澳時中丞營蒜嶺

十里兼軍走重營，弓刀中夜向燈鳴。雲横殺氣山圍合，艦湧驚濤水陣成。取勢昆侖知不戰，先人呼吸已無兵。風雲帳下占成算，俎豆軍前慰老生。

武定女官鳳索林領兵先至軍容壯甚余喜之因成長句索林乃土知府妻，代視府事領兵

修戟真能不後期，佩刀還喜陸剸犀。貔貅步下風雲壯，娘子軍前號令齊。川湧驚雷原野動，山苞含霧塞天低。即看滅此方朝食，掃穴翻營日未西。是日克木址二寨。

平易門逆寇大飲至叨功之首

簡書朝下彩雲巔，貔虎風飛玉帳前。金戟揮回三舍日，鐵驄嘶斷萬山烟。天開泰運收全勝，地展皇

輿控極邊。豈有謀猷叨獻廟，獨欣孝友共登筵。

觀射

錦隊翺翔建水東，咆哮猛士競彎弓。帳前百步穿楊巧，馬上雙飛飲羽雄。諸葛山昏禽欲盡，步兵廚裏酒為空。明朝縱獵圍還合，射虎平林更射熊。（清黃登嶺南五朝詩選卷四）

夜啼烏

鳳凰臺邊霜月孤，鳳凰不見棲慈烏。慈烏夜半驚相呼，啞啞千聲為返哺。天清露滴櫧葉枯，寒颷颯颯生長吁。攬衣中庭步踟躕，緊爾有母我獨無。母遐棲處在何處，我母仙遊天上去。母去那知兒獨悲，兒悲那得母重顧。母不顧兒可奈何，戹厄欲飲口澤多。門人為余廢蓼莪，長裾欲絕咸蹉跎。君不見捧檄入門動顏色，何人相候不相識。舉賢不再上公車，始知向來為親屈。又不見百里負米良亦艱，養親須及怡親顏。一朝南遊列鼎食，思親不逮徒長嘆。慈烏慈烏莫更啼，啼來使我沾裳衣。我沾裳衣非汝知，生前盡力死盡思。夜啼衹作無益悲，明朝且去投高枝。

海珠寺

南海驪龍不愛珠，水心擎出夜明孤。雲流上下天浮動，月浸空濛地有無。兩岸交花搖彩檻，千艘橫渚散飛鳧。即看佛寶連金界，全勝仙人弄玉壺。

贈海嶽羅山人歸金壇

海嶽金壇士，超然浩蕩遊。步高闕塞月，吟滿帝王洲。有客攜詩卷，無錢掛杖頭。雙眉橫綠眼，一劍拂清秋。談吐懸河下，書成翥鳳愁。自同懷素步，人號謫仙流。朱轂來三輔，金尊傾五侯。飄飄訪紫府，去去跨青牛。遇我丹臺宿，論心彩筆投。嚴霜探武庫，晴渚泛虛舟。繡虎功非拙，屠龍術更優。三花新欲採，二酉舊曾搜。才大名長累，身窮道可謀。長安悲客路，樂土老楓楸。歸卜丹霞穴，行招白鹿儔。輕鞭疏柳外，高帽紫烟浮。澤國東陽近，瑤京北斗侔。相望隔風雨，一笑托蜉蝣。日下孤鳴鳳，江心幾浴鷗。廟廊還有事，湖海詎無憂。共喜榮登籍，誰言恥下籌。還渠白毛扇，贈子翠雲裘。妙悟金丹訣，間將玉籍讎。茅龍天信宿，青鳥日綢繆。郭外山標秀，壺中桂影幽。凌雲托殊調，流水渺靈修。金玉音非遠，盤桓願正酬。梁園飛艷雪，杜屋送寒颼。此夕腸堪斷，他年夢獨留。孤懷何所待，天宇共悠悠。（以上清溫汝能粵東詩海卷二六）

（楊權整理）

登菊坡亭

鳳凰不可見，丞相菊坡秋。誰為菊坡飲，更作鳳凰遊。雲盡四天碧，山空孤月浮。我懷千古意，東

望水悠悠。（清嘉慶增城縣志卷九）

（李永新整理）

趙時舉

趙時舉，字存晦。饒平人。明世宗嘉靖二十九年（一五五〇）進士。官黃州推官。事見清光緒饒平縣志卷七。

答王皓溪

柳絲春展暗禽巢，識面東風是舊交。蝶撲似能清客夢，鶯簧何事向人呶。仙經學去終成幻，心易明來不用爻。好語同儕知意味，意將翠釜勝青茭。

觀競渡

斜日滄江鼉鼓鳴，蘭橈畫楫浪中橫。追先氣蹙藏鮫室，逐利心便引鶴旌。側目千層真巨險，出頭一笑竟何營。水嬉莫訝狂遊子，世路風波苦恁驚。（以上民國溫廷敬潮州詩萃甲編卷四）

（楊權整理）

李光宸

李光宸，字仲熙。南海人。明世宗嘉靖二十九年（一五五〇）進士。官户部主事，陞漳州知府。清光緒廣州府志卷一一六有傳。

遊小金山

妙高臺古瞰江流，計吏來登匪浪遊。鬱水鼋鼍川上奮，寶陀巖岫檻前收。鶯花浹疊催征斾，雲樹空濛送去舟。篋裹長楊知有賦，便應攜向鳳凰樓。（明郭棐、清陳蘭芝嶺海名勝記卷四）

（陈永正整理）

詹甘雨

詹甘雨，字肅徵。東莞人。明世宗嘉靖二十九年（一五五〇）貢生。官紹興訓導，擢海寧教諭。事見民國東莞縣志卷四五。

天香結社次韻答贈梁東林丈二首

出郭尋幽避俗塵，相期博雅會茲辰。林深草色迷三徑，野曠花飛帀四鄰。貝葉經翻禪鉢碎，石臺荷嘖客觴頻。叨陪妙躅恣延賞，共挹天香訂夙盟。
菟裘老我可乘籃，華髪蕭蕭雪滿簪。公擅雄才時面北，余依禪偈久宗南。盈眸綠靄環晴嶂，入望蒼烟鎖暮巖。欲洗塵氛沁詩骨，一杯清茗話優曇。（以上民國張其淦東莞詩錄卷一二）

（楊權整理）

楊一廉

楊一廉（一五〇六—一五六五），字思介，號湛泉。大埔人。明世宗嘉靖三十年（一五五一）貢生，授新淦訓導，歷仕至唐王府教授。有金川稿、歸田稿等。清康熙潮州府志卷九上有傳。

送司訓易虞臺歸田

躊躇杯酒駐征輪，怨別東風惜故人。千里梗萍憐聚首，百年離合重傷神。鳴春陌上嬌鶯囀，戲綵庭前老鶴馴。遥望四明蒼更聳，相逢應有夢中頻。（清康熙埔陽志卷五）

（呂永光、張玲整理）

李文綱

李文綱，活動於明世宗嘉靖二十九年（一五五〇）前後。事見廣州碑刻集。

追吊陳長卿

草茅徇國效殷勤，晚節猶能不負君。千載首陽山下土，腥膻何得到清墳。
目覩黄輿海上沈，心如百煉更堅金。萬分不展經綸志，終把綱常盡力任。
節義雙全作宋人，生慚無路報成均。遺碑儼有忠貞氣，三百年來護鬼神。（廣州碑刻集・重刻宋忠義李公墓表）

（史洪權整理）

韋憲文

韋憲文，字純顥，一字洪初。順德人。明世宗嘉靖三十一年（一五五二）舉人。初授泰和教諭，歷官馬湖同知，調黑鹽井提舉，終靖江長史。晚歸會城，闢石渠洞，與門人發明師說。大約其學出江門而參合餘姚，以豐城為宗。著有學測集。清溫汝能粵東詩海卷二八、清道光廣東通志卷二八一有傳。

別舍弟純義

白髮別良苦，金杯酌莫遲。蜉蝣看世事，松柏問襟期。向子徐遊嶽，柴桑待解龜。高秋桂花發，萬里訊南枝。

丁氏花園

斜陽車馬散，辭客掩柴扉。柳色依吟榻，花香拂釣磯。開尊山氣襲，捲幔棟雲飛。獨有羈懷動，淒涼酒伴稀。

花枝驕白社，竹影映青樽。月轉初稀席，風來自閉門。深雲將樹沒，獨鳥掠泉翻。生態供蓬鬢，陶園倘並論。（以上明張邦翼嶺南文獻卷二七）

漫興

津亭晚色見霞紅，馬首香浮杜若風。竹浦網收魚聽笛，茆茨烟起鶴翔空。水邊露滴蒹葭末，籬畔棋殘橘柚中。多少旅懷題不得，野橋幽店樹重重。

阻雨宿一嘉鋪楊家

深麓人家四面青，山腰楓影落前亭。魚游半入田間草，雲過偏拖壁上銘。香繞硯池書幌靜，水環圖畫竹門扃。雙珠況是堪延客，相對殘燈酒未醒。

宿巴東縣

山路沿江得驛邸，巴城俯瞰急湍西。天邊楚嶠批鴻斷，巒上川雲罩樹低。磷火夜明催犬吠，葉聲秋急應猿啼。看詩壁上多磨滅，欲向高崖大字題。

飛練亭 一名白兔亭，在蟠龍山上

白兔亭開萬仞峰，淒清飛瀑下蟠龍。玉虹遠貫撐玄昊，銀漢斜拖掛碧松。廬嶽曉暉浮石室，樵山秋色泛芙蓉。舊遊勝境俱懸夢，秋日停車嘆此逢。

平越道中

野戍荒烟擊柝悲，羅施諸部隔山菑。烽墩近路催行騎，松嶂連雲護漢旗。遷客自憐邊塞略，旅懷多負薜蘿期。行行滿目荊蓁道，白石黃泥起暮思。

泊長沙

落日雲流混碧空，蒼蒼江菼曳霜風，千秋惜賈人何限，一賦哀原氣尚雄。溪近寒林聞鵩鳥，岸登平陸見丹楓。滿山搖落江聲寂，腸斷天南野色中。（以上明張邦翼嶺南文獻卷二九）

襄陽雜詠

兩度襄陽策馬遲，道逢林叟問遺碑。深藏水底千年出，孰與羊公墮淚時。

水邊一聽白銅鞮，高堰槐陰路欲迷。近郭小兒休拍手，驛亭人向萬山西。

晉陌山頭樹色蒼，舊時王謝竟茫茫。隄邊歌入滄浪水，曲曲遊人總斷腸。（明張邦翼嶺南文獻卷三一）

（楊權整理）

再游白雲洞何君載酒於雲峰崖念白雲主人先友何子明已逝舊□讀書處□雲室石梯□梁屏榻仍在而雲堂觀音像則新創也悵然有感賦此

先友何子明，曾此著潛夫。朝見白雲悅，夕與白雲俱。子明不可作，其人孔氏徒。暇日追前遊，風高清興孤。飛泉灑絕壁，幽賞入蓬壺。寄語遊樵者，清樽宜此娛。佛自西方來，人異教亦殊。千載昌黎意，語默與相乎。（明郭棐、清陳蘭芝嶺海名勝記卷二）

（陳永正整理）

白雲洞宴集呈何子明

洞主何年開勝地，故人此日共清歌。石爐縹緲香烟細，雲磴紆回玉溜多。鹿洞風花瞻具美，蘭亭觴詠問如何。嗟予未盡窮源意，空嘆年華一擲梭。（明郭棐、清陳蘭芝嶺海名勝記卷二）

（陳永滔整理）

梁有貞

梁有貞，字西麓。順德人。有譽弟。明世宗嘉靖三十一年（一五五二）舉人，官綿州知州。事見清道光廣東通志卷七四。

雲臺山

杖策恣遊討，茲山信奇淑。臺高隱半雲，巖深□飛瀑。峻嶒準丹邱，㕞㕞瞻早麓。尋雲陟岡巒，班荊□松竹。陰條垂欹厓，陽葩散平陸。斐斐烟幕嶂，瀏瀏風鳴谷。酌水成甘醴，采蘂皆神茯。雞鳴隱樹巔，猿吟挂高木。憑眺協元虛，躡景契幽獨。心爲神理超，興因感物速。永言寄孤蹤，一謝塵中躅。

劉仙巖

青崖白石絕囂氛，仙子曾聞駐彩雲。樹斷雲烟成縹緲，花垂清露欲繽紛。函中寶訣苔空積，洞裏金田火已熏。一自紫鸞飛去後，舊壇松桂轉斜曛。（以上清雍正從化縣新志卷五）

（楊權整理）

謁李忠簡公祠

畫棟接花宮[一]，名賢想像中。前朝瞻令德，異代仰高風。古木捎簷碧[二]，滄波浴日紅。衣冠看後

裔，蘋藻薦何窮。[三]

有宋遭中葉，南溟起哲人。生平多節概，在位以經綸。事業光編簡，儀刑肅縉紳。千秋一祠宇，遺像儼江濱[四]。

［一］接花，清溫汝能粵東詩海卷二八作『水晶』。

［二］捎，清溫汝能粵東詩海卷二八作『横』。

［三］後兩句清溫汝能粵東詩海卷二八作『豐功留祀典，瞻拜思無窮』。

［四］遺像儼，清溫汝能粵東詩海卷二八作『像貌見』。

海珠餞別

驄馬去還鳴，江邊候雁聲。筵開佛殿迴，人重帝庭名。持斧威閩嶠，懸旌入薊城。埋輪看意氣，攬轡見澄清。雕鶚霜空擊，風雲海岱迎。才華高柱下，獻納在承明。翠幰翻祇樹，深杯別浦蘅。迂疏愧知己，慷慨望君行。天路青霄隔，能無故國情。（以上明郭棐、清陳蘭芝嶺海名勝記卷三）

小金山謁蘇祠言別

相攜同入蔚藍天，金刹玲瓏闢四禪。不盡潮聲流日夜，何來山色抱雲烟。尚疑過櫓驚僧定，共喜聽鐘在客船。更上妙高臺一望，令人猶憶長公賢。（明郭棐、清陳蘭芝嶺海名勝記卷四）

（陈永正整理）

浮邱社懷趙太史

自公多暇此堂開，休沐時時結駟來。金馬故膽仙是客，鐵冠遙出豸為臺。紬書東觀迴君召，寄跡西林憶史才。幽賞雅懷還著我，不知何處望三台。（明郭棐、清陳蘭芝嶺海名勝記卷五）

峽山飛來寺

蘭若諸峰頂，維舟上翠微。細泉流暗壁，高殿敞斜暉。峽險驚濤急，江寒過雁稀。躋攀一北望，似見五雲飛。

古刹懸青嶂，香臺俯白波。十年曾覽勝，今日更經過。僧愛參禪寂，人如遠別何。掛帆從此去，山色晚嵯峨。（明郭棐、清陳蘭芝嶺海名勝記卷八）

過梅嶺

鑿空穿嶠路逶迤，下馬臨堦謁相祠。華國文章鏘琬琰，立朝明哲謝台司。幽州背叛憐先識，蜀道追思悔後時。千載丹青猶炳煥，白雲長護嶺梅枝。（明郭棐、清陳蘭芝嶺海名勝記卷一〇）

羅浮吟

我昔遊滄海，披圖訪名山。五嶽三山常在念，匡廬瀑布相往還。自從轗軻賦歸來，雄劍鏽澀生蒼苔。有時登高縱遠望，臨風感事增徘徊。有客有客山中回，高談四座傾金罍。話我羅浮福地好，千巖萬壑真堪老。蓮峰四百插清秋，烟霞縹緲連蓬島。黄龍洞深猿狖號，鐵橋窈窕嵐霏掃。清泉白石羽人居，隱文秘訣真仙造。丹井猶存葛洪舊，九轉功成飛步早。此中勝事難得知，世上勳名安足道。我來聽此心茫然，層崖疊嶂生眼前。酒酣起坐復長嘯，赤腳欲踏羅浮巔。寒風吹林夜瑟瑟，恍惚如聞卓錫泉。形骸脱略遺垢俗，願入山中結勝緣。乃知富貴徒為爾，黄金白璧終須捐。脂韋磬折事權貴，何如逍遙尋列仙。我歌羅浮吟，請君傾耳意實深。高臺曲池終已矣，翠微丹壁空嶇嶔。寄言宇宙攝生者，好向飛雲頂上尋。（明郭棐、清陳蘭芝嶺海名勝記卷一三）

（陈永滔整理）

鄧于蕃

鄧于蕃，字白屏。明世宗嘉靖三十一年（一五五二）舉人，歷鹽運同知。事見清道光廣東通志卷七四。

登坡山

步入招提訪洞天，鞭羊化石自何年。持來紫穗難克粟，擲下黄金不當錢。羽客臥高三丈日，鯨音驚

動萬家烟。坡山古渡無蹤跡，異代曾聞此涉川。（明郭棐、清陳蘭芝嶺海名勝記卷一）

謁李忠簡公祠

珠宫屹立湧江心，宋相祠前古木陰。異代文章歸國史，千年香火接禪林。清香尚帶寒梅色，久遠猶傳玉翰音。獨步海天遥縱目，依然間氣鬱森森。（明郭棐、清陳蘭芝嶺海名勝記卷三）

厓山吊古

厓山駐蹕此何時，滿地塵氛勢莫支。賴有忠臣同效死，空令戰士盡含悲。慈元廟食依荒島，幼帝行宫傍海湄。感慨興亡堪墮淚，夕陽秋草對殘碑。（清趙允閒等重修厓山志卷七）

（陈永正整理）

飛來寺

幾度維舟傍寺門，欲從飛閣問仙源。殘碑石在曾驅虎，古洞雲深不見猿。上界鐘鳴僧入定，層崖花落客扳援。廿年來往俱陳跡，聊與同心避俗喧。（明郭棐、清陳蘭芝嶺海名勝記卷八）

過梅嶺

重關複嶺削天開，丞相曾經啟闢來。萬里車書通絶域，千秋祠廟倚高臺。雲封鳥道從天下，風響松

濤盡日哀。文獻未亡丰度在，令人臨眺重徘徊。（明郭棐、清陳蘭芝嶺海名勝記卷一〇）

遊南華寺

渡筏先登楚岸堤，南宗衣鉢入曹溪。千尋智海源堪溯，一語風幡徑豈迷。金檢有書傳貝葉，玉繩無影落菩提。當年多少參禪侶，寂寞花邊聽鳥啼。（明郭棐、清陳蘭芝嶺海名勝記卷一一）

（陈永滔整理）

寄劉吏部

曾記龍門御李時，汪汪千頃玉為姿。興來共酌三山月，別去難裁尺素詞。廬嶽崢嶸瞻氣色，秣陵佳麗助吟思。狂余潦倒衡茆下，猶慰雲霄有故知。（明張邦翼嶺南文獻卷二九）

（楊權整理）

梁士楚

梁士楚，字思立。番禺人。明世宗嘉靖三十一年（一五五二）舉人。初授麗水教諭，遷詔安知縣。尋以平倭功遷福建練兵僉事，轉巡視海道，陞貴州參議。著有說木灣集。清道光廣東通志卷二八一，清潘楳元編、譚瑩續廣州鄉賢傳卷三等有傳。

遊南華寺

樓船千里駐清灘，賓從相將禮法壇。出匣靈光生錫缽，登臺佳氣遍旃檀。江留花影諸天静，濤落松聲五月寒。此去萬緣俱息盡，青山隨處逐黄冠。（明郭棐、清陳蘭芝嶺海名勝記卷一一）

（陈永滔整理）

中秋九日得晴字

九十分秋夜氣清，半輪滄海試新晴。東窗漏轉花移影，南浦風高雁有聲。千里美人圓缺恨，一尊詞客古今情。相呼莫厭楓林醉，玄鬢年來祇自驚。

答黄公紹聞倭之作

滄海藩籬徹五城，竹垣荒舍有梟鳴。清湍半飲胡人馬，落日空窺漢將營。豪吏夜呼馮虎嘯，美人春怨帶鵑聲。長纓莫笑迂儒計，試向尊前數甲兵。

懷侯國儲參戎

信陵賓客識侯君，持節南驅萬馬群。晝把烏弓開塞月，夜潛魚陣出關雲。牽衣最喜春風滿，把酒猶驚夜雨分。去日小樓僧未老，琅琅經貝不堪聞。

夜郎道中

夜郎城北控南關，遠俯三巴近百蠻。漢相戰功留赤水，唐人詩思半青山。溪箐宿雨猿應嘯，嶺樹連天雁欲還。同是邊城更愁苦，可堪停轡問民艱。

九日黎惟敬朱石潭鄧雲川湛然上人集朝漢臺

初衣歸隱故山中，出郭風烟迥不同。曲水細分陶徑遠，暮雲低傍漢臺空。高僧機向青山息，上客詞兼白雪工。回首廿年征戰擾，祇餘殘菊對飛蓬。

江潭晚泊

兩岸風花散逝波，共憐孤夢繞江沱。燈前對酒虛鳴劍，海畔傳書尚枕戈。百計術窮詹尹卜，千愁心折鄂君歌。濃烟處處迷芳草，不見王孫奈爾何。（以上明張邦翼嶺南文獻卷二九）

柳枝詞

錢塘堤水繞蘇家，殘雪霏霏點客茶。最是少年尋樂處，小橋深巷柳絲斜。

題朱山人隱居

天畔晴峰斂醉霞，隔溪流水似僧家。蒲團不入遊仙夢，獨繞山城樹樹花。（以上明張邦翼嶺南文獻卷三一）

（楊權整理）

鄒可張

鄒可張，南海人。明世宗嘉靖三十一年（一五五二）舉人。官建陽知縣。事見清道光廣東通志卷七四。

奉浮葛二仙入祀朱明館

五穗城西二玉壺[一]，浮來仙石隱蓁蕪。峰頭皂舄空雲霧[二]，天際鸞笙半有無。井注丹泉流石瀨[三]，鶴乘香篆趁仙都[四]。錯珍不用修清供[五]，直採羅浮九節蒲。

[一] 二，明郭棐、清陳蘭芝嶺海名勝記卷五作「一」。
[二] 峰，明郭棐、清陳蘭芝嶺海名勝記卷五作「巖」。
[三] 流石瀨，明郭棐、清陳蘭芝嶺海名勝記卷五作「森玉樹」。
[四] 仙，明郭棐、清陳蘭芝嶺海名勝記卷五作「清」。
[五] 此句明郭棐、清陳蘭芝嶺海名勝記卷五作「八珍不入祠前祀」。

觀大參陳道襄釣臺捕魚

仙城卜築自疏迂，臺沼烟花類玉壺。少小春江看化鯉，老來秋思卻懸鱸。鮮烹細膾頻供饌，庖有新醅不用沽。一自天雄歸汗馬，蒲輪還到渭川無。

送方元素回歙

夜寒離思妒疏鐘，夢逐梅花雪裏蹤。憐爾中原推倚馬，為誰炎海此登龍。停車已識仙羊石，飛蓋還期白鶴峰。歸去倘成司馬信，好將奇勝寄題封。（以上明張邦翼嶺南文獻卷二九）

（楊權整理）

遊小金山

搖落諸天客夢勞，江湖應念廣寒高。秋來步月聞天籟，夜去鳴鐘雜海濤。蘭槳直須浮赤壁，羽衣猶欲度臨皋。長公不獨雄文藻，盛有風流裨雅騷。（明郭棐、清陳蘭芝嶺海名勝記卷四）

（陈永正整理）

浮邱社懷趙太史

靈境初看紫氣浮，那堪星旆去悠悠。虛堂晝靜琴聲在，野徑苔深鶴跡留。抱郭春輝藏萬樹，長江流水自千秋。最憐浮葛祠前月，轉覺清光上鳳樓。

浮邱景紫烟樓

巀嶭山樓接上台，朱簾高傍紫烟開。丹梯百尺元無暑，玉舄雙留不染苔。劉鋹宫牆飛燕盡，任囂雉堞野猿哀。何如勝地留仙跡，曠世頻迎上客來。

浮邱景挹袖軒

亭回玉樹翠攢空，髣髴層霄五柞宮。鳬舄何年留石磴，鸞笙此夕入簾櫳。消煩漫汲投龍井，解愠還歌挹袖風。欹枕詩成如臥雪，倦從河朔濫郫筒。（以上明郭棐、清陳蘭芝嶺海名勝記卷五）

飛來寺

歲寒絕壁一躋攀，錦石琪花指顧間。法界可能生羽翰，慈雲元自識名山。靜觀侍者調三業，未悟阿難授八環。欲面貞瑶稽往事，篆文積雨掩苔斑。

老來非佛亦非仙，衹學東坡也問禪。忘杖直憑千仞剎，逢人休道古稀年。注巖不涸澄心水，歸鶴猶嫌煮石烟。莫向蓬壺更飛去，此中奇勝接諸天。（明郭棐、清陳蘭芝嶺海名勝記卷八）

（陈永滔整理）

佘國璽

佘國璽，號南塘。揭陽人。明世宗嘉靖三十一年（一五五二）舉人，官如皐知縣。清乾隆揭陽縣志卷六有傳。

宿萬里橋

秋高霞彩類蓬瀛，天外涼蟾一暈生。野牧長歌驅犢返，蒼蒼萬里暮江平。（清乾隆揭陽縣志卷八）

（吕永光、張玲整理）

陳三俊

陳三俊，字澤吾。南海人。明世宗嘉靖三十一年（一五五二）舉人。官連城知縣。事見清道光廣東通志卷七四。

謁李忠簡公祠

嶺表滄桑不計年，珠江風景故依然。孤忠節氣知能幾，一代文章孰敢先。御榻抗言如尚在，梅花詩句至今傳。慚余後學摳衣日，想像高標海國前。（明郭棐、清陳蘭芝嶺海名勝記卷三）

（陈永正整理）

浮邱社懷趙太史

聞道仙蹤自昔年，苔封丹竈久茫然。何期太史來南國，詎為朱明闢洞天。大雅堂高留舄在，紫烟樓

迴射光懸。野人不倦登臨興，遥望台星繞日邊。（明郭棐、清陳蘭芝嶺海名勝記卷五）

（陈永滔整理）

胡世祥

胡世祥，字光甫，號曙庵。博羅人。明世宗嘉靖三十一年（一五五二）舉人。官南曹郎。後隱於羅浮山。清道光廣東通志卷二九一有傳。

朱明道院宴集得飛字

勝境來仙侶，林深日色微。天泉烹野茗，曉露擷山薇。細聽鸞鳳語，還瞻璧玉輝。他時憶良晤，應望彩雲飛。

由青霞過石洞訪葉化甫得龍字

仙人騎白鹿，探勝幸相從。雨過青霞谷，雲深玉女峰。洞簫飛碧落，歸騎出疏松。池藻添新緑，何時起臥龍。（以上明郭棐、清陳蘭芝嶺海名勝記卷一三）

（陈永滔整理）

全粵詩卷三六一

葉春及

葉春及（一五三二—一五九五），字化甫，號絅齋。歸善（今惠陽）人。明世宗嘉靖三十一年（一五五二）舉人。隆慶初年由鄉舉授福清教諭，曾上書陳時政三萬餘言，都人傳誦。遷惠安令，以平賦均田忤權要而引疾歸，入羅浮山築『逃庵』以居。萬曆中起知興國州，入為戶部郎中，以勞卒官。著有石洞集。明史卷二二九有附傳、清溫汝能纂粵東詩海卷二八、清道光廣東通志卷二九一有傳。

葉春及詩，以文淵閣四庫全書本石洞集為底本。

葉春及一

送大司馬劉公晉御史大夫赴南都

且停武溪歌，聽我九罭詩。武溪何滔滔，信宿公將歸。公來靚袞衣，寶劍光陸離。一舉象郡平，再舉龍川犁。選徒獵菑翳，狡兔獲無遺。谿谷盡黍稷，黍稷何祁祁。以我章甫冠，易彼鱗介資。白雉效越裳，明珠耀璇題。吉蠲假烈祖，祝史咸正辭。太常書丕績，濯濯蛟龍旂。輔相肅崇班，專席雄百司。我皇求明德，簡在固所宜。夢卜習休祥，爰立將在茲。耀靈麗中天，寧照一室微。五嶺何崔巍，三水流湯湯。我公肅明詔，脂車戒舟航。樓船邃以廣，宛若飛龍翔。鳴鉦擊鼉鼓，嘈嘈水中央。組練麗且明，旌旆儼成行。舳艫亘千里，豈曰江路長。輕雲承廬室，清風翼帆檣。瞻望邈難及，改轍登高岡。馬上笳吹聲，鐃歌互相望。橫海不足云，伏波詎能方。四牡向北馳，行行至故鄉。置酒朱陵臺，張樂洞庭傍。日出照桑梓，灼灼有輝光。為謝父與兄，簡書不可忘。金陵佳麗地，翼翼帝皇都。宮闕出浮雲，陵寢翔金鳧。貔貅二十萬，錟戟韄雕弧。濟濟鵷鷺群，藹藹王侯居。信哉豐鎬儔，豈彼河洛俱。三條控九市，夾巷羅長衢。古來遊俠窟，白晝驚揚桴。巍巍司憲臺，栢樹棲群烏。盛夏厲凝寒，嚴霜下庭除。豪強莫恣肆，府中有大夫。藜藿誠足採，虎豹山之隅。南以殿長江，北以鞏皇圖。帝載惟汝諧，鍾山且斯須。孔父常栖栖，老聃伏柱史。緬惟兩聖人，委蛇亦入世。珪組豈我榮，冠纓豈我滓。道以神理超，物用玄爨美。先民有遺言，大隱隱朝市。軒轅遊空同，至彼陰陽始。不離黃屋尊，玄珠得赤水。峋嶁有真宅，高館疏峰起。紫芝洵可餐，皇心隆所倚。撫翼摩雲霄，潛鱗媚清池。升沉各有分，吾方從綺里。

送少參歸安韓公兵備廣右兼懷方伯喬公督學劉公

昔余寄薄遊，並公宰閩邑。翩翩丹山禽，千仞亦棲棘。拙劣守故丘，公獨崇明德。建節炎海隅，晤言慰疇昔。昨來祇簡書，忽有西甌役。灕江豈不遙，旬宣美臣職。胡由事攀留，壺漿望如渴。矯矯雲間公，夢寐猶顏色。劉君鄱陽彥，賤子實親識。嶺樹搖心旌，一別雲泥隔。行矣各致辭，努力加餐食。

葉順德報政

我本樗散人，掛官羅浮居。著書豈為愁，屢空常荷鋤。明公來吳徼，政美錦不如。惠我數書札，字字皆明珠。結交有神合，一見言相於。校讐非馬隊，避人類逃虛。本無白雪音，和者衆千餘。絃歌日盈耳，有酒時招呼。君行報天子，吾當歸樵漁。

送周納言之金陵

矯矯銀臺司，金陵氣蔥鬱。策馬晨度闕，萬里懸燕北。彤雲東北馳，縹緲蓬萊色。行者日以遙，居者日相憶。所志在策勳，君行叩閶闔。

伊余倦塵網，寂寞羅浮居。古人日以遠，攬衣起踟躕。雪浪天一方，斯人去已徂。歡愛若夢寐，念此徒欷歔。之子挺南服，行行嗣前車。祇役炎海涯，握手情相於。分飛愴鳴雁，惠我雲中書。如何倏傷别，把酒臨路衢。王命有嚴期，那能立斯須。

壽謝惕齋先生六十

子綦隐郭南，嘘嘘向天雲。先生隐郭北，兀兀窮朝暾。南北豈有擇，今古焉足論。先生孕元氣，妙契無始門。艮背不見已，勵志故絶人。即今六旬周，履此初度辰。乾坤一氣運，旁薄大無垠。大撓何劈劃，坐使干支分。一元十二會，運世如次鱗。辟如一歲内，無夏亦無春。辟如一日内，無丑亦無寅。始終而終始，闔闢而渾淪。此言如不信，請問庖犧君。

送方伯滕公拜大中丞操江

紫陽鬱崔嵬，闕里在南服。武夷似岱宗，沂泗流九曲。五百靈運周，誰哉繼芳躅。芳躅君繼之，黄華翥鸞鷟。伊余昔遠遊，四海莽一矚。賣珠見楚商，玫瑰美其櫝。燕客恣譚天，齊人誇炙轂。驅馬復來歸，彈琴坐空谷。一朝遇知音，並奏絲與竹。何以結同心，願比雙黄鵠。羅浮標粤徼，南海浩無垠。亭亭桄榔樹，三蒙君子恩。昔抱宓生琴，彈向海上村。桑麻被廣野，雊雉滿平原。載登清憲臺，高步紫微垣。陽涯肅秋霜，陰谷回春溫。流聲馥蘭芷，六月化神鯤。飄飄扶搖風，蕩蕩閶闔門。但願居鼎衡，畢力奉至尊。王度日清夷，賤子復何言。岷江何迢迢，萬里朝於海。洪濤翻赤岸，衡霍嶼將殆。神京奠金陵，天塹茲攸在。太祖昔平陳，戈矛白皚皚。樓船喧嘖薄，組練揚光彩。敵克笳吹還，力屈鯨鯢醢。四海今一家，蕭蕭空故壘。昔人戒衣袽，有備乃靡悔。中丞嚴號令，到日旌旗改。南顧憂可紓，洪圖億萬載。

輓鄭烈婦

金塘含綠水，中有雙鴛鴦。朝唼蘋藻葉，夕宿蘭茝傍。驚飛乍抉起，反顧復成行。飄風西北來，吹我東南鄉。雄飛墜毛羽，身殞天一方。雌鳴慕儔匹，啁噍獨彷徨。寧同比翼死，不忍兩分張。閨中有淑媛，姆教夙所將。十七為君婦，衿纓上高堂。十九君見違，呼天絕其肮。君若江上舟，妾似舟上檣。但知隨所往，玄臺共翺翔。禽鳥有至性，斯人詎能忘。我欲永言之，祇恐聽者傷。

題松栢芝蘭圖壽兵憲王公

亭亭天陵松，摵摵大谷栢。寒暑有推遷，柯葉無改易。下有芝與蘭，蔭此條千尺。煌煌媚漢宮，馥馥芳楚澤。三秀玄潤流，九畹香風溢。天地良不疑，物理晚始獲。芝蘭日以榮，松栢日以碩。歲晏君乃知，風林徒策策。

登衡山至雪霽堂雨繼以大風

朝發望岳門，午憩雪霽堂。脫鞅蹔安豫，臨軒盼高岡。巖雲膚寸合，凍雨散微涼。飛簾東北來，沙礫起飛揚。萬竅盡怒號，五峯若趨蹌。詰朝登祝融，天路阻且長。僕夫竊偶語，何如朱與張。皇昊杳無心，造化浩茫茫。陰陽互遷變，倏忽自難量。太和值霧雨，曉日升扶桑。今兹儻不然，孰敢問彼蒼。達人貴大觀，委運固其常。

秋草鶺鴒詩送黄箴卿扶兄櫬歸閩

昔我宰錦田，楚楚見二子。鳳雛出丹穴，藻翰亦相似。天路安足陵，和鳴合宫徵。南方有朱明，積石亘千里。璀然鳳凰居，琅玕滿庭戺。今春振羽翼，翩翩遠戾止。云何中離乖，斷絶春風裏。一雛隕黄埿，一雛痛徹髓。喟彼鶺鴒詩，淚下如流水。

流水涸有時，淚下如綆縻。人生鮮長在，欻若石火馳。朝遊竹素園，日夕寄招提。良朋豈不嘆，友于心獨悲。一號再三踊，欲去還復遲。生者衹自苦，亡没寧詎知。嚴霜瘁野草，孤鳥將何之。

孤鳥思故栖，靈輿難久停。星言夙行邁，賓客皆涕零。啓殯鱷湖汭，進棹龍川汀。陰雲冒廣柳，悲風結前旂。山川脩且阻，日落不遑寧。契闊亦匪他，骨肉弟與兄。昔者為鴛鴦，何意為鶺鴒。感物三嘆息，寤言自拊膺。

拊膺終夜起，徒御皆晨餐。秋風何蕭瑟，百卉盡凋殘。攬涕策素輀，輕旗自飛翻。虎豹夾路啼，哀猿叫空山。我行尚粵徼，何时造閩關。閩關歸有日，逝者不復還。仰視雲間翔，俯看清水瀾。彼此各儔匹，人生多苦顔。孤影誰與晤，躑躅增長嘆。

長嘆徒自傷，倏忽至舊疆。大海跨飛鯨，舉首見洛陽。徘徊橋北岸，嘉樹鬱蒼蒼。此樹令所植，三五各成行。昔我初往時，兄弟倚樹傍。今我遠來歸，舁柩獨傍徨。誰言見城社，憂思若可忘。

憂思不易裁，行行至里屋。忉怛黃髮悲，慘淡白日速。周親盡奔湊，友朋無綺服。痛定前致辭，風霜易感觸。未暇死者傷，且為遊子祝。錦田我桐鄉，鬚髮蓮花麓。而兄老休貞，南北遙相矚。有慟顏喪予，相長吾望卜。沉憂亦何為，明德貴自勖。

與張道人

匡廬有道士，來往無行跡。清晨吸彩霞，日暮煮白石。從余天一泉，披榛弄涓滴。作詩或譏余，未悟畫前易。吾師濂溪翁，無極而太極。

贈別譚見日山人

與子產南海，迢迢隔河津。一朝遇五羊，似我平生親。袖中握靈蛇，各各稱入神。風霜豈不苦，憔悴寧惜身。上帝居紫宮，狂噬何狺狺。娥眉妒不妝，嫫姆充下陳。黃金百鎰盡，志士常苦辛。

苦辛誰念之，短褐信細微。先民詢芻蕘，此道久吾欺。白日豈不光，仰視浮雲馳。風霜日侵蝕，衾被寒共持。朝飲同荊軻，暮宿高漸離。絃促和益寡，無乃郢曲非。忉怛亦何為，惻惻臨路岐。

路岐何遙遙，一步一回顧。脫鞅桑乾朝，挂席河西暮。風雲一相失，悽愴萬里去。漳衛濁且深，青齊廣以莽。駕言適魯邦，再拜宣尼墓。宋桓亦何為，揮斤伐我樹。引領梁甫吟，氣結不能訴。

遠行有以金贐者賦謝

志士思愍死，裸葬官道傍。豈不惜憔悴，為謀當自臧。曰余失前路，適楚臨太行。方愁道邈遠，況復懷盈箱。不見五都豪，白璧黄金堂。一朝赴冥廓，徒使雍門傷。我欲竟此曲，此曲重且長。君不諒鄙人，申之以短章。

飲陳巽卿宅即席賦得帝字

黄公避秦皇，子陵傲漢帝。萬乘彼不榮，五斗吾何利。邇來脱桎梏，麴蘖聊避世。田父尚不辭，況子夙同志。高堂敞華筵，賓客縱横至。日莫飲未休，榕下還席地。杯行不停手，醉臥何足計。昔日習家池，與爾垂千祀。

祁山人遊武夷追送李氏阡即席賦贈

武夷多奇峯，九溪曲相連。窈窕信靈異，虚無儼群仙。昔我遠遊之，枕席生雲烟。朝飲幔亭峯，夕泛駕壑船。忽忽六七載，冠綏為糾纏。脱屣苦不早，白髮將垂肩。君今躡其巔，使我雙淚泫。碌碌復何為，妻子豈難捐。

北風何其厲，遊子不可羈。言指武夷山，歲暮以為期。竭來不入門，去矣亦不辭。平生抱奇氣，頫首還自疑。丘壑與市朝，彼此固有時。君若過五曲，中有雲谷祠。願言搴芳杜，爲我三拜之。泰山久已頹，嗟予將安師。

張公湖海士，載酒官道隅。冠蓋何繽紛，藹藹皆文儒。客行豈不遙，脫鞅還踟躕。開尊藉芳草，門有雙墳俱。借問泉下人，富貴今何如。寄語幔亭君，擾擾不可居。

梅關憶羅浮書屋

去年經此長安路，滿岸寒枝綴香絮。今從此地故鄉歸，幾陣輕風帶微雨。轉頭世事不堪論，白猿洞口愁黄昏。儂家正在羅浮下，欲去攜家臥白雲。

大王莊行

舟泊大王莊，夜飲天津酒。大王泯滅不記名，莊上空餘數株柳。楊柳青青婀娜垂，櫻桃熟時人未歸。當時獻納麒麟殿，今日淹留鸚鵡杯。杯酒沉沉夜將夕，江上茫茫天一色。但恐壺中綠蟻乾，何處為家何處國。

廬山謠答謝潘二子

昔年有仙人，炯炯雙碧瞳。手持珊瑚拂我頂，謂余逴有神仙風。謫向樊籠二十年，清都紫府徒名傳。無由乘玉駟，直至參寥天。傳聞黄庭藏石室，琅玕爲緘金作鐍。便向青崖渡六龍，管教白晝生雙翼。青崖白石連丹丘，雲車羽轂驂蒼虬。濯髮瀑布水，身登香爐陬。同行諸君多意氣，作詩往往來相酬。康樂因為吳會吟，安仁作賦如陳琳。開緘展轉再三讀，重之不減雙南金。鳴椰鼓枻殊未已，此身已在廬山裏。行間倘遇浮丘公，雲中遥謝二夫子。

和梁廣文苦雨見寄

高樓下枕鵝江曲，雄視神州一百六。二水晴分素練明，群山曉望朱旂簇。畫棟崔嵬百丈遥，文窗繡戶接青霄。鳳甍徑度諸侯宅，雉堞斜通學士橋。橋邊宅畔多車馬，趙瑟秦箏連日夜。雖然北市達樓前，更喜西湖注樓下。莊生被辞自雕陵，三日樓居不出庭。息陰解著絕交論，思過能忘閉閤情。憶昔鳩鳴江日暮，須臾覆手成風雨。鴟鳥朝啼水北雲，飛簾夜捲河南樹。世事因知頃刻間，轉海排山不作難。遥想美人隔江浦，望而不見空長嘆。忽傳琬琰來荊璞，感子交情等山嶽。待至天晴旭日升，爲君重泛剡溪約。

荊卿歌

黄金臺高秋草生，白日茫茫空復情。昭王古墓沒長道，漸離擊筑同荊卿。一旦相逢感知己，素車白馬為君死。易水歌聲不忍聞，千年遺恨燕太子。

王憲副招飲梅庵

北風無雲凍欲裂，野人僵臥山中雪。使君清興似南樓，尺書招飲梅庵月。梅花香影落江濆，月華如晝酒初醺。夜闌坐覺禪心長，孤磬泠泠竹院聞。

鄭太守謠

鄭太守，民所依，去年憂水今憂饑。三年顛頞守端溪，民寒有絮飢有糜。坐今闔郡無瘖痍，一硯不持今古師。鄭太守，民所依，願爾朝天及早歸。

送洪將軍參將思州

將軍勇略貫今古，稚子能文君好武。幾年血戰靖妖氛，四海芳聲馳幕府。嶺東昨破岑岡賊，豺狼晝號鯨鯢泣。忽聞詔下調西州，西人舉額東人愁。霓旌月映三江夜，虎帳霜傳八桂秋。君不見樓船昔渡蠻溪漲，銅柱今懸霄漢上。斯人寂寞已千秋，願君早繪麒麟象。

送牛將軍之長樂

將軍寶劍明秋霜，用之擊賊賊走藏。紅光紫氣人莫御，匣中夜夜鳴風雨。涼秋八月鴻雁來，滿城賓客皆奇才。祖行北上金山道，西控循惠東潮梅。日暮長風石馬嘶，雄心對此淚堪垂。客中蟋蟀聊卒

歲，閣上麒麟繪有時。金山石馬皆長樂山

用謝惕齋先生韻壽劉古唐翁六十有一

鹿算龜齡天賜福，豹蔚鸞翔人所欲。赤松不解草玄經，跨鶴纏腰鮮其躅。紫陽磊落繼前庚，五百年來公降生。鳳凰在郊龍在埜，山阜岡陵罔不增。麻姑王母皆誇誕，渤澥漂桑海爲岸。一氣渾淪轉八紘，何者支兮何者幹。億萬長留石室書，漢廷無數馬相如。中元甲子今初起，月到天心水到渠。

初春滕方伯支學憲招飲藥洲藥洲南漢離宫有池今名白蓮池畔有九曜石

南國傳經地，東風應律天。隨鶯過別院，振鷺愧瓊筵。酒氣花間出，歌聲竹外傳。興酣還卜夜，改席向湖烟。

晚入梅花渡，春移菡萏舟。星辰隨棹散，河漢抱尊流。説法龍潛聽，論詩蟻任浮。濟川公等在，吾道已滄洲。

留客平原酒，賢哉二大夫。致身霄漢近，傾蓋古今無。冀北空良驥，關西得舊儒。偶然山澤叟，今夕一尊俱。

蒼池流碧玉，傳是漢離宫。霸氣千秋盡，文軺五嶺通。市槐風轉緑，壇杏雨沾紅。即事成今古，青山滿越中。

何年榆歷歷，隕石越江干。河漢支機遠，芙蓉倚劍寒。堦前藏洞壑，日暮對琅玕。願作周王鼓，橋門擁漢官。

趙太史黎秘書龐太守湛別駕周明府祁孝廉過訪石洞[一]

傲世吾何敢，高情客故來。鳥迎雲蓋入，花近野筵開[二]。種秫常供酒[三]，攀蘿並上臺[四]。惟應漁父笑[五]，桃向水邊栽[六]。

[一] 清黃登輯嶺南五朝詩選卷四、清溫汝能粵東詩海卷二八題作『趙太史黎秘書龐太守湛別駕祁孝廉過訪』。

[二] 野筵，清黃登輯嶺南五朝詩選卷四、清溫汝能粵東詩海卷二八作『草亭』。

[三] 此句清黃登輯嶺南五朝詩選卷四、清溫汝能粵東詩海卷二八作『選勝嘗移席』。

[四] 並，清黃登嶺南五朝詩選卷四、清溫汝能粵東詩海卷二八作『更』。

[五] 此句清黃登嶺南五朝詩選卷四、清溫汝能粵東詩海卷二八作『祇虞漁父問』。

[六] 向，清黃登嶺南五朝詩選卷四、清溫汝能粵東詩海卷二八作『近』。

同趙太史憩玉女峯

蕭散金門客，徘徊玉女峯。風光衹自媚，雲黛爲誰容。蔓草羅裙妒，寒花繡幕重。他時遇簫史，長此憶仙踪。

同趙太史遊飛雲頂

飛雲天不遠，乘輿歲將除。雨凍河山合，風高草木疏。路從千嶂迴，歸及五更初。昏黑藤蘿外，霄盲信不虚。

青霞楼讌集

世遠仍樓在，霜清與客憑。窓間群岫列，堦下一泉澄。簪笏名家舊，壺觴野興增。卜鄰吾已後，悵暮雲層。

厖子講堂與趙太史諸公夜談

霸主離宫廢，名賢講席開。山河移萬戶，俎豆集群材。坐久黄龍幻，談高白馬來。藏書在何處，知有子長才[一]。

［一］長，清黄登嶺南五朝詩選卷四作『雲』。

五雲鳴珮卷爲李雙江博士題

都講鱣重奏，高臺駿始招。千金迎委佩，雙闕倚層霄。露憶金莖近，藜分太乙遙。爾家恩不薄，努力聖明朝。

王母壽詩

王母本仙姬，龜臺爾所司。藁砧一以去，菱鏡遂捐之。歌苦傳黄鵠，名高动赤螭。庭前有叢桂，歲歲發華滋。

飲潘魏叔宅

狂歌君莫笑，偃蹇世相輕。寂寞少年事，淒凉今夜情。深杯甘百罰，明月澹孤城。無限傷心淚，東南祇自傾。

贈合浦耿將軍

金貂分泗國，鐵騎出炎方。百戰闗山苦，頻移帶礪長。海雲高漢柱，嶺樹接濠梁。合浦重淵媚，懸珠夜月光。

高皇思宿將，諸子盡通侯。萬里承家日，孤臣報國秋。雲从江北望，水向越南流。世業看都護，風塵一劍收。

夜至碧山草堂得開字

秉燭到池臺，清尊夜復開。坐驚孟公至，城抱碧山來。密樹搖燈影，繁花艷酒杯。主人投轄意，吾已席莓苔。

潘祁叔正叔沈汝清徐文仲攜酒過訪得林字

故人能載酒，秋色滿楓林。三徑因誰辟，千杯爲爾深。城烏啼夕照，塞雁度寒砧。不憚歸途遠，應憐命駕心。

中丞滕公學憲郭公枉過草堂

蓬蒿欺仲蔚，三徑共人長。駟結風雲入，旌懸日月光。玄經瓿可覆，白眼世相妨。亦是同聲地，無嫌漉酒嘗。

壽潘祁叔六十

吾生後甲子，白髮獨饒君。解帶千山雨，談天一片雲。鳳毛三世業，驥子五花文。何以爲君壽，雙江對晚曛。

送孫使君請告歸檇李

雙轓非不貴，一病竟如何。白璧投人少，青山入夢多。家臨滄海曲，帆挂太湖波。日暮逢漁父，君聽鼓枻歌。

即令躭臥病，何事薄淮陽。伏枕春雲過，開門碧草長。世情增骯髒，吾道付滄浪。却限羅浮郡[一]，無由下鳳凰[二]。

歌鳳狂猶在，屠龍技未施。黑頭方宦達，白眼使人疑。潮落胥山廟，雲深陸相祠。平生懷古意，獨立迥相思。

君豈陶元亮，歸與廑八旬。門前閒五馬，濠上看遊鱗。束帛徵賢日，拖金報主身。古來有道者，不必離風塵。

請告須莊助，還家感漢皇。暫宜草木疏，未許芰荷裳。北海清輝在，東山引望長。憐予多病客，無計起膏肓。

［一］限，清黃登嶺南五朝詩選卷四作『恨』。
［二］下，清黃登嶺南五朝詩選卷四作『上』。

中秋飲潘魏叔亭子翫月得光字

中秋忽已過，明月復清光。玉鏡圓將滿，金尊倒欲狂。東江當戶盡，北斗挂城長。不厭連宵飲，還來索酒嘗。

除夕同郭建初登高士峯明日立春

作吏當周道，登臨能幾何。歲隨今日盡，春向暮雲多。海色連睥睨，山尊對薜蘿。相逢如郭泰，肯惜夜嗚珂。

訪江惟誠華林寺並贈同學諸子〔一〕

廢寺殘僧在，寒燈繡佛親。風塵驅短鬢，意氣向何人。白石南山夜，青尊北海春。古來豪傑士，偃蹇見經綸。

昔人多寂寞，諸子合丘園。薝蔔僧同舍，藤蘿客到門。解衣山雨過，移席野雲繁。爲語張儀婦，吾今舌尚存。

山林諳宿好，君況是同心。倚劍崑崙近，搴帷渤澥深。風巢孤鶴唳，雲壑一龍吟。夜半商歌意，伊誰解識音。

共是金閨彥，同爲寶地棲。龍池今日醉，雁塔異時題。坐石蒼雲滿，開尊碧草齊。前村延暝色，應唱白銅鞮。

〔一〕清黄登嶺南五朝詩選卷四題作『諸子』。

同山人林熙甫父老陳焜諸生陳巽卿陳練遊菱溪五雲山

危石盤空上，諸峯入望低。山連三髻北，雲起五靈西[一]。谷静泉逾響，林深鳥亂啼。採菱人不見，芳草自萋萋。

鹿門吾欲臥，黽组爾何牽。名姓陶公後，登臨謝客前。逢人隨白眼，把酒問青天。偃蹇風塵裏，兹遊益可憐。

彭澤歸元亮，眉山起長公。誰知千載後，今日一尊同。夜色清溪上，嵐烟碧澗中。他年傳盛事，應識古人風。

［一］靈，清黄登輯嶺南五朝詩選卷四作『陵』。

小岞石臺

倚劍孤城暮，登臺萬壑秋。潮平沙岸小，月落島烟浮。白鹿通夷國，黄雲满戍樓。南征斷消息，横吹不勝愁。

訪詹咫亭先生巢雲書院兼呈社中諸友

巢雲高不極，飛閣倚雲開。樹杪滄溟盡，尊前紫帽來。江湖雙涕淚，天地此樓臺。縱有終焉計，能忘國士才。

峭壁倚崢嶸，孤標接太清。莫愁天柱折，遙對雪山傾。曉散扶桑影，寒飄落木聲。伊人看獨似，高士漫題名。

作吏如吾傲，歸耕似爾稀。不因滄海伴，那啓白雲飛。倚杖閒花落，開尊急雨飛。尚書期可顧，宿昔自依依。

惆悵出門去，徘徊流水間。菊花深復泛，桂樹晚重攀。返照孤城斂，寒雲大壑還。明朝羈物役，清夢到柴關。

江潭成獨往，鄉里更多賢。結社東林下，論詩大曆前。山城飛白雪，野寺發孤烟。嗜酒容吾放，何須復種蓮。

同郭學憲歐水部胡計部朱明洞得山字[一]

紫氣關中路，丹丘海上山。抗雲金作闕，吸露玉爲顔。白馬談猶在，青牛去不還。似聞笙縹緲，跨鶴出人間。

［一］清黄登嶺南五朝詩選卷四題作『羅浮』。

郭學憲歐水部胡計部過訪石洞得東字

抱犢鹿門中，蕭蕭日暮風。臥愁聞塞北，立強離墻東。濁酒開三徑，高軒過數公。濟時吾豈敢，愚谷倘相同。

洪參戎和平大捷喜而有贈

喜看君授鉞，一戰净妖塵。鼓吹軍聲壯，旌旗殺氣横。今皇本神武，大將自經綸。休侈封侯賞，男兒合致身。

飛將分符出，提戈奏凱回。裹尸真國士，推轂豈時才。列隊蛇矛動，前驅鷺鼓催。漢庭多寵渥，陸賈是功魁。

同晉江黄欽甫宿飛雲頂

天畔移孤枕，峯頭臥五城。銀河垂地落，珠斗近林横。閩越蒼烟合，蓬萊碧草平。未須愁罔兩，中夜火輪生。

李敬可劉和甫訪予石洞敬可贈詩有卜鄰之意賦此奉答

空山吾獨往，二妙夏能來。雲裏峰爲障，天邊石作臺。澗流風不斷，杯酒雨相催。結屋如鄰並，青溪掃緑苔。

飛雲頂

峰到飛雲絶，晴看赤日沉。露凝雙鬢白，龍起二儀深。積氣連吴楚，啼猿自古今。天門應不遠，乘興欲登臨。

楊明府覲歸

聞道王喬舄，初從帝里歸。承恩天廣大，爲政日光輝。粳稻收殘雨，牛羊下夕暉。預愁丹詔動，畎畝正依依。

長洲

峭石水瀠洄，中流莽自開。山銜落日去，樹擁大江來。繫纜圍青壁，援琴坐綠苔。客途消百慮，曳尾信悠哉。

三月三日同黎惟仁林開先譊梁少仲東庄

別業臨祇苑，芳筵俯梵宮。潮平樓接海，雲起樹浮空。花落高僧雨，風褰少女風。春山正多伴，歸路野烟中。

白雲洞口號〔一〕

洞晚雲隨入，巖秋雨自飛。莫愁霑野席，猶得涴塵衣。歲月吾將老，烟霞興不違。昔年招隱處，叢桂可同歸。

古洞何年闢，長留宿白雲。江山千里盡，風雨半天聞。芝朮堪時徃，壺觴到夜分。依依乘月去，猿

鶴惜離群。[二]

[一] 明張邦翼嶺南文獻卷二七此首題作『白雲洞值雨示何子明』。

[二] 明張邦翼嶺南文獻卷二七此首題作『出白雲洞別何子明』。

病起見菊

名花非不好，濁酒賞應難。可惜籬邊色，猶從病裏看。枝疏風自倚，蕊冷月同寒。莫遣芳菲盡，相留伴鶡冠。

入羅浮夜訪毛聯伯姻家

爲就羅浮卜，言尋木石鄰。野昏惟信杖，林動忽疑人。尉遇灞陵醉，門呼埡澤頻。曲肱如可托，風露亦容身。

贈毛聯伯

毛公元特達，混跡且漁樵。宅接羅浮近，經傳漢代遙。棣華時並重，桂樹昔同招。何日青霄外，從予度鐵橋。

送楊明府入覲

一廛衣茂宰，三接待康侯。雲裏晴看鳥，江邊晚上樓。黃金高漢詔，白雪拂吳鈎。欲問垂綸者，滄浪自釣舟。

題陳明府園亭

背郭名園好，青山帶綠谿。檻花經雨濕，亭樹拂雲低。扉靜隨風掩，林深自鳥啼。寥寥蒼野裏，何異鹿門栖。

朝市違簪紱，林塘傍芰荷。雲歸三徑遠，幔捲四山多。松韻聞琴瑟，花容艷綺羅。更憐門巷遠，車馬少經過。

素練明前浦，蒼屏繞四圍。一亭高突兀，七月尚芳菲。竹覆山扉重，花侵石路微。自憐幽興洽，壺矢夜忘歸。

芳園連梓里，秀色總堪憐。簾上東巖日，窗含妙峒烟。柴桑新植柳，華嶽舊栽蓮。千載王摩詰，空令畫輞川。

句漏洞用壁間韻

巖洞開前代，攀躋屬早秋。蒼龍如可馭，黃鵠復何求。石室餘荒蘚，金書沒古丘。因逢抱朴子，雲雨亦來遊。

昔人乘鶴去，遺洞已千秋。雲向蒼梧過，仙從紫府求。風雷喧碧柳，龍虎護丹丘。未遂幽棲志，空令兩度遊。

壽養晦林翁八十

嚴君金石契，昭代水雲身。種藥曾開洞，栽桃不記春。歌傳黄鵠遠，髮映白鷗新。今日非熊夢，應知把釣人。

送陸川尉上計

最愛南昌尉，能聽单父琴。課農春作伴，種樹日成陰。萬國燕雲晓，千官漢殿深。持將百里考，庶慰九重心。

晚泊彭城

晚泊彭城驛，蒼茫對落暉。春光途裏盡，鄉國夢中歸。事業慚青鏡，風塵換素衣。惟應鱷湖上，閒坐釣魚磯。

阻風女兒港同順德何紫雲嚴從陽避暑大孤神祠酌酒賦詩

繫纜依祠下，開尊向水濵。共憐今日醉，猶是昔年身。風急豚翻浪，檣危燕趁人。烟波正如此，莫負玉壺春。

病夜

臥病畏離群，依依有數君。床窺櫓際月，壇響樹邊雲。泉石膏肓久，形骸世界分。明朝欲登覽，谷寺夜鐘聞。

盤谷人來少，深秋瘴又多。萬山環抱邑，一水曲通河。病起先花發，詩留後醉歌。偉哉欲觀井，天地看如何。

題天池寺步顧東橋壁間韻

誰言鑿混沌，我道本如來。鐘裏千山出，空中一竅開。非同負芥水，可置坳堂杯。欲共南溟鳥，天池數往來。

水接滄溟遠，峯連碧落高。江山酬夙興，天地惜秋毫。茹淡偏宜瘦，逃禪尚覚勞。那堪人世上，終日任風濤。

均州公署獨酌

涼月將圓夜，秋風欲發時。一尊爲客久，雙鬢使人疑。籬菊他鄉老，村梅故國思。那堪正蕭瑟，烏鵲繞南枝。

官舍

官舍千山裏，朋遊四月中。出門蘿石近，旭日柳烟空。蒲荇沿溪轉，桑麻逐徑通。不須解簪組，吾已鹿門公。

卻怪今朝雨，翻憐十日晴。閩山遲去馬，嶺樹候歸旌。愁失張平子，狂多阮步兵。所忻謝軒冕，雲嶠得橫行。

開池

買地成愚谷，開池似習家。移居後春色，猶得及桃花。水引嬋娟入，風連蛺蝶斜。不須到山簡，獨坐待歸鴉。

送王羅江掌教昌化

適越君何遠，梅溪憶往時。蘭舟宵共泛，蘿石月同移。相去踰千里，卑栖各一枝。採蘋因有贈，爲寄子陵祠。

伐樹何騷屑，披榛共苦辛。衣冠秦殿在，絲竹魯堂新。最愛吳山好，無忘處士貧。他年解簪組，相訪粵江濱。

洛陽道中

閉關逢令節，行役度良宵。種秫難療病，爲官易折腰。嶺低西鸛月，橋落萬安潮。寄語淮南桂，深山欲共招。

藩伯徐公子與餞別省中賦得軒字同席顧季狂郭建初

賢達終麟閣，迂疎祇鹿門。世應疑傲吏，名豈避乘軒。明月南樓興，青天北海樽。更逢多麗藻，聊得賁丘園。

題白鶴峯壁

紫府曾通籍，青山每振衣。竭來騎白鶴，清影照江湄。說法龍潛聽，開門鳥獨飛。正憐峰頂樹，今日更葳蕤。

遊黃塘山庄

溽暑辭朝市，言從此地遊。樹深芳徑小，花密石堂幽。野蕨同僧飯，陰崖得句留。分明絕塵想，身外更何求。

何處尋芳徑，西湖一草堂。山從門外合，花近席前香。水榭宜風舞，烟蘿愛日長。況逢支遁在，林下足徜徉。

送南園鄭文學遷榮府教授

吾憐鄭夫子，白首向王門。桃李庭前樹，桑麻海上村。宦情江漢遠，驛路雪霜繁。預想枚乘去，多從賞兔園。

上大司馬劉公二十八韻

聖主今宵旰，明公屬棟樑。黄金燕駿貴，皓首渭鷹揚。氣孕衡山秀，名兼楚畹芳。文章驅屈宋，夢寐見虞唐。白簡傳三殿，彤弓出上方。瘡痍蘇諫草，蔽芾頌甘棠。牛女連閩海，江湖帶豫章。伏波元矍鑠，安石豈清狂。百粤連天險，諸蠻莫陸梁。皇威宣節鉞，父老走壺漿。兵洗羊城雨，氛消象郡霜。奇勳班定遠，殊錫漢明光。才本兼文武，銘終耀鼎常。腐儒憐偃蹇，作吏藉包荒。社樹徒樗散，冥鴻耻稻粱。賦常思栗里，澤敢擬桐鄉。幸不江魚葬，寧論市虎傷。虚名慙薦剡，初服戀荷裳。官拙妻孥嘆，囊空僕從亡。爲農依石洞，晞髮向扶桑。愚比生駒谷，人嗤處燕堂。自來甘尚白，誰復顧飛黄。幕府籌多暇，瑶椷喜不忘。登樓瞻庾亮，伏櫪遇孫陽。望繫三朝重，光懸紫極旁。風雲趨鳳闕，劍珮入鴛行。南紀恩波濶，中興德業昌。濟時公等在，吹笛任滄浪。

奉送御史大夫少司馬吳公晉大司空還陪京三十韻

天地昌堯曆，朝廷重禹謨。星光迴八座，氣色動三吳。遇合明良早，賢稱父子俱。名高烏石雋，宦達白門趨。化育覃甌駱，旬宣浹汴都。後先元濟美，歇歷盡亨衢。開府湘山近，揚旌楚水孤。奇勳標八桂，重鎮扼蒼梧。烽火欣全熄，壺漿望已蘇。武功銅柱勒，文德鐵橋敷。油幕歌旋凱，楓宸喜獻俘。兩朝心並赤，三世錫偏殊。謝砌蘭爲玉，王庭樹是珠。承家恩浩蕩，報國力馳驅。運屬夔龍會，誰其稷契徒。九重來紫詔，三輔叶黄圖〔一〕。官應天喉舌，才充國瑾瑜。上公新劍履，高帝盛規模。旆引鍾陵月，帆飛粤海凫。笑余三作吏，垂老一潛夫。自解閩疆綬，長甘谷口愚。豈知青眼顧，能及涸鱗枯。禮數光蓬蓽，形骸略散樗。副書慙石室，浪跡托江湖。生事惟餐菊，浮名任守株。雲泥俄隔絕，岐路獨踟躕。禮樂酬明主，文章起大儒。調和憑鼎鼐，盤錯别昆吾。公且圖麟閣，吾將老釣艫。故山芳遠志，不必問長途。

〔一〕「圖」字原缺，據清羅學鵬廣東文獻三集卷七補。

鄭端州邀星巖登高因之泛湖陳潯州在焉賦得仙字

作賦三秋客，登高九日筵。寒蛩啼草露，雲雁下江烟。洞窈層城外，山浮積水前。金箱圖五嶽，芝闕儼群仙。太守庭多暇，邀賓席屢遷。朝登松閣靜，夕返桂舟牽。簫鼓中流震，樓臺落影懸。殊方黄菊節，萬頃白鷗天。棋拙逢勍敵，杯深怯老年。鶡冠吾自放，鵬路爾俱騫。良吏雙聯璧，酣歌獨扣舷。醉非風側帽，歸愛月隨鞭。何必東籬酌，王弘有酒錢。

蔣公子訪予石洞賦贈

公子翩翩者，雲霄鳳一毛。西園讌方罷，東郡興逾豪。汗血駒千里，鳴陰鶴九皋。嚴君循吏傳，別駕呂虔刀。學禮趨庭暇，尋山策杖勞。捫蘿天路近，度澗谷風號。金籙群仙祕，神房萬木交。相求來石洞，列籍俯春茅。豹隱嗟吾老，鵬摶見爾曹。他年倘相憶，南望嶺雲高。

李侯甘棠遺愛卷代作

李膺仙舸發，西泛錦江烟。五載鳴琴日，三春卧轍年。桃花霞片片，棠樹月娟娟。入蜀惟孤鶴，攀劉衹一錢。棘深鸞鳳地，草綠犬羊天。白帝江聲合，烏蠻棧道連。文翁翻教授，夫子與周旋。雲路看騏驥，山城聽杜鵑。魴魚慙國士，螢火衹殘編。誰念龍門客，臨岐意惘然。

奉送吴郡黄公參政雲南二十韻

文學三吴彦，都俞四岳臣。得師聯偃室，謁帝契虞隣。起草揮彤管，含香入紫宸。漢宫懸日月，燕谷變陽春。樹引雙旙出，符分百粤新。羅浮齋舍裏，滄海驛樓濵。虎渡洪河歲，珠還合浦辰。牂江來萬里，憲府據要津。使節東西重，仁恩雨露匀。氣銷銅柱肅，詔下玉階頻。豈爲昆明戰，翻勤社稷身。碧鷄聊按轡，丹鳳待持鈞。澤憶莘耕老，霖思版築人。九重資密勿，四海盡調均。交合夔龍會，才疏鹿豕親。孫陽憐騕褭，魯史感麒麟。高誼魚投水，情深蟻泛醇。鶴峰閒白晝，鵬路羨青旻。去去雲泥隔，栖栖洞壑貧。如蒙幽側問，莫道有垂綸。

奉送林使君捧日瞻雲詩

謁帝趨雙闕，寧親入七閩。鶯歌聞上苑，龍劍躍延津。日月開黄道，乾坤繞紫宸。漢金增秩貴，晉馬錫侯頻。辭陛龍顔喜，登堂鶴髮新。璽書輝兩序，壽斝獻千春。客聚三山彦，家如萬石淳。雲霓看五嶺，雨露切青旻。驛路花爭錦，溪橋草繡茵。東征應作賦，關吏候蒲輪。

登太和山南巖霧雨連日披而出遊賦十四韻

北極森群帝，南巖擅一宫。路從鵬翼過，門撼鶴巢通。金闕斜臨壑，瑤臺迥架空。摩天依翠壁，拔地逼蒼穹。馳道緣崖轉，雕欄跨磴雄。披圖留漢時，鞭石笑秦功。玄圃崑崙外，神仙渤澥東。無心來楚望，有意訪崆峒。霧隱千巖紫，嵐遮萬樹紅。栱雲連藻井，檐雨濕簾櫳。柳絮平鋪雪，楊花不受風。槎疑銀海上，人似玉壺中。彷彿清都近，飄飖倒影窮。始知遊混沌，何必問鴻濛。（以上《石洞集》卷一七）

全粵詩卷三六二

葉春及二

答陳別駕

勞人州郡心應苦，賴有雲巖北倚城。石削芙蓉窗裏見，劍横星斗水中明。行常五嶽藏雲笈，家住三山想玉京。願以佩刀酬聖主，莫將蘿薜勝簪纓。

答從仁齋

刺桐春滿百蠻天，開府雍容訪道年。入幕偶逢滄海客，傳書還得紫苔篇。疏簾弈對嵩臺雨，照乘珠投石洞烟。千丈天河掛緑水，九華秋下豫章船。

浮丘爲趙潄陽太史賦

霓裳日侍黄金殿，炎服誰開白玉京。萬里風雲雙鳳闕，三山宫觀五羊城。天空環珮朝聞鶴，月到松篁夜聽笙。清淺蓬萊真瞬息，請看東畔海潮生。

五羊舟中與譚永明感舊

同舟潦倒說燕京，墮淚東南去國情。易水悲風疑短劍，薊門寒雪負長纓。十年叢桂劉安賦，一片飛花陸賈城。老驥未須憐伏櫪，江湖容易白鷗盟。

奉送遡川楊公按察滇南

當年繡斧粵東來，海色三山瘴癘開。玉笥雲霓天下望，羅浮旌節嶺南回。碧鷄自著王褒頌，駿馬高懸郭隗臺。況是昆明休戰鬬，漢廷終仗濟川才。

題徐孟晦綠陰草堂

高臺野色倚招提，有客乘春一杖藜。湖瀉琉璃平楚外，山開錦繡曲欄西。培風南海鯤鵬起，落日東林虎豹啼。賦就自堪逢漢主，他年回首白雲棲。

端陽前二日宗陽約遊西湖同遊葉韡夫嚴體恕姚抗之姪孫世俊得堪字

畫舫年年泛蔚藍，三閭空自放江潭。聲聞鼓角千家盡，影落樓臺一鏡涵。漁父醉歌還鼓枻，故人衰暮喜投簪。且將酩酊酬時序，中散從來七不堪。

姪孫世俊置酒第一樓同席潘李諸子得樓字

城上巍巍第一樓，樓前山水勝南州。隔窗千嶺當樽盡，捲幔雙江入檻流。燈火少年空白首，余少年读书于此。酒杯長夏有清秋。高陽家謙交親並，一醉暝烟散百憂。

姪孫世儀將母永平省覲

白草黄雲出塞難，而翁今戴鵕鸃冠。趨庭月照關山迴，將母風連驛路寒。北望桔槔低朔漠，西懸鳩鵲見長安。鬭鷄且莫隨諸少，東郡詩成好寄看。

送姻家韓伯聲之任桐栢

朔風楚水度征鞍，詩傳于今又姓韓。月裏梅花千里梦，雪中桐栢一氊寒。談經鱣自清淮出，高臥龍曾此地蟠。聖主好文過漢帝，賦成早晚入長安。

奉陪中丞滕公學憲郭公登白鶴峰同賦

昔賢遺宅懸千載，此日高旌到二公。人去碧山空有鶴，興來彩筆総如虹。晚搴蘋藻春雲裏，醉倚蒹葭暮雨中。今古重傷回首地，幾誰飛閣坐層空。

暮春端州鄭使君招飲七星巖

芳甸春遊散紫烟，使君五馬鐵連錢。石舍樓閣諸天近，水匝蓬萊列宿懸。陰洞雨來龍自語，寒城鐙亂騎初旋。故山猿鶴應愁思，滿地江湖且歲年。

初夏鄭使君招飲七星巖

端州城北有崧臺，臺下千秋石室開。倚檻牂牁來萬里，攀蘿星斗近三台。蛟龍夏蟄群穿窟，鸚鵡風林數舉杯。受簡焉能今白首，賦成人羨大夫才。

李廣文署夜談

十年苜蓿吾憐汝，客舍端州喜屢過。白雪江湖知己少，青氈天地悞人多。春回門下看桃李，日暮尊前對薜蘿。痛飲忘形誰得似，鬼神何處且高歌。

丁亥生日

少年結客五陵遊，老去虛疑是故侯。鏡裏春隨蒲柳變，尊前寒伴菊松秋。四方白髮羞弧矢，三徑青山有菟裘。稱意不能過半百，祇應吾道付滄洲。

宦蹟流芳卷爲鄭端州乃祖題

聞道南州作尉時，青袍白馬更多髭。三年始信輿人誦，百里空留漢吏祠。漠漠水田春日晚，飛飛野雉夕陽遲。祇今惟有西湖月，長照汪汪萬頃陂。

匹馬翩翩白面郎，彈冠曾入趙佗鄉。恩深展驥官非薄，最奏棲鸞鬢易蒼。一代芳名存汗竹，千年遺愛在耕桑。萊公祠下西湖水，長拂春風白里棠。

椿萱三壽卷爲端州鄭太守題

曾向炎蒸載石還，即看飛鶴下蘭巖。朱輪接武同西漢，白首移文異北山。玉樹遠輝庭下彩，瑤花長映鏡中顔。祇今南國思公子，遥望群仙霄漢間。

同鄭使君遊七星巖

青山如戟倚雲霄，仙去巖空鶴可招。蜃市氣澄金闕出，龍宫雲閟玉書遥。風生桂楫時呼酒，月冷松門夜聽簫。濟世正憐公等在，且謀生計向漁樵。

同王兵憲登崇熹塔

九級凌空酒並呼，憑欄回首見仙都。珠光夜半全輝映，金碧雲中乍有無。江注銅標蟠地遠，山連珠海入天孤。滄桑忽漫悲塵刼，擬向支機問白榆。

華墩清隱卷為羅氏題

愛爾茅堂背郭開，古墩芳樹逐行來。窗含白雪詩千首，門遶清溪酒一杯。歲莫五峰供伏枕，天長孤劍伴登臺。夢餘康樂今何在，草滿池塘首重回。

二瑞詩和劉開府

越裳東築受降城，回首長鯨蹴浪行。非霧遠含崧樹曉，斷虹先報峽山晴。風雷一駕黿鼉窟，日月雙懸驃騎營。聞道光華歌聖世，將因並入管絃聲。端州慶雲

虎牙高建趙佗城，閃日旌旗拂雁行。蜃湧樓臺雲欲起，烏知鼓角雨先晴。劇乾並逐花間閣，聞喜群飛海上營。春色上林好相待，簫韶同和鳳凰聲。穗城靈鵲

送蔡禎啓歸端州

千盤風雨落高秋，有客能逢桂樹留。碑鐫夏王生綠字，書傳周史擁青牛。洞中列籍澠爲酒，海上名山石作樓。明到星巖楓葉下，扶桑東望是丹丘。

送柯廣文先生赴建陽

傳經雪色滿羅浮，桃李陰陰出郡樓。銜鱣晚占卿士服，啼鶯春伴孝廉舟。家臨龍穴三山近，水到虹橋九曲流。千載方塘雲裊裊，爲將蘋藻寄滄洲。

題沈叅戎風木圖

萬家蔥鬱太湖濱，佳氣吳閶疋練新。過眼千鍾懸鸖雀，傷心高閣畫麒麟。天空落木蕭蕭下，歲暮長

空淅淅頻。有客覽圖愁獨立，因君回首淚沾巾。百歲光陰隙裏過，悠悠天地竟如何。驚看逝水奔流易，忍見飛雲出岫多。漫説千鍾酬罔極，誰憐三釜嘆蹉跎。懸知大孝終身慕，愁絕為君賦蓼莪。

甘棠遺愛卷為李明府題

舄舄飄飄向碧空，楚天西望楚王宫。峰高白鶴千家雨，峽静黄牛一笛風。到日瀘川迎五馬，他年碣石看孤鴻。羅浮萬樹梅堪折[一]，曾有棠陰滿越中。

[一] 堪折，清黄登嶺南五朝詩選卷四作「花國」。

和沈參戎曉發望平海韻

候吏雞鳴報曉程，角聲初散遠烟横。追風萬馬聯鑣度，照日雙龍出匣明。大海陰雲低幕府，亂山孤戍入前旌。將軍按塞還能賦，願以鐃歌答太平。

逸史留芳卷為保昌吴令乃翁賦

忽漫青牛紫氣來，關門令尹自仙才。天空漢闕雙鳧下，日落湘山一雁哀。白雪調高空黯淡，朱陵洞杳没蒿萊。少微寂寞休回首，列宿光今接上台。

九日高士峯讌集

傲吏名山不厭遊，況逢佳節更悲秋。浮雲曉向千峯散，落木寒臨萬壑流。海上樓臺澄蜃氣，樽前鴻雁起邊愁。腐儒歲晚真何補，欲向滄浪買釣舟。

作賦兼隨漢大夫，更憐葉縣有飛鳧。深秋我飽青精飯，避世誰藏白玉壺。老去風塵雙鬢改，晚來砧杵一城孤。莫辭此日樽頻倒，愁見當年角夜呼。

同祁山人登高士峰

城畔群山亦不遙，縣齋終日對岧嶤。登臨白幘還高士，海國青天自暮潮。南浦佩環心欲折，北風樽酒鬢隨飄。朱明石室同遊地，松桂因君問寂寥。

豐谷道中洪子頤邀飲分韻得涯字

洛陽谷口自逶迤，雲木蒼蒼滿古祠。宅近青山微有路，潮來滄海浩無涯。窮愁短鬢先秋色，落日青樽對晚颸。澤畔相逢容易醉，肯教漁父向人疑。

金陵懷李宗陽赴襲

金臺迢遞塞鴻邊，君去繁霜正黯然。憶我定攜燕市酒，與誰同醉薊門烟。鐵衣天上承恩早，玉殿雲中入夢偏。明到都城興非淺，開襟應待小春天。

寄劉玉汝

嚴君交誼薄雷陳，兩世金蘭分最親。袒褐幸逢明主聖，綈袍遥憶故人貧。鄉園鼙鼓秋來急，村郭蓬蒿雨後新。生計蕭條非獨爾，題緘南北共傷神。

送姪男兆備兵寧紹

滇池節鉞回三殿，横海樓船壯四明。虎旅舊傳君子陣，鯨波今為聖人平。天清蜃氣通蓬島，霞起鸞標見赤城。自合尋仙求大藥，東夷無用請長纓。

建旄分府領諸侯，萬壑千巖亦勝遊。山削芙蓉常帶雨，寺藏松桂不知秋。青春草滿嚴陵瀨，白露潮生范蠡舟。若到東山一回首，須知小謝最風流。

元旦

去歲今晨皇極殿，龍飛寶幄靜朝鞭。垂紳曳佩此何處，伐鼓椎鐘異往年。草色漸輝閩海日，柳條遥美薊門烟。傳經抗疏非吾事，漫説仙郎白玉篇。

穀日登盤谷巖樓諸生同遊言巖西南有芹山觀舊址乃白玉蟾脩煉之所遂往尋之席地復酌

高樓穀日歡同賞，弄柳攀梅又此時。開歲斜川誰共往，暮春沂水爾何遲。年豐緑蟻隣能續，谷煖黄鶯樹屢移。滿眼物華喧勃勃，即看巖壑迥多姿。劇遊芹觀貪尋歷，度嶺穿林坐翠濤。山裏杯盤吾自放，鏡中冰雪鬢何逃。路難時欲辭朱紱，洞窈春應長碧桃。惆悵暮雲堪酩酊，古原斜日满蓬蒿。

舟中抱病遣怀

抱病東還望不孤，羅浮回首見清都。膏肓自信為泉石，雨雪誰堪載道途。伏枕夏雲生几席，觀濤秋色满江湖。丹砂未就頭先白，葉县何因舄化凫。

葉韡夫李宗陽攜酒見訪

城上陰雲靜不開，為誰攜酒到蒿萊。醉騎白鶴昏鐘迥，書付青鸞暮雨來。垂老幾人還躍馬，狂歌孤劍更登臺。亦知逃暑同河朔，倘許明朝盡我杯。

霧雨至太和宮俯視一氣咫尺不辨

五日陰雲鬱不開，千崖蕭瑟氣悲哉。祇憑客子青藜杖，拄到仙人白玉臺。萬里風摶天柱動，百靈濤湧雪山來。俱言石洞堪龍臥，不遣荊南駕鶴回。

靉靉浮雲滿九關，帝宮祇在紫微間。雨沾萬國看龍變，霧匝千巖隱豹斑。駿骨已知輕郭隗，蛾眉何復妬麋山。具茨咫尺襄城道，牧馬寧虛七聖還。

質明謁帝期雨亦往忽然晴朗遂得遍遊

天門初日照扶桑，霧捲千峯見八荒。遂使衡星朝玉帝，始知遇雨異秦皇。山連瀛海三神出，水劃中原萬里長。霽雪開雲俱往事，丹梯南望迥蒼蒼。

登太和山

縹緲靈光信有無，秋高天柱倚踟躕。雲扶漢畤藏仙籙，天福燕京護帝符。宣室席前憐賈誼，茂陵書就愧相如。悲風落日增蕭瑟，極目中原一雁孤。

玉梯矗立碧天愁，金殿高懸萬壑秋。坐擁龜蛇神北極，地分龍虎壯南州。衡廬半逐炎荒落，江漢雙環太嶽流。更有蓬萊雲五色，氤氳長傍帝鄉浮。

過虎巖訪不二上人

一龕高傍虎巖棲，爲訪東林到虎溪。轉後三車空貝葉，悟來双樹失菩提。雲間玉麈秋相對，鐙映金輪夜不迷。天籟聲中聞軟語，依依涼月曲欄西。

林均州招飲滄浪亭席上口占同席王楊兩孝廉余門人東官黄于廣

路迷江漢百愁生，亭入滄浪一棹輕。鼓枻偶聞漁父唱，濯纓寧比使君清。層崖雨過芙蓉濕，曲岸烟開翡翠明。塵滿素衣歸未得，石泉空負故山盟。余石洞有洗耳泉。

送廖大夫解綬歸閩

石洞歸耕臥白雲，幔亭招隱又逢君。舉杯閩越飛鴻遠，把袂江樓比翼分。塵世幾回傷按劍，北山無復更移文。他年相訪漁樵地，九曲溪邊對夕曛。

寄吳一庵別駕

我從西粵罷彈琴，君賦東征返故林。轉眼江湖雙白鬢，側身天地幾同心。逃歸實就羅浮卜，悵望時爲梁甫吟。莫怪虞卿輕去國，著書元不爲愁深。

元旦同梁懋孚葉思叔冒雨遊湖是夜風雨大作隨波達旦

元日今年雨不絕，玉壺畫舫興何豪。城邊暝合青山失，夜半風鳴白浪高。咫尺樓臺藏洞壑，參差鐘磬出林皐。明朝祇在沙鷗畔，凍草寒雲共羽毛。

赴西粵投檄祁在德崔子玉送至石門

爲漁湖海昔同盟，回首風塵此濯纓。十日平原生夜色，一帆春雨見交情。蒼梧愁聽湘妃曲，五柳空高處士名，聞說淮南堪臥理，梁鴻早已去西京。

訪曾明吾

爲誰掛席趨炎海，忽爾穿松到夜闕。滿眼交遊吾白髮，側身天地此青山。蛟龍濤浪秋仍壯，鳥雀園林晚獨還。偃蹇尚憐叢桂内，他年寒色共君攀。

題白鶴山房

主人茅堂秋瑟瑟，留賓栢塢酒常開。山空白鶴何年去，日暮流螢隔幔來。池草世傳鸚鵡賦，海門東瞰鳳凰臺。黄金白髮俱塵土，鷗鳥從君幸不猜。

遊海隅山[一]

海上雙峰鏡裏開，芝城宫闕亦蓬萊。九江秀色東南盡，三峽濤聲天地來。薄暮魚龍喧鼓角，中流日月隱樓臺。滄洲吾道真堪付，漁子帆檣共往回[二]。

[一] 清黄登嶺南五朝詩選卷四題作『隅山』。

[二] 共，清黄登嶺南五朝詩選卷四題作『日』。

贈鄭叔異

谷口風流有子真，故園松竹晚逾親。綈袍曉帶烟霞色，蓬徑秋兼芋栗貧。下榻郡齋清漏永，傳經幕府絳紗新。翟公門巷羅堪設，載酒時能訪野人。

送祁馬石赴京

燕臺俠客日相將，走馬曾遊易水傍。明月逢人常按劍，白雲何處不飛觴。行邊駿骨黄金重，到日鶯花紫陌長。卜築茅溪憐愛弟，為誰春草賦池塘。

送葉韡夫赴京

燕京宫闕倚雲開，君去重登郭隗臺。千里驊騮元道路，五湖鷗鷺自徘徊。天涯公子思芳草，海上懷人寄折梅。卜築正憐羊仲在，幾時松菊賦歸來。

酬梁少仲見寄

不見經年梁少仲，東園禊飲使人思。風回寶刹潮生處，雨過銀塘客醉時。病起忽來青鳥使，緘開重見白雲詞。清秋擬鼓扶胥柁，爲爾同攀桂樹枝。

寄歐楨伯

故人薄宦滯燕京，尚憶江都悵别情。三徙不離秦博士，六經空對魯諸生。西山晚映青氊色，北闕誰同白雪聲。朝罷九衢寒漏永，可能清夢到朱明。

銅嶺弔古熊飛故居

千峰天畔簇旌旗，想像勤王轉戰時。故宅有基巢水鶴，空山無廟薦江蘺。悲風松栢人何在，落日壺觴我不辭。滿地屬鏤無處死[一]，扁舟生計學鴟夷。

［一］屬，清羅學鵬廣東文獻三集卷七作『钃』。

留別陳輔德李敬可

澤畔行吟晚有君，天涯不復嘆離群。高齋實下陳蕃榻，對酒重論李白文。醉後旗峯當面出，別時銅嶺一溪分。亦知會合離非久，佇望那堪日暮雲。

歸羅浮

軒車十載走風塵，靈境歸來學隱淪。猿鶴隔林如識主，峰巒當戶似窺人。紫蘿尚拂遊時路，白髮慚非洞裏身。結屋已連南澗曲，移文休擬北山神。

七夕

屢將時節客中過，今夜雙星又渡河。天上佳期應有數，人間歡會苦無多。合離不定橋邊影，巧拙何心杼裏梭。我亦年來解玄理，卻憐塵世尚蹉跎。

重陽後一日梁懋孚約遊北山

侵晨共到寒山裏，薄暮扁舟入晚陰。黃菊獨憐今日醉，白衣偏稱故人心。經年始得歸蓬舍，野性從來在竹林。不是重陽能補會，那逢樽酒滌煩襟。

閒居

逐逐炊烟故不除，䖏䖏鷄犬伴閒居。鼠肝蟲臂勞天地，鳳矯龍盤接里閭。作粥每尋長白寺，閉門空著太玄書。傍人莫笑揚雄宅，紫府清都是我廬。

窮巷回車本自偏，田家猶喜石堂眠。立錐近市非無地，抱甕林山尚有園。棲共鷦鷯資一樹，亂聞豺虎遍中原。傷心此日緣何事，愁聽孤城角夜喧。

金陵寄內

畏途牢落已忘機，舊學荒涼嘆昨非。覽勝欲尋白鹿洞，題緘寄與樂羊妻。田耕遲腳天常旱，粟盡瓶中我未疲。正賴宿瘤將歷齒，莫教歲暮泣牛衣。

金陵悵望纔烹鯉，玉帳遥聞已夢蛇。翟令無錢猶養女，劉公有約好為家。乾坤委蜕人何與，緩急由天我未嗟。不學向平畢婚嫁，浪遊聊御白羊車。

賞姪丈兆菊

儂家小阮碧欄杆，移菊梁園傲歲寒。已有郢人白雪曲，那愁陶氏黃金盤。疎枝曳曳凍漸解，密蕋滴滴露欲團。我會呼兒醉堦下，何須載酒東籬看。

和劉古唐翁論學詩

春陵一竅在圖先，挈領提綱曠世賢。悟後洛陽歸自別，熟時關内夜應眠[一]。憐蛇憐蚿情俱失，逃俗逃禪見各邊[二]。動静無端惟此理，是誰參透大因緣。

未發之中不是先，一齊穿紐幾前賢。回三未解揮戈舞，吹萬何妨隱几眠。朱陸異同俱有説，周程風月迥無邊。明珠欲得惟滄海，卻恐求魚向木緣。

[一] 内，清羅學鵬廣東文獻三集卷七作「後」。

[二] 邊，清羅學鵬廣東文獻三集卷七作「偏」。

夢中作

第一樓中静晚濤，忽聞仙樂下雲旓。青蛇舞共南天遠，黄鵠飛連北極高。萬里長江堪屬目，百年佳興獨揮毫。元精飽食朝霞氣，老婦無勞唤濁醪。

不寐

露下天空秋可憐，高樓明月倍娟娟。一株桂影江湖上，半夜鐘聲霄漢邊。玉壺擊碎笑今日，金鬫攀援思往年。慷慨勞歌不成寐，揮衣起舞雙龍泉。

奉送按察馬公治兵河東

太行北望鬱嵯峨，建節人傳馬伏波。憲府山川雄魏國，油幢霜雪下汾河。漢庭久擬三旌待，晉史徒誇五利和。玁狁祇今須薄伐，期君出塞擁雕戈。

除夕前二日武昌孫大守李別駕韓司刑置酒黄鶴樓席上口占

欲乘黄鶴鶴不來，黄鶴仙人安在哉。雪飛樓閣客腸斷，歲莫江湖老鬢催。蝸角誤我葛洪洞，駿骨欺人郭隗臺。澤上那能歌獨醒，爲君一飲三百杯。

挽東泉李將軍

漏盡鐘鳴罷曉籌，飛將軍不待封侯。樓船泛海五千里，斧鉞成家六十秋。玉樹西風愁裏折，寶刀南斗匣中收。傷心兩世交遊淚，嗚咽真同隴水流。

直沽

復泉衞水還歸海，吞吐漕渠是直沽。秦漢黄河非禹跡，幽燕紫氣本皇都。舳艫歲轉吴江遠，日月天回碣石孤。莫問淒涼元季事，古今形勝仗訏謨。

憶祁仲繩

河上遊絲晴裊裊，憶君尊酒惜年華。西樵松桂還秋色，北闕風塵自暮笳。落日帆檣惟縱飲，避人江海且爲家。憂時寄遠俱無賴，腸斷朱明一片霞。

懷梁僉憲

晝戟青驄柏府尊，致身霄漢自高騫。途泥愧我惟孤劍，歲月真誰可並論。天地祇今長閴寂，酒樽何日共黄昏。東南鴻雁來應少，目斷羅浮海上村。

蠡湖道中

蠡湖燈火杉篁夜，疋馬寒嘶萬木中。明月正懸淮上鏡，怒濤先到澗邊松。干戈滿地風傳角，堞壘連天野燒空。奔走不堪鴻雁裏，豈緣行役限西東。

登飛來寺

峽東湞江静不流，深藏紺殿對江幽。玉環洞杳風生樹，金鎖潭空月滿舟。帝子南來山竹裂，仙人東去縠亭留。少年彩筆頻經此，捧檄重遊笑白頭。

臨湘驛憶曾明吾

草際微凉過雨初，懷人山月到庭除。雲長漢北隨鴻雁，水滿湖南斷鯉魚。芳樹晚留逋客駕，皇華秋憶使臣車。菟裘暫别吾將老，前席須君侍禁廬。

元日學憲李萬卿同男兆姪見過

歲歲柴門長緑茵，少城元日到何人。忽傳車馬填三徑，旋拂杯盤薦五辛。淝水阿玄新錫命，玉堂太白舊詞臣。故人一去雲霄迥，惟有春風伴葛巾。

贈陳養齋

梅生去國愁吳市，三徑君恩此亦饒。白髮有時麋共往，青天無伴鶴堪招。惟將涕淚酬先帝，實見弓旌下聖朝。藜藿豈遺堯舜世，江湖容爾許由瓢。

酬周玉虹見示閲師之作

見説周郎昨閲師，蛇矛壘壘羽林兒。承家斧鉞今投筆，横槊江天自賦詩。關塞幾年啼虎豹，乾坤何處不旌旗。衝星匣劍啾啾動，悵望雲峯暮有思。

贈别周玉虹

獨客深杯始爲君，夏堂風砌夜論文。山園官舍雲時入，水滿江樓袂忍分。舊賞雨花愁樹樹，並飛沙鳥故群群。共來閩海頻傷别，細作音書寄鯉聞。

送周玉虹至江口口號

欲别未别梅溪東，千山萬山相映紅。狎人鷗鳥漫多思，背日旌旗來晚風。世路杯酒共爲客，海國音書愁遠鴻。南天聚散衹雲水，莫惜醉繫蒹葭中。

期訪陳養齋因事不果詩以謝過兼爲後期

避暑期君水竹居，濠梁雲靜看儵魚。溪行棹擬衝鷗入，野酌瓜憐帶雨鋤。無奈冠裳羈叔夜，不緣消渴阻相如。高情陳榻今應下，三五休懸待望舒。

贈陳太僕北上

兩朝執法太微臣，繡斧雲霄早致身。嶺險昔年殲虎豹，閣開他日畫麒麟。驅車曉帶金陵月，到闕長依玉座春。調鼎宅揆真有待，須知崧嶽爲生申。

周王此日思周道，伯冏還應作僕臣。豈爲渥窪龍驥好，欲令雲錦渭河新。長城鐵騎時尋窟，西域金牌舊入秦。八駿久閒天廄滿，燕臺馬骨更何人。

星軺北上天顏近，卻憶披裘伏闕時。萬里獨憐明主惠，三湘誰爲賈生悲。灌園講罷還溪澗，鳴玉朝回衹夢思。幽側儻承閒燕問，迂疎早已鹿門期。

打魚

榜人齊擊雪花明，春水青蕪白浪生。撇去湖心金鎖直，到來几上玉梭横。平摧雨鬣霑霑濕，細切霜鱗冉冉輕。下筯當筵應甚美，獨憐殘潰重傷情。

藤州清明

十年松柏違親壟，此日清明又客途。滿眼郊原傾綠蟻，側身天地愧慈烏。蓼莪篇廢愁仍在，林木風來靜自呼。隔岸哀猿更嗚咽，一聲斷腸粵山孤。

第一樓秋興即郡城鐘樓也，少年讀書於此

萬石樓高切太虚，家貧還得此樓居。青山入戶寒偏瘦，綠鬢逢秋晚漸疎。北郭長楸朝騁馬，西隣明月夜吹竽。成都揚子惟清浄，門外無人祇著書。

秦軍漢將昔臨關，曾閃旌旗五嶺間。南帝殿庭隨桂水，左丞墳墓滿楓山。潮聲實見迎秋早[一]，棧道虚疑出塞難。萬古聖朝形勝地，海濵真有虎龍蟠。

羅浮山下古循州，萬里風塵客倦遊。北望九連關塞險，西聞三峽甲兵愁。霜高越徼凋軍寨，月滿禎城照戍樓。烽火海豐猶未息，江湖空抱杞人憂。

〔一〕實見，清黄登嶺南五朝詩選卷四作「漸覺」。

書懷

燕雲南望故山迷，客子思家問路谿。關塞緒寒春悄悄，鄉園歸夢草萋萋。黄金臺沒蘼蕪合，碧玉樓高日月齊。欲訪江門知不遠，扁舟横過鐵橋西。

南望

南望遥天隔翠微，東征消息願多違。憂時藜藿空悲壯，故國蓬蒿有是非。莫雨幾年啼野鬼，眷農何日返山扉。錦衣最恨愈樞府，數萬貔貅一夜歸。

梧桐山

梧桐山上梧桐月，照見當年漢將營。旬日黄衣秋可掃，中宵白羽早還兵。波添淮水千家淚，驛奏燕雲疋馬程。南北迢遥無限恨，村村烟雨髑髏聲。

留别二陳明府

西來溫水二君稀，城北城南自掩扉。三徑雲深高士别，萬山天迥遠帆歸。尊移樹影離筵晚，路遶秋聲去馬遲。兩粤古今元接壤，并州回首共依依。

陸川縣齋對雨呈張明府

晚風吹雨送新凉，遠樹依微近女墻。雲起戍樓秋黯黯，山圍官舍日蒼蒼。空庭鳥字來人少，清簟螺杯引興長。十載倦遊君獨惜，刺桐花下共徜徉。

陸川縣譙樓晚眺呈張明府

雨過峰巒生夕烟，登樓秋色正堪憐。幾家城郭蒼山裏，一縣絃歌落照邊。花近烽狼消古戍，葉飛雲雁下平田。開樽取醉勞明府，無奈中原別緒牽。

向晚登樓望欲迷，清秋草色轉萋萋。蒼梧西上龍濠迴，翠嶺南來雉堞齊。千頃水田經雨濕，二更山月傍人低。未論鷄犬孤城寂，遶樹霜烏不夜啼。

中秋飲姚氏園亭

名園佳節到柴扃，詞客開筵集草亭。碧海月從今夕好，清秋人似舊年經。病逢金谷還杯醆，夜轉銀河落戶庭。何事羽衣蟾闕上，桂團風露正泠泠。

龍山爲交埤鄭君賦

交埤叠嶂來天地，蜒蜿龍蟠鄭谷隅。石竇雲生時作雨，海門月出夜明珠。風搖老檜蒼鱗動，日照平田錦翼敷。高帽山人兩蓬鬢，重陽懷古幾踟躕。

壽李長史

董相還家綠滿園，何如白首向王門。下帷自草春秋傳，入室時窺道德言。戰勝西湖鴉作鬢，壽稱北海蟻盈尊。青牛紫氣從來盛，況復翩翩李耳孫。

題節孝卷

穴中不共紅顏老，堂北無如白髮何。孤燕春來前縷在，雙魚朝進玉盤多。泝流舍側泉還湧，化石江邊水自波。彤管青編非忝竊，霍山南海鬱嵯峨。

惠安有三岐麥六岐稷士民賦詩贈奉答[一]

幾回春雨祝年豐，共說三岐隴麥同。千載慚吾非漢吏，七閩斯地有唐風。人家廢井黃巾後，海岸飛沙白葦中。擊壤自須歌帝力，滿車誰敢竊天功。

敢擬河陽麥兩岐，東郊嘉稷轉堪疑。干戈閩海初寧日，水旱東南洒淚時。詞客有情歌盛美，長安無計起瘡痍[二]。年來疾病思田里，慚愧河間稼穡詩。

［一］稷，清羅學鵬廣東文獻三集卷七作『穗』。
［二］安，清羅學鵬廣東文獻三集卷七作『官』。

題觀羅臺

爲愛羅浮四百峯，築臺江上看芙蓉。青苔坐掃蛟龍動，白髮遊憐鶴鹿從。雲起錦屏開絕壁，雨晴素練掛疎松。問余石洞幽棲處，東望巑岏第幾重。

奉送嶺西王公參政湖南

攀車夾道走群黎，攬轡重清粵嶺西。虎踞深山藜不採，雉飛平野麥初齊。藩分江漢雄三楚，笛奏烟雲散五溪。南顧即今紓聖主，禁城春早聽霜蹄。

右丞詩畫右軍書，家學中朝盡不如。綵服入門椿偃蹇，紫微分省樹扶踈。武昌月朗延參佐，雲夢天寒賦子虛。爲政風流誰得似，洞庭清映使君車。

蒲柳空嗟犬馬年，祇應松柏晚猶妍。余齒同公，余則衰矣，公猶然壯夫也。漫勞一郡推麟筆，豈有三長過馬遷。郡乘之役實公所推轂云。藻井夜登穿海月，桂林秋泛澹江烟。論文後會知何地，遥望清光北斗邊。

送丘南安還海康

風塵先我解牛刀，萬里冥鴻一羽毛。誰信五溪多瘴癘，古來三峽壯波濤。中原北望浮雲盡，函谷西還紫氣高。春雨海門尋舊隱，折腰應笑尚兒曹。

題江秀才蓮花草廬

嚴城東下敞書臺，重鎮身曾辟草萊。倚杖潮聲三島接，捲簾山色五公來。青雲高並芙蓉濕，落日遥從睥睨回。四壁蕭條君自愛，漢王元羨長卿才。

漫題柬徐弼卿張仲矩二國子陳巽卿洪子崇江惟城三茂才

聞道中山有篋書，太行風雨復何如。青春愧我鳴琴後，明月投人按劍餘。日落陰崖窺罔兩，時危滄海滿樵漁。凌雲彩筆誰無羨，早晚君王問子虛。

詹侍御遊匡盧折肱不果詩以訊之

聞君名籍繫滄洲，杖策尋仙不可留。九派春愁連楚澤，五峯清夢滿江州。題詩忽動烟霞色，伏枕俄驚日月流。望氣自憐關令尹，何時函谷度青牛。

飲洪子崇宅率爾賦贈

高堂華燭坐更闌，節序逢秋暑欲殘。已見洪厓多道氣，更憐葉縣有神丹。金銀宮闕三山迥，名利風塵兩鬢斑。搔首望君霄漢上，鐵橋夜夜夢中還。

秋登大武山

大武高盤海上浮，登臨涼氣滿浯州。乘槎漫憶三秋客，濯足遙從萬里流。地圻南溟稀過雁，天回絕壁倚牽牛。潮聲夜落雲霞浄，縹緲猶疑到十洲。

海上芙蓉萬仞開，翠含飛閣亦奇哉。簷前日抱扶桑上，樹杪風吹碣石來。哀壑莫雲看倚劍，高秋落葉伴登臺。東南天柱雄今古，安得樓船下瀨才。

清海臺送陳山人入京得山字

舊遊詞客又燕關，歲莫逢君一解顏。把酒高臺縣落日，題詩寒色滿蒼山。黃金宮闕行看近，白髮風塵且未還。天上故人如見問，將攜妻子鹿門間。

晚發臨清

風起蒹葭船自開，樹杪孤城返照來。倒影樓臺虚徑度，鳴鑼舟楫晚須催。鷗梟鼓柁還汀芷，河嶽流雲落酒杯。顧眄未論扶藥餌，古今蹤跡本蒿萊。

茆屋落成訓韓甥寅仲

大成廟西蘇祠東，我有一宅生蒿蓬。茅茨過雨春不惡，火樹倚檻秋能紅。開徑祇合來二仲，灌園豈爲辭三公。館甥堂竹娟娟浄，坦腹賦詩霜葉中。

寄和太保兄弟紫燕

汝家兄弟迥無倫，毛骨森森似鳳群。紫燕詩成还寄我，黄龍洞口更思君。時廬墓黄龍　巢當畫棟逢秋色，日向青天帶暮雲。海北海南惟有路，莫將幽思問鴻鈞。

贈真空上人

袈裟共泛真何意，苦行空門似汝賢。薊北傳燈冰雪裏，嶺南持鉢瘴雲邊。淵明酒伴惟須菊，慧遠禪心衹種蓮。今古茫茫不勝思，江干無語草芊芊。

題畫贈方伯滕公

微垣花隱刺桐深，公暇時爲抱膝吟。一曲瑤琴春萬里，不知棠樹舊成陰。題嘉樹長吟

粵臺雲氣鬱蒼蒼，人在華胥白日長。不獨南窗堪寄傲，曲肱隨處是羲皇。題紫雲高臥

鄭生學醫從海上軍索贈賦此

爲問安期棗有無，片帆南海靜天吳。酬恩到處逢知己，夜夜雙龍匣裏呼。

送張伯珍赴京

賈勇休誇六郡雄，提戈東望綠林空。可憐諸將封侯盡，白馬青袍向北風。

百戰曾經七尺軀，先登親奪綉螢弧。知君不用尚書貴，夜夜青天泣灌夫。

答呂文在

雨送飛觴待兩姬，巴歌新製竹枝詞。天風吹落霓裳曲，夢裏相逢怨別離。

贈玉娥

涉澗登臺鬢半鬆，玉娥相對玉娥峯。千杯勸盡不知醉，手挹飛泉入酒鐘。

泉聲虢虢石粼粼，羅襪凌波不動塵。借問仙家誰得似，黍珠宮裏鮑夫人。

千峰斜日一枰殘，月上霓裳駕鶴還。爾自姓王人不識，他年應比爛柯山。

代玉娥畬

妾本巫山山下女，朝朝暮暮在陽臺。可憐遺履軒前月，長照飛鳧海上來。
飛泉直下幾千尋，灑落雲山紫翠深。採得山花羞妾面，汲將泉水比儂心。
醉歸忘卻玉搔頭，藤蔓牽衣碧澗流。流到門前尚嗚咽，松風蘿月兩悠悠。

賦得海不揚波贈張將軍

大舶乘風馬不如，孤城落日莽蕭疏。即今空水天連碧，買酒將船問白榆。
積水澄波靜不流，兩星相對鏡中浮。靈槎歲歲天邊下，共指尋源博望侯。
大星小星墜海中，海鯨東去水涵空。樓頭戍卒渾無事，到處投竿學釣翁。
將軍白馬紫虬髯，海上青山萬點尖。夜半高堂罷歌舞，高高山月照疎簾。

送潘去華侍御還朝去華在粤著書名百六書成而召故次首及之

南遷客舍寄桄榔，五嶺今傳五月霜。自是主恩深雨露，肯令韓愈到潮陽。
獨樹空庭對著書，書成馳傳起相如。名山石室非無地，紫氣紅光看斗墟。
蒲葉青青榴子紅，還朝人識五花驄。遥知宣室將前席，一一風謠達九重。

獨抱瑤琴久不彈，爲君一曲再三嘆。從大玄鶴兼雲下，便欲因之寄羽翰。

與梁思立譚永明飲韋純顯宅

庭月嬋娟出海樓，庭前貰酒鷫鸘裘。相逢那得還辭醉，二十論交今白頭。
酒人燕市共譚生，偕計梁韋弟與兄。命駕豈難千里至，今人徒見古人情。
海上高懸碣石宮，談天稷下競稱雄。君看莫逆者四子，滿目青山一笑中。

太和道士李理雄余字之守雌丐詩贈以絶句

蚤向名山學息機，焚香長掩白雲扉。雄心一片降應盡，肯逐楊花作雪飛。

太和道士王思明從登紫霄峰問其泉對曰上善即老子若水者也字之子靜號以若水丐詩贈之

一蒲青草自年年，萬疊蒼山對夕烟。靜後觀心如止水，高高明月在中天。

白雲山樓中

高山心自下塵寰，復有南樓在此間。閒坐樓中門盡闢，白雲朝去暮來還。
白雲朝去暮來還，一去一來俱在山。十載離家不知返，而今始覺淚痕斑。
下山雲雨上山晴，誰道山雲亦有情。卻似道人心一片，無來無去又無生。

不攜尊酒上山來，祇酌龍泉水一杯。泉水自清人自酌，不愁心地有塵埃。

下山卻是上山泉，欲飲還須在水源。不信諸君泉上看，千條萬派落前川。

高坐樓中雲作衣，夜來親見鄭安期。無情最是峰頭鶴，不爲遊人住少時。

題石山船二首

石船高駕碧山頭，似畏風波急暮流。十二時中平地起，問君何處不堪愁。

木蘭爲檝桂爲橈，南接端明學士橋。我自虛舟人不識，海門風雨日瀟瀟。

七月晦日同諸子大雨遊三髻山鼓御風之章

千山雷雨震天門，萬壑飛流萬馬奔。莫道遊人魂欲斷，瑶琴石室倒瓊樽。

秋衣重濕海天寒，秀色三峯雨裏看。卻恨多情逢佚女，雙鬟猶自隔雲端。

足下層崖萬仞懸，耳邊危石一藤牽。白雲冉冉如無地，宿雨濛濛祇有天。

贈羅浮吳道士

羽人絳節自雲中，四百峰頭訪葛洪。他年天柱如相見，玄鶴飄飄舞碧空。

柯節婦詩

盤石空庭對不移，始知青鏡妬蛾眉。子規枝上三更血，好似閨中嚙指時。

太守新題照畫樑，霜風颯颯滿清漳。汝家正在羅溪上，一水沿洄萬里長。

贈汝誠應貢北上

南來梨嶺萬重山，綠綺逢君一解顏。滿院梅花開不盡，朔雲春樹又燕關。
翠壁蒼雲錦綉開，夜涼蘿月滿松臺。思君不見梅溪上，惆悵天風萬里來。
萬國儒紳肅鷺行，九天閶闔覲龍光。東連碣石懸鳷鵲，南度秦淮有鳳凰。
九衢車馬日轔轔，君去初充上國賓。紆紫昔無安世貴，草玄今有子雲貧。
排雲曾奏萬言書，無奈天閽獨望予。漢室有人詢賈誼，幽蘭依舊結芳裾。

同李宗陽泛西湖招姪男兆不至口占促之時年十五

西湖之水多白蘋，白蘋映水搖烏巾。山花水花兩燦爛，君若不來花笑人。

答真空上人

佛氏生憎五蘊山，須彌原祇在人間。我今出世君知否，九萬扶搖一日還。
有中說有還歸有，無裏談無又著無。我把此言來印證，恰如明月照江湖。

賞報有序

時署閩清諭，將赴南宮，至福州，報遷，賞而後言。余曰：『今赴南宮，及第是望，即及第，不賞，何也？將如羅文毅劾李賢，謫泉州市舶提舉，何賞爲？署教諭，遷左，亦知縣，不賞何也？將如陶靖節八十日歸，何賞爲？他日即召，不賞，何也？拜御史，將批鱗，命之不保，何賞爲？』三更報者出而復入，曰：『聞公廉甚，知無槖金，請書數字，他日索於里長。』余曰：『豈有費里長葉知縣乎？賦詩謝汝。』口占一絕。

家住青山學隱淪，偶來相訪武夷君。鐵橋流水不歸去，腸斷清猿和白雲。

洛陽望三髻山

雲鎖三峰霽未開，空餘三髻象三台。輿人遙望遙相語，昨日親曾雲裏來。

宏路道中

日入蟲鳴草露涼，海風吹月月蒼蒼。郵亭處處看相似，高隔松林十里長。

峽江渡

峽江亭前秋葉多，峽江渡口足風波。知君急渡如江水，帆影先開奈爾何。

題茶洋驛清風亭

隔樹蟬聲度翠屏，穿林澗水倚欄聽。行人一到揚鑣去，惟有清風戀竹亭。

贈别韋純顯赴泰和

書劍同遊二十年，柳絲長綰萬條烟。天涯落魄愁分手，君向西江我在燕。
潞渚帆開獨滯留，燕山塵滿黑貂裘。愁來已就禰生賦，爲我先投鸚鵡洲。
南遊同唱郢人歌，楚水閩山路幾何。欲向天涯寄楊柳，祇憐攀折已無多。
三忠祠在上東門，古道飛沙白日昏。唯有前朝松栢樹，霜枝聊可贈王孫。

朝斗壇步月

太乙宫前月滿時，滄波萬頃碧琉璃。手持玉笛瑤壇上，吹起凌空錫杖飛。

用韻答林中洲見問

寒烟藹藹雨霏霏，草緑江南春未歸。滿樹桃花君莫問，道人今已學無爲。
獨坐炉薰對雨霏，閒看川逝共雲歸。主翁欲問惺還否，何處惺惺更問爲。

友人約赴佛會詩以答之

便隨大衆説西天，莫以焚香種福田。白鶴峯頭一長嘯，不知誰是野狐禪。

十四歲讀書永福寺友人伐鼓七聲命詩索道士酒

遠公昔日東林寺，有酒曾呼靖節來。今夜虎溪須盡醉，莫教明月照空杯。（以上石洞集卷一八）

（陈方整理）

全粵詩卷三六三

王天性

王天性（一五二六—一六〇九），字則衷，號槐軒，晚年別號半憨。揭陽（後屬澄海）人。明世宗嘉靖三十一年（一五五二）舉人。官盱眙縣教諭、豐城縣令、上高縣令、南昌府通判。穆宗隆慶二年（一五六八），以忤上司早賦歸田，肆志於山水詩酒間，嘗作半憨先生傳以自況。著有半憨集。清馮奉初潮州耆舊集卷一六、吳道鎔廣東文徵作者考卷四有傳。

王天性詩，以清宣宗道光二十六年（一八四六）成式堂藏版半憨集卷上所收澄海金砂王槐軒先生遺草為底本。

昔予[一]

昔予談詩書[二]，矢志在周行。日從白面生，相矜禮法場。言也準規圓，動兮模矩方。褒衣與博帶[三]，如生鄒魯鄉。慨彼無懷氏，任真何太康。虞氏鑿人心，仁義作紀綱。尼丘揭日月，名教昭天章。文物從此開，於今遂披倡。尋常閭巷內[四]，冠佩亦琅琅。且如小交際，筐篚燦玄黃。投刺通名姓，果酒以相將。平交盡八拜[五]，長揖誰數詳。頻來復頻往[六]，施報責相當。儀節稍疎曠，雷聲笑爲狂。予非不煩促，奈此俗之常。

[一] 此首與下一首，清嘉慶澄海縣志卷二六合為自詠二首。

[二] 昔予，清嘉慶澄海縣志卷二六作『余昔』。

[三] 褒，清嘉慶澄海縣志卷二六作『裒』。

[四] 內，清嘉慶澄海縣志卷二六作『伯』。

[五] 八，民國溫廷敬潮州詩萃甲編卷五作『入』。

[六] 復，清嘉慶澄海縣志卷二六作『又』。

今予

今予謝塵綱，養真返茅堂。不復夢周孔，且學老與莊[一]。放蕩禮法外，逍遙無何鄉。白眼看世上，俗夫盡茫茫。日從方外侶，不冠復不裳。手持桃竹杖，出郭相扶將。興來藉草坐，有酒聊共嘗。平生惡拘檢，醉後益猖狂。盃行失次第，語亂不成章。且不知有我，況彼俗之常。有客過我廬，云我太乖方。處世豈無術，恭卑德之光。更聞大聖教，傲惰爲不祥。傲惰非我敢，恭卑非我長。支離逃天刑，庶以樂無疆。

［一］老與莊，清嘉慶澄海縣志卷二六作『世老莊』。

新居城治［一］

卜居東城隅，愛茲幽致佳。況心與物遠，城市即烟霞。買地方三畝，小屋數間斜。經始三陽月，落成桐已花。風雨聊堪蔽，簷前燕雀誇。門望青山近，籬落帶桑麻。儕翁頗淳樸，所乏得頻賒。稱心欲易足，吾生信有涯。日與息心侶，玄譚閱歲華。高樓與大廈，未暇問誰家。

［一］新居城治，清嘉慶澄海縣志卷二六作『新居』。此首一作翁萬達詩，見稽愆集。

別左侯［一］

幽獨抱戚戚，攬衣步修廊。朝暾隱崇垣，好鳥相鳴翔。有客過我廬，車馬儼成裝。問客逝安之，言將旋故疆。置酒與客別，笙歌發中堂。客懷慘無歡，杯舉不盡觴。客胡不盡觴，世事總茫茫。鉛刀競一割，太阿匣中藏。宋人寶燕石，白璧委道傍。許身苟不虧，棄置詎庸傷。客其固明志，要歸道所臧。閩道足山水，奇秀鍾寧陽。歸去卸塵纓，終日以徜徉。

［一］別左侯，清嘉慶澄海縣志卷二六作『送別左小洲邑侯』。

送邑宰陞任

油油南嶺雲，去作西江雨。憐彼雨中花，嘆此雲邊樹。五年孔邇恩，楚越隔烟霧。空暝鱷溪陰，淒涼萊島暮。徒有河内心，天高不可吁。垂老托安邑，兼懷美無度。清風明月客，綠水青山路。欲持一罇酒，更唱陽關句。疇能補漏天，一水杳難渡。咫尺曠佳期，千里幾時遇。

懷默冲道人

溪雲飛黯黯，溪水流浩浩。極目川途迴，連天但芳草。彼美杳難期，愁來向誰道。豈無盈罇酒，聊以寬離抱。獨酌不成歡，夢繞湖山島。起立江村暮，惆悵鶯花老。

春莫夢訪冲默道人山房三首

憶與君晤日，已過菊花節。思君今何時，復荒桃李月。林臥觀物變，流光水東決。老去還幾回，堪此隔年別。悠悠超世懷，獨處誰共説。夢訪白雲居，清罇爲余設。酒中無雜言，細討衛生訣。寤嘆仍沙村，虚燈照明滅。

湖山多勝概，南巖雲氣深。我友此巖居，栽松已成陰。俯濯巖下流，仰奏巖中琴。焚香閲真誥，擊節和鳴禽。懸知神慮淡，豈受名跡侵。余生未聞道，歲晚遇知音。欲叩達生旨，豁此煩促襟。春江浩難渡，空爾夢中尋。

夢中亦何云，問我何不懌。人衹百年身，能消幾兩屐。萬物道爲尊，朝聞死可夕。試觀今傳者，總非蟬冕客。人理坦易憑，神機紛難釋。塞馬不終亡，蕉鹿豈真獲。再拜領教言，塵慮春冰釋。冥心與天遊，歸讀羲皇易。

月夜泛舟二首

郎官湖裏詩空在，赤壁舟中賦自傳。今夜獨餘江上月，向人能作故時圓。

月到天心影滿湍，盈盈萬頃夜光寒。舉杯邀月舟中醉，來去應同鏡裏看。

過謝少滄

吾潮吾榜十三英，得意秋風並轡行。今日孤城涼雨夜，二人相對説平生。

招少滄飲

簷前白日易西斜，人世風流莫放賒。試問南朝朱雀燕，年來築壘入誰家。

憶少滄

清晨坐起思紛紛，滿徑蒼苔不出門。欲奏朱弦還復罷，蕭蕭風雨又黄昏。

送吴少府

海風入樹作秋聲，愁裏那堪更送行。紅葉青山人已遠，孤城寒月爲誰明。

蔡井泉招飲次日立夏

杜甫朝回日典衣，由來詩客愛芳菲。一春好景留今夕，忍向樽前不醉歸。

示長孫二首

學採芹香泮水春，無端喜色動親隣。共言席上儒珍貴，不説儒冠能誤人。

客路悠悠日易昏，侊侊行子競先奔。脂車秣馬叮嚀汝，萬里長途初出門。

桃

無數桃花燒曉風，生情妝點映簾櫳。兒童莫把青春擲，一歲桃花不再紅。

蓮

芙渠何讓美人妝，水面爭燃入眼光。晚悟天機離色相，牽情端不爲紅香。

菊

多少名花種玉欄，胭紅粉碧望秋殘。野亭籬下蕭蕭菊，獨伴幽人保歲寒。

午日江飲觀競渡三首

蚤入樊籠悮自囚，雲泉今遂五宜休。況逢蒲節瀟湘景，且伴漁郎鼓枻遊。

一點孤忠日月光，千年餘韻蕙蘭芳。臨流欲問懷沙事，江水無情空斷腸。

競渡流傳故楚風，哀歌互答弔孤忠。野人不是長沙客，且愛榴花映酒紅。

和林澄川弔湖山萬塚五首

松柏千林護隴岡，城西萬骨向中藏。一朝吟弔湖山句，錯認長平古戰場。
高搆花宮雲與齊，魔今降未鬼悽悽。古人厭怪君如否，灌口蕭條五石犀。
欲將畏壘寄浮圖，厭勝爲題衆易呼。人施錢財鬼施室，問誰首義孔門徒。
平地平天可細分，曹溪今有亞仙墳。西山夜夜啼千鬼，六祖堂中聞不聞。
寄言衆鬼且聲吞，把當陵遷谷變論。那得如雲冠蓋祭，墨卿作些慰飄魂。

初入魯境

行行春半空，征旆復山東。柳作烟中態，桃仍雪裏容。逢人多白眼，顧影恨顔紅。魯酒從來薄，聊斟慰路窮。

孟夏大埔令招飲印山口占代謝

海國鯨鯢鬥，言歸未得歸。飄零知我賤，雅致似君希。攜客凌風磴[一]，開樽俯釣磯。羈棲多樂事，忘卻故山薇。

［一］凌，清嘉慶澄海縣志卷二六作『臨』。

故人宅對月

金樽開北海，華月吐東峰。魄到中天滿，光分萬里同。近人瑤佩濕，映酒玉盃空。窈窕今宵宴，明年何處逢。

寄雲石山人

自無匡世略，守拙混泥沙。雲沒君山徑，蓬荒仲蔚家。學空忘委蛻，離垢想餐霞。欲訪臞仙子，東西各海涯。

步冲默來韻

皓魄中天白，涼光泛薜蘿。花香牽逸興，琴響間清歌。主進千觴壽，客忘兩鬢皤。祇愁罍罄竭，不問夜如何。

九日偶成似冲默

重陽人共醉，獨覆掌中盃。黃菊紛堪採，白衣故不來。風高愁落帽，日暮倦登臺。心賞隨年薄，何時笑口開。

誕第九男戲筆時七十二

擬待男婚畢，問尋山澤癯。豈知霜滿鬢，還作蚌懷珠。啼攪通宵寐，抱煩終日劬。何時黃口哺，供養白頭烏。

有感

唐虞嗟已遠，道與運俱徂。遊世黄金巧，論交白雪孤。老聃聞跨犢，宣父説乘桴。吾欲卜焉往，巫咸不可呼。

别左小洲邑侯四首

左侯以廉愛得士民心，一旦以考察去，百里内亡論村童巷女，咸嘖嘖爲流不平。鄙人素辱青眼，於其行猶增戀慕，因成四律與别。

暮春江路雨霏霏，南浦橋邊送客歸。輕舸乘潮俄遠去，荒城回首欲誰依。日昏古樹群鴉集，風急長天獨鶴飛。願效河東權借寇，封章孰與叩彤闈。

左侯去日日無光，百里山河景色涼。童叟群呼遮去馬，圖書數卷伴行囊。寧川自植陶潛菊，澄海誰培召伯棠。追數慈仁真種種，恨無遷筆續循良。

宦途如海險難支，今日先生到岸時。澗石巖泉爲伴侶，圃瓜籬菊與心期。雨深命酒看花檻，潮落呼童理釣絲。莫訝楊公遺計拙，衹餘清白是裘箕。

孟氏才雄時不遇，賈生志大命多違。莫隨俗態分榮辱，要向真源究是非。官歷崇階今豈少，碑刊遺愛古來稀。寧陽歸去非無味，千仞岡頭好振衣。

代和小洲客邸書懷

家家井竈沒秋蓬，處處郊原帶夕烽。歲歲徵兵成浪費，番番報捷祇彌縫。公來寇退初歡足，寇退公歸轉恨重。別酒一罇愁夜短，可嚀緩叩五更鐘。

和小洲舟次

飛花啼鳥滿山城，嗟爾窮途此日行。松徑鶴猿頻入夢，瘴江烟雨若爲情。天光籠水浮官舫，海色生風送客程。千里故人明月夜，應同離緒嘆分萍。

酬唐曙臺秋日見寄

長鋏歸來興已慵，卻依愚谷駐飛蓬。秋風落日催霜鬢，雨夜寒燈對壁蟲[一]。寂寞揚雄誰問字，咄嗟殷浩漫書空。煩君遠念山中客，並局聯篇恨莫同。

［一］雨夜，清嘉慶澄海縣志卷二六作『夜雨』。

曙臺惠詩久稽裁答漫成一首謝過

老大頭顱又一春，胸懷不似向來人。窮當徹骨非詩罪，事懶關心見性真。自分犂鋤終歲月，多時卷帙閉埃塵。瓊章未報君應識，衹恐西家笑效顰。

謝少滄許見過不至

別後音書各杳茫，歸來兩鬢亦應霜。未能叩馬勞行李，先許抱琴過墅堂。門外落花頻自掃，甕頭新醁擬同嘗。怪緣底事無消息，烟暝鴉棲又夕陽。

少滄至復有此賦

山城過雨尚雲垂，憐爾衝泥赴昔期。乍見故交方一笑，追論往事又增悲。興來解道澄江句，坐久重圍賭墅碁。回首不堪天地異，樽前莫惜酒頻持。

昨晴擬今早過少滄值雨如注遂止

昨朝天際已輕霞，今雨傾盆溜岸沙。並坐林鶯愁不語，嫋枝牆杏濕偏斜。風湍轉急宜收釣，世路難行且種瓜。劇欲尋君同一醉，蹇驢誰與借東家。

飲少滄宅

向來習懶經過少，此日尋君覺興濃。已見肥魚誇邴穴，更疑好酒買新豐。初晴小草和烟裏，落日浮雲感慨中。準擬登臨陪謝傅，肯將衰鬢哭途窮。

和顧伯龍邑侯九日感懷

懶把茱萸插滿頭，年來蕭索不堪秋。飛霜入鬢頻臨鏡，落日驚心獨倚樓。木葉已看辭幹盡，菊花空自傍籬幽。柴門端望白衣使，一對青尊解暮愁。

破龍潭寺

窈窕珠宮付劫灰，玲瓏金刹雜苔莓[一]。洞門烟冷龍何處，檜樹風悲鶴不來。草滿盡迷飛錫地，塵深難認譯經臺。空餘寺下寒潭水，悵望何僧更度杯。

[一] 刹，民國温廷敬潮州詩萃甲編卷五及清嘉慶澄海縣志卷二六均作「寺」。

龍潭寺新成復遊二首

梵宇新瞻金碧光，心依重此禮空王。曾參七偈耽玄教，欲扣諸天到上方。風裏磬聲傳淨界，雨中花氣逼禪床。逢僧久話降龍事，不覺歸鴉報夕陽。

丹宮紫殿燦瑤圖，寺號龍潭近海隅。潭月輝含金色相，龍珠光照法堂蒲。三千世界空中滅，億萬如來覺後無。老欲投禪求定慧，須從上乘覓真吾。

爲三閭解嘲

長沙有祭左徒悲，言是蛟龍竊所遺。試問向人求飽日，何如違衆獨醒時。黍筒五色絲空繫，魚腹千年魂豈知。自是楚人多好事，流傳野語至今疑。

宋高宗

一統山河九代傳，忽驚臥榻半腥膻。忘讐忍受讐人役，棄國偷安國勢偏。丹闕喜開歌舞地，青衣恨釋犬羊天。總緣南渡無勾踐，宗岳何慙種蠡賢。

陸丞相墓詩

祇知蹈海畢臣忠，誰與招魂築殯宮。英魄諒終依少帝，荒阡空自對孤峰。胡元閏運興亡裏，丞相高名宇宙中。我欲乘槎拔宿草，烟濤滿目思無窮。

分書自序

自是乾坤一腐儒，早年曾學佩銅符。夢中爭鹿從伊巧，夜裏辭金信我愚。卻愛一官清似水，終令九子苦如荼。獨餘架上書千卷，誇作槐翁燕翼圖。

詠書齋

小院重瞻結搆新，僻居里外絕囂塵。孤松欹戶團青蓋，遠岫迎堂列翠屏。開徑種花成勝地，呼朋對酒答良辰。浮雲富貴非關我，甘做山林一散人。

感遇復佘灼齋

設谷藏谿競貌欽，太羹玄酒孰同襟。海風偏拂鈎衣草，炎樹多翻巧舌禽。香芷佩褰遵澗曲，美人歌贈隔江潯。天南蕭瑟傷遲暮，誰與西歸懷好音。

詠懷二首

歸休海岸逐漁農，莫笑偷閒一老翁。賢聖美名終是幻，侯王貴骨總成空。風花雪月時難得，三萬六千日易窮。且飲濁醪吟短句，醉來白眼倚高桐。

老將殘喘付皇天，擺落塵愁心自仙。不卜不巫仍不藥，時行時坐復時眠。牛乎馬也從他喚，人也鬼乎信我緣。何況悠悠身後事，可能一世計千年。

辛卯歲

過了六旬又六春，未知還有幾年身。酣歌且縱生前樂，衣食寧憂死後貧。長笑乾坤爲逆旅，時招風月作良賓。露頂赤腳寒松下，真是明朝一散人。

辛卯初誕

正是木翁六六年，三朝幸作太平仙。濁醪粗飯供吾老，幻化塵生信彼天。怯冒風波游宦海，喜觀孫子種書田。初筵具共賓朋醉，何羨金張珥漢蟬。

秋思

井梧乍見幾枝殘，幽思重重獨倚欄。牛斗高懸更漏永，霜風凄斷月光寒。曉妝已怯羅衣薄，宵夢偏驚玉枕單。悵望佳期千里隔，芙蓉滿眼對誰看。

所思

老大逢秋其不堪，可人況復隔湘潭。思沾玉唾忘餐櫛，欲問萍蹤迷北南。目斷峰遮過六六，腸回江曲倍三三。音書一紙憑青鳥，天畔殷勤爲遠探。

冬日即事

南方本以炎方號，冬日不寒春月同。常見暄風翻舞蝶，時看暖日散遊蜂。柳垂故葉仍存綠，桃剩殘枝已著紅。老體幸無冰雪苦，壺中餘瀝任教空。

戒子

新辟茅齋招塾賓，欲教爾輩作儒珍。耳聞誦讀心忘老，錢買詩書食任貧。自謂已非前日子，誰知還是舊年人。身居几案心鴻鵠，空使而翁屬望頻。

先潦後旱

四月五月雨不晴，六月七月斷雨聲。暵霪二沴更衰旺，禾黍千畦半死生。野老哀哀如有訴，皇天漠漠總無情。又聞簿吏朱書票，催促錢糧並限征。

上周二魯時以少卿謫澄尉

波光萬頃鳳城東，射鴨堂開思不窮。粵國得瞻山斗近，燕都應嘆廊廟空[一]。鮫人杼軸鳴秋月，蜃氣樓臺散曉風。水產金砂何足異，更看雙鵜下灘中。豈期日暮見英雄，傾蓋論交意氣中。我有蓬心難用瓠，君乘雲翰欲凌空。元戎不厭花溪老，刺史曾知栗里翁。扁贈褒章華袞重，白頭端不嘆途窮。

［一］廊廟，民國溫廷敬潮州詩萃甲編卷五作『廟廊』。

二魯有漳江水急布帆飛詩篇見贈次韻酬之[一]

傍舍江鷗故不飛[二]，自憐弛擔早忘機。三朝事業雙蓬鬢，百歲生涯一釣磯。白日易過塵債迫[三]，青山難買道心違。忽吟寄我漳江句[四]，千仞岡頭好振衣。

［一］扁，當為『篇』。又，清嘉慶澄海縣志卷二六題作『二魯贈詩有「漳江水急布帆飛」句，次韻酬之』。

［二］江，清嘉慶澄海縣志卷二六作『群』。

［三］迫，清嘉慶澄海縣志卷二六作『逼』。
［四］忽吟寄我，清嘉慶澄海縣志卷二六作『開緘快讀』。

和抵澄二首

何事天孫懶弄梭，孤臣有感鬢雙皤。心懸日下黄金闕，夢斷風前白玉珂。香幕未嫌連蜃氣，仙槎猶喜近天河。浮雲世故那能料，肯向樽前學怨歌。

千載高人際太平，銅章墨綬鳳凰城。蠻鄉何意來韓子，宣室幾時召賈生[一]。海月偏涼宜載酒，粵山多秀好題名。看君身在虚舟上，任挂風帆駕浪行。

［一］幾，民國溫廷敬潮州詩萃甲編卷五作『他』。

族譜重修

明明鼻祖肇基勤，螯螯雲孫嗣世殷。水始一源千派别，木初同本萬枝分。雞如得食還呼類，鳥欲歸巢必認群。要識詩歌行葦意，無將譜牒視虚文。

讀二親傳

痛思不孝負恩深，讀罷傳文淚滿襟。官薄曾沾三釜祿[一]，養貧爲卻四知金。鸞章無自承天寵，鶴髮空勞教子心。此恨悠悠何處寫，皐魚終日泣風林。

〔一〕官，民國溫廷敬潮州詩萃甲編卷五作『宦』。

王全吾新架二石橋

共道渴虹下飲泉，那知驅石渡三川。金隄横鎖崖邊路，玉甃直穿水底天。未許老翁來墜履，可容遊客聽啼鵑，風清月白琴聲裏，橋上行人橋下船。

和李心齋司訓雙髻山詩

何處佳人不解羞，巧妝雙髻泛中流。並矜洛女淩波渡，競學湘妃鼓瑟遊。解佩有懷留子島，拾芳長憶侍郎洲。鮫人虛贈鮫綃帕，欲賽雲鬟故出頭。

結社陶情題冲默道人林下功課之一

香山九老與齊肩，洛社耆英亦並賢。明世功成身蚤退，高人類聚樂無邊。易窮三萬六千日，難負風花雪月天。社裏可能除酒禁，願陪末席了餘年。

贈冲默道人

湖山頂上跨牛遊，湖裏舷撾夢鶴舟。鬧倒青罇酬歲月，醉張白眼看王侯。有詩不作今人語，得伴還多古道流。瀟灑丰標勢北望，亂紅如雨暗汀洲。

別後有懷冲默道人前韻

強興追群入市遊，登橋更渡木蘭舟。紅塵紛逐多新貴，白首相憐祇故侯。違爾魚書懷北寄，惱人江水慣東流。情牽一片韓山月，魂夢長飛繞鳳洲。

午日書懷兼憶冲默道人

澤畔行吟一老翁，又逢佳節是天中。空儲醫國三年艾，難進江心百鍊銅。射中粉團人鬥巧，奪贏錦幟世爭雄。道流回首湖山遠，獨對榴花一樹紅。

孟冬遣興兼憶南巖舊遊奉酬冲默道人秋日寄懷之作

海天那得山陰雪，訪戴何時乘興來。兩地長乖雙劍合，百年幾共一樽開。曾憐庾老南樓月，忽覩何郎東閣梅。撫景懷人更唱和，詩成刻燭讓君材。

閒居有懷王廷評金吾

澄海城東海水流，相思心共水悠悠。身居瀛島八千里，夢入神京十二樓。日暮碧雲空合散，天長青鳥漫沉浮。多情祇有別時月，長挂蓮峰照白頭。

步冲默道人來韻

憶昔曾登君子堂，字看題壁步回廊。對花不省衰容醜，把酒寧知寒漏長。檻畔蘭苕鳴翡翠，階前梧竹集鸞凰。別來獨立秋江上，一樹芙蓉空自香。

久雨有懷林澄川刺史

柴門雨鎖斷人來，離思當春未易裁。且向花間頻買醉，敢從世上更論才。雪舟尚阻高人興，籠鶴空望處士開。夢想暗香疏影句，西湖爲寄一枝梅。

又懷章少峰別駕

天漏疇能起女媧，一春佳興雨中賒。愁來故飲難醒酒，老去偏憐欲落花。柱史巖無青鳥至，侍郎山有白雲遮。文園倘覓長生藥，海上仙人棗似瓜。

又懷王蒙川刺史

小園紅綠欲平分，雨隙衝泥入蝶群。恐損落花嗔掃石，爲憐啼鳥促開樽。知予老態同摩詰，愛爾風流似右軍。修禊數來無幾日，還思藉草更論文。

新作鳳凰臺二首

高臺百尺壓城隈，鎖斷江山勢欲回。千蜃結成淩碧落，六鰲頂出近蓬萊。參差廬井三陽見，縹緲風烟十縣開。勝概金陵那得擅，題詩愧乏謫仙才。

暮鴉散盡海天秋，臺上朝陽有鳳遊。翠壁作屏連北極，練江分帶入東流。衣冠恍集金陵地，艢艫疑過白鷺洲。散髮篷窗眠倒影，不妨身世在丹丘。

村居

入市逢迎傲骨難，逃空放浪野情寬。午窗夢蝶雲爲榻，春澗飲牛竹作冠。濁酒無妨邀月飲，古琴未易向人彈。乾坤百態多新巧，白眼將來一幻看。

茅居

舍比魯山稍覺寬，幽偏堪我寄盤桓。池開碧鑒方三畝，竹引蒼虬矗萬竿。深課農耕供國稅，穩收漁艇避風灘。更憐近海濤聲壯，夏日能生枕簟寒。

和徐北溪

伏枕沙村百興賒，更逢秋色思無涯。風悲平楚時時籟，日散遙山片片霞。正羨高空摶羽翮，翻傷重露折蒹葭。多君贈我相思句，矯首鱣堂苜蓿花。

又九日二首

重陽是處競登臨，結伴攜壺上碧岑。人世良遊堪俯仰，江山勝蹟幾浮沉。沾衣虛下齊侯淚，戲馬空雄楚霸心。卻愛東籬金色菊，清香不改古來今。

佳節未回逐日睽，幾逢秋色感年華。霜飛木落蟬聲咽，風急天高雁影斜。破帽未應嫌白髮，虛罍無那負黄花。縱無宋玉悲秋賦，還敢題糕浪自誇。

辰日荷正峰李諭君賜賀賦謝二首

流年七七忽蹉跎，來路悠悠信步過。那有夢魂懸魏闕，但將生事寄雲蘿。衰顔不解丹砂訣，老興偏憐白雪歌。親友謾勞難老祝，古仙今問有存麽。

對酒當歌興未闌，懷人夢挂杏林端。春風桃李青氈暖，夜雨松蘿白髮寒。泣鬼詩篇容我和，哀時心事仗君看。衹嗟蹤跡雲泥别，一水盈盈握手難。

抱枕有懷正峰

溪邊午坐忽紅沉，狎客沙鷗喜見尋。虛左車音消渴斷，窮中草色著書深。詩催水部梅如雪，酒醉柴桑菊似金。卻憶公門桃與李，春風拂拂總成林。

海中八景

三峰立筆

頂插虛空吐錦霞，根盤大海走龍蛇。三峰靈氣鍾澄縣，千古文明耀帝家。

雙髻凌波

疑是皇英頭上冠，漂流到海化巑岏。沉湘未聞當年事，且借南荒障倒瀾。

白雪飛濤

怒濤飛雪欲翻空，想較胥江勢更雄。海賈祇愁風浪惡，那知天意曳華戎。

紅輪出浴

海底金雞唱夜闌，扶桑捧出一輪丹。朝朝不是咸池浴，那得常新萬古看。

鳴洋雷鼓

底事怒如雷鼓鳴，顛狂横雨此先聲。海濱人得知防避，始信陽侯故有情。

破浪風帆

賈船商艚萬里通，乘風破浪似飛空。回頭笑指樓船鎖，袖手虚談横海功。

泛渚鷗聲

海上風光鷗占多，烟濤萬頃隔虞羅。舊遊到處逢漁叟，拍水長鳴和棹歌。

艤汀漁唱

官廉徭省雨風調，一釣為生也自饒。欸乃歸来汀月白，高歌幾曲慶清朝。（以上半憨集卷上澄海金砂王槐軒先生遺草）

（楊權整理）

全粵詩卷三六四

龐尚鵬

龐尚鵬（一五一三—一五八〇），字少南。南海人。明世宗嘉靖二十五年（一五四六）舉人，三十二年（一五五三）進士。授江西樂平知縣，召為監察御史，出按河南。尋丁外艱，服闋，催赴河南道管理考察事，改按浙江。明穆宗隆慶二年（一五六八），擢右僉都御史。累官至左副都御史。後因為張居正所排擠而罷官，家居四載，年五十八卒。天啟初賜謚惠敏。著有百可亭摘稿、行邊漫紀等。明郭棐撰粵大記卷一七、明史卷二八七、清道光廣東通志卷二八〇等有傳。

龐尚鵬詩，以明萬曆二十七年（一五九九）龐英山刻本百可亭詩集摘稿為底本。

龐尚鵬一

古驛書懷

嚴程方息駕，砧杵雜烏啼。孤戍情偏梗，哀猿聲獨淒，斷碑勒遺跡，頹榜懸舊題。叢林翳白日，絕壁臨清溪。荒郊沒禾黍，永夜喧鼓鼙。歸鴉集枯木，行旅懷舊棲。宦情秋雲澹，嶺海烟樹迷。撫髀思躍馬，枕戈喜聞雞。吐氣吞胡越，奮纓步燕齊。長懷太平飲，藉草醉如泥。

入秦即事

流光逐飛電，一去不復還。東風本信宿，難駐桃李顔。舉頭有皎日，凝目無冰山。黄金蘇季子，消滅隨塵寰。秦兵號百萬，終棄函谷關。感時嘆往事，得喪如循環。達人有玄覽，飛舄山水間。嗟予日蓬轉，茫茫百折灣。世路苦相促，安得心裏閒，西華在咫尺，願言一躋攀。

新橋落成酬和譚別駕

卜築河梁外，爲園地更偏。江流當戶轉，樹影隔溪懸。似泛仙槎渡，無勞錦纜牽。柳堤環古岸，竹塢夾斜川。曳履魚龍動，披雲草木搴。橋之北，伐樹薙草乃可行。午橋傳別墅，駟馬愧前賢。水石偏宜我，林池別有天。相過惟二仲，三徑彩虹邊。

盧方伯枉過園亭酬和十四韻

高秋多爽氣，新雨過池塘。客至潮初長，林紆徑未荒。懸壺三島勝，載酒一溪長。地僻門如水，亭幽石作床。天邊橫朔塞，樹杪帶帆檣。鳥作春風語，花分禁苑香。餐霞玄鶴洞，看竹白雲房。心静風神秀，身閒寵辱忘。玉書勞問字，金菊待傳觴。長對千山碧，從教百草黄。涼飈隨羽扇，清露灑荷裳。妙悟尊生訣，叢談卻老方。胸中藏海嶽，筆底駕梯航。洛社追隨地，芳林藉寵光。

次韻答孔臨千

金風正蕭瑟，初旭何蒼涼。嶺海久無雪，何時築雪堂。君坐春風中，桃李競幽芳。凌寒日未晡，轉向酒中藏。名教有樂地，忘懷入醉鄉。浮生本素定，安用智力強。顧予東歸晚，何心賦長楊。灌園理松菊，三徑未全荒。

壽譚別駕

掉臂塵寰外，閒居意悠然。林池足幽賞，何曾羨輞川。風流跨絕代，何必繪凌烟。筆掃千軍勇，胸羅萬象全。談玄稱獨悟，蹈義欲相先。江樓常問月，海屋不知年。餐霞迎曉日，戲彩舞瓊筵。菊徑黃花晚，槐堂玉樹妍。蓬瀛天上路，彭澤酒中仙。痛飲爲君壽，真詮豈浪傳。

登樓書感

秋霽獨登樓，誰家夜吹笛。酷暑避嚴風，敢借回天力。芝蘭入我懷，胸中無荊棘。安得素心人，對床風雨夕。

斗酒賦閒居，雨餘枕書臥。歲月不待人，盛年慚虛過。盜跖白日行，夷齊西山餓。拊髀思古人，古人當知我。

張翰秋風蓴，庾亮南樓月。何地無蓴鱸，明月任圓缺。松陰架短床，便是神仙窟。紛紛行路人，誰能解此說。

有所慕四首

吾愛嚴子陵，高風懸絕代。天子布衣交，不改狂奴態。此身能幾何，似覺乾坤隘。諫議安足榮，堅辭終不拜。千古共銷沉，萬事浮雲外。桐江望釣臺，漢室今何在。彈冠競奴顏，吁嗟狐鼠輩。

吾愛衛武公，年高志彌篤。勉循抑抑篇，歲月如雙轂。及聞榮啓期，行歌萬事足。伏生九十餘，授書曾累牘。後世如有聞，誰道浮生促。皓首日營營，多壽還多辱。藜羹任吾年，蔡澤何須卜。

夷齊百世師，中天立人紀。王室嘆陵夷，此身甘鼎沸。侃侃叩馬詞，英風動天地。伏節餓首陽，嵩華今並峙。商周已寥寥，往事光青史。誰爲賣國雄，掀髯從風靡。歷朝有董狐，榮華安足倚。

曾參本廉士，仲由非俠客。仁義有餘榮，何必大夫簀。臨難當捐軀，裹屍任馬革。死生得喪間，蜉蝣視朝夕。千金任去來，揮擲何須惜。蒙袂苟生全，萬死何足責。反身竟誰從，床頭有周易。

泛溪紀遊

共有江山癖，逍遙且浪遊。秋深正搖落，萬樹風颼颼。一掃黃霧盡，須臾紫氣浮。金輪出東海，移上碧天頭。清光徹林莽，仰見草木稠。溪毛正堪採，蘋藻盡加羞。搴篷廣舒眺，萬象皆凝眸。俯吸長江水，欲涉崑崙丘。觀者爭擁路，李郭同仙舟。孤村藏曲水，中有百花洲。園池開別墅，菊圃枕芳疇。停橈頻命酌，撫景意綢繆。魚龍排逆浪，鷹隼擊高秋。此生常擾擾，勞瘁何時休。達人能自遣，泛水架飛樓。蟄身謝塵鞅，恥爲名利謀。皂帽迎風落，漁樵共歌謳。遭逢唐虞世，恩波遍海陬。感君結高義，難將白璧酬。朱顔豈長在，明珠惜暗投。盤桓有餘樂，身外吾何求。白雲長聚散，千古空悠悠。蓬萊隔萬里，道路嗟阻修。歲月不待人，倚天任去留。

自檢二首

長虹貫白日，當世競猜疑。人情良難測，天道不可知。浮生能幾時。擾擾欲何爲。高名蓋四海，百毀終隨之。萬緣須盡掃，長笑海天涯。

白日暗催人，朱顔不常好。奕世帶貂蟬，金章同枯槁。人生如飄風，來暮去常早。莫坐利名關，役役如庸保。塵劫盡銷沉，青山長不老。

殘月如新月

缺月曾何損，乘雲海上生。共憐今夕好，還似舊時明。銀漢金波淺，冰輪桂魄輕。蛾眉天萬里，羌笛夜三更。牛女星猶在，嫦娥恨未平。鏡光疑漸滿，延待不勝情。

城中還用韻答盧方伯

弱齡騁高步，常從世網牽。畏途倦行役，索居辭喧闐。一朝入城郭，塵鞅如鈎連。紛紛紅顔子，白馬黄金鞭。流光疾飛電，安能長少年。願爲雙鴻鵠，比翼同翩翩。托身青冥上，逍遥遠俗纏。江山羅几席，呼吸生雲烟。衡門謝車馬，偃蹇良獨便。感此歲華暮，涼飈入園田。抛書卧松石，肯負頭上天。人生貴適志，此樂難具言。寥寥千載後，宇宙總茫然。

曉起

長安凄風急，捲地如驚濤。征人邊戍苦，烽火雪山高。顧予謝遠役，晨起登東皋。荷鋤獨舒嘯，豈憚場圃勞，抛書課兒童，井臼時親操。瓶粟不願餘，此生何貪饕。徵君去千載，清風長思陶。斗酒足歡娱，休問五陵豪。

種花

種花滿青樓，繽紛常掛眼。翻憶賞花人，浮雲同聚散。花謝還復開，人去何時返。秉燭良夜遊，卻恐尋春晚。

讀陶詩

世人號獨醒，誰似陶公醉。柴桑忍長饑，豈問三公貴。晉室已銷沉，何顔折腰吏。披褐日高眠，肯爲形骸累。素心揚清歌，逸氣横天地。知音日寥寥，千載真如寄。

元旦述懷用韻

律轉三陽泰，春明百尺廬。東風披草木，新露下庭除。紅入花心早，青回柳眼初。餐霞依日表，吸海醉波餘。不入攖金市，曾抄種樹書。明時甘短褐，薄技愧虚譽。高蹈應忘世，微吟獨起予。漫裁招隱賦，新築草玄居。擊築心徒切，移山事更愚。天門雲路遠，松谷故人疏。

小樓朝霽見西樵山

宿雨暗郊原，寒陰淒庭戶。朝來報新晴，東風捲黄霧。曙色見西山，春暉明深樹。中天開翠屏，峰巒盡回顧。屹然比衡嵩，岧嶢高幾許。欲希謝傅遊，濟勝慚無具。惟有寥廓心，憑高久延佇。青山不負人，巢由動千古。隴上白雲閒，豈識青春暮。紛紛尋芳人，鶩馬爭前路。

故人龎尚書郎索居海上遥有此寄

人生能幾時，蹤跡何參商。昔爲雙鴻鵠，比翼共翱翔。今爲水上鳧，分飛隔河梁。天高白雲遠，音書何茫茫。曾聞招隱地，叢桂揚孤芳。藹藹朱陳村，上有百花莊。談天掃日月，吸海揮壺觴。高名動酒帝，封侯入醉鄉。一杯羅浮春，何時對君嘗。蓮社追昔遊，清風比柴桑。慚予專一壑，力短心徒長。爲園理松菊，三徑未全荒。車馬不到門，荊棘生路旁。古人金石交，萬里寧相忘。丈夫志四海，何必共一堂。願言諧心期，豈逐歲月忙。雄峙千載前，巋然魯靈光。

誦盧方伯獨居手簡

玄鶴鳴風林，思君獨居樂，空庭無雜賓，攬書臨高閣。心閒世亦輕，浮雲任飄泊。嗟予日紛紛，良苦不自覺。從今學逃禪，塵心盡摧剝。避世金馬門，堪笑東方朔。

正月二日諸公登小樓和答十二韻

四時一何速，春到物華更。占歲書晨候，登臺望漢京。地平江樹合，風起午潮生。四海干戈戢，中天日月明。三陽初啓泰，百卉漸敷榮。極浦歸帆遠，重檐過鳥輕。高風師洛社，勝日聚耆英。倚檻千山小，驅雲萬里晴。懸壺思吸海，作賦擬登瀛。共切憂時念，寧忘戀闕情。故園長自好，北雁爲誰鳴。世路如蓬轉，黄河幾度清。

新歲拂架帙八韻

散帙微風入，牙籤起細塵。天邊芸閣静，架上蠹魚新。應笑康成癖，何辭原憲貧。下帷耽筆札，鑿壁愧比鄰。一日不開卷，寸陰如轉輪。年光忽已邁，燈火亟須親。韋編力未及，庭草碧已匀。何人封斷簡，幾曲畫堂春。曲名

端州積雨潦大漲有司供億紛然民甚苦之

連月不一雨，一雨便連月。浲水沒田廬，郊原盡魚鼈。干戈苦相尋，徵求貧徹骨。萬口日嗷嗷，鮒魚藏涸轍。西江千里遙，斗水安能活。吁嗟行路人，相盻如胡越。時事轉多艱，念之中腸熱。天高視聽卑，耳目何遼絕。誰爲萬言書，繪圖上天闕。世運苟太平，甘齧山中雪。

贈譚廣文之京

鴻雁度河梁，秋陰送晚涼。九天瞻日月，萬里駕梯航。白雪都門遠，紅梅驛路長。敝裘憐季子，皓首嘆馮唐。世態風塵異，王程歲月忙。儒流推獨步，文苑漱孤芳。擊築聞燕市，登樓望岳陽。君曾爲臨湘博士，故云。匡時懷赤牘，奏賦達明光。愛爾金閨彥，慚予綠野堂。春藏千日酒，溪隱百花莊。贈別餘孤劍，題詩滿皁囊。形骸能自外，天地亦相忘。廊廟雙眉綠，江湖兩鬢蒼。遙知風雨夜，偏憶水雲鄉。

感遇三首

朝看一片雲，暮作千山雪。天上明月光，何須論圓缺。時事日紛紛，誰巧復誰拙。利害不同心，對面皆胡越。

種樹滄江邊，人在江頭住。綠樹已成林，幽人在何處。高枝掛藤蘿，四時驚風雨。誰問種樹人，空見江邊樹。

昔日姑蘇臺，終朝麋鹿遊。五丁苦其力，何曾得金牛。夷齊與景公，同盡北山丘。濁醪與粗飯，一飽吾何求。

寄贈佘侍御家居八韻

詞藻推文苑，風裁稱法冠。埋輪豺虎伏，吹劍斗牛寒。休沐辭龍闕，歸來拂藥欄。登山懷謝傅，卧雪比袁安。心静風塵遠，身閒宇宙寬。神遊三島外，目極五雲端。海嶽瞻明主，星辰憶舊官。秋霜明白簡，天詔下金鑾。

懶

寂寞揚居地，深藏一腐儒。黄塵封斷簡，高卧常晏如。爲園任蕪穢，經年不荷鋤。黠鼠齧瓶粟，坐視其棄餘。閉關卻遠遊，豈爲出無驢。古人謝干謁，曾無政府書。折腰良獨難，那能曳長裾。醉來但揮手，萬事姑徐徐。靦顔畢駑力，誰智復誰愚。

拙

此生何良苦，白首愧窮經。紛紛事筆札，一藝不成名。常爲十口累，俯仰不解營。塊然如木石，笑比偶人形。東坡恨聰明，不得至公卿。云何柳子厚，乞巧通天靈。當世偉丈夫，善步猶卻行。智慧先天下，難以口舌爭。顧予甘薄劣，抱一學無生。

和盧方伯開徑移樹

荷鋤良不倦，卜築任西東。種樹春初艷，編籬日未中。深根盤沃土，新葉吸輕風。斜抱軒窗秀，忻沾雨露同。參商三徑曲，掩映百花叢。方訝池邊綠，翻憐竹裏紅。韶光開勝麗，曙色散空濛。石磴浮塵没，溪橋活水通。林深青嶂合，日射碧紗籠。過鳥聲遼絶，回廊氣鬱葱。下帷親夢友，被酒訝黽翁。散步心踰適，閑居賦轉工。杜門車馬少，投筆倚蒿蓬。

飲八十三翁何大僕池亭

花開頻對客，地暖早逢春。促席飛金斝，臨池膾玉鱗。名園能共醉，皓首轉相親。倚郭青山近，窺簾碧草新。壯心猶未老，短褐不言貧。盡掃風雲夢，長留海嶽身。鉛鑪烹汞鼎，塵麈拂綸巾。日月壺中景，羲農世上人。

窺園

遠俗應忘世，郊居喜掛冠。春深花欲語，雲艷晝生寒。竹柏經年茂，藤蘿倚樹攢。閼門談道易，學佛出家難。巖洞烟霞潤，何人許共餐。

寫懷

古今一晝夜，流光飛電速。世界如奕棋，百年幾千局。勞勞役吾生，轅駒何齷齪。憶昔廿年前，東西日徵逐。盧生夢已醒，黄粱猶未熟。歸來讀殘書，高臥青山麓。兒孫笑語喧，對食忘饘粥。富貴等浮雲，得隴寧望蜀。天道有盈虧，待足何時足。前車棄道旁，何人肯推轂。税駕息樊丘，安知非爲福。造化任推移，不問君平卜。時事難揣量，江河變陵谷。人生無百年，云誰相逼促。千秋魏伯陽，還期踵芳躅。

寫懷用杜韻

吾自愛吾廬，方齋但容膝。雨後對青山，坐高天上日。束髮慕古人，與誰論疇匹。昔從洛陽里，停車訪君實。今爲田學士，烟霞稱痼疾。長揖謝王侯，避人且捫虱。一枕夢華胥，平生志願畢。寸心化成灰，雙眼黑如漆。鬻文此何時，虚負中郎筆。入山不厭深，入林須更密。王門盡好竽，漫勞工鼓瑟。鬥雞笑群兒，屠龍本無術。

風折竹

萬竹成行列，風吹幾竿折。叢林影漸疏，不礙天邊月。百物有榮枯，世事多圓缺。況此草木儔，那能不消歇。沃土著深根，春來應再活。飄飄雨露滋，生意誰能奪。淇園天日晴，重看飛綠雪。

會劍客談兵

君讀孫吳書，平生負遠志。呼吸掃虹霓，盛名無虚士。登壇會有時，獨抱淩雲氣。佩劍著危冠，露袒看猿臂。談鋒射星芒，雲陣藏巾笥。白面笑書生，漫學屠龍技。本非文武才，那堪備經濟。願從黄石遊，踞鞍策飛騎。請觀拜將年，預卜封侯事。

吳戶曹傳樞貴言訝余不通京師書

自昔稱哲人，無書抵政府。曾聞司馬公，引拔登賢路。青史傳美談，高名重千古。我本西家愚，碌碌安足數。即持萬言書，累牘終何補。追憶廿年時，努力事明主。徒懷狗馬心，無由報恩遇。今逢堯舜時，夔龍滿朝著。推轂日紛紛，征途渺何許。往轍至今存，念之倍疑懼。飄泊嘆浮名，好似風中絮。自憐骨相寒，何勞問唐舉。我命本自天，誰能復陶鑄。投筆對青山，逍遥重箕踞。

别江西藩臬諸丈

畫角催明發，離情繫日邊。舊遊應愧我，相見已忘年。雲起天連樹，潮平月滿船。德星長在望，分省別才賢。

友人邀遊故相夏桂洲白鷗園寶澤樓

名園誇獨樂，門徑爲誰開。倚檻花千樹，臨池酒百杯。撫時增感慨，待月共徘徊。剩有山陰興，重期雪夜來。

初至大梁

十載梁園夢，彈冠入鉅藩。卿雲環雉堞，輦路夾朱門。臺柏霜枝勁，庭花露葉繁。擁旄初駐馬，麥穗滿平原。

飲張氏別業

澤國多名勝，何須問故園。虯松參石壁，金菊綻籬根。雨過嵐烟盡，風恬鳥語喧。更憐魚水樂，時向藻中翻。

次韻答李三洲中丞

宿負蒼生望，徘徊澤國邊。雲林開別墅，石室倚青天。家學真名世，玄修獨悟禪。夜寒檢周易，細雨對金蓮。

次韻答岑蒲谷方伯

離情江水遠，引望日華邊。睨傲非無地，行藏信有天。好奇常問字，習靜欲參禪。最愛陶弘景，餐霞遊玉蓮。

次韻答倫穗石正郎

少壯嗟行役，星霜不計年。亂雲迷鳥道，斜郭帶朝烟。潮長平沙没，村多遠樹連。悠悠歲將暮，明月滿前川。

次韻答鄒海嶼邑侯

南州張仲蔚，黑髮謝朝冠。圖史供春事，蓴鱸奈歲寒。城隈開菊徑，筆裏倒詞瀾。策騎空慚我，長途未息鞍。

邊行

夜識郵亭月，重來即舊廬。長憐身是客，不問食無魚。臺省斐鳧舄，河梁駟馬車。篋中何所有，數卷是圖書。

對雪次韻

北地偏多雪，凝寒氣獨先。陰風常捲地，朝旭便回天。作賦誇梁苑，披圖入輞川。江山瞻物候，離索日如年。

寧夏秋日紀懷

浮雲多聚散，孤雁獨回翔。旅夢關河遠，離懷歲月長。魂銷芳草渡，淚灑碧蘭房。寄語重臨日，姑蘇上畫航。

哀見初侄

憐汝英州路，飄飄下急湍。西風摧玉樹，良馬翳金鞍。薤露朝暉早，江濤夜月寒。重昏何日曉，雙淚向誰彈。

鐵柱泉中秋對月寄懷

秦關今夜月，凝望五雲端。命酒頻吹劍，懷人獨倚欄。光搖銀海白，影合玉樓寒。卻笑長爲客，年年駐馬看。

田園燕集次韻答雙臺

萬緣渾是夢，一醉便爲家。繞屋溪流合，臨池石徑斜。園林多橘柚，風雨長桑麻。倚席逢仙侶，頻開頃刻花。

次韻酬和李中丞

塵掩陽關路，空勞歌渭城。未論霜鬢改，偏喜布裘輕。海近日常早，心閒夢不驚。山中何所有，葵藿向陽傾。

聞郭夢菊祠部北上將戒期次韻勸駕二首

鳳池春草緑，一別幾經秋。朝野頻相問，江山肯久留。乘潮觀海市，簪筆上螭頭。畫角催明發，含情獨倚樓。

紫陌紅塵静，看花御幄前。禁城春似海，蘭省夜如年。雨過千山秀，天高一鶚騫。河橋朱旆遠，凝望五雲邊。

次韻聞西北邊警

朔風飄紫塞，羽檄動高秋。幕府傳新令，胡兒飲上流。嚴城環虎帳，永夜察旄頭。昴星也，主胡，動則胡兵起。何日梟殘虜，降旗滿戍樓。

黄沙埋白草，新月半規前。虜犯塞皆月半規入，將望則出境。烽火連秦塞，胡塵擁漢川。雲横羌笛起，風急馬群騫。韓范今何在，宵衣問守邊。

村居雜詠和盧方伯

地僻無車馬，柴門緑蘚封。鳥棲常擇木，雲起欲從龍。涉世書千卷，談天意萬重。石床秋草亂，晞髮倚長松。

紛紛時事改，世路欲何之。雨雪青山暗，風霆白日移。卻憐投筆早，應恨掛冠遲。載酒空亭晚，玄談得我師。

正喜太平日，同爲田舍翁。焚書謝政府，開徑長秋蓬。已任頭顱改，休嗟杼軸空。希夷傳睡法，高枕許誰同。

江上秋陰

推篷閒獨酌，天爲掃煩襟。樹色籠寒日，江流帶夕陰。斷霞孤鶩遠，高岫亂雲深。千古知音少，何人共賞心。

答西莊和盧方伯

乍入江城晚，秋光能幾時。竹高霜後節，花發歲寒枝。古砌添新蘚，蒼藤繞舊籬。菜根如有待，長向雨中滋。

深雨

喜對連朝雨，黄梅四月天。樓前空見海，樹杪不聞蟬。雲暗通津路，山飛瀑布泉。得鱸炊美酒，漁火亂沙烟。

葺先人別業

卜築人何在，含情祇自傷。舊存投轄井，新葺讀書堂。斷岸鋤荒徑，横塘架短牆。尊生留此地，休更覓仙方。

陳秀才歸田

白髮非前日，黄河幾度清。未論三策貴，須識萬緣輕。借劍心徒切，坑儒恨未平。乾坤如大夢，何處覓盧生。

夏景園廬

炎風披夏日，閒撿絕交書。歲月雙蓬鬢，乾坤一草廬。雨深新竹密，地遠故人疏。莫問東陵事，瓜畦且荷鋤。

地畔築小堤使園廬相屬

園林環古屋，遲日綠陰斜。活水溪邊入，新牆竹外遮。門通蔣詡徑，樹隱鄰侯家。月色臨池靜，長留解語花。

秋日園居二首

物候隨時變，那堪問歲華。晚風三徑竹，朝雨半籬花。自比禪居靜，從教物論譁。浮生何所有。醉處便爲家。

高鳥聚還散，浮雲東復西。地平江樹合，潮長稻田低。村徑通魚浦，林塘隱竹溪。晝遊車馬客，何意問巖棲。

月中觀群兒戲鬥

門外吹葭管，如聞塞上聲。披襟誇勁敵，連袂樹疑兵。草莽多私鬥，兒童亦世情。紛紛人語罷，徙倚月重明。

小樓中望所期客

舊有文園約，俄驚白露秋。掃門開竹徑，聞雁倚江樓。天地年華改，林塘樹色幽。晚風潮欲長。新月待移舟。

予適誦詩一鳥久立花間不去

青鳥來幽徑，逢人聽說詩。似憐秋色好，猶恨賞心遲。凝立渾何待，飛鳴欲語誰，若能刪纇句，一字亦吾師。

聞譚長公之官宜山暴卒於蒼梧作此志恨

夢斷宜山路，輕車嘆陸沉。梧門秋日暗，竹馬白雲深。風雨孤臣淚，乾坤萬里心。獨餘龍劍在，凝涕倍沾襟。

憶亡弟次韻

愛爾獨鍾情，虛疑死復生。倚樓頻悵望，聞雁更悲鳴。白日塵緣斷，慈雲世界輕。莫論人壽促，誰復見河清。

八仙圖

曾赴瓊池會，還來泛斗槎。胸中藏海嶽，壺裏傲烟霞。草木傳真跡，乾坤共歲華。五雲披鳳幄，同醉玉皇家。

登盧方伯華樓

結廬謝城郭，開閣跨林皐。環視衆山小，仰攀明月高。星河臨短榻，江樹送飛濤。徙倚閒雲上，乾坤一羽毛。

立春十二韻

舊臘春先到，新元曆正頒。天高紅日近，心遠白雲閒。未厭冰霜苦，重開桃李顔。迎陽花欲語，出谷鳥知還。黍甸風初暖，衡門夜不關。潮回看海市，雪霽見嵩山。樹色環青幄，嵐光吐綺斕。月横香閣表，斗轉玉河灣。頓覺年華改，寧忘時事艱。王庭臨紫塞，銅柱偃南蠻。龍劍終難沒，驪珠豈易攀。思玄曾作賦，笥草待誰删。

蚯蚓吟

日月中天轉，人間幾度秋。長鳴如有恨，幽抱本無求。偃蹇忘三窟，逍遥藉一丘。浮生能自遣，何地不瀛洲。

元夕連雨苦寒

雨暗銀燈燦，重簷溜未乾。那堪風颯颯，況復夜漫漫。香散屠蘇酒，寒深苜蓿盤。卻慚朱履客，愁殺踏青難。

元夜蚯蚓鳴用韻

千蚓號登夕，紛紛雜管絃。新雷猶未動，鳴蟄已相先。呼吸長隨月，行藏共戴天。世情渾莫測，何意受人憐。

雨中樓居

一身天地小，容膝便爲安。素壁雲猶潤，新題墨未乾。筆花頻入夢，雨氣欲生寒。穩步凌塵界，何如百尺竿。

筠臺戴郡公枉駕敝廬賦此爲别

幾曲猗蘭調，行藏付短琴。風塵忘去國，江海覓知音。信有并州夢，長懸竹馬心。歸來頭未白，偏覺主恩深。

東去羅浮近，朱明款石扉。天高黄鵠遠，風定白雲飛。戎馬頻看劍，烟霞早振衣。青山如可載，應附短航歸。

暮春書懷和周雲谷

誰道春歸去，長從水竹居。池邊通小徑，花外駕輕車。見獺心全息，逃禪計未疏。浮名千古笑，安用茂陵書。

秋日得塞上督府書

驚喜邊書到，祁連朔氣清。共論張仲蔚，何似李西平。歲月東山遠，風塵白髮生。誰家吹鐵笛，偏動玉關情。

得邊帥書

西望陽關路，衝星劍氣横。天青沙草暗，月白隴雲明。投筆千年事，平胡萬里情。逐臣江海遠，回雁聽邊聲。

殘年寫懷

日月雙推轂，俄驚節序更。歲寒新酒熟，風急敝裘輕。多暇惟談易，長貧懶治生。鷦鷯棲息穩，何意向人鳴。

視溪亭樹

曲徑環深樹，何如習氏園。參天含霧氣，蹲石倚雲根。橫覆高低屋，斜連遠近村。漁樵無路入，疑是武陵源。

醒枕

輾轉虛良夜，曾無穩臥時。寸心應自遣，百慮欲何爲。月落雞聲早，風寒禁漏遲。華山尋睡法，無計訪希夷。

老婦

最是青春好，其如白髮新。卻憐看鏡日，長憶畫眉人。莫問前生事，爭誇見在身。嫦娥有靈藥，重喜結芳鄰。

春前一夕宿遠客

休道論交晚，相看歲月長。雪消沽酒市，雲滿聚星堂。占氣春將到，忘年喜欲狂。須君留信宿，同醉滿庭芳。

懷光孝寺寄霍南嶠用韻

曾問西來意，誰參最上乘。即心原是佛，出世不如僧。說法空堂月，翻經午夜燈。炎洲多苦海，應有玉壺冰。

苦應酬和高左史呈譚別駕

郤笑門如市，勞勞欲避人。閉關藏竹塢，倒屣厭車塵。樂國如何地，浮生衹此身。扁舟同載酒，江上且垂綸。

重陽書懷和譚別駕

黃花三逕好，一醉即柴桑。月色臨池近，秋聲入夜涼。江天橫朔雁，龍樹帶斜陽。猶憶邊城日，登樓望故鄉。

泛海有述

孤嶼橫連海，漁樵共一家。滄波浮日月，遠樹帶雲霞。夜靜驪珠現，沙平雁陣斜。扁舟星漢近，縹緲泛仙槎。

懷劉躍衢年兄

世態烟波轉，江流自古今。共看千里月，長照百年心。塵掩虞卿璧，山藏董塢金。憶君投轄醉，天遠白雲深。

獨坐和盧方伯

世局紛紛變，齋居總不知。青春忙裏過，白日靜中移。鴻鵠翔千仞，鷦鷯戀一枝。此心忘去住，面壁得吾師。

客有問予别墅者作此答之

結屋滄洲上，桃花隔武陵。海深先近日，山遠不逢僧。鶴立千年樹，巖藏六月冰。蘇門渺何許，長嘯憶孫登。

答友人話舊

西北風塵地，那堪論泬寥。與誰籌國事，何日滅天驕。塞馬寧論失，江鱸早見招。薄軀猶善飯，髀未全消。

登黄鶴樓和同年張侍郎

千古名樓遠，憑高何壯哉。江隨天地轉，山抱日星回。樹色連雲合，湖光拂曙開。欲尋仙客去，乘鶴共飛來。

久雨

天遠層雲合，占晴獨倚門。玄蟬投樹滑，黄潦入江渾。山氣嵐烟重，蛙聲鼓吹喧。三農歌帝澤，晴景未須論。

和移石床近蓮花

風從天上起，吹送野亭香。竹外紅雲島，溪頭白玉床。流霞開艷景，明月助清光。斗酒逢君醉，寧論世路忙。

夏日無客

炎天長獨臥，岑寂最相宜。客散何須問，瓶空不自知。閉關涼雨過，題竹晚風吹。小步臨花砌，嬰兒執袂隨。

晚眺祈晴聞龍舟出海

積雨連旬朔，江村樂事稀。忽聞金鼓震，爭訝木龍飛。雪浪滔天湧，旌旗向日揮。晴飈雲裏發，應跨彩虹歸。

頽垣和譚別駕

獨樂名園在，休論四壁摧。藤蘿長自好，風雨任相催。竹塢鄰雞入，蓬門野徑開。青山堪卜築，千載共崔嵬。

園亭避暑用韻

德星連夜聚，知爲集耆英。喜氣從天下，豪談舉座傾。採蓮溪上醉，看竹雪中行。壺裏乾坤小，還期泛八溟。

和王總戎假寓西莊

西臺凝望遠，永夜看旄頭。昴星生胡。飲馬思吞海，投鞭欲斷流。東山千里月，南雁五湖秋。畫角中天發，虛疑塞上樓。

和譚別駕病起

萬事從今好，休言百病侵。加餐香稻足，穩步曲門深。雨後窺三徑，風前戲五禽。何勞學莊舃，長作越人吟。

秋日苦熱

鬱鬱炎州地，驕陽白晝騰。空中飛鳥絶，樹杪亂烟凝。夜月秋光暗，天門海氣蒸。閒雲方出岫，疑是待龍興。

臥遊海珠寺

天高孤月小，海闊萬山連。身世雲間鶴，乾坤浪裏船。逃禪留客醉，開閣倚雲眠。探得驪珠在，神光照佛前。

中秋良會客有不待月而別者

庾亮多秋興，高懷向晚開，酒深人漸散，天遠月徐來。瑶草千莖露，彤雲百尺臺。嫦娥能共醉，徙倚夜徘徊。

清夜吟用韻書感

拊髀嗟時事，風高曉漏遲。長懸千載慮，豈爲一家私。烏鵲雲中渡，明星月後隨。江湖心欲折，新白幾莖髭。

贈劉翰林還京

奏賦才名遠，抽豪上玉堂。禁垣勞侍從，綸閣待平章。擁傳趨東觀，看雲憶太行。詞臣司獻納，忠讜達明光。

暮春

休道春歸去，青春去復回。鳥聲來遠樹，花氣落深杯。景色何曾別，人情莫浪猜。綠陰高閣上，偏憶草玄才。

聞杜鵑

月色横天地，長林鬧子規。悲鳴如有恨，悵望欲何爲。聲急淒風斷，魂寒曉漏遲。願教深結舌，投足萬年枝。

聞蟬

夏日開東閣，天邊送遠聲。一身能自遣，萬口爲誰鳴。露重林霏潤，風高羽翼輕。知音如有待，聽爾豈無情。

園樹有巢鵲

綠樹連霄漢，幽棲羨一枝。托身忘偃蹇，集木識安危。雲暗歸巢早，天寒出戶遲。名園修健翮，不使弋人窺。

古劍

神物終當合，應憐解佩難。倚天曾耀日，抵掌獨登壇。價比南金重，光騰北斗寒。沛公西略地，三尺定長安。

鄙述答諫議蕭公

諫草傳天下，奸諛膽正寒。赤心懸日表，紫氣上眉端。春殿依龍幄，慈闈拜鳳冠。秘書三萬卷，頻向夜燈看。

雜言五首

翻雲還覆雨，天道幾晴陰。義薄黃金重，人情似海深。

人生日營營，得失爲心患。世事盡浮雲，冷眼林間看。

陵谷有變遷，日月無停滯。寂寞子雲居，何人來問字。

看花閒便出，邀月醉還斟。試問羲皇人，千載誰問心。

纍纍多荒塚，誰辨賢與愚。丹心照青史。偉哉真丈夫。

睡覺

雲深天未曉，側足踞繩床。明星窺戶牖，疑是旭日光。

日高睡未足，愧我希夷身。鐘鳴更漏盡，猶有夜行人。

村居雜言

甕牖窺天地，何人顧草廬。家無千日酒，惟有萬言書。
世事今何日，深居獨灌園。夜來焚諫草，偏愧舌猶存。
一臥滄江晚，何年夢覺時。周公如復見，千古是吾師。

雨景

一夜風雷起，溪流處處通。五湖天浩蕩，烟水更冥濛。

西平道中

樹色迎朝日，春風動酒旗。杏花村裏過，無處覓金龜。

高茗峰陳莘野劉純吾三公隔水不得相見

芳村連曲水，樹色隔江分。願結青山侶，同爲出岫雲。
莫嘆歸來早，那堪遠別離。鳳城春草緑，偏憶舊遊時。

默坐

地遠山河靜，天空日月移。明心持戒律，禪定是吾師。

芸閣藏詩譜，忘言對項斯。竹陰環短榻，況復月明時。

絕句和杜

遠樹籠朝霧，輕鴻踏雪泥。江樓先得月，野店是聞雞。
短髮霜前草，浮名鏡裏花。風烟皆過客，宇宙即□□。（以上百可亭詩集摘稿卷上）

全粤詩卷三六五

龐尚鵬二

醫巫閭山

長夏蕭森不知暑，雲中雞犬作人語。石磴禪房長薜蘿，老僧持鉢歸何處。洞裏原無蟬蜕人，山腰空見冬青樹。眼中日月長爲侶，華嶽峰頭高幾許。撑天拄地鎮夷荒，觸石興雲作霖雨。

西河驛

去歲淮樓坐明月，海色山光白如雪。今歲揚旌拂塞塵，黄沙白草埋青春。聽雞握髮事長路，東渡遼海西入秦。臨岐拊髀長嘆息，愧我碌碌非能臣。會當早覺漁樵伴，買舟結屋稱芳鄰。

院中葵

蒼顔本非楊柳質，幽香不似芝蘭室。年年空有歲寒心，萬緑叢中長捧日。公餘坐對滿枝紅，豈羡江陵千樹橘。

颶風歌

臥聞萬里天聲動，赫赫玄威孰操縱。撼岸潮頭湧怒濤，卻疑漢楚睢陽鬨。翻盆暴雨夜漫漫，浲水千丈迷桑田。黑風捲地蛟龍鬥，亂雲披靡相牽連。揚沙拔木木欲折，霆擊山摧群芳歇。胡商倚舶攬驚魂，瀕危始悔謀生拙。射潮安得萬弩強，力能倒海如鞭羊。中流安得撐砥柱，屹立東障波瀾狂。天地何心民何罪，田園荒落留逋稅。干戈旱潦苦相仍，十室九空嘆貧悴。誰能飛身雲漢長，坐掃重陰天帝旁。挽起扶桑回赤日，深山窮谷歌朝陽。

聞雁

有鳥有鳥刺天飛，凌風何處借高棲。朝遊碧落暮四海，誰道湯網横天施。雪深邊塞五更時，洞庭雲暗雨如絲。河漢一聲天地曉，恥隨越鳥巢南枝。沙頭明月秋偏好，蘆洲曲水環蓬島。群居不爲稻粱謀，迴翔肯落虞人手。問爾常從海上來，釣徒幾見鷹揚老。

鄰婦哭殤子用韻

山中薤露歌，里人皆動色。何況母子間，情義關休戚。拊心長慟白日頹，淚零百草東山摧。奈何原壤歌狸首，獨於母死忘悲哀。亦有風流稱放達，浹旬一飲醉如泥。衹將白骨埋黄土，雨餘荒塚草萋萋。世間骨肉多如此，吁嗟鄰婦何深悲。幽明已隔重泉路，腸斷呼天知爲誰，遊魂一去不復返，人生如寄終同歸。乾坤亦有銷沉日，杜宇空勞月下啼。

曉行歌送盧方伯如城

雞聲初亂五更殘，朔風颼颼送曉寒。潮長扁舟下急湍，輕波水面正瀰漫。日輪浮動海天寬，蓬萊宮闕倚雲看。咫尺誰家吹紫鸞，城上朱樓十二闌。

泛溪紀遊

朔風飄飄溪樹前，輕篷短棹溪邊船。翩翩鼓枻泛溪去，鑒湖萬頃通長川。入夜披光清且漣，秔秫蔽野横朝烟。舉酒相屬意悠然，青天直與水相連。村墟日高集販賈，鋪排沙頭雜兒女。相逢問答無別言，耳邊盡是農家語。吁嗟世態如春雲，紛紛代謝不堪陳。經過渡口百花繁，信宿隨風向水濱。古來萬事長如此，招攜何惜採芳蘋。會心便是忘機處，忽覺魚鳥來相親。避人休問桃源洞，祇今聖代非嬴秦。

感時排律和楊臚山

閒居卜築枕江瀕，舉杯獨酌羅浮春。宇宙幾逢三月景，蜉蝣應笑百年身。何緣蟬蜕寰中事，得比羲皇世上人。赤地平原飛旱魃，窮閻瓦甑起黄塵。十郡敲鞭官賦急，四郊烽火羽書頻。利窮山海脂膏盡，稅及舟車道路貧。雲冷戰場埋白骨，車深山麓絕遺民。當晝街衢横虎兕，故鄉門巷長荊榛。飢寒共抱農桑恨，覆載何孤天地仁。貸粟捐租常倚盻，積薪厝火敢誰論。書生嘆息曾流涕，天闕高深難具陳。日月亦常臨蔀屋，廟堂寧忍棄編氓。陽春浩蕩雲爲雨，和氣氤氲夜向晨。竚望太平知有待，錯教愁苦動相嗔。東臯舒嘯陶彭澤，谷口躬耕鄭子真。啜菽敢忘青玉案，憂天空負白綸巾。

惠短箋口號

朝來新得五花箋，尺素須教百世傳。筆底龍蛇欲飛動，松魂片片生雲烟。益州十萬誰寄我，望幸不作明河篇。洛陽一日聞增價，三都賦就心眕然。咄咄書空愧知白，寧爲草聖酒中仙。薛濤千幅不盡意，掀眉投筆且談玄。

弼唐兄食不重肉乃東西遠遊無寧歲感而賦此寓忠告之意

流光荏苒如擲梭，人生溫飽能幾何。安樂窩前萬事足，年年新雨長青蔬。飢來長啜一盂粥，坐對妻兒生計足。鐘鳴鼎食豈不榮，祇恐終朝聞顛覆。夷齊採薇西山外，震世高名懸絕代。何人下筯日萬錢，風塵朽骨今何在。濁醪粗飯常有餘，肯負平生七尺軀。人世蜉蝣等朝露，黃金築塢何其愚。古來富貴皆由命，繩樞甕牖吾何病。此心擾擾空自勞，天定安能以人勝。何如避地且懸車，贏得胸藏萬卷書。開門永日對幽草，莫問家無儋石儲。

雪月歌壽盧方伯 二首

擁爐朝賞東山雪，撫箏夜燕南樓月。醉來滿地砌瓊瑤，清光萬里横雙闕。藍橋風起報春回，江南江北梅花發。

罊梅先罊枝頭雪，招客先招江上月。雪深同結歲寒盟，紅梅雪後纔堪折。門前舊客任去來，明月何曾遠離別。

偶有異聞作此發浩嘆

秦廷不信馬如鹿，趙高坐法夷三族。如何白晝人寰中，一手能掩天下目。峨冠徐步曳長裾，儒名盜行何勝誅。利欲滔天比洪水，排山漂木人其魚。

鄰曲招飲添歲酒

江流東去不復回，青春白髮長相催。郊墟渾似桃源洞，千樹萬樹桃花開。日月行天如轉轂，江南一夜蘼蕪綠。卻教沉飲共忘年，床頭貯酒三千斛。一徑蓬蒿寄此身，田盧雞犬日紛紛。不識醉鄉更何處，夜捫南斗披衡雲。

七十春遊歌贈劉山人

人生七十能幾時，韶華過眼如飈飛。出門兩手擁日月，清光萬里常相隨。壯年早負桑弧志，闔闔排雲謁青帝。至今吹劍斗牛寒，遨遊肯厭貂裘敝。掛冠航海涉鯨波，蘇門長嘯南山阿。古人會意各自適，如君所得良更多。一年一度青春好，白髮催人容易老。蓬萊石室近如何，閒庭且對濂溪草。

挽同年孟玜唐中丞

十載長安共明月，歸來獨釣滄洲雪。君從何處駕梯航，鯨海龍山非故鄉。悲歌萬點英雄淚，愁對西風灑白楊。

木棉行

槎牙古樹海天涯，長與東風競歲華。翻見白頭人易老，獨留疏影傲烟霞。昔年自幸栽培早，歲月幾何今合抱。仰看皮骨正蒼蒼，肯隨樗櫟同枯槁。托身不入百花叢，屹立乾坤秋復冬。雪裏奇葩千萬簇，春來雲錦燒天紅。繁華盡付風塵外，惟有丹心長不改。紛紛百卉競銷沉，姚黃魏紫今誰在。飛絮漫天東復西，零落殘紅逐馬蹄。片片直隨流水遠，漁人爭訝武陵溪。君不見園陵多植冬青樹，森森叢棘知何處。又不見柏梁高架承露臺，金莖露冷旋成灰。何如深根著南土，長年飽歷冰霜苦。參天咫尺日月光，肯爲人間作棟梁。

臥遊羅浮和盧方伯

曾擬羅浮訪列仙，風烟縹緲石樓前。林亭丹竈知何在，欲問當年葛稚川。俯仰天吳如咫尺，萬里乾坤懸几席。黄龍洞口駕飛雲，四百峰頭生羽翼。滄海瀰漫東復東，三更日出海波紅。枕書高望扶桑頂，咫尺天河有路通。參差臺殿曾遊處，鹿鳴澗底聞人語。捲簾飛瀑晝生寒，朱明草木多風雨。誰是名山真主人，蓬萊閣上好尋真。神遊八極清風遠，壺裏同收天下春。

譚山人過草堂有贈

乾坤盡是吾儒事，誰稱磊落奇男子。如君半字不浪談，皮裏春秋比青史。古來天地本一家，孑身萬里醉流霞。目前管仲豈易得，海内誰爲鮑叔牙。下筆風濤從地起，憑陵草木從風靡。曾期待詔金馬門，漢廷久監嗟知己。歲寒風雪到茅廬，手持痛哭萬言書。氣吞河嶽填胸臆，瓶粟雖空常晏如。浮名笑付東流外，蟲臂鼠肝同覆載。高風千古重夷齊，王侯將相今何在。世間多少臨江廩，抵觸偃臥終何爲。人生遇合會有時，何用攢眉強賦詩。

歲晏行

黄霧飄飄朔風起，歲除日月今餘幾。爐烟欲盡書生寒，三陽開泰從兹始。釣魚臺上獨盤桓，雪消雲散海天寬。羅浮東望如咫尺，神遊曾入梅花村。多暇田園依竹榻，掛壁藤蓑懸短鍤。牛犢長鳴扣角歌，黄雞白酒過殘臘。羽檄宵傳海若驚，獻俘方喜來夷庭。蠻荒復報群酋亂，壯士何人願請纓。閭閻紛紛按圖籍，里中雞犬無寧夕。尺田寸宅魚鳥身，公家何苦相驅逼。我本江南一布衣，逢時經略願多違。太平天子勤南顧，誰向蒼生爲察眉。

金山寺聞雞

萬籟沉沉玉宇開，水中山寺鬱崔嵬。鐘聞兩岸烟光動，恍惚聲從天上來。黄鳥枝頭向人語，和鳴追逐叢陰裏。對此翻憐求友情，故人千里知何處。奇毛濯露長翩躚，四顧螳螂且避蟬。中流隔斷塵寰路，那得王孫挾彈丸。兒童爭訝鶯鶯好，高飛自愛春風早。翠竹山房寄此身，何須更覓蓬萊島。幽谷常懷一片心，江湖隨地有知音。祇園共識遷喬意，日月重明雙樹林。翻經臺上天花落，九曲江流環草閣。巖頭徙倚萬山低，披雲欲跨麟洲鶴。

虚室行三月初旬已貸粟矣

寂寂空庭無雜賓，蠹書湘榻生浮塵。青天明月長相照，環堵蕭然肯厭貧。細視瓶中久無粟，舉火終朝待鄰曲。長飢近午始一餐，敢望豐年收萬斛。倒翻囊篋無餘錢，杜門謝客常高眠。逢人笑比龐居士，千金散盡方成仙。東鄰問我何所有，一卷黄庭常在手。西鄰問我一事無，安得天地爲錘鑪。陶熔萬類頻開局，坐運乾符轉坤軸。未論黄土盡黄金，且令四海家家足。

木綿飛絮歌

曾見溪頭楊柳花，飛來飛去落誰家。木綿白絮渾相似，向日隨風陣陣斜。春來便喜春光好，人人共道花開早。花開花謝能幾時，白雪紛紛春已老。簸揚何必怨東風，年去年來萬古同。自信若非楊柳質，春來依舊滿枝紅。

新月篇

西郊雨過月初生，浩蕩乾坤陰復晴。雲簾捲盡玉鉤横，天門遥望泰階平。銅龍漏下報初更，極北關山處處明。曾憎朔方傳箭夜，黄沙磧裏聽秋聲。

鬥鳩行

最喜群鳩在高樹，時時相對呼風雨。一朝狂噪百怒生，頓覺形骸分爾汝。吁嗟羽族誠卑微，分飛顧影將安歸。丈夫鬥智不鬥力，排山倒海終何爲。古今局面皆如夢，休將勝負爲輕重。泰山兀立霄漢間，掣電轟雷搖不動。衆星敢比孤月明，一鶚能令百鳥驚。英雄吐氣千軍勇，何待奮臂輕爭衡。秦人鏖戰長城外，焉知禍起蕭牆内。鴻溝萬里接天流，茫茫楚漢今安在。曾聞捕羊指爲虎，羊質虎皮寧足數。蚊虻飛聚任成雷，一擊勝之未爲武。爭名逐利田單牛，烈火連天苦未休。滿目豪華易消歇，祇餘荒塚北山頭。一門牴牾成胡越，尺田寸宅交相奪。説客蘇張不可移，骨肉恩情中斷絶。何如捲舌且深藏，冰天炎海夜生涼。揜耳不聞門外事，是非得失俱相忘。

猛虎行

捕蛇鬥雞安足數，浪說屠龍亦何補。誰持雙劍斗光寒，奮髯盡搏人間虎。耽耽雄視七尺身，怒號白日驚風塵。從教橫鷙犬羊群，豈無射石飛將軍。

李陽河即事

秋盡東行思渺然，陰陽何用問蒼天。頃自青陽道中，苦雨，曉發池口，次李陽河，偶陰雲四起，故云。數聲黃鵠青雲上，幾點疏星白雁前。月印西林明野寺，潮平東海長桑田。十年風雨江湖夢，重問當年范蠡船。

贈翰林王忠銘省覲還海南

曉傳溫詔下承明，晝錦寧親出鳳城。捧檄正懸憂國夢，望雲長憶倚門情。瑤池天近恩波闊，瓊海春深愛日生。莫向周南嘆留滯，早期勳業著西清。

登大梁城樓

繞郭星河入望頻，上方臺殿迥無塵。雞鳴紫陌千門曉，雨過平原萬草春。天際彤雲長捧日，樓頭青鳥欲依人。前朝第宅今何處，惟有棠梨歲歲新。

雄州簡譚次川大參

宦園蟬蜕正芳年，曲巷方齋秖自憐。白日静移編竹塢，秋風長送釣魚船。山間鶴夢隨春夢，海上狼烟拂曙烟。自分華陽高士笑，披星馳馬枕戈眠。

次韻初秋雨夜有所思

涼入郊原思萬重，山家砧杵亂雲中。雨餘曲巷添新蘚，夜午商風拂素桐。千里誰家吹玉笛，一緘何處覓飛鴻。松堂筆硯封塵久，欲賦閒居愧未工。

次樊北萊督學感秋韻寄懷

颯颯商飈百卉寒，高棲長羨一枝安。中原烽火猶飄泊，陸地風濤正渺漫。鳳沼牽絲稱獨步，螭頭簪筆愧同官。行藏自信床前易，贏得青山雨後看。

次西莊臨池玩月韻答孔臨干

朝來鐘鼓報新晴，千丈紅霓晚更明。石徑碧桃渾欲語，屋梁高燕若含情。懸車莫問風塵惡，擊壤今逢海宇清。對影曲肱池水闊，夜看華月上重城。

天關書院飲至次韻答吴自湖中丞

光徹轅門寶炬焚，捷書連夜動江濆。風生彩筆稱神武，雲擁樓船識漢軍。百戰金戈迴赤日，千山寒谷望晴曛。徘徊宴喜歌周雅，應信中興有頌文。

次韻答冼石雲

紫燕飛飛擁去旌，郵亭酒罷聞吹笙。馬前忽報都門路，嶺外猶懸隴樹情。天闕夜開三殿曉，金城雲盡萬方平。侍臣奉御臨河閣，惟聽高梧老鳳鳴。

楚中曉行

南望衡寒早策鞭，雞鳴茅店月中天。花迷宿鳥春山裏，風掃明星曉騎前。石徑直穿芳草渡，河橋長拂綠楊烟。離愁最憶池亭夜，嶺樹江雲入夢懸。

次韻答倫警軒廷評

九衢風起散朝烟，玉漏沉沉霜滿天。按轡獨慚桓典馬，聽雞猶問祖生鞭。春明粵海滄波闊，草綠吳山赤日懸。長憶西臺官舍近，棘垣風采獨稱賢。

次韻答歐崙山

江天臥病數年餘，復向金門上使車。曾引法星依御輦，幾看宮柳拂鸞旗。蕭蕭短髮頻看鏡，苒苒青山欲結廬。萬里憶君同赴闕，憂時應有治安書。

次韻答張印江同年

五雲樓閣鳳翩翩，握手相看各問年。蘭省才名稱獨步，漢京岐路愧相先。采風重見天台月，浸興遥歌白雪篇。立馬津亭長北望，徽音頻遣寄江邊。

次韻答吳川樓太守

朝來初報杏園春，禁掖傳宣遣使臣。鳳輦忽看雲五色，赤墀應見日重輪。天迴吳越鯨波靜，路繞吳山草色新。攬轡卻憐東土近，登臺長喜拜恩綸。

度梅關用韻

立馬長亭早度關，重重磴道幾躋攀。晝遊風偃巖前草，晚眺雲開雨後山。望闕獨疑梟舄遠，題橋應愧駟車還。珠璣巷口無人問，族祖自宋朝由珠璣巷徙南海。惟有長松識舊顔。

周莓厓中丞邀遊滕王閣別後用韻奉寄

十載烟波幾往還，相逢尊酒駐江關。登樓共醉湖中景，彈劍長看鏡裏顔。百煉精忠迴赤日，萬山霖雨起東山。公初爲臺史，抗疏忤時宰，尋罷歸，後歷階通顯，故云。扁舟獨夜頻相憶，西望匡廬指顧間。

陳鶴山榮壽冠帶

人間何處覓蓬萊，壺裏乾坤日月開。聖主恩深長望闕，杏園春早獨登臺。朝看綵服青山秀，夜宴瑤池北斗迴。卻笑浮名羈漢署，何年攜酒對三槐。

陳學樵丈榮壽冠帶

白首詩書草莽臣，伏生應笑是前身。仙家豈羨朱門貴，海屋今看紫綬新。夢裏雲山長是客，醉來花徑易逢春。他年玉樹天香發，重拜鸞書下紫宸。

驛亭所至見總制王鑒川留題及撿所上封事數讀之勃然興懷賦此寄贈

紅塵隨地逐征鞍，長聽晨鐘起著冠。隴樹朝雲迷古寨，柏臺秋雨悵叢蘭，酒傾逆旅渾忘醉，琴對知音不浪彈。滿路朔風沙草白，綈袍應笑范君寒。

秦中書感

西入潼關問勝遊，前朝陵苑幾經秋。春來細柳多青眼，雪後高山亦白頭。未道金戈回落日，曾聞砥柱障東流。長安市上千杯酒，銷盡興亡萬古愁。

次韻答凌海樓同年

茫茫天地笑萍蹤，酌酒高歌意萬重。十載行藏渾是夢，一官南北愧何功。秦城秋冷無來雁，淮海雲深有臥龍。欲訪烟波尋范蠡，滿船明月五湖東。

過大同村莊感述

田園桑柘已蕭然，土屋朝炊幾斷烟。風捲火雲天欲雨，馬嘶鈴閣日如年。危途敢道應回馭，尸位須知早避賢。安得虎溪同一笑，獨留衣鉢向人傳。

曾元山臺長謫居光孝寺與予別業爲鄰賦詩寄贈就韻答之

扶桑萬里掛蓬弧，休道頭顱非故吾。梵宇坐令生慧日，法垣重擬借良謨。皂囊諫草曾私淑，白馬風裁孰與俱。當宁求賢頻側席，徵書應見下堯衢。

謁韓范二公祠

文武才名自古難，西來英采動朝端。旌旗影遠山河壯，鼙鼓聲高虎豹寒。慷慨風塵長躍馬，折衝樽俎並登壇。豐碑綠草祠前月，萬樹鳴飈倚劍看。

詹道長抗疏還閩作此訊之詹令予邑有聲

幾向棠陰佛皂囊，俄聞鳴鳳作朝陽。驪駒早發都門路，白筆長留諫苑光。雲去有天皆日月，時來何地不梯航。君恩已許生還日，且築山前醉白堂。

次重陽韻答王總制時聞搗巢大捷曉發巡河西

胡虜年來驕氣盈，旄頭驚見昴星明。九重宵旰勞西顧，萬里風雲助北征。聞當陣有反風滅火之奇，故初聯及之。全捷已聞飛羽檄，書生何用請長纓。壯遊獨喜逢方叔，許國丹心共結盟。

次韻答朱鎮山尚書

長淮曾共聽飛濤，此日征途贈佩刀。給餉未論蕭相國，臨邊空憶霍嫖姚。榆關風急龍沙遠，北斗霜橫塞雁高。天上尺書頻遣問，敢辭行役嘆賢勞。

巡邊苦雨答王鑒川總制

百折飛泉石澗濱，路迷何處是通津。幾看霖雨隨車轍，似瀉天河洗虜塵。萬里邊關戎馬暗，十年湖海羽書頻。九重寤寐思良將，誰是君王夢裏人。

長途書感

石門山下酌貪泉，貪泉，在廣州石門寺吳隱之祠前。水陸長驅不計年。臧否有評慚月旦，浮沉何處問桑田。雲隨馬足迎朝雨，風渡鐘聲送客船。便欲掛冠還海上，可誰能貸杖頭錢。

行邊

路繞重巖百道泉，參差雲樹擁新阡。馬前宿霧長疑雨，城外青山盡是田。土人鋤山爲田，雖峭壁不廢。沙淺草深歌牧豎，霜遲春早卜豐年。朔方願見胡塵靜，笑拂霓旗尺五天。

延安清涼寺次壁間韻時聞西警

青山雲盡月初明，徙倚空懸丘壑情。覽鏡亦知憐短鬢，參禪何必問長生。躭閒堪笑浮名累，穩步須從實地行。塞上羽書頻入夢，何年重築受降城。黄河套外有三受降城。

靈武臺

龍輦偏驚蜀道難，誰將一劍定長安。漁陽鼙鼓通秦塞，靈武旌旗擁漢官。百戰風高爭躍馬，六飛塵靜見回鑾。獨憐恢復功成後，河朔雲深草木寒。自肅宗後竟失河朔。

安化聞疊江伯兄訃

夜靜烏啼霜滿林，月斜香冷漏聲沉。詩書已負青雲夢，鬼女應憐白髮心。長信江山流水遠，那堪風雨落花深。邊庭獨下燈前淚，愁聽胡笳雜暮砧。

林中丞念堂與予夙有心期卒于姑蘇挽之

十載相期賦遠遊，一朝離恨付江流。埋輪南國心猶壯，建節東吴志未酬。義薄皇天須自信，名高青史復何求。衡星夜拂龍泉劍，應有寒光射斗牛。

吊譚省吾

地下修文筆影寒，憶君離索夜漫漫。愁來忍聽山陽笛，夢覺虚彈貢禹冠。伏櫪未忘千里志，長生安得九還丹。何年掛劍墳頭樹，腸斷西風夕照殘。

泰和別陳養蘭先生

憶昔傳經廿載前，丹心如渴吸春泉。浮名誤入金閨籍，麗藻空慚白雪篇。因索留題，故云。避俗不嫌沽酒市，卜居何用買山錢。公罢郡歸里中，與屠沽爲比鄰，環堵蕭然。驪歌一曲長亭晚，草綠江頭月滿船。

次韻答王鑒川總制時報罷東歸

忍道并州是故鄉，山中松菊意偏長。郵亭解綬過秦嶺，春浪移船下武昌。歸途順流出漢陽，故云。十載風塵迷轍跡，九邊烽火渡沙場。從今罷釣滄洲晚，遠水蘆花深處藏。

次贈別韻答張少渠中丞

眼底雷霆敢獨當，側身天地任行藏。但令砥柱中流見，休問風濤白晝狂。洛水正思新結社，螭頭誰憶舊含香。清忠最羨張安世，宦海何須嘆渺茫。

先君諱日

凝塵滿座晝沉沉，簾捲爐烟柏府深。愛日獨懸千古恨，看雲徒負百年心。鶴來華表當空見，霜落寒烏倚樹吟。記憶平生忠孝語，蠹書猶在淚沾襟。

壽南泉兄八十

八十仙翁久鍊形，獨留雙眼向人青。呂公今始逢西伯，梁父猶能對大廷。臨水看花忘策杖，呼孫移榻聽傳經。太平擊壤年年醉，笑指天南問酒星。

對客夜談

鱸肥曾約釣秋風，況復歲晚重相逢。天高夜分北斗轉，月明雲盡滄江空。斗酒論交忘伏臘，白頭憂世笑萍蓬。盤桓徙倚南山曲，回望扶桑日欲東。

新宅觀珠燈次韻

危樓千尺倚晴空，佳氣相看正鬱葱。雲盡星河光錯落，夜分燈火碧玲瓏。深山草閣連陰雨，青海龍沙捲暮風。安得太平同樂事，萬方簫鼓月明中。

寄何州牧

隴頭誰寄一枝春，草綠江深憶故人。西蜀甘棠明月遠，君曾任潼川州。蒼梧烟雨畫樓新。人間自昔多豺虎，屋漏應知有鬼神。時向前亭看戒石，好將嚴訓獨書紳。

代鄒麥二公酬和譚別駕寄懷

江梅生子芥生孫，野樹臨溪水繞村。常遣兒童開竹徑，不因風雨掩蓬門。夜閒草屋忘懸榻，春到瓜畦喜灌園。乘興山陰能放棹，雪晴攜酒醉朝暄。

寄懷海村家兄次韻譚別駕

風濤飄泊自相依，天涯春望何時歸。江鄉已負梅花約，庭院今看燕子飛。採藥忽驚雙鬢改，聞猿應恨故鄉違。一尊待酌池亭月，萬樹叢陰上釣磯。

次韻酬蘇眉山寄贈

遠水空林羨一丘，春暉萱草共忘憂。浮名已恨藏身拙，薄技何能爲國謀。宦海風濤三尺劍，帝城雷雨萬家秋。長公元是瀛洲客，天上夔龍結勝遊。

水亭落成次韻酬和譚別駕

綠陰清晝水雲居，百尺林塘一鑑虛。山遠直將天作畫，溪深休道食無魚。江光瀲灩春潮長，樹色參差徑路紆。初學灌園新雨足，邵平瓜地吏何如。

次韻酬和戴筠臺太守

十載相逢贈佩刀，長亭尊酒氣偏豪。天連海市潮初長，風動棠陰月正高。剡曲扁舟重訪戴，潯陽五柳獨稱陶。悠悠世路浮雲外，一醉何心獨反騷。

次韻雨中遣悶兼七夕過從和雙台星野二兄

秋早雷聲撼遠村，東風排屋雨翻盤。三更洗出南樓月，七夕吹開北海尊。鋤徑莫教延俗客，操觚誰爲賦高軒。床頭新酒今初熟，況有東園舊菜根。

小構落成次韻酬和周雲谷

卜築芳村枕水涯，一尊常對四時花。長江浴日明金佩，遠樹屯雲擁翠華。清簟疏簾高士榻，石橋流水野人家。巡檐更覺青天近，重憶星河泛斗槎。

立秋值七夕同鄉燕會酬和盧方伯

白頭相聚浣花村，坐久渾忘苜蓿盤。萬樹秋聲回落日，九天涼雨送清尊。鵲橋縹緲銀河路，庭竹蕭森綠雪軒。此日紛紛論乞巧，天工沉默總忘言。

簡譚見日昔年以布衣遠遊曾上書闕下時論偉之

飄飄文藻擅名流，倚劍胸藏五嶽秋。萬里江濤青雀舫，九衢風雪黑貂裘。臨池洗硯奎光動，草奏驚人國史收。更欲釣鼇稱巨客，直從天上試金鈎。

次韻譚山人登城樓寄懷

浮雲散盡見孤峰，颯颯城頭起暮風。羨爾登樓瞻渤海，與誰騎鶴跨崆峒。秋深古戍邊聲急，春早銀河斗柄東。信宿江村談往事，十年蹤跡嘆飛鴻。

村居和盧方伯

與君同住百家村，長採新蔬薦野盤。夜雨江樓頻下榻，石亭秋圃更移尊。逃禪早結棲雲侶，問字常開讀易軒。海内舊遊零落盡，倚天彈劍向誰論。

和譚別駕用杜律秋興韻四首寄懷劉躍衢年兄

一夜清霜滿禁林，江皐雲樹獨森森。輕飈入戶逢新霽，涼月浮階送晚陰。萬里江湖燈火夢，百年天地歲寒心。故人相望蒹葭外，長聽秋聲促暮砧。

盧方伯移舟過小亭

僻居同在水雲間，休道乘舟取醉難。河漢夜涼星采合，蒹葭霜早雁聲寒。尋花懶入長春苑，載酒時過白鷺灘。多少遊人歸未得，青山空對畫圖看。

和友人懷溪園

把酒長亭月上時，滿湖秋景畫中詩。天邊雲靜星河遠，海曲雞鳴鼓角悲。短徑黃花牽別恨，東山瑤草寄幽思。何緣共泛溪頭棹，綠樹陰中向晚移。

寄譚見日

秋氣蕭森草木疏，憶君重過水雲居。休將玄鬢歌彈鋏，長向青藜問校書。世態江河忘百折，茅齋風日惜三餘。浮名盡付滄洲外，司馬何勞賦子虛。

珠江夜泛

百尺江樓擁女牆，幾行歸雁渡瀟湘。沙村見月晚潮急，海寺聞鐘秋夜長。遠樹溟濛藏野寨，銀河迢遞隔牛郎。扁舟莫動盧敖興，鼓枻還尋水竹鄉。

春日村居

誰家横笛倚樓吹，門巷春深草木知。世態浮雲多感慨，村翁杯酒共襟期。心閒肯厭謀生拙，性懶從教見事遲。爲喜潯陽在鄰曲，日聞蓮社賦新詩。

贈去雁

千仞翺翔瞰八方，衡陽山外即他鄉。經秋夢斷胡塵遠，歸路心隨雲漢長。風急龍沙飄雪翮，月高秦隴渡河梁。郵亭見爾南來日，清海城頭百草黃。

春燕

信宿韶光幾度新，烏衣門巷已成塵。畫堂去住常如客，草屋棲遲不厭貧。一別豈能忘故主，重來猶得寄閒身。社前爲報豐年兆，谷口應逢鄭子真。

贈歸雁

南來衡雨度三湘，北去飄飄戀故鄉。懶學啼烏棲苑樹，喜隨鳴鳳向朝陽。黄雲朔漠同千里，秋水蒹葭各一方。我欲寄書懷定遠，至關門外早迴翔。

寫懷二首

海翁相對問年華，紫陌春風萬樹花。竹外小橋頻送酒，溪邊新水細烹茶。林塘古木通幽徑，山郭斜陽帶晚霞。粗糲一盂能自適，天台何處覓胡麻。

乾坤浩蕩本無言，信宿春風已到門。地遠最宜山色近，林幽偏愛鳥聲喧。遊仙自古人何在，借劍當年舌尚存。白日閉門閒未得，直愁車馬破苔痕。

村居感事寄所知

烟村迢遞隔江城，避地應須更避名。雁足帛書雲外至，鳳池春草夢中生。曾搜往牒看花譜，欲駐衰顔仗酒兵。當世共知憐范叔，綈袍誰憶故人情。

讀龐德公傳

結廬巖曲謝招尋，幾樹松蘿滿地陰。無路執戈排亂賊，與誰披褐臥芳林。人間空憶安危語，隴上寧知去住心。千載鹿門山下路，武侯相見亦沾襟。

過田家有述

兒童遮道問來程，笑插江花擁袂迎。門掃藤蘿如有約，地連桑梓豈無情。梨尊細倒鄰翁醉，箬笠高懸世慮輕。月白沙村歸路晚，杖藜人在畫中行。

鍾心瞿道長欲枉顧作此招之

瞬息年光似水流，蓬萊山下幾春秋。仰天大笑雲垂地，擊築高歌月滿樓。偃蹇喜逢金馬客，逍遥誰識醉鄉侯。扁舟不負東遊興，載酒同過謝朓洲。

望白雲寄城中諸公

延佇高峰萬仞梯，翠屏環繞萬山低。龍拖雲幄天連海，風起松濤月滿溪。蒲澗尋僧看卓錫，廉泉呼酒共燃藜。江村正憶遊仙客，欲訪安期誰爲攜。

贈方進士之任慈利

廿載驅馳道路長，前旌今始渡衡陽。江城露冕山川秀，花縣褰帷草木香。春雨平原蘇久旱，朝暉寒谷借餘光。爭看天際雙鳧起，五色雲中侍玉皇。

望西樵和盧方伯

極目丹梯最上層，春回佳氣散炎蒸。九龍晝起千山雨，萬壑寒生六月冰。井底何年通巨海，松陰無地著閒僧。高峰若有飛來日，藉草穿雲共臂鷹。

午睡

一簟春風醉兀然，不須長借酒家眠。最宜樹色窺簾入，休管蛛絲隔幔牽。心遠神馳黄鵠外，夢回身寄白雲邊。何年高枕希夷峽，不用華山僦屋錢。

酬黄東明博士

百花紅紫競幽香，卜築新成綠野堂。慷慨拂衣還嶺海，太平欹枕醉陶唐。天迴蓬島千山月，風送炎洲六月霜。身外豪華何足問，漢廷誰復論金張。

陳古洲表弟詩來多感慨就韻寄酬

萬事浮雲敢浪言，與君尊酒笑燈前。升車肯負題橋志，掛劍曾輕負郭田。白筆昔慚親鳳幄，玄冠何意插貂蟬。時來莫嘆馮唐老，皓首還逢漢主憐。

酬楊臚山兼寄姚柏庵

青鬢翩翩結壯遊，看花春滿曲江頭。九天雷雨雙龍噴，萬里烟雲一劍收。看鏡未須論晚達，著書應不爲窮愁。卻憐戎馬傷心日，回望中原獨倚樓。

冼秋官日錄

寡和曾聞白雪歌，杜門刪述晚尤多。草玄已撤眠雲榻，乞巧爭傳製錦梭。歲晏苔衣環石榻，月明池藻漾蒼波。青山千載留君住，崖石留題不忍磨。

憶亡弟次韻

少耽青史逐名流，何意修文地下遊。忍聽悲歌聞薤露，不堪乘醉過西州。有懷填海嗟何及，無力回天可自由。卻憶夜堂誰共語，數聲啼鳥萬山幽。

聞曹諫議抗疏改官次韻書感話

頹流誰更問迴瀾，涉世空勞作說難。短褐有懷憐杞國，尺書無路達長安。諫垣敢避雷霆近，帝德原同天地寬。明燭卷簾看疏草，忽驚炎海夜生寒。

酬交親枉過

江村烟水望中分，綠樹芳陰百鳥群。倚竹窺園曾避客，得魚呼酒喜逢君。尋幽常藉溪邊草，持贈偏多隴上雲。共向北山留短榻，免教猿鶴笑移文。

和鄒明府登何太僕定性樓

仰捫南斗倚高樓，俯視長江天際流。三島盡從城裏見，五湖疑向月中游。閒床聽雨金雞曉，短閣棲雲碧樹秋。東望剡溪風雪夜，可誰乘興共移舟。

聞宮車晏駕愴然書感

驚傳遺詔下江村，忍向郵亭問改元。紫禁何年回御輦，孤臣無地報深恩。遺弓悵望龍髯遠，負扆爭看帝座尊。相國古來重伊傅，先朝耆舊幾人存。

陳右崧太守將赴京過予晚酌

金井梧桐葉正稀，漫勞車馬款荊扉。天高海嶽含秋色，風起桑榆送夕暉。對酒不堪聞羽檄，憂時誰復念宵衣。爭看威鳳翔千仞，好向朝陽覽德輝。

螢

淡月疏星天氣涼，飛飛長似逐人忙。風高便入金鼇閣，雨暗還來綠野堂。誰笑浮生同腐草，夜看青史借餘光。相逢若問行藏事，莫怨人間白晝長。

百舌

百鳥誰能辨姓名，翩翩鸞鳳喜和鳴。如何盡日頻相語，似爲前身怨未平。詞客共憐鸚鵡賦，行人休問鷓鴣聲。若教倚樹深藏舌，應笑攢眉過此生。

譚永明中秋枉顧談時事因及高堂白髮感而賦此

曾憶當年賦遠遊，馬前明月幾中秋。披襟正憶都亭夢，倚劍寧忘國士憂。翠竹江村頻下榻，晚山斜日共登樓。應憐寸草心長在，莫向風塵早白頭。

陪陳忠甫飲譚別駕宅用韻

萬里層陰暗赤霄，鼎湖霜冷草蕭蕭。驚傳夜獵還西内，悵望雞鳴視早朝。三殿日高丹扆在，九原雲斷翠華遙。飄零獨有湘臯恨，愁對秋風拂早貂。

對新月懷盧方伯往金山登高

扁舟何處訪松楸，日落長江急暝流。林壑風高天似水，星河霜冷月如鉤。山間籬落黄花塢，海上芙蓉白雁秋。試問青蓮李居士，幾時還向竹溪遊。

秋日溪山野望折簡邀同遊

海上孤城急暮砧，霜淒楓葉氣蕭森。豪吟懶讀長門賦，穩臥誰論季子金。芳草荊扉生計拙，青山明月主恩深。烽烟不入漁樵路，共醉湖亭十畝陰。

次韻酬和關紫雲過訪草堂

平生文藻擅江東，猶向青山訪謝公。彩筆凌雲誇作賦，石亭移榻笑書空。竹梧池館寒烟碧，風日桑榆落照紅。悵望西京談往事，數聲羌笛月明中。

喜友人過訪

曾騎白鹿訪仙蹤，颯颯東風吹短蓬。石室閒居聊自遣，竹根高臥許誰同。溪邊有路通愚谷，隴上何人問德公。斗酒夜談天路遠，萬方秋思滿壺中。

陳丹泉枉顧別後寄懷

東山曾訂十年期，翠竹江村入夢思。世路正憐投檄早，故園偏恨見君遲。牢籠天地心猶壯，呼吸烟霞鬢未絲。欲向雲房借飛舄，仙人鍾離權號雲房。便從華嶽訪希夷。鼂勞鍾表弟同過草堂，今欲借先容而登謁，故云。

送陳洛南尚書致仕

海上青山識貴臣，御爐香染賜衣新。黄扉共憶還家日，黑髮應憐報主身。南北頻年勞夢寐，漁樵何計静風塵。洛陽司馬歸來早，不是名園獨樂人。

贈何廣文之任樂昌

草緑郵亭露正稀，彈冠重拂舊儒衣。地連衡嶽春風早，花發韶陽彩燕飛。北郭雲霞開絳帳，東園松菊覲朝暉。即看海上文星耀，五色中天貫紫微。

贈醫師

懸壺長揖玉堂仙，細飲嘗甘橘井泉。神農往矣不可問，華佗妙處誰能傳。採藥玄巖降虎豹，烹丹石鼎生雲烟。共論醫國回天手，調燮須從未病年。

春日壽家慈用韻

翩翩青鳥侍瓊筵，王母瑶池席更前。長奉板輿回日轂，早持鱸膾進江鮮。春暉萬里明萱草，荊樹千花蔭玉田。曾憶太行山下路，擁旌懸望白雲邊。

元夜喜晴

千金一刻此良宵，積雨初晴樂事饒。白兔影寒横紫塞，玉樓光動逼丹霄。人間燈火鼇山近，天上風雲輦路遥。正喜太平巡幸少，廣陵何地駕虹橋。唐玄宗事。

春日泛海值風雨

偏喜青春作伴遊，雨中誰駕李膺舟。天低水郭藏深樹，風急沙汀起白鷗。草色漸看三月景，潮聲先到百花洲。臨流洗耳人何在，莫向高山問許由。

夏日山房次韻和陳洛南尚書

綠陰叢裏浣花村，懶性朝來學灌園。地僻烟霞藏竹塢，夜凉風雨到柴門。敢論宣室虚前席，猶記黄封賜上尊。自愛閒林專一壑，樹聲長送水潺潺。

度嶺謁張文獻次韻

立馬重登丞相祠，巖頭高閣五雲垂。中原早識胡雛亂，大駕何勞蜀道思。天送荊州風雨夢，世傳金鑒帝王師。虬松似指長安路，嶺上年年發北枝。

讀佛書

卻恨前身不是僧，當年誰許共傳燈。輪迴世外三千界，業障人間百萬層。出定慈雲開慧日，坐忘炎海結春冰。澄心本屬吾儒事，面壁空齋對惠能。

夏日懷陳洛南尚書

艷陽池館夏生寒，偏喜清時共掛冠。夜雨高吟頻遺寄，稻田新熟願加餐。交遊轉覺蓬山遠，魂夢猶驚蜀道難。最是故園風景好，滿天明月似長安。

七夕前二日檢佛書寄懷盧方伯

法林持鉢聽龍吟，蕭瑟淒風送暮砧。對境肯教忘梵語，逢人曾遺寄鄉音。天浮虹海秋聲動，雲掩郊原雨氣深。乞巧樓前新月好，待君乘興共登臨。

癸酉中秋憶前辛酉兹夕瑣院校文

鳴鵠凌風欲上天，夜涼星斗望中懸。若教法眼空塵世，休向詞垣數歲年。紫陌豪華俱夢幻，故人南北各風烟。屠龍絕技終何補，誰逐虛名乞世憐。

園中秋思用韻和盧方伯

秋聲迢遞到江濱，魚鳥相看意轉親。雲淨林塘天似水，月移河漢夜留人。壺中信有金丹在，頭上從教白髮新。平地風濤何足問，因原倡有薄俗相傾之句，故云。東山曾許藉閒身。

次韻梁塾師贈于化弟會試

扁舟高臥鑒湖東，送爾明時謁帝宮。家有六經傳製錦，手持三策薄雕蟲。才如范老先憂世，名忝昌黎肯逃窮。回望曲江春草緑，鳳書來自五雲中。

秋試罷舉用韻寄酬鍾少濂

天上星槎海上雲，徘徊高夢喜逢君。小山獨有淮南賦，名馬還空冀北群。投筆謾誇班定遠，能詩何羨沈休文。懸弧萬里平生志，不向桑榆嘆夕曛。

和劉珠江遊龜峰矩洲嶽橋賞梅次韻

晝遊高步海天涯，應信桃源别有家。月引溪流頻洗耳，雲迎朝旭共餐霞。山烟細繞黄花徑，江樹晴分白雁沙。卜築幽人今已遠，杜鵑啼上海棠花。

登六合樓

入望嵐光向晚收，仙槎河漢路悠悠。長招海上青山醉，肯厭人間白日留。萬里風雲隨去住，一身天地共沉浮。雪中搜遍江南景，先遣梅花寄隴頭。

新正海棠石榴盛開約同鄉燕會

海棠凌雪壓枝紅，苒苒榴花競朔風。幽賞共尋真率會，豪談疑對滑稽雄。高軒幾夕虚陳榻，别墅何人訪謝公。天送江鄉春事早，卻教清嘯一尊同。

懷六榕寺塔

側身西望對須彌，鈴鐸聲高白晝遲。繞檻風雲連海嶽，近人星斗界華夷。諸天寥廓梵鐘遠，飛閣崚嶒慧日移。古寺六榕今在否，清陰長憶舊遊時。

人日會酌書懷

高閣春風吟短琴，漫開新酒對知音。已拚東井投賓轄，肯待西鄰乞橐金。節序幾能逢勝日，年光誰解惜分陰。天高轉覺陽烏近，應向人間照此心。

用韻贈鄉中諸館賓

十年燈火臥松廬，肯羨題橋駟馬車。掌上風雲三尺劍，胸中星斗萬言書。江亭晚酌曾同醉，帝苑春遊未可虚。早入承明須獻賦，漢廷爭見馬相如。

和楊生早春試筆聞新雷

讀易方齋夜聽雷，萬分春意自東回。冥冥漸向江邊起，隱隱還從天上來。電火驅雲崧嶽動，桃花飄浪兩門開。當窗筆陣風霆捲，回視商霖遍九垓。

春夜大雷雨和楊館賓

誰挽銀河夜洗天，盡收氛祲報豐年。風聲捲地千山動，雷鼓驅雲萬樹顛。龍起滄溟翻巨浪，雨深新水滿平田。何因卓錫匡廬上，臥看懸崖瀑布泉。

高左史杜顧草堂和盧方伯

羅雀閒庭遠市門，扁舟乘興入江村。山中穩臥忘秦鹿，月下重來醉習園。賈傅才名千古壯，漢廷豪傑幾人存。細炊香稻留君住，一飯同懷聖主恩。

與二客曉起登樓

霜滿楓林葉正稀，江鄉搖落雁南飛。天邊日射紅雲島，樹裏雞鳴白板扉。鄴架藏書心未老，侯門彈鋏願多違。二客有馮驩風致，故云。還期倒屣昆侖上，臥看滄溟舊釣磯。

南鄰黃山人招飲

雲裏高山似鹿門，千家雞犬共江村。庭留四壁堆禾黍，篋束殘編遺子孫。頭白肯論生計拙，眼青猶喜故交存。年來伏臘頻相過，願給河東酒百尊。

弼唐兄寒月遠遊用韻懷寄

十年蹤跡混漁樵，藉草巖頭共聽潮。路入瘴江風土異，雁橫星漢朔雲飄。長懷五嶽天邊去，遠謝諸生館下招。西望石樓明月夜，敝裘霜鬢暗魂銷。

贈武將軍枉駕敝廬和盧方伯

推轂曾聞國士風，請纓何必羨終童。六韜肯負登壇志，百戰還收靖海功。幕府論兵推上將，金戈回日掃群雄。春隨馬足臨江滸，千樹榴花十月紅。

贈何中丞赴召

聖主臨軒訪老臣，卻教黄髮御蒲輪。今逢海宇重新日，誰是乾坤獨立人。北斗才名留畫省，東山經略獻楓宸。爭看司馬還朝好，莫厭都城萬騎塵。

讀盧方伯著作篇有述

掛冠早厭承明廬，文采風流意自如。視草烟雲生筆札，倚樓星月滿郊墟。才高司馬曾難蜀，官似虞卿懶著書。天上詞垣誰獨步，紛紛空自笑黔驢。

春初雨中寄隔溪孔二和盧方伯

醉看高竹受風斜，喜有青錢付酒家。十里長溪連夜雨，一池新水滿園花。雙飛紫燕占春社，倒轉銀河望斗槎。偏憶遼陽同卧雪，雁書愁絶海天涯。

新歲卻賀客和盧方伯

朝來獨坐思悠然，似覺今年勝舊年。星漢望中黄鵠遠，竹溪深處白雲連。雨添別墅銀池滿，風嫋虚堂寶篆烟。誰是翟公門下客，尋梅騎馬到花邊。

早春寄陳洛南尚書

門掩蓬蒿轍跡稀，花明江岸野雲飛。風烟正憶桃源近，琴鶴新從蜀道歸。細雨名園開錦席，晚山斜日照羅衣。東陵曾記封侯好，一笑休論往事非。

送李蘭亭進士還京

王孫芳草醉春暉，驛路花明照采衣。心逐漢京紅日近，夢懸親舍白雲飛。名家李杜才何壯，報國金張願不違。極目東南戎馬路，好將封事達黃扉。

用韻酬同年雲明府同窗吳秀才

歲月推移自古今，山中松菊已成林。潯陽且學陶公醉，漁父誰憐楚客吟。萍水他鄉勞夢寐，風烟何日喜招尋。高梧彩鳳朝陽近，阿閣還聞治世音。

贈霍悅來進士還京

振衣重入鳳凰城，弱冠登朝適宦情。信有科名高絕代，況兼文采重西京。馬前楊柳三春色，天上風雲萬里程。莫向東山頻倚望，好將霖雨慰蒼生。

過盧方伯竹園

司馬新開獨樂園，迴廊深徑隱重門。閒從水檻看池月，靜對溪流臥竹軒。揮麈頓忘三伏日，披雲長住百花村。翩翩六逸能同醉，肯向東畦薄菜根。

劉躍衢年兄枉駕草堂有述

畫角長亭破晚烟，輕飇吹送木蘭船。朱顏白髮深相問，儒雅風流喜倍前。小飲偏能留上客，拙耕何意望豐年。披襟莫厭綈袍薄，共掃雲巖向日眠。

和羅古墩懷寄古墩別墅在城南，甚幽勝，余爲諸生時曾燕遊相善

立馬當年問故山，曾看飛雪滿藍關。還家更覺青春好，看劍寧忘白日閒。巖壑有天堪倚望，風雲無地可追攀。年來堅向叢林臥，目斷江亭倦鳥還。原倡有蒼生繫裴公等語。

十四夜對月獨酌用韻和王總戎

華月遙從天上來，欲招神女下陽臺。臨池正待金波滿，倚檻時聞玉漏催。雲盡秋光明海嶽，露深花氣透樽罍。羅浮山下誰同醉，醒視參横幾樹梅。

贈于化弟遊朗寧

舟泛蒼梧月上時，萬分秋色滿林霏。雲開驛路青山好，天遠關河白雁飛。銅柱風烟長入望，杖藜燈

火自相依。勉以舟中夜讀書。伏波祠下清江淺，莫載當年薏苡歸。

答譚盧二公懷北溪園亭

雲氣西來過海東，幾番秋雨瘴烟空。林紆薙草通幽徑，日落窺園採晚菘。看竹門多題鳳客，泛溪人識浣花翁。年來梅柳成行立，肯似淮南桂樹叢。

秋夜即事

小窗軒豁最虛明，況復蕭森露氣清。酒罷卻看江月近，風高偏覺鹿裘輕。千家砧杵連宵動，幾樹薔薇拂檻縈。迢遞飛鴻向何處，楚天雲樹豈無情。

南園會棋用韻

咫尺朱陳共一村，彈棋留客正開尊。經秋新築陶公徑，結客同遊習氏園。當局迷途曾自笑，通天神筭已忘言。紛紛國手知誰是，靜對閒花臥竹軒。

劉年兄聞邸報有贈次韻寄酬

秋鴻春燕去還來，壺裏乾坤日月開。一自抽簪披野服，何曾飛夢到麟臺。常從高士甘雲臥，肯信徵書出御裁。共喜江湖懷聖主，與君長夜望三台。

東遊泛海會戴山人于南步村居

細草平沙白鷺前，驪珠長照水中天。何人曾解懸陳榻，此日初移訪戴船。萬壑寒雲山似畫，五湖明月夜如年。不知范蠡今何在，欲向滄波問計然。

水村小景

芳村斜抱曲江頭，縹緲滄波起白鷗。地暖春藏編竹塢，花深人倚望仙樓。雲中雞犬千家曉，湖上風烟五月秋。多少巨魚横釣石，勝教溟渤下金鈎。

三公

小樓深酌晚風時，西望層巒入夢思。藉草久拚千日醉，看雲猶負十年期。山中宰相今誰在，壺裏乾坤祇自知。隔斷紅塵天上路，濯纓還向九龍池。

夏日園中

萬綠陰深梅雨時，落紅飛絮滿天涯。蘭孫飲露抽芽早，燕子窺簾學語遲。白日坐消頭上雪，晚風吹醒夢中棋。焚香掃地長延客，最是玄談得我師。

村舍

草色連天綠滿衣，迴塘深樹隱荊扉。穿雲烟火林間出，汲水兒童竹外歸。梁燕故依高壘宿，鄰雞時過短牆飛。那堪委巷填車馬，欲住溪南白鷺磯。

漁家樂和黄東明

石鼎飛霞對小鐺，得魚沽酒晚凉生。閒眠獨藉滄洲草，罷釣時舂白雪粳。市上兒童徧識面，江干鷗鷺不知名。幾番風雨歡良夜，日出烟波萬里晴。

和苦熱用韻

竹梧池館晝森森，河朔應忘酒力深。六月炎風蒸海氣，萬山雲樹隔秋陰。日斜高鳥投林宿，天暝玄蟬向夕吟。曾憶邊關慚汗馬，扁舟誰識五湖心。

初夏雨後莊居和徐相公

十年空宅鎖朱門，今對漁樵共一村。高稼平田隨雨足，舊潮新潦滿江渾。花浮水面魚吹浪，風轉溪頭竹抱孫。塵世盡從忙裏過，玉堂金馬幾人存。

用韻贈于化弟赴春官

五色文章憶鳳毛，江山千里助揮毫。龍墀射策雲霄近，春殿題名日月高。閩海棠陰多惠政，伯祖知福清縣有聲。畢公門地有吾曹。畢公之子封於龐，以國爲姓，乃初祖也。傳家莫負箕裘業，空愧當年汗馬勞。

題天倫樂事圖中畫紫荊芝蘭釣渭水皆異景也其兄弟一門雍睦各取號於此云

古木成陰水繞村，紫荊花下長蘭孫。天清卻抱風雲氣，春早先沾雨露恩。捧釣臨流觀海市，得魚呼酒醉犧尊。君家勝事人間少，千載賢聲重里門。

燕集平遠臺用韻酬和大諫議蕭公

崚嶒臺殿倚高山，遠郭長從磴道攀。紫氣氤氳紅日裏，綠陰浮動彩雲間。天回海上橫金劍，風轉螭頭拂珮環。萬里壯遊頻作客，石亭留月醉朱顏。

大宗伯林公談鄉園時政作詩以羊開府爲言用韻酬和

長城千里屹如山，羊叔高名敢浪攀。會見福星明海上，卻教霖雨遍人間。新阡細草鳴黃犢，畫棟朱簾捲玉環。但願太平無一事，笑談樽俎共歡顏。

贈大諫議乾養蕭公使琉球

十載聲華播玉堂，逢時何處不梯航。星河影動仙旌遠，劍佩光騰驛路長。彩筆獨懸青瑣夢，賜衣猶帶御爐香。九重宵旰勞南顧，封事朝來達建章。

贈大行人繹梅謝公使琉球

司馬題橋早擅名，駟車持節出都亭。華夷一統乾坤壯，日月重輪海嶽清。直指東南臨屬國，卻從西北望神京。歸朝首獻平夷策，天上夔龍聽履聲。

池口舟中

山郭烟蘿處處同，水光如練照簾櫳。東風吹上江頭月，萬里燕雲入望中。

五桂亭

五桂森森覆棘垣，燕山遺事至今存。清風百代陶彭澤，誰問當年五柳門。

讀邸報書事二首

曾訝丹山多白鹿，俄聞雙兔出維揚。大江南北干戈地，靈瑞年年入報章。

井里蕭涼野戍孤，忍看烽火滿平蕪。九重若問豐年瑞，先上流民鄭俠圖。

過戛羹侯墓

漂母何曾問姓名，英雄一飯豈無情。千年漢業蓬蒿裏，猶有都人問戛羹。

喜郝少泉道長行部至清苑

燕邸談經共結鄰，校書時拂案頭塵。傳呼夜入金臺驛名路，雪裏爭看萬井春。

登王屋山時朝廷遣官特祀

御香遥自上方來，繡嶺宫前輦路開。萬緑叢中迎曉日，彈冠今喜上蓬萊。
星軺初駐五雲端，夜宿山房紫霧寒。夢裏拂衣聞躍馬，此身猶自愧黄冠。

園池偶述

曲徑高齋淨不塵，百花紅紫雨中新。相看自笑門如水，猶有園亭富貴春。

次韻答郭夢菊儀曹

同上京華十二樓，萬分春色滿皇州。別來誰送尊前景，獨有黄花解報秋。
積雪經春凍未消，含情江岸草蕭蕭。校書夜對青藜杖，休向南宫嘆泬寥。

白登城

風急揚沙拔漢旗，曾經睢水解重圍。不緣天奪單于魄，虎旅何時塞外歸。

萬里長城

板築聲寒萬姓顰，胡兒先識解亡秦。誰知傾國爲丞相，不是長城塞外人。

竇家莊

薊里山中五桂堂，閒雲幽草舊村莊。路人祇解傳名姓，誰向門前問義方。

李廣射石

驅日鞭霆射獵遊，石中遺鏃幾經秋。將軍莫問封侯事，猶有降人骨未收。

土木驛

百萬貔貅出帝畿，飄飄春雪滿征衣。行人飲馬長亭路，猶憶當年駐六飛。

出居庸關石敬塘獻十六州於契丹，至洪武初始收復爲内地

天險重重繞戍樓，材官飛騎夜鳴騶，危樓旭日鐘聲曉，重照中原十六州。

瀋陽夜月

虎帳危途三尺雪，五更猶見城頭月。朔雪淨胡塵，胡笳月下聞。

虎皮驛

陰風捲地馬蹄疾，擁路霓旗迎曉日。紅輪天上薄朝雲，黄沙白草皆青春。

沙嶺

斜月横空酒未闌，擁爐猶憚朔風寒。誰知戍卒邊城夜，起馬烽前雪滿鞍。

盤山驛

河東伐鼓急徵兵，河西鳴金催築城。胡馬南嘶無寧夕，良田萬頃生荊棘。

李陵臺明妃塚

北望中原隔虜庭，漢家遺恨付滄溟。李陵臺下多芳草，不似明妃塚上青。

蘇武城

夜聽胡笳鬢盡絲，暗看南雁憶歸期。黄沙白草空明月，忍讀河梁送別詩。

姜女石姜之夫范喜即以秦築長城死於遼，姜走哭海濱，化爲石。

獨立風濤咽海瀕，夢回空見月重輪。六宫粉黛秦樓夜，誰望沙丘一愴神。

華表柱

化鶴重來見此身，當年華表已成塵。神仙本是人間夢，何處桃源可問津。

入山海關

遼陽新草未抽芽，關上紅梅滿樹花。塞外風烟原自別，從來春早是京華。

答臨干雲谷二首

春水年年上釣磯，扁舟今趁暮潮歸。羊裘已被虚名累，須向滄洲著布衣。

龍躍雲從嶺外村，江頭白日雨翻盆。紛紛世事如棋局，西望長安欲斷魂。

次韻答弼唐兄

罷釣空江水繞磯，無魚偏載月明歸。東陵已卜宜瓜地，誰向青門問布衣。

別孔臨干凡六年偶泛舟過橋下望水竹新居勃然有懷

蔣徑新開曲水濱，桥头花發萬家春。牽牛更向前灣飲，恐有當年洗耳人。

與蘇近齋年兄對榻話舊二首

澹澹秋光似宦情，濁醪深酌道平生。歸來夢斷長安路，猶記當年聽鹿鳴。

月上東亭水接天，春風吹送釣魚船。長公曾是西湖主，願借蘇堤柳下眠。

壽邵端臺

一筆丹青載五湖，晚涼新月醉蓴鱸。他年許結長眉社，重作香山九老圖。

贈別樂平高秀才

萬壑風聲漱玉泉，長亭尊酒醉離筵。東歸父老如相問，春早江頭一釣船。

贈別樂平舒子長禮部儒士

世路浮沉嘆奕棋，十年塵夢各天涯。側身大笑風雷動，肯爲窮愁兩鬢絲。

樂平舊友過草堂告予北行

文園曾道漱孤芳，親捧詞頭下玉堂。若與馬周同客邸，好將封事付何常。

端陽日次韻寄壽周雲谷

莫問詩仙與酒仙，相攜飛舄遍山川。行歌五嶽隨明月，每處峰頭住十年。

贈筠臺戴太守還閩

五嶽何人共採芝，晝遊應恨得歸遲。夢回莫問邯鄲路，秋早攜家入武夷。

山居避俗二首

避秦休問入桃源，避世何須金馬門。欲訪草堂何處是，石橋流水百花村。

風起松陰鳥亂啼，五雲深處有丹梯。閒來送客巖前路，一笑應忘過虎溪。

得戴筠臺太守遊山記

重巖千仞遍躋攀，天遣浮生幾度閒。馬首斷烟隨鳥沒，卻從雲外見冰山。

白沙先生像

倡道東南接孔林，誰從山海測高深。千年遺事傳青簡，白日青天是此心。

詩柬不書名

曾訝人間月旦評，雌黄原自口中生。年來正苦虚名累，莫遣兒童識姓名。

聞有司議賑

一飽從來不願餘，幸分官廩到窮閭。長鯨便欲吞溟渤，升斗猶能活涸魚。

憶亡弟次韻

從來死別最堪憐，況復同胞更少年。淚灑鶺鴒原上草，不堪衰謝老江邊。

懷闢玄門累期不至

片言爲藥借神功，瞬息能令業障空。回望雙鳧如萬里，尺書無路托飛鴻。

猫臥花下石山

横天劍氣夜光閶，晚入重樓護賜書。贏得花陰閒白晝，敢論終歲食無魚。

周雲谷枉顧別後寄懷次韻

萬木叢中一釣臺，滿湖烟水百花開。江村不是瞿塘路，莫惜乘潮百度來。

送別還城次韻

艷陽朝氣杏花天，樓上青山湖上船。風雨臨池看醉墨，令人長憶酒中仙。

溪亭新築石徑漫題

廿載瞿塘路上行，驚魂飄泊嘆浮名。從今穩步隨明月，肯信風濤陸地生。

東門别業爲陳二山太守題

倚郭芳陰石徑斜，鳥聲人語帶烟霞。東門遠地春光早，多種秦侯五色瓜。

漁

東倚扶桑共結鄰，輕舟長載日華新。夜來風雪連天地，信有寒江獨釣人。

樵

萬樹芳陰日往還，長隨玄鹿入松關[一]。春深何處尋行跡，洞口雲開便出山。

［一］關，底本作『開』，今改。

耕

斜倚溪流屋數椽，自分杭秝種溪田。君恩一飯終難報，長對春暉百草前。

牧

短褐風前夜飯牛，滿天明月更何求。青山芳草眠黄犢，特向滄江飲上流。

訪黄山人二絶

綠樹叢陰草屋春，滿庭雞犬若無人。入門卻恨逢君晚，一笑驚看折角巾。
披襟談笑動梁塵，白髮原非避世人。三尺皂囊頻□檢，萬言書在墨猶新。

鄰翁問治生口占一絶

長嘯須尋阮步兵，醉來高枕一身輕。如何范蠡扁舟去，千載猶傳貨殖名。

秋天

冥鴻萬里知何處，亂蟬白日鳴高樹。縹緲江頭一片雲，朝來散作千山雨。

梁山人夜宿東書堂有述用韻寄酬

俯仰空齋常晏如，圓天爲蓋地爲輿。坐看千古經綸事，卻恨從前不讀書。

早起用韻

夢裏乾坤何處靜，紛紛局面還誰勝。東園曙色天欲明，翩翩蝴蝶穿花徑。
門前如市心如水，懶學鄰翁雞鳴起。五湖天遠駕扁舟，陶朱不是鴟夷子。

夜坐

北斗移天拱帝星，流光長照太玄經。俄看子夜風雷起，盡撼人間百夢醒。

銀河高掛玉樓前，笑拂彤雲尺五天。幾處關山明月好，何人終夜不成眠。

寄夔州郭使君

五馬行春出鳳城，故人天上豈無情。十年醉臥平津閣，肯似淮陽對月明。
幾年相望隔河梁，獨有漁舟繫綠楊。夜雨江頭春睡足，不知何處是瞿塘。

幽獨

掃葉烹茶数米炊，幾番啼鳥上花枝。晴檐對日心如水，不讀兵書不看棋。

竹下乘凉

綠雪飄飄陰復晴，園林啼鳥似秋聲。蕭然一枕羲皇世，萬事浮雲百慮輕。

題寄南華寺

曾道南宗勝北宗，天王嶺上秀高峰。臥遊笑指曹溪路，寶樹花前意萬重。
上方臺殿拂雲齊，俯闞懸崖枕碧溪。卓錫便尋花果院，綠楊啼鳥萬山低。（以上百可亭詩集摘稿卷下）

（郭培忠整理）

全粤詩卷三六六

蘇季達

蘇季達，字德孚，號獲庵。東莞人。明世宗嘉靖三十三年（一五五四）貢生，授武学訓導，遷浙江景寧教諭，歷榮府教授。著有金陵雜稿。民國張其淦東莞詩録卷一二有傳。

送提督武學金冲庵主政考績

談經較藝數登壇，天與全才問世賢。老我亦聞青幕訣，少年多荷素書傳。芰荷香遠迎文斾，楊柳陰濃遞玉鞭。奏績迴憐當勝日，懸知晉接御階前。（民國張其淦東莞詩録卷一二）

（楊權整理）

姚光虞

姚光虞，字繼如。南海人。明世宗嘉靖三十四年（一五五五）舉人。歷仕十九年，官至慶遠知府。嘗從黄佐學，工詞翰。著有玉臺、薊門、西遊諸稿。清溫汝能粵東詩海卷二八、清道光廣東通志卷二八二等有傳。

擬古十九首

行行重行行

寒日照疏林，北風何冽冽。河梁一分手，即為萬里別。去去把征衣，遙遙望車轍。君行何當還，令我中抱熱。玄冬繁冰霜，江河迴且長。居常同室歡，奄忽隔兩鄉。辰參東西馳，日月互相望。但嗟行者遠，誰憐居者傷。

青青河畔草

灼灼池中花，茸茸澗邊草。婉婉青樓女，粲粲顏色好。悠悠理朱弦，緩緩歌窈窕。遊子行不歸，日夕念遠道。空房寂無人，沉憂涕盈抱。

青青陵上柏

青青松與柏，輪囷山之阿。人生寄一世，迅速如頹波。及時為歡娛，有酒且高歌。遨遊宛洛間，驂褭鳴玉珂。宛洛多王侯，邑里競繁華。車馬日繽紛，第宅鬱嵯峨。別館接離宮，一一凌烟霞。恣意且遊矚，戚戚將如何。

今日良宴會

佳辰倡高會，廣宴陳中堂。賓友滿四座，冠佩鳴鏘鏘。綺錯一何紛，琬液流霞觴。堂上鼓瑟琴，堂下吹笙簧。即此娱心意，相與復翱翔。佳辰豈易得，歡會安可常。少年不為樂，老至徒慨慷。

西北有高樓

高樓一何高，岧嶤乃百尺。綺疏淩層霄，飛甍臨廣陌。其中多佳人，一一傾城色。弦歌發新聲，宛轉諧金石。餘響入青雲，高唱娱日夕。往來道旁者，豈無知音客。安得褰衣裳，和歌於其側。日暮門牆外，佇望空嘆息。

涉江採芙蓉

江干有芙蓉，澤畔多芳芷。涉江復泛澤，採以致君子。延佇天之涯，相隔乃萬里。遠道不得達，惆悵情何已。

明月皎夜光

迢迢仲秋夕，璧月揚素輝。仰視河漢間，燦燦明星稀。白露泫庭柯，蟋蟀鳴聲悲。鴻雁天際翔，歲暮將何之。言念平生歡，結交貧賤時。一朝致青雲，棄我如敝帷。物候有變遷，人情難久持。友道日荊棘，嘆息谷風詩。

冉冉孤生竹

鬱鬱庭中樹，生為連理枝。結髮成婚姻，恩愛兩相宜。如何遠行邁，悠悠在邊陲。一去今十年，軒車未旋歸。不見園中花，當春競芳菲。采采不及時，零落將何為。我心信匪石，不可以轉移。願君懷夙歡，毋忘皓首期。

庭中有奇樹

遲遲艷陽日，藹藹眾芳發。忽憶同心人，經時向吳粵。采芳欲遺之，天長路難越。卷置懷袖中，馨香何由徹。

迢迢牽牛星

天際有靈匹，河漢日相隔。一水何悠悠，可望不可即。七襄久脫驂，機杼恒罷織。豈無歡會期，望渺初秋夕。佇立河之干，含情淚沾臆。

回車駕言邁

策馬出郊圻，行行即長路。西風莽搖落，百卉悉非故。榮枯自有時，人生苦不悟。少壯能幾何，忽焉已衰暮。混混大化中，終同草木腐。不朽在榮名，勉旃早自樹。

東城高且長

高城鬱崔嵬，阿閣壯且麗。複道相回環，雲霧森虧蔽。郊墟草樹黃，颯颯北風厲。狐兔走平陸，荏苒將暮歲。青樓有佳人，倚柱多幽思。當此搖落時，懷人不能置。閉戶理朱弦，宮徵一何備。曲罷仍徘徊，清歌助悲慨。含意將告誰，沉憂嘆寤寐。思為蘭麝香，得近君衣被。

驅車上東門

晚出城東門，落日照高樹。衰草遍郊原，松楸繞長路。草間何累累，前代公侯墓。翁仲臥荒烟，殘碑斷以仆。嗟彼地下人，在昔貴而富。一朝即玄堂[一]，終古如長暮。時移與代遷，子孫不知處。俯仰慨今昔，胡為不覺悟。挈榼且攜壺，及時且遊豫。

去者日以疏

處世若傳舍，今古相推遷。出郊試騁望，迴野俱荒阡。人匪金石倫，誰能久延年。貴賤同物化，榮辱亦茫然。自擬挽歌詞，嘆此達者賢。

生年不滿百

人生七十稀，而況年至百。所貴能達生，徒憂亦何益。誕者求神仙，愚者愛金帛。不如且置酒，長筳日招客。百年如隙駒，歲月良可惜。

凜凜歲云暮

霜雪載道路，鴻雁鳴聲悲。遊子萬里去，越在天之涯。北風何淒淒，遠道寒無衣。尺書久不來，日夕懷音徽。冉冉芳歲徂，行客無還期。不惜歲月邁，所憂華髮滋。獨宿空房中，思君久徘徊。明月照綺窗，疏燈鑒重幃。寤言長相思，涕下不可揮。離憂千萬端，卑懷君詎知。

孟冬寒氣至

時維孟冬夕，天氣淒以清。寒飈入高樹，霜露浩且盈。起視夜何其，河漢見參横。蟋蟀入我床，蛩螿草間鳴。逝節何迅速，感時偏多驚。脈脈步前除，中抱不自明。良晤何悠悠，胡以慰我情。

客從遠方來

故人渺天末，遺我一尺書。書中復何言，但言久離居。當時遊子衣，貂裘敝無餘。去日猶少壯，今已毛髮疏。卷書不能讀，隕涕沾衣裾。

明月何皎皎

遙夜不能寐，攬衣起憑欄。皓月流中闈，明河亙天端。悵然憶遠人，川原浩漫漫。君去行役勞，妾處多苦艱。契闊慰何時，俯首為汍瀾。

〔一〕即玄堂，清溫汝能粵東詩海卷二八作「嗟閉棺」。

雜詠

客有嗟王嬙，自恃好顏容。一失畫者歡，遠喪胡塵中。漢后去掖庭，久處長門宮。已購長卿賦，承恩以始終。予前對客評，不見漢禰衡。聲名起鶚薦，遂為江夏傾。秦政急逐客，李斯不肯行。寵利為禍媒，畢竟具五刑。近燎勢多焦，爭道寡全軿。薄劣守窮賤，且以安吾生。

我聞九方皋，相馬沙丘北。所觀以天機，安辯驪黃色。馬既入秦庭，滅沒若亡失。天閑盡不如，伯樂起嘆息。世豈無臯儔，往往視形骨。遂令沃若步，垂老困伏櫪。不見素王言，驥稱匪由力。偉矣纏薪人，千載信神識。（以上明張邦翼嶺南文獻卷二六）

詠雪

城上寒雲滿翠微，四郊雨雪晚霏霏。忽驚萬樹梅俱放，轉覺千門絮亂飛。高閣夜闌斜映燭，疏簾風入細沾衣。歌鐘處處留歡賞，誰念袁安臥掩扉。

寄永嘉劉郡丞

西粵風塵感昔遊，別來又復憶東甌。天涯知己誰青眼，世上浮名共白頭。千里夢懸華蓋月，一封書到治城樓。剡溪延佇無多路，不得輕移雪夜舟。

得陳明佐書

尺素東來蜀道長，交遊誰問老馮唐。官貧祇欠尊中酒，客久能添鏡裏霜。錦水曾聞遺聖蹟，閬州何事斷人腸。杜陵詩卷今猶在，為訪橋西舊草堂。

贈別黄幼彰次韻

傍午何人此扣扃，攜尊特過子雲亭。天涯作客頭俱白，世上看君眼獨青。詩為窮愁工亦拙，酒於惜別醉還醒。南行紫氣庾關滿，誰倚青牛乞著經。

和蘇子仁暮春雨中登木末亭之作

木末何年此構亭，長林春雨晝冥冥。洲邊二水兼天白，城上三山盡日青。古寺荒涼空落葉，遊人聚散只浮萍。殘碑衰草憑闌外，感慨尊前酒易醒。

送楊僉憲之雲南

萬里看君擁傳行，夜郎天外見滇城。百蠻攬轡邊塵靜，六月飛霜憲府清。驄馬聲華留建業，碧鷄詞賦起昆明。西南到日仍傳檄，父老爭迎漢長卿。

送周國雍守順慶

使君千騎擁朱幡，此去誰云蜀道難。列郡分符虞岳牧，前驅負弩漢衣冠。湓城月色揚舲渡，巫峽濤聲倚劍看。行矣外臺今不薄，循良卿相滿長安。

寄同年陳明佐

粤海頻年信息疏，春來遷客意何如。蜀中舊草征蠻檄，白下今傳諫獵書。長孺祇應留禁闥，安仁未擬賦閒居。珠江二月歸鴻滿，遲爾新篇為起予。

寄同年楊孺培

聞爾江潭賦卜居，乾坤生計只樵漁。已知楚客傷蘭佩，不向王門曳錦裾。歸去獨憐貧靖節，倦遊誰識病相如。安期巖畔頻回首，何日山中共結廬。

送沈庫部守廉州

吳下才名沈隱侯，獨騎紫馬向南州。離筵曉落三山寺，征旆晴分四月秋。客到炎方春雨滿，珠還滄海夜光浮。漢家銅柱今猶在，此去憑君一借籌。

玉亭漫述

永夏池亭且嘯敖[一]，門前休問長蓬蒿。微官始信如鷄肋，散地今看似馬曹。無客經時慵束帶，有詩終日任揮毫。不妨寂寞長扃戶，贏得清閒對濁醪。

［一］嘯敖，清溫汝能粵東詩海卷二八作「笑傲」。

大司成王公邀集徐園

上公別業敞秋筵，水榭山亭隱洞天。蕩槳荷花紅漾日，停杯修竹翠含烟。樓前鍾阜當窗出，樹杪秦淮帶郭懸。何似西園開鄴下，詞人飛蓋夜翩翩。

鷄鳴寺同國學諸公登望

岧嶢山寺掛城頭，晚向山城上寺樓。萬里潮聲揚子渡，千門樹色秣陵秋。僧從上界依雲臥，客似南皮選勝遊。臨眺不堪重吊古，由來江左帝王州。

渡江舟次寄送楨伯致仕還里中

楚江歸客片帆懸，萬里秋風興浩然。豈謂揚雄疲執戟，已知蘇晉欲逃禪。羅浮林壑雙藜杖，珠海烟雲一釣船。但使幽棲能避俗，何須三頃鑒湖田。

有客抽簪去不還，清秋歸臥大崙山。白雲直欲尋真隱，青瑣無心戀舊班。歲月催人雙鬢短，乾坤任我一身閒。何時杖策朱明洞，四百峰巒爾共攀。（以上明張邦翼嶺南文獻卷二九）

春日

江北江南春去，園林無數花飛。萋萋芳草滿路，何事王孫未歸。

高門橋晚歸

滿路垂楊芳草，一溪流水落花。山邊林木蓊鬱，深處定有人家。

高樹

高樹陰森覆大堤，歸鴉無數夕陽啼。祇愁夜半狂風起，不得深枝自在棲。

長門怨

澹月疏星夜色深，長門魚鑰漏沉沉。翠華望斷無消息，空聽蛩螿徹曉吟。

後宮詞

珠箔羅幃夢不成，起來花底聽殘更。多情祇有長門月，夜夜瑤階伴影行。（以上明張邦翼嶺南文獻卷三一）

（楊權整理）

彭應乾

彭應乾，番禺人。明世宗嘉靖三十四年（一五五五）舉人。官興化府通判。事見清道光廣東通志卷七四。

建寧道中感懷

行行烟樹碧濛濛，萬緑垂楊夾道中。曉霧細飛雲欲墮，天風輕拂日初曈。鳥啼花落隨時變，水色山光到處同。芳草不須懷故土，揚鞭馬首任西東。（明張邦翼嶺南文獻卷二九）

（楊權整理）

黄志尹

黄志尹，字古泉。番禺人。明世宗嘉靖三十四年（一五五五）舉人，官湖廣興寧縣知縣。事見清道光廣東通志卷七四。

待月嶺南第一樓

待月鯨樓客，中秋醉解酲。懸知今夜魄，不減昨宵明。藥兔猶凝象，鸞娥未厭盈。翠華如復睹，重慰四難并。（明郭棐、清陳蘭芝嶺海名勝記卷一）

海珠餞别

暫把綸竿俯碧潯，故山回首隔雲林。烟霞興有巢由癖，猿鶴盟同歲月深。在野久忘彈鋏念，臨淵因起羡魚心。晚潮逆浪兼天湧，真怕人間果陸沉。

客途秋月帶愁看，此夜憑虛慰所歡。玉宇四空涵古刹，澄波千頃漾旃檀。羿娥有影歸溟渤，和璧無因碎激湍。竊慶卑棲真得地，一區門外即江干。

謁李忠簡公祠

龍圖遺像背禪堂，具見丹心的向陽。四面洪濤涵正氣，一庭明月自清光。生膺男爵無餘祿，殁著賢聲有抗章。血食萬年香火地，繩家名世代成行[一]。（以上明郭棐、清陳蘭芝嶺海名勝記卷三）

[一] 此句清溫汝能粤東詩海卷二八作『蒼蒼山水共高長』。

小金山謁蘇祠言别

金山京口舊稱奇，鬱鬱靈洲但小之。鼇冠烟霞吟興劇，蜃騰雄勝賞心馳。諸天慧日空王寺，振古高風學士祠。邊岸帆檣真咫尺，往還翹首有遺思。（明郭棐、清陳蘭芝嶺海名勝記卷四）

厓山吊古

宋室沈淪事已終，英雄陽九叵成功。擎天力屈三仁仆，率土兵頽一旅空。烏鳥有情哺寄子，黔黎無

計泣遺弓。華夷仰止層厓石，屹立洪濤逆浪中。（清趙允閒等重修厓山志卷七）

（陈永正整理）

浮邱社懷趙太史

逸客尊開晚沐堂，堂前叢桂起相望。美人恰伴青春去，彩筆空懸白晝長。識面獨慚歌下里，知音誰與究全唐。雙溪三洞名山在，杖屨遨遊自一方。

奉浮葛二仙入祀朱明館

浮葛仙翁去不回，空遺玄像粤江隈。嵩山此日歸陳跡，勾漏何年變劫灰。天上朋遊聯劍舄，人間香火共亭臺。崇賢忽動幽棲想，奈蜕塵緣未有媒。

朱明館

遲日攜醪選勝遊，扶笻重上紫烟樓。靈區未識群仙蜕，佳致先從一覽收。南望即今輸白雉，西瞻無復度青牛。臨池共享昇平醉，不記張衡有四愁。

浮邱八景

高樓生紫烟，遍繞琅玕樹。一出西郭門，彷彿函關路。紫烟樓

冠蓋息塵鞅，晚登休沐堂。漁樵無旦暮，竟日得徜徉。晚沐堂

池畔珊瑚井，井水通潮汐。潮見珊瑚波，汐見珊瑚石。珊瑚井

大雅久不作，正聲今在茲。虞廷賡歌日，山斗起遐思。大雅堂

六合併於秦，仙蹤從此去。遺亭亦儼然，玉舄知何處。留舄亭

一從歸粵社，仙館日投閒。咫尺羅浮路，丹梯尚可攀。朱明館

渺渺蓬萊山，茫茫今古宙。洪厓曾否來，謾挹浮邱袖。挹袖軒

王子浮邱侶，羅浮宇內山。鳳笙來往處，笙響落人間。聽笙亭（以上明郭棐、清陳蘭芝嶺海名勝記卷五）

望羅浮

羅浮東望海天寬，四百峰頭紫霧蟠。宦跡驅馳思拄笏，雲林衰謝悔彈冠。共傳幽境身堪老，祇恐塵心路改觀。此去呂翁如邂逅，肯沿盧氏枕邯鄲。（明郭棐、清陳蘭芝嶺海名勝記卷一三）

遊七星巖

北斗懸巖日月旁，躋攀曾共憩雲房。遙連碧渚疑銀漢，聊當仙槎泛野航。晝永千峰函瑞彩，夜深諸島競寒芒。詰朝東逐羅浮路，回首烟霞自一方。

星巖洞壑轉霏微，島有流霞淑氣歸。近曉不隨明月去，當空常伴白雲飛。談禪盡日充僧咀，聽法移

時淬客衣。仙尉投閒將老地，也曾卜築傍漁磯。

六十餘齡物外身，攜兒巖壑避囂塵。臨期結侶皆名士，隔日逢僧即故人。入洞再搜前鑽刻，緣厓猶認昨嶙峋。尚平已畢尋常累，擬倩歸航一愴神。（明郭棐、清陳蘭芝嶺海名勝記卷一四）

（陈永滔整理）

鎮海樓眺望

共倚層樓俯大荒，粵都形勝自金湯。神州望切丹心炯，化國恩深白日長。烟火萬家周井牧，河山千里漢封疆。中原豈直秦關險，猶有東南百二強。（明張邦翼嶺南文獻卷二九）

（楊權整理）

王鳳翎

王鳳翎，字九苞，又字儀明、宜明，號鳴岡。東莞人。明世宗嘉靖三十四年（一五五五）舉人。官廣西宜山知縣。事見清道光廣東通志卷七四。

潞河聞長笛

帝里鶯花隔翠微，短篷長笛晚依依。天清洞府龍爭吼，風細秦樓鳳欲飛。江渚淒聲生客況，關山晴色照人衣。可堪吹卻梅花落，腸斷天涯春又歸。

送岑省軒還東莞

握手初逢燕市中，笑隨群俠競相雄。傾尊夜醉盧溝月，說劍寒生易水風。倦足九衢憐躍馬，歸心萬里羨冥鴻。湘蘭沅芷如堪贈，好寄新栽碧水東。

夏日觀蓮憶濂溪雅趣

何年白社種青蓮，君子堂開儼昔賢。逃暑共尋泉石約，採芳重結水雲緣。郫筒香注流霞滿，仙掌珠擎湛露圓。三徑不知身已隱，尚從濂洛問真詮。

習家池館足留連，十丈重開玉井蓮。清影半搖朱幕外，暗香微動綠漪前。披襟北海渾無暑，對酒南薰恰有緣。自別周郎誰是主，勞心空寄愛蓮篇。

送李聚吾父母轉北司徒郎

纔瞻棨戟下炎荒，又促公車入帝鄉。晝省含香新寵渥，金亭飛舄舊循良。延津劍拂秋霜肅，南海珠懸夜月光。東事正當戎馬急，邊儲誰念轉輸忙。（以上明張邦翼嶺南文獻卷二九）

（楊權整理）

贈幕史粹公罷政歸釣鼇臺

懶從鵷序點朝班，萬里金華一日還。白馬青袍何意緒，江雲川月足怡顔。鷹揚不入公車夢，鷗狎長隨釣艇閑。笑我六鼇猶未試，相從溪上且觀瀾。

萬竹歌

昔賢所居雅愛竹，一竿兩竿渾不俗。今見高人愛更多，百竿千竿猶未足。等閒種得萬成林，一望幽森相映綠。滿前君子皆虚心，出門豈謂交遊獨。松梅添此友成三，鳳凰依之鳴各六。渭川曾埒萬戶侯，山陽不换千鍾粟。尋芳尤記竹邊來，過門不辨為誰屋。綠陰相與久盤桓，疑是淇園與共谷。清風時動聲琅琅，恍然萬籟宣亭毒。須臾瘦影横江干，此君形象都歸目。平安從此報無窮，簇簇龍孫爭吐玉。（以上東莞鼇臺王氏族譜卷八）

（呂永光整理）

王鳳翀

王鳳翀，號鳴陽。東莞人。王鳳翎之弟。明嘉靖、萬曆間在世。事見東莞鼇臺王氏族譜。

贈幕史粹公罷政歸釣鼇臺

宦途清望許誰先，幕府功成遽息肩。老去丹心懸薊北，歸來幽事付溪邊。煙光水色明春酒，浴鷺飛鳧繞釣船。人事浮雲總身外，一篷疏雨且高眠。（東莞鼇臺王氏族譜卷八）

（呂永光整理）

王鳳翔

王鳳翔，號桂亭。東莞人。明嘉靖、萬曆間官光祿寺監事。事見東莞鼇臺王氏族譜。

題舒中賜大尹種德傳芳圖

盛德人間不可名，筆端何以肖儀形。喜從玉樹瞻東邑，始信靈根自建寧。桂子庭前時吐瑞，蘭芽階下日添榮。自憐先世深培植，得似名公大有聲。（東莞鼇臺王氏族譜卷八）

（呂永光整理）

佘光裕

佘光裕，字武可，一字江石。順德人。明世宗嘉靖三十四年（一五五五）舉人。屢困公車，就懷寧教諭。

四十四年擢湖廣桃源令。丁外艱，服闋。補博白，復丁內艱，未任。穆宗隆慶六年（一五七二）改令廣西柳城，以功升荊藩左長史。卒於官。著有江石集。明郭棐粵大記卷二〇、清道光廣東通志卷二八一等有傳。

遊海珠寺

步武珠臺上，依稀傍紫宮。花明三島近，烟沒五雲通。山色青涵渚，江流碧浸空。酒闌歌未罷，孤月上梧桐。

雅愛江中寺，初秋物色清。波平魚網下，風動客帆輕。劍氣衝星落，珠光抱月明。相攜今夜酒，喜得伴群英。

海珠同章崑岡節推宴分賦

珠樹蒼蒼覆石臺，十年遊走又重來。江中樓閣雲霄合，島上烟霞晝夜開。登岸未成觀海賦，泛舟深愧濟川才。鄉關望斷愁無賴，日暮停杯思轉哀。（以上明郭棐、清陳蘭芝嶺海名勝記卷三）

登小金山

山腰古寺枕江流，李郭相從晚泊舟。一徑烟霞開寶刹，兩崖風雨護靈洲。海天島嶼當空出，澤國魚龍並日遊。獨上妙高臺上望，五雲深處是神州。（明郭棐、清陳蘭芝嶺海名勝記卷四）

厓門懷古

白晝冥冥煙雨霏，江山人事兩全非。悲風落日寒潮急，獨有雲濤護寶衣。
翠華歸去紫龍宮，北騎長驅朔漠風。萬古冤魂遺恨在，空餘鮫淚灑英雄。
宋室逢厓王氣終，鼋鼉窟作帝王宫。江山故苑今何在，百二雄圖夕照中。
滄海龍歸徹九冥，堂堂正氣滿滄溟。皇圖帝業俱消索，只有丹心照汗青。
海上樓船戰血紅，何能一旅補天工。塵沙滿地風波惡，衰草殘煙斷晚鴻。（清趙允菁等重修厓山志卷七）

（陈永正整理）

飛來寺

巍峨朱宇倚崔嵬，上界天裁絕點埃。愛客巖花飛復舞，媚人山鳥去還來。雲霞不掃禪房靜，燈火常懸佛殿開。洞鎖薜蘿仙子去，獨留明月印蒼苔。
梵王宫殿古飛來，人去江空帝子哀。石洞雲深龍睡穩，松關風度鶴聲回。奇花競吐飄山閣，亂樹斜翻護石臺。往事驚心君莫問，玉環金鎖總浮埃。（明郭棐、清陳蘭芝嶺海名勝記卷八）

（陈永滔整理）

將進酒

春風瑤席珍羞羅，滿堂賓客冠峨峨。酒滿瓊巵泛綠波，徘徊一笑衰顔酡。勸君進酒莫蹉跎，百代光陰轉擲梭。對鏡忽驚鬢髮疏，朝如青絲暮已皤。君不見阿房插天高崖峨，金樓錦殿皆楚戈。又不見珠房繡戶成烟蘿，魏苑臺空烏鵲歌。翠華一去愁經過，芙蓉泣雨淚滂沱。人生不樂逝如何，賢達托體同山阿。黄金換酒莫辭多，功名富貴亦消磨。拔劍起舞影婆娑，眼花耳熱側弁俄。繁絲急管奏陽和，醉來枕席泰華窩。酒星光照山之薖，舉杯對月邀嫦娥。量如萬斛沛江河，那知世路皆險陂。（明張邦翼嶺南文獻卷二六）

聞笛

月夜群聲寂，高樓一笛長。穿雲含律吕，横玉落宫商。鶴唳關山冷，龍吟水國寒。不堪腸斷處，鄉思折垂楊。

春莫

韶華難與駐，花片不堪招。拾翠金翹落，傷春粉靨消。蝶忙愁寂寞，鶯懶怨蕭條。惆悵東風去，銀環隔絳綃。

春夜

春宵群感寂，不寐啟柴扉。月冷梨花淡，風輕柳片飛。樓臺歌管細，遍塞甲兵稀。獨惜千金夜，行人尚未歸。

旅亭夜酌

駐馬孤亭上，柴扉夜不扃。石泉流淡月，巖溜帶疏星。樹色寒生藹，花姿暖欲馨。流連今夕酒，聊得慰飄零。（以上明張邦翼嶺南文獻卷二七）

蕭烈女

黯黯愁雲結晝陰，墳頭烟雨草蕭森。風戈不落青春膽，血刃難移白日心。象海月沉珠有淚，泉臺霜冷鶴無音。青鸞已去英魂在，讀罷殘碑感慨深。

有懷

年華荏苒二毛侵，飄泊江城思不禁。雲盡海天多暮色，竹深門徑半秋陰。干戈滿地英雄淚，風雨連燈故舊心。人事蕭條鄉土惡，感時傷別獨長吟。

吊岳武穆

唾手燕雲將虎貔，雙旌無奈朔風吹。長城已壞班師日，天柱俄頃破虜時[一]。霜冷翠華終北狩，月寒辛木向南枝[二]。奸諛未死英雄盡，回首山河轉夕曦。
長驅鐵騎蹀閼氏，十載成功一旦虧。塚上暮雲繁緑草，廟門春樹怨黄鸝。子胥江冷吴恩薄，諸葛營
空漢祚危。萬里飛塵愁二帝，返魂飄逐向南箕。

〔一〕虜，清溫汝能粤東詩海卷二九作「敵」。

〔二〕辛，清溫汝能粤東詩海卷二九作「林」。

郊行

西風羸馬出官亭，陌上行人問使星。雁落野塘霜正白，鴉藏烟樹柳初青。幽巒路轉通花塢，曲澗泉
流入竹坰。極目滄江天萬里，祥雲佳氣護王庭。

大觀亭吊余忠宣公

木落山空飛杜鵑，蘋蘩方奠恨悠然。一腔節概冰霜凜，九曲肝腸鐵石堅。荒井梧桐秋鶴淚，寒塘風
雨夜龍眠。不堪愁斷吟魂處，芳草斜陽緑樹烟。

無題

仙漏銷沉夜斗横，深閨寂寞守長更。啼鶯語燕心中事，芳草閒雲夢裏情。愁損玉肌羅帶潤，恨隨錦
字淚珠盈。花神一去繁華歇，零落東風過楚城。

簾幕低垂隱夕陽，金風渺渺透羅裳。欲將底事題紅葉，難把芳心繫緑楊。巫峽雲迷猿夢冷，仙橋雨過鵲坭香。慵粧倦洗愁無奈，一曲琵琶一斷腸。

江流縈帶九回腸，無主春風入野塘。門外斷雲連剩雨，窗前殘月掛垂楊。繡床倦倚金釵亂，羅帳偷含玉筯長。一片芳心關不住，夢隨蝴蝶過東牆。

約過李芝山客舍

金印銀魚卻是閒，宦情無奈衹青山。九霄杲日羅樽俎，三楚香風振佩環。琪樹瓊花堪把賞，丹崖翠巘許躋攀。仙靈莫向關門掩，有客來過煉大還。

望君山

一望奇蹤便羽翰，天開紫翠足遊觀。湘妃墓古楊花白，杜穀祠荒木葉丹。山氣螺堆霄漢色，波光鏡徹斗星寒。鼎臺龍去琴聲杳，猶有漁翁弄晚湲。（以上明張邦翼嶺南文獻卷二九）

感舊

金屋灰殘粉黛銷，可憐雲斷不堪招。青青只有垂楊柳，仿佛宮人舞細腰。

春風走馬傍垂楊，翠袖招搖醉夜觴。玉佩雲鬟消息遠，至今腸斷綺羅香。

金谷園圖

石氏名園事晏遊，燕釵十二舞妝樓。可憐月榭笙歌歇，冷落芙蓉一夜秋。

旅思

野寺鐘殘北斗斜，薊門烟樹客京華。側身戎馬經過地，明月淒涼聽暮笳。（以上明張邦翼嶺南文獻卷三二）

俠客行

君不見燕昭當時下士日，樂生慷慨獻奇術。一朝盡破七十城，昔日故鼎歸磨室。君不見屠肆之兒人不識，高飛未得橫天翼。竊符一日矯王師，北卻邯鄲聲奕奕。又不見荊軻市醉藐豪右，入燕亟載將軍首。徑至咸陽獻地圖，怒擊秦王環柱走。古來豪俠此其儔，亭亭意氣薄王侯。危言一動北風起，拔劍欲斷黃河流。丈夫四海同遼廓，談天雄論摧山嶽。寧願一死不脫纓，安能跼蹐居丘壑。君不見書生婆娑翰墨場，窮年力學攻文章。曉窺芸閣明窗靜，日短暮續青藜光。倚馬萬言猶不足，夜光之珠混魚目。不如三尺劍蒼芒，揮之旦夕易陵谷。聞道四夷多未格，擁袠誰畫平原策。負弩願請向前驅，直挽銀河洗兵甲。遠山虎嘯悲林木，磨牙吮血啖人肉。併借重開雙寶刀，揮掃貪風驅殘酷。（以上明張邦翼嶺南文獻卷三二）

道經舊遊有感

旅邸驚秋鬢欲華，白雲天際是吾家。鳴弦綠水沿崖轉，入畫青山繞郭斜。醫國經綸慚藥石，應時文字乏英華。悠悠舊路生芳草，愁見垂楊集暮鴉。

舟中夜泊

江上烟波鎖幾重，暮年蹤跡舊相逢。荒城鳥散千家杵，茅店鷄鳴五夜鐘。地接燕臺靈氣合，天連粤國白雲封。懷鄉戀闕情偏切，無限傷心一笛風。

北上道中

明時攜策乏才華，雙劍凌空北斗斜。萬里長途生白髮，一年佳節負黃花。龍山風落參軍帽，仙渚烟横博望槎。到處秋光堪買醉，休言蹤跡在天涯。

荊門道懷古

西望夷陵有故都，昔年曾此論皇圖。楚山花落愁黃蝶，梁苑宫殘鎖綠蕪。古洞雲歸眠石獸，荒碑火入化珠襦。思歸莫作江南賦，蘆荻蕭蕭啼夜烏。

早朝

耿耿星河夜色虚，諸侯嵩祝夜分初。綵雲燦熳纏黃道，瑞氣蘢葱護紫輿。御苑春光鶯語滑，玉橋風暖柳條舒。兩堦舞罷南薰奏，治世誰陳賈誼書。

九日同陸明府劉揮使葉春元江中共酌

九日酣歌興未休，尊中冠盖盡瀛洲。芙蓉十里紅相媚，楊柳千條翠欲流。紫禁夢懸燕市月，白雲心繫越山秋。江南烟景依然在，明歲看花憶舊遊。（以上清黄登嶺南五朝詩選卷四）

（楊權整理）

黄在衮

黄在衮，字公補，號水南。順德人。著子，民表甥。明世宗嘉靖三十四年（一五五五）經魁。官緡靈教諭，擢廣西賀縣知縣。清温汝能粵東詩海卷二九、清吴道鎔廣東文徵作者考卷四等有傳。

韓祠懷古

古廟荒臺入望迷，孤城遼曠萬山西。沉沉晚樹連雲歇，漠漠寒烟與鷺齊。沙岸漫蒸溟海氣，江峰愁絶遠臣棲。滄桑異代猶如此，潦倒何妨一杖藜。（明郭棐、清陳蘭芝嶺海名勝記卷一〇）

遊南華寺

偶遊雙鷲思微茫，梵落平堤慧日長。石鼎搖青浮貝動，金砂含翠斷臺荒。晴回覺海探龍藏，雪滿衹

園過佛堂。可是袈裟垂巨石，幾人乞得度迷方。（明郭棐、清陳蘭芝嶺海名勝記卷一一）

噴玉巖

風急靈巖靜，泉聲樹杪來。探奇頻策杖，望遠獨登臺。沙白鳥雙下，天青江自開。何堪搖落早，秋色杳難裁。

磴道飛簾瀑，縈迴薜荔斜。松濤低過雁，江暝斷棲鴉。葉落疏林寂，藤陰去路賒。蒼茫堪眺望，吾欲挾烟霞。

靈閟開天闕，峰巒敞羽扉。斷崖流瀑淺，陰洞過雲霏。烟靜殘苔出，霞深古檜圍。丹梯千仞上，鸞嘯欲何依。（以上明郭棐、清陳蘭芝嶺海名勝記卷一三）

（陈永滔整理）

西樵山

祇林樓閣赤霞封，窈窕丹梯路幾重。洞倚擘雲扶日月，山懸飛雨下芙蓉。秋陰乍變中峰樹，江色常分上界鐘。東嶺有僧何處問，蓮花知是遠來蹤。（清溫汝能粵東詩海卷二九）

（楊權整理）

黄在裘

黄在裘，字應洲。順德人。著子，在衮弟。明世宗嘉靖三十四年（一五五五）舉人，官國子監博士。事見清道光廣東通志卷七四。

海珠遠眺

蓮花如蔕石鼇擎，燦燦珠光海上明。東眺扶桑看浴日，西迎鬱水拱神京。森森古木巢孤鶴，滾滾洪濤吼巨鯨。天闢南州鍾此勝，何人不動濯纓情。

海珠

明珠的的現中流，萬里蓬瀛指掌收。吞吐鯨波浮海日，參差帆影過江樓。氣蒸龍蜃摩尼出，磬落禪宫澤國幽。羽鶴翩翩空外度，碧天寒露湛清秋。（以上明郭棐、清陳蘭芝嶺海名勝記卷三）

小金山

靈洲肆水石門前，流入佗城到海邊。潭伏魚龍騰斗氣，寺環峰岫鎖蘿烟。真人玉局苔痕古，福地金光返照懸。此日乘槎聊一泊，妙門芳躅尚依然。（明郭棐、清陳蘭芝嶺海名勝記卷四）

（陈永正整理）

過梅嶺

風度誰如宰相隆，燮調經濟亮天工。闢通巧鑿重巒險，血食崇祠萬世功。春早梅花過驛使，日高馳道掛晴虹。猶思入谷瞻依地，金鑒精誠感慨同。（明郭棐、清陳蘭芝嶺海名勝記卷一〇）

宿曹溪方丈

鷲嶺從初劫，忘言得證詮。菩提留廣蔭，卓錫受真傳。花雨虚諸相，靈光耀萬年。慈航如可度，從此滌煩喧。（明郭棐、清陳蘭芝嶺海名勝記卷一一）

黄龍洞

黄龍當正脈，南漢有遺宫。雨露秋如滴，金銀氣尚蒙。花嗤玉女鏡，草偃大王風。不托神仙窟，人間霸業空。（明郭棐、清陳蘭芝嶺海名勝記卷一三）

杯峰石

巨靈何日劈，巖峙七星幽。錦石分瑶島，龍蟠並鳳遊。淙流羚峽迅，苔蘚篆文留。小艇頻移適，匏尊興未休。（明郭棐、清陳蘭芝嶺海名勝記卷一四）

五指參天峰

炎州南去水雲連，並峙巃峰翠插天。玉笋曉浮波浴日，金莖晴滴露和烟。十洲半似神仙列，五嶽全疑海岱懸。指點地靈元不偶，群公支笏障中原。

文筆峰

文星耀瓊海，嵂崒化為峰。捧日巄千仞，凝烟鎖四封。壯同天柱峙，秀以嶽靈鍾。挺彼含毫匠，揮揚擅藝宗。

金雞嶺

紫蓋標靈勝，祥光現瑞輪。雞聲一夕曉，海色九天春。金榜雲霞絢，瑤屏雨露新。赤霄丹鳳起，巖岫日嶙峋。

馬鞍岡

礅礐嵯峨列，中巒儼削成。據鞍千仞峭，攬轡萬峰平。文轂看鞭弭，台垣待秉衡。共言南服外，柱石嗣西京。（以上明郭棐、清陳蘭芝嶺海名勝記卷一六）

（陈永滔整理）

厓山吊古

突兀厓門峙，奔濤晝夜喧。艱危天不祚，倉卒勢無援。海泊千帆入，蠻煙列島屯。杜鵑啼轉切，潸

涕吊忠魂。（清趙允閒等重修厓山志卷七）

（陳永正整理）

西樵山

樵山迤邐宛飛龍，形勝曾誇七十峰。絶壁流雲開罨畫，平林過雨散芙蓉。山前瀑噴千巖玉，杖底風回萬壑鐘。夙昔向平耽雅尚，幾時舒笑倚長松。（清溫汝能粵東詩海卷二九）

（楊權整理）

黄在素

黄在素，字水濂，一字幼璋。香山人。佐子。明世宗嘉靖三十四年（一五五五）舉人。事見清道光廣東通志卷七四。

古墟市

稚川昔日營丹砂，華池神室蒸朱霞。石臼潺湲瀉飛瀑，碧溪窈窕開桃花。此地相傳有靈雀，曾竊長生玉壺藥。聲聲咿戛醒塵昏，勸搗玄霜煉金汋。仙翁乘鸞去不還，仙禽長在雲松間。百年鼎鼎勞形

役，誰能脱屣巢神山。（明郭棐、清陳蘭芝嶺海名勝記卷一三）

（陈永滔整理）

黄應芳

黄應芳，字世卿。東莞人。明世宗嘉靖三十四年（一五五五）舉人。官宜章知縣。民國張其淦東莞詩錄卷一二有傳。

題愛雲祁君號

滿眼晴烟任往還，云誰遙夢到青山。百年顧復知何極，萬里飛騰不可攀。風静池前看舊影，月明窗外望祥顔。悠悠一片明霄漢，題入丹青範蕙蘭。（民國張其淦東莞詩錄卷一二）

（楊權整理）

梁直

梁直，字養浩，一字允行。號集吾。東莞人。明世宗嘉靖三十四年（一五五五）舉人，官雲南廣南知府。

民國張其淦東莞詩錄卷一二有傳。

泊峽山遊飛來寺

尋真直上半雲亭，曲徑花深路窈冥。人獻舊環猿嘯霧，僧敲清磬石談經。色身未了三生劫，功業無成兩鬢星。欲任招提結香火，逍遙福地可忘形。

送李邑侯報政入都

翩翩鳬舄向京華，百里河陽已徧花。遺愛甘棠瞻使節，攀轅江岸阻仙槎。佇看玉鼎調黄閣，行見芳名罩絳紗。聖代即今勤側席，六符瑞應在君家。（以上民國張其淦東莞詩錄卷一二）

（楊權整理）

林萬詔

林萬詔，字濂泉。南海人。明世宗嘉靖三十四年（一五五五）舉人，官同知。事見清道光廣東通志卷七四。

謁李忠簡公祠

寶刹滄浪裏，波光瞰海門。宋臣遺像肅，山斗望高存。抗疏權奸日，雄文嶺表傳。憑欄瞻仰後，返

照落前村。（明郭棐、清陳蘭芝嶺海名勝記卷三）

（陳永正整理）

楊茂先

楊茂先，南海人。紹震子。明世宗嘉靖三十四年（一五五五）舉人，官永寧同知。事見清道光廣東通志卷七四。

海珠同章崑岡節推宴分賦

何年滄海一驪珠，湧出靈區入畫圖。上界樓臺臨絕島，中流烟樹隔平蕪。尋僧載酒潮初上，譚劍酣歌晚更娛。尊俎不妨頻秉燭，角聲吹徹起城烏。（明郭棐、清陳蘭芝嶺海名勝記卷三）

（陳永正整理）

浮邱八景

縹緲仙家十二樓，丹爐伏火紫烟浮。函關路隔知多少，真氣渾如在上頭。紫烟樓

東風吹暖到江城，晚向滄浪一濯纓。卻憶山陰修禊日，飛觴流水不勝情。晚沐堂

一泓澄澈絕塵埃，誰引仙家玉液來。石畔珊瑚何處是，寒泉清浸碧池隈。珊瑚井

學士金羈嶺外遊，堂開仙境似瀛洲。鴻篇大雅追千古，遥夜文光射斗牛。大雅堂

跨鶴何年別此山，雙雙玉舄落人間。孤亭夜靜松濤響，疑是仙蹤步月還。留舄亭

別是朱明一洞天，金芝瑤草尚依然。羅浮門戶深如許，靈跡曾傳葛稚川。朱明館

清秋明月滿闌干，羽袖翩翩帶露寒。可是二仙攜手處，天香吹散落瑤壇。挹袖軒

烟霞深處舊稱靈，散步尋真憇小亭。夜半笙聲天外落，恍疑王子馭雲軿。聽笙亭（明郭棐、清陳蘭芝嶺海名勝記卷五）

飛來寺

中宿名山晚繫船，巖花林鳥迴風烟。江間月影窺蓬島，梵宇鐘聲識洞天。未向半雲窮變幻，且從壇石訪遺仙。十年慚負山僧約，杖屨重來思惘然。（明郭棐、清陳蘭芝嶺海名勝記卷八）

（陈永滔整理）

謝元光

謝元光，字愧吾。番禺人。明世宗嘉靖三十四年（一五五五）舉人，官永寧知州、廣西上石西州知州。清

謁李忠簡公祠

光緒廣州府志卷一二〇有傳。

東南間氣屬名賢，岳降生申豈偶然。抗疏精忠霜雪肅，匡時勳烈日星懸。梅花數詠明清節，珠海千濤壯大篇。廟貌堂堂雙樹裏，春秋蘋藻自年年。（明郭棐、清陳蘭芝嶺海名勝記卷三）

浮邱社懷趙太史

仙邱寂寞寄遙天，金馬南馳豈偶然。紫府片時開草徑，滄江三變已桑田。融融春色遷鶯裏，焯焯祥光北斗邊。老我丹砂慚未就，登臨長誦白雲篇。

浮邱八景

背郭危樓起，樓頭生紫烟。夕陽頻眺望，知有葛洪仙。紫烟樓

公餘聊出郭，冠蓋狎群鷗。觴詠移清晝，何如物外遊。晚沐堂

再闢丹邱府，珊瑚井自如。靈源同沆瀣，不見紫霞裾。珊瑚井

大雅何寥廓，宗工慶有歸。虞廷賡喜起，仙苑借清輝。大雅堂

宮錦仙人選勝遊，招邀詞客集仙邱。熙朝大雅斯文在，不數西京翰墨流。大雅堂

金鼎方成九轉丹，便驂鸞鶴謁瑤壇。紅塵笑脫一雙舄，留作人間勝事看。留舄亭

境入羅浮仙子都，朱明聊爾認前途。問津若遇浮邱伯，遥指紅雲碧海隅。朱明館
仙客鸞驂海嶠翔，翩翩雙袖帶天香。朱明笑挹餐霞侶，九轉靈砂氏驗方。挹袖軒
仙子吹笙醉碧桃，鳳聲嘹亮遍林皋。何人竊向浮邱聽，傳得雲和曲調高。聽笙亭（以上明郭棐、清陳蘭芝嶺海名勝記卷五）

（陈永滔整理）

李炤

李炤，字伯明。大埔人。明世宗嘉靖三十四年（一五五五）舉人。官南安通判。事見清道光廣東通志卷七四。

題鐃志尹池亭

對月

山城夜閣隘星河，剩有寒塘載月多。竹底煙深脩玉斧，水南雲靜弄金波。嚼仍餘味如君少，飲不停杯奈汝何。本愛結鄰天上鏡，影團清節詎移柯。

乘風

簾外幽花間翠微，香飄瑤瑟鼓音希。閒宜修竹開三徑，涼入清風掩半扉。雲氣乍流人欲御，茶煙輕颺鶴初飛。庾塵任逐蓬根轉，春服何妨楚楚輝。（清康熙埔陽志卷五）

（呂永光、張玲整理）

陳顯

陳顯，開建縣（今屬封開縣）人。明嘉靖三十四年（一五五五）貢生。官遷江縣知縣。有梅花百詠。清康熙開建縣志卷八有傳。

圓珠積翠

圓珠西北障官衙，疊疊峯巒接九華。山國隨緣售楚璧，紫霄有路餌丹砂。蘢葱曉色驗靈藴，罨畫晚山襯綺霞。微徑縈紆入林麓，雲中雞犬幾人家。

忠讜凝嵐

乾坤元氣自流形，萬水千山屬建瓴。黛色出雲初染碧，山光過雨遠挹青。□華□彩呈仙□，寶蓋朱旛擁帝京。若木枝邊起靈曜，忠言讜論共□明。

鶴洲漁唱

羽客沙汀漁亂謳，水晶宫宇傲王侯。扣舷雅韻蘆花月，隈石清商江氣秋。北海鯤鯨收巨釣，前川簫鼓笑扁舟。行吟澤畔憐憔悴，一曲滄浪到白頭。

狼嶺樵歌

狼嶺煙消樵采深，□□□□□□□。□□處處逢良杞，伐木丁丁□□□。□□□□□□□，塵湮隨分話長林。柴扉□□□□□，□□□□□子心。

烏石醴泉

醴泉何代啟仙源，石甕頻招汲滿樽。靈異還同芝草瑞，春遊堪擬杏花村。論人應不笑糟粕，田父無妨貯瓦盆。世味任從甘淡泊，莫令沉醉送朝昏。

狀元古井

霹破南天起士林，遺跡千古羨淵深。須知甘澤□□處，流出先生身後心。白鷺青松開片玉，三花一□縷斯金。功名九仞清風遠，活潑源頭仔細尋。

仙巖夜月

為訪幽奇物外蹤，冰輪常照月玲瓏。高崖深谷瓊瑤窟，桂實金丹蟾兔功。山裏清光山裏景，月中勝概月中宮。仙娥寂寂廣寒臥，洞口無雲月色濃。

石壁朝雲

煙霄有石插青葱，片片朝雲豈足蹤。何處斷崖留古態，終朝輕靉弄新容。林巒曉靄浮佳氣，洞穴年深起臥龍。雲石於人真得趣，江風隨處入詩筒。（以上清康熙開建縣志卷一〇）

（呂永光整理）

葉懋

葉懋，字維新，號右蒼。南海人。明世宗嘉靖三十四年（一五五五）貢生，授文昌訓導。著有瓊屋集、幽居集。清溫汝能粵東詩海卷二九、清吳道鎔廣東文徵作者考卷四等有傳。

石門

依依童僕問寒溫，篷底孤燈照旅魂。賈客停橈詢海味，舟人看氣避江豚。灘聲帶雨鳴殘夜，樹色和烟鎖暮村。誰識倦遊辛苦處，悲笳吹落海門昏。（清溫汝能粵東詩海卷二九）

（楊權整理）

全粵詩卷三六七

鄭旻

鄭旻，字世卿。揭陽人。明世宗嘉靖三十五年（一五五六）進士。初授兵部主事，歷武選郎中。出守大名、歸德，累官至貴州布政使。卒於官。著有峚山談言、哀拙集。清溫汝能粵東詩海卷二九、清吴道鎔廣東文徵作者考卷四等有傳。

守歲即席漫賦

禁城促漏迫青陽，客裏傳杯引興長。佳節有懷驚爆竹，聖朝無補愧含香。千門柳色寒將放，三徑松陰日就荒。奔走界途筋力倦，獨歌招隱立蒼茫。（明張邦翼嶺南文獻卷二九）

嘉魚夜舟

掛席空江夜不眠，浩歌遥望月中天。滄浪漁父如相問，獨醒非關惜酒錢。（明張邦翼嶺南文獻卷三一）

（楊權整理）

黎民衷

黎民衷，字惟和，號雲野。從化人。貫次子、民表弟。明世宗嘉靖三十五年（一五五六）進士。官吏部验封司郎中，出為廣西參政，卒於民变。著有司封集。清溫汝能粵東詩海卷二九、清道光廣東通志卷二八〇等有傳。

從化揚溪峒[一]

捫蘿躋絕頂，開戶見仙窗。薤葉垂金簡，松陰覆石幢。飛梁臨絕澗，危磴咽寒淙。遙望孤飛鶴，飄飄意未降。（明嘉靖廣東通志卷一三）

［一］番禺黎氏存詩匯選題作『楊溪洞』。

清海樓霜夜聞笛

霜月滿樓人獨倚，商聲寂歷撩人耳。誰家玉笛來清夜，海思雲情一時起。憶昔曾登冀北臺，蕭颯天風海上來。胡沙萬里黃雲冷，邊風四起鴻雁哀。幾度行人折楊柳，幾處春聲起落梅。庾信樓中曾作賦，郭隗臺前空暮埃。朅來歸臥溪邊石，萍蹤回首雲泥隔。卜居空愧杜陵人，草玄誰過揚雄宅。千山飛雪歲將闌，萬木含風氣蕭索。郢曲遙傳寡和篇，相逢況是知音客。此夜關山月正明，此時聞笛不勝情。砧杵千家搗寒素，玉宇無塵促漏聲。誰為此曲堪凄切，無乃氣出與精列。調急能令山鬼愁，韻轉忽驚山石裂。徘徊曲几幾相思，搔首乾坤感鬢絲。搖落九歌悲宋玉，淒涼三弄憶桓伊。今古豪華多迫蹙，勸君且盡杯中醁。何時橫笛溯天風，醉臥瀟湘烟雨淥。

五仙石

松門開羽景，花徑聽鸞笙。紫氣雙龍直，青天一鶴橫。嶺懸春樹杳，潮入暮江平。況愜烟霞賞，芳尊共一傾。（以上明郭棐、清陳蘭芝嶺海名勝記卷一）

（陳永正整理）

讀書泰泉精舍

廛居厭紛雜，精舍在滄洲。嵐光入戶牖，竹柏環湍流。清朝理巾服，散帙獲所求。卷之豁方寸，煥之窮六幽。機忘慮自遣，思深神與謀。玄珠非罔象，輪扁誠足羞。烏伸不知疲，象耕還有秋。烟霞盡良覯，嚶鳴無俗儔。臨淵非釣國，委運殊鑿坏。靈修去已遠，吾將與天遊。

大司馬黄公席上分賦石虹湖得鏡字

林巒藴重溟，薜荔開三徑。雲石鬱參差，虹橋跨深靚。回軒綠波激，孤嶼丹霞映。緋烟結疏綺，流雲漾清鏡。鷗來掠藻翻，儵起穿蒲泳。碧梧含風吟，翠竹捎烟勁。緬彼丘中人，揮觴發鸞詠。去留本無機，飛躍任真性。濯纓頫流泉，晞髮攀懸磴。呼鶴憶仙遊，釣鰲發奇興。降墀浩唱生，深谷跫音應。駐此儼蓬壺，翛然謝囂境。

明妃詞

大漠吹沙風浩浩，白日黃塵暗衰草。邊城戍鼓過雲喧，佳人悵別關山道。欲行不行征馬鳴，含顰漫把琵琶抱。別調哀弦不忍彈，可憐行路曲中難。金鈿曉著商飆冷，翠黛寒沾朔雪殘。玉關萬里無春色，穹廬毳幕為誰歡。生來不願離金闕，一去那知嫁胡羯。夢中猶繞漢宮雲，天邊獨望長門月。卻嘆容華不似前，遺恨丹青猶未歇。幾樹菱花羞不語，淚濕胭脂作紅雨。白雁音書行斷絕，青塚悠悠在何處。朱顏命薄古云然，空有風流畫史傳。衛霍功多誰復見，漢家徒為築祁連。（以上明張邦翼《嶺南文獻》卷二一六）

七夕

涼露沾朱綴，輕烟隱玳筵。河邊搖素佩，漢曲擁花鈿。靈匹歡今夕，雲容憶曠年。姮娥依玉兔，流恨桂宮前。

月夜吴舍人過集

向夕群愁起，幽期幸不迷。天垂鳷鵲外，城轉鳳皇西。翠罼淹宮漏，春星散馬蹄。十洲飛夢遠，何路問丹梯。

溪南别業爲萬銓部賦

南斗臨丹壑，西�瞰紫氛。虹垂青玉案，花落黑池雲。地迥鶴書下，天空鸞嘯聞。何當棲潁者，復此挹清芬。（以上明張邦翼嶺南文獻卷二七）

元旦早朝

佩玉珊珊候紫宸，萬方齊慶履端辰。星垂彩仗天文麗，鵷簇仙班月令新。王氣晴開龍闕色，卿雲霄蔭鳳池春。微臣幸忝方明御，願奏時康叶帝鈞。

秋日謁陵

岧嶢宫闕冠層丘，大野蒼茫紫翠浮。銀磧風高聞雁度，鼎湖雲起識龍遊。隆墀暝落金鋪色，丹磴寒霏白雪流。回首長楊風露冷，何來形勝滿神州。

答大嵛山人見懷之作

江城離夢一樽殘，霄漢雙魚破臘看。滄海夜回明月色，青山春掩薜蘿寒。風塵玉樹愁來倚，天地綈袍醉裏寬。烽火中原難獨卧，長歌招隱路漫漫。

泊京口與友人望金焦

破浪乘風信晚潮，一尊烟雨對金焦。江搖白羽麾三國，簾捲青山鎖六朝。鏡裏魚龍聽梵起，天邊臺

榭旅魂銷。浮蹤何事分南北，欲借雲房結勝招。（以上明張邦翼嶺南文獻卷二九）

九日蒲澗紀遊同歐子楨伯家兄惟敬賦

神皋恣玄覽，灝氣肅凄清。暫釋寰中窘，還尋物外盟。佳期憐聚首，幽賞愜同行。地縮雲房麗，嵐收霧徑晴。凌溪千仞轉，窺竇萬尋縈。俄見霞標截，應知地軸横。石梁臨岧嵽，茵閣闞欹傾。玉液秋常皎，瑶光夜愈明。洞前馴白鹿，木末走文鼪。苦竹苞新籜，枯槎折細萌。五衢翻弱葉，三秀被新榮。奇慮恣回轉，孤蹤絶送迎。褰裳思采若，列坐或班荊。訊古高臺没，尋幽曲沼平。靈蒲猶瑩劍，虚溜尚調笙。絳節翩翩下，銖衣漠漠呈。琅函時自啟，石鼎晝常烹。遺棗如誇漢，乘騾似避嬴。柱留聞鶴語，嘯落帶鸞聲。玄兔蟠荒竈，華芝結野楹。登臨搖落後，眺聽古今情。井邑蟬聯見，河山繡畫成。高蹤超解縛，嘉詠類鳴嚶。尊至傾浮蟻，觴來汲巨鯨。隱衣還製芰，狂興欲餐英。大運多盈縮，朋情喜合並。丹砂如可學，脱屣謝浮名。

邊事

沙場暫報息氛埃，苜蓿初肥馬市開。百萬金繒飛輦盡，中原誰復見龍媒。

清朝刁斗寂無聞，一夜横奔豺虎群。邊將盡承恩寵貴，死綏惟有李將軍。

春寒麥壟尚青柔，胡騎南窺不待秋。幕下健兒多戰死，羽書不到禁城頭。

大漢年來已厭兵，防胡今更起長城。群臣祇有捐金計，闕下何人為請纓。

大漠風沙直北寒，炊烟未暖據征鞍。古來盡道從軍樂，今日方知出塞難。

上元曲李子藩席上賦

誰放珠光海上來，金銀樓閣畫中開。晴雲低戶妝春樹，北斗橫空瀉露杯。

銀鞍金轂簇千門，拾翠遺珠事總繁。醉踏東風聞笑語，空憐春夢去無痕。

東風吹下燭龍烟，帝里河山錦繡妍。天上玉壺春似海，人間弦管夜如年。

群仙踏月駕龍鼉，瀛海風塵起夜濤。何處天香飄露席，紫鸞簫斷彩雲高。（以上明張邦翼嶺南文獻卷三一）

太平寺

釋子離人群，高居遠俗氛。開門山色近，汲澗水源分。禪榻常棲月，僧衣半裛雲。萬緣俱寂後，鐘磬夜深聞。

中秋鄰溪逢吳大行元山

千里由來共月明，楚江無處不秋聲。深杯欲洗關山色，長笛空橫河漢情。鳧鸛陣寒霜葉墮，芸荷香冷暮雲平[二]。當歌莫話游燕事，長劍西風念遠征。

〔一〕芸，清梁善長廣東詩粹卷五作「芰」。

贈臥芝山人傅汝輯

不向人間道姓名，雲中高臥聽松聲。夜來夢入華陽谷，芝草新抽較幾莖。

禮斗壇

永夜焚香侍碧壇，七星高曜紫霄端。徘徊似有真霞降，風露淒淒沆瀣寒。

大龍道中即事

村南村北走溪聲，萬壑風吹麥浪晴。山鳥喚人何太急，野花開遍不知名。

使粵道出益陽雨後口占

北來天地戰塵腥，好雨連山入杳冥。共喜春回霑草木，為君暫駐省耕亭。
楚天西去夏雲飛，山徑芳菲落未稀。何處南薰還一奏，野花香滿使臣衣。
久客蕭然萬慮輕，殊方遙指使星明。山頭杜宇聲何急，翻動江南行樂情。

寄贈林井丹兵憲入楚

執戟當年侍漢庭，獨排高議上青冥。風塵揮手江天遠，猶知金門憶歲星。

樓船江漢擁飛旌，鼓角中宵氣未平。聞道十洲分甲馬，關門元有棄繻生。
白玉仙人李子藩，天涯朋好幾人存。使君復此河梁別，搖首西風未可論。
龍飛六宇漢江清，王會千年叶頌聲。漫說大風思猛士，即看霖雨慰蒼生。（以上清陳恭尹番禺黎氏存詩彙選）

（宋迪、李君明整理）

陳萬言

陳萬言（約一五五二——一六二七），字道襄，別號海山。南海人。明世宗嘉靖三十五年（一五五六）進士。授池州府推官，尋擢監察御史、大名兵備副使，轉江西右參政。為忌者排擠，致政歸，結社浮邱，優遊林泉。年七十五卒。明郭棐粵大記卷一八、清道光廣東通志卷二八一等有傳。

春日集浮邱社

傳聞王子晉，笙鶴訪浮邱。邂逅葛仙令，相期汗漫遊。雙舄應難繫，丹砂信可求。滄桑千劫火，天地一虛舟。我是陳崇藝，餐霞幾百秋。城隅蕩春水，沙邊種橘洲。深谷變高岸，傑閣雄南州。結構者誰子，金門一隱侯。曾侍玉皇宴，早登清廟球。偃蹇似方朔，詩書富鄴侯。黃閣待調燮，青山任去留。翻然遺勝景，付此方外儔。悲鳴立仗馬，商聲歌飯牛。此丘二三月，黄鸝聲啁啾。倦鳥投林樂，冥鴻無弋憂。因憶壯年苦，枕戈眠戍樓。

聞道浮邱伯，淹留葛令車。坡仙遺石後，秦尉築壇餘。未闢朱明洞，先尋水竹居。古松猶駐鶴，丹井已生魚。晉代空玄理，流塵暗翠輿。銅駝委荊棘，鐵騎滿郊墟。遊嶽偕禽慶，全身擬大疏。雲霄雙舄遠，芝术一丘鋤。勾漏應難覓，桑田尚未淤。不逢天上使，難辨石間書。太史持龍節，南方建隼旟。臨關占氣色，入幕引冠裾。淨土參禪寂，真宫聽步虚。城隅經草創，勝事借吹嘘。眺覽通冥浸，風謡變里閭。台階歸有日，吟望正愁予。

浮邱社懷趙太史

公暇鳴鑣郭外行，池塘春草夢初醒。構堂臨水豈無意，浴鷺遊絲俱有情。仙聽尊前談葛令，行吟花下序諸生。浮邱勝事千年在，湯沐依然趙尉城。（以上明郭棐、清陳蘭芝嶺海名勝記卷五）

（陈永滔整理）

聞邊報貢虜有變

我曾建節天雄軍，趙魏良家負弩群。鳴弦躍馬樂戰鬥，邯鄲易水思前人。號召材官教五伐，願言出塞護燕雲。我官六月被移徙，上書幕府等空文。關西太史王槐野，文章紀述懷慇懃。三郡邦畿不設衛，豪雄寂寞為編民。上恬下熙博勝負，誰排闐闔一敷陳。穆皇踐祚改元日，東夷西虜何紛紛。匈奴飲馬潞河水，滄州一老射絕倫。掌中主客兵十萬，不遺一矢徒逡巡。昨日報稱虜遠道，今朝槌巖鏖戰頻。東山張君真將種，飲血帳下期策勛。長驅跳塹衝虜陣，射雕先鋒翳荊榛。橐駝人馬相枕藉，傍巖百仞翻車輪。後軍割級獻樞府，皇恩猶貸責軍臣。詔從邊外封京觀，威震穹廬千萬春。天生糾糾譚襄敏，都護橫戈起七閩。遂擬築臺扼胡吭，纍纍相麗齒與唇。二十年來氛祲熄，誰云市馬犬戎親。假予分竹都城下，譚公召飲洒數巡。抵掌高談理燕薊，我兵憑高戰技新。書生借箸前畫策，何不建置於西秦。公云馬價入兵府，財力裕薊應及鄰。順義虎視圖西市，羌戎茶馬沾皇仁。假虜伐號乃其計，吾兵不守邊城闉。遂致折將虜士女，西人灑淚空沾巾。明明天子見萬里，求賢易將紛絲綸。吾友鄭君負奇氣，十年勛業動流宸。一朝統馭連八鎮，擔勒夫婦走恂恂。蹲刀啣土誓終服，外攘内治靜邊塵。杞人憂天斗西揭，安得長殳西海濱。粵南海上漁樵侶，欲作鐃歌寄雁賓。（明張邦翼嶺南文獻卷三二）

偶山[一]

閒去看雲碧海東，蓬瀛端在海門中。波濤縈繞雙山出，草樹交連一徑通。崖冷石侵蘆渚月，浪搖香落橘洲風。楚天歸客鬢垂白，疑是釀泉來釣翁。（清黃登嶺南五朝詩選卷四）

［一］清梁善長廣東詩粹卷五題後有注：『在南海九江大海中，上有駕鼇、小萊二峰，曾偶亭别業在焉。』

（楊權整理）

張大猷

張大猷，字元敬。番禺人，一作順德人。少負才名。明世宗嘉靖三十一年（一五五二）解元，三十五年（一五五六）進士。官工部主事，歷仕至雲南督學僉事。清同治番禺縣志卷四〇有傳。

雲臺庵

無數崔巍碧落中，千章古木度天風。行行漸覺春雲近，去去遙看瑞氣濃。錦石帶雲歸洞口，飛烟拖墨上林叢。諸君莫惜臨岐别，車馬他年再笑逢。（同治韶州府志卷二六）

（楊權整理）

李邦義

李邦義，字宜之。連州人。明世宗嘉靖三十五年（一五五六）進士。知上虞縣，以績最召為戶科給事中，轉兵科都給事，升太常寺少卿，卒年五十七。清同治連州志卷七有傳。

謝朝中貴人[一]

風塵已了燕京債，世事寧嗟蜀路難。此去滄洲堪寄傲，不妨人作傲人看。（清同治連州志卷七）

[一] 題為整理者所加。

（史洪權整理）

楞伽峽

之官千里畫船開，峽水濱濱綠似苔。兩岸斷紋棲石壁，數聯瀑布瀉瑤堆。山花有意供迎送，沙鳥無心任去來。愧我十年廊廟上，不知清夢幾番回。

遊燕喜次韻

湟川山水舊傳名，暇日來遊燕喜亭。細捫蘿藤尋古刹，徐穿巖洞覓仙靈。臥龍故址雲常白，夢得遺墟草漫青。千載風流人不見，惟聞山下水泠泠。（清同治連州志卷一一）

（戴武軍整理）

李思悦

李思悦，海陽人。明世宗嘉靖三十五年（一五五六）進士，授無錫知縣，歷官南京户部郎中。清光緒海陽縣志卷一四、卷三七有傳。

陰那山祖師院

時聞遊客薦芳蓀，名在前朝已自尊。道本虚空無着相，心何慚愧未忘言。香廚取食馴猿遠，荒院捎雲古柏存。我欲曹溪探上乘，卻來山裏究真源。（明李士淳等編陰那山志卷三）

（史洪權整理）

陳彦際

陳彦際，字道章。南海人。大猷父。明世宗嘉靖三十五年（一五五六）貢生。授建寧司訓，遷古田教諭，尋轉柳州府教授。以母老乞歸。清温汝能粤東詩海卷二九有傳。

浮丘懷趙太史

何年葛社敞江鄉，仙吏重開晚沐堂。大雅詞壇通碧漢，中天璚樹映斜陽。霞飛石井丹泉出，雲鎖松

梢鶴夢長。遥憶鑾坡金馬客，紫烟樓上望台光。（明張邦翼嶺南文獻卷二九）

（楊權整理）

吴繼澄

吴繼澄，饒平人。明世宗嘉靖三十六年（一五五七）貢生。官宜山訓導。事見清康熙饒平縣志卷七。

和吴雪窗鍾鳳山看花

嬌姝擬向玉欄杆，零落春深杏雨殘。聞道梅花開歲晚，凌霜凌雪不知寒。（清康熙饒平縣志卷四）

遊大帽山

興逐山顛一振衣，山雲長傍海雲飛。天南雲物無窮趣，都被遊人眼帶歸。

擒張璉回過車槃驛

擬除凶醜掛征鞍，此日長纓棄等閒。何事蒼冥相戲劇，令人羞向望夫山。（以上清康熙饒平縣志卷二四）

（呂永光、張玲整理）

梁幹

梁幹，字秉楨，號定堂。東莞人。明世宗嘉靖三十七年（一五五八）舉人，明穆宗隆慶二年（一五六八）授福建政和教諭，擢平樂知縣，未幾卒。民國東莞縣志卷五八有傳。

壽竹叔七十一

滿壑葳蕤遠俗諠，蓮塘風景似淇園。抑詩歌老心猶壯，震易披餘節愈尊。炯炯弧南熙極北，娟娟鳳翮拂龍孫。遠將麟脯長生酒，祝取瑯玕獻帝閽。（民國張其淦東莞詩錄卷一二）

（楊權整理）

梁栴

梁栴，字挺豫，又字豫山。番禺人。明世宗嘉靖三十七年（一五五八）舉人，授台州學正，入為國子監丞。歷仕至貴州都勻同知。著有續近思錄。清溫汝能粵東詩海卷二九、清道光廣東通志卷二八一有傳。

懷趙太史

朱明開洞戶，巨浸判鴻濛。山是浮邱伯，遊追太史公。聽笙懷遠別，挹袖昔相逢。翹首天邊望，回看紫氣雄。

一別師雄後，鑾坡隔粵臺。隱淪棲藥市，仙客在蓬萊。劍履星辰上，文章琬琰才。山前桃李樹，春到競先開。（明郭棐、清陳蘭芝嶺海名勝記卷五）

（陈永滔整理）

過沛

朔風吹枯桑，遊子入沛鄉。嗚騶已前導，驛吏候道旁。憑軾緬茲土，能令心慨慷。聿懷赤帝子，儻蕩出芒碭。際會屠狗輩，逐鹿嬴秦亡。歸來召父老，置酒樂未央。側想歌大風，至今猶飛揚。（明張邦翼嶺南文獻卷二六）

早朝時皇太子出閣讀書

西山雪霽曉蒼蒼，玉帛車書覲帝鄉。鵲觀雙懸天北極，龍樓交映日重光。和風旆列龍蛇動，氣肅鴛鴦劍佩長。衮職小臣無寸補，十年主計愧含香。（明張邦翼嶺南文獻卷二九）

子夜變歌

嬌如花，腰束素。千人欣，萬人慕。道傍使君何太愚，槖砧年少府中趨。（明張邦翼嶺南文獻卷三二）

獨漉行

獨漉獨漉，一反一覆。南山有虎，北山有鹿。安知造化有循環，否極之時終當復。（清溫汝能粵東詩海卷二九）

（楊權整理）

橋頭溪

巨浸滄茫碧海東，彩虹秋掛水連空。何煩驅石誇秦跡，自有中流砥柱雄。（清光緒定安縣志卷八）

（陳永正整理）

鄺鸞

鄺鸞，字兆可，號靜泉。東莞人。明世宗嘉靖三十七年（一五五八）舉人，官知縣，事見清道光廣東通志卷七四。

無題和李商隱

垂雲莽莽夜還風，人在青樓碧樹東。伏枕年華秋易老，隔簾消息夢難通。歌中郢雪誰同白，別後園

桃不耐紅。吟罷四愁愁轉劇[二]，可堪搔首望飛蓬。張衡有四愁詩。（清梁善長廣東詩粹卷五）

[二] 劇，民國張其淦東莞詩錄卷一三作『盛』。

無題和李商隱[一]

蕭颯秋聲幾度來，更堪鳴雨過殘雷。天空青鳥西飛去，露冷瑶臺曉夢回。潦倒歲時思舊侶，風流詞賦屬多才。等閒往事休回首，俯仰人間有劫灰。

月落空階記舊蹤，誰家砧杵亂疏鐘。塵心到處還多事，幽興無時不自濃。帳底寂寥聽雨雪，樽前蕭瑟對芙蓉。白頭傾蓋成何事，併作愁城一萬重。

百年開口笑應難，靜裏頻驚歲月殘。老去不妨蓬鬢改，病來長惜酒杯乾。故園松菊留遲暮，並蒂芙蓉及早寒。莫道秋容零落盡，春風曾照碧桃看。

[一] 本題共四首，第一首同上，故略。

懷龍川劉生昆仲

孤月蒼茫掛碧空，感懷人在月華東。關山滿地俱戎馬，消息何年又雁鴻。朔雪春風千里外，白頭玄草百年中。江門寒雨秋相問，手把芙蓉思萬重。（以上民國張其淦東莞詩錄卷一三）

（楊權整理）

李茂魁

李茂魁，號雙江。番禺人。明世宗嘉靖三十七年（一五五八）舉人，官潯州府同知。有旅懷書。清溫汝能纂粵東詩海卷二九、清吳道鎔撰廣東文徵作者考卷四有傳。

送戚元敬大將軍還登州

百戰勳庸日月間，清時今見乞身還。志殲氛祲銷銅柱，誰道功名老玉關。風雨夜殘詞客醉，樓船春盡鳥雲閒。赤松未擬君恩渥，請得蓬萊第一山。（清溫汝能纂粵東詩海卷二九）

（楊權整理）

陳克侯

陳克侯，字士鵠。順德人。明世宗嘉靖三十七年（一五五八）舉人。落第後究心古學，嘗與黎民表、歐大任等結詩文社。越十年，署閩縣教諭，以師道自任。擢令永福，牧騰越。遷大理郡丞，仍管州事。所至著績。著有南墅集。清羅學鵬廣東文獻四集卷一四、清道光廣東通志卷二八一、清吳道鎔廣東文徵作者考卷四等有傳。

貴州城

亦是一都會，人烟不萬家。聲音蠻語雜，風俗鬼祠華。兵餉資荊蜀，夷猶貢馬茶。群才自經略，過客莫深嗟。

貴陽道中值雪

南地冬多暖，胡然雪轉驕。霏霏浮野暗，㠠㠠颺風遙。素影隨孤騎，輕花敝上貂。所之吾興在，休問灞陵橋。

雪夜鎮寧公館承嚴大夫載酒

念爾淹金筑，憐予訪碧雞。路岐簪乍盍，風雪酒頻攜。宦計看俱拙，鄉心話轉凄。河橋明月袂，揮向博南西。

出京晚宿蘆溝橋

邊臣衹遠役，去去夢魂勞。望日辭仙掌，臨霜拭寶刀。嘶群征馬急，避繳度鴻高。便有銀魚在，那能換市醪。

渡楚江

丹楓日夜落，不盡楚江流。客路驚玄序，塵機愧白鷗。賈生淹吊屈，王粲老依劉。今古同飄梗，無嗟不繫舟。

將之滇南留別黎惟敬歐楨伯袁茂文諸公

都門一尊酒，醉別五陵豪。解劍寒相傍，當筵月正高。瑤徽流古調，銅柱愧新勞。滇海無鴻雁，緘書首獨搔。

袁民部茂文招飲不赴時予方拜騰越之命

清時才俊備金閨，何似名高漢柱題。夜值花深銀箭徹，早朝天近玉繩低。綈袍廿載勞相戀，露酺層霄阻並攜。誰念一麾天萬里，秋風匹馬夜郎西。

再拜欽賞日恭紀

天書重到夜郎西，絡繹中官綵仗齊。借箸昨曾邀玉斝，量沙新又拜金泥。香燒空署彤雲覆，酒入華燈晚露低。門外數聲簫管動，邊風猶記角聲淒。

聞命金滄留別同官

下卻征鞍解戰袍，敢言銅柱有新勞。一生萬死過三載，八陣孤臣已二毛。蠻嶺樹深旌旗暗，亂泉風急雪霜高。明朝匹馬朝天去，盡把梅花付法曹。

謁比干墓

駐馬殷墟白日寒，少師遺墓久盤桓。空令異代封先及，誰念孤臣涕未乾。血化千年應是碧，心披七竅總為丹。故宮麥秀知何處，隴草蕭蕭夕露漙。

諸葛武侯祠在南陽

古柏無從訪錦官，遺祠今始拜衣冠。風雲水會魚應躍，草野廬荒龍尚蟠。末祚誰噓遺燼焰，壯圖終逐墜星寒。可憐恢復心徒赤，長使英雄淚未乾。

秦人洞

避地那知朝代賒，雲中雞犬自成家。天藏洞裏春長在，世異人間髮不華。珠樹氤氳留舞鶴，碧桃零亂送飛霞。自憐于役風塵客，辜負羅浮幾度花。

至日清浪衛

路出羅施盡楚關，征裘新度萬楓殷。陽回天地猶殘雪，域絕西南祇亂山。鼙鼓又經清浪戍，珮環空夢紫宸班。飛葭總助遊人興，馬首崖花次第扳。

關將軍廟在關索嶺有馬跑泉在焉

畫壁雕戈相映鮮，將軍曾度此山顛。人亡異代猶名嶺，馬躍懸崖忽湧泉。一閃旌旗回漢日，尚留精爽走鑾烟。登祠撫劍長悲吒，萬壑天風颯几筵。

平夷驛候林郡丞不至予出都日郡丞賦詩一章且解所衣貂領贈之約予于滇關相待久不見至悵然留題於壁

萬峰遙落暮雲低，一醉都門憶解攜。大陸沙驚鴻並起，長亭路晚馬偏嘶。林風送暖回吹律，山雪收寒避贈綈。共有探奇金碧約，軒車何事不同西。

天寶兵士塚

陰霾殘日鎖荒榛，蜀水千年恨未伸。豈為犬羊勤遠略，遂令貔虎喪邊塵。魂飄瘴海鳶沉霧，血染箐林草不春。便擬貳師封未得，空勞甄賞意逡巡。

呂仙祠

漳水仙祠返照通，蕭蕭松桂灑天風。不須更授盧生枕，十載馳驅是夢中。（以上清罗学鹏广东文献四集卷一四南野集詩選）

聞報東宋師朱

跼蹐窮邊日，寧虞震電臨。孤臣萬死淚，明主再生心。疊嶂嵐烟苦，重關虎豹深。百憂予共汝，澤畔未堪吟。

物情君自見，休更問升沉。白眼猜寧少，黃金交自深。酣歌岸高幘，絕調破孤琴。晚矣嵇生愧，層巒憶嘯音。

往予經貴筑嚴鎮寧蘇普安各留歡信宿別忽十載二君皆泉下人矣流涕賦此

此日山河色，壚頭不可憑。蹔舟潛並徙，郡閣傍誰登。世路深驚骨，交情倍拊膺。重過金筑路，千嶂暮雲凝。

自沅州至武陵

沒馬途真濘，漂舟潦更狂。亂山蠻瘴候，多雨楚纍鄉。飄蕩看蓬轉，凋零怨芷芳。籠軀聞見夢，曾否問泉陽。

獨舸狂風夕，傾摧可具論。天應驕颶母，吾擬混鮫人。孤孽千行淚，艱危九死身。老龍應有意，吟伴到鷄晨。

下吏時七月七日

越石芻仍負，鄒陽書未陳。解驂誰問汝，抱璧不投人。昏借疏螢耀，寒驚過雁新。莫教龍吼匣，恐犯斗牛頻。

留別李中丞孟成

共抱枯魚泣，如君更可憐。倚門勞鶴髮，貫斗急龍淵。懷糈悵何適，加餐慎自全。古經天未喪，誰向夏侯傳。

千古征南將，誰如馬伏波。斬鯨清浪泊，刑馬對山河。裹革心終壯，懷珠謗自多。倚天銅柱在，西望涕滂沱。

留別劉將軍

猛將需方急，聽鼙共惜君。風沙迷晝日，雕隼失秋雲。且慎全身術，休傷次骨文。眼看多醉尉，無說故將軍。

出都門

密雪霏長路，浮雲遍近郊。風波甘泛梗，田里問誅茅。欲擬思玄賦，行從尚白嘲。傷禽寒繞樹，何處是安巢。

別宋郡丞師朱

豈期明盛世，猶對泣南冠。一日青蠅起，千秋白璧寒。風霜臣思苦，天地主恩寬。歸去過邛阪，無嗟行路難。

拙宦嗤予輩，真宜絓網羅。人情輕玉毀，時事重金多。終計逃蒿藿，初衣遂芰荷。夢回滇海上，猶自怯風波。

三閭大夫祠

澤畔魂應在，猶懸萬代悲。楚宮荒草沒，澧水古祠遺。世溷居難卜，天高問豈知。眼看風浪急，莫詠有蘭詞。（以上明張邦翼嶺南文獻卷二七）

昆明池留别江雲南郡公陳郡丞王别駕任節推諸丈

尺一遙勞下紫宸，主恩猶為及累臣。塵埃忽黯龍精色，天地仍全馬革身。豈為鷹鸇翻妒鳳，祗應魑魅喜窺人。滇池十載追遊地，誰擬波瀾日夜新。

亦知翠羽竟為災，豈意虞羅四面來。萬事悠悠難預料，孤懷耿耿易蒙猜。天高肺石干誰問，水盡牙弦撫自哀。可道營魂終識路，不堪風霧滿滇臺。

夜渡盤江

暑夜猶馳瘴癘鄉，盤江橋下水如湯。渴來虛望雙莖露，病裏真疑五月霜。徼外有天偏毒熱，人間何地是清涼。薰風殿閣應先到，佇候虞弦解慍章。

界亭驛雨泊

風雨冥冥白日沉，孤舟無賴繫楓林。浮雲不逐湘流散，芳杜空傷楚岸深。安得横戈穿虎窟，且從高浪聽龍吟。江潭渺渺魂何在，欲問巫陽淚不襟。

十五夜見月

病裏頻驚節序催，碧天華月為誰來。亦知憔悴孤秋色，猶自清光傍夏臺。擣素空閨雙杵斷，驚弦何處一鴻哀。桂宫恐有浮雲近，寒倚吴干望幾回。

重送陳兵憲

霜雪都亭攬别裾，重看沙柳迴蕭疏。生還天地分儭日，老去風波共涉餘。横隼謾勞驚海燕，冥鴻應免葬江魚。休疑隱矣文焉用，九曲雲烟待著書。

出京承陳戶部德基餞别

落落窮秋酒市空，河梁猶得一尊同。悲歌今夕仍寒水，琴奏何人自土風。擬遂變形終牧豕，豈因垂翅後冥鴻。江湖日遠浮雲渺，可得憑高望漢宫。

岳武穆廟

遺廟淒其薦藻晨，風霾黯淡兩河塵。北轅未泄敷天憤，南渡先摧報主身。廟略競持加幣議，國讎誰是枕戈人。獨憐湖上高原樹，春發南枝歲歲新。

送游宗謙還蒲中

幾從絶壁睹新題，又向江皋惜解攜。客路半隨桃竹杖，釣綸長夢木蘭溪。老辭兔苑家無定，醉握驪珠夜不迷。君去掩關予獨臥，有誰能訪薜蘿棲。

壽陳淇涯初度

元龍豪俠氣飄飄，解綬歸來鬢未凋。倚馬才曾傾四海，懸車名更重三朝。紫芝深谷還堪茹，鴻鵠高雲不受招。正值庭階風日好，春蘭新灑露華饒。

送潘子朋入京

建章佳氣曉蘢葱，夾陛傳呼綵仗重。萬國競欣承湛露，五雲齊拱祝華封。西陲鼓角秋仍急，南海珠璣歲自供。共擬嚴徐應召對，草茆何以答遭逢。

送趙文學之任桃源

共知經術重西京，裘馬翩翩此日行。正際分符臨赤縣，暫勞飛舄為蒼生。碧桃匝洞春將遍，白璧連城夙有名。君到楚天明月夜，瑤琴揮對玉壺清。

邀何康二山人小酌時李子玉梁憲甫同集得盟字

開徑蓬蒿剪未平，鵓鳩忽漫報新晴。霏霏山翠捎簾入，裊裊松雲向客生。坐引深杯留日永，閒攀叢桂對秋清。匡時正賴諸君在，莫羨江鷗早結盟。

賦得偕壽蘭孫賀潘君理父母隱君松原安人陳氏雙壽舉孫應瑞

閒居蚤已謝囂煩，洛涘風流今尚存。臥向白雲收夕靄，起臨滄海挹朝暾。侍遊客有從鳩杖，偕隱人堪並鹿門。最是庭階饒喜氣，蘭芽蕙蒨映芳尊。（以上明張邦翼嶺南文獻卷二九）

壽韋鴻初

海上新秋夕，華筵風露清。兔靈供藥度，鵲喜下橋迎。系出彭城遠，家傳漢相名。弱齡才卓犖，彩筆氣崢嶸。幾奏東方牘，猶然魯國生。橋門多士擁，璧水五經橫。豈謂鱣堂兆，仍勞奭道行。巴童期跨竹，山鬼避懸旌。驥竟鹽車困，鴻寧弋繳嬰。壯圖捐珮玦，初服就蘭蘅。伸屈時龍蠖，行藏世重輕。狂瀾誰共障，高炬手孤擎。學闖先天奧，文垂後進程。章縫歸赤幟，川嶽護耆英。戶屨朝常滿，山猿夜不驚。圖書干象緯，丘壑並蓬瀛。庭倚桑弧勁，階羅玉樹榮。懸車留逸軌，容駟待高閎。惇史虛重席，熙朝佇五更。蒲輪何日下，延首頌昇平。

擬七夕宫詞

華寢沉沉夜不闌，鳳簫吹徹燭花殘。可憐織女歡無極，誰遣嫦娥閉廣寒。

鵲散螢沉罷曉妝，為誰脈脈懶成章。停梭愁緒知多少，不道機絲萬縷長。

憔悴容華自監宫，不將紈扇怨秋風。自憐皎潔招時妬，猶奉君恩篋笥中。（以上明張邦翼嶺南文獻卷三一）

登淨樂寺閣

寺枕荒原白日陰，閒階停騎一登臨。千艘不斷河流急，百雉平連野樹深。擬向爐烟銷世慮，卻緣風物助羈吟。浮雲西北憑欄暮，望斷長安思不禁。（清梁善長廣東詩粹卷五）

（楊權整理）

李以龍

李以龍，字伯潛，號見所。新會人。明世宗嘉靖三十七年（一五五八）舉人。絕跡公車，與弟以麟潛心理學。其學以居敬主靜為本，立敦以忠信誠慤為務。卒年九十一，祀鄉賢。著有省心錄、寒窗感寓集、進學詩。清顧嗣協編岡州遺稿卷四、清道光廣東通志卷二八一等有傳。

將北上次白沙先生韻

花滿溪頭水滿陂，林亭深處日華遲。秋根自老便高枕，嶺樹回春正北枝。魏闕忽驚滄海夢，柴門終與白雲期。明良千古憑誰計，堯舜巢由亦此時。（明張邦翼嶺南文獻卷二九）

嘉會樓三首

飛閣層空坐榻深，百年拄杖此登臨。江門秋水來天地，廬阜春雲自古今。魚鳥忽驚今日意，江山空憶往年心。不堪吟罷更回首，滿眼風塵半夕陰。

少年曾作江門遊，百尺樓高望隔洲。一病移時空有夢，十年回首又登樓。山光水色凝秋思，野樹荒臺起暮愁。誰剪榛蕪開塞路，梅花明月舊磯頭。

日出東南萬里明，高臺遙指白雲生。漫隨古道尋花柳，肯向時人說姓名。殘碣舊詩猶有跡，滄波烟艇已忘情。卻憐擾擾浮生夢，欲向先生問八溟。

江浦吟追次林南川韻二首並引

夢謁定山，遐思江門，誦詩寄懷，悵然有作。

乾坤風月定山佳，詩到江門是一家。南海滄波誰釣瀨，東吳明月又梅花。白雲影靜千江水，碧玉秋連萬樹霞。兩地神交渾夢寐，倚闌吟望幾回斜。

雲閒水淡更清佳，萬古風流是此家。那得春風坐明月，漫尋流水問桃花。青牛已去關門路，紫氣空殘嶂外霞。目斷閉門長坐處，微茫江上數峰斜。

楊太后

間關為趙忍，社稷與身沉。母子當年義，華夷萬古心。厓門秋雨過，湘水暮雲深。風落魚龍夜，依然有鼓琴。

陸丞相

相國丹心破，扶天隻手孤。行朝正在□，大學有訏謨。魚腹星辰冷，龍髯海日枯。兩厓有奇石，端合為公模。

文丞相

風雨終朝惡，山河萬里空。有歌遺激烈，無地失英雄。不作歸來賦，空懷方外蹤。燕臺千載淚，日落海門東。

張太傅

魯連初蹈海，唐帝猶在房。中流空有檝，夕浪已無航。華夏千篙水，興亡一瓣香。乾坤信翻覆，終古任綱常。

雷電山蕭莊二節婦墓

步上大雲巔，徘徊盼雷電。青草翳寒原，纍纍二墳見。移步撫殘碑，浩歌淚如濺。吁嗟節義腸，生死那能變。彼兇者何人，淫欲肆沉湎。殘賊滅天性，剛貞逾百煉。惡業竟芟荑，芳名流畿甸。乾坤茂宰心，綱常為誰振。

圭峰登高二首

扳緣石徑上雲層，數十年來又一登。澗水松風渾落莫，玉臺空憶舊時僧。
重陽抱病起登高，蹔倚危闌醉濁醪。半夜浮生閒未了，欲隨山月臥蓬蒿。

圭峰題李真人巖

蘭若烟霞訪舊蹤，巖頭秋草禮壇空。真人欲覓知何處，猶憶安期望海東。

旅夜書懷二首

悄悄人初寂，迢迢夜未央。秋聲惟野樹，月影自寒塘。歸路紆情遠，舊遊入夢長。故園有叢菊，花發似重陽。

乘月坐江干，幽思轉夜闌。丹心猶魏闕，清夢衹家山。遲暮身多病，蕭條路更難。歸來趺坐處，夜氣滿松關。

舟次沙頭

遶徑溪流曲，乘潮舟子輕。野花迎檻白，汀竹亂帆青。寺杳半空落，村連一帶橫。可憐秋夜月，猶自鼓鼙聲。

夏夜不寐

暑氣晚來收，空齋夜景幽。蟬鳴高木葉，船渡遠江流。月色窗疑曙，風聲枕似秋。不眠思舊侶，心折此淹留。

重陽雨坐有懷圭峰登高

望望玉臺秋可憐，登高心事轉悽然。黃花牢落東籬晚，細雨霏微九日天。杳杳秋空遥度雁，依依海樹半浮烟。勝遊回首今如夢，坐對山靈憶往年。

寒夜

時節小寒過，林塘細雨來。不眠知夜永，多病惜春回。衰骨頻欹枕，愁腸不遣杯。鄰雞無意緒，鐘

漏遞相催。（以上清顧嗣協岡州遺稿卷四）

（楊權整理）

弔厓二首

澶淵未了百年計，鎖鑰空教虜使疑。和議已成宋故事，出師無復漢威儀。雲深落月金牌憤，江駐信潮鐵鎖悲。留得乾坤正氣在，長風吹雨洗殘碑。

南北河山入戰圖，中原戎馬失皇都。海門日月有千古，晉國衣冠惟五胡。渺渺翠華遊島嶼，萋萋青塚落蘼蕪。黍離歌罷還祠廟，拭眼江門看大書。（明黄淳厓山志卷五）

雲岳尊先生升任蒼梧詩以言别

北風吹雨過蒼梧，春色黄雲定有無。天遠離心何處著，江門秋夜月同孤。（香港中文大學文物館藏品）

（陳永正整理）

吴譽聞

吴譽聞，字紫棲。順德人。明世宗嘉靖三十七年（一五五八）舉人，四十年（一五六五）乙榜。初選許州學正，尋遷邵武府推官，歷仕思恩府同知。著有綠墅堂集。清咸丰順德縣志卷二四有傳。

春日居九樓懷仁和梁明府

春風黄鳥坐相求，倚聽聲聲重客愁。削壁飛花聊進酒，亂山疏雨對登樓。黔天不到雲中雁，湖海難逢雪後舟。應笑故人酬世拙，一官寥落白邊州。

初入鎮郡

鎮郡開黔戶，羅施跡尚留。山原猶北折，河水自東流。猿作殊方語，鶯為絕國愁。攀崖凌鳥道，沿谷瞰龍湫。彌月晴陽少，經時毒霧稠。鷄聲出曉寨，螢火入邊秋。仗劍星隨馬，當歌雪滿樓。暗蓬驚散地，飛夢杳浮邱。白髮遊堪遠，丹心愧未酬。艱危身萬里，曾不為封侯。

登匡山

靈嶽標南紀，澄湖澮北流。青蓮梵宇豁，白鹿洞門幽。瀑趁星河水，風含谷樹秋。三天虹作馭，雙闕玉爲樓。雁塔雲中起，鼇峰象外浮。仙蹤徒歷歷，吾道竟悠悠。横睨空諸界，幽尋勝十洲。幾時招五老，重與訪丹邱。三天謂清微天、禹餘天、大赤天。（以上清梁善長廣東詩粹卷五）

（楊權整理）

李時春

李時春，南海人。明世宗嘉靖三十七年（一六〇九）舉人。事見清道光廣東通志卷七四。

待月嶺南第一樓

為訪五仙遊，同登第一樓。捲簾蟾影入，侵袂桂香浮。覽景抒清嘯，高吟對素秋。穗羊何處所，應福此闤邱。（明郭棐、清陳蘭芝嶺海名勝記卷一）

（陳永正整理）

譚諭

譚諭，高要人。明世宗嘉靖三十七年（一五五八）舉人，任五河知縣。事見清道光廣東通志卷七四。

遊七星巖

石磴盤旋步上台，浮雲淺雨倏然開。三天日色臨金闕，萬疊山光映錦臺。歸洞已看華表鶴，登仙曾折樹中梅。五千道德從何覓，遙望關門紫氣來。

嵯峨高洞是蓬萊，袖拂晴嵐絕點埃。玄石七拳星斗現，青山四面畫圖開。逍遙我亦緱山侶，丹鼎誰知葛令才。笑醉碧桃吹鳳管，白雲天畔倚樓臺。

星巖二十景

洞開華蓋

穹窿一竅與天通，瑞靄祥光滿洞中。忽聽鳳笙聲徹處，五雲繚繞駕回龍。

黑洞靈潭

幽洞靈潭徹底汪，寒泉萬丈透羚羊。雲雷一動潭龍起，宇宙均沾雨澤長。

瀝湖漁棹

十里晴湖光接天，一竿漁釣任蹁躚。得魚沽酒維舟晚，醉臥青山綠樹邊。

虹橋雪浪

星渚虹橋湧雪濤，春雷二月浪花高。相逢有客絲綸手，欲向磯頭學釣鼇。

天閣晴嵐

凌空峻閣傍雲開，景色天然畫裏裁。倚檻憑高頻縱目，端陽光霽接天台。

樹德松濤

風入松林萬樹濤，松頭鳴鶴起江皋。芳聲獨有庭槐共，誰羡庾梅與觀桃。

蓬壺仙徑

石徑盤旋接漢霄，白雲流水隔虹橋。緱山跨鳳吹笙侶，東去扶桑路不迢。

地擊鼓鐘

天樂何因向地鳴，果然虛谷自傳聲。華陽更奏宫商調，聊引群仙下洞庭。（以上明郭棐、清陳蘭芝嶺海名勝記卷一四）

（陈永滔整理）

曾遷

曾遷，字子殷，一字子長。博羅人。明世宗嘉靖三十七年（一五五八）舉人。官歸化知縣。事見清乾隆博羅縣志卷一二。

朱明洞懷葛稚川

雲蘿寂寂倚蒼蒼，古洞猶傳不死鄉。丹竈夜留明月鍊，金泥春帶落花香。驂鸞月下三山近，化蝶巖前一夢長。我亦狂遊勾漏令，玄珠何處更求方。（清乾隆博羅縣志卷一三）

（史洪權整理）

李以麟

李以麟，字應叔，號滄滸。新會人。以龍弟。諸生。慕江門之學，以詩文名。仕至池州推官。清顧嗣協編岡州遺稿卷四、清道光廣東通志卷二八一有傳。

擬古

千金買駿馬，萬金飾吴鈎。掛劍上馬去，誓為萬戶侯。一登風塵路，永辭珠翠樓。誰念香閨人，夜夜徒離憂。

萬里蕭關道，相望何漫漫。目短心苦長，清淚何時乾。日落房櫳暗，風生衣袂寒。留將雙鴛綺，愁絕不成看。

少小誰家女，被服華且鮮。清晨扶翠輦，長夜侍華筵。朱唇動哀管，繁手弄嬌弦。有時歌舞散，窈窕百花前。東鄰有思婦，寂寞竟誰憐。

清夜抱瑤琴，彈向青樓月。心亂不成音，哀弦半欲絕。更闌玉指寒，曲盡階苔滑。悵然憶遠人，愁心不可撥。

賤妾豈無夫，其奈天一方。夢魂飛不到，萬感激中腸。浴蠶溪水遠，拾翠郊原長。黄昏深閉閣，暗淚灑衣裳。私心在何許，日夕思時康。

春晚

晨興長意佳，獨坐開半扉。池塘澹不流，輕燕貼水飛。青陽醉萬物，隨地生光輝。雲飛與川馳，何處不生機。安得浴沂者，浩歌以同歸。

梅花下有懷水石鄧山人

鐘鳴山院深，野静烟光闊。北風昨夜寒，吹落瑶臺雪。懷人隔海濱，歲暮音書絶。夢破羅浮春，坐惜枝頭月。（以上明張邦翼嶺南文獻卷二六）

夜經龍興寺

野寺經行處，秋風滿客衣。僧殘空法界，犬吠出巖扉。木落寒山静，雲深古徑微。躊躇清梵杳，空帶月明歸。

病中秋夜

臥病茅簷下，秋風一夜清。離心生雁影，商意入蟬聲。歲月時將暮，關河露欲凝。無情江上月，故傍人明。（以上明張邦翼嶺南文獻卷二七）

閒居雜詠六首

南海滄波遠，清時寶劍閒。醉殘三日雨，興入萬重山。天地長留句，風雲助笑顔。夢回溪上月，猶似[一]照柴關。

幾日孤城雨，青山忽又春。風花聊此座，雲水自閒人。開戶泉光入，鈎簾草色新。浮生渾[二]得醉，猶得任吾真。

役役供人事，悠悠見物情。百年飛鳥過，萬慮野雲生。時節驚殘夢，江山笑短檠。古今聊感慨，吾道欲何成。

隱几斷來客，幽居事事慵。藥爐空火候，琴匣半塵封。世路何多梗，生涯亦轉蓬。百年憂國計，時復問年豐。

涼氣動疏竹，蕭蕭一雨過。經綸幾杯酒，歲月半釣蓑。病向閒中積，愁翻醉後多。交遊總離索，無計問松蘿。

小雨初晴後，閒居興倍深。浮雲開野望，新水淨塵襟。日落漁樵語，山空鳥雀吟。倚闌聊自適，誰識此時心。

[一] 似，明張邦翼嶺南文獻卷二七作「自」。

[二] 得，明張邦翼嶺南文獻卷二七作「一」。

丙申春同諸社丈北郊會張吴二將軍楊武生邀酌松下晚歸書事二首

柴門日日閉春晴，白髮緣愁已亂生。聞道郊原新雨足，共尋芳徑出山城。

薄暮山前連袂歸，浮雲漠漠隱斜暉。東風十里平蕪色，香霧空濛欲濕衣。

定帆亭

捲幔東溟闊，抛書曉月寒。松風便入夢，誰作怒濤看。

滘頭看山同鄧吉夫曾明吾梁伯靜舟中

滘外長風散晚霞，孤舟維向渡頭沙。海門淡月潮初入，篷底殘尊燭半斜。路接漁樵聞夜語，岸回霜露帶寒花。開簾指點看牛女，漫説銀河八月槎。（以上清顧嗣協《岡州遺稿》卷四）

遊厓山上袁明府蕭老師

我昔懷厓山，山深不可求。鱷湖一以眺，遠水空悠悠。感此生夢寐，歲華已十周。茲行愜夙懷，况得及春遊。東風吹征衣，新水搖輕舟。倏忽兩崖間，四顧鬱綢繆。日落長烟空，宕槳湖中洲。怒流激風雨，一夜生寒秋。鷄鳴攬衣起，毒霧散平疇。亂石如人立，遙天蹴浪浮。捨舟沿小港，一徑入松楸。巍峨新廟宇，寥寂舊山邱。景物紛在眼，半帶前朝愁。弱蘿故裊裊，蜚鳥亦啾啾。百年夷夏

心，淒惻欲誰留。回首烟霏外，慷慨席中流。赤日騰扶桑，萬里陰霾收。把酒颺歸航，且聽漁人謳。（清溋汝能粵東詩海卷二九）

（楊權整理）

全粤詩卷三六八

霍與瑕

霍與瑕，字勉齋。南海人。韜次子。明世宗嘉靖三十八年（一五五九）進士。初授慈溪知縣，與淳安海瑞齊名浙中，稱二廉吏。為御史袁淳所擠，遂歸隱西樵。隆慶初爲廷臣所薦，重出，歷官江西鹺憲。卒以被謗致仕。著有霍勉齋集。明史卷一九七、清道光廣東通志卷二八〇等有傳。霍與瑕詩，以道光三年刊、咸豐七年補刊本霍勉齋集卷二至卷九爲底本。

霍與瑕一

龍德歌壽甘泉湛尊師

龍之潛，或潛在淵。匪江匪漢，瀚渤瀰漫。江門之渚，遊洋容與。江門厓壑，磨龍鱗角。江門有雲，龍鼾十春。於戲，龍壽無垠兮，百千斯年，乘元氣以逡巡兮。

龍之起，德施斯普。日照其鱗，雲曳其尾。下水上騰，和風甘雨。桑楊在山，菁莪在沚。發育化生，三千桃李。北自幽并，南踰交阯。過化存神，風行草靡。於戲，龍壽無已兮，百千斯年，乘元氣以終始兮。

龍之驤，蹈厲奮揚，伸縮翕張。雹裂碧空，奕奕其光。迅雷震之，震驚四方。蛇妖鼠怪，遁走伏藏。作雨瀼瀼，黍稷穰穰。南都民士，悅豫且康。於戲，龍壽無疆兮，百千斯年，乘元氣以翱翔兮。

龍之歸，冬烈秋淒。雨雪其霏，清霜疾威。寒氣總來，何草不萎。羅浮之涯，阮湘之湄。以蟄以潛，以遊以嬉。復見天心，味淡聲希。於戲，龍壽無期兮，百千斯年，乘元氣以棲遲兮。

龍之德，光明峻極。時潛而潛，九澤脩鬐。時起而起，敷天化雨。時驤而驤，不顯其光。時歸而歸，帝命不違。太和元氣，流行四時。剛健中正，純而粹而。於戲，龍之壽兮，始天地而無前，終天地而罔後兮。

陟東門

陟東門，望望羅浮。葛翁一去，今幾千秋。羅浮長在，視葛翁之跡若蜉蝣。猗碩人之壽兮，壽若羅浮。

陟東門，望望白雲。安期一去，今幾千春。白雲長在，視安期之跡若飛塵。猗碩人之壽兮，壽若白雲。

我思古人，溫良恭儉。詩書執禮，覺此良彦。民到于今，是彝是憲。彼美人之壽兮，碩人之壽兮。

我思古人，尼叟時憲。堂堂仁義，低垂管晏。浩然者存，萬世如見。彼美人之壽兮，碩人之壽兮。

採松歌

採松採松，東門之阿。于以析之，炮羔炙鵝。我餚既馨，我酒既嘉。躋此同人，友生孔多。稱觴上壽，碩人逶迤。

碩人在上，雍雍默默。凡我友生，秉碩人之德。執豆獻觥，鞠躬磬折。步武趨蹌，有儀有式。碩人燕喜，亦酬亦酢。

三獻既陳，禮儀孔殷。童子登歌，擊鼓叩笋。百拜稽首，碩人彌壽。碩人彌壽，以燕爾后。昌熾而臧，德音孔茂。

碩人曰都，百爾髻髦。毋忘今者之樂，聽我耄告。各敬爾天之靈，以壽爾造。衆拜稽首，碩人善誘。敢不敬承，碩人之德于永久。

集古雅歌題慕溪兼賀壽

山有蕨薇，薄言採之。不盈傾筐，悠悠我思。山有喬松，于澗之中。企予望之，憂心忡忡。月出皎兮，于林之下。白露未晞，薄言觀者。爾之安行，永言孝思。天保定爾，壽考維祺。愷悌君子，爲龍爲光。倬彼雲漢，追琢其章。受言藏之，德音不忘。思皇多士，稱彼兕觥。作此好歌，不顯其光。介爾景福，壽考不忘。

贈遠人送蔣道林郎歸湖湘

荷之華，在彼中澤。我贈遠人，言採其擇。荷之華，在水一方。我贈遠人，言採其英。採英採擇，美贈也。荷之華，在彼中洲。我贈遠人，以歌以游。歌游於荷華之洲，甚樂。以歌以游，泛舟中流。逝者如斯，若之何其休。水流不息，吾可以少休乎。以游以歌，泛舟中河。今者不採蓮，秋風且多。不學將時過，有難成之憂。江門之荷，而今燦燦。外直中通，不支不蔓。誰其採之，綠江不遠。道不遠人，求則得之。

甘泉之荷，江門之滳。五湖烟深，六橋月霽。誰其採之，願與子偕逝。沅湘之水，其流泱泱。葉渚花汀，馥郁芬芳。昔有美人，製荷之裳。飲荷之露，飧荷之英。來此明都，予浥其光。言旋言歸，於今七霜。雖則七霜，何日之能忘。于嗟乎，折荷花以贈遠人，起予心之懷將。末章懷道林也。

送洪覺山先生北歸 戊申

五嶺之原，梧桐猗猗。其華菲菲，其實離離。鳳凰于飛，覽此德輝。
兀兀樵山，千仞其巍。君子至止，碩人時依。千仞徊翔，明德是儀。
決拾既齊，弓矢既比。鳴鐘擊鼓，童子奏詩。三射不違，示我威儀。
西谷幽幽，澗水悠悠。俯此青瀾，峙彼高樓。碩人作之，君子優游。
涼秋九月，金風凄凄。越山青蒼，百草依依。山川脩阻，君子于歸。
于歸何方，婺源之陽。蒹葭蒼蒼，白露爲霜。願言隨之，道阻且長。
君子之駕，如雲如龍。君子之馬，如電如風。願言御之，可望不可從。
君子于歸兮，越山凄凄兮。瞻望不及，悠悠我思兮。何以贈之，詩歌矢矣。五嶺八章章六句

惜別

綠彼柳斯，生於廣陌。迢迢者車，言歸南國。折此楊柳，以贈遠人。悠悠我思，天際停雲。昔我覯爾，雨雪盈路。今者之別，華春已暮。月生于西，日出于東。馳波迅逝，孰長好容。古昔哲人，寸陰聿脩。彼懵愚人，惟數春秋。灼灼瑤華，榮矣不復滋。勉勉君子，脩勤貴及時。道之云遠，力靡倦而。師有成訓，永言念而。翩翩鶺鴒，飛尚登于岸而。

安愚雅詩庚戌

翩翩黃雀，集於廩瘦[一]。時啄時顧，亦罹於罟。燕燕歸飛，出簾入幕。傍人不疑，終安且樂。人之宅躬，尚巧乃窮。不如拙訥，秉德之冲。有美一人，安愚自號。允矣君子，胡不慥慥。衆口便便，吾守其默。言之不出，終焉靡嫉。亦知其白，寧守其黑。藏神於晦，終焉允吉。彼何人斯，不徑不竇。始也類迂，德音實茂。陋巷之子，藴有若無。潛粹中涵，幽光奕[二]如。君子攸行，其則不遠。瞻彼前哲，是儀是踐。是儀是踐，允淑不瑕。盛德容貌，亦孔之嘉。

〔一〕瘦，明張邦翼嶺南文獻卷二六作『庾』。

〔二〕奕，明張邦翼嶺南文獻卷二六作『燁』。

就芝頌

兀兀者山，胡然其崇。簣土之階，卷石之豐。君子介祉，善積之隆。君子積善，自祖徂孫。何以占之，吉夢斯頻。其夢維何，祖錫之懃。錫之斯何，滋華莘莘。藹其在庭，有馥其芳。亦既覺止，芬馨不忘。世祖之澤，念祖之德。慇斯懃斯，作亭翼翼。既有嘉構，植芝其畔。而培而灌，滋之九畹。惠風徐來，其香載院。我有嘉賓，於焉泮涣。既飲其墜露，復紉以爲佩。倏我懿淑，皇祖時對。子子孫孫，式儀式類。昌熾而臧，有引勿替。本枝奕葉，蕃茂靡穢。凡百君子，聞風咸喜。作之好歌，以彰其美。誰其頌之，勉衷者子。聿追來孝，在潘氏孫子。

初四日舟至觀音巖憶諸兄弟集古寄懷壬子冬十一月

十月之交，北風其涼。山川悠遠，何人不將。泉流既清，維舟方之。兄及弟矣，遠于將之。蒹葭蒼蒼，淮水湯湯。之子于歸，我心憂傷。瞻望兄兮，陟則在巘。不遠伊邇，愛而不見。英英白雲，悠悠我心。子惠思我，懷之好音。十月一章二十句。

代諸兄贈予和前韻蓋嗟于弟行役之意也

冬日烈烈，何草不黄。飄風發發，亦孔之將。之子之遠，經營四方。式穀與女，福履將之。江漢汪汪，淇水湯湯。瞻彼中原，道阻且長。念子慥慥，陟則在巘。企予望之，一日不見。世德作求，實獲我心。先君之思，子寧不嗣音。冬日一章二十句。

寄潘春樓年兄己未孟冬七日次天津

維此暮春，既多受祉。邦家之光，薄言觀者。既見君子，豈樂飲酒。顧我復我，亦孔之厚。四月維夏，七月流火。一日不見，子惠思我。秋日凄凄，白露爲霜。天子命我，時邁其邦。我獨南行，憂心且傷。顯允君子，遠于將之。旨酒斯柔，稱彼兕觥。何以贈之，追琢其章。既醉而出，出自東門。睠言顧之，英英白雲。泉流既清，泛泛楊舟。嗟我懷人，我心悠悠。念彼碩人，在水一方。懷之好音，不成報章。

李太華死事癸亥

天作五嶺，代有俊人。冰霜其操，寧有其身。於維太華，鳳質龍鱗。受天子命，以守海濱。北風其寒，小醜煽塵。憑城五年，保障斯民。艱難葺搆，靡力不陳。小邦憔悴，賊勢孔殷。乃捐其軀，以報紫宸。烈烈英風，睢陽之巡。天子軫念，恤典載伸。峨峨太僕，渙以絲綸。及其後嗣，咸荷陶甄。於戲，死而不忘，孰則是倫。於戲，我廣之事今且然，孰其奮不顧身。拯我黎氓，紓聖人南顧之頻頻。余將仰叩于蒼旻。

送杜□□方伯入覲甲子九月二十四日

顯顯方伯，屏此明都。惠綏三年，嘉有丕謨。天子曰歸，來奏碩膚。山川阻遠，載馳載驅。駕言送之，珠江之郛。

方伯維儒，恂恂大雅。外融中方，若金出冶。威則狡胥，惠則鰥寡。百粵賦徵，無不平者。盈盈口碑，自堂徂野。

暮春三月，東征孔棘。方伯維之，餉餽有繹。四月之夏，柘林爲逆。薄于城下，民罹其賊。脂民肝骨，遠邇躅躑。峨峨大艦，燒焚靡孑。方伯圖之，畢舉群策。以佐元老，驅除蕩滌。是底嘉績，危城以磐石。

人莫不有言，民之憔悴。虐政之由，滋貪人敗戾。棘去其殘，民是用惠。去之彌棘，貪夫孔至。曷不深念，以圖其濟。古昔哲人，溫良愷悌。信義不渝，以孚于有位。上德孔昭，邑人不誡。方伯歸哉，陳是蓊毳。曰皇庭有徽風，百辟時礪[一]。

人莫不有言，賢材不興。不足爲邦國，役治以毋登。我靜圖之，如彼岡陵。東風解凍，何物不增。棟樑榱桷，何用不勝。萬邦黎獻，濟濟蒸蒸。或沉或浮，是舉是升。苟執其樞，庶績斯凝。方伯歸哉，敷言於明庭。曰釣濱漁澤，有翼有馮。

[一] 礪，明張邦翼嶺南文獻卷二六作「勵」。

老鶴冥棲

有鳥有鳥，長頸長腳。縞衣玄裳，自鳴曰鶴。朝飡彩霞，夕宿溟漠。振翮天衢，逍遙雲壑。一雛漸鴻，再雛丹鸞。五色文章，羽儀麟閣。猗彼靈脩，神守寥廓。服氣長生，天機橐鑰。噫，其青田之冥舉兮，赤壁之夜掠兮，將華表之三千年兮，御元氣以遨遊，吾不知其所磅礴也。

巖窩

巖有松，淒以風。幽人是傲，以寄遐蹤。巖有石，可屏可席。幽人是適，於樂以無斁。巖之上，停雲漾漾。望望停雲，我思無量。巖之下，匪沮匪洳。潛有蟄龍，何年興雨。巖之左，柴門深鎖。幽徑可尋芳，君子時適我。巖之右，芸窗竹牖，貯有旨酒。君子來遊，樂飲且又。巖之窩，可嘯以歌。君子來過，載嘯載歌。上經之以雙輪之烏兔，下緯之以萬古之山河。春花秋月，秋桂春蘿。無隱乎爾，妙悟良多。山鳥窺人，天風送和。于嗟乎，斯其爲巖之窩，爲安樂之窩。吾將與子歸處兮，永矢弗過。

寒食甲子三月七弟諱晨

春華敷榮，春日漸陽。歲月其徂，思子永傷。
庭樹有枝，藹其繁陰。歲月其徂，思子傷心。

謂山其高，謂水其深。涕之欲隕，載掩予衿。
驅馬出郊，風涼月皜。曰其少飲，僕夫是告。

贈謝尹北上事具孤志錄

謂其有勇力歟，世之有勇力者不少，胡爲乎烈烈轟轟，如公孔杳猗歟。偉乎斯，其爲強項之夫，古之所謂大丈夫。
謂其多聞識歟，世之多聞識者不少，胡爲乎轟轟烈烈，如公孔杳猗歟。偉乎斯，其爲骨鯁之夫，古之所謂大丈夫。
猗彼遊春，士女載好。被服繡羅，採芳盈道。行歌互答，惠而靜姣。胡然我所思兮，西方之大老兮。送公遠行，歌浩浩兮。

招隱爲祥岡翁西遊作也。祥岡如端州，十日不歸，憶而招之

盍歸乎來，昔也飲水啜菽，以無不足，何今者之逐逐。
盍歸乎來，昔也裋褐單襦，其樂有餘，何今者之瞿瞿。
盍歸乎來，北風下釣磯，烏耳蟮正肥。與公聊樂飲，樂以忘飢。
盍歸乎來，前汀送遠舟，明蝦大且脩。與公聊樂飲，樂以忘憂。

南江遐祉

園有蔬兮紫薑，嘉果熟兮柑黄。緑橘垂兮青蕉，薦壽筵兮侑觴。山之高兮水之長，君子偕老兮樂未央。
園有蔬兮枸杞，嘉魚登兮鯿鯉。酒熟兮蟹肥，薦壽筵兮燕喜。橘之洲兮栗之里，君子偕老兮樂未已。

開復舊河濠

河水之悠悠兮，人或以爲尤兮。口胡爲乎不緘。將起羞兮，尚慎旃哉。
河水之漣漪兮，人或以爲非兮。言胡爲乎傷易。誕以支兮，尚慎旃哉。

北山有松爲黄慎齋司訓八十一

北山有松，其幹凌雲。露雨澤之，幾百千春。于嗟乎，松之茂兮，慎齋之壽兮。
北山有柏，其幹凌霄。春華不滋，秋柯不凋。于嗟乎，柏之茂兮，慎齋之壽兮。

桂之坡壽梁桂坡

桂之樹，彼美無度。幾回春風，幾回春雨。涼秋八月，太清泫露。有茁其華，芬芳布濩。

桂之華，清海之涯。靄靄天香，燦燦朝霞。涼秋八月，吐此奇葩。廣寒之宫，宴爾維嘉。
桂之葉，繁陰疊接。桂之枝，結子疊垂。桂之下，誰來遊者。桂之坡，叢樹婆娑。我有嘉賓，樂飲微酡。呦呦鹿鳴，食野之莎。我嘯我歌，坐石爛柯。百千斯年，永矢弗過。（以上霍勉齋集卷二）

全粵詩卷三六九

霍與瑕二

聖人出

聖人出，黄河清。多士生，邦家禎。多士思皇，元老慮四方，九重垂裳。南暨遐荒，莫敢不來王。猗歟休哉，萬壽無疆。

戰城南

戰城南，疾風雨，三軍夜渡龍江水。頻年辛苦瘴烟中，白盡眉鬚行未止。於皇將士，綿綿翼翼。天威赫奕，鑾醜蕩滌。平樂既平，懷遠亦懷。新寧十寨，次第綏來。是惟元老之猷，一何壯哉。

雉子斑

雉子斑，春草緑。呼雛喚侶戲西疇，有時群向清溪浴。逢人何事太從容，王孫出遊無彈弓，至人在位煽仁風。煽仁風，萬物若，山梁之雉鳴且啄。

閶闔開

閶闔開，臨九垓，正面南離俯交阯。道一風同萬餘里，哲人應運綏福履。綏福履，踐泰堦。開府南州星幾回，河清海晏越裳來。天子有新命，元老歸來曰：總是憲臺，憲萬邦哉。

有所思懷知己也

有所思，山之西，蒼梧千里九疑低。畫堂高歌勸君酒，春風滿座祝君壽。一別十多年，孤山鎖暮烟。天涯知己青編在，西南有記誰當採。廉頗空飽，馮唐易老。有所思，山之西。

江南弄

薰風五月隔江來，吹徹重城上玉臺，五絃琴奏鶴徘徊。鶴徘徊，人吏散。時一揮，蒲葵扇。

長歌行王太守號績齋

人孰不有父，王侯爲之教其子。人孰不有兄，王侯爲之教其弟。青青子衿，忠信孝悌。出言有章，邦家之光。猗其中洲之菁莪兮，北山有楊。

短行歌

我行端州，三年六度。載見君子，不改其步。乃如之人兮，靄陽春兮。淵乎是類，吾不知其裏。炎天久坐，使我忘暑。

大堤行

朝行大堤上，遊春士女三三兩。暮行大堤上，唱歌賣餅聲嘹喨。堤畔塔，一何高。聳天柱，補坤鰲。完瑞氣，育英髦，誰其作之民忘勞。千斯年斯，繹子之綿斯。

採蓮曲

七星巖下採蓮花，蓮花人面照明霞，昔年湖水注東斜。誰鑿渠，繞城左。緣東堤，顧復我。泛蓮舟，出江頭。搖慢櫓，遡安流。千斯年斯，繹子之綿斯。

梅花落

梅花落盡端州道，鷓鴣啼亂春山曉。女郎兩兩踏歌行，愁殺嫣綿堤畔草。堤畔草，使君車，三年爲政樂何如。歌且謠，來赼墟。

公無渡河

公無渡河，羅旁綠水惡風波。深潭靜夜舞蛟鼉，豺狼白晝血人多。血人多，將奈何。

戰城南

戰城南，烽燧舉。羅旁賊首猛如虎，陳侯殲之不一鼓。追奔逐北無遺侶，顯顯戎功上軍府。譏鑠金，毀銷骨，蓋世英猷竟埋沒。寄語凡夫莫鞅掌，烈士報國安圖賞。中流屹石對貞心，年年歲歲，惡浪崩騰任消長。

越人歌 貳守之子石澗公，七歲從宦端州，今來推府廣州。時至崧臺，覽舊跡而興思焉

今日何日兮，維舟崧臺。客從西方兮，以酒漿來。清歌互勸兮，樂極增哀。綠江碧樹兮發舊枝，望南山兮白雲飛。白雲飛兮天欲晚，王孫遊兮何時反。

黃鵠歌

黃鵠一去兮雲溟溟，歲月滋長兮無音聲。有雛有雛兮五色毛羽，凌空高舉兮來西土。來西土兮集故枝，颺清風兮振綵衣。天高日朗兮帝道重熙，河清海晏兮見羽儀。

度關山

度關山，風乍寒。搴帷躡露千峰曉，黃童白叟隨車繞。陽春有腳少君來，舊日遺黎康樂哉。康樂哉，歸安處。門無咆哮吏，日高眠未起。

採桑度

採桑度，春晚人行路。今歲蠶絲大有收，時雨家家急農務。使君來，問疾苦，山村父老嬉無語。聽

流鶯，轉高樹。

戰城南

戰城南，整師旅。舟如龍，人如虎。元戎六月出波羅，一洗妖氛淨疆宇。坊湧蘆荻長，青海不揚波。昔聞水鬼哭，今聞兒女歌。兒女歌，聲自好，誰贊鴻勳陳太老。

關山月

明月上關山，流影落前灣。前灣風浪息，賈客串珠還。沽酒追歡賞，商歌夜未闌。

長歌行

仙城有佳園，園中桃與李。二月春風深，樹樹殷紅紫。誰尸造物工，朝陽更時雨。秋來食其實，應知價不貲。

臨高臺

臨高臺，望隔洲，白蘋紅樹送新愁。惜遠別，起離憂，勖靈修。加飧食，潯州之水不咫尺。男兒投筆自封侯，何況金章紫綬照蘭舟，勖靈修。

易水歌

涉易水，北風涼。昔爲戰國今虞黃，簪纓萬里總文章。總文章，邊塵起。烈士悲秋風，壯心猶未已。誰知己，爲君死。

君馬黄過張鷗江宅

君馬黄，我馬玄。長安道，並垂鞭。行人司，丞相府。盛冠裳，羅樽俎。發清謳，揚妙舞。對酒當歌生幾何，春華零落空庭柯，三十六年迅逝波。憶昔復憶昔，人今頭已白。瘦馬過門前，誰識舊時客。

雞鳴歌

雞既鳴，風露零。起視夜，步中庭。十月雞鳴纔夜半，大星未起小星燦。我思之人在北方，欲寄音書無羽翰。

將進酒

將進酒，夜未央。樓臺初月上，林薄緒風涼。吹鸞簫，和鳳管。倒犧樽，酌鸑碗。我爲君歌，君莫辭滿，去日苦多來日短。樂今宵，無思遠。

巫山高

巫山高，高入雲。搴裳涉水遠辭君，南渡瀟湘採芳芬。瀟湘之水，東下洞庭，秋風夕起波浪生。涼露下太清，雲雨夢難成。惜往日，泣涕零。

龍閣晴雲江南弄八景

滄溟蜃氣結巍樓，九天日照成丹邱，文章五色爛瀛洲。爛瀛洲，鬱龍閣。圖現河，書出洛。

鳳池朝日

鳳池岡面映東陽，梧桐結子葉邊傍，涼風漸起青且黄。青且黄，盈金翠。有鳥來，鳴盛世。

藤涌月露

朦朧初月照藤涌，參差荔子横低空，連天水色露華濃。露華濃，歌婉轉。寄相思，天苦遠。

桂圃風香

短槎迢遞遡銀河，金風吹冷桂枝柯，廣寒宫裹問嫦娥。問嫦娥，秋幾許。探花郎，來伴侶。

岡尾樵歌

南山山上鬱青松，南山山下遊兒童，三三兩兩笑歌濃。笑歌濃，歸路晚。牛下山，月出阪。

灣頭釣艇

一番垂釣六鰲愁，二番垂釣改商周，三番垂釣客星流。客星流，侵帝座。且歸來，春江臥。

登洲湧潮

潮平兒女唱歌來，潮落中流慢櫓回，登洲兩岸亂花開。亂花開，雜芳草。郎不來，春將老。

西淋返照

江天漠漠白鷗飛，綠野漫漫堤樹微，懷人獨立晚忘歸。晚忘歸，發孤嘯。望西淋，餘返照。

江南弄哀貞節也

生兒百日喪所天，春風秋月恨綿綿，三年五載抱兒眠。抱兒眠，強嬉笑。欲引訣，憐兒少。
兒生七歲美容姿，趨蹌步武逞威儀，良辰吉日爾從師。爾從師，予從父。生別離，勿相顧。
孤燈微滅天氣涼，更深夜靜影徬皇，上床莫更喚阿娘。喚阿娘，知何處。悲復悲，誰憐汝。
天明早起風蕭颼，八旬祖母爲梳頭，隨群逐伴學中游。學中游，歸來獨。冷飯茶，聊充腹。

遠別離送管慕雲公祖陟西廣右轄

惜春復送春，送春兼送遠。清尊珠海濱，含愁歌婉轉。
別公廿載前，見公廿載後。祇今又別公，見公知何又。

田家樂

採桑桑葉稀，養蠶蠶上箔。絲黄米復賤，處處田家樂。

鄉村無吠犬，里閭聞笑謔。月明行答歌，處處田家樂。

估客樂

估客自東來，三年遊南海。南海靜無波，知有姬公在。
東海恢天網，天老舉其綱。吞舟時或漏，終然斷其吭。

龍馬歌

龍馬行空步，騰驤在天衢。天衢多雁陣，爲寄廣州書。

望九疑

行行上桂林，望望九疑山。翠華瞻氣象，帝子在雲間。

謁重華

矯矯焚餘草，共驩賴掃除。重華今在御，賡歌喜都俞。

寄遠

緘書寄遠行，珍重慰瞻憶。寒夏願添衣，晚嵐須早食。

跋曰：瑕抱疴孤山，聞慕雲公祖榮陟，不能出送。買手卷於五羊，乃無佳者。姑錄拙作，見子民懷惠之私，誌野人曝芹之悃耳。歌送遠，記情也。公憲是百辟，嶺海肅清，四民樂業。歌田家，舉其一也。三年無颶風，海不揚波。歌估客，百靈效順也。公爲政持大體，下邑時有恃冰山貪婪者，姑容貸之，令自愧改，有程伯子之風焉。歌天網，畀有昊也。公從此登廟廊，佐聖主，彈南風之琴，以阜兆庶矣。歌謁重華，頌也。無窮之禱，惟珍重爾，故繼之，以寄遠焉。公有『嶺南百詠』，適獲捧誦，珠璣璀璨，金玉鏗鏘，若瑕得早見，不敢獻此莩葭矣。然知音之前正下里所宜自效者，望笑覽焉。（以上霍勉齋集卷三）

全粵詩卷三七〇

霍與瑕三

論詩呈雙魚丙午五月端五遊海珠，次日呈此

俯仰千古餘，將詩與君評。渾渾太古音，雄深爲世經。載賡自虞廷，五歌傳夏聲。商頌既清廟，幽微入無形。上洩天載秘，下宣文治精。小雅及大雅，淵淵皆難名。滔滔江漢流，倬倬雲漢明。紀綱萬國具，允矣信大成。小雅多言政，大雅多言德。古人信知言，昭昭存簡策。傷哉周德衰，變雅一何多。徒寫君子憂，喪亂可奈何。王風雅之亡，鄘衛風之變。變雅多隱憂，變風多哀怨。離亂亡國音，萬世良足鑒。豈無君子人，幽懷空永嘆。更有棲衡門，又如歌簡簡。輕世肆其志，高尚不自亂。惓惓尼山叟，鳳衰遊不倦。磬寫當年心，滔滔竟不反。晚歸正詩歌，百代垂明憲。

國風雖離亂，時聞平淡音。降及離騷作，哀思不可任。馳騁不可御，縱横更莫倫。遂爲詞賦祖，精華世所歆。嗟哉鐵石腸，徒寄此璆琳。

秦居列國中，其聲獨渾雄。霸圖雖烈烈，夏商亦遺風。矧據關河勝，地厚氣亦鍾。所以春秋末，居然併七雄。

漢初尚淳質，文雅殊未釐。風氣頗類秦，詩歌猶甚稀。建武招文學，詞章鬱以摛。氾濫多雄賦，然而古意衰。一十有九章，實擅漢代輝。下及魏晉間，曹謝攬其奇。作者日以多，風骨日以卑。江左傳六朝，纖巧益以滋。詩章與世運，升降展相依。

唐亦六朝變，聲口皆餘波。濟之以渾淳，沛然遂成河。中葉李杜興，巍然萃其英。古風賴一回，雄才砥滄溟。晚唐又漸靡，清聲徒泠泠。作者豈不勤，氣習良難勝。五代更無聞，宋朝且未評。

渺渺盛世音，終古不復起。氣格日以微，波流日以靡。欲障此頹瀾，吾儕當自勵。馳驟應千古，上下宜百世。囊括盡諸家，包含兼六義。志立事竟成，誰云古人逝。與君更切磋，一簣毋自止。予亦悠悠者，鞭策賴君子。

在天有星辰，河漢爲其章。在地有山川，草木賁其芳。詩乃人之華，藴藉耀其光。内外本一致，德言互顯藏。實德展無量，矢言自輝煌。古者以道志，末世但輕颺。與君更勉力，内心不可忘。

奉酬勉純己酉秋

南國有佳人，遺我尺素書。書中成錦字，文章映碧虛。情義既洵美，德音復婉都。回首樵雲外，感此益淒且。寥寥鶺鴒詩，君今歌是圖。

客子登征途，雲山淡且好。漫漫夜向長，冉冉秋將老。親戚生別離，童僕自相保。極目天之涯，零零盡衰草。回顧望舊鄉，憂思那能道。

皎皎對明月，泠泠撫孤琴。呦呦調鹿鳴，青青懷子衿。清聲流徵羽，逸響振窮林。神理有感通，孑然獨傷心。

遊子陟皇路，幽人嘯碧林。南北既異天，情意復鉛金。願言奏雅歌，既翕和且耽。巍巍山自高，洋洋水自深。徽音發陽春，嘉讌重相尋。丈夫有遠志，宇宙一謳吟。造物以爲侶，悲歡寧關心。

乘月訪覺山先生於西溪次夕復侍教次鐵峰韻

雨夜訪西溪，皓魄當樓皦。清飈來遠天，涼露滴前嶠。嘉會逢茲夕，良晤殆通曉。高山侍子側，徽音寫玄妙。丈夫貴知心，幸矣一相眺。紛紛遽言别，此恨何時了。

用鐵峰韻贈明谷方子北歸方子偕覺山南遊

悠遊憶昨夕，風高山月皎。人影落茶溪，濤聲挂松嶠。淒清溢杪秋，朗淨凝平曉。良談屬光霽，玄思徹微妙。春陽入素絃，秋堂共澄眺。三益幸已親，六根行當了。
客子挂征帆，秋風正隕黄。英英天外雲，零零草下霜。悠悠送遠情，汪汪江水長。相逢恨已晚，匆匆又離觴。慷慨復慷慨，臨流欲搴裳。願言各努力，庶以慰同方。

贈别

君子歸南國，驅馬遠送之。惠風敷廣野，正是暮春時。景物宜共樂，胡然復違茲。聚首曾幾何，各去天一涯。對酒不成歡，凄凄復凄凄。折此楊柳枝，以贈之子歸。願及此芳晨，努力揚明輝。莫待秋霜至，蕭瑟徒堪悲。

遊羅浮侍甘泉尊師

重遊羅浮山，一覽遍諸天。諸天入我懷，登陟忘間關。指點賴至人，相道取其便。石徑藤蘿合，芒鞋步履穿。心勤不知倦，忽通大有門。飄然飛雲頂，宇宙成小觀。

德州别達泉朱殿撰癸丑季春

驅馬出皇都，忽逢君子車。騏驥騁康莊，駑駘幸追趨。連日奉德輝，良晤訂蒙愚。中夜起達朝，恐負此久要。匆匆遽言别，誰復相提挈。
鬱鬱陌上柏，幹植自撑天。青青隄畔柳，根深春自妍。丈夫有遠志，大成夫何言。所願及良晨，努力揮長鞭。日月迅雙輪，誰能久朱顏。

昨夜月初生，今夜月已滿。見月知春歸，遊子路殊遠。寄語遐征人，勉勉更勉勉。前無稅駕期，日日復時時。

漠漠燕郊雲，悠悠德州水。後會當何期，且進杯中醴。落魄多慘悽，況逢人別離。男兒羞墮淚，忍涕贈瓊瑰。願君置懷袖，毋忘今所期。

贈練臺子 癸丑

淡淡素秋雲，泠泠碧江水。悠悠末世交，無情盡如此。卓彼練臺子，高誼獨洵美。雞窗廿載前，貞心誓如矢。萍逢廿載後，久要殊未弛。道及骨肉親，悽酸不堪比。子親未歸藏，予懷當何似。買山不用錢，賻子青蔥畤。百歲歸其宅，千秋永不毀。厚澤蘇枯朽，高懷消吝鄙。挺然百川中，立此狂瀾砥。神聽且和平，民瞻具仰止。奕奕此景行，芳聲誰爲紀。嘆息復嘆息，操觚備詩史。

琴軒 癸丑季春臨青

我有一張琴，傳自羲皇時。陽春二三月，短服被單衣。一鼓催春華，再鼓惜春歸。春風盈宇宙，吾亦調吾絲。但奏高山音，世豈無子期。

炎風初入候，楊柳暗階墀。鶯聲漸以稀，時聞鳩鳥啼。援琴坐小軒，悠然一撫之。南薰溢絃柱，宛在重華時。

秋夜月皎皎，涼風滿庭院。白露落蒹葭，碧天過鴻雁。懷人在隔水，幽思托綠綺。清聲激徵羽，心事向誰語。彈罷不勝情，寒蛩喚月明。

仲冬風日淒，朔氣來邊徼。擁爐閉小軒，獨玩貞元妙。寒梅放舊枝，吾琴理新操。不是怨梅花，漫作江南調。

寄沈尹四首 癸丑秋

寞寞山中居，望君出山坂。綠葉脫稠枝，涸水歸低澗。蕭蕭秋已深，冉冉歲將晏。相思久不瞻，清淚落如霰。欲將尺素書，天高少鴻雁。

南海古伯郡，土沃民亦淳。邇來阨會併，饑饉歲薦臻。小窮詐長官，大窮寇比隣。所賴聖明君，再爲借寇恂。憫民太艱難，仁言何諄諄。步武古先賢，腳底生陽春。

赫赫清軍吏，百縣罹疾威。傴僂入公堂，出門無完肌。亦有在中庭，頃刻斃鞭笞。肫肫泣川子，駿奔立階墀。憫民太無辜，委曲陳哀詞。上官爲平反，南海免瘡痍。清風驅溽暑，人今有口碑。

朝步出西園，百物少生意。細草苦秋風，顔色多憔悴。亢旱四周旬，田禾無墜穗。寒江魚下磯，河梁清見底。哀哀民孔艱，誰播陽春惠。寄語五河公，努力及壯歲。仁言與仁聲，沛此恩波濊。寥寥甘棠歌，憑君一揚袂。

贈沈尹北征癸丑冬

君子急王事，歲暮遠行役。楫舟江之干，相送長太息。威鳳翔碧空，何時見毛翼。神龍雨中原，南州謝濃澤。相送復相送，勞思增忉怛。

回首十七年，群居在京華。柳樹曲灣灣，四圍少人家。春晝有啼鶯，春宵聞亂蛙。春水滿池塘，春風飄落花。執手遞行吟，點瑟更回琴。君倡流水調，吾亦續餘音。倏忽各一天，蹉跎歲月深。愚陋少切磋，寥落至如今。

清朝選駿逸，騏驥入馳驅。發軔試康莊，來下廣州車。庭前雀可羅，門絕故人書。大奸與巨姓，屏息若籧篨。廉公信有威，赫赫民所都。

煢煢遵古道，獨行無儔侶。世利激湍波，拏舟固凝佇。春敷九澤雲，月照逃亡宇。慇懃三載間，撫字良辛苦。吾民太蠢愚，銘鏤空心膂。甘棠惜低枝，黍苗憶膏雨。瞻望袞衣歸，何時復來處。

山高松檜青，水落寒潭碧。松檜有貞心，寒潭無潦跡。保此皎潔姿，遠詣當何極。珍重復珍重，古轍應遐歷。中林有故人，青眼爲君拭。

昨日出西樵，山人遠寄聲。學貴見大意，道貴究大成。治貴識大體，事貴舉大經。瑣瑣細末間，何苦太經營。近民民自親，吏弊安足懲。民散吾遠之，返本源迺清。所以古先人，一一理性情。振振明道子，千載有徽稱。

北風落榕葉，暮潮送遠舟。對酒無多言，情意鬱綢繆。我歌君爲醉，莫惜此巨甌。明發胥江上，江水空悠悠。

生在太平時，四海無疆址。南北遊宦途，相去萬餘里。一朝分袂别，便是天涯事。深秋八九月，鴻雁多南逝。極目霄漢間，應有書來寄。

送王巾川北歸二首乙卯仲春

泠泠巾川子，天關三月居。朝夕接清輝，使我鄙懷舒。高深共登眺，花鳥足歡娱。奥妙不盡言，要在不言餘。歲序忽變遷，春風促征車。分袂云在即，惜别長嗟吁。採採碧桃花，贈子萬里途。

昨日碧桃花，今朝碧桃葉。花葉何倉忙，荏苒度時節。寄語遐征人，春光如轉轍。採芳應及時，莫待花欲飛。花飛不歸枝，水流不歸西。努力復努力，少壯難再期。天關連夜話，相憶莫相違。尊前無限意，高歌當遠思。

贈别

有客自北來，來居歷三冬。仲春二月半，歸思忽匆匆。酌酒欲餞之，清尊良易空。折花將贈之，碧桃已脫紅。抱此耿耿懷，高歌對春風。

燦燦野塘花，盈盈碧江水。花開天地春，水滿蛟龍起。丈夫遠遊學，志量應無涘。飽浥羅浮雲，歸去疇堪擬。珍重遠著鞭，脩途馳逸軌。

春風把春酒，送遠意何深。春雨生春水，歸棹去何駸。春雲覆春山，極目渺何陰。孤舟涉瀾灘，悠悠勞我心。何日梅關外，飛鴻傳遠音。平安三兩字，以慰此孤襟。

天關送遠

客子泛歸航，天關引別觴。三冬憐共學，一旦遠翱翔。臨流發浩嘆，欲挽子衣裳。衣裳不可挽，高歌俯滄浪。君度嶺之北，我居嶺之陽。雲水二千里，何時再同堂。丈夫志宇宙，一家視四方。山川雖阻脩，同天共日光。勉勉此于征，及時多採芳。採芳盈懷抱，歸人時寄將。

十月十三日送孫小渠歸廬州 庚申

征車遠來下，寒菊對時芳。離離菊葉青，燦燦菊英黃。菊英上茶甌，菊葉照月光。令儀比幽姿，明德有馨香。幸覯此馨香，佩服應不忘。

憶昔十載前，同立程門雪。楊柳揖春風，梧桐映秋月。一歲旅燕城，多荷君提挈。悠悠各言歸，苒苒度時節。去歲忽相逢，感舊情何切。凄清海國秋，關山勞跋涉。高談徹三宵，銘德有心碣。

幽幽江畔草，漫漫江外路。客子上歸舟，相思渺無度。相思不可期，相見知何時。別談何容易，回首即天涯。把酒不能歡，高山聊爲彈。一鼓怨別鶴，再鼓月關山。三鼓不成聲，江波空自潺。贈此忘彈意，置君懷抱間。

細雨度秋山，菊花黄欲墜。送遠多苦心，一灑寒江淚。寒江千里程，新月湛江明。畫航浮月去，而我自山城。山城鳴夜角，疏星何錯落。思君夢不成，遠聽殘更鐸。

和寄孫三渠翁壽庚申十月十四日

採菊復採菊，清露溥瀼瀼。緑葉間黄華，綽約美人妝。美人在何許，河草憶中郎。嬌嬌少壯年，嶺外度三霜。江門有遺愛，甘棠毋剪傷。黄雲紫水間，來往自慈航。瞻彼厓山宇，至今耿輝光。去思何悠悠，芳聞復琅琅。厚德流無極，令子嗣文章。交遊海内英，太學聲譽長。賤子獲追隨，幸不棄踽涼。秋蘭結同心，時菊步妍芳。就此馥郁傍，野服被馨香。一別一十年，無路舉瑶觴。遥瞻堂上椿，歲月不可量。欲獻此蟠桃，嗟嗟人異鄉。聊附採菊歌，琅函借輝煌。悠悠千里心，寒雲天際黄。去馬問脩途，歸舟絶滄浪。別恨兼遠懷，碧空度鶼鶼。

用陳唐山韻送艾陵林先生北上三首

客子上征舟，正值此陽月。籬菊有黄花，嶺梅含白雪。採菊復採梅，持以贈遠別。遠別思悠悠，好歌聊三闋。好歌應擇時，好鳥應擇棲。君看九苞鳳，翺翔覽德輝。一鳴元愷集，再鳴二老歸。從此休風洽，四國仰垂衣。珍重天門去，泰茅方類聚。瞻彼萬仞山，上有凌雲樹。老幹耐冬寒，長材棟廊署。願保此貞姿，獨立巖崖處。孤清潄凜霜，千古瞻風度。泠泠江上風，皎皎江中月。弄月更吟風，幾立師門雪。昨日山間來，今朝山外别。别我二三子，驅馬朝金闕。禹稷際昌時，顔閔樂高棲。神龍敷雨澤，冥鳳渺德輝。顯晦各有適，殊途廼同歸。不見冬與夏，裘葛各異衣。翩翩青袂去，好語何由聚。送遠思凄清，北風吹庭樹。亂葉振北風，蕭蕭下前署。茫茫宦海深，畏途知幾處。灘頭白浪高，願公且徐度。放舟大海流，滿載東溟月。月光照楚裳，翩翩飄白雪。擊楫發清歌，寫此遠遊别。雅調徹鈞天，萬里開銀闕。良會復良時，沙鷗點點棲。寒鷺立汀洲，皦潔映清輝。遠遠望前灣，牛渚有郎歸。白浪三千頃，聊以澣吾衣。蕩入明河去，炯炯德星聚。兩岸散天香，依依桂子樹。燦燦水晶宫，森森列瓊署。八極本吾家，高蹤隨處處。君今恣遠遊，洵美應無度。

再步韻寄懷郭平川黄門

上上羅浮山，上有一輪月。光涵四百峰，一一如積雪。紫府更丹厓，迴與世間别。白玉砌流池，水晶爲宫闕。美人昔來時，朱明曾共棲。樓頭發浩歌，朗月正揚輝。弄月不幾何，匆匆遽詠歸。冉冉出山館，飄飄雲滿衣。仙蹤一以去，芳話無由聚。寂寂天關塵，蕭蕭連理樹。萋萋白鷺洲，兀兀匡廬署。山高雁信稀，美人知何處。好歌寄遠天，相思渺無度。

人日喜晴甲子春

此日是人日，愛有皎日光。晨起看東園，高樹映微陽。須臾大風起，吹散雲紛攘。遠山露翠微，林花淨含芳。兒童各歡言，今年人樂康。天道固應爾，人事亦相將。一從念載來，閭閻多歉荒。朝出鮮飽食，晚歸空暮糧。茹苦無終極，邇來更郎當。四郊盜縱橫，焚刦火連鄉。捉人橫索錢，婦女無完裳。嗟嗟人艱難，言之心轉傷。繡衣承帝命，鑒臨赫煌煌。清風驅酷焰，雅志整頽綱。百司仰休風，庶僚循憲章。王靈漸以振，六師頗張皇。渠魁殲一二，其餘稍遁藏。官門更肅清，戶役不甚忙。田園有新種，室廬理舊疆。已知今歲樂，且喜此日良。天心最仁愛，憫下更無量。祇在邦之彥，秉德奉明昌。看看政有經，便應此時暘。感召信不忒，誰云命靡常。歡會更歡會，高歌聲琅琅。東風寒尚緊，滿酌此瑤觴。

送梁浮山

漠漠江天帆，送君去何所。破浪遡龍門，五色雲深處。東風歸嶺海，衆芳盈洲渚。採芳欲贈君，忉怛勞心緒。悠悠復悠悠，江皐獨延佇。

昨日唱蓮歌，今朝擊桂楫。桂楫趂時遊，蓮歌暫時輟。既侈晝繡榮，復綏鳴珂節。振振纘世裘，明明揚祖烈。鄉曲有公言，閥閱真奇傑。珍重遠于征，江花採盈擷。

題畫李白望月

莫嘯天邊風，莫捉海底月。長鯨不可騎，一去無休歇。春山富白雲，歸來同採蕨。

遊鏡林和泰泉公韻甲子八月

涼飈起天末，三城漏初永。桂子散秋香，桐露滴金井。結伴及良時，芳尊遞邀請。長鏡何澄明，華檻亦脩整。兩兩此遨遊，扁舟漾雲影。漁竿手自持，都從一時屏。幽花盈兩岸，晴日麗嘉景。琥珀味陶陶，水晶光冏冏。開襟脫羈絆，曾云效硜硜。主人更好懷，落落松盤嶺。遊我以醉鄉，曠蕩無邊境。使我樂忘歸，臥此凌雲艇。玉露漱繁襟，馥郁傳新茗。迂疏承大雅，覺來發三省。

鏡林泛舟

泛泛鏡林舟，真仙六七個。早秋天氣佳，清風時入座。凌風起遠思，高歌誰與和。嗟嗟此百年，忽如飛鳥過。去日已苦多，來晨莫輕挫。文章穴蟻吠，功業牛毛墮。勞勞空費神，役役安成課。淵明是吾師，一醉但高臥。近來此意真，百爾看都破。且把買山錢，多羅韶州糯。弄弄釣魚竿，云是興周手。望望吳門波，忽見鴟夷首。嗟嗟聲利林，西風振楊柳。所以五湖中，烟波藏皓叟。至今幾千秋，榮名垂不朽。泛舟復泛舟，何處有雲藪。

一葦所如乙丑爲何石川泛舟題

春

昨夜雨初收，今朝風更好。城北水添渠，城南花發早。美人召春遊，衣裳爲顛倒。桂舟依岸莎，蘭橈開水藻。崇桃夾澗紅，郁李緣堤縞。欣欣發樹枝，交交啼野鳥。萬物感春和，吾亦開懷抱。放舟復放舟，直抵三山島。

夏

五月炎飈起，沿江恣泮渙。荔子滿汀洲，丹霞紛爛熳。行行出前津，白浪侵雲漢。舟人欣好風，舉蒲不能按。忽見船頭舸，巨帆障天畔。石湖西北來，瀾翻太陵亂。丁寧戒僕夫，吾帆但一半。遲遲更遲遲，終然亦登岸。

秋

秋風到嶺海，萬木暗蕭疏。水落江涵石，雲收天太虛。同我好舟儔，乘潮縱所如。忽忽東山外，窺出銀蟾蜍。天光與水色，萬里燦瓊琚。行樂復行樂，浩歌清有餘。長篴悲遠風，短簫翻采蕖。夜半潮既平，追歡尚紆徐。豈不懷歸棹，感君意勤渠。

冬

我有一函書，細寫先天要。乾坤與日月，都出此元竅。守一存吾真，萬劫顏長少。再三欲授君，秖嫌下士笑。北風城郭閉，與君獨出眺。紅爐海底燃，雪山天外峭。好言不在多，半句通微妙。語竟人不聞，寒江獨垂釣。

送曹洞峰憲副陟廣右乙丑四月十五日

山城春已度，水國花仍好。遲日到花明，炎風入院早。有客忽攜琴，爲余理清操。不奏南風調，偏寫離人抱。我聆客琴音，心緒爲顛倒。天王有新命，君子肅敬將。翩翩御黃蓋，顒顒被豸裳。豸裳適西土，東人思何長。征車一以發，涸轍澤何望。清江吹畫角，别恨浩洋洋。願溥曹風德，兼濟此東方。西城鬱佳樹，青青凌雲漢。胡然我睠之，遲立久泮渙。赫赫曹大夫，昔鎮東兵亂。曾坐此繁陰，開誠諏聽斷。海國今寧謐，伊誰贊成算。遐思復遐思，江深無畔岸。靜院坐終日，悠思獨沉沉。忽報大夫車，清暇時惠臨。倒屣徃迎之，侍座肅裾衿。高談非世鞅，一一千古心。國風尋墜緒，雅頌振琅琳。恂恂勖後輩，勉勉嗣徽音。我佩此嘉言，珍重比瓊琛。冉冉忽經時，歲月苦駸尋。前路遠無窮，駑力豈所任。中夜起永嘆，念此思獨深。

神龍入西州，西州三月雨。渥澤被高低，浸潤兼禾黍。何時升中天，洗此炎天暑。九州四海間，纖洪各得所。大旱望同雲，海濱尤延佇。

採蓮曲甲子

江南有蓮花，江北有蓮花。儂在江南岸，江北是郎家。泛泛採蓮舟，採蓮滿船頭。欲向江北岸，寄郎好風流。水深波浪惡，咫尺不得泊。蕭蕭秋漸深，芳情焉所托。

壽陳唐山七十一丙寅九月二十四日自天山草堂歸燈下

年來澤國濱，紛紛結五雲。人言賢者隱，豈知多是君。君抱蘭玉質，四遠播馨芬。古木發春華，斐然質有文。

歸來訂素會，羽觴得屢飛。良時集車蓋，巾裾侍清輝。氣味乃如蘭，相投靡相違。追趨復追趨，馨香時襲衣。歡會不知晚，每每帶星歸。

春風被嶺海，園林足好懷。開花到處滿，江鳥逐人來。花香入酒卮，鳥影隔林棲。花鳥趣無窮，而君留好題。

澄江橫秋色，碧空凌皦日。江清洗素心，日皜麗貞質。松檜檠寒姿，桃李有嘉實。君子秉德輝，終敬以無失。

明都坐清嘯，好懷無時歇。桂子度秋風，梧桐漏新月。寒香愜素心，孤清沁肌骨。吾將躡君蹤，飄飄入銀闕。

看君已白髮，步履尚便便。借問齡幾何，七十又多年。杯酒隨後生，長日竟追歡。圖書不盡意，悠悠細討論。道心乃如此，精神即大丹。陰功行已滿，終須驂紫鸞。

謝張鄧西見寄佳作

昨夜北風寒，今朝春日暖。積雪已全消，忽忽春光滿。春光散東郊，楊柳漸抽條。賞春未成歡，有美早見招。招我河梁去，征鞍不可駐。回首望同袍，遠隔澄江路。澄江波浪深，相思苦不禁。忽然傳綠綺，寄我流水音。曲高渺難和，祇以藏袖襟。永念矢不忘，珍重比璆琳。

寄懷龍皐葉大夫戊辰三月寓滁

樓船出京口，晨潮來東海。望望懷中人，滄洲隔烟靄。春風吹短簫，棹歌聲遠遙。棹歌自西上，思心隨落潮。瞻望復瞻望，斷魂誰爲招。

江邊楊柳樹，中春敷柔華。東風吹其枝，使我思無涯。風吹楊柳綠，我思亂心曲。明明慈水邊，有美溫如玉。玉書時寄將，素質絢金章。受藏已六年，一展一馨香。瞻望復瞻望，何時遘容光。

憶昔學製錦，三歲慈谿水。萋斐起飄風，知子獨君子。予自悠悠者，守默徂中野。嬌嬌徵賢篇，強聒故不舍。自余再來東，音書得屢通。然而咫尺間，乃不覩儀容。豈謂姚江深，豈謂四明遠。莫往亦莫來，悠思空繾綣。

揚帆過大江，水闊情何深。江南日以遠，知己誰寄音。舍舟適曠野，長鞭驅白馬。朝整儀真鞍，暮脫滁陽駕。滁陽山何碧，瞻望無終極。細寫一封書，付與揚州客。

贈張印江社丈戊辰六月十日午刻西長安街

侍君江海間，匆匆秋復春。野水玩遊魚，空山看出雲。花發園林媚，機忘鷗鳥馴。浩歌復浩歌，雲水傲閒身。九老聚香山，玄談何清真。一自出山來，冉冉各風塵。羡君理舊緒，鳴珂佩華紳。朝探嶺外梅，暮泊柳河津。顒顒服新命，肅肅拜聖人。世路際清平，直道乃長伸。看君奮休烈，指日畫麒麟。我亦乘風便，徊翔淮海濱。然而野鶴性，終非凰鳳群。即當返初服，毋爲明哲嗔。君了天皇事，應步赤松芬。此時訂舊盟，參同更細論。努力且努力，前有無窮門。

贈大司馬文峰陳老先生東歸

碩人捲經綸，乘桴浮東海。徘徊三水濱，殷勤別群寀。樵西有楚狂，送遠歌囉唻。青山足紫芝，春晚芳堪採。行樂且行樂，今之從政殆。

西北天柱傾，東南地維坼。日月代盈虧，寒暑互因革。世界無圓滿，達觀乃不惑。古哲有真言，順應無留跡。行樂且行樂，清江漱寒石。

東皇布春令，雷雨遍九州。須臾朗日出，渥澤一時收。造物固如此，至人每同流。舍則爲龍蟠，用則爲麟遊。行樂且行樂，商霖待有秋。

碩人應昌運，兩秉南天鉞。涕泗拊瘡痍，笑談安鯢虺。巍碣鏤人心，戎功耀金闕。胡然遜碩膚，去弄滄溟月。行樂且行樂，徵書在明發。

相思歌有引，庚辰四月九日走筆

相思子，朱墨相喞，豆大瑩色。山村兒女或以飾首，婉如珠翠，收之二三年不壞。相傳有女子望其夫於樹下，淚落染樹，結爲子，遂以名樹云。感爲之歌。

楫舟下香山，行行翠微裏。春盡夏方初，萬綠縶新洗。點點綠中紅，如珠綴雲綺。借問道傍翁，云是相思子。昔有一佳人，望夫大江沚。相思復相思，相思無時已。閒倚相思根，淚滴相思底。東風送鬱陶，挂作相思蕋。散作相思花，結作相思子。瑩潤比珊瑚，紅琛鬬洵美。從此落人間，緣鬟仍充耳。化石亦成臺，古來誠有此。茉莉與素馨，馨香何足恃。嗟嗟此相思，千年心不死。我亦相思人，昔涉相思涘。曾唱相思歌，細寫相思指。無路寄相思，空結相思痞。徘徊相思下，相思聊復爾。歲歲更年年，丹心照流水。湘竹已全斑，重華何日起。

寄關紫雲八十翁步相思歌韻庚辰四月十日

老翁八十餘，步行五十里。雙足混泥塗，清江時一洗。手持尺素書，書中羅錦綺。來訪石頭公，人訝真仙子。主人適命駕，遠遊香山沚。二子出迎賓，賓主情無已。春雲覆高松，夜月沉江底。松杪有鶴鳴，江波蕩花蘂。花落照江紅，鶴鳴和其子。而我好脩人，隔斷千峰紫。歸來檢書札，文字兼雙美。焚香朗讀之，鐘磬洋盈耳。樂府久淪亡，希聲則見此。珍重企前脩，千古良可恃。吁嗟百年間，蜉蝣朝暮死。木葉脱秋風，寒潮落春涘。至人長生訣，憑誰一南指。大道本不遐，浮生自腹痞。三嘆復三嘆，棠華空彼爾。願結同心人，江邊看逝水。高歌古相思，賡歌爲君起。

珠江別意送趙瀫陽太史東歸

鉅公行嶺表，身帶日邊雲。謂借巖廊澤，海隅被南薰。胡然動歸念，豈不懷明君。滄洲多芷蘭，可以寄殷勤。馨香容易結，何事苦離群。皎皎白駒詠，清聲試一聞。

仁孝於天親，從命無攸抗。南北或東西，一一隨所向。又如金在爐，鎔鑄任哲匠。造物本無心，至人每超曠。閬苑與孤村，風光都淡蕩。樵西有流泉，羅浮多疊嶂。採芳更採芳，春花正可傍。

周公謂魯公，不過三十字。然而洛邑鼎，遂延八百祀。魯邦世先猷，慶譽亦靡墜。千古相臣規，此爲第一義。自餘區區者，何足復深計。寄語遐征人，夙興時細味。姬公負扆時，流言固多有。東山久不歸，跋前且疐後。乃其吐握心，靡替彌永久。滄溟每納污，巨澤恒藏垢。所以福履綏，慶流如川阜。寄語遐征人，此義亦當剖。蒼旻借木鐸，來醒南州夢。天闕時命駕，奧旨闢空洞。清世見游麟，高岡覩儀鳳。胡爲動歸念，棄予增忉痛。楊柳鬱春江，黄鶯正初哢。悠哉復悠哉，别意琴三弄。

山斗遺思

楫舟渡珠海，秋風起微波。有美東方來，雙鬢稍以皤。手攜一函書，書中錦字多。焚香再拜讀，太山聳嵯峨。精光麗南斗，千古應不磨。奕奕古愚翁，巍科冠閩中。膴仕主春闈，藻鑒知鉅公。借惠我海邦，卓然斯文宗。珍重在人倫，依稀回淳風。奇識兼異政，口碑今尚豐。江門倡絕學，其宗在自然。六經無聲臭，應感起萬緣。一了一切妙，卓哉豈其禪。矯矯古愚翁，參同有真詮。詩章與翰墨，九鼎存一臠。韓文經五代，殘編挂敝筐。誰爲表出之，繩武者歐陽。古愚風韻遠，愈遠流愈光。然亦幾埋沒，曾孫是遑遑。搜羅遍舊家，間關嶺海陽。遺詩稍存錄，懿行亦將相。名公爲表序，星斗復輝煌。乃知有實者，終久不可忘。又知追來孝，百世翊綱常。振振趙公子，起予言念長。

一杯亭春望

上上一杯亭，春風何浩浩。今朝柳葉新，昨日梅花縞。匆匆歲月徂，人生容易老。遊子惜春輝，王孫怨芳草。芳草年年綠，紅顔不再好。一杯復一杯，聊以寛懷抱。

上上一杯亭，春愁渺無際。公子有芳園，故侯羅甲第。微風蕩綠楊，瑞藹飄紅桂。千紅與萬綠，滾滾頹波逝。惜春春不留，憑檻歌凌厲。一杯復一杯，月華如可憩。

上上一杯亭，春山無數青。春山啼野鳥，春水漲前汀。山水長如此，遊人幾度經。浮橋步良月，伊時故髩齡。回首三十年，忽忽如夢醒。一杯復一杯，高歌還自聽。

上上一杯亭，心事翻增惡。望春春可憐，懷人人渺漠。涉水採江花，緘書無雁托。相思忽以老，豈謂恩情薄。蘭芷挹瀟湘，欲言故羞怍。一杯復一杯，綠江深繞郭。

又用前韻四首

一上一杯亭，一回歌浩浩。祟桃落晚英，鬱柳飄新縞。紛紛物候更，冉冉春光老。涓涓檻外流，青青亭邊草。傷春重傷春，忽有音書好。元公信宿歸，彤墀闢赤抱。

再上一杯亭，追陪幸遭際。兩兩俯清瀾，指點王侯第。上是鵝湖湖，下是桂洲桂。赫赫當年威，落落今安逝。富貴本無常，崇階剡爲厲。所以南山翁，白雲早歸憩。
三上一杯亭，豐碑苔蘚青。伊昔宋丞相，造舟絕前汀。中原嗟陸沉，茲何足營經。宗臣耿耿心，聊此托衰齡。舉世皆大醉，何人眼獨醒。我來發三嘆，商歌不可聽。
四上一杯亭，東風何作惡。烟雨乍蕭蕭，遙天冥寞寞。春愁浩難消，深心誰爲托。豸服自多榮，厚祿良不薄。素食度清時，役役真堪怍。歸去去歸來，故山留負郭。

舟行步前韻

豸服久行春，春心漫浩浩。畫角引風清，蒲帆依露縞。春晝日以長，春華日以老。望望葛陽溪，兩岸盈芳草。舟行迅碧流，棹歌聲自好。棹歌復棹歌，青蓑寒在抱。
扁舟達夜行，明月出天際。一見紫雲城，再見龍津第。遙水落風花，微香吹月桂。風月湧金波，漾漾激湍逝。激湍自快心，磷石多爲厲。寄語操舟人，灘高應少憩。
行春出鄔子，湖光帶草青。忽逢素心人，寄書到芳汀。展書試一讀，由來是化經。紛紛仙佛輩，駐世亦百齡。別有長生訣，誰當爲喚醒。顯顯遠遊篇，真筌宜細聽。
望望湖上春，山水自不惡。山色足烟花，水光通冥寞。中有柴桑翁，高蹤隨所托。遐心物外棲，浮雲天際薄。企仰空多年，顏厚增慚怍。往者來可追，歸哉城北郭。（以上霍勉齋集卷四）

全粤詩卷三七一

霍與瑕四

望白雲山有作白雲書院自元而釋，自釋而儒，事在甘泉先生碑記中

躋攀復躋攀，遥望白雲山。樹色添新緑，花光帶舊寒。崔嵬俯瞰城頭近，畫圖一幅玲瓏甚。輕烟薄靄染諸峰，雲容霧態看無盡。憶昔開山安期翁，誅茅結屋翠微中。藥爐九轉真丹就，金闕千年姓字封。仙蹤一去三山外，芳流空有靈泉在。蒼藤古木幾經秋，梵宇禪宫相晻靄。禪宫梵宇復荒凉，野草閒花衹自香。滿澗芝蘭無去採，深山麋鹿有來場。地補東南缺，天開鄒魯文。日月大明常普照，山河完氣幾時分。光華晻映巖崖石，精采流輝成五色。坐嘯天風處處春，行歌雲水灣灣碧。天風雲水幾徜徉，貝錦南箕爭哆張。止棘青蠅隨氣候，高岡苞鳳集朝陽。衹今風雨年年好，桃李經春花發早。古壑依依長緑苔，王孫冉冉遊芳草。人去人來春復春，一回一望一傷神。且將心上無窮事，付與山中一片雲。

雨中見桃花

祥雲來自蓬萊山，吹落長空分五色。東方日出映成霞，爛熳一天流八極。忽忽春陰瀰海宇，中間黑者爲濛雨。青黄赤白盡隨風，飛入千山作紅紫。紅千紫萬鬬嫣妍，前溪後溪春可憐。東皇更欲將春去，紛紛零落碧灣邊。碧灣一路香風遠，桃花流水春光軟。傷春年少貴遊郎，浥露衝雲歌婉轉。歌聲霧裏隔溪聞，盡道紅黄半已勻。不惜花間沾濕好，祇恐花飛減卻春。從來賞春須及早，上林似錦春將老。寄語春風陌上人，尋花問柳從吾好。

岑年伯見和步韻稱謝併謝周苺厓都堂

正月連陰三十朝，且喜今朝見日色。忽然仙老送歌來，照日讀之光無極。既似明霞流玉宇，又如碧澗飄紅雨。杏樹枝枝漱露丹，桃花朵朵籠烟紫。籠烟漱露競新妍，一度一看一可憐。學海翻波襄太華，詞源滚浪拍天邊。陽春古調徽音遠，余欲和之風力軟。驚看三峽鬬狂瀾，自笑江沱空婉轉。東園花氣隔簾聞，迢遞柔風細雨勻。自是春光春思好，況逢詩句十分春。獨憐碧眼看花早，昨日花開今已老。得高歌處且高歌，有旨酒無吾頗好。

遊白雲

不寒不暖早春天，半陰半晴天際色。尋芳路轉上唐村，幾樹桃花開太極。萬青一色羅天宇，三三流水添新雨。短笻衝碎舊時雲，長裾香染烟霞紫。烟霞洞裏足芳妍，細草幽花都可憐。望望望春春不盡，行行行樂樂無邊。樓臺俯瞰東溟遠，夾澗回廊芳草軟。芳草王孫非舊遊，高歌慷慨聲悽轉。高歌不與世間聞，雅調幽箜祇自勻。曲中顏巷無窮壽，操裏青霞何限春。人生尋春苦不早，花落山中春已老。待將一腳踏斷第一山前路，長與白雲敦夙好。

洗兵馬行社題。時甲子春，軍門移鎮惠州，大掃山海之寇

昨夜西天墮蒼狼，咆哮躑躅逞兇狂。跳入荒山化野火，燒空爍石連邱岡。山間鬼傴摟群醜，依草附木肆搶攘。炙人之肝骨白朽，遠村近村驚狼當。夫妻子母不相望，號咷大叫徹穹蒼。玉皇聞之盡且傷，赫然震怒開天堂。爰召雷師授以靳，風夷雨伯遞趨蹌。靈承威命出明閶，飛廉前驅武維揚。蚩尤侈張龍虎翔，三三羽林肅先行。重重壘壁閒跳梁，元戎十乘馳螳螂。霹靂一聲妖遁藏，蒐山獮藪取其強。剔筋斷臂聲喤喤，刳肝截膂血淋浪。萬姓歡欣除害殃，爭持壺漿獻玄黃。各言今夜始安床，室家完聚暖衣裳。來年布種有倉廂，元公之功紀旂常。惠風蕭蕭龍馬驤，雲旆遙遙歸帝鄉。奏凱獻馘帝悅康，一連十日宴高張。椒漿桂酒羞肴芳，左右更進奉霞觴。鳴金戛玉韻鏗鏘，清歌妙曲舞霓裳。鈞天之樂樂未央，帝命更錫年豐穰。時風時雨復時陽，黃童白叟歌康莊。四海妖氛不再颺，郊藪來遊有鳳凰。

柳川十月初五日午刻，湛仲樵在坐

君不見，霸陵道，歸鴻帶暖春初到。鵝黄十里鬬輕盈，鴨緑千絲成覆冒。君不見，長安東，李花已白桃花紅。一川翠線牽風軟，千樹黄鸝唤日融。有人此地生離别，臨流寄遠多攀折。一枝枝是憶東風，東風挂恨何時歇。翛翛古粤一高人，歌風嘯月四時春。五株閒種碧灣渚，半點不侵紫陌塵。春來鳥語夏蟬噪，一榻青陰閒寄傲。時對芳樽發浩歌，屢舞衣裳任顛倒。我爲君，歌柳川，清溪一曲韻泠然。午風淡蕩睡初足，此意悠悠誰與傳。

錦厓閏十月十日巳刻爲郭隱君題

君不見，青陽候，東皇推轉繁華轂。山頭萬紫閒千紅，天機織得春如繡。既似當年漢陸郎，單車入粤詔蠻王。功成許布千山錦，遍植瓊枝萬古香。又如蜀使機宜審，盡掘山茶種桑葚。桃花浪暖百溪紅，至今人羡三江錦。三月二月春風深，三三兩兩訂幽尋。九龍洞裏飄丹玉，七星巖畔散紅琛。紅琛丹玉紛相對，蒼厓古壁生嬌態。輕盈彩女額爲纏，珍重才郎身作佩。微拖旭日最堪誇，薄染晴嵐尤可愛。是誰占此武陵春，桃花源裏一高人。無論漢晉襟懷古，幾家雞犬自天真。春風綺樹爭璀璨，問柳尋花時拉伴。南山白石起清謳，後洞西橋恣遊泮。近來詩句頗新妍，爲君高唱錦厓篇。筆落不知成五色，長空萬里生雲烟。

後洞閏十月十日未刻爲郭隱君題

南一山，北一山，南北周遭十里間。亂石峨峨分紫闥，長松落落照澄灣。東一水，西一水，東西洄薄無涯涘。細流清淺大流長，高樹縈青低散紫。此間真有最幽潯，誰向溪頭問源委。我愛仙村有道翁，從來生長百山中。山水不知幾行樂，淵源應自有高蹤。青春結伴山前路，傍柳隨花江口渡。自言身世本天台，飄飄誰共雲間步。洞口尋春未是春，與君更進更清真。一灣一曲一翻景，千壑千邱千樣新。行行直到源窮處，三十六天同一署。萬花黄白總悠悠，一色滄浪無限趣。由來烏利紫姑諸老仙，都離雞犬斷人烟。深山久静抱貞一，體任虚無合自然。後洞後洞是諸天，人間别有一山川，我欲從君種玉田。

西橋閏十月十一日申刻

秋日凉，葛衣裳，招群命侣踏歌行。一路榕陰過野塘，雙雙白鷺水中央。美人遥隔蒹葭蒼，欲往從之江水長。望望西川宛有梁，惠風吹暖未成霜。砥柱鎮濤狂，清流渡不妨，既覯君子樂無央。芙蓉被服良，芝蘭笑語香，同心合意美具張。攜手登歌緑野堂，炙脯烹鮮浥酒漿。鳴琴鼓瑟雜羽商，長簫短簫聲皇皇。踏歌歌有節，好樂樂無荒，南山一曲邦家光。邦家光，壽無疆，回首西江歸有梁。

送三水陶尹陟留都治中别駕用韻

九天日影照三城，一樣光風幾樣青。鷁周自奮花間翼，滄海横奔九萬鯨。鯨鱗欲化三山圯，翻波擊浪三千起。長嘯一聲六合風，戢翎聊啄三江芑。三江千里蓼蘋湄，春去秋來惡浪稀。彭澤舊垂高士譽，廣州重建運磚祠。離離新佩南京組，巡陌不妨騎赤鷩。父老爭迎卓茂來，竹馬歡見新明府。西南欲比漢光時，一年借寇撫瘡痍。五袴不知何日再，兩岐聊篆此間碑。攀轅不住空遐祝，黄童白叟堤邊簇。離愁萬頃波浪高，别思千重花正郁。波浪之高高比山，春花明媚半山間。花紅浪白風光好，不换離人苦恨顔。我高歌，君滿引，酒不傾瓶夜未闌。潮生月上孤舟發，衹恐明朝相見難。東風擊楫江陵道，吳汀楚岸多芳草。採芳紉佩及良時，日麗天和春正早。

齊壽篇

山中之椿何蒼蒼，托根千仞倚朝陽。老幹撑霄緑葉長，春來繁華飄天香，扶桑日出映祥光。映祥光，猗椿之壽壽無疆，誰其似之德公麗。山中之桃何蔽芾，樛枝蔓葉羅深翠。春雨瀼瀼秋露墜，天澤賁敷彌嫵媚，開花結子三千歲。三千歲，猗桃之壽壽未艾，誰其似之麗公配。

前山吟丁卯五月二十五日申刻

前山之高何高哉，東有羅浮，西有白龍之崔嵬。而前山處其中央，峭然獨出，不但與之頡頏而徘徊。前山之高幾歲月，自盤古開闢以來，巧匠鑄鐵以爲骨，撑柱東南穹矹硉。兔烏自升還自沒，千秋萬歲無騰歇。平接蓬萊低巨闕，俯看一勺之滄浪，塵凡駭視謂之東溟渤。前山之高高無垠，清泉白石四時春。奇雲六月峰頭起，霹靂一聲時雨勻。不崇朝而遍天下，溥施品物咸欣欣。前山之高多梧竹，九苞瑞鳥長棲宿。時向天邊振彩翎，五色文章驚人目。羽儀廊廟，爲盛世禎。律呂宣助，小大和鳴。簫韶九成，天下太平。斯其爲前山之耀靈也耶。

萱草忘憂

我思之人水一方，愛而不見心自傷。白露未下蒹葭蒼，秋風漸起歇群芳。潦盡天清桂子香，耿耿河漢夜成章。牽牛織女空七襄，隔斷恩情永相望。鴟鵲何時成橋梁，我思之人在西方。天寒不可渡瀟湘，且把萱花種短牆。時酌金罍稱兕觥，終吾之生以徜徉。

柳之山辛未二月自柳如桂林，壬申二月自柳如桂，三月又自桂如柳，歸左江

柳之山，桂之水，瀟湘遙下幾千里。年年二月此來遊，二月年年紅間紫。紅千般，紫千般，人自匆匆花自閒。花片有時隨水下，水光無盡映花斑。五日行，三百里，孤舟夜夜空江裏。戍鼓傳更應遠

山，晝角吹星落寒水。水何深，山何高，缺月一灣近釣舠。嫦娥似向滄江畔，細聽騷人讀楚騷。春漸深，行永久，一回吟望一搔首。百年心緒苦偏長，曉鏡容華先老醜。朝策馬，暮乘舟，雲滿衣裳雪滿頭。萋迷芳草王孫遠，弔湘何處托湘流。歸去來，來歸去，樵西留有仙人屨。烟霞古洞翠蘿圍，風月一堂丹桂樹。參同契，讀千遍，神明或告以靈修。風燈泡影人間世，好傍赤松天外遊。

桂之山壬申六月念日又自桂灘欖灘歸左江

桂之山，欖之水，從朝薄暮行幾里。斜風細雨度千溪，洗出千溪一帶紫。烟雨裏，恨千般，堪嘆漁磯鷗鷺閒。三春紅紫今何在，千年珍竹故成斑。望蒼梧，七百里，九疑玉殿空山裏。五弦一自變瀟湘，至今琴怨湘江水。湘江靜，月輪高，蕭蕭秋氣上漁舠。自唱竹枝新度曲，不知清韻入風騷。學南薰，歌已久，衹今三復空低首。有時心亂不成腔，怪道傍人嗤拙醜。金夫子，暫維舟，徽音時憶在心頭。明珠照乘月華照，素琴流水大江流。大江流，日夜去，見說巢由曾竊屨。欲往從之問解嘲，野水茫茫半烟樹。獨深念，幾多遍，故人書信不堪修。相思灘上相思苦，何日追陪綠徑遊。

龍江野酌和秋宇胡內翰見示之作

幾日追趨文桂橈，龍江江上避煩囂。忽然惠我龍江曲，露華風韻一何高。寒梅嶺外飄丹蕋，細柳營中奪錦袍。雄似彩虹橫碧落，壯如孤鶴唳清皐。一聲鐵篴穹崖裂，亂舞青萍山鬼號。狂夫膽氣素不俗，不覺承之斂且肅。一翻擊楫歌一曲，三回倚檻連三復。粤山環峙幾般青，楚江遙下無窮綠。肯信删餘别有詩，人情物態各歡悲。樵歌牧唱皆真性，光風皓月古如斯。易象無邊山更山，國風盈耳鳥啼間。亥子之中無妙處，剝極陽回是大還。年去年來祇如此，看來造物亦勞耳。爲而不宰廼神工，太上無爲自兹始。紛紛淺薄多忖料，此事堪成一大笑。孤舟兩夜傍清溪，徽聲幸領參同調。冬仲初驚塞雁過，月輪推出東山阿。白雲吹盡碧空淨，黄葉蕭蕭脱緑柯。氣候清和秋始半，物華佳麗風回波。好景良時無限趣，有酒不斟歲將暮。隔船呼取青蔬素，莫遣醒客怯衣露。疏星遠落寒山戍，看看銀河斜欲度。晝角聲中轉五更，天明又是梧州路。

陳劍巖西遊走筆送之

沙村水岸竹青青，送客寒天過短亭。春酒一壺憐歲晚，雲帆千里趂宵星。左江臘月多烟草，鬱水長洲女兒好。逢郎脈脈寄相思，水調山歌悲遠道。鷓鴣聲裏唤奇奇，郎自西行可奈何。懷珍直上思明去，知爾文章會合多。思明主人舊相識，爲說滄洲頗瞻憶。祇今蝦菜傍樵雲，欲寄灣書少鴻翼。行行山水路間關，風高莫上烏蠻灘。見說人心更滋甚，笑刀腹劍等閒看。櫝中美玉隨時價，應毋爲是棲棲者。燕語鶯啼桃李花，自可歸來赴春社。

春日觀稼太守周公祖有作

春雲淡蕩春山曉，春風荏苒啼春鳥。懷春幾處答歌聲，插秧兒女年何少。行行岡尾又岡頭，三三兩兩好風流。二八娥眉偏巧笑，一雙玉筯湛滄洲。滄洲近午江潮長，乘潮小艇鳴蘭槳。姊妹來供餉午茶，嬉微坐轉榕陰上。共說今年定有年，蟊特不生高下田。幾日青苗彌一望，三春時雨更嫣綿。歸去來，築場圃，紅梅熟盡荔枝丹，早稻鵝黃應如堵。兩岐六穗且紛紛，知是官人篤周祜。

括滕王閣序用韻送夏見吾公祖年丈齋捧北上

十旬勝會友如雲，千里逢迎得舊群。岡巒島嶼坐中分，襜帷暫駐樂同醺。驂騑上路見吾君，清霜紫電王將軍。騰蛟起鳳爛人文，贈言臨別更慇懃。漁舟唱晚忽分手，有懷投筆龍蛇走。逸興遄飛花傍柳。一言均賦射斗牛，聳翠流丹光照缶。爽籟纖歌横浦口，響窮彭蠡一尊酒。明晨捧袂阿誰邊，烟光潦水共長天。仙人舊館朱華前，衡陽雁斷對愁眠。奉承宣室正當年，青雲壯志白雲篇。請纓天柱早加鞭，宇宙無窮十大千。

贈效泉之官澄邁丙戌九月二十五日

少年高折蟾宫桂，馨香散满仙城第。今年挾策謁明君，彤庭拜職榮遭際。儒官原是最清階，授業傳經稱素懷。不妨水遠山長去，涼秋九月渡瓊崖。瓊崖自昔稱奇甸，鍾靈孕秀多文獻。更有白玉諸老仙，愛此明都每留戀。羡爾風流伯仲間，翛翛行役幾關山。高帆萬里馳一刻，吞吐滄溟祗等閒。滄溟東望多烟嶼，想到蓬萊無幾許。我有金函尺素書，憑寄白雲舊真侶。白雲丹水自悠悠，朗吟騎鶴忽千秋。電光泡沫人間世，何當更訂鐵橋遊。

和何次瀾歸樵

秋風淨洗千巖皦，對酒高歌和何少。銀蟾墮地桂花飄，鳴蜩聲挂寒松杪。美人忽傳流水調，清音如在屋梁繞。何時挹手共松關，爛醉東山泠露曉。

魯四府考績恩封

闊斧大刀歸茂叔，洗冤澤物窮山谷。從容嚴毅一府傾，清比金聲和比玉。敷陳聖諭導齊民，真有文翁能化俗。家家戶戶稱神君，司理簡孚無再鞫。士樂校文風水渙，民自不冤雷電章。化行江漢棠棃下，教在臺萊杞李傍。三載考績報天子，屏風姓字先曾紀。清問何以治廣州，莫道奇蹤偶然爾。璽書赫奕錫褒封，子爲大夫父與同。命服霞帔光燦爛，椿萱堂上慶何濃。黃門指日鳴丹鳳，白簡檠天侍五龍。明時勳業昭彝鼎，寵錫重申更誰並。姘幪函夏握天樞，倘憶仙城同酩酊。我自西山新學老摶眠，不覩光風霽月今三年。昨夜東溟颶母雷霆鬭，贈君謁帝龍成五彩篇。

衡門逸叟歌爲黎逸叟

夏涽之水，上遡端州。下接三山，巨浸洪流。有美幽人宅其間，修真理性駐紅顏。朝朝暮暮桃花渚，歲歲年年荔子灣。衡門斜對清溪綠，半畝山園圍翠竹。春來語鳥夏鳴蟬，秋老黃花冬梅馥。四時好景春復春，悠悠行樂武陵人。村歌時和兩三曲，市酒頻傾十數巡。忽以行年八十一，回首青春曾幾日。隙駒轉瞬人間世，保和抱靜吾且逸。杏壇作德夫何求，每憐夫子亦悲秋。執輿頻問長沮輩，下車欲共楚狂謀。晨門荷蓧惓惓意，衛磬一聲千古愁。縱然功業等堯舜，亦是太山雲上浮。莫已知焉斯已矣，何須用我爲東周。同時更有野哉由，乘桴喜從東海遊。大魚腹中雖可葬，何如沂水且休休。逸叟從來知此意，衡門嘯傲無他技。大鵬九萬自扶搖，鷦鷯一枝亦堪寄。春風秋月無盡藏，吟弄不知老將至。誰哉高唱逸民歌，勉齋之子舞婆娑。清尊無酒沽與我，共拉箕仙醉桂坡。

桂之圃歌

桂之圃，多仙翁，行年八十今桂峰。翛翛鶴髮何丰容，一局爛柯雲水東。復有意泉公，七十逍遙顏且童，八月秋清天微風。萬里無雲銀漢淺，仙郎槎泛月華中。折取一枝香滿手，春來持獻大明宫。宫花仍插鬢，碧桃紅杏露華濃。承恩遠宰桂林邑，仙才吏治兩稱雄。意翁壽誕白雲下，斑爛之舞路無從。山高水遠托歸鴻，錦袍千里寄山龍。羽客稱觴琥珀紅，簫笙繚繞徹長空。桂坡老，勉齋公，兩兩各扶笻。來入桂花叢，商歌一曲落梧桐。看看桂子秋香發，與君遊遍廣寒宫，閶闔千門萬里通。桂之圃，多仙翁，千秋百歲南斗下，樂無窮。（以上霍勉齋集卷五）

全粤詩卷三七二

霍與瑕五

題畫逋仙踏雪

寒梅放舊枝，積雪散漣漪。蹇驢公且下，坭滑不堪騎。

赤壁東坡

明月出東山，徘徊斗牛間。洞簫吹未已，孤棹又前灣。

海珠

望望蕋珠宫，銀河似有路。汪汪千頃波，孤帆不可渡。

送文瀾開館清江用芝山舍弟韻席上

高歌誰和予，清曲予賡汝。十載舊知音，幽蘭芬妙語。
夏夜飛螢火，空山亂趁人。收拾書囊裏，三更供苦辛。

冉冉上春臺，匆匆歸晝錦。憐君尚下帷，書床横角枕。
贈爾山龍錦，去謁廣寒君。騁騁天河步，依依侍五雲。
惠姿藹春風，雅度懸秋月。月白更風清，萬里開銀闕。
歡會長時好，別離難爲情。吹簫明月下，流羽自淒聲。
清江佳麗地，桃花映水肥。種桃時雨足，早得振皐歸。
三友梅松竹，水石漱寒漪。歲晏盟如在，春風謂不遲。
送遠翻清調，山高水更流。子期欣共席，黄醴滿金甌。
送客開春燕，懷人倚暮扉。英州新酒熟，爲寄一千巵。

早春即事和韻

嶺外四時暖，殘冬花欲然。忽覩非常瑞，雪應到今年。
昨夜雪霏霏，今朝風乍微。桃花間菜花，春色競芳菲。
黄花遍綠圃，蝴蝶出芳晨。春心浩如海，春愁亂如塵。
春愁怯春風，春衣仍重絮。有美忽相過，強拉看紅雨。
美人隔河洲，相望不咫尺。無路復無媒，何當通素赤。

昨日佳客來，顛倒穿衣舄。烏紗不裹頭，方巾待賓席。
皇都隔嶺表，一萬六千里。何時更往來，著此王喬履。
昨日看梅花，紛紛飄玉屑。今朝看梅子，已向枝頭結。

和韻賀海嶼公六旬初度

結交重名義，多君意慷然。洛社追歡地，而今已十年。
永命自君祈，冥悟欲通微。傍花隨柳處，零雨浥霏霏。
嘉客與賢主，好景及良晨。新月正當席，微風不動塵。
蟠桃已卸花，木綿欲飄絮。東皇更鬧春，細灑交梨雨。
交梨大如斗，火棗園盈尺。繽紛薦壽筵，共映蟠桃赤。
矯矯綠衣郎，烏紗拖赤舄。青鬢始微霜，占此元宵席。
三城去三山，滄波三萬里。仙子時來遊，印下西山履。
仙子來仙山，授君碧玉屑。更約三千年，去看桃花結。

春日陪侯侍御遊洪巖用盧大參韻

春帆挂惠風，春江浩東注。旌麾江上來，特爲尋春駐。

尋春入玄洞，水簾珠錯落。下蟠九仞松，上宿千年鶴。
闌干護石泉，碧蘚生紋理。狂飈送晚雷，應有潛蛟起。
山巔搆孤亭，作者今何去。荒蹊自牧童，樵歌雲深處。
偉度比春陂，汪汪浸寒水。有時穆清風，微言揚妙理。
愷悌見儀刑，從容侍杯酒。明月照孤桐，和風吹細柳。
太初有巧匠，搆此無梁寺。不知好脩人，幾時成佛事。
繡衣且莫行，更進山中酒。點瑟倚清歌，春風盈洞口。
夕陽欲下山，月出山更好。願侍太清人，乘月恣幽討。
炎風播酷暑，羨有龍鱗扇。五月傍華清，瀟灑寒冰片。

舟行用盧方伯莘老韻

晴雲度碧空，宿雨江如注。急灘過畫船，好景那能駐。
粵江深見底，潦盡潮痕落。春暖躍溪魚，磯邊棲老鶴。
江清疑富春，釣絲誰料理。蕭蕭白髮翁，日高眠未起。
昨日喜春來，今朝惜春去。孤舟泛漣漪，春風仍處處。

棹歌兩三聲，清商激寒水。一似素心人，冰絃月中理。
徘徊侍高軒，雲間足觴酒。微酡下清溪，斜日篩楊柳。
洞古泉更清，天然石佛寺。願結無情人，共了無生事。
旖旎浥芝蘭，春風頻命酒。詩句落雲山，篇篇炙人口。
放舟順水行，心情已自好。何當久要人，林壑共探討。
條風故清淑，未用蒲葵扇。擊楫歌滄浪，落花隨片片。

鵝湖道中

官驛停烏節，山橋過馬蹄。可堪離別思，烟樹望中迷。

紫雲

夜鼓山城棹，蛾眉月影清。棹歌聽不盡，山鬼亦關情。

龍津

幾度龍津道，芳潯有列仙。釣筒浮綠水，漁網挂晴川。

鄔子

鳴蜩暗遞秋，碧色盈高樹。西風且莫吹，吾欲湖西去。

瑞洪

嗚橈過瑞洪，微月下西島。別有泛湖歌，歌聲良自好。

趙家圍

衰年鄔子渡，少日趙家圍。風物尋常是，波濤瞻量非。

湖畔

輕弓射梟雁，風日正新秋。寄遠無船渡，清江空自悠。

登岸

舍舟登彼岸，無言奈若何。覆翻雲雨手，平地更風波。

走筆奉和匡南見寄

閒過天孫宅，烟花幽賞多。雙塘芳接樹，曲澗遠通河。
野趣園芳徑，晴雲遞碧空。歌翻花塢外，人在竹舡中。
芭蕉檠綠蓋，珍竹散繁陰。風引微涼入，熙然物外心。
此座何時設，西山忽在前。秋深仍可約，爲賦見山篇。

端午歸石頭海山索題畫丙寅

綠雲連地軟，紅雨接天飛。一尊誰共賞，滿目盡吾詩。杜甫遊春

荷葉裁爲裳，芙蓉裹作糧。追陪吟弄席，一坐到羲皇。茂叔觀蓮

秋風下太清，搖落不堪情。喜有東籬畔，黃金亂吐英。淵明採菊

積雪今晨霽，呼童出破茅。天心真可見，春色在梅梢。靖節尋梅

商山四皓題畫，丙寅五月五日

小坐松根石，悠悠幾度春。誰知安漢老，原是避秦人。

臨川諸老邀遊醉鄉別寄丙子九月

無懷三兩人，裹糧雜乾豆。連日醉鄉遊，不記歸時候。

少壯遊醉鄉，別離三十載。舊路渺漫漫，賴有指南在。

昨日遊醉鄉，今朝涉汝水。回首峴山城，蕭蕭烏柏樹。

烏柏飄紅葉，紛紛下碧溪。別離無限恨，詩成不忍題。

送葉蘊西歸龍山甲申九月

雞鳴聽書聲，知爾學勤苦。文字多清奇，囊中有簪組。

缺月出三更，時起坐清嘯。光霽滿人間，誰領吟風調。
悠悠江上水，青青窗畔草。尋樂及華春，吾今已衰老。
秋風到嶺海，紅葉滿西溪。別爾兼愁病，無詩可寄題。（以上霍勉齋集卷六）

全粵詩卷三七三

霍與瑕六

右江吟辛未二月，自右江取道古田，入桂林赴任

春日春風滿屋，春溪春草繁綠。青閨春恨綿時，人在穿山獨宿。宿穿山

春落桃花萬片，宵懸桂月千山。獨酌偶成孤嘯，不知身在雲間。過雷塘

二月平分晝夜，三春忙度光陰。不知花落多少，但見千溪綠深。過東泉

草屋竹床聽雨，山城畫角傳更。行蹤自笑無定，何日東風夢醒。宿洛容。洛容祇一空石城，猺人草屋數十間。是夜大雨，予臥竹床，從人以茅薦地，皆立至曉。

路上行人吹角，一聲聲落巖中。谷神千古長在，幾曾見壞虚空。出洛容

學士金章開府，將軍鐵甲連山。衝雨衝風卒歲，五溪才得平安。古田道中

細雨敲篷入夜，驚雷度峽攜雲。一洗妖氛千里，喜看窮谷生春。横塘舟中

紅花白花照水，高樹低樹排雲。征客不知路遠，追陪萬壑齊春。永福舟中

明月影中拂劍，亂峰雲外傳簫。得勝人閒馬壯，嗚鐃又過蘇橋。蘇橋道中

長年涉水登山，幾度淒風寒雨。卿雲良月今宵，又泊橫塘清渚。重泊橫塘

醒夢長安試馬，癡情古越聞雞。五更風緊霜淨，行遍千谿萬谿。理定道中

一雨三江洗甲，千山二月行雷。作解天心如見，殘村遺老歸來。欖灘舟中

府江吟辛未七月自府江入桂林

三千水驛堯封，百二山河禹甸。誰云帝子仙遊，萬古重華如見。望蒼梧

幾陣清風送暑，一輪明月涵秋。吹篋關山何處，龍江人在孤舟。過龍江

紫簫聲咽夜江，白練影斜秋漢。清吟心緒悠悠，一月獨行無伴。泊昭潭

萬里緘書隔歲，百年綣鬢微霜。滾滾綠江東去，懷人清恨偏長。至平樂。翟尹以京書至，則去臘之寄也。

綠樹丹花峻壁，淡雲疏雨穹崖。大幅天然圖畫，更著扁舟勉齋。陽朔曉行

十年見獵狂心，半夜聞雞起舞。葫蘆纏縛何時，慧劍封塵獨苦。南平舟中

孤燈夜照西巖，畫舫秋風涼雨。詩成弄石灘頭，吏報寒更三鼓。弄石灘夜宿

和風和日秋天，碧水碧山洞府。桃源定在前頭，試問西灣漁父。望桂林

登觀瀾閣乙亥冬

淡蕩雲容出岫，參差樹影臨江。黃犢晚歸呼子，白鷗晴浴成雙。
水色溶溶薄霧，山光淡淡明沙。試倩漁郎尋去，隔江疑有仙家。
徑來羊仲求仲，菊有黃花白花。昨日南山書到，折腰郎向誰家。
太極圖書易簡，濂溪風月尋常。如何人去千載，高蹤誰嗣遺芳。

重登觀瀾閣

禹貢舊時彭蠡，岷峨盡處匡廬。風物萬年長是，祇今陽鳥攸居。
落落雲崖古木，鏘鏘鐵澗寒流。多少孤桐浮磬，重華原未曾收。

呂亭驛走筆

此地曾遊呂仙，至今名驛千年。或者他時好事，更將對霍名軒。對霍乃清濟間有此亭
暖日和風天氣，青山綠水人家。對岸草眠黃犢，古亭槐集烏鴉。
疏星錯落瑤天，皓月徘徊銀漢。淒斷何處清歌，單衣飯牛夜半。

走筆謝齊太衢戴渾庵

幾度逢人問信，三年無雁傳書。何因清晝陪侍，臨水登山步虛。

方外清談亹亹，花邊樂事溶溶。如何路岐一别，回首雲山幾重。

秋江送遠送陳石澗東歸

江上風波薄暮，天邊雲雨深秋。送君此日歸去，楚水閩山共悠。
水鬼含沙射影，山魈嘯雨吹燈。無奈高真入定，支離伎倆何曾。
三代同行直道，五溪原自淳風。何啻攀轅墮淚，紛紛圖像鳩工。
露冕三年廣甸，褰帷二載潯州。兩地去思洵美，巍然祠宇江頭。
疏燈白酒清灣，細語爲君解顔。世界原非圓滿，試看殘月關山。
江門曾有真言，於福不可求全。飲水飯疏孔樂，耕田鑿井堯天。
爝火精神有限，流星歲月無多。寄語達真高士，來歸安樂仙窩。
自是丹山彩鳳，偶然白璧蒼蠅。且將韞櫝而待，會見卷阿載鳴。
遙見天邊歸雁，忍聞秋半啼鶯。悲歌送遠何極，採遍芳洲杜蘅。
清尊賓主扁舟，解攜珠海傷秋。不知何處吹篴，咽斷寒江夜流。

長相思黄天蕩讀江湖紀聞偶感

樓闌寫恨吟飛燕，歌管傳情投木瓜。苦病三春愁不盡，誰將懷抱寄重華。

題直山莊

九曲溪邊一泛槎，偶隨雲路過仙家。沉風暖日山堂靜，東籬點點落梅花。

侍泉翁尊師遊羅浮步韻

仰止羅浮積歲年，今來得拜洞中仙。一雙木屐踏歌遍，始覺諸天總一天。

出都門口占別家兄

偷得南樓半月閒，營車驛馬又間關。欲知後夜相思處，銀漢星河月一彎。

泊淮

月白沙明春滿天，抱將明月伴春眠。從來馬上艱難曲，不入江南浪子船。

慕溪黎子別號也父曰一溪故曰慕溪云

千樹桃花蘸武溪，東風芳草綠萋萋。重來蹤跡無尋處，腸斷漁郎思欲迷。

碧溪洞裏水瀠洄，紅樹枝邊花亂開。出洞再來迷舊路，滿山惟有綠封苔。

樓居書懷

大隱金門獨上樓，東風翹首薊陽州。美人學製機中錦，盡日不成祇自愁。

遊羅浮和寶潭十絶

亂峰四百遠開屏，重躡丹崖短屐輕。無限風光誰管領，白雲紅樹接滄溟。

十年江畔老容顏，吟弄雲山水石間。此日羅浮尋舊約，同袍欣共浥清瀾。

流水高山空自音，子期傷碎伯牙心。天華回首西樵外，隔斷寒江萬頃深。

羅浮山下似鴻濛，身在半晴半雨中。笑向梅花村口過，一聲清唱太豪雄。

籃輿衝雨陟間關，百里莎茵送往還。寄語王孫莫歸去，春風今始到青山。

四賢祠下蓋如飛，迢遞東風雨色微。斗酒隻雞山叟共，亦邀元老顧柴扉。

梅花開盡又桃花，誰向桃源更問家。此是桃源最佳處，春深雲水足生涯。

讀書臺畔碧桃花，春歸搖落半溪霞。冼郎歸去知何在，欲問深山吠犬家。

信脚青霞碧澗前，不知身世在諸天。巖頭一宿饒清夢，睡碎梅花實可憐。

藤簑洗雨翠重重，舞月披霞到太空。身遠塵凡三萬里，是水晶國是蒼穹。

迎春示馮秀才辛酉

春日迎春春事殷，春詩裁付小馮君。春花春柳春如許，不著春鞭將送春。

秋堂獨坐乙丑秋

小坐山堂月上遲，木犀香斷菊離披。寒蟬抱露聲如咽，人不悲秋秋自悲。

別館都春丙寅三月七日

天孫別院錦成雲，占斷明都萬有春。一樣東風花幾種，不堪啼鳥更撩人。
春園日暖鶯聲好，春殿月明花影低。楚客傷春渾未賦，東風那得送春歸。
花枝照水蘩紅艷，荷葉凌波送遠香。春去幾時春自在，晚風聊此納新涼。
蟋蟀池塘風陣陣，鳳凰簫管夜沉沉。城西未落三更月，春恨誰緘萬里心。
亭臺霽雪月如銀，誰道陽和布未勻。好趁梅花裝彩勝，長官明日此迎春。
四明仙子好留題，勾押春風入院齊。我亦舊時梁苑客，心隨春事到江西。

清溪夜泊

清溪山驛夜維舟，沙白江寒帶月流。知到故園餘照在，有無人上盍簪樓。

濛灃丁卯八月二十夜

二更山月照江清，十五以來夜夜明。遙想雁行俱得意，靜虛堂上答歌行。

曲江

日日蒹葭綠滿船，不堪秋色浩無邊。江深路遠思鄉苦，更見三更月上天。

曲江謁先師甘泉精舍

翩翩黄蝶不知秋，還伴征人嶺外遊。最是横經舊時地，寂寥荒草滿山愁。

晚泊

青草黄茅盡日閒，畫船吹角度秋山。晚江又逐漁翁伴，九里十三拋口灣。

苦旱

禾黍高低盡欲焚，誰將清恨訴蒼旻。扁舟十日韶江道，如許山川不作雲。

聞鷓鴣

昔年春山聞鷓鴣，今年秋山聞鷓鴣。廊廟江湖行盡得，不知輈格爲誰呼。

步韻送古林何老先生北上

講學南昌又幾秋，忽驚丹詔下青樓。江門風月伊周業，山自巍巍水自悠。
五彩龍文瑞氣横，少年天子御天行。定知宴語從容後，詢遍閭閻困苦情。

誰云京國路迢迢，一道長虹駕玉橋。正是風雲新際會，好將霖雨答清朝。
先覺天民何處歸，紛紛諫柳尚多違。知公論政論人外，別有忘言杜德機。
長風萬里起滄波，畫舫行春喜氣多。堪羨道人無一事，浩歌清夜對姮娥。
登山臨水太從容，踏盡寒梅歲律終。管領春風歸帝里，也曾披拂到蒿蓬。
病來紗帽半封蛛，回首交遊嘆耳餘。風力羨公摶九萬，翻雲爲掃過空虛。
春深珠海鬱洲前，莎暖鳧鷖對對眠。茂育祇今誰妙手，新詩題寄思茫然。

豁然樓燕集朱侍郎園

綠野堂開綠水濱，烟花三徑足清真。蓬萊東去無多遠，我欲從公一問津。
鳳凰山色正蒼蒼，背郭流光到小堂。有客頻來開野讌，主人應不厭清狂。
連日重登大隱堂，浹旬陰雨見微陽。花枝浥露烏啼慢，人不傷春春自傷。
爛熳芳園燕子忙，爲愁春事已相將。三旬積雪初晴霽，亂把香埿上畫梁。

翠微歌翠微村在古鶴之東

千山過雨春寒薄，梅花吹落秋楓閣。半仙來往幾多時，相思樹底鸕鷀勺。
翠微村遠雲容薄，肩輿渺渺孤山閣。山翁打獵晚歸來，野味縱横傾大勺。

插秧兒女春衫薄，遠望官人齊手閣。芝山莫更往東行，潮水漲溪妨午勺。
自嗤涉世才疏薄，盤城有様雄投閣。未老蒙恩歸去來，緑竹紅蕖引清勺。

賀高明尹甲申五月望日

滿輪皓彩飛明鏡，烏啼夜半千山靜。城上傳更鼓角齊，叩關行旅候鳴雞。
南海高明接近鄰，每聞行客說神君。一堂風月人如玉，四野農桑簇新緑。
新成雁塔照黌宫，千秋萬歲聳文峰。帝城春晝花如綺，多是公門杞與李。

山中吟同祥岡先生居樵

二月多烟三月風，山花多是滿岡紅。一囊收取春光盡，付與奚奴寄大同。
讀易燈殘咽草蟲，唱歌閒步月明中。秋山靜夜無人過，一犬時驚桂子風。（以上霍勉齋集卷七）

全粤詩卷三七四

霍與瑕七

月夜登樵

淒風溢九霄，夜步陟西樵。水落江尋丈，山空月寂寥。秋氣兼寒暑，松聲散遠遥。美人隔烟渚，相思不可招。

陟陟衝雲路，行行度石橋。月光分樹影，嵐氣合山腰。獨步乾坤靜，浩歌海嶽摇。水晶仙界近，應須到上霄。[一]

園林經歲別，懷抱入秋深。乘潮頻鼓楫，帶月一登臨。久旱泉全涸，微霞樹半陰。逍遥雲路外，寒風忽以侵。

千峰明月遍，隻影入山孤。人遠廬猶在，秋深草半枯。登堂歌璧韻，開閣檢圖書。覩物懷無限，清霜寒切膚。

［一］須，清黄登嶺南五朝詩選卷四作『共』；上，清黄登嶺南五朝詩選卷四作『青』。

下第自遣時到臨清

十載無知己，三旬下第身。春風堪墮淚，楊柳總傷神。歸去雲山好，重來歲月新。未須愁落魄，祇恐負經綸。

五月五日奉鄧翁韻即事辛酉

滄海波揚急，狼烟處處同。事無一刻暇，人在百憂中。喜奉青門玉，涼生緑野風。悠然發孤笑，雲物滿長空。

催鄧西賞蓮兼謝祈晴見獎之作

緑野曾陪宴，清尊誰復同。園林花欲盡，時序夏方中。芰荷將出水，竹葉好乘風。莫待秋飈起，荒池映遠空。

祈麥晨參罷，殷憂獨繞庭。亂雲增夏水，連雨怨宵星。燮理真慚負，迂疏幾醉醒。民間多苦曲，淒斷不堪聽。諺云：『乾星照濕土。』

五月十五日奉鄧翁韻

白圭連三復，借白圭比佳作也。狂起舞中庭。逸調琴流水，豪光劍射星。懷人南郭畔，居士眼常醒。

欲寄採蓮曲，知君聽不聽。

侍諸老遊城用韻

謬忝東陲寄，乞言大老庭。長城增氣象，高閣聚文星。笑語皆模範，風流半醉醒。欲將幽谷調，伐木歌也。傳與世間聽。

公暇陪歡宴，朱樓枕洞庭。兩三明月伴，多是老人星。朗朗踏歌去，微微酒半醒。漫將千古瑟，彈與子期聽。

新春粤山懷弼塘麗尊師

破帽衝雲舊，枯藤著腳牢。雙清松伴鶴，十載榻横皐。烟雨迷寒樹，春風送晚濤。扁舟人不至，空使我心勞。

鏡林泛舟

相府開新讌，仙城集貴遊。畫闌憑綠水，詩舫泛清秋。荷葉風香細，芝蘭氣味柔。酒酣餘慷慨，擊楫發江謳。

瑞雪

雪應炎風地，寒深瘴海天。同雲敷薄霰，瑞靄滿垓埏。草木含芳潤，山川漱紫烟。五百昌期在，無論大有年。

初春十一粵秀山社會山中見月

新歲浹旬晴，中宵月更明。巖崖流皓彩，林薄鬱孤清。誰奏關山曲，偏添恨別情。丹心千萬里，隨爾挂燕城。

南國春先到，東風日日來。微雲收五夜，初月傍三台。倒影移山徑，流光泛石臺。嫦娥應愛酒，每每落深杯。

武夷圖三昔歌

昔聞武夷勝，此見武夷圖。九曲漁郎杳，千峰鳥道孤。放舟灘妥貼，映閣樹扶疏。洞裏誰招隱，吾今欲卜居。

昔年紫陽子，曾賦武夷篇。玉女臨丹壑，蓮花插九天。桃源無別洞，蓬島有真仙。久斷尋芳約，臨風思惘然。

昔年湛夫子，曾訂武夷遊。高歌翻九疊，逸響震千秋。步步竭吾力，巖巖縱遠眸。祇今憐歲晚，依舊阻丹邱。湛甘泉師武夷九曲歌皆喻進道，登高自卑，希聖希賢之意，每以勵瑕。愧今三十年無成也。

走筆和海山舍弟訂來樵之約丙寅

是中堪避地，何處更求仙。緑水青山表，殘春落照邊。燕歸芳草候，鶯語落花天。四老知來否，相思日似年。

樵西古聖地，雲巖舊有仙。紫姑丹井畔，烏利碧雲邊。遠意三山島，芳蹤七洞天。不知騎鶴過，更得幾千年。

題節孝卷爲鄧母譚氏

有客攜詩卷，深山訪謫仙。大書冰玉操，掩映柏舟篇。松有貞心在，花看桂子妍。昭哉勗嗣服，慶善引綿綿。

邵少湄折柬有樓臺將送暑涼露報新秋之句用何詩飄灑欣然余懷走筆答之丙寅七月七日巳刻對使

樓臺將送暑，關塞已迎秋。夜繞星河耿，朝看葉露浮。芙蓉花底坐，丹桂樹邊謳。對酒清談永，憑君消遠憂。

樓臺將送暑，關塞已迎秋。紈扇感無極，金蘭氣欲浮。何時攜好伴，樵月共清謳。踏斷四峰路，渾忘世外憂。

樓臺將送暑，關塞已迎秋。月色天街近，風香水閣浮。花開蓮子唱，風引竹枝謳。此夕正七夕，能來同寫憂。

樓臺送暑之句再三歌諷渾欲傷秋再用韻紀興

樓臺將送暑，江海欲涵秋。目斷孤帆迴，神傷遠靄浮。白駒憐古調，鴻雁起新謳。百粵升平日，誰先傾否憂。吳自湖平二源寇

樓臺將送暑，零露已飄秋。綠樹流芳潤，横塘積翠浮。舊傳雙鯉信，誰唱躍魚謳。泳藻熙然在，人間空百憂。時有躍魚社題

樓臺將送暑，風日正爭秋。大火宵猶午，微涼朝漸浮。紅蓮新度曲，烏桕舊傳謳。忽憶天涯路，鶺鴒生遠憂。家兄賁樵北上

樓臺將送暑，花草半含秋。三徑綠雲合，一天清露浮。星河空有恨，月殿是誰謳。牛女年年隔，不知曾頗憂。

用韻奉答郭西橋時歸樵

元冬已改仲，黄菊尚縈秋。亂蓝霜渾薄，繁枝露欲浮。誰將楚水調，共續南山謳。插鬢兼盈把，悠然忘世憂。

元冬已改仲，丹樹故凝秋。暖日千林靜，寒烟一抹浮。赤藤來舊伴，斑竹轉新謳。細細清聲度，孤

棲消遠憂。
元冬已改仲，皇曆又頒秋。天子萬年聖，日華五彩浮。六旬回甲子，四海共謳謳。世世龍光普，文王何所憂。
元冬已改仲，碧水舊涵秋。雁陣聲何急，魚書寂不浮。天涯窮短目，澤畔苦長謳。嘆息美人遠，寒山殷百憂。

和古林何先生聞報之作括易，丁卯三月念七日

獨樂邱園久，重明委照來。拔茅連茹起，舉鼎待鉉回。善世謙謙德，康侯井井才。願公飛翰入，巽命急需裁。
餞别天衢上，需郊酒未深。同人離索意，觀國壯行心。道長三陽泰，幾先八月臨。孚號還惕厲，由豫羨朋簪。
牽復趨三殿，含章侍五雲。黄裳方下士，朱紱正宜君。鳴鶴縻新爵，潛龍離舊群。闚觀吾竊喜，豹變蔚同文。
來章知慶舊，視履見祥新。錫馬期康國，包魚肯遠民。敦臨孚惠德，顯比樂同仁。獨恨逵鴻者，金蘭失所親。

藕花亭雜詠爲梁浮山中書丁卯九月朔日小溪舟中

橋臨楊柳畔，亭在藕花間。曲檻開三面，疏簾繞四闌。青萍魚在在，綠樹鳥關關。朋舊追歡賞，應無一日閒。

翠蓋低時雨，紅妝爛晚霞。亂香飄淡蕩，一色擁清華。境勝當人意，林幽得自誇。菡珠天界是，何處問仙家。

幽棲真勝地，清爽逼秋天。密葉應藏鬼，高花或坐仙。君當容借宿，吾欲駐經年。飲露飡英足，蓮房受一廛。

一瓣可遊仙，花潭到九天。歌聲微遠岸，棹影入輕烟。舉袂招那得，凌波去可憐。坐令同賞伴，悵望五雲邊。用張仙事

莫唱採蓮歌，採蓮傷葉多。葉傷猶自可，花傷將奈何。借露匀紅粉，因風舞綠羅。憑闌仍對酒，幽興任清波。

莫泛採蓮舟，綠江生遠愁。歌聲偏嫋嫋，苦恨故悠悠。音信千山斷，馨香一握稠。美人何處所，明日又三秋。

綺席花間列，歌舟葉底穿。清秋翻妙曲，白雪賦新篇。舊賞渾無厭，茲來更有緣。不知今夜月，猶

得照潺湲。梁文川出妓

水鏡徹層霄，漁舠泛闊寥。避花收短棹，按節度長簫。越唱翻淘浪，吳謳雜採樵。主人能飲客，拚不睡今宵。陳唐山泛舟

風雨蛟精出，搴簾濕奕碁。三秋紛赴節，六月亂添衣。酒酌頻踰醒，笙歌爽更徽。晚晴還有月，今夜不須歸。鄒海嶼攜盒

待月藕花亭，衣冠集穗城。天香飄漸細，國色影彌清。鶴髮欣陪侍，犀觴得屢擎。獨慚才思短，授簡賦難成。

雨洗重重暑，風傳陣陣香。是誰歌白紵，有客賦青湘。酒寬知己量，醉覺過人狂。公自憐才者，寥天恕阮康。

高興逢賢主，杯盤晚未收。白華歌進酒，明月坐邀秋。得食馴坭鮒，忘機狎野鷗。汪汪千頃度，不忝舊風流。

盍簪樓雜詠十首

小構臨幽僻，衡門晝亦關。朱簾垂綠水，華檻倚青山。粵秀屏長護，天香花自閒。高人時枉顧，清論散琅珊。

草創荒蕪甚，群仙每每過。短牆侵碧蔓，細路合青莎。筆落驚人賦，杯深放客歌。會須傾倒盡，豈得但微酡。

春遊芳沼闊，緩步大堤平。細雨滋園芷，微風蕩野萍。逍遙來九老，笑語引諸生。更荷留雄藻，光輝藉盛名。九老俱有詩刻

三徑足幽棲，高賢況有題。青霄榕翠合，朱夏荔丹齊。驟雨穿渠急，狂風壓竹低。稍晴僮發筍，喜得滿筐攜。

小坐青樓下，微涼次第添。池魚紛唼藻，山鳥靜窺簷。鶴節排陰密，龍鬚帶潤纖。誰云六月暑，風緊欲拖簾。

真率風流在，存羊意可尋。約賓無速簡，會長有嚴箴。茗煮他山嫩，花分別院陰。自然幽賞足，誰道剡溪深。唐山會長有約

上上崟欝樓，遙天一望收。日移南陸晷，風送海門秋。五嶺紫霞幛，三山杜若洲。看看星河近，乘槎好遡流。

山鬼催狂雨，雷師送驟涼。菊花新夾路，竹葉故盈觴。親舊疏儀貌，笑談雜謔浪。夜來臨水酌，烟月淡微霜。區見泉兄弟夜酌

有客來何暮，芳尊日欲斜。饌分青竹笋，茗泛綠葱花。方外參玄契，時中訂作家。三更山月起，更
與玩清華。弼塘師夜坐

鶴髮朱顔老，何當駕屢過。秋衫綿葛雜，時菓柿蕉多。攜盒情何限，投壺酒每酡。別來空悵望，林
麓故阿那。諸老送予出社

十八灘雜詠

行路說艱難，江西十八灘。亂流森鐵石，急瀨瀉瓊珊。浪搏心同碎，風低意頗安。覺來人世險，不
在此中看。

扁舟下若馳，石罅度高危。犀角倒困出，龍牙斷陣攲。仙宮洵有美，水府舊多奇。願借狂瀾砥，中
原柱地維。

呼沱冰始合，鐵馬亂中流。劍盾參差渡，旌旗次第遊。隱現六龍駕，儀刑五鳳樓。君王奠八極，鰲
足此靈邱。

東海分龍種，來遊第幾遭。戈旗三百里，鱗甲一秋毫。日短川原寂，天寒水石高。白鷗如有約，雪
羽振清皐。

山驛開攸鎮，水程說俗淳。四圍千嶂合，中滙一源春。打鼓迎官舫，鳴鑼候吏人。獻瓜清瀨側，莞

爾見天真。

清宵暖更晴，初月瞰山城。羨有燈花好，獨將杯酒傾。木魚分夜漏，鐵馬雜秋聲。醒眼三更促，賓鴻陣陣征。

涉川偏涉瀾，盡日未開顏。晚泊喜安穩，樵歌聽往還。清秋喧蟋蟀，新月照關山。高臥且今夕，明朝又碧灣。

皂口催晨發，殘星落五更。山花秋故好，水色冷彌清。重霧迷前渚，高灘失去程。南風如有意，早得報開晴。

半歲經過地，劬勞念每深。秋華承露重，古木幸風沉。辛苦平生足，脂甘季弟心。踰涯疏遠望，白髮尚勝簪。瑕生半歲，母氏自玉河懷抱南歸，後復提攜涉此灘，凡五渡。瑕庶出也，未有黃封。

雲程新雨露，風物舊天南。一歲秋初冷，兩江魚下潭。牽衣供永夜，揮盞戰寒嵐。卻憶三城裏，微霜足早柑。

廿載重來地，依稀記綠林。牧童吹笛慢，山女汲泉深。落日諸天暮，高秋一帶陰。扁舟過畫角，淒切舊遊心。嘉靖甲辰，偕黃華泉北上，阻風灘中，與樵叟牧童閒敘桑麻，今廿年矣。

乘風終日下，奇眺眼全花。截岸分山骨，中流合石牙。千嶂浮虎兕，百里鬬龍蛇。鎖斷南來脈，英靈不可涯。

當年湛夫子，澤畔寄孤吟。棫樸千年意，圖書萬古心。江聲通夜轉，寒氣傍秋深。十八灘頭詠，誰知流水音。嘉靖庚子，湛甘泉師致政南歸，有十八灘吟，慨行路之難也。

新詩三十六，舊恨百千重。七弟春遊地，孤村夕照中。白沙洲上語，清水岸邊容。相見知何處，來生或再逢。亡弟粹齋春元，己未北上，曾登覽灘中，見者羨其魁偉。比至京，嚴介老見之，嘆曰：『渭老好後人！』不意年僅二十七，庚申卒。

區見泉表弟新居寄賀四首

積善委餘慶，門閭瑞氣浮。竹苞高數仞，瓜瓞定千秋。屋有公卿種，世爲清白流。詩歌兼頌禱，何日共滄洲。

門高車馬入，水闊畫船浮。自是棟隆吉，即看桂子秋。落成吾日醉，棲穩爾風流。好更尋芳去，琪花在隔洲。

野闊雲容淡，江清日彩浮。新居深孕秀，高棟爽涵秋。曲徑連芳草，橫橋鎖綠流。不知塵俗伴，曾得到斯洲。

朝旭霞堪摘，澄灣翠欲浮。百花開綠野，丹樹擁清秋。蜆艇來朝市，漁歌趁晚流。翛然無一事，此地即瀛洲。

頃波來柬有遊樵之約喜走筆答之丙寅五月九日

忽傳瀾石札，清興亦樵關。雲滿癡仙袖，烟深桂子灣。好歌移白晝，佳伴拉青山。景勝堪良晤，祇憂人未閒。

走筆招區頓池四表丙寅五月十四日申刻

坐看魚遊藻，忽驚人寄書。綠陰消遠望，清夏慰離居。溽暑催時序，急流漲晚渠。山齋無一事，開戶待高車。

靜玩先天畫，閒抄種樹書。數時知立夏，逢價問興居。近市烟籠竹，深山水决渠。洗心高自坐，誰駕白牛車。

岐山親家東廳雅敘走筆

五載天南別，鴻音復太疏。何當瞻氣象，真足慰離居。細敘親家禮，溫尋報國書。賓筵何猝爾，應是日無虛。

女眷集中堂，東廳宴綠郎。幽花誰共賞，時菓自生香。過午酒無量，迎秋詩欲狂。況有高人在，遐心天際翔。

鄉里故多賢，陳良或未先。詞源三峽水，心地九秋天。傾蓋論初合，持觴意已傳。素琴如拂拭，爲奏五噫篇。陳鐵山同宴

俊逸來清海，因緣侍帝鄉。湛家離眷裏，陳榻舊輝光。銅柱遊幾遍，金臺譽更芳。芝蘭看滿室，吾欲挹天香。

和韻呈歐禎伯親丈

吏隱古寺北，驅車一往尋。初秋槐影合，過雨蘚痕深。坐久香添茗，談清風入林。非關禪定意，自覺思幽沉。

千年遺緒在，還可共搜尋。宇宙茫茫闊，江河浩浩深。遊魚看伴藻，啼鳥聽中林。生理無餘欠，人間空陸沉。

羨爾新推轂，嗟余屢枉尋。簫韶群間詠，山水自高深。鳳翥欣侵漢，鶴鳴長在林。哺糟且冥飲，一醉信浮沉。

和韻酬譚姪婿

十年三見面，良會豈云疏。但念同離裏，何當嘆索居。卑尊分長幼，執禮誦詩書。羨爾家庭好，高標近斗虛。

舊識青雲器，今知彩筆郎。一揮十餘韻，滿座百和香。遲暮憐唐老，春風愛點狂。會於千仞表，佇看鳳凰翔。

翰苑萃英賢，樞趨爾後先。兔春偏傍月，犀角自通天。古字誰曾問，窮文或可傳。閒來南郭畔，三復蓂猗篇。

直諒從前愧，遨遊祇醉鄉。彬彬見賢達，藉藉有輝光。越水終吾老，秋風歇衆芳。及時應遠攬，各自採馨香。

發南康過左蠡

朝發南康道，沙洲駟馬班。寒雲連北浦，凍雨合西山。物候風霜外，人家水石間。征夫驚歲晚，愁思上容顏。

都昌曉晴晚別張都閫

行邑問農桑，江干話更長。祈寒思早暖，連雨喜朝陽。鼓角穿山壯，旌旗拂樹光。畫眉誰竊喜，明日見張郎。

得家書訃仲兄少石仲弟少玉之報

殘臘歸南浦，鄉親天際來。喜看鴻雁信，忽報鶺鴒哀。泮水今誰在，家風近太衰。欲知淒斷意，凍雪滿山臺。

庚寅年以降，甲子未云多。爾既先秋萎，吾今奈老何。斷魂迷綠樹，衰淚落滄波。白石青山路，無因得再過。

春夜泛湖漫興丙子三月二十一夜發鄗子

昨日攀元洞，今宵泛碧空。舟航絕星漢，機杼見天工。問路迷雲渚，知郎有道風。水晶仙闕是，努力挂高篷。

短棹擊空明，扁舟似葉輕。殘星低兩漢，缺月上三更。木鐸他山響，漁歌隔塢聲。恍疑仙島近，身世在蓬瀛。

天近四更頭，風高載月舟。短簫悲塞雁，長篴起江鷗。農艇紛搖櫓，漁罾遠挂鈎。歌鬫誰獻曝，辛苦遍滄洲。

弄月不須疑，蕭疏半世癡。逢人深淺酌，見爾妙高詞。舊有紫之癖，今仍白出奇。幸依盧扁在，箴砭足吾師。

春日泛湖漫興三月二十二日過鄱湖

匆匆春似水，滾滾向東流。細草時迎棹，飛花故傍舟。天孫傳好句，帝子莫多愁。更鼓尋芳楫，光風在隔洲。

闊水飄銀浪，芳汀浸綠雲。遲遲江柳色，藹藹岸花芬。旭日漸加永，涼風欲變薰。暮春千古意，誰共此微醺。

望湖情落落，天遠碧萋萋。綠樹新黃鳥，青山舊錦雞。五風隨鷁舫，三戶傍漁隄。處士高棲在，移舟更水西。

誰開姑射鏡，人在鏡中行。映草船船綠，垂楊岸岸明。西山雲外影，南浦日邊聲。吟弄從吾好，空青一鶴橫。

王中宇憲長齎捧入賀贈别

少壯紆朱紫，朝朝夙在公。春官隆體貌，霜節凜威風。駟牡驅河朔，夔龍祝華嵩。舊臣金鑒在，誰獻大明宫。

聲名洋溢舊，定遠始相逢。聚首無多日，傾心見古風。道義常相勗，疏狂賴發蒙。便知新寵下，何處罄交衷。

發南浦渡鄱湖雜詠

出郭風殊好，緣堤景更妍。紫鵝依綠草，白鷺點青田。水客維秋艦，農家起晚烟。始知郊外勝，婉似故鄉廛。

漸通湖口路，田家傍碧潯。早稻鵝黄嫩，秋楓翡翠深。唱歌搖慢櫓，打鼓振高林。候吏仍津渚，那知物外心。

湖望渺無極，稀微見太嵩。船行天漢上，人在月華中。長篴闗山曲，高帆廣漠風。獨憐牛女渚，無路借媒通。

明月照滄浪，天光接水光。朱簾疏度彩，錦簟細生涼。酌酒風踰爽，爭棊夜未央。繡衣船尚遠，蒲席莫高張。

陪侯戎院何方伯張都閫東巡避暑鉛山觀音洞

驄馬出東郊，緣溪剪草茅。地分閩越界，天在夏秋交。古洞鳴泉籟，晴烟隱樹梢。納涼無此勝，吾欲結新巢。

遠水來青障，橫橋鎖綠流。芳溪循曲徑，危石立高邱。爲避無窮暑，欣逢物外秋。華胥仙界在，那更問三洲。

洞外似沃焦，洞裏忽水消。六月不知暑，八風常自調。塵避庾公扇，泉分巢父瓢。隔山叢桂在，何處隱堪招。

古寺嗟零落，雲巖羡寂寥。有峰如卓筆，入洞似乘軺。景勝詩偏壯，風多酒易銷。不知東道主，還肯再招邀。

再遊青蓮洞

再入青蓮洞，陰森路不迷。市聲聽漸遠，禾稼出將齊。水碓憑龍踏，山梁有雉啼。風清兼境寂，真可遂高棲。

誰說三天界，人間不可通。橋從烏鵲渡，洞是廣寒宫。聽奏霓裳曲，坐當閶闔風。新詩多逸態，爲篆玉霄中。

重遊石井庵

昨日鵝湖道，重陪仙侶遊。斷橋新補砌，寒壑舊縈流。龍臥魂嫌冷，蟬鳴響及秋。東南真勝地，誰與更淹留。

餞侯戎院入閩

霜威清楚滀，霓望切閩中。六月鵝湖畔，千山鳥道通。迅雷驅驟雨，急電引涼風。掃盡人間暑，袞衣方始東。

搴帷過絕嶠，婉在畫圖中。萬壑松濤合，千溪竹徑通。暑滌冰臺雨，塵清霜節風。獨憐違漸遠，望斷海潮東。
憶昔歲初冬，摳趨彭蠡中。數言窺度量，一見仰明通。業有傳家舊，文當媲國風。每於清讌暇，時嗟小大東。
淵謨人莫測，言論每時中。調鼎真和燮，垂規有變通。豺狼潛穢跡，凰鳳煽祥風。江表經綸緒，應知遍海東。
追陪五花驄，祖餞萬峰中。薄暮山家宿，先秋涼氣通。驛樓更斷雨，官角韻隨風。永念不成寐，明朝吾道東。

立春和盧星野方伯韻雜興丁丑十二月二十日立春

野鳥喚關關，熹微歲臘殘。隴梅新葉暗，棠棣舊枝寒。醒眼無多夢，繁憂有百端。滄江烟艇穩，便欲把漁竿。
雲雨暗山窗，殘書亂竹床。倦遊思穩睡，知止且深藏。風暖菜花爛，烟輕草樹光。更堪供美饌，芹葉澗邊長。
新釀流連熟，吾生更曷求。招招清海侶，日日醉鄉遊。有亭名佚老，拄杖自尋幽。彼美今何處，相思西閣樓。

寡合知無援，多言得屢憎。自嗤三已仕，深愧上乘僧。去國嗟年暮，持家尚夙興。他時遺世譜，清白或壺冰。

昔逐孤山伴，曾抄種樹書。春來荒圃潤，歸去學畦蔬。帶月便高笠，開雲借小鋤。揮金誰氏子，隔壁老陳餘。

春來餘十日，日日雨霏霏。海上鯨波惡，天邊雁信稀。入市黃花賤，回潮白蟮肥。濁醪還可醉，莫問羽書飛。

吮舐嗟流俗，叔疑豈異哉。蠅聲紛止棘，蛇影每侵杯。枸杞參差長，桃花次第開。春風如許趣，行樂且蒿萊。

少負豪雄氣，先賢謂易過。賈涕嗟太甚，廉飯恨空多。通塞誰知命，功名老作魔。祇今憑法水，一灑永清和。

投老歸村落，交遊總舊知。春燈先打謎，社席更爭誰。灌蘗分新水，編藤補破籬。老農仍老圃，聊得共生涯。

前身誰照鄰，標格足清真。鬱水有餘樂，雲莊無限春。詩篇都大雅，文字逼先秦。終似飛升去，水晶宮裏人。

春詩無次序，聊寄舊同袍。蟻吠聲何巨，鷃飛翼更高。看花迷霧眼，掩鏡有霜毛。落落長吟興，除非借酒豪。

立春今歲早，春色杳無邊。忙辦遊春席，仍呼隔海船。村沽頻續罍，酒債借征廛。驟雨新濠漲，西灣任急前。

新春再和韻雜興戊寅正月二日

灼灼桃烽爛，匆匆梅陣殘。燧更新歲火，爐戰舊冬寒。虛席客殊絕，執弓人頗端。結交滄海上，皓白且垂竿。

雲容迷綺幕，雨氣濕繩床。紫蝌偏宜炕，黃柑得善藏。開樽分歲事，覓句答年光。更與仙山侶，圍棋引日長。

丁丁歌伐木，啼鳥故相求。國有牛醫子，人推馬少遊。欵段尋春遠，追陪選地幽。南園時一涉，遙見粵山樓。

獨立吾知我，何妨多口憎。磨礱還美玉，慧定亦高僧。弄月歌仍嘯，臨風坐復興。恍疑春已暮，嶺外少泮冰。

夕除寒不寐，挑燼對殘書。獻歲供香粉，迎春剪細蔬。野花隨亂放，庭草不教鋤。親舊時來下，追懽半醉餘。

朔雲連月密，知是雪雱霏。西土人云靖，北門出故稀。彗星新法象，朝貴舊輕肥。時事知何似，犀觥且屢飛。

天皇留相國，玆事果康哉。勉勉垂溫語，頻頻賜御盃。親喪時遣使，帝德日宏開。會覩鹽梅合，鴻恩遍草萊。

餘生仍有幾，歲月忽虛過。適意事常錯，操心閔既多。斷藤今借劍，堅壁任飛魔。守一從吾好，綿綿保太和。

脈脈此趺坐，洗心還自知。有言俱剩語，無隱更闞誰。移桂添新土，勾花結短籬。緼袍時向曝，把虱是生涯。

靜裏看玄化，林林總是真。雞鳴風雨夜，龍見水雲春。蜉蝣衣自楚，鸚䳇語能秦。萬物人皆備，成人今幾人。

明志宜蔬食，便身祇布袍。從奢難入儉，自下可升高。渥產多龍種，瀛洲有鳳毛。後生基搆重，承緒屬英豪。

欲買西郊地，新濠鬼驛邊。晚歸江浦渡，春蕩柳波船。山外開三徑，花間受一廛。芳鄰千萬貫，祇在帽莊前。

二月二十一日清明如樵展掃戊寅

久負西樵約，今朝見四峰。日中星正鳥，春晚月初籠。絕徑宜山屐，緣溪可水春。桃源知不遠，花氣靄溶溶。

衝雲迷咫尺，不記舊山腰。雨驟便高帽，溪深得短橋。巖花紅楚楚，野竹綠蕭蕭。多少來遊客，春心可奈驕。

清明山務急，四遠集紛紛。霧裏縠如霧，雲中女似雲。採茶歌自細，隔葉語微聞。斷盡征人目，羅敷正不群。

野鳥歇芳晨，黃鶯失暮春。雲深偏足雨，雷細不驚人。峻壁存三戶，穹巖絕四鄰。到時近昏黑，衣袂濕紛繽。

天晚度山南，荒邱歇小驂。雨花封短砌，烟樹鎖澄潭。邃閣盈新蘚，遺書憶舊函。童年庭訓地，悽斷可能堪。

天皇垂世澤，高塚賜封題。手植雪梨在，眼看風木萋。香燈春雨澁，拜跪少年齊。信有流光遠，蹌蹌執幣圭。

本源同水木，雨露總遐思。白紙山山簇，紅花帽帽欹。舟車隨遠近，墳墓遍高卑。開鑿何爲者，蒼空鑒不遲。

獨上高樓上，清歌一拊闌。鬢斑春冉冉，心遠路漫漫。舊壁留題壯，新亭縱飲難。吾衰知已甚，天暖覺偏寒。

得同亭雜詠

勉齋子鄉居，依祖祠之左，面方塘，砌石誅茅爲亭，名之曰『得同』，取明道『萬物静觀皆自得，四時佳興與人同』之意。時邀親朋，壺觴其中，命童子擊鼓歌古詩。鼓亦知人意者，其聲曰『得同亭，得同亭，得同，得同同，同同亭，同亭得』，親舊欣然，每會輒醉。余因成雜詠焉。

風雨晦冥冥，獨坐得同亭。微茫松隔水，蕭颯竹臨汀。遠意空千古，春山且一瓶。醉來歌白石，天晚少人聽。

古岸簇青莎，同亭枕碧波。野雲連樹密，春水過田多。村女垢侵骭，郊童雨滿簑。不知農作苦，群唱插秧歌。

山村長夏静，爽氣襲漣漪。接水都荷芰，臨流盡荔枝。樹憐先世植，花憶去年移。漠漠江天思，誰當共賦詩。

八仙分水檻，四老共浮槎。輪日排蔬菓，迎風酌藕花。隔山疑有洞，深巷是誰家。佛隱來尋慣，篙師莫近沙。

澄潭覆曉烟，小艇日高眠。紫禁非無夢，滄洲合有緣。豸衣仍在笥，蟻酒且如船。心曲憑誰寄，孤鴻沒遠天。

白露下青草，微涼透葛衣。江天靜烟靄，風日有光輝。鵝鴨家家鬧，雞豚在在肥。秋成人共樂，社報醉忘歸。

無事太從容，清宵坐得同。好風來桂圃，明月照藜涌。林影篩衣碎，花香入酒醲。莫歌叢桂樹，人在小山東。

和區逵鴻見示村居之作

行樂復行樂，東遊得此莊。逢春多逸興，近水有幽香。綠柳風初暖，青梅味可嘗。冰山成的事，何處問金張。東莊

夏日過南圃，榕陰接地蒼。草亭還可坐，石榻不勝涼。荔子緣堤熟，荷花隔水香。更多幽賞伴，漁艇繫垂楊。南圃

閉關謝塵鞅，靜見古人風。野水浮鷗碧，叢林結子紅。烟花供我老，文字送誰窮。新釀秋來熟，千

杯作聖中。西園

一徑青林外，孤村綠水間。寒梅欺雪白，烏桕落風丹。莫以嚴凝候，而生憔悴顔。管灰吹厚地，天道有循還。北徑

明月吟贈兩湖黄都督北歸

明月出東岑，松梢散遠陰。光連滄海玉，影碎碧波金。隔水望無極，高秋寒不禁。舊知千里別，悽斷百年心。

潯州山閣外，一見識英奇。兵法傳司馬，軍心樂子儀。等威隆外閫，聲望震邊夷。看看麒麟上，腰間未止犀。

元戎上玉京，驅馬迅長征。籌定百蠻服，戈揮五嶺清。人安儒將雅，天借福星明。十載瞻承慣，無因可報瓊。

憶弟癸未三月

青山鶯轉初，翠竹護離居。人遠八千里，吾衰六十餘。五雲仍北望，三月又春徂。寂漠無儔侶，時耘荒圃蔬。

送葉養直歸龍山甲申

葉子名機，號養直，精武藝，熟弓矢，少壯以勇烈爲鄉里間教師。所居鄉，群盜遠避之。其爲衆所推服止此。余以暮夜有戒心，延致之，乃扣其抱負，不可窮詰。若太乙數，若虚實五星，若子平，若斗數，若萬年曆，下至篆隸、圖書、網罟、射獵、簫弦之屬，無不通曉。尤介於財，分毫不苟取。遊諸巨室數十年，室懸罄也。壬午癸未，攜其子就余學。甲申告歸，詩以贈之。嗟夫，天下有才而不遇若此，其子當有顯乎。

多藝復多材，公真焉學來。屠龍空有技，附鳳乃無媒。歲月催人老，烟花到處開。兩京將走遍，孤劍獨徘徊。
水村借寧宇，遠近挹英標。盗似逢鸇雀，人稱逼鼠貓。網羅兼衆技，簫管亦多嬌。草澤遺雄駿，弓旌誰爲招。
西石終吾隱，東皐與爾登。笑談花底坐，絲管竹間騰。羊仲聯三徑，龜書抵十朋。年來聞討論，時得問多能。
篆隸侵西漢，圖書映泰階。五星懸指掌，千歲坐推排。直道離弦矢，清標倚壑梅。德滋知裕後，丹桂已根荄。

偶題乙酉六月

同亭存石磴，古木亦清幽。永日未徂暑，涼風暗遞秋。薊北音書斷，墳南羽檄稠。杞人頭半白，且得臥滄洲。

升平樂

缺月出東山，雞鳴人度關。平安爭趁市，歌嘯振清灣。米慣三錢價，衣誇五褲斑。知是賢侯在，閭閻免苦艱。

立秋前二夕聞歌

近秋風氣好，入夜暑微消。女伴歌聲合，蛾眉月影嬌。密林時落葉，曲澗遠通潮。光霽渺無極，誰同倚玉簫。

括易送中丞滕少松公祖陟留都丙戌正月

九五當乾馭，黄裳被冕旒。天風申巽命，晝日接康侯。錫馬膺藩寵，從龍展壯猷。即看交泰合，雷雨滿皇州。

十載不家食，天衢觀國光。包魚知碩量，射隼著鋒芒。井井宏經濟，乾乾日贊襄。大君宜有命，三錫倍輝煌。
含章承帝寵，資斧鎮南中。蹇蹇王臣節，謙謙君子衷。後庚新積習，先甲振頹風。我自闕觀者，欣
瞻衎食鴻。
包荒匡泰運，憑河屬上公。蔚文騰變豹，儀羽翊飛龍。鼎耳資鉉壯，王庭羡棟隆。定知裁輔烈，豐
日永當中。
需郊開祖帳，旅觶盍朋簪。悵望違鉉玉，無因繫柅金。貫魚茅拔彙，鳴鶴子和陰。倘束邱園帛，如
蘭尚可尋。（以上霍勉齋集卷八）

全粵詩卷三七五

霍與瑕八

侍甘泉師謁四賢祠泉翁在羅浮黄龍洞建祠，祀周濂溪、羅豫章、李延平、陳白沙四先生

百代真儒共此祠，溪蘋澗藻具威儀。三香手獻烟如縷，一脈心傳道若絲。古洞浮嵐青靄靄，山堂芳草綠依依。春深風月無人領，渺渺微軀誰與歸。

高山千載瞻前哲，庭宇經營信有心。門戶森然廊寢異，階除宛似奥堂深。虹垂兩澗清殊派，屏展諸峰碧萬尋。終古秉彝應不泯，同祠配享匪斯今。

聞甘泉師翁遊南嶽歸志喜丙辰六月吉水舟中

隻影天南無伴侶，九旬兩度下西瀧。壯年風韻今猶是，良夜月明歌更長。衡嶽白雲添五色，江門清派滿三湘。湖南豪傑多能者，衣鉢今歸何處鄉。

寄何麓池臨江通府

不侍巾函葉幾凋，音書疏斷水迢迢。百年夏日多離別，三疊秋風空寂寥。細柳灣中憐澤麗，寒梅嶺

外苦天遥。逢人若問三城跡，薇蕨春肥暫侶樵。

題月塘己未玉河橋

綠水滿塘春更好，四時有月秋偏光。塘因得月塘踰靜，月爲臨塘月倍良。塘月幾宵人劇飲，月塘千里我懷將。何時重酌塘邊月，一曲高歌月下塘。

沈章山參政見示詠雪佳作奉和

夜簷滴瀝已全消，曉看西天復亂飄。半是雲花半是雨，亦迷烟樹亦迷橋。不妨遠路坭途滑，賴有東山屐齒高。寄語天邊青女使，邯鄲遺步頗稱牢。

春來玉女行春令，碎剪瑤花落九天。河漢有雲連水岸，江南無地不風烟。樵夫阻凍晨撑戶，釣叟凌寒曉拂船。山郭寂寥無的事，偷閒高枕且安眠。

歷亂癡雲雪更揚，狂風回舞庭中央。疑非楊柳何多絮，似是梅花祇少香。人在水晶仙界裹，鶴棲蓬島玉山陽。良時好景真無價，誰伴高賢舉兕觥。

六月姚江舟中時余赴山陰會勘倭寇，大與同事忤，已決歸計，後遂被論落職

山陰寄跡餘旬日，宦海歸帆已挂秋。瘦夢不成銀漢落，清風徐到夜江悠。展禽自分安微秩，楚客何因賦遠遊。堪笑狂夫狂似舊，今人猶唱古時謳。

泊丈亭寄翁見海中丞時予被流謗，中丞亦疑，後乃釋然

去歲招攜過小亭，一冬景物可幽情。爲尋方外烟霞侶，卻值人間月旦評。笑語移時疑俗態，溪山千古訂新盟。自憐野鶴身常瘦，隻影凌風天外行。

孤松山畔影亭亭，有客盤桓獨抱情。古瑟自傳流水調，新詩應與國風評。且看雲雨膏中野，肯把寒泉忘舊盟。半醉將來天欲晚，寥寥遠道少人行。

喜九弟閉關結伴苦學

忽驚時序迅輪回，長嘯東風立晚臺。花影漸稀春事足，書聲何處夜窗開。論文當日饒高手，渴睡經年愧腐才。知爾從來骨相別，故尋仙侶上天台。

青梅閨怨

懶把蠶桑對夕暉，倚門長望每依依。半山紅照日將晚，一樹青梅郎未歸。無限風光春滿院，不勝幽恨月盈扉。逢人試問渠消息，猶自江頭醉石磯。

元夜立春詩社題

東風早見送青牛，南市烟花更滿樓。玉樹丹霞春浩浩，碧燈明月思悠悠。冰壺一色真仙界，珠海何

人結勝遊。分付仙郎催鶴駕，凌空今夜到揚州。

滄海無波百卉蘇，東皇分暖到明都。風光是處多佳麗，月色空中半有無。鬧市輕烟横翡翠，通衢急管碎珊瑚。春燈春酒行春令，拚倒銀缸一百壺。

元夜燈花何綺麗，迎春士女更嬋娟。幾回白眼偷憐玉，三繞青牛亂著鞭。月下偏攜耽酒伴，杖頭多帶買花錢。晚街好處尋吾樂，肯把春風讓少年。

讀萊軒感事之作走筆漫書

從來春雨浹旬陰，何事傷春獨苦吟。念載燕雲徒浪跡，清時流水少知音。不龜自分澼絖手，搏虎早灰馮婦心。且趁雨餘勤種樹，明年桑蔗或成林。

寄懷梁雲端時連雨七旬矣雲端西遊三旬矣

芳草淒淒古粤州，王孫何事太淹留。春風獨賦桃花什，西水曾歸一葉舟。到處江山新入眼，離居風雨故添愁。何時晴霽還相過，莫遣千紅送亂流。

登雨青樓

巍然相府雨青樓，有客來登最上頭。千里山河窮短目，幾家烟火淡新秋。清談自覺狂多謬，懶病祇憑酒暫瘳。回首北天重倚望，五雲依舊護神州。

和韻送時庵陳子歸廣右陳子有李三洲都憲贈言

芳庭對酌思沉沉，一幅琅玕萬古心。碧海歸舟雲樹遠，東風回馭落花深。惜春漫作黄鸝調，恨别聊爲白雁吟。知爾鳳毛成五色，朝陽時復聽徽音。

聞唐子妙陽出憲獄喜而賦此

古今絶唱鷓鴣調，天地生成倚馬才。十年龍劍埋豐獄，一夜鸞簫到史臺。物外風光三島月，掌中造化九天雷。好將南海神仙樹，移向雲邊倚日栽。

黎氏旌節榮奬遺腹一子，已遊庠矣

寒少衣裳飢少粱，青春茹苦守空房。三千世界貞心在，半百年華悲恨長。獨鶴將雛窠朗月，慈烏傍母宿清霜。霜寒月冷秋風起，滿院飄丹桂子香。

其二代少石兄作

戢翼鴛鴦正在梁，孤村寡婦一茅房。幾穿葛屨秋風緊，獨剪銀燈冬夜長。清淚暗將添錦水，斷魂何處墮明霜。天門此日開青眼，桂子蘭花奕葉香。

走筆奉和陳唐山見懷之作

十年浪跡始歸樵，草徑山堂故寂寥。影落清溪幽思足，夢殘寒簞舊交遥。春風處處催啼鳥，野水家家趁插苗。好景好春須好伴，漫將魚信寄春潮。

山居奉答詩社列位老伯見懷之作

閒倚晴窗物色熙，三城音信近來稀。忽驚趙璧隋珠入，疑是陽春白雪飛。綠蘚有文封斷砌，金蟬初蜕振新衣。太平此地真詩社，端爲諸公先啓扉。

爲尋佳勝趣偏酣，更向烟霞古洞南。小朵幽花臨水岸，長條野葛護雲庵。山中茹草群麋鹿，風外傳笙幾鶴驂。一味清真聊自適，不知人世有肥甘。

奉懷弼塘尊師古林尊丈[一]

清歌一曲思熙熙，唱入南山和者稀。老鶴高棲松檜穩，飢鳧低趁稻粱飛。百年地步誰繩武，千仞岡頭獨振衣。自笑狂夫疏懶舊，三竿紅日尚関扉。

斷魂芳草送春殘，誰寄春詩自水南。杏樹壇邊新雨澤[二]，梅花村裏舊雲庵。明時天際翔威鳳[三]，野老山中憶去驂[四]。肯訂翳門關上約，碧溪薇蕨有餘甘。

[一] 清黄登輯嶺南五朝詩選題作『奉懷弼塘古林老師』。

[二] 雨，清黄登輯嶺南五朝詩選題作『水』。

[三] 翔威鳳，清黄登輯嶺南五朝詩選題作『看翔鳳』。

［四］清黄登輯嶺南五朝詩選此句作『老去山中笑解簪』。

奉懷素予劉尊師

三十年前此拜師，祇今風景尚依稀。春靄每隨山上下，晚霞時與鷺低飛。松陰晝永風生袂，桂影秋深香染衣。蘭水潼關龍起後，白雲封盡舊柴扉。

九龍曾憶侍巾函，歌向溪西復水南。十里清陰松引路，幾家籬落草連庵。獨宿自憐松頂鶴，廿年人斷廣州驂。應嫌風味山中淡，玄酒太羹淡亦甘。

苦西北二江大水傷稼

清入西郊景色熙，無端新潦稻花稀。拍天巨浸兼潮湧，遠浦歸舟帶雨飛。野水亂浮鳧鴨陣，東風時洗鷺鷥衣。詰朝定有晴明日，且唱山歌掩晚扉。

經月陰霾勢未殘，衝烟聊爾過山南。盈科水碎無窮玉，斷陣雲迷幾處庵。盡日東風揚遠馭，浮天西潦阻歸驂。澗底老龍眠正穩，不知霖雨是誰甘。

寄家書南京偶題書緘

年年天北遞離憂，此日城西思倍愁。正擬封書憑雁翼，又逢撾鼓競龍舟。喬椿鎖翠皆無恙，棣萼舒紅亦寡儔。一報安寧一惆悵，漫將情緒咽歌喉。

和友竹見寄兼致謝懷

秋盡南郊陣陣風，微涼微暖萬方同。招邀喜有高賢伴，掩靄何妨細雨濛。綠野天低闌檻外，朱樓人在畫圖中。清尊且罄瓶還續，夜半狂吟意未窮。

急韻長篇字字微，八旬老子世間稀。九河遠瀉龍門水，三島遙披鶴羽衣。入眼明珠何燦燦，揮毫和玉故依依。行春驄馬春行樂，還許綸巾坐釣磯。

夜飲孟兩峰宅論學兩峰講陽明之學，教人多看佛書，故有低柔之規

我亦樵西一草亭，引來秋水作圍屏。孤山月朗心寥寂，千壑雲深路杳冥。漫把清歌當酒唱，細傳芳調與公聽。高聲夜半驚聞遠，稍放低柔意愈平。

七夕陰雨次日雷風更烈

佳人脈脈更亭亭，閒倚軒輶作畫屏。應爲牛郎頻隔歲，故將鸞鏡掩空冥。天河瀉恨雲偏惡，風雨傾愁夜忍聽。十二萬年年一會，不知何事未能平。

入三里同吳州守王縣尹觀鳳化城二首

山爲樓閣石爲臺，驅馬登臨首重回。野水橫舟從客渡，好風吹雨過溪來。千年洞在人空老，幾日春

歸花自開。感慨有餘新月上，一尊喜得兩公陪。
夕陽車馬到林邱，環眺荒城起遠愁。人在右江仍入洞，節逢端午失操舟。山風次第吹雲散，澗水當門帶月流。浴罷童冠三兩輩，細聽榕下納凉謳。

宿三里山家在八寨口

元公開府控西州，伐暴招攜賴壯猷。八寨從風無吠犬，四山明月有啼鳩。星辰影淡銀河靜，海宇涼生玉露浮。畫角五更催出洞，不知何日重來遊。

遷江道中偕陳尹月下

小隊燈籠引客行，丹山碧草染衣輕。繡裳三度來公子，白馬多驕見後生。一路嘯歌風韻雅，千峰光霽月華清。遷江此夜留篇詠，故事他年或者成。

五月望日至雷塘大水始涸憶在邕州曾爲李侍御言太陰犯畢冢將涉波今乃城市游魚鼈也

暮春三月侍邕州，漫說星文似可愁。幾見太陰偏犯畢，堪憐洪水正横流。自嗤捧土難援溺，肯信乘桴好遠遊。故國不知今底事，觀瀾誰坐四峰樓。

十六日偕胡余二守登柳州南樓小酌

尋樂而今更莫遲，青陽辭候已多時。遙看楚水無窮去，獨倚南樓有所思。駕鶴山前雲淡淡，伏龍城畔草離離。三杯二守同清暇，千古風流應在茲。

七月三日午刻走筆龍江舟中

風日爭秋客路遙，小山孤枕思寥寥。龍江雷雨來何暮，鷁舫炎蒸苦不消。孟浪半生空自瘁，奔波雙鬢爲誰凋。新詩倚棹邀靈貺，一朵祥雲沛澤饒。

走筆答何次瀾見寄

十載江湖不記還，今攜妻子入樵關。熹微烟火饒新賞，管領風花得舊閒。獨對兔蟾秋淡蕩，不聞雞犬夜平安。山中合有諸仙在，行訪真詮駐壯顏。

天香草堂見梅社題

寥落城東舊草堂，標枝幾處蘸荒塘。喜看春色隨長至，遂有梅花傍短牆。夕照熹微横瘦影，山風斷續遞寒香。殷勤把酒同歡賞，遲爾和羹待歲陽。

粤山社會逢海嶼初度社題

東風送暖到仙城，幽谷紛紛求友聲。初度可誰逢社會，十年而長是鄒兄。新詩落落饒春思，雅量汪汪不世情。且莫滄洲偷摘果，碧桃今始放紅英。

春山偶筆

鷓鴣何事喚紛紛，歌在湖山萬頃雲。燕雀豈知鴻鵠志，鳳凰曾與鶩雞群。飢烏腐鼠人間世，瘦鶴肥鶖天所分。龍見豹藏皆自得，肯將鵬鷃詫蒼旻。

陪弼唐尊師祀雲谷次日山間父老來讌

二十年前薦素蘋，曾隨大老步天門。衣冠滚滚非前度，故舊蕭蕭有幾存。夾院泉源垂瀑布，一堂風致共清罇。山間父老依然好，醉唱山歌徹遠村。

承盧星野教聞謗毋辯小詩謝教兼申來樵舊約

削跡樵西舊水涯，關心明月到山時。去年疊疊攀躋約，此夜悠悠音信遲。九十春歸花伴鳥，幾回懷放酒兼詩。巾車紫蓋三城外，何日來過慰遠思。

歸去皇皇何所之，東風入院已多時。千巖鳥語烟霞古，一路花香春雨遲。獨向松根横臥榻，誰於竹葉亂題詩。憑高未共登臨賦，搔首闌干空遠思。

楚客離騷古有之，滋蘭樹蕙及良時。園圍十畝風烟足，地近三山春日遲。丹鳳岡開新洞府，九龍泉洗舊歪詩。採芳盡日空盈掬，路遠無因寄所思。

竹杖芒鞋隨所之，風光正是暮春時。雨中吠犬聞全未，世外呼牛應不遲。野店流連偏足酒，山花狼藉故饒詩。穗城更有無言教，三復悠然起我思。

次韻爲紫霞題

萬樹桃燃一洞霞，結茅洞口是誰家。不知天地此何世，慣見春山開亂花。石竇引泉鳴碧玉，藥爐有火煮丹砂。年來九轉功將就，普濟群生應未涯。

讀譚二華翁薦書有感自述

自是人間薄命人，祇應雲水寄閒身。蕭條野鶴軀偏瘦，歌嘯蟄龍詩可嗔。三載虛沾慈尸祿，廿年猶憶帝都春。天涯知己恩難報，空付悲吟泣鬼神。

東湖

隱隱青青水外山，有人卜築水山間。一天風月招邀遍，百歲光陰舒嘯閒。日出波光搖釣艇，春深花影落漁灣。歸來賦就尋邱壑，我亦樵西今閉關。

和鄧秀才見寄

四壁巖崖鳥道斜，千尋絕頂得山家。居人似不聞烟火，托屋恍疑棲絳霞。漏石清泉風振玉，點林紅葉錦添花。胡然關外漁郎到，豈有芳桃出水涯。

亂峰盤薄翠週回，萬緑陰中小徑開。洞裏風香偏足桂，山間秋色故侵苔。詩篇得意聊千首，觴酒輪人任幾枚。客子相過無厭數，一尊傾盡一尊來。

鄧仰泉偕姪訪余山中索詩座上作

雲鎖樵關晚乍開，廿年知己過荒臺。豚魚遠致青山盒，酒醒頻傾碧澗杯。竟日高談陪二仲，好風吹暖韻三槐。我能劇飲君須醉，隔海重烟雨又來。

走筆附寄安寓方田二表

石榻漱雲欹午夢，柴門過雨急前灘。烟連古洞春如昨，碧滴交梢夏欲寒。九萬因風嗤鷃鷃，十三乘醉種琅玕。寄聲安寓方田子，早晚來遊共採蘭。

五月廿日琴沙偕方田諸君泛舟賞荔用前韻

紫氣朝來西入關，呼童早起落前灘。殘星幾點野風細，曉鵲數聲山月寒。帶露孤征沾旖旎，移陰久坐遍琅玕。丹霞樹底饒清話，氣味真如幽谷蘭。

閒向樵西第一關，拏舟急水舊時灘。三江滚滚浪花碎，一路陰陰風樹寒。緑野有堂依碧渚，青霄無礙信琅玕。算來直是幽尋懶，十九年前此看蘭。

尋真偶出翳門關，五月扁舟共碧灘。江浦雷聲驚老夢，琴沙風色入秋寒。水雲身世欣清酌，烟火山家薦綠玕。從此採芳來往慣，丁寧畦父爲栽蘭。
桂棹飄飄遡水關，與君遊遍六州灘。西江浪湧蛟龍喜，南國風多菡萏寒。十頃初黄收豆麥，兩溪高
碧聳琅玕。數聲晚浦尤堪賞，互答漁舟歌木蘭。

黄萊軒見懷依韻奉謝

避暑西峰俯大荒，山高人静日偏長。最宜古樹依簷碧，更有閒花滿澗香。風采久疏憐舊雨，晚陰誰
共納新涼。再三歌諷陽春曲，清韻悠悠繞野塘。
崎嶇尋壑亦經邱，隴豆畦薑處處稠。濁酒清溪聊獨酌，故人新賞幾淹留。自甘涉世隨呼馬，肯信忘
機好狎鷗。空谷白駒供逸豫，焉知天外有公侯。
離索經時思渺茫，懷人山院苦天長。古巖過雨雲猶滴，老樹著花風亦香。拄杖尋芳偏足句，移杯傍
竹不勝涼。更憐野趣無人共，翡翠時窺清淺塘。
珍重仙城老太邱，篇詩寄我錦雲稠。續貂有句衹堪哂，得兔忘蹄可莫留。笑看烟霞追放犢，公詩到，
適湛子佚牛。閒依雲水侶浮鷗。橘洲荔圃年年熟，肯羡人間千户侯。

橋梓長春

何處人間兩地仙，斑斕歌舞入新篇。筵當秋序黄花瘦，老飫春風白髮鮮。雨露千山橋伴梓，閩江萬

里水連天。好將壽考作人雅，去贊臺萊杞李妍。

鄧仰泉挽歌

初夏翩翩小洞遊，别來書信幾綢繆。不勝古意依雲壑，更有新詩到廣州。知己忽傳星隕夜，哭君狼藉葉飄秋。精神許健成歸盡，泡沫真如塵世浮。

昨日書來字太遒，擬於雲谷拜中秋。秋風已送千巖寂，君子何之九曲幽。槐夢句成詩有讖，山家鰲熟酒誰甌。一翻歌罷一翻恨，蒿里萋萋葉露稠。

鴻映閩逵爲黄連何念堂往閩看姪震堂，丙寅八月

老夢不知湖海闊，秋衫遙帶嶺南雲。汀洲到處蘭花滿，風月常時桂子芬。當路福星人萬仞，臨流孤嘯鶴離群。殷勤爲語震堂子，清世今方好致君。

話别正懸三島月，贈行聊借五溪雲。雲横清海波踰静，月滿黄連酒更芬。有客中流新擊楫，何人塞北舊空群。寒江唱罷採蓮曲，一曲秋風遠送君。

清明謁陵遂遊西山庚午

清明佳節出都門，暖日和風肅駿奔。萬國衣冠共玉帛，億年陵寢鎮乾坤。瑞藹四山圍錦樹，靈泉千仞落雲根。天藏地設真奇勝，帝祉應知奕葉繁。

微雨三更清路塵，曉來山郭物華新。朱衣袞袞都前輩，驄馬蕭蕭多近臣。樹影參天金殿古，溪聲動地玉橋春。升中子夜人神協，細聽虞韶笙磬勻。

追隨大老獻椒漿，得採蘋花擷早芳。千里山河開法界，八陵烟景入詩囊。腐儒舊有憂天癖，妙劑誰酬療世方。望斷五雲空極目，不勝幽思俯滄浪。

當年獨抱意寥寥，此日憑高感慨饒。峻嶺以西連朔漠，皇陵之外即天驕。至尊諏策典謨在，大將分符節制遙。最是密雲安穩地，祇今烟火亦蕭條。

縹渺關河縱大觀，白羊滄海勢如盤。千層嶂設無窮險，萬里城高終古完。豈有軍需增百萬，尚云兵事轉艱難。可憐漢武諸名世，多出降奴牧豎間。

聞道西山佳勝地，念年勞企欠登臨。好春好日陪仙侶，疏雨疏風度遠岑。綠酒湖亭供永話，幽花石洞覆繁陰。那知背郭塵囂外，別有高山流水音。

嫋嫋垂楊幾處村，悠悠驅馬過平原。野花啼鳥有何意，芳草王孫空斷魂。三十年前存舊稾，八千里外隔椿萱。憑高一度一惆悵，極目南天多白雲。先尚書有遊銀山八律，今三十五年矣

穹崖崒律更逶迤，看到西巖漸漸垂。回合諸峰梵宇出，參差叢樹碧雲低。滿溪桃李花初放，近水蘋蘩葉未齊。好景獨憐歸騎促，再遊應及九秋期。

贈别爲陳洛南公子南歸嶺表

攜手忽驚袂轉分，三城燈火舊比鄰。仙舟泛泛桃花水，祖席離離楊柳春。折柳暫翻梅嶺曲，看花莫遡武陵津。秋風吹罷鹿鳴管，又是金臺射策人。『梅嶺綠陰青子』，菊坡詞也。公子今爲上舍，歸赴鄉闈。

長安風細静無塵，門對西山結近鄰。殿閣五雲清禁迴，烟花三月玉河春。忽聞薊北吟莊調，又向江南問楚津。知到羊城過粤秀，倚閭猶有未歸人。

羽儀廊廟見元公，羡爾徊翔六翮雄。禮樂明明新國子，簪纓滚滚舊家風。潞河冰送江南鷁，庾嶺雲歸塞北鴻。賦别不堪鄉土思，一尊聊共海門東。

東平阻雨觀晝聞鶯漫興

五老何因坐翠岑，閒花滿地亦關心。黄鶯聲亂綠楊細，白鶴書來碧海深。古院有苔侵短砌，夏雲將雨落穹林。征夫自笑蹉跎慣，信宿何妨且朗吟。

桐城夜雨甚烈次日喜晴

東海蒼龍騰夜雨，平明猶自下沉沉。烟迷細柳望無際，泥踔征輿苦不禁。官驛幾回成獨坐，客途千里漫孤吟。晚山晴霽果何意，遲爾秋原作旱霖。

上弦月

少小迄今尚慕仙，無端世網苦牽纏。八千行路天中伏，兩度離家月上弦。喜見緇塵隨雨静，漫乘凉露帶星眠。明朝又躡高人躅，應是邯鄲舊有緣。

景州曉行

景州夜宿迅風雷，景州曉行天地開。禾黍穗含時雨潤，芝蔴香逐好風來。浹旬爽氣偏宜客，半點緇塵不上懷。應是真仙朝帝闕，封姨青女預安排。

乙亥被命出山别三城諸君子

十載眠雲古粤州，强扶衰病策勳猷。春江畫舫風生鷁，晴日花堤羽拂鳩。故舊關心遥水隔，光陰催鬢有霜浮。奔波半世成何事，回首真慚馬少遊。

雷雨即晴用韻

斜風斜雨灑纖纖，一洗江南九夏炎。庭院落花紅欲暗，莓苔封砌碧相兼。天空乍覺微雷過，海闊不知新水添。公暇偶看湖口稻，高低同是有年占。

奉别黄碧川大參歸番禺四首

黯黯同雲雨脚纖，正宜高閣滌新炎。忽驚天上雷霆迅，遂使人間聚散兼。談虎每憐色獨變，畫蛇偏恨足多添。賜環應見皇恩重，試聽啼烏午夜占。
三年威惠遍洪纖，晉秩蒼梧火正炎。豈謂狼胡踣載跋，因之熊掌味難兼。關心忍聽離歌苦，聚首深嗟別緒添。便欲與公同握粟，卜居尋向泰人占。
晝繡飄飄羅帶纖，暫於榕下避天炎。行藏用舍人難定，離合悲歡事每兼。墟市籠烟風致遠，池塘過雨漲痕添。看餘魚鳥秋光滿，好玩羲爻變豹占。
碧水灣灣樹影纖，同堂真有弟兄炎。黄蕉丹荔香殊絶，沉李浮瓜味且兼。鄉曲舊知犧酒共，社中新喜豸冠添。雞聲喚醒東山夢，早慰蒼生安石占。

送王震所憲副左遷

烟纖纖復雨纖纖，烟雨無端更冷炎。乍見霜麾遵海耀，忽聽雷鼓與風兼。龍光善世應隨遇，豸繡便身自可添。努力加飡迓新寵，天王明聖不須占。
匆匆歲序轉洪纖，昨日春寒今日炎。幸際休明連月侍，驚看文字五花兼。自嗤弱絮空中舞，豈有奇葩錦上添。最沐憐才頻說項，可堪分手聚難占。

走筆奉别陳省齋省齋爲饒州太守，行鄉約，立會規，嚴溺女之禁，歲活數千

十年瀉鶼錦纖纖，風彩朝端舊赫炎。折檻丹心非石轉，搴帷赤舄有山兼。閭閻曠見神君化，戶口欣

看女伴添。豈謂亡猿林木及，鼃夫元自不容占。

皇恩浩蕩遍微纖，暫可歸帆一避炎。越水秋風蒪鱠足，江門朝市菜蝦兼。鶴脛任閣偏宜瘦，梟頸從生安用添。早去北垣司鎖鑰，彤庭還應五雲占。

七月二十朝江西官署

醒夢巡簷行且吟，四更人靜漏聲沉。月乘雲度漢微沒，風與日爭秋淺深。苔蘚砌間晴上篆，石榴花底暗飄金。忽驚時序槐黃近，側耳天南鴻雁音。

賀省亭殿下新居兼謝見贈

倚空樓閣衆同誇，畫棟雕甍接太華。七世藩垣王子宅，萬年屏翰帝孫家。竹苞春雨千尋碧，桂樹秋風幾院花。應有謫仙來受簡，落成詩繪滿天霞。

天孫令望更堪誇，風比清和月比華。兩漢舊傳爲善樂，盛唐誰作大方家。架中長貯三皇典，筆底時開五色花。自愧疏狂承製作，法星堂上燦明霞。

滕王閣宴集括閣序送張憲長小圃年丈北轉

繡闥雕甍幾度秋，江湖襟帶自悠悠。逢迎千里仙人館，賓主一樽帝子洲。聲斷衡陽驚雁陣，響窮彭蠡唱漁舟。驂騑上路扶搖接，捧袂今辰且共遊。

萬里晨昏奉百齡，迷津舸艦亦趨庭。淇園綠竹今青笋，鄴水朱華舊紫荊。臨別贈言慚短引，遙吟逸興盼長亭。襜帷暫駐龍光射，日下長安馳彩星。

發南浦別郊餞諸丈丙子臘月

宦情鄉思兩漫漫，深謝移尊帶雪寒。去日苦多來日少，別時容易見時難。雲連斷岸迷遙樹，風引高帆過急灘。回首滕王江閣畔，不勝愁緒撫闌干。

人日喜晴用韻

春光淡淡水漫漫，人日晴暉減舊寒。卜歲應知民事泰，樂天寧怨路行難。酒杯入夜邀新月，簫管乘風過遠灘。二十三回來往慣，真能一一數江干。

走筆和黃秋宇見贈

當年堪笑是平原，脱穎多時未入門。荏苒落花嗟歲序，萋迷芳草怨王孫。天涯音信無鴻寄，水閣荒涼有鶴存。自分封侯非骨相，不龜洴澼豈須論。

粵王臺北望中原，微雨微雲擁塞門。渺渺銀河迷月桂，萋萋文錦織天孫。甘棠壯歲空留愛，遺草他年倘問存。三嘆馮唐容易老，繁霜盈鬢可堪論。

陰晴應是互根原，賦就熹微日在門。暖入梅花迷蝶夢，青歸竹葉護龍孫。頻看新曆知春到，慣啖香芹幸老存。閒向芸窗讀周易，一端真趣與誰論。

和韻

崎嶇尋壑復經邱，狂態從來懶學愁。灞上笑看丞相業，顓臾寧爲子孫憂。孤松對榻禁霜健，敗絮便身作老謀。臘盡春風來向邇，西疇植杖肯淹留。

夜坐聞塔鈴

何處佳人雜珮瓊，恍疑蓮步到寒更。鏘鏘鐵馬迎風韻，細細銅駝達夜聲。幾度琅璫思蜀道，半天鐘磬落華清。可堪迢遞關山夢，羌到三城爲爾驚。

聽鶴亭和韻柴定宇方伯作亭題詩，和之

小山曾見省南東，寓遠翛翛倚碧空。豈謂微垣施巧匠，亦移蓬島入新豐。雙鳧曉浥花間露，獨鶴時鳴竹外風。最是仙郎無一事，洗心高坐玉壺中。

壺中日月此幽亭，花自芳菲草自青。水石兩壇真適我，東西相向似橫經。薰風滿院偏宜醉，皓魄排窗正不扃。歌到南山詩太好，壽星元有鶴龜形。

石壇盤水夾幽亭，影落西山萬仞青。杜甫不須妨酒債，陸生元自有茶經。春庭對月吟偏壯，夜漏斜河戶未扃。我欲從君更移榻，蒲萄架下兩忘形。

晴日登盍簪樓用海嶼韻紀興丁丑春仲

三城處處是樓臺，春望遥遥興未灰。東去海門真咫尺，西臨華桂亦蓬萊。浮雲世界漂殘葉，流水光陰落早梅。舊日盍簪詩總在，幾人先上碧山隈。

野蕨牆梅亦華筵，小爐殘火更烹鮮。乍晴街市歡元夜，時雨農家卜有年。菜吐黄花金滿徑，桃含碧蕋玉拖烟。登樓極目春無限，何處鴻音來遠天。

倚欄猶自北風寒，忽憶皇都舊跨鞍。僻地且便新作業，有人來勸強爲官。詩篇一一從頭和，奥竈紛紛冷眼看。種竹南園方十畝，龍孫遲爾長千竿。

袖手休彈一柱琴，羲皇世遠少知音。獨看銀兔巖頭易，三復銅人背後箴。春去春來千古夢，花開花落百年心。晝晴倘有登臨興，棊局詩囊共半岑。

十尺樓闌三尺臺，碧山緑水自週回。百年老樹春仍媚，半畝方塘天亦開。漫倚南山歌白石，誰從東海問蓬萊。安期一去無回首，且把新醪滿瓦盃。

朱欄畫艇碧波心，幾被風吹雨打沉。晴日自除青藻盡，晚天仍繫緑楊陰。盃盤可泛元宵月，稚子能翻白雪吟。喧櫪散林人尚健，何時還此盍華簪。

十洲草亭十首和玉田韻

少壯交遊翰墨中，遠方問字羨揚雄。六旬冠挂登洲月，九畹蘭飄楚水風。繡晝紛紛還後輩，彩雲細細繞長空。等閒屈指吾鄉里，投老光輝孰與同。

誰把江門舊釣臺，移於碧澗俯瀠洄。無窮鷗鳥供吟弄，更有漁翁共往來。物外風光真絶境，靜中天地亦初開。十洲春色四時在，寄語閒花莫亂催。

春半孤村細雨時，緼袍藤枕正相宜。續餘楚客青湘賦，歌遍南山白石詞。丹竈幾曾遺果老，龍泉何處覓安期。且將新釀招朋侶，肯作狂夫泣路悲。春

小坐榕陰傍午移，夏涼葵扇亦相隨。微風斷續開浮藻，曲徑迴圍繞短籬。村女隔溪時抱甕，癡仙盡日自彈棋。滄洲晚飯無供給，漫把漁竿冷落垂。夏

玄都滄海事溟溟，且擬人間知有亭。秋水微茫隨地碧，雲山寥落隔江青。喜看嘉客供新稻，頻喚諸孫講舊經。蘭砌芝園欣似續，歌詩執禮日趨庭。秋

笑折梅花可自由，草亭觀物小開眸。星周律轉歲華在，冬至陽生瑞藹流。葛稚成丹留一訣，桃源迷路忽千秋。相逢漁父爲傳語，莫記武陵前度舟。冬

風和日暖到天台，千樹桃花雜草萊。玉女捧巵開夜宴，洞簫吹月上瑤臺。五銖霧縠香生袂，七寶雲

箏嶠絶埃。堪笑劉郎凡骨重，來遊此地卻思回。右風

四圍碧荔鎖名園，花滿芳蹊酒滿尊。北浦北瞻連錦里，西樵西望見崑崙。風清午枕添新夢，潮長春洲過舊痕。幾度招邀遊未得，可堪佳句照柴門。花

佳句繽紛下僻陬，五雲璀璨映林邱。雪白陽春歸大雅，山丹水碧占清幽。肯將六物供垂釣，擬向三江共泛舟。涼冷秪今秋正好，相期莫負採芳遊。雪

我亦樵雲舊寄閒，真仙留藥駐童顏。風高翠洞懷偏壯，月上紫姑興未慳。綠竹依簷高復下，紅荷映水淡仍殷。秋深肯訂來遊約，千尺翳門還共攀。月

走筆和玉田見示之作

望六年來大欠強，遠心猶自不知量。看花庭院迎風舞，灌藥階除引日長。松竹入雲偏礙日，蒹葭隔水未飄霜。仙翁倘許時過話，喚婢烹鮮僕洗觴。

趙轂陽太史東歸贈寄此詩未寄

春風春日送仙槎，珠海芳尊共物華。帝里九重同戀闕，師門八十講通家。玩餘樵嶺清秋月，衝碎羅浮古洞霞。此去不妨吟弄在，蓬萊仍有萬年花。

行藏用舍自浮槎，當代宗工仰太華。莫道林邱堪卜築，應憐寰宇本同家。絲綸竚補山龍袞，風采看

騰玉蝀霞。殞菊野人無所有，送行聊折兩三花。

浮邱社詩上趙縠陽太史憲長

仙佩當年侍冕旒，承恩來下古浮邱。閒披逸典開名境，每與清人結勝遊。詩比國風真伯仲，化如時雨總徽柔。玉堂明日歸朝去，應記童冠幾詠謳。

聞說茲邱在海心，洪濤千頃載浮沉。天仙奕奕明開府，水鬼翩翩夜貢琛。玳瑁五章供法座，珊瑚七尺照華林。自從代變滄桑後，野草閒田直到今。

野草閒田遂闢廬，上公新社集文儒。繡裳白簡爭先後，皓首龐眉亦步趨。勝地萬年開後學，清風千古起凡夫。不知異日來遊者，能續乾坤此意無。

晚沐胡然命此樓，上公清暇得優遊。彈琴寂靜薰風晝，載酒招邀白露秋。野客或來時與坐，鄰雞飛過任追求。因知宰相汪汪度，海闊天空物並收。

唐宋以前皆有記，由來此地是仙家。偷閒冉冉循芳徑，縱目悠悠感歲華。漫把真烟磨寫字，旋淘丹井汲烹茶。詩成坐嘯無人和，時向池塘數野花。

出郭爲尋方外勝，登樓全覽洞中天。澄潭鴨綠涵高樹，晚稻鵝黃遍下田。萬里長空稀過雁，一林寒露有鳴蟬。感懷欲作悲秋賦，幾度憑闌意惘然。

送及泉舍弟用甫舍侄西遊

東風吹雨早涼生，送爾西遊兩月程。蘭蕊酒傾荷葉滿，洞簫聲按竹枝清。隋珠有焰三千丈，趙璧應酬十五城。想到高秋歸定日，斑衣光映菊花明。

春日過粹齋七弟墓

八載離家伴讀書，恂恂終日見顏愚。春風野水花枝瘦，夜雨山窗燈火孤。高第三年嗟露薤，新阡諸子泣青芻。不知未了因緣在，還許來生再結無。

新春試筆用區封君韻丙戌正月五日

山家寥落午烟浮，煮茗攜壺小徑遊。凍雨自知松耐歲，好風仍卜麥登秋。漸看花落偏憐玉，尚怯春寒且被裘。遙望隔江多喜氣，美人誰伴倚青樓。

江國春來瑞靄浮，招攜清侶結春遊。過村舟楫隨寒水，隔浦漁歌似早秋。濁酒微酡晞鶴髮，新詩無賴續貂裘。太平父老同鄉井，蕭瑟何因賦庾樓。

清世乘桴海上浮，三山真有望中游。丹書點檢朝還夕，錦里追歡春復秋。直向天邊垂任釣，何曾澤畔著羊裘。獨憐碧眼看溟渤，處處凌空結蜃樓。

夏日即事

野塘一曲俯高樓，雲白山青江自流。陽月漸收芒種雨，西風吹老稻花秋。時清海國家家樂，日永山齋事事幽。水步浴餘林下坐，兒童齊唱去歸休。

夏日賓館獨酌

柴門竹徑晝沉沉，小院周圍綠滿林。歲稔獨憐丹荔少，春歸偏恨碧桃深。清歌倚瑟無人和，白酒迎風衹自斟。山外有時荷蕢過，似來潛聽伯牙音。

端午後二日感懷

避暑苔磯客少過，納涼竹徑更如何。東風渡海三山近，西水浮天五月多。綠野有詩空在澗，丹心無路獻卷阿。四朝兩世恩光重，報答未能鬢已皤。

春臺惠紀爲憲副王積齋作，丙戌十一月

百年不見此非常，災殄將相遍海荒。水勢浮天秋渺渺，江聲動地晚湯湯。白鯋赤鯉遊官舍，青雀黃龍傍女牆。可是福星留一道，精誠昭格藉安康。

拜禱江神朝復昏，其如洪潦合西崑。浮天水送千溪沫，入夜潮添三丈痕。巨浪撼城城欲墮，長堤覆

樹樹微存。憲臺拯溺憑高閣，號泣蒼旻幾斷魂。

極目西原日欲斜，何當痛定更堪嗟。村村敗屋盈秋草，處處頹垣噪暮蛙。餘浸尚存那有稷，遺黎半在已無家。應知元老流恩渥，賑恤蠲除澤未涯。

曾爲太守五年餘，撫字綏來費拮据。雁塔巍峨天柱聳，星河繚繞地靈儲。黃堂化雨今彌潤，丹陛屏風姓早書。令望這回尤卓異，嶺西能久借文輿。

惠德歆音爲太守鄭

洪水爲災近半年，可堪峻嶺束長川。頹流滾滾傾三峽，巨浸茫茫無一廛。浪拍女牆威太甚，波搖官閣勢幾騫。端州孝肅精誠在，泡沫危城賴帖然。

萬家魚鱉一城孤，漂渺江村類泛鳧。七月以來天未悔，三更之後鬼頻呼。元公詰旦禱彌切，太守連旬睡亦無。昭格由來回造物，蒸黎瀕溺幸更蘇。

賀箕野七十丁亥正月十三日

壽域宏開碧玉林，上元春色更駸尋。水通西極源流遠，花覆前溪雨露深。幾度賓筵陪鄭重，七旬命服稱徽音。江村烟火盈街市，把酒題詩思不禁。

正托茅君寫壽詩，忽驚元夜太生奇。雲間玉質烏裙使，背有紅顔長額兒。月朗朗吟天萬里，風清清唳影參差。數聲橫篴山邊過，知是諸仙慶老箕。用唐明皇揚州觀燈事，雖方外之談，亦八仙慶壽之意也。

聞紫雲丈丹成志喜

秋色淒清沁玉壇，幾回醒夢破邯鄲。笛吹滄海濤偏惡，書寄遼陽墨未乾。九轉丹成真異事，三山桃熟倘同飧。他年騎鶴碧空過，指點江頭認石灘。

賀區玉田七十一用梁穗灣韻

青鬢半斑七十餘，綠郎五彩侍庭除。壽筵盛設秋風外，錦軸敷陳水石居。高興昔年應不減，清吟近日更何如。十洲仙島花長滿，我欲從君學釣魚。

六十五壽晨玉田穗灣諸老見贈和韻十月八日午刻

蕭瑟秋聲感慨餘，年來白髮不堪除。誕辰喜伴松蘿宴，風月偏添水竹居。舊學傳箕歸二仲，高才授簡羨相如。不知明日還能飲，且趁尊前食有魚。

贈紫霞劉山人昔次瀾求題紫霞號，今十多年矣，會面乃知其人高士也，和舊韻以贈之

衣染壺岡小洞霞，翛翛身世似無家。初冬草屋鶯飛錫，盡日東籬共採花。自是涇陽傳妙訣，可曾勾漏覓丹砂。何時更與孤山外，鐵篴橫吹水月涯。

奉和督府慶雲瑞鵲詩有序

恭惟我督府節翁劉公祖，以直節立朝，以厚德惠下，以豐功膺上爵，以茂烈翬皇圖。其來蒞我兩廣也，後生小子，仰止高山，然無階可覿。乃公祖初至蒼梧，匪頒先及，既臨會省，錫宴有加焉。於戎事旁午之秋，與諸士大夫杯酒殷勤，從容閒暇，其襟度不可量也。佩垂佩委，非但不鄙林泉衰朽，雖先朝狀元宰相子孫落漠者，爲之脩坊表閭；非但簪紳蒙其晉接，雖皓白耆耇，詢疾苦之外，笑納其下里之歌。儒學諸生，尤加作養，有菁莪棫樸之風焉。是以神天默佑，真仙降格。洞賓、太白，乘鸞輅以遙臨；關聖、張侯，駕鶴驂而報喜。旬月之內，嶺海肅清，珠崖瓊甸，商旅夜行，三家之村，外戶而不閉也。嗟乎，盛矣！暮春間，公有慶雲瑞鵲之詠，昭神報也，士夫多賡和者。瑕僅得二句云：『白首喜陪珠履宴，彩毫應勒羽林營。』搜索枯腸，未能續尾。茲逢華誕，遐邇胥慶，謹忘其荒陋，刪戢蕪詞，仰揚駿烈，兼致南山之祝。諸弟兒姪，各有頌歌，皆感德由衷不容已者，附塵覽焉。

慶雲五彩映江城，虎旅歡欣破浪行。吹角陣連三島月，挂帆風送九天晴。珠厓港嶼添新壘，瓊甸桑麻遍舊營。試向雲臺看姓字，千年誰更嗣徽聲。

喜鵲朝朝噪穗城，元戎十乘啓先行。蜃樓一望收空碧，龍篋千艘霽晚晴。露布早馳天北闕，烽烟夜靜海西營。東征將士磨崖在，我欲從公紀駿聲。

送聶瑶峰進士知南陵

三杯爲爾壯行驂，醉裏長歌憶舊談。八歲神童呼洞老，十年諸子侍書函。彤庭雨露桃初碧，花縣風流棠定甘。知到政成多令譽，天曹虚席待華簪。

羡爾通衢即要津，江干鼓角不勝春。設筵次第多公祖，擊楫高歌有碩人。千里雲程偕女眷，五章華服稱郎身。政餘細玩周南什，早報螽斯慰老親。（以上霍勉齋集卷九）

（楊權、張星整理）

全粵詩卷三七六

岑用賓

岑用賓，字允穆。順德人。明世宗嘉靖三十八年（一五五九）進士。授衢州推官，擢南京户科給事中。以劾高拱出爲紹興守，復謫陝西宜川丞。著有小谷集。明郭棐粵大記卷一九、清溫汝能粵東詩海卷二九、清道光廣東通志卷二七九等有傳。

海珠餞别

狂瀾東注象溟雄，砥柱天南在此中。曉日梵宮銷萬劫，秋光祖席送孤蓬。萍蹤冉冉隨流水，雲樹茫茫接太空。捧檄不須重悵望，從來清白是家風。

一官遲暮詎稱雄，行李圖書一篋中。老驥自能諳去路，來鴻何日慰飄蓬。鵲橋天上添秋興，漁笛灣頭響暮空。惜别且拚今夕醉，翩翩旌旆欲乘風。

酣歌古寺意偏雄，南北分攜在眼中。滿目秋光何慘澹，無邊雲樹對飛蓬。芙蓉江上仙舟遠，白鷺洲前旅夢空。把袂臨岐情不極，魚書莫惜寄東風。

謁李忠簡公祠

人物文溪奕世雄，讀書臺倚大江中。名祠佛宇空塵跡，古往今來類轉蓬。送別冠裳成勝會，濟川舟楫泝遙空。佳期況復逢仙夕，牛渚星河挹緒風。（以上明郭棐、清陳蘭芝嶺海名勝記卷三）

（陈永正整理）

游南華寺

能師空門聖，弱歲慕真詮。乃舍負薪擔，遠扣法王禪。登堂佛性現，說偈契自然。米熟得篩了，上乘領心傳。衣鉢承正脈，渡江歸南天。默默修功果，僻隱十六年。削髮菩提下，正覺度人緣。卜築曹溪勝，慧日照八埏。今兹餘千祀，法澤愈昭宣。我來恭頂禮，景仰遺像前。真性恍有悟，靈根信無偏。風清孤月白，天籟在山川。

宿曹溪方丈

蘭若隱珠林，窗虛月半陰。僧開蓮閣曉，客戀草堂深。塔影連雲影，鐘音和梵音。溪流留演偈，一切本無心。（以上明郭棐、清陳蘭芝嶺海名勝記卷一一）

（陈永滔整理）

題劉御史我崧墓

北郭荒郊多墓田，白楊青草自年年。千秋欲下雍門淚，此日猶傳京兆阡。鄒母寒零荒蘚地，王裒忍誦蓼莪篇。寒雲落照棲鴉晚，愁對殘碑一愴然。

贈戰貢士歸楚

楓葉蕭蕭問去津，臨岐把袂一沾巾。千峰白雁逢歸客，三徑黄花候主人。司馬遠遊多博物，相如能賦亦甘貧。瀟湘赤壁堪乘興，憶爾應知入夢頻。（以上明張邦翼嶺南文獻卷二九）

（楊權整理）

劉介齡

劉介齡，字少修，别號鶴臺。南海人。明世宗嘉靖三十八年（一五五九）進士。授長興令，歷官至蘇州府同知，尋遷荊州府長史。歸後灌園賦詩，怡然自得，所為詩文自成一家。明郭棐撰粵大記卷二〇、清溫汝能纂粵東詩海卷二九、清道光廣東通志卷二八一等有傳。

送唯吾王侍御謫楚

嗟君強項素知名，折檻能容荷聖明。梁苑遊麟悲見獲，朝陽孤雁輒先鳴。羈懷戀國傾葵切，短棹浮湘一葉輕。宣室只今需召對，肯虛前席後蒼生。

吴興署中同顧若溪司空徐龍灣太守賦雪中紅梅次二公韻

香影孤山句裏聞，錯因顏色怪東君。梁園朱箔輕籠月，洛浦霞綃遠抹雲。仙夢醉容迷絳帳，漢妝新態妬榴裙。瑤華天為增奇賞，羌管無勞奏夕曛。

名園幽勝喜過從，梅雪佳辰雅會同。瑞靄紛披雲錦樹，明霞繚繞歲寒叢。虛疑夢入桃源裏，錯憶詩題杏苑中。自是瑤臺春富貴，玉人沉醉倚東風。

飛來寺晚泊

飛來古刹是何年，此夕維舟思惘然。既有勝遊供旅興，況逢知己共清聯。前灣兔色生寒照，古洞猿聲攪夜眠。我亦飛來又飛去，僧鐘催發北征船。

賦得七月既望泛舟赤壁

赤壁坡仙兩度遊，賦成白雪映清秋。當年勝事空流水，此日高情更泛舟。咽月洞簫聲裊裊，横江孤鶴夢悠悠。一尊乘興重懷古，那問黄州定粤州。（以上明張邦翼嶺南文獻卷二八）

雲峰寺

雲際孤峰遠，峰頭覺宇開。欲窮雲外賞，乘興撥雲來。

僧舍依深竹，幽尋到竹間。一聲清磬外，人世說誰聞。
梵鐘清磬落，覺路入虛明。去住雲無定，青山只自青。

波羅道院

三城遥望曙雲東，境入扶胥海日紅。赤壁乍回孤鶴夢，步虛聲徹蕊珠宮。
神仙洞壑隱江城，倏忽風雷變化成。揮劍試看龍可役，吹笙時有鶴來迎。

講經臺

高臺天畔白雲關，躡磴凌虛試一攀。寂寂講經人去也，空餘清梵落人間。

紅白紫菊

東籬金紫喜聯芳，素錦添移白玉堂。謾道秋容元冷淡，穠華叢裏載寒香。
玉蕊金英開及時，移來紫艷更添奇。石家錦障人爭羡，不見東籬爛漫枝。
金玉堂中紫錦張，東籬今作歲寒芳。柴桑雅淡休論此，富貴花開似洛陽。（以上明張邦翼嶺南文獻卷三一）

（楊權整理）

懷南園五先生

中原文物回天地，洛社風流自古今。遙憶南園五星聚，漫誇東晉七賢林。阿誰大雅追唐律，遮莫希音有越吟。此日浮邱論往事，尊前何必嘆升沉。（明郭棐、清陳蘭芝嶺海名勝記卷一）

（陳永正整理）

翟瑀

翟瑀，字公佩。東莞人。明世宗嘉靖三十八年（一五五九）貢生。官訓導。事見民國東莞縣志卷四五。

集飲東林梁先生書舍

春月梁園處處花，武陵深處有人家。薜垣靜鎖輕烟細，石徑潛通曲水斜。雨過莓苔沾蠟屐，潮來鷗鷺狎浮沙。主人歸隱重遊地，漫引清樽賞物華。（民國張其淦輯東莞詩錄卷一二）

（楊權整理）

方葉

方葉，字清臣。南海人。獻夫次子。有平寇功。歷任贛州府同知，終武定府知府。著有龍井集。清溫汝能粵東詩海卷三三、清吳道鎔廣東文徵作者考卷二有傳。

懷王百穀

飛舄今何處，遥憐無價珠。月光侵座滿，燭影照人孤。雨過苔猶濕，階明蚓亂呼。鄰家吹玉笛，疑是起姑蘇。

新秋

衰柳欲依依，晴雲斂翠微。數聲驚雁過，一葉覺秋歸。愁入新紈扇，涼生舊葛衣。可憐嬌燕子，不見拂簾飛。

雁

水靜蘆花暗，風高羽翰輕。楚雲孤影斷，漢月幾家明。韻入冰弦怨，書傳玉塞情。江城無限思，短笛一聲清。

賦得春有遊女

窈窕春風度，宫鞋徑草微。棠梨明玉臉，楊柳剪羅衣。望處巫臺似，逢時洛浦非。搖搖環佩去，三兩夕陽歸。

燕巖庵

峽轉珠林入，雲封石路疑。巖深花未發，春到燕先知。香篆諸天寂，泉光百道披。性便招隱地，禪榻坐忘歸。（以上明張邦翼嶺南文獻卷二七）

秋夜

星横碧落雁初歸，徙倚虚庭入望時。聲斷紫簫花底鳳，露寒丹桂月中枝。病添司馬金莖渴，夢覺莊周玉蝶遲。孤劍十年猶是客，半生雙鬢易成絲。

送王伯穀還金昌

樓船青雀繫河梁，别思天涯酒一觴。蘭佩乍分心上結，柳絲新折路頭霜。碧霄有夢吴洲遠，明月無情越水長。卻憶子猷書劍外，暮山雲雨似瀟湘。

江行

越江蘭槳曉春移，宿雨初收水滿堤。處處引童耘舊隴，家家牽犢試新犁。桃花帶暈紅猶淺，柳葉拖金綠未齊。客路正愁行不盡，玉莎叢裏鷓鴣啼。

賦得漢細君

高樓鳳去鎖寒烟，風物江都已惘然。胡地夜笳驚戍馬，漢宫春色怨啼鵑。烏絲老去氊房冷，黄鵠歌殘毳幕前。生入玉門猶腐骨，不知青塚草芊芊。

賦得楊柳

閒杏欹桃最可憐，東風飄漾緑絲牽。金衣公子饒簧舌，繡陌行人繫畫船。隋帝宫牆千樹雪，陶家門巷五株烟。閨中悔殺封侯事，幾度登樓思惘然。（以上明張邦翼嶺南文獻卷二九）

出塞曲

秋風吹鐵衣，征人望金闕。吹笛滿關山，忽落城頭月。
騄駬嘶金勒，干將吼玉龍。樓蘭猶未斬，無夢到關中。

擬宫詞

暗拭啼痕囑侍兒，此情休與内家知。君王若是閒相問，為道紅顔勝昔時。
繡户朱扉徹夜開，手持銀燭獨徘徊。滿階青草留應久，只是羊車不肯來。

文姬琵琶圖

塞風吹拍自單于，誰道中郎女不如。縱學胡笳非漢業，餘生猶得續殘書。

惜花

日日亭前檢落花，一腔心事惜年華。燕子不知人有恨，又銜紅蕋落窗紗。（以上明張邦翼嶺南文獻卷三一）

（楊權整理）

廖文炳

廖文炳，新會人。明世宗嘉靖四十年（一五六一）舉人，任瓊山教諭。注有唐詩鼓吹。清顧嗣協岡州遺稿卷四、清溫汝能粵東詩海卷三〇有傳。

嘉會樓讌集次韻

曉逐片帆臨澤國，晴隨樽酒上樓臺。清時避席懷芳譽，此日揮毫是異才[一]。樹色乍迷村逕合，潮聲初動海門開。憑虛一望黃塵絕，得意魚龍向客回。（清顧嗣協岡州遺稿卷四）

［一］是，清溫汝能粵東詩海卷三〇作「見」。

（楊權整理）

劉士進

劉士進，字賓吾。南海人。明世宗嘉靖四十年（一五六一）舉人，授萬安教諭。事見清道光廣東通志卷七四。

白燕

姑射山頭化雪衣，卻憐春色到柴扉。舞依玉樹梅花墮，影落瑤階柳絮飛。乍入鷺行猶縹緲，便隨蝶去更依稀。昭陽殿裏春如許，莫怨秋風獨自歸。

飛霞閣水松

飛霞高閣俯雙松，綠水寒塘翠欲重。風送濤聲喧鳥雀，日啣波影散虯龍。曾供陶令三秋興，不數秦皇尺命封。歲晚不渝冰雪操，採芳何處問芙蓉。（以上明張邦翼嶺南文獻卷二九）

（楊權整理）

何進修

何進修，字仰峰。番禺人。明世宗嘉靖四十年（一五六一）舉人。官湖廣會同知縣。事見清道光廣東通志卷七四。

鎮海樓宴王渙江丈口號

有客是南州，招邀郭北遊。彩雲飛畫棟，粉堞炫山樓。尊俎三生話，乾坤一色秋。憑虛聊縱目，懷古重夷猶。（明張邦翼嶺南文獻卷二七）

夜雨宿西莊

結屋蘆灣淺水邊，柴門闃寂自風烟。樓頭忽墮千山雨，窗外俄飛萬斛泉。深夜篝燈還下榻，故人揮塵共談天。慚予搔首成衰老，漫向磯頭理釣船。

午夢

半畝桑麻未是貧，日長猿鶴自相親。芒鞋竹杖人間世，紙帳梅花夢裏身。聖代也能容棄物，北窗應亦有高人。百年天地俱蕉鹿，醒後偏宜漉酒巾。

遊海珠寺

昔年誰駕六鼇浮，此日波光結蜃樓。星斗平臨江上晚，烟霞散入海門秋。鐘鳴梵宇逢僧話，角起孤城動客愁。萬古乾坤此仙島，勝遊吾欲泛扁舟。

廿三日觀迎祀纛儀仗後宴集黄信卿啟芳亭

都護樓頭陣勢連，依稀猶似出師年。旌旗晝閃三城地，景物情看九月天。萸菊香浮憑檻外，雁鴻聲斷把杯前。啟芳亭畔重回首，片片飛花落舞筵。

登城西角樓眺望

一上闉闍眺晚晴，登臨懷古重含情。水軍不見當年寨，里巷猶存上古名。炎海風烟開五嶺，越王臺榭控三城。可憐橋下滔滔逝，斷送韶華只此聲。

送鄭比部讞獄粵西

使者銜恩自九關，輶車朝報發燕山。乘秋殺氣隨飛隼，到日春風滿百蠻。已道貫星連軫野，蚤應獄劍出人間。蒼梧萬里重華遠，夜雨瀟湘正竹斑。

懷徐灌園

破鏡飛飛且未還，芙蓉江上杳難攀。賦成珠海樓頭月，夢入瑤溪榻裏山。萬事只今蕉鹿後，此身聊且馬牛間。何當大醉荊高市，擊筑相呼一解顏。（以上明張邦翼嶺南文獻卷三〇）

（楊權整理）

郭棨

郭棨（？—一五九五），字樂周。南海人。棐弟。明世宗嘉靖四十年（一五六一）舉人。授岳州府同知，尋改官延平，復移知桂陽州。明神宗萬曆二十三年勞瘁而卒。著有明霞桂華稿。清溫汝能粵東詩海卷三〇、清道光廣東通志卷二七九有傳。

登鎮海樓

秋風蕭爽正登樓，琪草瓊花映寶邱。檻外星辰臨曲牖，月邊雕鶚起清秋。白雲山色當空見，黃木灣

聲抱岸流。東望蓬萊今咫尺，可誰騎鶴過瀛洲。（明郭棐、清陳蘭芝嶺海名勝記卷一）

海珠

排浪來孤艇，看花到水濱。射龍誰入夢，蜚鳥自依人。入望青雲色，牽情黄木津。惠休情不淺，留我賞冰輪。

銀海光芒寶鏡浮，梵宫深郁起瓊樓。神光暖護摩尼室，靈樹長生聚窟州。上界蒼茫元氣合，中流突屼水雲浮。馮虚我欲乘風去，直跨金鼇絶頂頭。（明郭棐、清陳蘭芝嶺海名勝記卷三）

遊西樵山

一望樵湖野水分，奇峰巀嶪絶纖氛。巖光半落仙人石，日影全遮玉女雲。四月餘寒生几席，九天空翠散氤氲。乘風便欲凌飛翰，漫向青霄訪道君。（明萬曆廣東通志卷六五）

（陳永正整理）

過梅嶺

懸蘿攀磴出芳林，敬謁人龍再整簪。寶刹飛時山磬落，玉猿啼處嶺雲深。知多丰度標黄閣，剩有文章照紫岑。自愧年來頻仰止，不知經世復何心。（明郭棐、清陳蘭芝嶺海名勝記卷一〇）

六祖法壇

寶刹欝嶙峋，停雲萬象新。何時布金地，重見雨花人。鉢小龍堪馭，壇空鴿自馴。法界超塵累，名香結淨因。欲識空中趣，寧同物外身。三車何用演，萬劫自迴輪。磬聲雲外落，僧語月邊論。風幡如可悟，臺鏡本無塵。（明郭棐、清陳蘭芝嶺海名勝記卷一一）

鏡字

法寶藏靈府，員光澈上穹。塵埃何處染，色相本來空。普照諸天外，流輝萬劫中。欲觀無盡理，如在水晶宫。（明張邦翼嶺南文獻卷二七）

聞砧

露下秋林木葉稀，鄰家砧杵韻初飛。三秋塞北悲傳檄，十月江南始授衣。敲落夜燈渾不斷，夢回孤枕覺猶非。閨中少婦勞相訊，為問征人歸未歸。

聞雁

蘆花淡白水微茫，又聽雝雝旅雁翔。幾點亂雲迷洛浦，數聲和月起瀟湘。蹉跎故國家千里，迢遞鄉音字兩行。楚水吳山舊時路，年來何事竟忙忙。

感秋

鎮海樓高鎖暮烟，清愁蘭桂自嬋妍。美人漫憶看花地，仙子猶傳化石年。千里梯航求翠羽，萬金懸市購龍涎。那堪回首空腸斷，徙倚山城眺遠天。

一自烽烟銷客魂，況驚多難不堪論。鯨鯢畏是衝波險，鼓角愁兼下瀨喧。地湧洪濤翻白晝，天搖寒浪暗黄昏。商聲蕭瑟憐孤翮，直欲排雲叫帝閽。

玉露零零報早秋，涼飆初布火星流。南園詞賦俱寥落，北海賓從漫去留。愛月每思王粲賦，懷人還上李膺舟。感時蓬鬢嗟遲暮，樽酒論文不自由。

揚州懷古

離宫行樂擁霓旌，誰料當年讖已成。綵仗曉花空結恨，畫樓初月獨含情。龍歸汴水金甌覆，駿沒遼雲玉軸傾。惟有垂楊依舊堞，春來猶自囀啼鶯。

登飛來十九福地

何處飛來鷲鷟峰，層崖嵂崒散芙蓉。烟迷萬象開禪室，風落千巖響梵鐘。金鎖跡荒潭水静，玉環情斷洞雲重。遥思帝子登高處，猶向丹函覓舊封。

小姑山

小姑凝盼翠蛾愁，獨自臨妝上畫樓。初日乍懸金鏡曉，暮雲長傍寶釵浮。衷情欲訴湘江遠，幽恨還隨漢水流。一自含顰朝玉輦，至今凝望六龍遊。

登白雲寺

芙蓉千仞倚層空，躡屐捫蘿有路通。十二瓊樓連碧落，三千金界散洪濛。天邊忽灑仙人露，檻外長吹玉女風。聞說廣成丹尚在，便應晞髮卧崆峒。

聞笛

何處懷人不斷腸，笛聲哀怨起江鄉。落花盡入羌人調，歸淚曾沾楚客裳。明月千家砧杵動，關山一曲夢魂長。流年況是催容髮，那獨潘郎鬢有霜。

落花

一番風雨到妝臺，腸斷芳菲恨未灰。忽逐暗香隨水去，又飄疏蕊入窗來。紅鋪沼面平如綺，綵謝階前散作瑰。為惜飛花重結子，賞心寥落罷銜杯。

何處笛聲驚晝眠，乍聽忽爾思淒然。捫空零亂飄紅雨，點地輕盈散紫烟。恨入漢宮因罥蝶，愁隨湘浦為啼鵑。韶華已盡穠芳歇，指點清明又一年。

美人樓上惜韶光，漫自朱顏淡掃妝。隋苑曲終紅拂散，石家歌罷綠珠忙。羞他溽雨芳容改，卻哂回風舞態狂。檀板柘枝猶未歇，一聲羌管在横塘。

朝來陰雨更連綿，簾外飛花暗遠天。忽向畫堂污玉匣，乍來香案覆金錢。飄殘片片添閨怨，散謝枝枝撩客憐。開落由來隨節候，閉門休詠刺桐篇。

李衛公祠

杖策還能作帝師，從來俠客負天奇。白衣自擁旌軺出，紅拂偏教羽騎隨。大陸龍飛開茂烈，荒原鷄卜有靈祠。勳名到處人爭羨，磊落蒼崖起義碑。

人日淮河阻閘

淮海嚴扃若建瓴，春程那得遂揚舲。金花綵勝憐人日，銀漢孤槎滯客星。忽漫洪流成地險，重煩使者注河經。當年禹貢傳書日，疏鑿何人奏漢庭。

登岳陽樓

層樓面面水云孤，南紀風烟列畫圖。鐵鎖金繩淹歲月，朱扉碧瓦映江湖。詞人彩筆分憂樂，羽客靈蹤漫有無。十二曲欄堪徙倚，泠然真訝訪仙都。

澒洞湖光楚水西，開軒四望與雲齊。龍宮焯爍珠初吐，橘井蒼涼路已迷。雲暗九疑春夢遠，波連七澤暮烟低。乘風自起飄然思，詑有仙人萬仞梯。

謁岳武穆祠

南下當年駐六師，猶聞桂嶺耀旌旗。雷驅大澤龍堪走，電掃深巖鬼亦悲。去國一心終戀主，孤忠千古欲吞夷。可憐滿目英雄淚，蕭颯西風暗自垂。

早朝

璇樞河影尚稀微，禁籞鐘聲達曙暉。三極殿前雲五色，萬年枝上鳳雙飛。宫花荏苒團華蓋，御柳招搖拂翠旗。好向彤墀敷禮樂，太平天子正垂衣。

浮丘懷趙相國

靈嶠浮來粵海中，千秋勝概劃然通。玉堂忽下登瀛客，瓊島來尋煉藥翁。地迥似連三竺近，樓高真覺萬緣空。無煩更歷須彌頂，坐對滄桑自混蒙。

昭烈廟

宸居寥寂翠華空，古樹參差宿霧籠。興漢有心勞汗馬，報讎無計失英雄。旄旌東指雲同散，陣壘西

沉路不通。惟有故宫禾黍在，離離疏影夕陽中。（以上明張邦翼嶺南文獻卷二九）

四峰書院

危巒巖巢削芙蓉，真勝相傳是四峰。暮雨盡迷玄圃樹，春雲猶護寶林鐘。堂存舊壘飛雙燕，巖落靈泉浴九龍。夜半仙人騎鶴過，忽驚環佩響從容。（清温汝能粵東詩海卷三〇）

（楊權整理）

梁夢雷

梁夢雷，字明森。順德人。明世宗嘉靖四十年（一五六一）舉人。官荊州府通判。明神宗萬曆間卒於家。有荊州集。清梁善長廣東詩粹卷五、清温汝能粵東詩海卷三〇有傳。

山下館曉發

先曉僕夫催，芙蓉萬疊開。露溥花樹重，路轉燭光回。馬足懸崖瘦，猿聲帶月哀。山深無俗駕，何事客頻來。

望湖亭宴集得臺字

獨立蒼茫湖上臺，千家烟火隔蓬萊。船依古岸漁歸晚，花落孤山月滿苔。彭蠡平分紅蓼渚，匡廬半入白雲隈。酒闌不盡當歌思，徙倚東風未易裁。

李太府邀飲岳陽樓偕吴郡丞

城頭百尺神仙樓，湖上一點君山邱。逃虚客來覽此勝，吹笛人去今何秋。三湘蒼蔚杜若老，九馬躑躅魚龍愁。憑君有酒且盡醉，莫使心與身為讎。

登太和絕頂太和山，一名蓼嶺。宋祀玄武於此，後更名武當

磴道攀緣謁帝扉，脚跟斜傍五雲飛。天臨萬仞開玄宅，地擁千靈護紫微。幻夢始從三昧覺，青山今有幾人歸。騎羊東去羅浮近，獨倚天門笑拂衣。

二月二十五夜夢二弟抱其幼子款款談家事不休覺而志哀

憶汝頻年恨未平，楚天雙眼淚如傾。丸中自是成今古，夢裏那知有死生。家計尚餘兒女態，寒暄猶復弟兄情。覺來撫枕渾無賴，惆悵翻令百感並。（以上清梁善長廣東詩粹卷五）

（楊權整理）

顔璉

顔璉，長樂人。明世宗嘉靖四十年（一五六一）舉人，授灌陽教諭，擢興業知縣。解組歸。有詩文集。清道光廣東通志卷三〇五有傳。

遊霍山

翠削雲根宿雨收，憑虛孤眺俯循州。醴泉細滴靈巖夜，石甕高懸碧漢秋。地切榆垣烟火隔，僧棲蓮室歲時悠。莫將大藥愁顔鬢，且脱樊羈學漫遊。（民國郭壽華嶺東先賢詩鈔第二集）

（楊權整理）

王顯先

王顯先，會同人。明世宗嘉靖四十年（一五六一）舉人，官戶部員外郎。事見清道光廣東通志卷七四。

金雞嶺

曙色微茫動海城，雞聲咿喔報星精。神光似喚金烏轉，絳幘疑傳玉漏明。天與江山增勝概，人於物候卜豪英。獨憐辛酉鍾靈瑞，從此朝陽叶鳳鳴。

馬鞍岡

石壟垂鞍勢鬱嵸，平看天馬似行空。雲迷周駿過瑶島，苔隱秦鞭到海東。金勒九衢停歷塊，玉函千里靜嘶風。龍圖鵲印今何異，五色誰收補煉功。（明郭棐、清陳蘭芝嶺海名勝記卷一六）

（陳永滔整理）

杜漸

杜漸，字慎卿。番禺人。明世宗嘉靖四十年（一五六一）舉人，官江華知縣。事見清道光廣東通志卷七四。

海珠

息偃頻來借上方，曉瞻晴旭捧扶桑。烟消黛色横明鏡，風漾波光上畫廊。海闊直疑天地小，僧閒真覺世人忙。生平自此塵襟滌，願友山間白石羊。

屹屹中流開梵宇，盈盈一水隔人間。驪龍去矣珠仍在，罔象求之意自閒。雲氣抹成秋色淡，漁船爭趁晚潮還。何為身墮塵中老，不共禪棲海上山。

謁李忠簡公祠

前哲高風播海潯，祠堂瞻拜愜遐心。東南秀氣干星象，文武才名振古今。萬頃春潮迴砥柱，九重時

祀到訶林。文溪千載清流在，不共珠江較淺深。（以上明郭棐、清陳蘭芝嶺海名勝記卷三）

小金山

似愛逃禪幾度臨，水心虛檻倚長吟。花開花謝成春夏，潮長潮消無古今。天末青山如北固，海邊明月到東林。超然境界非人世，何處瀛洲更可尋。（明郭棐、清陳蘭芝嶺海名勝記卷四）

厓山吊古

宋主潛蹤何處尋，厓雲愁色晝陰陰。若非塞北金牌急，未必溟南玉璽沈。千古英雄空有淚，一時天地果何心。邦家興廢尋常事，海畔行吟感獨深。（清趙允閒等重修厓山志卷七）

（陈永正整理）

浮邱社懷趙太史

金銀樓閣紫烟浮，赤舄仙蹤寄上頭。社闢雅堂人去遠，秋深玄圃客來遊。衮衣未斷公歸恨，別墅能忘世治憂。懷舊定懸清夜夢，迢迢瀫水到浮邱。（明郭棐、清陳蘭芝嶺海名勝記卷五）

飛來寺

維舟峽麓登中宿，寺記飛來有是哉。若果飛來必飛去，不能飛去定飛來。層雲半掩千峰出，一水中

流兩岸迴。何事不同僧結伴，南浮北去入風埃。（明郭棐、清陳蘭芝嶺海名勝記卷八）

（陈永滔整理）

張廷臣

張廷臣，字印江。番禺人。明世宗嘉靖四十一年（一五六二）進士。官鹽法道副使。明郭棐粵大記卷一九、清溫汝能粵東詩海卷三〇有傳。

出郊看花至东山寺

日暖風恬結駟遊，青门路繞碧山幽。花明每藉遙峰色，鶯囀偏和玉澗流。下界郊原涵翠靄，上方樓閣抱丹丘。山間景物還依舊，惟有韶華不易留。

上巳社集喜葉化父至自羅浮

小院綠陰春半過，追歡林下勝遊多。麗人意態稱天寶，禊事風流視永和。塵世隨緣醒鹿夢，閒身到處訪漁簑。相逢更有羅浮客，猶帶烟霞襲薜蘿。

遊浮丘山

綠樹春濃玄鳥啼，仙山映帶曲池西。談玄擬見丹砂就，藉草翻憐玉液攜。容與鳧鷖芳渚集，參差樓

閣暮雲齊。朱明此去蓬瀛近，不似桃源路易迷。（以上明張邦翼嶺南文獻卷二九）

西樵山

紫翠峙金天，扶輿擅神秀。百里望侵雲，千峰陟如蔟。峻极逼中霄，烟村环半岫。嘉卉通仙靈，文禽互翻雊。噴玉落秋聲，雲谷函晴繡。迎旭接羅浮，嵌空恍靈鷲。仙踪未易逢，前修犹可覯。豹霧隐巖阿，鸿猷揭宇宙。至今山中人，依稀□□□。延佇仰高風，松陰美清晝。（清温汝能粵東詩海卷三〇）

（楊權整理）

送訶林棲霞上人參方

幾年飛錫傍天涯，歸向溪巖度歲華。靜里汲泉聊試茗，閒中開徑漫栽花。談經已悟三乘訣，適性曾浮八月槎。知是山林盟未脫，故將清興寄烟霞。（清乾隆光孝寺志卷一二）

遊粵秀峰

松門枕崇阿，秀色可攬結。蒼翠横空濛，幽景涵清徹。樓閣渺飛動，峰巒互明滅。流雲薄簷端，奔泉溜庭埒。疏簾低燕語，遠樹聞啼鴂。春光幾何時，芳華暗銷歇。言集社中人，論心相怡悅。風流竹林宗，曠達香山傑。何必升層岑，遙瞻更奇絕。欣賞有奇文，投轄無俗轍。且適麋鹿踪，無論巧與拙。取醉暫銷憂，秉燭不能别。

遊六榕寺

境入招提萬慮空，此心偏與故人同。彌天寶刹瞻千佛，慧日虚壇憶六榕。浮世光陰彈指外，本來面目淨名中。餘生欲結皈依地，借問何人是遠公。（以上明郭棐、清陳蘭芝嶺海名勝記卷一）

謁李忠簡公祠

雲根古寺立中流，曾是名賢舊此遊。刻刻天人長在望，堂堂廟貌幾經秋。山容隔岸青如護，波瀫環階翠欲浮。風景不殊凝睡久，乾坤間氣到今留。（明郭棐、清陳蘭芝嶺海名勝記卷三）

春日社集浮邱别墅即事

名園開緑野，淑景接浮邱。風暖千花麗，春深萬木稠。遥峰藏霧豹，環沼戲沙鷗。清適壺中樂，逍遥物外遊。論文仍授簡，把酒更臨流。棋局消長晝，漁歌破晚愁。鶴翀依碧落，鳳舉集瀛洲。地以劉郎勝，丹曾葛令留。仙家千日醉，海屋萬年籌。談笑忘歸晚，白雲天際頭。

奉葛浮二仙祀朱明館

蓬萊幾萬里，乘風麗炎洲。廓落蟠大洞，培塿闢浮邱。浮邱故是神仙宅，燒鉛煉汞餘真跡。何年井上獻珊瑚，此日峰前留劍舄。朱明門戸鬱重開，中天積翠列亭臺。共睹丹青傳儼雅，恍如仙馭復徘徊。嵩陽玄鶴翔穹昊，勾漏丹砂還卻老。詞客相將賦紫烟，高人延佇薦瑤草。子晉吹笙去不還，碧桃明月滿空山。雲路相逢應大噱，滄桑幾度閲人間。

入浮邱社

得遂蓴鱸願，言從汗漫遊。衣冠猶白社，樓閣即丹邱。萬井虹初霽，千峰翠欲流。忘形隨杖履，天地一虚舟。

浮邱社懷趙太史

林樾蓊森古洞天，玉堂風度自依然。仙家再闢丹邱勝，嶺表仍傳白雪篇。新月雲容浮沼外，夕陽山色落簷前。紫烟樓上頻回首，何限文光北斗邊。

岧嶤西郭小瀛洲，為憶詞垣使節留。日上亭臺棠樹蔭，風回霄漢雁書秋。暫從瀫水移新棹，重入鑾坡憶舊遊。海内文章兼氣節，至今名滿鳳凰樓。

朱明館

郭西臺榭薄烟霄，曾溯朱明海上潮。一白緱山玄鶴去，幾年珠浦白雲遥。春風把酒臨青嶂，斜日懷仙倚畫橋。不用逢人説鉛汞，碧桃花下聽吹簫。

綠樹春穠黃鳥啼，仙山映帶曲池西。譚玄擬見丹砂就，藉草翻憐玉液攜。容與鳧鷺芳渚集，參差樓閣暮雲齊。朱明此去蓬瀛近，不似桃源路易迷。

浮邱八景

紫翠光凝澤國秋，勝遊多向小瀛洲。憑闌笑傲烟霄上，可是仙家十二樓。紫烟樓

休沐夷猶涉近郊，碧篬文沼影相交。西山爽氣誰攜酒，十里長松帶鶴巢。晚沐堂

仙島遙傳海若通，當年獻寶蕊珠宮。至今玉檻清池上，猶自晶熒徹碧空。珊瑚井

天敞仙都儼玉堂，停驂曾是挹餘芳。瓊芝柱石新呈瑞，大雅風流入建章。大雅堂

水竹蒼蒼擁夕曛，小亭倒影綠波紋。空山何處尋仙跡，矯首天邊一片雲。留舄亭

雙鶴高飛薄太清，羅浮東去是蓬瀛。丹砂未就滄洲晚，孤館採芳空復情。朱明館

鶴氅飄飄不可留，馭風隨處訪丹邱。蓬萊此去無多路，遲爾相將汗漫遊。挹袖軒

玉笙清轉隔飛霞，緱嶺浮山總是家。鶴影悠悠丹井闊，滿臺新月泛桃花。聽笙亭（以上明郭棐、清陳蘭芝《嶺海名勝記》卷五）

飛來寺

峽東江雲古寺寒，維舟凝眺久盤桓。梵王宮殿依丹嶠，帝子樓臺俯碧湍。慧日常懸諸品靜，祇園願

借一枝安。玉環金鎖俱陳跡，惟有空門可耐看。（明郭棐、清陳蘭芝嶺海名勝記卷八）

過梅嶺

三十年餘此度過，鴻名峻嶺共嵯峨。使星南指風霜異，驛騎北歸金鼓多。松幹猶存巢野鶴，梅花折盡長烟蘿。往來名利滔滔逝，俯仰乾坤一浩歌。

韓祠

夾江篁竹護群峰，曾是名賢偶寄蹤。宮市諫書鳴似鳳，窮荒文采見猶龍。雲涵樹色侵塵榻，風送灘聲雜暮鐘。釣石書臺仍是舊，何人鼓棹遠過從。（以上明郭棐、清陳蘭芝嶺海名勝記卷一〇）

游南華寺

一酌曹溪水，地靈知佛國。坐具展四山，彌天普法力。群峰互蛇蜒，二溪交環翼。梵境迴以幽，玄機涵峻極。明鏡本無臺，恒河胡可測。龍蜕湫已平，虎馴究踰伽。旃檀嫋林巒，十里丹雘飾。上乘猶太虛，寧著相與色。寶林踰千年，誰為善知識。聞鐘覺夙緣，真如非外得。（明郭棐、清陳蘭芝嶺海名勝記卷一一）

望羅浮

四百峰巒參紫烟，振衣千仞裛群仙。樓臺積翠層城上，笙鶴聯翩古洞前。月滿梅花回昨夢，符成竹

葉悟真詮。御風步屧飛雲頂，疑是驂鸞攝九天。（明郭棐、清陳蘭芝嶺海名勝記卷一三）

遊七星巖

北斗光芒下碧霄，層巒石室鬱岧嶢。雲開巧綴玲瓏玉，徑轉平臨翡翠橋。招隱此時懷綺夏，尋真何處遇松喬。泠然便欲從風御，萬壑松篁殷鳳簫。（明郭棐、清陳蘭芝嶺海名勝記卷一四）

文筆峰

五峰天上碧參差，滄海迴環染翰池。嶺表百年興相業，明光起草贊明時。

金雞嶺

天雞翔翥鬱嵯峨，曙色逢春喜氣多。恍是鑾坡朝謁早，數聲咿喔聽鳴珂。

馬鞍岡

仙仗飛黄御九重，太平儀衛自雍容。由來海國鍾神秀，長向天閑護六龍。（以上明郭棐、清陳蘭芝嶺海名勝記卷一六）

（陈永滔整理）

倫文

倫文，字紹周，號謦軒。順德人。明世宗嘉靖二十二年（一五四三）解元，四十一年（一五六二）進士。官柳州知府。清咸豐順德縣志卷二三有傳。

海珠贈別

酌別珠江上，憑虚一檻空。海天添浩思，花鳥送行蹤。興好催詩急，情深覺酒濃。何人溪畔女，一舸出芙蓉。（明郭棐、清陳蘭芝嶺海名勝記卷二）

蒙詔

蒙詔，字廷倫，號近野。番禺人。明世宗嘉靖十九年（一五四〇）解元，四十一年（一五六二）進士，授行人，選監察御史，歷擢僉都御史，巡撫南贛汀漳。清同治番禺縣志卷四〇有傳。

河南村狗

河漢浮槎到五羊，南風吹送桂花香。村人多少來爭看，狗吠仙姬會阮郎。（清黃芝粵小記卷二）

（陳永正整理）

鍾振

鍾振，字玉甫。合浦（今屬廣西）人。明世宗嘉靖四十一年（一五六二）進士。歷任滁州、廣德、嘉定知縣，擢守雲南。清道光廣東通志卷二九九有傳。

湖中三嶼

山城蘆葦菀青青，一望長湖島嶼横。水帶青蘋飛屬玉，雨翻翠柳亂倉庚。海壖臨眺方諸宅，月下歸來白玉京。苦為丹砂乞勾漏，人間何地不蓬瀛。

高步巖廊玉案仙，鄙人何幸奉賓筵。三山小景半泓碧，一葉輕舟五月天。風護荷香凝翠浪，月將瓊液下丹田。主人興發客不去，沉醉都忘水滿船。（清康熙廉州府志卷一三）

十萬山

十萬山連十萬重，重重叠叠自無窮。根盤千里封疆外，勢插九天雲漢中。宿霧收殘呈秀色，白雲飛盡見奇峰。交南城郭元相近，疑有彝人北避戎。

仙人橋

馳驅春日道，徙倚水雲邊。野酌真堪賞，山花亦自妍。石橋分合處，仙跡古今天。感慨傷前事，兵

戎說昔年。（以上清康熙合浦縣志卷一三）

（吴曉蔓整理）

唐宙

唐宙，字一寧。歸善人。明世宗嘉靖四十一年（一五六二）貢生。授訓平海衛，擢仙遊縣令，未任而卒。清雍正歸善縣志卷一七有傳。

思母

冷落莆陽擲卻杯，夢魂頻繞粵王臺。身無著處官爲累，事不如人口懶開。碧水丹山殊驛路，疏燈細雨各天台。慈親跂望無虚日，擬卜明春拂袖回。（清雍正歸善縣志卷一七）

（史洪權整理）

全粤詩卷三七七

郭棐

郭棐（一五二九—一六〇六），字篤周。南海人。少與弟棨同師事湛若水於西樵，與聞心性之學。明世宗嘉靖四十一年（一五六二）進士。初授户部主事，尋改禮部。以數忤當路，出為夔州知府，繼遷任副使，督學四川。歷任湖北參政、山東按察使、雲南右布政等官。入為光禄寺卿。著有正心堂摘稿。清溫汝能粤東詩海卷三〇、清道光廣東通志卷二七九等有傳。

鄧山人招同鄒令尹黄少參黄令尹張都運郭學憲遊六榕寺

招攜過古寺，覽眺惜流陰。佛吐金光色，人多白雪吟。勸酬耽旨酒，操弄藉孤琴。榕樹年年緑，祇花不可尋。

五仙觀

共約龍山去，翻尋羊石來。篁聲送天籟，花影滿雲臺。持穗人何處，餐霞客重回。寄言五仙子，拉我上蓬萊。

庚申春日偕蒙葵東孫居素蒙近野孫鵝泉區碧江梁文泉諸年兄飲王地官肖溪于五層樓次壁上韻

粵王城北聳層樓，五嶺南來第一邱。縹緲烟霞常棟宇，芳菲桃桂自春秋。地平雲岫當窗出，天近珠江帶日流。此地登臨即仙窟，鶴笙何用訪瀛洲。

菩提壇

菩提壇上紫烟横，月色真憐此夜明。清漢風澄衹樹影，上方僧定梵鐘聲。旛緣有相心無象，鏡本無塵物有情。一悟碓前篩米意，便應祝髮學無生。

懷南園五先生

鬱鬱南園數畝宮，當時結社盡人龍。抗風軒上青虹射，聽雨庭邊綠樹穠。典籍聲華魁四傑，臨清詞藻麗雙松。易庵更有青蓮興，老鶴摩雲幾萬重。（以上明郭棐、清陳蘭芝嶺海名勝記卷一）

遊海珠寺

地屼江心寺，天成嶺外雄。珠明三寶霧，花送一帆風。吊古情踰劇，憑高眼自空。倚闌一回首，天際日初紅。

海珠餞別

珠水微茫映碧天，暮雲離緒共蕭然。曇花芳繞金銀氣，貝葉青連罨畫船。華髮別堪千里外，疏翎謾向五雲邊。倚檣回眺情何劇，腸斷羊城綠樹烟。

千頃滄波漾碧空，萬行烟樹鬱蘢葱。樓臺暗映虹光外，城闕參差雁翅中。巨石自撐江浪白，飛濤晴浴海門紅。乘槎若問蓬萊水，黄木灣頭有路通。

和何許二前輩壁韻四首

蜃樓嵂屼倚蒼空，下瞰馮夷碧玉宫。珠樹三千塵不染，畫闌十二路相通。蘭臺客往曾鳴鳳，芸館人傳昔射龍。千載源流知有屬，是誰清夢度江中。

紅塵飛斷即仙城，潮打江涯觸磬聲。寶尼珠光從海接，菩提樹影伴僧行。香分綺席風旛動，月滿瑶波水鏡平。況有主賓成二美，不妨拚飲到天明。

錦纜牙檣何處舟，采將杜若過芳洲。引雛江燕還憐暑，近檻芙蓉忽報秋。習静最宜松下鶴，忘機愛侶水邊鷗。醉看明月歸來晚，一棹歌聲古渡頭。

白石清江遠俗塵，紫雲蒼霧擁通津。遊遨不斷南城興，尊酒常多北海賓。汀沚渚凫暄麗日，雪兒銀管對芳晨。文溪溪水年年碧，歌濯於今慶有人。

謁李忠簡公祠

一代人龍起海東，頓令千載仰高風。祇今南宋遺編在，猶述當年補袞功。白簡繡裳明旭日，雁聲秋色滿晴空。亦知地勝因人傑，同砥江流砥柱中。

秋日自珠江過石門二首

十年重覩珠江寺，碧玉樓頭接太虛。為問樓居諸學士，龍頭高會近何如。

望入秋江意盡寬，江頭風景足盤桓。偶因送客牽詩興，一路吟秋過石門。（以上明郭棐、清陳蘭芝《嶺海名勝記》卷三）

謁蘇文忠公祠

潮湧金山寺，雲凝玉局祠。人隨天共遠，心與日俱馳。廟貌千年在，忠腸九陛知。祇今滄海上，猶誦寶陀詩。

金山謁東坡祠

妙高臺上拜坡仙，瑞草琪花憶昔年。翰苑文章真北斗，朝臺風節正中天。青苗獨抗批鱗疏，白髮何辭瘴海烟。回首思公倍惆悵，洞簫吹徹五雲邊。

小金山餞別趙寧宇憲使

妙高人上妙高臺，蜀哲千秋此再來。豈獨金蓮才並擅，總因瓊宇首重回。開尊綠映青山色，把袂欣依玉樹堆。今夕主賓拚一醉，倩言譙鼓莫相催。

十年豸繫霜臺重，此日鸞呼竹院遊。秋色照人偏皎潔，深杯到手肯淹留。催花興劇還移席，浮白情深更繫舟。醉裏多君憐赤子，佇看雙鉞借前籌。

過小金山懷東坡

萬簇烟花繞蠣牆，百年廟貌見風霜。仙臺迴接丹城月，古樹傍臨玉井香。想像立朝心磊落，從知弼主志軒昂。感時著論凌晁賈，對景談詩拉李黃。紫禁絲綸人艷羨，青苗章疏世推揚。獨遊瓊海懷偏壯，追憶金蓮事可傷。賦獻颶風欣得過，吟同明月幸知姜。百蠻沾化春流遠，五嶺奇觀秋興長。困裏憫窮猶破券，貶中思闕更回腸。投珠黎水時同惜，埋玉蘭陵志莫償。遂有芳聲傳古跡，因成巍宇照朝陽。砌間荒草吟蟲遍，祠上輕雲過雁翔。麗壁丹青猶閃鑠，擎天松柏自葱蒼。忠魂莫莫招難得，哀些悠悠恨未央。地繞金山風浩蕩，門窺滄海思汪洋。客懷正爾增惆悵，倚棹長歌赤壁章。

金山集古

千古金山是寶山，虞集 空門無鎖復無關。楊巨源 山涵水月光明裏，高鑒 地簇樓臺島嶼間。徐章 黃鶴含芝歸古洞，揭曼碩 紫雲拖影落虛壇。黃翰 靈觀閣上憑闌看，陳言 時有天風振佩環。俞僩 曾上蓬萊宮裏行，杜牧 倚闌無事倍傷情。錢起 巖花入暖新凝紫，王守仁 山色當樓若個青。王臣 萬古乾坤限南北，王鏊 幾重樓閣自陰晴。邵曦 詩成一嘆無人會，元好問 閒向東風倒酒瓶。張籍重重樓閣倚天開，金湜 四面驚濤捲雪堆。張昕 春事暗隨流水去，文天祥 夕陽又帶暮潮來。祝孟獻 月明古寺客初到，項斯 風靜寒塘花正開。劉滄 獨憑闌干意難寫，崔魯 不知身在妙高臺。申屠駉

爽氣朝來萬里清，錢起 水天一色玉空明。文天祥 山從翡翠簾前看，高駢 人踏金鼇背上行。蘇紳 塔影晴搖坤軸動，申屠駉 潮聲先自海門生。沈玄 妙高臺上登臨處，萬端 銀漢遙應接鳳城。杜甫

厓門二十首

帝子遠辭丹鳳闕，王維 熊羆十萬建行臺。文文山 鼎湖烟散暮天碧，張寧 黃竹歌聲動地哀。李商隱 春色已隨流水去，白樂天 綺羅留作野花開。李遠 厓山咫尺斷千古，文文山 風雨年年長綠苔。張籍

翟羽鸞綃事已空，弁陽翁 碧雲滄海思無窮。韋應物 石麟埋沒藏秋草，溫庭筠 黃屋驚塵捲朔風。甘瑾。簫鼓尚陳今世廟，許渾 野花無復趙王宮。傅與礪 須知此恨消難得，溫庭筠 惟有青山似洛中。許渾

黃塵輕拂建章臺，李白 青雀西飛去不回。李商隱 廢殿有基離黍合，曹璉 寢園無主野棠開。許渾 花間舊恨啼紅拂，張蠙 巖畔古碑空綠苔。許渾 日暮江南一回首，薛能 子山新賦極悲哀。韓翃

帝子瀟湘去不還，李白 仙舟何處水潺潺。杜牧 清江碧石傷心麗，杜甫 碑蝕苔痕滿目斑。于準 飛鳥不知陵谷變，劉長卿 桐花落盡管弦閒。揭曼碩 須知駕鶴乘雲外，白居易 澗草巖芝豈復攀。樓弁

紫泉宮殿鎖烟霞，李商隱 海燕西飛白日斜。許渾 玉輦今歸何處所，胡宿 錦帆應是到天涯。李商隱 眼看

朝市成陵谷，韓偓 不是宸遊重物華。王維 衹有多情桃李樹，元明善 春來還發舊時花。岑參

九金神鼎重邱山，杜牧 何事飄零嶺海間。虞集 衣上緇塵元自化，元好問 河陽車駕不須還。文文山 落花

寂寂玄壇靜，李群玉 細草青青御路閒。劉長卿 滿眼波濤終古事，薛逢 至今遺恨水潺潺。司空圖

宋家天子朝元閣，邵公高 西去荒涼舊路微。劉長卿 旅夢亂隨蝴蝶散，譚用之 遊魂潛逐杜鵑飛。張泌 金

輿玉輦無蹤跡，李遠 荊棘銅駝有是非。岳正 舉目山河增感慨，元明善 冷猿秋雁不勝悲。嚴武

谷口春殘黃鳥稀，錢起 空山野水照殘暉。韓愈 風吹花片依華表，蘇紳 火入荒陵化寶衣。劉禹錫 溫室

有泉山鳥浴，郭瑞 野桃無主亂花飛。胡曾 此時愁望情多少，趙嘏 空聽鸞音月下歸。王惲

稠花亂蕊裹江濱，杜子美 地迥難招自古魂。韓偓 一望青山便惆悵，劉滄 空餘金碧半塵昏。許有壬 繡楹

錦柱蛟龍泣，趙子昂 古殿微風鳥雀喧。黃翰 鳳輦不來春欲暮，王貞白 步虛空繞紫雲端。邵公高

城邊人倚夕陽樓，韋莊 百感中來不自由。杜牧 行殿有基芳薺合，許渾 寢園無主野花愁。郭瑞 鳥飛不

盡暮天碧，郭功甫 風響猶疑畫角秋。曹璉 此去寂寥尋舊跡，劉滄 一江秋水為誰流。白玉蟾

豈是丹臺歸路遙，宋邕 鼎成龍駕上丹霄。劉滄 一聲洛水傳幽咽，宋邕 萬片香魂不可招。胡宿 春色豈

隨亡國盡，薩天錫 海雲應逐野烟消。劉咸 威儀文物今何在，陳廷言 碧水蒼蒼空寂寥。劉滄

寂寞寒江急瞑流，權德輿 金陵王氣黯然收。許渾 行人莫問當年事，許渾 仙鶴空成萬古愁。宋邕 芝蓋

不來雲杳杳。杜牧 寒鴉飛盡水悠悠。嚴維 湖山靡靡今猶在，趙子昂 故壘蕭蕭蘆荻秋。劉禹錫

千山紅樹萬山雲，韋莊 霸業雄圖勢自分。李頻 秋草自生宮殿處，劉滄 麥盂誰灑大妃墳。王叔閏 烟籠古木猿長嘯，薩天錫 樹蘸蕪香鶴共聞。陸龜蒙 莫怪臨風倍惆悵，溫庭筠 落花飛絮正紛紛。陳上美

栗葉重重覆翠微，項斯 況逢寒食欲沾衣。韓偓 閣中帝子今何在，王勃 芳草王孫暮不歸。譚用之 紫氣已沉牛斗夜，元好問 白雲應長越山薇。許渾 欲奠忠魂何處問，許渾 祇今惟有鷓鴣飛。李白

萬里蒹葭入薜蘿，許渾 黍苗無限獨悲歌。許渾 人間幾見桑田變，林士淵 天上曾聞玉輦過。刁筠 紫府有名同羽化，薛逢 荊榛無月泣銅駝。雍琥 可憐國破忠臣死，許渾 牧笛吹風起夜波。張喬

飛烟閒繞望春臺，杜牧 千里關山百戰來。吳融 金水河枯龍已去，元好問 碧霄笙吹鶴飛回。萬禮 江上小堂巢翡翠，杜子美 苑邊真境闢蓬萊。韓埼 西樓悵望芳菲節，韓偓 懷抱何時得好開。杜子美

帝子吹簫逐鳳凰，白樂天 離宮秋樹獨蒼蒼。皇甫曾 落花寂寂啼山鳥，王維 衰草茫茫覆女牆。林厚 金簇有苔人拾得，吳融 野蘆無主雁銜將。高鑑 不堪吟罷重回首，來鵬 遠目非春亦自傷。李益

天王舟楫浮南海，陳獻章 兩岸旌旗繞碧山。李白 鳳鳥不來春寂寂，仇仁近 白雲長在水潺潺。許渾 花路暗迷香輦絕，崔塗 雨碑猶帶蘚苔斑。楊信 相逢莫話金鑾事，安貧 華表千年鶴又還。道朗

紫宸宮殿入荒蕪，僧宗 麥秀漸漸遍故墟。胡宿 石室已燒丹竈火，文敏 碧天難挽紫雲車。西湖志餘 時

人未識遼東鶴，雍陶 鴻寶誰傳篋裏書。胡宿 一自簫聲飛去後，李群玉 海南無處問諸孤。僧宗 萬木歸鴉亂夕曛，程木立 北風滿野負乾坤。文文山 空傳虎旅鳴宵柝，李商隱 惟有猿聲滿水雲。司空曙 風景蒼蒼千古恨，劉滄 陰蟲切切不堪聞。皇甫冉 厓門流水千年在，文文山 好與人間洗戰氛。劉京叔。

（以上明郭棐、清陳蘭芝嶺海名勝記卷四）

厓山吊古

宋家玉璽沈南海，信國丹心黯北燕。天地此時同慘澹，山河幾處不腥羶。幽陵千樹空啼鳥，奇石三峰起暮煙。誰遣翠華來駐蹕，金牌十二直堪憐。

汴洛山河亦壯哉，師班朔漠志難灰。紫龍鱗甲逐滄浪，丹鳳樓臺空綠苔。禁宇終天歸燕恨，厓門千古暮猿哀。當時早用文山策，未必鑾輿入海來。

宋祚逢厓事總非，至今啼鳥怨芳菲。舟翻奇石空流水，淚滴蒼梧黯夕暉。將帥戰寒金虎旅，相臣心戀袞龍衣。大忠祠下滄溟月，猶照孤鵬夜夜飛。（清趙允閒等重修厓山志卷七）

（陈永正整理）

扶胥口偶作

乾坤滄海功同大，廟貌文章此更神。碑有昌黎千古壯，雨餘羅樹萬家春。雲邊銅鼓聲初動，天外金輪色轉新。此日負暄心獨切，涓埃渾未答皇仁。

偕林素禺太守尊丈遊波羅廟用東坡韻

臨風幾憶青羅境，攜手今遊黄木灣。五馬光增靈錫地，六鼇雄鎮寶珠山。東坡麗藻雲藏石，吏部雄文日壯顔。海底珊瑚不須訪，但看碑刻碧苔間。

浴日亭

金輪飛出海東頭，暗映滄波島嶼浮。黄木灣光天上下，白雲山色日沉浮。人依蜃氣披寒翠，花逐蟾光促酒籌。聞説當年韓吏部，一碑千古壯南州。

金烏初照扶胥口，赤焰先騰黄木灣。瀲灩晨光全射海，絪緼丹景半銜山。三秋爽氣澄天色，萬里長風壯客顔。遥憶舊隨雙闕直，日華端捧殿中間。

和趙瀫陽太史答黎瑶石内史偕遊浮邱之作

仙臺縹緲碧雲中，遥指蓬萊一逕通。珊井源深丹自伏，紫烟樓古月當空。羅天鶴識浮邱丈，陂水龍知抱朴翁。靈氣千年渾未散，又從今雨見鴻濛。

紫烟樓峙九霄中，十二闌干四望通。珠樹萬行長挺秀，露華千綴遠明空。飛騰舊拉羅浮侶，結構新煩太史翁。最羨清風如閬道，獨攜琴鶴化顓蒙。

石室飛虹壯粵都，玉樓金琯敞名區。巖松棲老千秋鶴，澗草青團九節蒲。風澄月朗宜蓮社，水綠蘋芳似鑒湖。不是玉皇香案吏，誰能到此問蓬壺。

袖拂烟霞出紫都，宏開朱觀作仙區。寰中日月隨青竹，杖底龍鸞結綠蒲。玉女三漿噓伏火，金鼈百煉躍重湖。年來元氣誰斟酌，祇藉先生白玉壺。

趙太史招遊浮邱山和韻尚書

早佩瓊琚侍漢宮，何來南海侶冥鴻。知從珠浦探奇士，為訪丹砂覓稚翁。琅館人爭誇白鳳，玉堂曾自對青虹。懸知即拜燕臺召，望氣天門正鬱蔥。

委珮凌風下五湖，白雲珠水興非孤。行攜一鶴隨青杖，坐握三花映玉壺。舄度紫烟今亦昔，砂留丹井有還無。重來人識浮邱伯，作賦何辭漢大夫。

浮邱社懷趙太史

雙舄行依燕闕日，孤臺留倚粵王城。山川尚借旌麾色，樓閣長懸磬鐸聲。避暑壺觴仍惜別，向陽花木總含情。看來豈是玄都觀，千樹桃華自種成。

奉浮葛二仙入祀朱明館

跨鶴並遊滄海曲，乘鸞直上碧雲寰。海門珊井餘千劫，勾漏丹砂出九還。新傍朱明開洞府，卻誇蓬島在人間。藥爐汞火知長伏，願丐餘馨一駐顏。

秋日登浮邱臺

春暇相隨訪泬寥，五雲樓觀鬱岧嶢。虛堂白晝聞天籟，深洞青林濕露標[一]。海上丹砂何日就，巖前烟樹此相招。閒來我欲跨玄鶴，直上仙都度石橋。（以上明郭棐、清陳蘭芝嶺海名勝記卷五）

［一］露，明萬曆廣東通志卷六五作「路」。

飛來寺

扁舟又度飛來寺，慚見江鷗數往回。覽勝沈卿原有賦，留題羅隱是仙才。層崖古樹雲同綻，絕壁懸流雪作堆。如此山川足行樂，幾時高步釣魚臺。

名山一眺欲攀蘿，宿雨淒迷意若何。風動犀潭金鎖冷，雲封猿洞紫烟多。舊遊有句慵題壁，新思無端且縱歌。回憶美人湘水上，鳴絃誰伴鼓雲和。

青鬢南來又幾秋，躋攀還憶昔同遊。叢篁窗外僧閒臥，凝碧灣前水亂流。雲樹遠天雙過雁，芙蓉深處一登樓。不堪回首沉香浦，芳草蒹葭思轉幽。

蘭棹依依度碧湍，漫緣紫邏上層巒。清泉飛響雨鳴閣，短杖穿林翠濕冠。金鯉跡隨江水沒，白猿聲斷嶺雲寒。銷沉往事休相問，唯有琪花獨耐看。

和樂周弟寄韻

寶刹崚嶒勢欲飛，舊遊還憶並雲機。三年海國予閒臥，十月亭臺爾振衣。犀影蒼涼金鎖寂，鶴聲迢遞玉書稀。傳經帝子今何在，猶有瓊花開翠微。

峽山飛來寺

何處來蘭若，兹山自梵宫。潭虛金鎖冷，洞古玉環空。峽路松杉合，川流舴艋通。揚帆從此去，何必問東風。

飛來寺

凝碧灣頭清遠寺，宛然圖畫自天開。山從中宿城邊起，峽折流泉地底回。碧月淨依朱檻轉，野猿啼去白雲哀。我來遊覽塵襟豁，石上題詩掃綠苔。

寺當南北二禺間，今日重遊次第攀。塵淨禪房僧入定，月明仙境鶴空還。山光滿座雲藏寺，峽影奔湍水倒灣。賞興未窮青未了，數聲鐘磬隔人寰。

梵王樓閣倚天開，不著人間半點埃。一石尚存垂釣處，兩山高自庾關來。風生貝葉猿聲斷，鶴唳空山客夢回。起望粤城何處是，老僧遥指白雲堆。

合翠全青總見山，飛來寺裏獨憑闌。滿亭花雨含清氣，萬壑松風響佩環。殿角陰連蒼蘚暗，竹間棋罷老僧閒。更從絕頂窮幽討，翹首京華咫尺間。
上方樓閣梵王宮，峽迴周遭紫翠中。古寺飛來山色老，妖猿化去世緣空。曇花芳映菩提樹，寶鼎香浮柏子風。千載玉環今在否，漫題詩句記行蹤。
曲曲江流帶峽灣，停舟聊爾一躋攀。水浮花片知仙路，風引猿聲泣玉環。瘴霧忽開山峽曉，禪扉深鎖洞雲閒。登臨頓覺多清興，那得漁簑去不還。
百粵山川第幾層，重來有約漫追尋。滿臺花雨飄僧梵，兩岸嵐光擁翠岑。貝葉捲時猿獻玉，老僧禪罷客彈琴。登臨欲上和光洞，踏破蒼苔發浩吟。
峽川風月浩無窮，不與尋常梵刹同。兩岸秋光蒼翠裏，數聲猿嘯水雲中。雨收深洞龍歸鉢，露滴松梢鶴唳空。到此令人消百慮，恍如身在蕊珠宮。
白雲堆裏暫維舟，仙境登臨豁遠眸。梵刹靜涵江樹迴，波濤長撼海門秋。青山危石人稀到，絕壑籠雲翠欲浮。獨倚曲闌凝望久，菩提風露冷颼颼。
紺園佳境倚天開，幻作人間七寶臺。四壁好山森似戟，一溪流水碧如苔。烟暝禪林猿自化，香浮施鉢鳥飛來。全青庭上塵襟豁，入眼江山亦壯哉。（以上明郭棐、清陳蘭芝《嶺海名勝記》卷八）

過梅嶺

嶺上松杉接碧空，紛紛木葉下丹楓。越王經略烽塵外，丞相祠堂霄漢中。日落棲烏分古樹，天高飛旆溯流風。憑輿幾度頻來往，猶憶含香侍紫宮。

丞相巍祠聳嶺丫，老成風度迥無加。立朝忠著千秋鑒，制虜幾先一草麻。羯鼓祗聞胡部樂，馬嵬方莫曲江沙。萬年唐社悲歸燕，獨有公碑長歲華。

賴明府召飲于韓臺偕區廣文觀競渡

丹標鼉鼓競韶華，茂宰開筵傍釣沙。群槳凌風江浴日，中流擊楫浪生花。休因錦彩爭先渡，須剖藩籬作大家。我欲垂綸珠海去，笑看飛鷺帶流霞。

韓祠懷古

唐守祠前江水綠，懷賢堂上晚霞紅。一封諫草離天闕，萬古文章滿粵東。樹影扶疏棲老鶴，風聲迢遞送飛鴻。瓣香來拜書臺下，勝景依稀似洛中。（以上明郭棐、清陳蘭芝嶺海名勝記卷一〇）

宿曹溪方丈[二]

一酌曹溪水，泠然清客心。野雲飛不定，江月影長陰。六葉藏珠鉢，千秋見寶林。悠然趺坐處，幽鳥隔花吟。

〔一〕清黄登嶺南五朝詩選卷四題作『遊南華』。

訪南華寶林謁六祖

窣堵巃嵸倚碧霄，四山靈氣護仙寮。雲邊袈影開金刹，天外紅光度石橋。客到鳴鐘群籟應，僧來説偈五花飄。瓣香一縷心如見，笑對菩提思泬寥。

宿曹溪禪林

曹溪溪水發天馨，偶向溪頭一濯纓。寶樹春來爭荏苒，紺流東去總清泠。千山霽後舒玄覽，五葉從前演法乘。欲見本來真面目，焚香中夜讀壇經。（以上明郭棐、清陳蘭芝嶺海名勝記卷一一）

懷黎惟敬鄧君肅游羅浮

憶踏飛雲第幾峰，凌霄四百玉芙蓉。相將定訪青鳩鵲，浩往應乘白鼻龍。花底鳴絃金縷合，洞前留句碧紗封。倚闌搔首勞延佇，老鶴一聲來遠空。

季春遊浮邱小集喜葉化甫至自羅浮談四百峰之勝

春風駘蕩錦雲稠，相拉尋芳作勝遊。予戀鹿裘回栗里，君飛鳧舄自羅浮。朋簪集處塤箎合，杯酒吟邊紫翠浮。四百峰巒春好在，德星今聚粤江頭。（以上明郭棐、清陳蘭芝嶺海名勝記卷一三）

遊七星巖

仙巖標勝概，瑰特記曾遊。斗閣擎天出，風潭傍日浮。振衣扳絕頂，漱石枕寒流。笑問巖前鶴，修翎可自由。

石室何年鑿，瓊花此日看。一瓢分沆瀣，三徑自琅玕。袂振朱絲色，歌翻玉樹寒。當杯須遺興，沉醉閬風壇。

星巖開鑿自何年，翠竹蒼松鎖曙烟。古閣秋明千嶂外，梵臺風肅百靈前。振衣絕壁嵐光映，躍馬平山霽色連。應有憐春如杜甫，任隨花柳問前川。

三峽川原感昔遊，七星靈境共夷猶。檻前樹色浮仙闕，巖畔花香撲小舟。把袂劍光開宿瘴，捲簾蟾采動高秋。仲宣空自牽懷抱，何處豪吟漫倚樓。

陳文峰制軍邀遊七星巖

開府旌旗出郡城，星巖湖水照澄清。停車問俗群生遂，拄笏看山萬寶成。豈為吟秋耽勝賞，祇緣傾蓋見高情。洞龍山鳥俱翔集，來聽轅門鼓吹聲。

八月風澄笋蕨肥，壽歌聲繞翠雲衣。謾勞設俎開山洞，許共看花坐石磯。倚杖同瞻天北極，當筵誰獻鶴南飛。盡誇賓主齊元愷，共詠崧高祝紫微。

度靈羊峽望崧臺

西江西峽鬱嵯峨，南客南來幾嘯歌。旭日映空翻翠壁，飛雲當岫翳青蘿。能將華髮逢秋色，欲把青竿侶釣簑。野興狂吟予不淺，崧臺攜手思如何。

星巖二十景

石室龍床

何年龍向石床蟠，瑤島幽清萬壑寒。一自行雲翔碧落，彌空花雨尚漫漫。

瀝湖漁棹

湖水瀰茫接碧天，短橈輕網任蹁躚。得魚沽酒瞢騰醉，長在青莎綠樹邊。

虹橋雪浪

虹梁岧嵽漲春濤，濺雪翻花浪正高。試問乘風誰萬里，卻疑宗慤駕長鼇。

天閣晴嵐

璿閣丹霄崒屼開，憑高縱目思堪裁。天風驕蕩烟嵐淨，笑盼晴虹望上台。

金闕朝陽

天開琳闕粵山頭，日射瑤題碧水流。欲向仙都覓黃鶴，直看雙頂瑞光浮。

寶陀夜月

寶巖清閟景偏加，石乳駢連玉作華。向夜月來松影亂，卻疑神女散瓊花。

星亭擁翠

星亭綽約倚星山，長耀星華五嶺間。來聽洪濤翻翠壁，更臨清泚弄潺湲。

霞島飛瓊

玉洞玲瓏翠作鬟，晴霞縹緲色斕斑。流泉恍訝飛璚至，時有風聲響珮環。

樹德松濤

繞院松陰起翠濤，植松人在楚江皋。須看聳壑昂霄日，不是玄都千樹桃。

棲雲榕蔭

雲亭高木鬱穠華，全覆平山豆蔻花。露澤遠同棠樹蔭，風流爭向召南誇。

紫洞禪房

紫雲仙洞記曾來，看竹尋幽首重回。笑問老僧禪定處，臨風吾憶鬱孤臺。

蓬壺仙徑

偶來蓬島倚層霄，恍似天台度石橋。倩采紫芝情冉冉，轉憐青犢思迢迢。

臨壑荷香

霓裳仙子按雲和，搖曳香風濬素波。多少採蓮年少女，都來池畔鬧笙歌。

方塘魚躍

千頃滄波皺綠漪，萬行玉尺弄清湄。濠梁樂處應相似，此日忘筌信所之。

杯峰浮玉

一杯峰屼石門東，砥玉長浮瀝水中。莫謂孤高無伴侶，轉頭如揖萬芙蓉。

天柱流虹

柱撐天闕出嶙峋，虹跨銀河落澗津。粵客獨來翹首立，五雲高處不勝春。

仙掌秋風

亭亭仙掌屹雲端，長挹東皇勢鬱盤。絕頂可能翔獨鶴，凌風容與駕雙鸞。

閬巖夕照

西閬風澄宿霧收，巖光滴瀝翠如流。落霞孤鶩齊飛處，返照翻江島嶼浮。

阿坡泉湧

雹斧誰將阿石開，飛泉湧出雪崔嵬。巖前滾滾珠為珮，澗畔泠泠玉作苔。

石洞雲封

九峰奇勝崆峒上，太守雄題石室中。從此名山多令主，不須更倩白雲封。（以上明郭棐、清陳蘭芝嶺海名勝記卷一四）

中宿峽[一]

中宿之勝何雄哉，獅臺屹向青天開。傍峙兩山森列戟，中拖一水如奔雷。石林琪樹紛交互，翠巘丹梯宛相顧。上有軒轅帝子宮，風月朝朝還暮暮。我欲攀蘿游上方，雨花四散飄天香。瑺題總列葳蕤杖，青鳥匀妝翡翠裳。傳言仙跡多茫昧，猶有禺山至今在。梵王古殿尚依然，化樂高臺遥相對。釣魚石畔江水瀰，金鱗百尺人不知。天風浩浩吹波立，就中躍出雙蛟螭。路轉和光捫磴入，飛翠繞空沾袂濕。直窮絕頂望神州，船頭簫鼓催程急。趨來倚杖憇全清，臺名欲住不住仍含情。遠聞雲外松濤響，蕭蕭瑟瑟和鸞鳴。榴花五月鋪紅蕊，石乳千條流玉髓。往擷其秀啜其精，露華浥我涼如洗。嘻吁登眺何其勞，虹橋百丈丹霄高。令人到此滌塵慮，頓覺功利輕鴻毛。明月在天照清夜，斗酒篇詩自傾瀉。洞猿水犀莫號呼，玉環金鎖知有無。（明郭棐、清陳蘭芝嶺海名勝記卷一五）

［一］清黃登嶺南五朝詩選卷四題作『峽山精舍』，有删句。

五指參天峰

峰撑五指翠華連，共拄東南倚碧天。金暈無雲晴浴日，銀河如水紫生烟。影騰玉宇三千迴，光射瓊樓十二懸。知是地靈人並傑，直從炎海冠中原。

文筆峰

崢嶸海上羅千峰，偉兹卓筆尤龍嵸。直聳天門作華表，高騰瓊島翔飛虹。雨餘爛漫花千疊，日映婆娑樹萬叢。麗藻已覘鐃五色，溫綸仍擬拜三公。

金雞嶺

曈曈海日出滄浪，喔喔金雞唱上方。聲徹諸天澄萬籟，瑞騰上界朗三光。金闕趨蹌班儼肅，玉階搖曳響琳琅。懸知入侍天門上，五色雲霞捧玉皇。

馬鞍岡

行空天馬迴權奇，遺卻雕鞍在翠微。東野御中青海遠，穆王行處赤虹飛。龍嵸驥骨儔能匹，蹀躞龍媒世所稀。聞說金臺方索駿，追蹤還到曲江湄。（以上明郭棐、清陳蘭芝嶺海名勝記卷一六）

（陈永滔整理）

宿伏城驛懷樂羊子

中山仍古道，樂羊屹遺祠。祠前蒼松柏，鬱鬱含芳滋。下有千歲苓，上有千尺絲。邑人比甘棠，因以結遐思。憶昔魏文侯，任賢如渴飢。盈盈篋中書，棄捐不復疑。所以樂羊生，感君國士知。愛子乃天性，啜羹甘如飴。用能輔霸功，聲績雲霄馳。後來相遇難，狗兔多噓嘻。漢高稱豁達，淮陰含酸悲。唐宗亦磊落，玄成終僕碑。何如魏君臣，一心亙相期。鴻圖迥赫奕，青史光陸離。我來探古蹟，聊以托陳詞。霜風吹素襟，老鶴鳴松枝。

秋夜過林念塘盧起溟小酌

梧葉下金飆，紅塵飄綺陌。蟬聲咽高樹，雁影橫寥廓。起步臨中亭，璧月蒼茫白。會有盈尊酒，憶我同心客。客從粵江來，意氣俱磊落。鄉園思緬邈，對飲聊為樂。攬袂劇談吐，含杯敘夙昔。娉婷披桂枝，荏苒承露澤。共禁霜氣寒，莫遣秋衣薄。所羨際清明，金門新廁籍。鶤鵬雙奮翥，順風永無逆。星緯并昭融，乾坤隨闔闢。酩酊君莫辭，浩歌竟良夕。

擣衣篇

蛾眉婉孌香閨婦，攬鏡看花矜自顧。同遊偶上木蘭船，拾得波間雙尺素。殷勤浣手自開緘，知是遼陽迢遞還。夫戍遠過鴨綠水，妾家近住鳳凰山。鳳凰山上花尚發，鴨綠江邊風漸寒。落葉情隨秋滾滾，擣衣心逐月漫漫。月轉西廂移北斗，砧杵連綿夜良久。還將寶帶結同心，自向羅幃甘獨守。羅幃寶帶宛垂垂，卻耐青春長別離。斂恨空題紈扇賦，含情更製剪刀詞。紅綃拭淚增憔悴，且把戎衣早相寄。恨無雙翼隨飛雲，坐拊花砧長憶君。

送陳廉訪年丈入覲

躍馬從君三十秋，翩翩粉署見風流。岱華自照襄陽席，海色遥憑縹緲樓。門下群英多鸑鷟，案頭瑤草得全牛。暫披貴竹三花樹，言採潯江五海榴。直道自甘烏石樂，春風重整太華遊。臯才久擅雙龍譽，良冶應傳一鶚裘。執玉慶成周典禮，樅金寵冠漢諸侯。直憐沈約偏多病，送別臨風戀衮旒。（以上明張邦翼嶺南文獻卷二六）

阻雪淮上

東風梁苑艷春容，惜拂青氊嘆不逢。歧路猖狂悲阮籍，角巾寥落笑林宗。空麾劍氣寒星斗，未勒勳名上景鍾。二十年來成底事，風流應自愧人龍。

謁岳武穆廟

嵯峨宮殿鬱寒雲，似擁團花舊戰裙。當日何人憂社稷，將軍獨許掃妖氛。五千鐵甲心踰壯，十二金牌事始分。遺恨尚懸湖上月，年年清夜照孤墳。

出紫荊

劍戟森嚴列四山，飛旌晨度紫荊關。馬行古樹風霜裏，人在層霄石磴間。燕闕北瞻紅日近，粵山南望白雲環。宦情鄉思俱寥廓，一夜愁來鬢欲斑。

寄王元馭内翰年兄

遠從王事趨秦塞，回首燕雲戀起居。漠漠三關屯鐵騎，迢迢千里轉金車。寒生雪窖侵貂袂，夢入冰天斷雁書。遥憶姑蘇王太史，瑣闈清詠近何如。

湘陰館中寫懷

蕭蕭寒雨灑寒窗，銀燭微茫黯不光。客裏家鄉勞夢寐，楚中風物助凄涼。諸城夜到多鳴柝，五嶺年來有戰場。從此鏡中添白髮，可堪愁思度瀟湘。

早朝時調客部提督四夷館

鳴珮晨趨謁紫闈，曉烏歡趁萬年枝。風吹花片依龍扆，霧帶檀香繞鳳墀。簪紱幸逢周典禮，蠻酋爭覩漢威儀。顧慚襪綫無裨補，願矢丹衷詠素絲。

送徐少浦膳部侍母還吴

紫鸞銜詔出長楊，驛路秋光映曙霜。三楚風烟摇使節，五雲宮闕戀虞裳。逢時共羨青春茂，愛日還歡白髮長。我亦有懷歸未得，夢隨君去度瀟湘。

寄別同署諸丈

畫省當年並馬遊，可堪獨上木蘭舟。天涯節序紛紅葉，海內交情幾白頭。客夢猶懸燕地月，歸心已趁雁城秋。欲知別後重相憶，夜夜天南百尺樓。

落花吟

萬艷含烟卸曉陰，飛飛零落滿園林。三春景盡青華老，十里紅飄紫翠深。蝶恨香殘多怨拍，鶯憐妝淡有悲音。清絲急管歡遊地，惆悵翻成憔悴吟。
芳樹陰連穗苑東，春殘那復有殷紅。影摇院裏三更月，香墮樓前一笛風。杜詠悠悠惟寫恨，殷懷咄咄祇書空。可憐九十韶光麗，虚入邯鄲客夢中。
行吟更上望春臺，客思傷春未易裁。捲幔風前花影亂，倚闌江上笛聲來。幽香欲佩嗟何及，愁緒如稠闇不開。細數物華零落易，相看那得罷銜杯。

寄陸湛庵儀部

昔年解佩出長楊，腸斷秋雲遠陸郎。別去同誰抽彩筆，病來多自檢丹方。避人溪鳥翩翩逸，得雨階蘭漸漸芳。遥憶干將今躍冶，幾回瞻斗見虹光。

答王忠銘太史贈韻

金臺秋月傍簷明，尊酒勞君子夜傾。卧郡汲生元近戇，登樓王粲有高名。瓊花自解憐芳色，玉笛那堪咽别聲。此去思君何處所，暮雲江樹總關情。

漢諫議大夫王褒墓

古路繁花映翠岑，蘚封霜色助蕭森。孤墳寂歷青山曲，一徑蒼茫紫氣深。金馬碧鷄何處所，蜉蝣蟀自秋陰。臨風慷慨彈雙劍，憶爾當年作頌心。

秋江釣叟

楓葉蘆花一色秋，蕭蕭風景勝滄洲。船頭白酒香初滿，海上青魚喜漸收。把袂漫裁招隱賦，放歌聊作醉鄉遊。夜涼月静天如水，長嘯真輕萬户侯。

憲副招飲黄鶴樓賦謝

跨鶴仙人凌太清，千秋高閣尚崢嶸。江光遠帶瞿唐峽，樓勢平連鄂渚城。歷歷楚山湘女淚，萋萋芳草漢臣情。當尊莫厭深杯飲，醉裏如聞玉管聲。

大庾嶺謁張文獻公祠

丞相祠高庾嶺陽，緑槐翠柏蔚蒼蒼。當年風度雲霄迴，異代丹青日月光。古棟流霞虚掩映，畫簷飛鶴晚回翔。重來趨謁心殊愧，動業無成鬢易霜。

聞東夷報急請援

東封消息近何如，報道三韓急羽書。樂浪半爲豺虎窟，遼陽誰問鴈鴻居。休教鴨緑多飛渡，須遣龍驤盡掃除。此日至尊頻拊髀，諸君何得擁簪裾。

麥訒軒年兄壽八十庭列十二丈夫子賦賀

五羊居近列仙都，君握長生不老符。華髮三千金鼎就，庭蘭十二錦雲鋪。圖開函谷關中景，酒獻蓬山碧玉壺。從此百靈廷上筭，又增名入閬風圖。

區海日内翰北上

三城春樹鬱蒼蒼，惜別憑高思渺茫。客路雲光隨使節，茂林花信待仙郎。金莖玉露供中秘，芝檢琅函出尚方。知列夔龍饒樂事，共看龍駿騁康莊。

和李芳麓侍御宴姚園韻

柳徑傳呼使節來，德星聚處耀三台。出牆高幹初舒杏，調鼎繁枝上綻梅。已向尊前勤問俗，更從物外且傳杯。憂時疏切批鱗語，獨立中天百尺臺。

太極門開有路通，春飈遙送蕊珠宮。群峰羅列疑天上，一水蒼茫似鏡中。蝶帶花香來北榭，鶯啼槿樹鬧東風。徘徊未盡登臨興，更向前山桂樹叢。

七十一答同社

乞得閒身下殿頭，片心已被海雲留。尋常行樂惟書案，七十稀齡又度秋。投贈句皆雙白璧，助吟尊有幾青州。多情蓮社同心侶，容我珠江理釣鈎。（明張邦翼嶺南文獻卷二九）

賀蔣鍾岳明府奏最

五嶺衡湘外，三城紫氣中。來賢歌湛露，為政擅流風。道以朱絲重，名因綠綺崇。育民先豈弟，敷化協昭融。美茲八桂彦，望重五花驄。桃李盈門秀，甘棠帶露濃。淡霏青玉麈，照徹水晶籠。六案無留牘，諸材有素封。年荒多惠政，心苦見良工。績奏三年最，時和世亦豐。願言鋪懿美，持獻紫宸宫。

送海剛峰大理祭告南海兼歸省

北宸分使節，南斗煥星精。禮為懷柔重，恩先海瀆清。暫辭螭陛出，言指雁城行。楊柳牽離思，芙蓉引去旌。風雲萬里意，歧路十年情。粵水今龍躍，朝陽昔鳳鳴。馨香神盡格，禋祀典初成。跂爾瞻銅柱，悠然望玉京。且承萱幄喜，矧是錦衣榮。莫久淹鄉國，遄來答聖明。

明妃詞用儲光羲韻

大漢霜花繚亂飛，禦寒猶著漢宮衣。此時紫塞和戎畢，何日黃金贖妾歸。妝鏡朝開只自悲，琵琶哀怨寫新詞。可憐玉貌都憔悴，不似君王顧盼時。（明張邦翼嶺南文獻卷三一）

採蓮曲

窈窕誰家女，湖上採蓮去。採得鮮蓮花，殷勤唱金縷。對花不覺淚沾裳，妾貌如花安可常。秋風紈扇班姬怨，明月蘇臺西子傷。何如池上錦鴛鴦，朝朝暮暮長雙雙。

明妃曲

毛生畫筆真超脱，能使絕代佳人辭漢闕。佳人豈乏千黃金，不肯低眉濳結畫工心。漢王重信亦重色，臨行見之三嘆惜。約書已定可奈何，兩情脈脈付流波。西風馬上吹紅雪，撥盡琵琶哀轉多。妾身雖沾胡地雪，妾心終憶漢宮月。回弦再撥兩三曲，曲曲聲聲愁欲絕。胡王強相親，漢帝恩終深。請看原上青青草，猶見當時戀戀心。（明張邦翼嶺南文獻卷三一）

皇極殿早朝

金門晴色藹氤氳[一]，委珮嚴趨侍紫宸。仗外日移仙闕迥，天邊雲擁玉華新。瑤花香綻三宮樹，御柳青搖六輦塵[二]。最有萬年枝上鳥，含聲猶憶去年春。

［一］晴，清黄登嶺南五朝詩選卷四作『曙』。

［二］搖，清黄登嶺南五朝詩選卷四作『消』。

太廟陪祀

斗柄方中玉漏催，俄傳嚴蹕出蓬萊。朱旗盡繞雙龍入，紫氣遥從五鳳來。三獻禮終霜月澹，九成聲沸錦雲開。從官森列知能賦，獨立秋風愧菲才。（以上清屈大均廣東文選卷三五）

圜丘陪祀

法駕清辰出建章，隊前多是羽林郎。琱弓鵲血凝霜碧，鎖甲魚鱗耀日光。翩翩飛蓋御行宫，肅肅千官拜舞同。内使傳宣頒早膳，銀罌翠脯下雲中。六鑾鳴玉赴圜丘，豹尾千重護衮旒。鵠立侍臣銜鳳嘴，蟬聯内豎擁貂裘。風肅西山木葉飄，齋宫謁罷晝蕭蕭。從臣劍佩紛如雨，又報臚傳促午朝。（清屈大均廣東文選卷三八）

郭林宗

卓哉郭林宗，涵真自高蹈。角巾植風流，介石屼孤操。獻蔬識茅賢，如玉敦徐好。人倫標藻鑑，藝苑樹旌葆。黨錮方促刺，明哲迥自保。千載仰芳蹤，何慚稱有道。

徐孺子

卓犖南州士，匡山臥雲石。刑餘竊漢柄，雋彥遭戮斥。矯矯飛鴻姿，躬耕甘食力。束芻弔黄生，下榻走陳直。身潔道逾尊，時危志不懾。緬然懷斯人，考槃嗣徽節。

錦江圖爲陳明佐少卿作

昔日同游錦江裏，錦江水色連天起。誰爲作此錦江圖，一片生綃映江水。江上之山岷與峨，千峰萬峰插蒼羅。老君閣上青羊在，丞相祠前翠柏多。憶曾共促籃輿出，浣花溪頭弄寒玉。高歌大笑天地空，何知此身在西蜀。支機不識賣卜翁，草堂詩羨少陵工。指點畫圖何處是，濛濛烟雨動秋風。（以上清黄登嶺南五朝詩選卷四）

嚴子陵

卯金祚中微，垂釣嚴灘上。文叔乘六龍，道亨節彌亮。時出見素心，加足動天象。諫議安可羈，所志在高尚。嗟彼黨霸流，海井詎同量。一絲九鼎重，清風滿霄壤。漢姓劉，劉爲卯金刀，説本讖緯。司徒侯霸與光善，而光嘗致書譏之，仕隱不同趨故也。處士周黨與光同日召見，俱不屈，而范升獨奏黨驕蹇，則黨亦非光比，可知矣。

遊南華南華，寺名。在曲江縣城南曹溪中

一酌曹溪水，泠然清客心。野雲飛不定，江月影長陰。六葉藏珠鉢，千秋見寶林。悠然趺坐處，幽鳥隔花吟。（以上清梁善長廣東詩粹卷五）

寄懷海剛峰同年

京國分攜後，江雲悵望餘。風烟阻南北，歲月惜居諸。雪擁袁安閣，花迎潘岳輿。思君不可見，蟾影入窗虛。

春信翩迢遞，言從建業來。喜瞻雙鯉躍，光映五雲開。莫漫悲時路，還憑振古才。何當對明月，握手一銜杯。

度梅關

萬里南歸客，三秋羈旅身。霜華欺短鬢，草色動征輪。嶺峭天連樹，風高鳥趁人。十年歧路裏，虛負紫綸巾。

泊岳州望洞庭

湖水何太狹，君山望不浮。川陵有變態，客子自清遊。新樹低臨渚，澄雲晚泊舟。笛聲今夜月，誰

醉岳陽樓。

遊西樵山

川原繚繞草萋萋，西去天梯路不迷。滿徑懸蘿無犬吠，隔林修竹有鸞棲。泉鳴群玉飛青磴，橋跨雙虹度碧溪。振袂忽躋千仞上，暮雲遙眺萬山低。

天開圖畫出塵氛，並列羅浮更不群。潮勢全吞南海月，樓光半入北山雲。桄榔樹色晴中見，欸乃歌聲靜裏聞。便欲乘風跨黄鶴，掀髯一問碧霞君。

西樵之山插霄漢，七十二峰深翠微。高臺花雨飛晴晝，絶頂天風吹客衣。紅樹枝頭雙蝶板，緑蘿陰下一漁磯。相逢願結求羊侣，笑向東風歌采薇。（以上清溫汝能粤東詩海卷三〇）

初冬過梅嶺

削嶺嵯峨壓碧空，紛紛霜葉下丹楓。越王經略炎荒處，丞相祠堂霄漢中。日落棲烏喧古樹，天高飛旆遡回風。憑輿幾度頻來往，猶憶含香侍紫宫。（清道光直隸南雄州志卷一七）

（楊權整理）

四賢吟

狄樞密

樞使冠世才，赫然奉天討。雲陣擁貔貅，燈宵馳羽葆。嗤彼豺狼氛，鳴劍肆駘掃。朝度崑崙關，夕破歸仁島。莫問金龍衣，自握蒼精寶。臣心一寸丹，千載日杲杲。

余襄公

武溪百代士，卓峙曲江皋。直言稱四諫，芳譽擅兩豪。蝎從狄宣徽，征西標勳勞。駐賓多峅幪，感交有崇褒。平蠻屹豐碑，筆勢掀秋濤。我來溯流風，緬兹南山高。

崔清獻

菊坡千載人，白麻不能起。憂國見赤心，流風在青史。緊昔筮仕初，賓陽舊棲枳。鳳德翔青霄，鸞書動丹扆。渺予有神契，少夢侍居起。瓣香拜公祠，高山勤仰止。

魏學憲

學憲迥人豪，古心亦古道。振鐸來嶺方，範模多髦髦。紆紳入胄監，簪筆侍丹昊。風采重一時，菁莪賴深造。豫章富豪英，鹿洞探其奧。高風杳莫攀，璧月秋同皓。

夏晝登南樓

客思凭高一倚樓，青山指點見芳洲。三江瘴霧長連夏，六月涼風已覺秋。憶往未須憐楚璞，興來猶自拭吳鈎。停眸且為蒼生喜，預睹西成萬寶收。

秋入三里點香營伍兼課耕兵

川原繚繞指邊城，無限搴帷問俗情。綠野黃雲盈稼穡，青山晴日照旂旌。蕭蕭樹色侵幨入，冉冉花芳夾道迎。先向五營精簡閱，更從千畝課秋成。

自賓州歷柳慶諸邊堡點閱

龍城千隊肅貔貅，簡練提防正及秋。欲使郊原無猛虎，早從屯戍買耕牛。翩翩鳥道衝嵐度，歷歷菁林攬轡遊。多少瘡痍憑問訊，使君非是漫夷猶。（以上明萬曆賓州志卷一三）

（呂永光整理）

全粵詩卷三七八

梁棟材

梁棟材，字隆吉，號對峰。東莞人。明世宗嘉靖四十三年（一五六四）舉人。民國張其淦東莞詩錄卷一三有傳。

金陵歐林二君往省科試

風吹靈籟集天香，竹院陰森世界涼。仙客征車迎柳綠，詞人藜閣應槐黃。碧筩酒盡仙翁倒，優砵花開佛日長。小衲傳燈松寺晚，鐘聲磬韻送歸航。（民國張其淦東莞詩錄卷一三）

（楊權整理）

龐一夔

龐一夔，字仲虔。南海人。嵩子。明世宗嘉靖四十三年（一五六四）舉人。初授蒼梧令，蒞任六載，丁外艱。起復，補歸化令。尋晉任養利州。会緬甸入犯，以禦敵功除九江府同知。致仕歸鄉。著有江門正脈、諭俗編等書。清溫汝能粵東詩海卷三二、清道光廣東通志卷二八〇有傳。

報同守永昌

宦轍銅標西更西，博南一望瘴雲迷。六年剖竹分麟虎，萬里探奇向馬雞。御象行春明漢節，穿貽市粟透蠻溪。家傳治譜存滇曲，此日登祠問故黎。

蘭津謁諸葛武侯祠對鐵鍊橋

魚龍酣鬬捲晴虹，萬里梯航一繞通[一]。黑水誰尋神禹績[二]，瀘江今說漢時功。神留六詔乾坤外，祠枕層巒日月中。獨倚危欄悲鼎足，猿啼花笑夕陽紅。

[一] 繞，清黃登嶺南五朝詩選卷四作『線』。

[二] 神禹，清黃登嶺南五朝詩選卷四作『夏帝』。

撫巡南甸

羊腸南下朔風天，野戍朱旂思惘然。水似羞夷忙赴海，山誠歸漢內馳烟。象奴貫耳吹蘆管，虎旅橫戈臥稻阡。問俗卻憐氛祲惡，斷雲推月照愁眠。（以上清屈大均廣東文選卷三四）

詠懷

心星轉坤維，芳榮遽銷謝。玄蟬號樹間，蟋蟀吟幽榭。商飈蕩陵苕，物性隨時化。瞻彼孤飛鴻，遊戲清瀾下。霜霰既已違，唼藻何雍暇。微禽尚有適，而我獨悲叱。志士惜流光，哀歌達長夜。愧無魯陽德，何以回羲駕。

春日寄直閣林員外

仙郎散佩侍彤闈，候吏焚香護賜衣。親捧紫泥傳禁語，時登青瑣沐恩暉。飄花細傍宮牆出，乳燕斜從御路飛。退食省中無一事，晚來信馬柳邊歸。（以上清黃登嶺南五朝詩選卷四）

（楊權整理）

壽混成叔明府八十

畢公茁南宗，來自珠璣巷。疊滘與弼唐，鳳鸞相頡頏。太守冰蘖聲，中丞鉉鼎望。翁繼以直鳴，鹿門光倍盎。殷鑒喻借秦，安邊韜紹尚。壽宮履虎危，正學批龍戇。茅蕉裸就烹，郇模筐持葬。穹蒼貫精誠，二賢豈多讓。三黜道逾尊，羣咻氣彌壯。昨通政府書，驚定仍獎賞。年茲八十齊，髮宣神更王。秉直定長生，算越期頤上。（清屈大均廣東文選卷二九）

曾孫生

太公望汝實多年，忽試英啼到耳邊。抱送已知勞孔釋，前生應是謫神仙。槐凝紫氣迎朝日，梅散鶯聲出曉煙。欲把青箱親付與，獨憐傳世只青氈。曾孫生，頗有奇夢。

過曲靖先大夫治所

畏壘斯民古自今，趨庭遺跡尚堪尋。輿人生我歸腰堡，酋子思公卻例金。花蔭碑亭風習習，月籠爨俎柏森森。遺書滿壁嗟難讀，對爾餘黎淚並淫。（以上清屈大均廣東文選卷三四）

（呂永光整理）

蘇民懷

蘇民懷，字子仁，一字懋德。南海人。明世宗嘉靖四十三年（一五六四）舉人。初官趙州，入為國子監丞，遷刑部主事，改戶部，歷郎中，終朗寧知府。著有吹池稿。清溫汝能粵東詩海卷三一有傳。

詠懷

操刀截流水，刀拔水還流。與君為夫婦，燕婉結綢繆。如何萬里別，一去隔三秋。鴛鴦戲江渚，鴻雁叫沙洲。歲晏衆芳歇，紅顏不可留。獨妾空閨裏，蕙帷長夜愁。

詠史

子房任俠雄，少時重然諾。觀其博浪椎，氣象亦揮霍。猛氣若豹蹲，綿力無雞縛。所以圯上翁，每教以柔弱。一篇黄石符，儘是老聃略。事急脱鴻門，玉斗留斟酌。睨盼兩英雄，玩弄若戲謔。炎精四百秋，功名在帷幕。晚遂赤松遊，進退實磊落。咄哉亞父謀，舉玦空恣虐。

秋日遊靈谷寺

一雨送微涼，千山静如沐。蕭蕭松檜秋，露氣多芬馥。窈窕入前林，天籟應虚谷。僧梵落松濤，磬聲出疏竹。陵寢壓山椒，郊壇繞其麓。鬱葱佳氣浮，蒼翠團黄屋。白鳥江上來，黑鷹下喬木。日暮返重城，兹焉想邁軸。

春日重遊瓦官寺

烟雨滿重城，曉策西南轡。寂寞鳳凰臺，淒清瓦官寺。竹色淨禪房，葳蕤鎖深翠。幾樹杏花紅，餘英布初地。高閣既虚明，層軒亦幽邃。老僧逢白頭，共話前朝事。刻畫何年碑，上有昇元字。午梵聞山鐘，清貢修香糒。一到空塵緣，再到空妄累。嘈嘈濯龍門，喧喧動車騎。何似此中遊，獨往有深致。

南關道中

我行入南中，事事皆殊傀。怪石馬蹄生，好峰當面起。豎者如鼇牟，蹲者似犀兕。是時春仲交，草木漸暢美。風雨所摧殘，瘴霧所煎靡。石壁餘嶙峋，點綴互蒼紫。嚶嚶春鳥鳴，湜湜泉流瀰。帶刀椎髻奴，出入俱妻子。伐木響山椒，時聞深澗底。窈窕轉前旌，鼓角餘聲裏。邊吏遠來迎，騎踏旄頭駛。古稱花面蠻，於今親見矣。其言雖侏儷，其俗尚淳俚。愧彼中華人，衣冠盛包匭。機械互紛拏，文墨相宛委。徒工鞶帨姿，何裨結繩理。子欲居九夷，無乃意為是。

書北齊馮淑妃傳後[一]

鷹犬儀同各階級，琵琶當殿黃門立。齊兵穿破平陽城，妖星馬上催妝急。蒼黃介胄暗塵飛，猶自嫣然著錦衣。不聞汾水方酣戰，尚憶天池更打圍。金鷄啼上白楊樹，不見鄴宮行樂處。無愁曲奈有愁何，粉鐿敲殘紅淚多[二]。

［一］清梁善長廣東詩粹卷四題後有注：『馮淑妃，名小憐，穆后從婢。后愛衰，妃有寵，封淑妃。齊主入周，以賜代王達。』

［二］鐿，清梁善長廣東詩粹卷四作『鏡』。

題顏宗漁樵耕讀圖為姚侍御賦

君家粉壁懸絹素，千山萬山起烟霧。層崖絕壑俯滄溟，飛瀑奔流如雨注。樹色冥蒙日月昏，波濤洶湧蛟龍怒。乾坤縹緲亦蒼茫，中有高人得真趣。結廬人境手韋編，不知絕簡與殘蠹。坐看漁父傲滄洲，入暮樵人失歸路。農夫兩兩荷鋤耕，相忘帝力知何故。于嗟萬里咫尺間，形形色色皆神遇。令我胸次總悠然，開襟酌酒應無數。主人愛客亦忘機，席上不驚鷗與鷺。乃知神筆怡心顏，不必登樓堪作賦。為君一醉且高歌，潦倒尊前忘日暮。（以上明張邦翼嶺南文獻卷二六）

俠客行[一]

殺氣臨沙磧，黃塵白晝飛。請君雙羽箭，破虜百重圍。轉戰隨驃騎，捐生事武威。從來遊俠骨，不是顧輕肥。

〔一〕清梁善長廣東詩粹卷四題後有注：『荀悅云：使氣作威，結私交以立強於世者，謂之俠客。』

野老

草閣臨江東，荊扉向水開。花深啼鳥坐，風細晚潮來。綠竹籠沙岸，丹楓點石臺。滄浪有漁父，烟艇日徘徊。

婕妤怨

辭輦言猶在，當熊意亦深。如何桃李月，不照歲寒心。夢斷籠金鎖，愁來罷玉琴。隱其雷漸遠，何處望車音。（以上明張邦翼嶺南文獻卷二七）

鉢池山

鼓角斜陽散騎時，秋風禾黍正離離。荒原野燒留丹井，古寺空林有鉢池。漭漭河流天外合，森森帆影雨中移。小山何處堪招隱，腸斷淮南桂樹枝。

秣陵秋思

極目平蕪綠未凋，澹烟疏靄晚蕭蕭。露華最愛翻梧影，霜意何妨到柳條。兩岸砧聲楊子渡，片帆秋色廣陵潮。庾樓莫更乘明月，惆悵風前弄玉簫。（以上明張邦翼嶺南文獻卷二九）

採蓮曲

輕舟日日傍芳菲，南港花繁北港稀。貪折高莖傷弱腕，卻翻圓露濕羅衣。

空明秋水浸紅霞，一帶橫塘十里花。落日迴橈遊子去，箇邊楊柳是儂家。

荷弱風來不自持，那堪水面受風吹。金鞭橫截垂楊過，調妾珊瑚知是誰。

一曲菱歌恨未終，所思人隔若耶東。秋風昨夜湖南過，多少荷花怨落紅。（以上明張邦翼嶺南文獻卷三一）

海珠寺[一]

客子一停橈[二]，秋空正泬寥。珠浮插江寺[三]，虹落倚城橋[四]。獨鶴唳霜月，寒蟾隨夜潮。蒹葭無限思，宛在水迢迢。（清康熙南海縣志卷一六）

[一] 清黃登嶺南五朝詩選卷四題後有注：『在五仙西海中。上有丹霞諸勝，茂林刺天，綠陰遍水，遊船時泊其下，觴詠不輟，絲竹相間。雖狂流暴長数尺，而不能越其階級，蓋相傳随潮上下也。

[二] 子，清黃登嶺南五朝詩選卷四作『舫』。

[三] 此句清黃登嶺南五朝詩選卷四作『珠光凝海寺』。

[四] 落倚，清黃登嶺南五朝詩選卷四、清温汝能粵東詩海卷三二作『影跨』。

光孝寺訪智海上人

一訪智公宿，青青竹四圍。不緣稅塵鞅，寧得扣禪扉。古寺烟光夕，中林露氣微。玄言暫欣對，彼我已忘機。（清乾隆光孝寺志卷一二）

（楊權整理）

黄鏊

黄鏊，字作庚。番禺人。明世宗嘉靖四十三年（一五六四）舉人。官信豐知縣。清温汝能粵東詩海卷三一、清道光廣東通志卷七四有傳。

登鎮海樓

層樓百尺倚璇霄，雄鎮東南萬里潮。影浸螭宫迴砥柱，勢吞鯨海護銅標。晴雲鎖檻秋蕭索，寒月窺簾氣泬寥。觴詠盡為蓬島客，秦臺莫漫奏鸞簫。

登坡山

坡山山頂白蓮池，聞道群仙舊結廬。五色穗遺羊化石，九還丹就鶴留書。鯨音朝夕傳高閣，鷲嶺烟霞切太虚。前世初平今我是，年來叱石又何如。（以上明郭棐、清陳蘭芝嶺海名勝記卷一）

謁李忠簡公祠

長江千頃一珠浮，祇樹曇花墅色幽。初地半分詞客座，春濤雙繞謫仙樓。鼇擎砥柱雲霄出，鯤化重溟日月悠。北斗泰山時入望，潮回猶未解蘭舟。（明郭棐、清陳蘭芝嶺海名勝記卷三）

厓山吊古

風捲元氛海上來，江流疑是漢池灰。翠華寂寞蛟龍泣，黄屋消沉鳥雀哀。萬騎忠魂何地散，九重王

氣自天開。不須競逐中原鹿，五百昌期指日回。（清趙允閒等重修厓山志卷七）

（陈永正整理）

浮邱社懷趙太史

仙客青牛早度關，回車即入侍天顔。登龍尚憶聞三昧，窺豹空慚見一斑。雲鎖傳巖看雨作，春留葛井有丹還。江湖萬里頻翹首，山斗應從夢裏攀。

奉浮葛二仙入祀朱明館

何年仙客馭烟霞，祠宇今傳海上家。井有珊瑚浮紫氣，人從勾漏負丹砂。春風暖入三花樹，夜月光涵五色車。悵望羹牆不一笑，叱羊誰自隱金華。

浮邱八景

跨鶴仙人馭紫烟，玉樓西構二雲邊。孤騫半倚青藜閣，太乙清輝夜夜燃。紫烟樓

劍佩雙棲紫禁垣，一朝拜命出天門。沉香亭下東流水，得濯塵纓是主恩。晚沐堂

珊瑚深汲赤砂清，活水輕涵玉樹明。葛令有丹成九轉，何勞仙掌注金莖。珊瑚井

丹臺瑤室敞詞壇，筆掃文星宇宙寒。堂構落成仍補衮，金蓮學士在長安。大雅堂

玉舄憑陵漢苑霜，何年留此跨仙羊。即看兀兀居東土，猶似翩翩出阜鄉。留舄亭

羅浮門戶有朱明，峭傍芙蓉十里城。紫氣絳霞相掩映，月中王子漫吹笙。朱明館

衣拂青霄五色雲，書傳丹檢一函文。山中忽遇浮邱伯，幾挹輕裾手未分。挹袖軒

笙歌吹散洞門霞，縹緲仙人海上家。聽罷雲林歌一曲，翻驚嵩嶽種三花。聽笙亭（以上明郭棐、清陳蘭芝嶺海名勝記卷五）

過梅嶺

家在梅關曲水陽，宫祠北望五雲鄉。□□□□絲綸上，鑒比黄金日月光。老向故山焚諫草，澤存遺笏是甘棠。自從海燕吟成後，風度誰如入建章。

韓祠懷古

千仞峰頭一鳳翱，昌黎風裁冠諸曹。佛經忍亂垂裳治，宫市何辭綴簡□。□□□□□□□，□□□散斗星高。祇今遺有甘棠□，□□□□□□□。（以上明郭棐、清陳蘭芝嶺海名勝記卷一〇）

文筆峰

柱石棱棱倚絳霄，筆峰東控海門潮。常濡雨露驚濤壯，迅掃風雲淡墨嬌。舞鳳乍疑秦玉管，落鴻還擬漢銅標。晴烟荏苒長安路，猶接龍飛萬里橋。

金雞嶺

聞道仙人海上家，金雞千仞鎖晴霞。春風楊柳啼山鳥，淡月桄榔度曙鴉。天近鳳池峰展彩，洞臨鵬海水流花。何時得策盧敖杖，與客同登博望槎。

馬鞍岡

驊騮千里展霜蹄，留得雕鞍隴上棲。山帶彩雲擎錦韉，石含青蘚擁障泥。漢臣矍鑠終難據，唐相光榮卻與齊。東閣此時求駿急，春風芳草聽長嘶。（以上明郭棐、清陳蘭芝嶺海名勝記卷一六）

（陈永滔整理）

歸燕

一度春風一度歸，雙棲猶是舊烏衣。細穿花徑窺人語，頻掠芹泥傍壘飛。綵縷帶回容未改，玉書傳去墨初稀。故家風景年年在，知爾重來漫啟扉。（清溫汝能粵東詩海卷三二）

（楊權整理）

鄭用淵

鄭用淵，順德人。明世宗嘉靖四十三年（一五六四）舉人。官松江府通判。事見清康熙順德縣志卷五。

兗州道中有懷南劍諸友

龍峰鬱蒼翠，劍水涵淵澄。五星聚奎躔，諸賢應運興。龜山濬其源，定夫闡其精。冰壺獨瑩徹，紫陽集大成。遠宗洙泗脈，近紹濂洛馨。寥寥四百載，吾道孰準繩。皇風正清穆，釀化起朱程。江右真儒出，鐔南豪傑生。堂構既赫奕，正學復玲玲。愧余蹇不類，摳衣及門庭。從茲鄒魯道，驅車向北行。吁嗟二三子，賦質良睿明。毋徒空立雪，返照在惺惺。孔顏尋樂處，用舍總無情。夙夜慎勉旃，勿鑿爾性靈。

水簾洞

乘興入羅浮，言尋水簾洞。噴薄落層巖，無風雷自動。砰磅激石聲，響為山林重。飛流千百尺，峰巒連底凍。白日照長虹，烟雲成蝃蝀。珠璣散輕霞，飄蕩青絲控。高山流水間，誰為調三弄。而我洗塵囂，翻似華胥夢。（以上明張邦翼嶺南文獻卷二六）

越王臺

越秀山前百尺臺，尉佗從此辟蒿萊。開疆卻藉任囂力，歸漢還憑陸賈才。雁翅城連青嶂合，虎頭門湧碧波回。荒基此日惟秋草，不見當年鳳輦來。

虞美人草

憶昔鴻門碎玉杯，八千兵盡楚人哀。可憐一代傾城色，別卻重瞳蓋世才。祇有英魂依弱草，漫將香骨掩蒿萊。花時猶似丹砂艷，長向東風幾度開。（以上明張邦翼嶺南文獻卷二九）

（楊權整理）

登朝漢臺

粵臺朝漢接青霄，北望長安萬里遙。山控石門通海國，水環珠浦湧江潮。風傳鼓角烟氛淨，雲捲旌旗瘴霧消。一統車書今日盛，擊壤何幸祝神堯。

懷南園五先生

結社南園意氣雄，一時高調羨群公。孤標宛似南山老，文藻渾如稷下風。異代詞華傳白雪，當年蹤跡嘆飄蓬。陰何盛美應難繼，此日浮邱尚許同。（以上明郭棐、清陳蘭芝嶺海名勝記卷一）

（陈永正整理）

浮邱社懷趙太史

鑾坡視草玉堂仙，為訪浮邱下粵天。丹井潮通滄海月，紫烟樓瞰碧池蓮。晴花恍映宮袍色，雅社猶傳白雪篇。遙想遊蹤頻眺望，台星今在五雲邊。

浮邱景朱明館

淑氣初回物候新，浮邱倚杖謾行春。池邊返照還留客，洞口輕風遠送人。竹下題詩堪遣興，花間載酒可怡神。傳杯不覺斜陽暮，白首襟期老更真。（以上明郭棐、清陳蘭芝嶺海名勝記卷五）

飛來寺

中宿城深集暮鴉，二禺聯秀翠槎牙。兩山直出連天近，一水中流到海賒。樹杪閒雲棲老鶴，洞門清晝有桃花。飛來古刹何年代，獨倚松根對日斜。（明郭棐、清陳蘭芝嶺海名勝記卷八）

（陈永滔整理）

鄭佐

鄭佐，順德人。明世宗嘉靖四十三年（一五六四）舉人。官漳州府通判。事見清康熙順德縣志卷五。

得蕭漢潁漕河書卻寄

王事漕河上，春風望帝畿。牙籌紓廟略，草色念柴扉。帆掛千艘急，書回一雁飛。他年論轉餉，麟閣有光輝。（明張邦翼嶺南文獻卷二七）

懷陳士鵠

北望望君君復西，勞勞亭上草萋萋。凌霄鳥道星隨劍，躍馬盤江鐵作蹄。雲雨來時巫峽夢，登臨到處楚騷題。十年回首黔中路，腸斷春風錦翅啼。

次梁延復韻寄答

盈盈一碧海天寬，百折牂牁路不難。塵閣故交玄是草，班行猶羨鷺為官。黄花酒泛霜林淨，朱鶴琴横雪夜寒。多少瘡痍待側席，未應長嘯問漁竿。

春宫詞

長門絲柳鎖春晴，黯黯飛花對畫屏。一自香風開繡户，坐聽團扇起鞭聲。宵衣想見宫雲爛，疏草爭傳海日明。辛苦萬幾惟補衮，佇看垂拱瑞河清。（以上明張邦翼嶺南文獻卷二九）

（楊權整理）

王文明

王文明，澄海人。明世宗嘉靖四十三年（一五六四）舉人。官路南知州。事見清道光廣東通志卷七四。

弔羅貞烈

一死酬初志，寧知身後名。風摧秋日白，節映婺星明。鶴夢悠悠去，松姿歲歲榮。無繇瞻蕙帳，感

慨不勝情。（清康熙埔陽志卷五）

（呂永光、張玲整理）

姚文粹

姚文粹，字純夫，號擂山。南海人。嘗師事黃佐。以嗣子光泮獲贈御史。清溫汝能粵東詩海卷三二、清道光廣東通志卷二八二有傳。

封川江上感述

秋江風故急，聊送客西遊。浪跡真浮梗，芳心不繫舟。海日射書案，山雲覆驛樓。翩翩何處雁，振翮過前洲。（明張邦翼嶺南文獻卷二七）

輒有所述

尋幽乘興陟高岡，曲徑人稀草自芳。冰井寺邊山澗冽，韓公祠下午風涼。鳴禽見客聲偏急，古木凌空色故蒼[一]。長嘯薄林天地迥，舞雩襟度落遐方。（明張邦翼嶺南文獻卷二九）

[一] 故，清溫汝能粵東詩海卷三二作『更』。

（楊權整理）

黎紹詵

黎紹詵，順德人。明世宗嘉靖四十三年（一五六四）舉人。官河東鹽運使經歷。事見清康熙順德縣志卷五。

曉行

開窗乘曉望，四野靜無霞。一片隨流水，千枝滴露花。鷄聲聞遠岸，人語是誰家。為報趨程者，孳孳路莫賒。（明張邦翼嶺南文獻卷二七）

夏日次答韋純顯草堂小集

結屋田間古徑西，洞天深處路還迷。三春澗草堪娛鹿，五夜篝燈解聽鷄。投轄敢云河朔飲，登壇重見浣花溪。不妨暇日頻臨眺，剩有青錢掛杖藜。

集純顯宅

細雨黄花白雁秋，餐英此日共淹留。江村比屋西成樂，穗石青尊薄暮酬。蒼翠滿庭生意動，牛羊下隴野情幽。何當長嘯雲蘿外，一臥滄浪問釣舟。（以上明張邦翼嶺南文獻卷二九）

（楊權整理）

全粤詩卷三七九

王弘誨

王弘誨（一五四二—一六一七），字忠銘，一字紹傳，又作少傳，自號天池居士。瓊州安定縣（今屬海南省）人。天性聰穎，過目成誦，博極群書，以宏博淹貫名重於時。九齡就童子試，年十三遊庠。明世宗嘉靖四十四年（一五六五）以解額登進士，選庶吉士。穆宗隆慶四年（一五七〇）授翰林檢討，充實錄纂修。旋丁母憂。神宗萬曆五年（一五七七）晉翰林編修。時張居正當國用事，弘誨作火樹篇、春雪歌譏之。十一年升南京國子監祭酒，旋晉南京吏部侍郎，改南京禮部右侍郎、會典副總裁兼經筵講官，又改本部左侍郎。會典成，加太子賓客，充日講三品。掌詹事府，教習庶吉士。十七年會試任副考，七月升南京禮部尚書。十九年以勞瘁屢乞休，得旨還籍。二十六年，復職北上，從南昌把意大利傳教士利瑪竇帶入南、北二京。二十八年致仕。卒於神宗萬曆四十五年。追贈太子少保。著有尚有堂集、吳越遊記、來鶴軒集、南溟草、奇甸草、天池草等。清道光廣東通志卷三〇二有傳。

王弘誨詩，以清康熙刻編修吳典家藏本太子少保王忠銘先生文集天池草重編爲底本，參校民國二十四年瓊州海南書局鉛印本天池草。新輯集外詩附於卷末。

王弘誨一

歲莫太學宴集分韻得天字

玄冥送殘臘，青陸啓祥烟。報祀禮既徹，繹燕開賓筵。百蠟尚一澤，斯義古來然。況當獻歲初，陽和普堯天。芳辰逗嘉會，慶賞非流連。太學徵故事，賡和有遺編。以吾一日長，言念聚星緣。清晨肅虛館，寮友羅英賢。餕餘飫神惠，駘蕩分春妍。忘形露悃愊，滌慮謝紛纏。盤有椒花獻，杯有竹葉傳。佐食增家醞，經費儉緡錢。酢酬既有秩，度饛胥無愆。酒半出素帙，探韻續新篇。載手祈康爵，既醉歌萬年。緬懷皇祖時，人文此地偏。大烹隆鼎養，衿佩集蟬聯。列聖久熙洽，儒風不昭宣。曠典幸茲在，風韻同後先。吾道有深羨，溫飽非所憐。君看解嘲人，默然守太玄。亦有廣文者，坐客寒無氈。其人雖往矣，其名猶著焉。淺薄誠濫叨，酹酒諸公前。願言各努力，策足步英躔。帝德何能報，滄海輸涓涓。稽首陳三雍，弦歌暢八埏。

趙太宰讀易圖

太宰謝塵鞅，抗志遵先軌。幽棲闢梁園，華窗見汝水。寒烟入茅茨，蓽門朝未啓。賞心憩松石，默坐觀無始。龍馬發秘藏，盈虚悟深旨。抱膝有餘暇，玄言時自擬。千聖不可作，九師亦云鄙。鼎鼎百年間，聞道知誰氏。請證洛誦言，一叩參寥子。

讀書秋夜簡陳仁甫太史

孤榻懸秋夜，端居塵事屏。簾風度涼氣，窗月散晴景。感兹時物變，悠然發深省。蘭膏誦遺編，妙悟入玄境。千聖傳心法，所貴在主静。俯仰宇宙間，此生何多幸。玩物徒喪志，無乃勞馳騁。故人多意氣，同心重交儆。鑿壁分餘光，疏燈照清影。

雨過即事簡陳公望宫諭

霽雨散炎蒸，端居暢遐想。薰風時南來，四望回新爽。鳴蟬集高樹，幽鳥自來往。輕霞浮瀲灩，遠嶼互蒼莽。憑軒一以眺，悠然足心賞。散帙窺遺編，鳴琴發清響。吏隱稀朝謁，地偏避塵鞅。無勞談丹丘，即此超世網。摳衣時出門，苔緑侵階長。

擬詩贈許伯楨太史貤榮拜恩

青青澗下松，鬱鬱原中柏。至人已云逝，睠兹重含惻。伊昔偕隱時，鴻光齊令德。儐金不自明，臥絮寒雪積。茹荼自哺雛，一經貽燕翼。神巫亦何奇，禄養謂不克。嚴霜萎百草，白日忽西匿。鴻圖啓太史，扶搖振六翮。謁帝承明廬，漢室虚前席。龍章下彤墀，恩褒何赫奕。金馬承使軺，玉魚賁泉穸。養豈必鍾鼎，孝匪在朝夕。顯揚古所羡，道在名愈熾。感彼蓼莪篇，昊天誠罔極。

秋夜獨坐簡故鄉知己

涼風肅秋宇，明月照庭帷。攬衣起中夜，四顧何躊躕。伊昔來京國，青楊拂地垂。冉冉歲數周，嚴霜履淒其。故鄉渺何許，各在天一涯。老親歲云暮，遊子別經時。南國無來鴻，消息安可知。灼灼花枝紅，落葉倏已披。人生非金石，感兹能不悲。衣馬任風塵，陸沉亦何爲。以兹結中情，彷徨無所之。言念同心友，參辰久乖離。望遠不得至，悠悠勞我思。願言崇令德，皓首慰相期。

夏日讀百家書有感

朱明緩修旭，薰風淨遊塵。蕭然澹閒館，虚白生微春。鞅掌謝物役，竹素探奇珍。冥搜七略備，玄覽百家陳。展卷一以玩，觸處洞原因。千聖久湮沒，諸子爭嶙峋。微言著簡冊，浩瀚凌霄垠。一致而百慮，滄海譬浮津。曠觀宇宙來，經緯難具論。掩帙且默坐，息念存吾真。玩物徒喪志，無乃勞精神。所以魯中叟，一貫遺陶甄。森森萬象間，心上分經綸。矧今際熙代，大道炳蒼旻。六經與諸子，日月等參辰。異趣均亡羊，斯言當書紳。常恐蒲柳姿，偃蹇隨荊榛。勉旃策康莊，他岐息征輪。

癸丑七月八日賤生七十有二初度日舉高年會約家兄八十翁德銘偕莫吳周程褚五老在坐合五百餘歲爰賦詩五言古風七章以侑壽觴云

於皇我烈祖，受姓分姬姜。粵從文武後，濬發暨靈王。子晉讓儲位，求仙學丹方。山中纔七日，閱世千秋長。

千秋表禎符，仙籙衍無紀。綿邈越漢喬，繩祖昭來許。入朝著奇蹤，雙鳧傳隻履。北斗朝南弧，慶壽從茲始。

茲始迄於今，永年卜世世。慚予薄劣人，古稀幸加二。弱冠忝登庸，垂老方知止。荊花侍太公，耄齡欣相倚。

相倚亦何爲，洛社結耆英。九老集龍門，幽人剩嘉貞。龐眉兼皓齒，環坐五百齡。孫曾列森羅，歡樂暢餘生。

餘生知幾何，俯仰成今昔。緬懷上元初，哲兄倡先席。自後每蹉跎，盛筵難再得。初度攬揆予，悠悠已七夕。

七夕踰茲辰，對酒歌樂胥。吾宗晉與喬，投驩或在此。列仙宴瑤池，群公亦其比。願言張幔亭，歲歲來賓主。

賓主盡東南，離合戒辰參。紫氣迎函谷，青牛問老聃。七賢與六逸，此會應無慚。新詩擬十九，持觴當面談。

詠史示兒

姬旦賦鴟鴞，流言亦坎坷。不智與不仁，聖人且有過。投杼動慈顏，按劍明珠挫。由來天性間，情理俱無奈。唐虞世已遠，殷周道未墜。上嘉下樂間，無可無不可。吾聞采薇子，清風起廉懦。延陵挹高悰，達節亦可賀。文王如可師，周公豈欺我。兒曹尚勉旃，聖賢亦人做。

親親之謂仁，敬長之謂義。仁義本並行，夷齊則皆是。學夷曰從父，學齊曰尊君。君父各有當，情理貴無愆。所以民無稱，仲尼謂至德。亶父豈不慈，伯季亦奚擇。大人有不爲，義在無信果。正名豈爲迂，言行必求可。至理諒斯在，明訓炳丹青。歸求有餘師，簞豆戒徇名。

登文筆峰

炎洲窮滅沒，岡巒互參次。卓矣文筆峰，崚嶒拔平地。壁立無因援，絕巘削如刺。丹梯入鳥道，秀色天門侍。始歷尚逶迤，望望轉穹邃。陰洞引奎芒，石几繡霞帔。含毫日五色，點染氤氳賁。滄海環墨池，奇甸標靈閟。遙憶鴻濛初，妙有分萬類。高下還清濁，川嶽界殊位。不知浩茫中，地脈潛何寄。突然五指伸，復此擎一臂。巨靈不可測，清淑羨含異。嶽降豈偶然，作者誰當畀。我本山中人，微尚耽仁智。竭來俯八極，覽化窺元始。顧己慚鉛鍔，叨名廁簪珥。斯文誠在茲，吾黨責誰諉。夙希青鏤管，願授紫庭秘。稽首祈山靈，浩歌發幽致。

同唐仁卿登謝公墩

驅車出廣陌，言訪謝公墩。維時當朱明，霽景蕩平原。輕霞浮夕照，遠樹澹芳村。習習薰風來，披襟滌囂煩。眷言同心侶，山水供清尊。抗跡避城市，高詠狎蘭蓀。緬懷東山儔，往事難具論。逝者不可作，吊古空苔痕。而我與之子，吏隱偕白門。俯仰薄羈束，風雅靄孤騫。努力崇明德，寤言矢無諼。安知千載名，不與此山存。長嘯過古剎，幽意已忘言。

雪中訪唐仁卿

乘雪復乘雪，訪君歷帝闉。相訪何所云，聞君卜居新。登堂一相見，含意殊未申。主人情款款，相留殊常賓。呼僮理別館，對酌蒲萄春。圍爐繼秉燭，披襟發清論。尚友懷先哲，江門究淵源。致虛戒忘助，心上分經綸。微言著簡冊，哀然席上珍。嗟哉吾與子，百年企後塵。奮發同意氣，砥礪結交親。抗言千古上，耿耿契精神。晞顏亦顏徒，黽勉宜書紳。語罷欣自得，酬獻更數巡。起視夜何其，雪霽爛星辰。其中有德星，同聚兆賢人。明當訪太史，誰哉荀與陳。

送翟從先布衣奉母還粵

驅車遠遊燕，言念高堂母。母依白下門，兒向華陽里。天涯一爲別，悠悠嗟陟屺。豈不志桑蓬，胡能忘菽水。越鳥何依依，江魚何瀰瀰。瞻雲千里思，返馭從茲始。回睇黃金臺，千秋猶下士。母在未許人，長揖謝知己。潞渚動輕帆，南風一何駛。入門相慰藉，一懼還一喜。願言息蓬蒿，請學於陵子。

送任白甫孝廉應試

揭竿趣灌瀆，所得僅鮒鯢。小說干縣令，大達亦已迂。東海有大魚，奮鬣揚其鬐。白波蕩若山，燀赫千里披。何人具六物，臨淵空自嗤。吾聞任公子，天鈎蹲會稽。向來苦何得，旦旦常垂緇。一朝大魚來，錎沒離臘之。得食驚屬厭，浙東遍蒼梧。小大固有適，窮通亦其時。笑彼輕才士，浪苦徒奚爲。

送吳瑞穀之應天廣文

高皇締宏構，善善興江東。巍巍天府地，奕奕開黌宮。明德標璇題，丙舍何嶒嶸。尊經聚典墳，丘索貫其中。毖彼秦淮流，依稀泮水通。佳氣卿景右，人文日昭融。陛墀嗣祖烈，三五登皇風。敷命流寰宇，開基重鎬豐。掄才九域至，多士端陶鎔。夫君富瓊玖，多識五車充。獻賦嗟未遇，千金抱屠龍。沿牒徇微祿，秉鐸颺懋功。想當橫經時，函丈羅章縫。青氈亦不薄，絳帳自從容。講堂勝花竹，當序列笙鏞。大雅紬經笥，群迷待扣鐘。峨峨髦士宜，雝雝鳳來桐。吊古時多暇，六代感倥傯。文成答賓著，玄應載酒從。鳳臺賡李白，鶴觀酬戴顒。三鱣堪卜兆，五鹿共推宗。天子臨白虎，諸儒考異同。君其敬自勖，嘉會吾道逢。

仲秋有事園陵同任白甫詠

城市厭煩囂，茲遊愜吾素。平明辭國門，迴抱滄洲趣。林幽朝暾薄，野曠晴雲護。維時秋氣中，金颷散輕霧。駕言將安從，遙企陵園路。佳氣正鬱葱，王程戒朝暮。啓處誠不遑，心賞詎云負。況茲同聲侶，托乘相歡晤。壺觴時共適，魚鳥一回顧。緬想塵外蹤，於焉探佳句。登高愧大夫，搦管何當賦。

宿臥佛寺

銜命出西郊，散步東林下。涼颷肅高秋，物色淨堪把。慈雲歸晚岫，慧日低平野。入門禮空王，偃息無冬夏。隱几意沉冥，支頤類瀟灑。蓮衾擁貝衲，四坐俱幽雅。古刹劫何年，廢廡餘殘瓦。遙憶西來時，傳燈從白馬。忘言設教詮，住想拚身捨。乾坤一蘧廬，萬物一土苴。本無夢與醒，莊蝶紛虛假。悠悠經幾劫，此意知應寡。竭來倚繩床，輾轉學般若。形骸念拘束，幻妄甘聊且。何日投名山，一入遠公社。請證無生言，抑亦先覺者。

彭蠡湖

彭蠡大如何，滔滔衆流注。沉漭失地隅，晶熒混天路。遠嶼半明滅，洪濤競吞吐。天吴與海若，紛錯萬靈寓。風正當澄波，水碧斂暝霧。一葦縱所如，萬頃疾如騖。緬予海中人，汪洋歲幾度。兹焉遠于役，浮槎亦吾素。雖嗟行路難，頗解臨淵趣。心賞對雲霞，俗態怯鷗鷺。徙倚百感集，停橈日云暮。明發下大江，王程不可駐。

積金峰

晨登積金峰，細話秦時事。積金亦何爲，欲厭東南氣。王氣故不改，祖龍今安在。惟有峰頂雲，迢迢若相待。

雨中望焦山

我愛焦孝然，幽棲事高潔。令名在兹山，千古同不滅。遡徊往從之，道阻不可即。歸來乎山中，請與子如一。

張公洞

紛吾嬰世網，久抱烟霞致。兹焉遠于役，登探始快意。晨邀二三子，振策戒徒隸。搜奇歷榛莽，攬勝窮幽邃。言指靈洞遊，賈勇各將事。始焉通一竅，委宛將身試。盤渦幾曲折，險絶潛驚悸。噌吰含語杳，炬燭分光熾。陰崖忽中敞，萬巧爭相媚。混沌鬼斧鑿，日月入天閟。怪石駭崩騰，溜乳疑牽墜。或如鐘磬懸，或如旌幢置。或伏如龍潛，或奮如虎視。或作仙掌邀，承露猶堪餌。或擬胡僧跪，俯仰狎如戲。丹竈與芝田，隱隱誰爲治。變幻不可了，繽紛難悉記。須臾出天窗，曠朗時一墍。掃石坐丹臺，揮觴佐勞勩。嘉會良足怡，浮生念如寄。一入紫芝房，願解紅塵累。弱水隔烟濤，蓬瀛渺飛翅。緬懷洞中人，道阻不可至。何當飡赤脂，即此奉玄轡。

蘇堤懷古

子瞻昔守杭，湖山賞佳麗。截湖築長堤，遠接錢塘勢。環堤何所植，桃李兼松桂。菁葱落鏡中，蒼靄沒雲際。物象歸餘清，蕭然叶真契。逝者如可作，將期永投袂。君看堤上人，風流想遺憩。

遊淨寺遍參五百應真像

龍巖開淨域，鷲嶺凝香霧。層級凌虛空，危磴鬱盤互。象設諸天迴，鐸響萬靈附。奇怪意每殊，變幻理非塑。向背繞慈航，深淺超梵度。龍蛇爭翕熠，神鬼秘藏護。忍草出芝田，曇花開玉樹。五百與真如，三千了禪悟。曠覽結朋儔，恣意同騁步。回軒躅微躬，巡簷眩反顧。暫因愜所適，早已捐俗慮。不作解纓想，寧知捨筏喻。願言學無生，永證菩提路。

曉起由靈隱登北高峰絕頂

磴道歷危盤，層烟鎖蒼靉。靈隱與天竺，高峰此焉在。候曉策籃輿，捫蘿躡魁磊。行者如沙蟲，蹩躠相負戴。勞苦出盤飧，牽曳佐欸乃。累級時一息，將輟氣愈倍。杯勺指江湖，微茫望雲海。烟火隔氛埃，平沙滅浮彩。曠覽覺神怡，流光悵容改。塵網戒徒勞，河清恐難待。

遊明昌寺

化國景舒長，明昌移佛日。川擁恒河沙，殿耀金天質。忍草布祇林，曇花函貝帙。應鉢石龍吟，焚身香象軼。經過初地變，徙倚上方密。傳經侍海童，聽法環鮫室。仙路十洲通，人寰三島謐。居上誰開山，太守毗耶匹。萬口協謳歌，四郊戴寧一。指麾若響應，勸募爭輸率。經營歡子來，變化潛神肹。雲巖映綺櫳，巃嵷攢幽潔。遂令寶嶺隈，倏爾珠宮別。羅江當水門，形勝增巀嵲。功參造化權，扶輿産英傑。作者去思存，崇報永無輟。僕本江海人，紅塵厭紛涅。堂希綠野閒，恩許鑒湖佚。平生好遊玩，到處眈禪悦。山水發清機，風泉暢澄澈。遐覽意何雄，冥搜念已折。空門如可逃，即此回前轍。

贈真州李孝廉

吾党青蓮生，文辭特高妙。白雪時孤揚，舉世知音少。懷古清溪曲，抗跡丹霞嶠。仁智反無營，息心謝紛擾。骪髒世寡諧，偃蹇意騰矯。幽尋千古際，冥搜萬象表。直窮始無始，誰測空明了。九萬寧足云，秋毫太山小。

山莊雜詠

幽居屏囂塵，遁跡尋丘壑。辭家恣遠遊，明農矢耕鑿。芊綿野徑紆，散誕田園樂。清霜拂踈茅，涼月罩廣幕。禾黍報西成，犁鋤戒東作。林醪甕缶供，古意存真樸。鴻飛志高冥，鳳覽翔寥廓。即此頤深棲，琴書聊爾托。

自學爲生理，因諳農圃情。時擬鹿門人，相從耦而耕。樹藝與稼穡，小大名有營。擇木羡高鳥，臨水濯長纓。婆娑衡宇下，偃仰遂平生。伐檀古所珍，考槃利居貞。吾聞於陵子，灌園薄齊卿。亦有陶朱公，扁舟垂令名。豈不貴軒冕，雲壑自潛形。古人秉微尚，遐哉謝塵縈。

雨中感秋和陳公望宮諭韻

玉琯涼初應，金壺氣轉清。輕飈振寥廓，微雨灑簷楹。蕭颸變庭翠，響答寒蛩聲。忽聽南歸鴻，嗷若爲情。元運有代謝，群動遞紛更。流光能幾何，撫景一長鳴。四十尚無聞，悠悠念吾生。息心覩有欲，棄知返無名。至理悟玄寂，耽幽葆嘉貞。聊希廣成子，世慮澹無營。

元春祭祠堂因送時聞侄應貢之京

門有車馬客，駕言赴帝京。帝京欲何爲，貢選隨群英。韶華初獻歲，芳草媚王程。維時當春祠，萃渙集幽明。煌煌我列祖，肸蠁見于羹。言念贈尚書，戊歲嘗賓興。典刑尚茲在，啓佑我後生。吾兄兩光祿，偕予集蓬瀛。池草昔賡和，嘆逝淚益膺。而翁今望八，予亦近稀齡。慰見爾伯仲，聯貢入承明。鵬先萬里翼，鶴嗣九皐鳴。椿桂紀燕山，龍梅紹其馨。緬爾方髫歲，頭角已崢嶸。乃今強仕日，屠刀始發硎。遠大未有涯，持滿戒盈傾。獻賦入長楊，天子問姓名。巡簷聽鵲喜，復此來相迎。遊子天涯路，白頭倚門情。臨岐一尊酒，雙魚頻寄聲。

過東光訪王慎齋館丈集陶留贈

息交遊閒業，量力守故轍。窮巷寡輪鞅，素襟不可易。頗回故人車，萬化相尋繹。清晨聞扣門，被褐欣自得。提壺接賓侶，抗言談在昔。林園無俗情，雲端有奇翼。行行循歸路，靡靡秋已夕。瞻望邈難逮，清謠結心曲。

梁公子元忠頃遇予龍門里第以尊翁開府墓誌見屬予嘉其仁孝至情而慶開府公之禧後未有艾也

傷往懷今賦三十一韻

公子系梁園，其人美如玉。白駒賁來思，芝蘭猗空谷。登堂禮多儀，筐篚燦盈目。皇皇墓表求，欲語淚頻漱。曰維先開府，代興應五百。命世文武才，起家司馬屬。經略贊邊陲，韜鈐崇石畫。所至奏膚功，勳名滿疆域。忠結九重知，寵冠諸藩牧。節鉞蒞楚天，遊刃解盤錯。悍宗既帖然，皇眷亦彌篤。蹇蹇懷匪躬，盡瘁嗟弗祿。昊天不慭遺，巖廊失鼎軸。當宁愍忠勞，祭葬蒙恩渥。錫贈世賞延，哀榮炫里族。封土象祁連，玄堂定郭璞。睠茲隧道銘，一字華袞簇。願言圖不朽，鴻文乞宗伯。語畢手狀陳，娓娓勞更僕。檮叟聽言辭，緬懷感衷曲。夙誼忝通家，締姻聯骨肉。憶昔忝同朝，出語矜然諾。都憲與學士，往來成轉轂。鄉里愜輿馬，郵筒繁尺牘。只今篋笥中，襟期留翰墨。後死嗟如何，先生歸不復。徐君劍猶懸，茂陵書誰告。濟美有世臣，公今萬事足。展轉廢蓼莪，抽思慰風木。慚非有道碑，喜傍要離築。高塚臥麒麟，過者斂容肅。

壽母篇有引

吳葵真明府賦歸來後，予與家兄八十翁德銘等邀九老會，不赴，以高堂慈親在也。頃令弟茹真以孝友選貢，予與家兄往拜二君，爰賦壽母篇爲賀，供二難愛日之歡云。

洛社結耆英，親在嫌稱老。招邀頻致辭，衡門日如掃。以茲數逡巡，展轉縈懷抱。今日登君堂，既醉陳頌禱。吳氏起延陵，何代興瓊島。賓州司理後，文獻足徵考。及爾稱二難，月旦高詮藻。伯也舉于鄉，花縣辭榮早。門多長者車，群髦賴甄造。仲氏富文學，六籍窮探討。孝友貢明廷，惟善以爲寶。盛事難具論，鄉邦喜談道。慈闈奉起居，百歲常相保。韡韡棠棣華，欣欣忘憂草。金母侍朔兒，天花明繡襖。塤篪樂且耽，琴瑟皆靜好。庭階長蘭玉，化日明如杲。時聞子晉笙，來獻安期棗。衰朽愧無文，歲月空潦倒。請賡壽母篇，竊比商山皓。

曉發陽羡道中

彌楫依河渚，涼飆起朝露。佇望舒遠目，空曠多幽趣。牛羊四野馴，雞犬千家聚。陽羨饒山水，茲遊愜吾素。遥聞丹丘跡，乃在白雲處。捫舌欲生峰，停杯已含霧。佳境莫教虛，濟勝將何具。同心足歡賞，浩歌時自娱。紫虛如可從，便擬逃名去。

贈年家子李說甫

杯酒話生平，緬懷爾二祖。叔祖孝廉君，嘉靖當戊午。經館幸追隨，觀蓮同笑語。二難競先登，後進瓦礫恥。辛酉幸續貂，乙丑南宫舉。爾祖觀察公，同袍最心許。風雨憶連床，燈花頻報喜。歲月曾幾何，而翁復軒翥。弱冠薦賢書，五嶺推才子。河清邈難俟，逝者不我與。黄嶺續桐江，瓜瓞縣仙李。明德世有人，公侯復其始。勖哉崇令名，狂歌吾與汝。（以上太子少保王忠銘先生文集天池草重編卷二一）

全粤詩卷三八〇

王弘誨二

鳳臺圖爲張鳳臺侍御題

鳳凰臺，鳳凰臺，西粤崢嶸何壯哉。層樓傑閣勢崔嵬，丹崖緑水中天開。鳳凰來兮渺何許，乃在蒼梧之南、桂林之浦。昔聞隋代巢其阿，琅玕錯落今可睹。鳳去臺空兮千年，高岡梧桐兮鎖烟雨，邇來此中誰爲主。復有人中之鳳覽德輝而來儀，雝雝喈喈鳴舜禹，池上千金市毛羽。龜背龍鱗兮九苞文，鳴鑾佩玉兮五德舞。主人況復耽邃古，風流似厭簿書苦。匹縑寫此高堂上，瀟然吏隱滄洲伍。蒼松白石兮參差，瑤草芝華兮安可數。堯山舜井紛相似，八桂七星隱吾几。鳳凰飛兮何時還，且留巢兮山水間。極目兮遠望，見鳳凰臺之深山。鳳凰臺上鳳來去，主人夢遊無定處。

大椿圖爲郭明龍太史題

滄桑衍麻姑，蓬萊深淺猶難圖。蟠桃艷王母，穹昊微茫豈易睹。大椿嘗聞紀漆園，春秋萬有六千年。一從此樹名上古，至今畫譜紛流傳。風流太史郭林宗，入門下馬氣如虹。手攜此圖邀賦詠，顧言獻壽□阿翁。阿翁種德如種樹，百年便作萬年計。□□□□雪霜姿，輪囷夙稱廟廊器。昔時朱轓驂□□，□□曾灑隨車雨。茇樹今留蔽芾陰，栽□□□□陽里。邇來解組還山中，武昌雲樹交蒙茸。舒散形骸長自適，魏瓠齊櫟將無同。獨含太液灌靈根，芝英蘭蕊交暄妍。邁種發祥徵太史，秀色高標振木天。問翁行年踰稀古，渥丹爲顏雪垂耳。辟穀多應授赤松，出關儻許隨仙李。佇看丹詔下蒿萊，扶桑曉日相昭回。柳徑總稱鸞鳳樹，桃源都擬棟梁材。我披大椿圖，試賦大椿篇。繄翁人中樹兮何嶙峋，吾不知其深培厚植幾秋春。祇今凝承雨露，披拂雲烟，行當芘廣野而凌蒼旻。覺海菩提成善果，牛山大木長心田，彼椿之大何加焉。君不見南山橋，北山梓，俯仰垂休自今古。又不見燕山桂，恆山槐，流芳奕代何悠哉。世間不朽終何物，惟有榮名萬載難湮沒。試看古來樹德人，豈與尋常卉木論歲月。君家大椿之樹亦如此，蒙莊所稱似未喻其旨。喬木何如有世臣，太史勖之而已矣。

欹器圖

我聞魯人廟，爰有欹器存。虛側滿乃覆，中正斯不偏。古來聖人善觀物，製器尚象豈無因。邇來丹青者誰子，高堂寫入緗縑裏。筆端疑奪爐冶工，揮毫若試泂潦水。體立用無常，虛中應隨外。良工心獨苦，妙道諒斯在。始疑賓筵歌祈爵，玉醴當年謝酬酌。忽似南國詠錡釜，蘋藻而今曾未睹。細觀乃辨爲欹器，圓象天兮方象地。至人戒滿固如此，千載精藴猶卓爾。龍頭豕腹何足云，徒勞騷客聯夜語。因思持滿固有道，滄海善下歸萬澇。由來造物每忌盈，日中月昃猶難保。君不見孔氏何有顔若無，德躋賢聖常冲虚。又不見成湯銘盤武箴几，觸目警心皆至理。君從何處得此圖，令我熟視倍躊躕。披圖夙夜尚慎旃，無令丹青堂上空留題。

群牛圖有引

余年家子陳生，十歲能作群牛圖，意態曲盡，歌以贈之。

陳生英敏非凡士，十齡妙契丹青理。天機縱横若有神，筆端錯落雲烟起。有時示我群牛圖，瀟然意興移江湖。東風一夜草新緑，青山四顧迷僮奴。大牛昂藏似人立，小牛宛轉群相集。寢訛降飲各殊狀，白日郊原常濈濈。正逢天下銷兵戈，放浪桃林樂意多。溪邊時共巢由飲，角上惟聞甯戚歌。我昔童年曾作牧，一蓑烟雨吹横竹。十年京國總茫然，對此躊躕豁雙目。陳生陳生何太奇，戲筆已自殊常兒。君不見秦相當年牛口下，此意悠悠誰復知。

岱宗吟

我尋青帝問真源，至人邀我登天門。天門高高望何許，乃在咸池之陽岱宗之阯。石磴縈紆十八盤，雲根磅礴九百里。厥初渾沌誰爲鑿，二儀中分列五嶽。帝遣太皞奠此方，巖巖巨鎮雄寥廓。洞天福地倚崔嵬，層霄萬疊芙蓉開。黄河如帶，渤海一杯。半夜見曉日，中嶺興雲雷。齊州九點蒼茫若可辨，吴閶匹練指碧空而驚猜。噫吁嚱，太山之高其不可極也，如此使人登之，飄飄乎若御泠風而超塵埃。憶昔登封七十二氏，厥有虞周，其名最著。秦漢以還此義微，金泥玉檢紛茲瘞。祇今作者知何地，樹亦不能爲之留，碑亦不能爲之記。惟有巖前倏忽變幻之白雲，領略興衰千古意。悠悠往事難具陳，振衣聊此朝群真。遙見玉女池前香馥郁，仙人洞裏氣氤氳。霓旌絳節交繽紛，云是上清大帝、碧霞元君，使人對此搖精魂。齊宫祝釐，祠官秩禮，嬴女吹簫，馮夷擊鼓。靈之來兮錫予祉，望而不見兮逍遥容與。傍有青鳥使，授予黄庭經。覽之殊未了，倏忽還空冥。躊躕勝覽意何已，鞅掌塵蹤未停軌。何當晞髮長茲遊，回頭寄謝朗然子。

武夷歌

武夷山水真殊絶，幾曲溪流幾峰别。蒼巒碧澗兩門奇，六六三三互明滅。遙憶鴻蒙判古初，二儀中敞萬象羅。混沌誰當鑿鬼斧，微茫直欲倒天河。朝暉暮靄景物變，左睨右矚神情眩。淡淡烟籠玉女鬟，斑斑苔繡鐵佛面。媧煉功成勢造天，錦屏翠嶂挾飛仙。懸崖蜕骨紛靈異，藏舟架壑何嶙峋。青葱轉盼不可了，巨靈雕鎪亦太巧。秦封漢祀已茫然，玉函金檢空瑤草。古人好事今人賡，巉巖絶壁皆題名。千載風流足佳賞，高山流水含真精。我生好古耽奇癖，圖經方志恣攀歷。間關問道來紫陽，櫂歌九曲詢遺跡。殷殷簫鼓泛中流，木蘭之枻沙棠舟。振衣遙指昆侖頂，浮白聊爲汗漫遊。虹橋幔亭事已往，玉蟾瓊琯憐吾黨。止止堂前拜致辭，願驂鸞鶴徼靈爽。須臾引入上清家，酌我瓊漿乘彩霞。浮丘勾漏儼伯仲，刀圭細細談河車。至人玄默有深旨，風塵局促誠吾恥。行驅雞犬來相隨，盧敖策杖從茲始。

槐樓歌

層樓高傍禁城峙，蓬萊咫尺花如綺。古槐倒影垂虛堂，翠蓋繁陰亂旖旎。自公多暇日登臨，寒色葱龍蔭圖史。倚檻虯枝低屬肩，隔窗鳥語喧過耳。興來浩氣倚雲空，筆端錯落驚風起。縹緲春浮漢署烟，微茫夜拂天河水。有時賓客四座盈，恍疑桂宮集仙子。瓊枝搖月酒尊移，玉樹凌風歌扇舉。清秋庭砌幾飄金，歸雁紛紛落葉裏。此時越客正思鄉，極目天涯人萬里。雪中詞客賦梁園，天女飛花落吾几。柳絮還從枝上窺，瑤臺細向簷邊指。個中真意已忘言，瀟灑清幽更誰比。意氣不減元龍時，風流似入辟雍市。卻憶三槐舊有堂，世家喬木尚未已。天道悠悠那可期，當年手植今堪擬。

春雪歌

蒼靈斂手讓玄冥，蟄龍始奮玉龍爭。技窮鄒衍吹燕律，氣驕滕六紛縱橫。四野同雲天一色，曦輪晻靄春無力。瑟瑟初看霰集晞，霏霏旋覺寒威逼。漫天燦爛屑瓊瑰，篩地輕盈糅粉灰。平鋪瓦隴後居上，巧入簾櫳去復回。咿喔誤雞傳唱早，倉皇吠犬越山道。楊花飄泊攪閒愁，流蘇零落驚春老。春老仙人姑射來，細拈六出鬥陽開。淨土累將增嶽瀆，和羹糝就擬鹽梅。鴛甃暗消冰溜仄，翠樓濕透鮫綃蝕。冷蕊休勞蜂蝶猜，幻葩終避芳菲匿。不堪心賞滯繁華，腸斷鶯聲殿暮鴉。何處銀杯貪逐馬，何人縞帶浪隨車。九衢車馬矜歡悅，紫貂坐擁金罍熱。祇羨風前雪作花，寧嗟日後花如雪。雪花花雪自年年，春來春去漾流泉[一]。君不見天邊日出簷邊雨，變幻冰山自古憐。

[一] 此兩句區大倫贈太子少保南京禮部尚書忠銘王先生傳作『從來花雪自年年，謾將春雪鬥花妍』。

丘園歌爲少司成王師竹題

誰從城市理丘壑，三徑園林小負郭。錦川瞥見墮芙蓉，英嶺俄令混沌鑿。神鼇頂上峙三山，巨靈掌中擘五嶽。豐隆夜策雨師來，青天一面玄冥開。搖曳長虹跨碧水，輪囷玫瑰繡蒼苔。綠竹森森敞亭榭，白雲片片落樽罍。六月林間疑積雪，虛牖明窗自皎潔。靜處常焚百合香，經行時採三花襭。重嵐千仞起眉端，飛流十道沫如屑。若有人兮冠嵯峨，被薜荔兮帶女蘿。戶內烟霞聊穩臥，倒屣招邀日相過。以茲搆樓字見賢，賢首高人踞上座。座上瓊編護絳紗，胸中五色爛雲霞。鄴侯癖書藏滿架，惠子多方陳五車。別有蕭齋僅環堵，別有丈室擬淨土。酒徒至此且躊躇，瞿曇老子閒揮麈。主人翺翔翰墨林，許身已比雙南金。孤槎奉使華陽里，雄詞揚馬相浸淫。三吳豪士俱辟易，鞭撻中原無堅敵。鼎食不繫鴻鵠心，垂天曾息鯤鵬翼。拄頰桐山佛頂坐，浮杯淛水鴨頭綠。壺中浮丘天地寬，杖底盧敖寰宇窄。買斷春風費幾錢，何須踏遍長安陌。長安使者傳尺書，不分幽人解玉魚。簪筆來承金馬詔，驪駒爲駕蒲輪車。主人嗒爾謝山靈，猿鶴相猜鷗鳥驚。猿鶴亦莫猜，鷗鳥亦莫驚。清泉白石稔天性，朝市金門寄隱淪。君不見王先生，廿載文章海內名。但道漢廷登三事，還長辟雍稱五更。群衿坐擁門如水，疏槐寂寂鳴新鶯。主人澹泊長如此，何必丘園老歲星。我披丘園圖，我歌丘園曲。衡山山房四壁雲，臥龍崗頭數椽屋，至今千載留芳躅。平泉花木徒紛紛，埋沒塵埃走狐鹿。終陪溫樹拂袖歸，寄語丘園暫綰轂。

新樂王晚年得子歌

高皇九葉神明胄，青社分茅世相授。籍甚賢王樂善聲，河間東平此其後。兔苑當年故叟從，蘭臺異代想雄風。稷下儒生推俊辯，鄴中才子托深衷。二酉發藏橫萬軸，焚膏繼晷窗前讀。紫文金簡辨石函，青藜杖火分天祿。時時落筆灑雲箋，光芒萬丈凌紫烟。七步才華曹子建，一斗風流李謫仙。適來授簡邀賦詠，爲報熊羆新應夢。年過五十始懸弧，孔釋今看親抱送。想當喜氣正充閭，一顆光呈掌上珠。帝子自應龍作友，宮人好唱鳳將雛。由來有子萬事足，況復振振詠公族。冰神玉骨總稱奇，袞圭茅土占遐福。君不見海中仙果子生遲，開花結實三千期。又不見漢帝子孫多隆準，天潢萬派綿金枝。當今主器歸離震，星重輝兮海重潤。詵詵宗子正維城，定扶神鼎匡昌運。物理真逢數盛丁，泰山東海兆佳禎。周雅綿綿頌瓜瓞，漢室寧誇帶礪盟。

證道歌叩王煉師

我聞自昔天仙呂葛馬，八八年過學道者。僕也行年正及時，參詢敢在群真下。五陵八百有襟期，悠悠何者是吾師。憑君示我刀圭秘，玄關一竅尋端倪。端倪本自混元氣，厥初妙有分萬彙。祇因至實隱形山，宇宙茫茫鮮知味。自分玄白走天涯，不知此道落誰家。隻履南來瓊島外，遙望天池尋紫霞。紫霞丹闕蕊珠宮，真人浮游守規中。嬰兒姹女參商隔，知音邂逅扳追從。昔遇明師傳口訣，祇教凝神入氣穴。不知煉已待何時，性命雙修全真一。真一關頭路匪遙，絳宮瓊樓接鵲橋。夾脊雙關昆侖頂，天應星兮地應潮。浮沉顛倒龍虎蟠，攝情歸性過泥丸。取坎填離丹鼎熱，洞房牛女恣交歡。霎時玄牝釀醍醐，恍忽相逢結黍珠。知君夙注長生籍，帝教龍女送玄都。玄都尋取生身源，黃芽白雪紛漫漫。五采三花明火候，歸根竅兮復命關。歸根復命安神宅，溫養沐浴分時刻。自然造化合天機，出入循環妙莫測。鶴眠龜息自綿綿，拔宅飛昇上八埏。圓陀陀兮光爍爍，方知我命不由天。

壽伯兄歌有序

伯兄文銘翁，以今歲辛丑壽七十矣，小弟亦年六十。每歲生日，俱在七夕後八九二日。惟兄生壬辰，辰，龍也，厥應九日，有九位龍見之象焉。弟生壬寅，寅，虎也，厥應八日，有八風虎變之象也。今兄登從心，弟躋耳順，稱盛際矣。自茲邀惠雙星，永錫遐算，每當烏鵲填橋之會，並開龍虎交會之觴。將天孫七襄與王母蟠桃共被，慶幸何如。是歲也，仲兄德銘行年六十有七，陳氏妹壽五十有二。一時同氣，四人俱偕老齊眉，康強無恙，內外子姓，合計三十餘人，亦天倫之極驩也。弟觀我明作者，無如李、何二公，俱有壽兄之作。李以文，何以詩，俱有聲詞垣，膾炙人口。弟妄不自揣，漫爾學步，勉成七言古風長篇六十句，以侑壽觴云。

雙星隔夜臨河滸，霞觴次第開梅塢。先庚用九應乾龍，後甲八風從嘯虎。差池十載聯雁行，迢遞千秋薦麟脯。小弟花甲歲始周，我兄蘿圖秩稀古。太原喬木挺莊椿，八千歲月尋常睹。荊花顧影會連枝，池草含情聽覼縷。憶從少小趨庭闈，桂馥蘭馨毓芝圃。太丘聲價重元方，驃騎才名先第五。霜蹄屢蹶稱數奇，寒窗誰伴蠹魚腐。捐貲曾助漢家邊，置身已歷育賢藪。通籍應隨光祿動，投閒忽漫追巢父。谷口烟霞任往來，碧山猿鶴忘賓主。老去生涯托素封，田家歲事占晴雨。留餘剩有一經畬，種德還師二賢矩。心穀新儲市義倉，善果深藏不竭府。星高溟海少微躔，風韻商山紫芝宇。洛陽結社會耆英，漢陰父老欣同聚。祗今初度慶茲辰，嶽降生申爰及甫。絳縣甲子增老人，幔亭張處稱彭祖。梟舃書傳漢尚方，緱山樂應馮夷鼓。仲氏今年六十七，季妹五袠加二數。白首兒孫各滿前，天倫至樂森庭戶。弟也馳驅念載餘，五陵衣馬緇塵土。桃李芳園幾後時，初衣幸及萊階舞。東海親瞻壽域開，西昆並集瑤池羽。黃耉堪從大斗酌，青牛邀取函關伍。秋色澄江詠鶺鴒，春風上苑吟鸚鵡。塤篪未奏南山曲，琴瑟先調棠棣譜。爾日斯邁月斯征，夙夜無忝交相努。何當天際同朔兒，不枉人間其王母。

慶仲兄七十九壽章

萬曆癸丑新歲至，日躔娵訾尾初度。暖吹鄒律應陽回，泰運天開景明媚。我兄八十迫人來，弟亦古稀更加二。荊花桃李競芳園，春草池塘忝秀句。兄今三子領四孫，內外孫曾森玉樹。弓治箕裘世象賢，扶搖皐野翩翩起。萬事人間頗稱足，三祝華封儘堪擬。弟也一子纔抱孫，忝丁碌碌亦可喜。一堂和氣滿階除，疊奏塤篪詠棠棣。今春首唱高年會，坐中五百有餘歲。香山洛社想風流，龍門應比通德里。兄今華誕近元宵，燈月交輝鬧城市。諸老如期不約來，百年歡賞從今始。賤生七夕邀天孫，支機牛渚恣探取。歸到成都問君平，坐中吾黨還誰繼。我日斯邁月斯征，夙夜無忝交相契。請從王母問偷兒，再訪茅家三兄弟。

送伯兄同妹夫陳箕南新授光祿南歸因寄懷白下諸親暨家中二仲兄

把袂帝城隅，惆悵關門柳。行人駐馬且銜杯，南北悠悠重回首。羨君歸去白雲鄉，錦衣故里生輝光。黃金臺畔草新綠，丹鳳樓前日正長。去歲偕來向京闕，迢遞山川歷燕粵。挂席朝穿彭蠡雲，停槎夜步金陵月。此時星聚凡幾人，東風笑語客途新。彈棋坐對燈花落，中酒貪眠白日春。風塵荏苒今何許，兩地盈盈望秋水。諸子棲遲白下城，惟君結客長安里。吾兄矯矯青雲姿，風流儒雅弟所師。陳仲承家千里器，手標俊逸誰能羈。一朝擔簦遊太學，萬乘親臨奬儒碩。講藝同環璧水橋，趨朝更聽鈞天樂。祇今繫籍金馬門，大官之署光嶙峋。口脂面藥隨恩澤，漢宮唐省相氤氳。君不見漢家征伐事窮邊，卜式躬輸衆所賢。又不見步兵廚中三百斛，阮籍沉酣戀微祿。丈夫目攝當時豪，請纓躍馬紛兒曹。燕雀豈知鴻鵠志，高才寧合老蓬蒿。因君遙憶雙珠樹，別來花蕚今何似。姜被愁看兩地分，池草吟成欲誰寄。雲霄比翼應有期，春風鴻雁勞相思。

送仲兄新授光祿南歸

仲兄二十廩庠序，諸生往往推頭地。五試賢能值數奇，廿載賓興尋待次。薄遊萬里來燕園，海內論交璧水間。駿骨竟遺臺上價，龍文寧秘斗傍寒。聞道漢家開邊計，五陵衣馬多矜譽。授繻言向左藏還，通籍乍分大官署。男兒仗劍出風塵，致身何必盡要津。有酒且拚步兵醉，結駟應嗟原憲貧。君不見商家負鼎和羹才，千年勳業何雄哉。古稱避世常溷俗，時來龍蠖誰能猜。往歲伯兄與妹丈，一朝承恩霄漢上。仲兄此日更蟬聯，金門意氣寧多讓。想當宮錦入里閭，堂中棣萼多光輝。憐予陸沉久羈者，安能攜手同時歸。華陽館外秋風起，落葉紛紛滿庭戺。客夢霄飛瓊海雲，鄉心日亂薊門雨。一尊酒盡話離亭，天涯去住黯難分。努力加飧崇令德，鴻書南北頻相聞。

觀虎行

我聞虎爲百獸尊，長嘯風聲振林木。馮婦往矣卞莊遠，誰哉致此馳京國。國中觀者日旁午，傳聞貢自汝王府。朝來策馬出郊原，奇絕此生稱快睹。彩茵文檻雙闌干，苑門守者皆中官。日食一羊未爲樂，咆吼直欲趨巑岏。目光懸鏡蹻難狎，張牙奮爪試驕踏。蓄威尚有負嵎勢，一怒千人爲廢怯。豢養不知今幾春，猛悍牢籠當已馴。御此或有黃公術，化後孰辨牛哀身。間關水陸渺何許，置身直擬上林裏。絡繹應飛傳道塵，光榮二鳥寧堪比。帝閽可望不可呼，欲獻不獻還躊躇。逍遙未及軒中鶴，跼蹐寧如轅下駒。異物聖世匪所玩，養虎況復自遺患。旅獒誰續寶賢書，天馬謾侈清廟贊。君不見鳳凰來郊麟在藪，虎豹長驅遠中土。

呂梁行

君不見呂梁懸水三十仞，盤渦轉地石流迅。開鑿疑留鬼斧工，胥濤鯀浪不停瞬。昔我維舟向此行，排山倒海勢崩騰。百夫牽挽不得進，十步九折時洄瀠。邇來沙嘴高於石，滄桑轉盼俱陳跡。二洪上下成安流，行人無事驚辟易。辛苦官家事齧桑，投璧沉馬猶皇皇。往事徒聞説坡老，鐫功勒石今昂藏。模糊半已迷蝌斗，縱横錯落龍蛇走。筆峰似與洪爭奇，千秋遺跡同岣嶁。我生好古更懷賢，摩挲巉刻成新篇。吁嗟，呂梁可平碑可滅，惟有高名終古常流傳。

石丸詩

伏不必熊渠虎，起不必皇初羊。渴不必王烈髓，飢不必鮑靚糧。請看崔家城東美一丸，猶堪米氏袍笏丈人當。崔君昔墾塾前圃，此物瑩然出塵土。傳聞產自夷方來，旨小如拳今若鼓。隱映霞蒸海氣濃，綽約象函天數五。摩珠曾照普庵堂，劫火難銷韞玉光。由來至寶終不滅，太極剖判雲蒼茫。請君莫灑陵陽泣，講堂應擬石渠集。補天妙手更何人，支機好向雲中拾。

譙國冼夫人廟詩

夫人自昔起隋梁，錦繖鐵騎擁牙幢。削平僭亂報天子，策勳啓鎮威炎方。譙國褒封幾千載，英風烈烈常不改。桂糈椒漿奠四時，香火高凉達瓊海。年年誕節啓仲春，考鐘伐鼓聲淵闐。軍麾儼從開府日，殺氣直掃蠻荒塵。李家墟市龍梅里，一區新築神之宇。歲時伏臘走村氓，祝釐到處歌且舞。邇來豺虎日縱横，青天魑魅群妖精。願仗神威一驅逐，闔境耕鑿康哉寧。

玲瓏巖和蘇長公韻

仙人海上駕蒼龍，崢嶸頭角盤虚空。岡臥南陽標突兀，蟄藏東野含玲瓏。噴沫洞天時作雨，吹嘘寰宇欲生風。我欲從君策玉笻，流雲吐霧遊無窮。

壽潘光祿母七十

使君謁帝來燕甸，九重親視尚方膳。漢宫新袖玉桃回，言向瑶池展春宴。瑶池阿母壽古稀，年年青鳥銜雲飛。籌添海上恩光渥，舞罷花間晝錦輝。即見潘輿趨禁闥，肯誇萊彩戀庭闈。

集慶寺觀宋理宗燕遊圖

淳祐天子垂衣裳，湖山處處綺羅香。宫中美人誰第一，閻妃恩寵冠昭陽。自起珠林樹功德，黄金爲梁玉爲飾。金波月桂傍亭池，龍官鳳砌恣歡懕。鳴璫曳佩上瑶臺，寧知樂極轉生哀。輦路凄迷芊草合，御堤荒圯野烏來。緇經釋子四五侶，寥落空門無定所。逢人但出燕遊圖，欲語當年意悽楚。

與戴宫允高太史賞雪中白菊即席賦得角字

玉龍昨夜奮鱗角，陰風玄雲競摧剝。曉來萬卉總凋零，東籬秋色猶含璞。彩欄相倚門輕盈，素質香肌炫奇卓。恍如細粉傅明妝，復似飛瓊出新琢。乘興山陰客正過，探杯彭澤聊爲樂。君不見東園桃李春已殘，蝶眠蜂老鶯收啄。歲晚凌霜意態多，此情惟有寒梅覺。

九月雪中對菊適王廣文送酒侑以秋雪歌次韻奉答

長憐菊花黄，不見雪花白。花雪兩蹉跎，歷落東西陌。今年雪白與花黄，平分秋色不相降。雪明似可添花色，花裊猶疑假雪香。生憎賞雪尋餞菊，一秋好景將過目。楚澤梁園漫品題，對酒高歌意隨足。爲問淵明玩菊時，有無六出含霜枝。爲問浩然踏雪候，曾否繁英尚繞籬。此時花雪成兩好，花亦不遲雪不早。但願花前雪並妍，莫教雪後花增惱。古來競鬥梅與雪，祇今梅菊何差別。共保貞心耐歲寒，凜凜冰霜各爭烈。懶散幽齋常宴眠，欲訪故人無酒錢。卻恐花雪成虚度，白衣悵望空悠然。廣文先生意豁如，曉來助我金屈卮。幾度花前共對雪，幾度雪前共賦詩。憐君與我歲寒友，到處論文托尊酒。即今相對不盡歡，何處過從羨八斗。紅光人面春風和，據案聊賡秋雪歌。因憶今年賦春雪，風流勝事尚未磨。不知此後陪清賞，秋雪何如春雪多。爲爾臨風數酬唱，新篇他日嗣陰何。

秋夜長

華燭蘭堂夜未央，疏星耿耿銀河光。低徊宛轉雙鳴璫，忽憶征人戍他鄉。他鄉千萬里，秋色遥相望。北風四顧何茫茫，欲往從之川無梁。誰家今夜擣衣裳，砧聲斷續結中腸。爲問瑶臺月，何處卻逢郎。珊瑚枕上分鸞鳳，芙蓉帳底夢鴛鴦。相思細數寒更漏，别意與之誰短長。

題節俠奇遊送馬惟渥太學還金陵

自昔南遊有馬遷，雄文奇節凌蒼旻。亦有征南稱馬援，銅柱高標嶺海傳。今之馬生豈其裔，奇遊節俠何相類。間關萬里窮珠崖，把臂論交盈海内。憶從邂逅白下辰，三千太學冠儒紳。一笑功名卑管晏，片言肝膽結雷陳。托乘奚自來瓊甸，十載參商驩對面。通家意氣時咨詢，烏啼有集淚如霰。因君感慨並憐予，正名紛解寧躊躇。白馬總輸安劬計，青牛方駕出關車。崇報時親畏壘地，低回祠下不能去。豐碑顯刻羅群髦，俎豆流輝增奕世。看君骯髒志不偶，腰間寶劍雙龍吼。富貴從輕天上雲，盈虚且付杯中酒。白門烟景柳花漫，向余長揖趨長安。到家二頃慳負郭，出門大笑行路難。君不見劉毅百萬輕一擲，又不見魯連東海卑秦敵。英雄際會各有時，虎變龍蟠世叵測。男兒堂堂七尺軀，安能齷齪轅下駒。去矣飄飄雲外翼，攔街拍手聽銅鞮。

採蓮曲

江南盛夏滿池蓮，若耶溪邊來美人。三三五五鬥嬋娟，蘭橈桂棹花爭妍。忽憶征夫出戍邊，塞上十年猶未還。人未還，春已暮。妾顔應共落花殘，妾心暗隨流水度。落花流水自年年，緑暗紅稀空自憐。明年若更征邊塞，願隨飛葉化爲塵。（以上太子少保王忠銘先生文集天池草重編卷二二）

全粤詩卷三八一

王弘誨三

昭陵挽章

警蹕違朝漏，樓臺鎖晝陰。翠華空想像，玉輦罷重臨。遏密堯天黯，謳歌禹甸深。連朝風雨處，應爲助哀音。

塞漠烽烟靖，昇平樂事多。那堪霈下驛，已作逝川波。皇運應中阻，天心竟若何。向來供奉處，猶想屬車過。

孝懿皇后挽歌

龍樓曾問寢，鳳掖尚留歡。葛藟縈樛木，蘋蘩主季蘭。漢帷今已隔，湘瑟爲誰彈。最是懷恩處，深宫淚幾殘。

海宇瞻慈訓，宫闈式令儀。鴻休垂玉冊，鸞馭集瑤池。露滿園陵暗，風凄天地悲。丹旟候曉發，歸路杳何期。

珠丘初祔兆，軒曜正回光。地勝祥烟合，山深王氣藏。鏡懸遼海月，花散薊門霜。趨走傷心處，香烟萬古長。

落日悲笳動，高原翠輦乘。湘江從舜去，湖水共轅升。詒燕謀空在，占熊夢未徵。層臺今望切，何處對昭陵。

挽少傅馬文莊公

當代推周召，何人是後身。明良今十葉，豪傑起三秦。卜豈虛銜鶴，悲堪動獲麟。霜風寒易水，嗚咽滿朝紳。

今上龍潛日，明公燕見年。風雲吾道合，魚水聖情專。絳縣年徐紀，丹丘馭不旋。闕門餘瑞氣，道德向誰傳。

夢賚祥初叶，爲霖意正遙。冰銜聯上相，玉帶領中朝。身忽乘箕尾，名空繫斗杓。丹青炳遺烈，太華並岧嶢。

黄閣勳猶著，蒼生望已違。神應全嶽降，人已化星歸。卹典皇情渥，芳猷奕世輝。凌烟圖像在，百代尚依希。

三疏辭官未允漫述

五湖投劾早，三疏拜恩遲。迂拙人皆笑，行藏我自疑。觀生遊可遠，涉世靜堪怡。若問圖南翼，惟應海燕知。

北闕無媒者，南音祇自操。鴻冥吾意足，狙喜衆情勞。薄俗窮時見，微名醉裏逃。濟川成底事，鷺渚繫漁舠。

世網辭朱紱，田家愛素風。隱應容傲吏，仕不廢明農。經術慵何補，文章老未工。南枝憐越鳥，飛絕海天空。

混跡依田父，全生學道流。竹深幽客待，村遠故人留。民擬無懷氏，身如不繫舟。小溪桃盡發，還似武陵遊。

春日承郭陳袁王四翁丈邀飲龍津飛雲園林

蓬島塵囂隔，雲林錦繡叢。暝藏留樹霧，香引出花風。盤谷家移近，浮丘路可通。五仙當日聚，消息許誰同。

何處春來好，城南尺五天。棋枰圍竹坐，几榻拂雲眠。摘果朱相彈，分林綠自穿。花間勞指引，須仗主人前。

飛蓋成幽矚，到來生遠心。碧窗含桂色，朱檻倚蘭襟。拄杖東山近，開尊北海深。習池堪酩酊，歸路月華臨。

逸興看中聖，高談接上賢。鶯聲嬌出谷，鶴舞媚窺筵。饌出庖人細，歡逢知己偏。相忘賓主意，臨別幾迴旋。

蘿徑重重入，芝房曲曲棲。酒拚金谷醉，路恐武陵迷。有美蕙蘭畹，無言桃李蹊。贈君多得句，好向竹間題。

野曠林爭出，春深景倍和。草嘶山簡馬，波浴右軍鵝。鷺渚翻荷蓋，鶯枝擲柳梭。風光不相負，泉石且婆娑。

城市厭煩鬱，園林剩得秋。聊憑瓜蔓水，戲擬木蘭遊。席喜親魚鳥，槎疑犯斗牛。塵纓同解脫，身世任虛舟。

載酒蘭橈泛，烟深望杳冥。沿洄洲渚異，演漾水雲停。鶴以吹簫下，魚應鼓瑟聽。菱歌歸唱晚，回首白雲扃。

夏日同陳仁甫陳公望遊淨業寺

禪房聊駐馬，心賞愜幽期。水闊人烟遠，雲閒客意遲。杯深堪避暑，興到共裁詩。今日青蓮畔，還同白社時。

古寺藏幽境，高城駐晚涼。林深烟欲暝，荷淨水含香。野意隨鷗泛，芳心逐燕忙。翛然薄塵網，欲此借僧床。

野色連城堞，香風暗芰荷。蟬聲依樹近，鳥語隔花多。鐘定分僧飯，蘆深隱釣蓑。追歡吾意足，寧羨習池過。

暫輟鵷鷺侶，來尋鷗鷺群。野烟行處斷，山色坐中分。曲路縈丹壑，空亭駐白雲。幽棲堪寄傲，即此謝塵氛。

落日簾垂照，輕風席引涼。幽香浮別澗，寒氣漾橫塘。松偃簷前蓋，荷裁澤畔裳。相看聊酩酊，□路坐俱忘。

風塵容吏隱，懶散意何如。洞裏尋花徑，巖間借草廬。隄平朝度馬，波定晚窺魚。咫尺城邊路，寧令芒屐疏。

飛來峰

飛來何處峰，陰洞鎖重重。有石皆成佛，無山不是松。林棲聞法鳥，壑隱聽經龍。大地皆如幻，無論去住蹤。

別陸成叔山人

與爾探奇處，片帆千里俱。宏編流藝苑，密義了文殊。論擬潛夫著，書堪答客娛。悠悠誰按劍，行矣慎明珠。

結束東歸去，湖山數驛程。人誰求劇孟，客豈失禰衡。落日幽蘭操，秋風蓴菜羹。乾坤雙白眼，莫浪向人橫。

孤山吊林和靖墓

霞光低疊浪，瞑色送回橈。宛轉沿孤嶼，蒼茫過斷橋。銜杯千刹出，迎艇萬峰朝。梅鶴懷高隱，幽魂何處招。

舟次逢黄白仲山人

不見黄生久，凄其國士心。籠鵝誰换帖，放鶴我同吟。短褐懷中玉，清徽物外音。千秋吾道在，傾蓋一披襟。

何地裾堪曳，秋風鋏尚彈。畏途爲客苦，薄俗向人難。湖海交猶在，乾坤興未闌。夜深牛斗氣，時傍匣中寒。

人日

春風來上苑，宮柳漸回青。帝里逢人日，天涯自客星。勳名頻覽鏡，歲月幾看蓂。寂寞憐揚子，談玄獨著經。

題壯遊冊贈袁上舍

尚平婚嫁畢，京洛意如何。雪裏高人臥，風前壯士歌。乾坤雙短劍，湖海一行窩。期爾黄金伴，寧須醉薜蘿。

讀書春夜

視草春初靜，燃藜夜欲分。開軒留月影，捲幔動星文。答客憐方朔，談奇憶子雲。浮生徒擾擾，壯志愧前聞。

蛛網

結構當簷近，垂絲送喜頻。搖風輕幔動，綴露細珠新。羅網機先物，經綸巧稱身。獨憐行役處，離思感東人。

賦夾竹桃

夾竹稱桃樹，當軒花幾叢。漪漪時間綠，灼灼半舒紅。裛淚含朝雨，濃妝媚晚風。東君無限意，點綴不言中。

別館多奇卉，幽香此更嘉。詠桃宜辨葉，看竹未應花。麗色當人近，嬌姿拂檻斜。芳菲憐漸暮，爲爾駐年華。

聞瓊亂

遠道炎荒外，孤城大海中。艱危四面敵，離亂九家空。漢柱天猶隔，秦臺路未通。請纓何日遂，壯志抱終童。

寇亂今尤甚，虔劉遍里閭。長驅過建水，白晝入郊墟。威刼千人廢，時平百計疏。故園溪畔路，消息近何如。

同陳仁甫郊行

芳郊望不極，暇日正銷憂。並是天邊侶，而能物外遊。遠山含樹斷，一水抱城浮。日暮思鄉處，浮雲隔海陬。

月夜聽友人彈琴

愛爾翩翩者，朱弦月下聞。新聲含澗水，逸響遞流雲。爲解幽人意，何妨夜漏分。廣陵憐絕代，聊此挹清芬。

長安步月

禁漏傳宵迴，天街占月多。澄光團玉魄，寒影瀉金河。圓缺時難定，浮沉歲屢過。攬衣成獨嘯，數問夜如何。

晚泊廖村

旅宿依沙際，帆檣兩岸陰。村春涵樹亂，市釀傍花斟。風定猿聲密，波澄鳥語沉。客懷聊自慰，清夜聽歌音。

青絞道中

徑轉疑無路，溪迷別有槎。亂山一鳥道，深樹幾人家。旅食隨田舍，村醪趁野花。輿圖窮島嶼，黎庶遍桑麻。

初至京憩橋松上人蘭若

薊北一爲別，歸來已四春。輪蹄行處舊，宫闕望中新。暫向忘機侶，言棲未定身。明朝趨走地，衣馬任風塵。

過任城兵憲丘厚山年丈邀同廉憲王竹陽年丈宴集南池

任池置酒地，興發剡溪船。錦席聯驄馬，歌聲斷暮蟬。殘荷披浦溆，衰柳澹江天。一和少陵句，能留子敬氈。

陳少詹小有園宴集

卜築雖人境，無喧即洞天。青山移屋裏，錦石墮屏前。鶴舞窺爐篆，鶯歌答管弦。金門耽吏隱，丘壑記平泉。

舟行雜詠

蓬窗無一事，觚翰即相親。抱膝探書倦，支頤得句新。風波諳世路，水月見天真。生意關幽獨，逍遙正葛巾。

津亭時解纜，候吏已先驅。到處逢迎滿，經過禮數殊。泰應疑傳食，狂或笑窮途。犬馬何能報，乾坤愧腐儒。

桓山

停橈依泗水，振策上桓山。今古登臨外，興亡感慨間。千秋銷髒骨，一幻屬僧關。獨有高賢跡，磨崖此共攀。

司馬人何在，眠牛跡已徂。南山猶有隙，石室抑何愚。深洞疑藏鹿，荒碑自止烏。淒涼千古意，吟眺數躊躕。

焦山

鷲嶺浮鼇極，鯤池誇鵲橋。參差京口樹，吞吐海門潮。南北分天塹，江山混斗杓。登臨招隱士，釃酒向烟霄。

燕磯觀音閣

紺宇懸崖出，雲林傍水開。鼋鼉持法供，龍象護經臺。梵語潮音接，禪燈岸火回。迷津堪一望，彼岸幾人來。

送盧思仁祠部抗疏歸田

慷慨陳孤憤，倉皇就逐臣。危言難悟主，直道豈謀身。荊玉原無玷，隋珠別有因。由來失路泣，不向賜環人。

過十八灘

暝色千帆雨，濤聲萬壑灘。急流憐勇退，砥柱感回瀾。出峽龍疑鬥，憑嵎虎欲餐。畏途堪自保，獨酌送鷩湍。

贈陳蓮水遷鎮遠太守

太守之官地，山川貴竹遙。西南天欲盡，羌筰瘴全消。露冕循苗俗，風聲布漢條。象賢君不忝，去矣聽遷喬。

銅鼓嶺觀海寄賀明府

爲訪丹砂令，言尋若木津。波光含日動，蜃氣鬥霞新。欲跨摩霄鶴，還餐横海鱗。紫霓雙節引，應對羽衣人。

一縱登臨目，蒼茫太宇空。斷山浮潋灩，削壁判鴻蒙。地撼蛟龍鬥，潮爭鼓角雄。憑高獨舒嘯，宛在水晶宫。

贈聰上人

定中觀自性，趺坐已多年。爲了齋僧願，來尋結衆緣。心空涵水月，境寂見人天。若問西來意，忘言得妙詮。

鑿齒傳師訣，宗門授指南。封齋頻斷七，悟道契函三。慧眼迷中識，禪機静裏參。欲尋無漏果，住相斷阿含。

石嶺樵歌員山八景之一

蜿蜒石礲間，悠悠採樵者。山鳥若相求，牛羊忽來下。析薪豈爲勞，樂意聊舒瀉。聆彼太古音，何事採風雅。

華巖洞

紫府藏陰洞，丹梯轉石房。攀崖上魚貫，躡磴繞羊腸。景外烟花麗，空中色相忘。燃藜窺墨跡，懷古意何長。

卓錫泉

鹿苑過幽徑，龍池探細泉。迸珠穿竇出，浮玉繞階旋。汲爨通香積，清虚象妙詮。流觴千古意，誰似永和年。

村莊雜興四首

野色團青靄，田家傍翠微。老窺農圃學，窮試芰荷衣。擊壤忘堯力，停橈息漢機。滄洲吾道在，寧復戀輕肥。

蘿蔦重重入，桑麻細細論。堂無勞緑野，園已傍青門。片月窺幽徑，閒雲度遠村。江湖耽歲晚，畎畝即皇恩。

下馬入柴門，秋高日易曛。亂山紆鳥道，疊石溷[一]

[一] 以下原缺。

常武篇賀中丞常公遣師西征大捷五十韻

赫赫中丞貴，煌煌東省聯。名高三楚俊，望絕百寮先。侍聖登青瑣，齋心獻素箋。文墀翩獨步，丹地劃孤騫。楓陛儀鴻漸，槐階待駿遷。虎符分重鎮，熊軾授專權。白簡迎霜動，烏臺借月圓。句吳瞻露冕，於越仰臺躔。南國氛常淨，西陲警乍傳。脫巾初聚蚋，建鼓遂滔天，羽檄徵兵急，轅門選將填。拊髀思哲彥，借箸賴名賢。耿賈圖匡濟，蕭曹共斡旋。同心並秦越，戮力效鷹鸇。國步紓時急，宸衷鑒德虔。五兵申號令，九塞藉夤緣。鐵騎兼程進，銅鑣徹夜闐。前鋒嚴校尉，後隊肅樓船。劍拂霜初冷，弓彎月正弦。銜枚過涿野，超乘度居延。將出凶門勇，兵從死地全。如貅雲陣合，飲馬雪山顛。暈氣方鳴鏑，嚴飈更折綿。囊沙潛附蟻，沉竈欲生蠙。斬將壺漿應，登陴組練便。封堪尸築觀，流可血成川。兔狡悲逃窟，魚窮泣逝淵。黃流河失險，赤幟壁無堅。笞背中行伏，殲渠左纛懸。風清豺虎穴，電掃犬羊羶。幕府誇殊捷，材官陋備員。誰云如尾應，直是濡頭然。南仲修戎日，東山振旅年。歡聲來朔漠，喜色動甘泉。三表謀高漢，千金客赴燕。筦樞知豹略，封拜卜鳶肩。化瑟乾坤轉，祥刀水陸剸。短狐今授首，豐豕莫張拳。秬鬯揚休烈，彤弓錫御筵。鐫銘聲奕奕，歸極道平平。解網皇慈潤，分茅聖澤偏。古稱敦禮樂，今見止戈鋋。霄漢憂虞軫，黎元疾苦駢。經綸公勉矣，薄劣我終焉。邂逅承傾蓋，襟期願執鞭。鐃吹喧露布，棨戟慶張斿。作賦賡常武，能詩匪仲宣。麒麟須畫閣，班馬續青編。伐自高千古，名應遍八埏。抒懷聊短什，清穆愧如椽。

送王荊石先生掌南院

把酒關河暮，征帆潞渚開。風流江左地，文雅仲宣才。白雪曾傾市，黄金獨上臺。聲名隆翰苑，氣色動蓬萊。視草稱周史，燃藜陋漢材。珪璋人共羨，山斗士多推。簡在新恩渥，光華故里來。暫違楓殿直，遥向秣陵回。道以文章著，班仍侍從陪。北扉榮綰綬，東觀憶銜杯。戀闕心方切，思吴駕每催。鳳凰應有賦，鴻雁若爲裁。風采看前席，祥光仰上台。漢宫需羽翼，商鼎待鹽梅。遲爾鳴珂入，殊勳誦九垓。

賀曹長公中丞次公大參同拜誥命代

名家鍾帝里，才子繼高陽。燕翼詒謀遠，蟬聯奕世昌。驊騮看獨步，鴻雁喜同翔。報國心應赤，匡時鬢未蒼。風雲遭盛際，雨露沐恩光。建節將堯命，分麾奠禹疆。兄迎蒼水使，弟鎮黑山羌。禮樂臨軒送，旌旗載道揚。車邊馴瑞雉，冠上指神羊。避路瞻驄馬，儀庭睹鳳凰。家聲萬石侣，國論二難方。棠棣連枝茂，塤篪嗣響長。登賢超峻秩，命德耀宸章。盛美侈三代，薰和藹一堂。琅函流御墨，錦軸噴天香。五色絲綸擁，千年琬琰藏。奎文騰宇宙，風采動巖廊。錫類恩踰渥，移忠願已償。鴻名方赫奕，鳳藻日輝煌。富貴當如此，歡娛尚未央。騫飛誠自許，感激總非常。天路牽騏驥，雲臺引棟梁。回遷翼元聖，入拜佇惟良。

恭上太宰楊公晉秩太保誦德述懷四十六韻 代

哲后承昌紀，明廷有至人。巖居徵夢說，嶽降會生申。間氣鍾全畀，雄才迥絕倫。文章班馬富，學術孟顏醇。跨躡青雲上，騫飛要路津。直聲馳瑣闥，正氣動楓宸。節鉞臨幽薊，旌旗捲晉秦。黃沙沉羽檄，青海淨風塵。爰自登臺省，尋應秉國鈞。潘輿緣奉母，萊彩若終身。高臥東山曲，歸來北海濱。蒼生凝望久，丹扆注情頻。台鼎需賢佐，巖廊倚重臣。三銓膺聖眷，一德協皇仁。密勿忠爲輔，賡歌道作鄰。持衡懸冰鑒，曳履上星辰。亭毒中樞正，璇璣四序勻。廟謨升翊亮，方夏荷陶甄。引手勞援溺，推心亟起屯。江河沾沃潤，岱華挹嶙峋。裴度勳名籍，山公雅望真。謙虛時吐握，識拔盡沉淪。斷斷疑無技，休休實可親。帝心常簡在，君子盡經綸。片善罔攸伏，微言得具陳。委珠冰蘗厲，牧馬素絲貧。漢室綜名日，虞廷奏績晨。聲光垂琬琰，圖畫上麒麟。太保承嘉命，彤弓錫上賓。腰横蒼玉重，身著錦袍新。賜予恩深海，光華色映旻。鴻名流鳳藻，蟒紱燦龍鱗。七衮匡時切，三朝報主純。煉形人似鶴，憂國鬢如銀。笑傲安期棗，逍遥莊叟椿。岡陵盤鼎軸，霜雪保松筠。潞國今重睹，汾陽可並論。螽斯還揖揖，麟趾嗣振振。桂發燕山色，桃舒鮑嶺春。歡聲騰海宇，盛事動朝紳。天上六符正，人間五福臻。最憐樗散士，叨荷茹茅掄。窺豹曾何識，雕蟲祇自嗔。駿慚燕市價，臘混楚人珍。黍谷恩方暖，靈蛇報未伸。願言歌湛露，千載和烝民。

遊英德碧落洞

何意靈仙窟，言從粵嶠窺。兩山開鐵甕，一水閟瑤池。野徑穿田迴，巉巖指路危。石昂蹲虎象，潭黑隱蛟螭。宿溜垂丹乳，陰崖潤紫脂。洞深含炬入，溪絕引舟移。窅窕前仍卻，盤旋出復疑。捫蘿時陟巘，剔蘚遍看碑。媧煉年誰紀，秦鞭跡若遺。經過成變幻，攀歷轉逶迤。好結烟霞侶，來尋泉石居。飄然發長嘯，聊此坐銜卮。

外弟周心如鴻臚南歸壽母

誰不榮新命，君應念老親。獨將懷闕意，遙慰倚門人。別日憐遊子，歸年見侍臣。霞觴初獻祝，珠履競邀賓。節向天中啓，籌從海屋申。萱花開更綠，蘭樹望踰新。萊彩歡無極，潘輿念每頻。別來池草夢，還擬帝城春。

賞牡丹

朱明開令節，邀賞對名花。瀲灎欺穠李，紛披奪麗華。天香橫席滿，國色倚闌斜。綠葉含朝露，紅英綴晚霞。迷蜂嬌吐蕊，戲蝶綻分葩。幻字留仙種，凝脂出帝家。醉妝妃子妒，斂態洛神誇。名入騷壇重，根當錦障賒。洛陽春有價，金谷淨無瑕。芍藥堪成侍，芙蓉似失嘉。自緣生富貴，偏許事豪奢。

春雪

青陽方應序，素雪乍凝華。公望捲幔天微肅，當軒日半遮。紹傳同雲含瑞彩，空雨散靈花。仁甫疏霰驚先墜，繁霙喜漸加。潔能欺漢扇，素豈比曹麻。公望繞砌輝輝近，穿林脈脈斜。仁甫吳鹽差可辨，謝絮轉應誇。紹傳夜色疑留月，晴光訝掩霞。仁甫鵝翎飛瑣屑，鶴髮落鬖髿。公望舞宇真成眩，旋風轉覺譁。坐時深講席，積處爛書車。紹傳勢急紛侵戶，形纖巧入紗。公望纔回梁苑外，還拂陰山涯。仁甫太液添新水，宜春綴早葩。公望蒼茫銀海接，縹緲玉山賒。仁甫珠樹三千界，瓊樓十萬家。紹傳天低青失岫，江迥白沉沙。公望歷亂參梅片，聯翩壓麥芽。長洲迷落雁，古木點昏鴉。紹傳細潤霑宮草，輕寒入塞笳。庭空飢鳥雀，壑冷蟄龍蛇。公望秉燭能辭酒，當爐試煮茶。妝樓情每懶，吟閣手頻叉。去漢終持節，平淮始建牙。紹傳臥袁應有榻，訪戴豈無艖。公望千畝膏俱動，三農兆總嘉。仁甫遺蝗知沒地，滯穗想盈畬。公望客興饒東郭，歌聲陋下巴。紹傳相看聊酩酊，莫自奪紛華。仁甫

九日同王慎齋館丈遊泛

客裏重陽至，尊前舊侶同。忠回波侵岸柳，晚照映江楓。慎蕩槳隨鷗鷺，飛帆接雁鴻。忠十年一把臂，竟日兩回瞳。慎離合論心外，浮沉笑口中。忠何人堪倒屣，而我自書空。慎流水知音在，陽春和句工。忠風雲思宦達，轍跡嘆途窮。慎老惜悲秋態，懷深報國衷。忠壯心徒耿耿，短髮已蒙蒙。慎綠蟻澄秋色，黃花艷晚叢。巾疑元亮日，帽想孟嘉風。忠去矣憐王粲，行邊別孔融。禮甘衰力就，情喜故交通。慎蘭澤過漁父，萸囊繫漢童。騷人憐薊北，遊子指江東。忠湖海憑看劍，乾坤任轉蓬。慎豪吟矜杜甫，灑淚陋齊公。忠霧曉筵初接，宵長曲未終。慎何能窮別緒，且自息微躬。後會知仍健，當筵氣正雄。忠

夜宿江館即事

秋晚鳴鴻歸路長，渚清眠鳥狎波光。流星亂點浮空碧，細露寒飄落葉黃。舟映野蘋搖遠浦，屋連叢樹帶清霜。悠悠客夢躭衾枕，寂寂村更聽渺茫。（以上太子少保王忠銘先生文集天池草重編卷二三）

全粤詩卷三八二

王弘誨四

壽陳松師相公

南極星依北斗崇，三台望重五雲中。鹽梅舊契歸商鼎，劍履新恩出漢宫。太液池邊承掌露，直廬階畔舞衣風。精神龍馬今應健，圖像麟臺更紀功。

銅龍紫氣浮朱紱，金闕祥光隱碧紗。篤行漢庭推石氏，雄文西蜀邁蘇家，蟠桃露綴丹盤冷，玉樹風垂彩袖斜。燮理萬方同壽域，蓬壺冰月湛流霞。

兩朝聲望許誰先，一品承恩晚節全。身比溫公歸洛日，壽同柱史度關年。山林歲月從今得，汗簡勳名與世傳。耿耿丹心常戀主，夜深北斗望猶懸。

晴日都門壽斝斟，秋風江上拂華簪。全真久辟留侯穀，散族惟餘疏傅金。霄漢共憐鴻跡遠，絲綸獨羨鳳毛森。東山未厭蒼生望，渭水寧辭白髮侵。

初春感興

候曉追趨漢殿東，九重春色萬方同。主恩接武雲霄上，客鬢驚心歲月中。勳業明時看補衮，文章壯志愧雕蟲。祥光夜出青藜杖，授簡從容太乙宫。燈花良夜正交輝，歡賞君王願不違。地勝六鼇凌海入，月明雙鳳帶雲飛。羽書北塞胡塵靖，冠蓋中原樂事熙。更喜少微星始見，青宫當日藉音徽。

種槐館課

虚星垂蔭正輪囷，移植鑾坡景象新。帶雪柔枝初得地，向陽疏幹已含春。留將翠盖分台位，肯把清陰染市塵。爲問三公他日事，誰當樹德比前人。

獻俘

萬乘高臨五鳳臺，兩階干羽一時開。鳴鞭虎旅隨風肅，按劍龍文傍斗回。上將指揮歸廟略，君王神武自天才。鎬京燕喜歌周雅，羽獵長楊陋漢裁。

北上再發瓊南阻寇

兩度征途駐馬頻，三秋兵火獨驚神。苦遭赤幟久爲客，羞見白鷗常傍人。南國有懷書劍遠，西風無那鬢毛新。乘槎天上知何日，試向溪邊一問津。

獨宿江村秋雨寒，天涯燈火共悲歡。憂君最屬江湖切，懷闕其如道路難。萬里驅馳戎馬暗，百年心事水雲閒。羅浮東去扶桑近，紅日出門倚劍看。

歌風臺沛縣

曉發長亭沛上過，霸圖新感漢山河。謀臣已逐藏弓盡，猛士徒勞擊筑歌。戲馬臺空秋草合，斬蛇澤在暮烟多。祇今夏鎮沙堤上，無限春風送夕波。

人日唐仁卿見過

握手拚驩共此辰，白門烟柳望中春。暖融殘雪看徐盡，麗入韶華賞更新。漸老光陰如過客，虚生宇宙愧稱人。椒盤柏酒尋常事，珍重尊前報主身。

贈沈子靜館丈冊封楚藩

頒封銜命下丹霄，駟馬翩翩意氣驕。楚地今傳鸚鵡賦，漢宮曾聽鳳凰簫。星臨衡渚仙槎杳，雨過陽臺客夢遥。爲念明光需起草，莫將吟眺滯蘭橈。

送游紫南鄉丈自文安擢諭海寧

儒吏無嗟久陸沉，傳經在在主恩深。五年化雨添文水，一日春風動武林。潮滿錢塘開絳帳，烟浮鷲嶺聚青衿。宦遊到處多幽勝，僧夜能因續舊吟。

首夏侍經筵有述閣試

宸幄天開晝漏長，恩深咫尺對龍光。傳經直院儒紳重，進講當爐翰墨香。玉佩班聯虞宰輔，金鑾草上漢文章。論思此日逢明主，瀛館何勞羨盛唐。

題伯兄文明精舍

圖書東壁映文昌，展卷悠然欲坐忘。側見晴峰揮彩筆，曉看初日吐扶桑。夢回池草春同麗，祝遍庭槐秋正蒼。誰道子雲甘寂寞，漢庭還擬獻長楊。

山中習靜意何如，懶散從人問卜居。喜有書燈分四壁，不妨文史足三餘。劍光夜靜寒牛斗，瑤草春深辨魯魚。方朔陸沉緣底癖，逢人應著答賓書。

送趙太史使吉藩

分茅禮重瑤墀命，視草廷遴玉署郎。漢室河山申帶礪，楚天旌節動瀟湘。雲深巫峽疑神女，風起蘭臺對大王。覽勝多君傳寡和，緘情應屬雁來行。

壽少傅楊公

曳履班高玉殿東，三朝勛輔老臣忠。清心水鏡孤懸外，宏略兵符四顧中。絳縣紀年增甲子，漢廷師事識中公。麒麟他日看圖畫，司馬何人第一功。

送韓太史使朝鮮二首

寰宇天開萬曆辰，殊方建節借詞臣。箕封異代恩光舊，漢詔重熙景命新。遼海月明秋出塞，鴨江星動夜通津。波平到處驚相訊，爲報中朝有聖人。

玉節翩翩拂曙霞，侍臣銜命拜京華。紫泥詔下九天闕，綠水江通八月槎。投筆雲封西掖草，擁旄霜放北山花。扶桑日出今應近，回首長安意轉賒。

送梁浮山舍人往濮陽祭葬尚書蘇公

漢主旌忠禮數殊，頒恩遠促侍臣車。風雲萬里絲綸下，雨露千秋俎豆餘。徐塚過時留掛劍，茂陵歸日上遺書。伯鸞更擬東遊賦，早寄秋鴻到石渠。

郭侯前塘招飲白家園

芳郊景物此中幽，地主逢君郭細侯。柳繫青絲留玉勒，花明白社泛金甌。向陽正對宜春樹，得月偏臨近水樓。行客坐來清興發，不妨秉燭夜深遊。

送余太史冊封衡藩

鳴珂曉日鳳樓前，玉冊頒封拜寵偏。漢室河山盟十二，齊庭賓客避三千。上林還擬詞人賦，東海寧誇大國篇。自昔南遊傳太史，皇華況復羡當年。

壽萱卷爲劉母鄧孺人賦

慈母年高雪滿簪，大羅仙籍喜初諳。百年丸膽心應苦，五桂承顔願已甘。南海星精占婺女，北堂花信報宜男。綵衣膝下春如海，歲歲稱觴客盡酣。

送粘酒與戴汝誠宫允

玉液蒸回丹鼎雲，珠崖春色此中分。花香準擬談清聖，藥力猶憐説細君。五斗難供他日債，一壺聊助半時醺。已聞酒德堪侈頌，側弁還成麗藻文。

送袁懋吉中翰奉使塞上歸省

芳草王程擁去軺，鳳池使者列仙標。含香暫輟金閨直，轉餉還從玉塞遥。綵服可能誇晝繡，儒衣猶自憶環橋。皇華到處堪題詠，歸採民風獻聖朝。

送許雲程大行奉使還瓊爲宫保海公營墓

清朝耆碩里中聞，勅葬新恩借使君。海上松楸覃雨露，日邊劍舄擁風雲。茂陵遺草歸時奏，庾嶺寒梅到處芬。知是靈均門下客，大招何處擬騷文。

送顧中秘仲方請告南還

江上園亭似辟疆，殿中休沐寄翱翔。最憐顧愷稱三絶，豈厭侏儒奉一囊。春過薊門冰雪盡，風回茂苑芰荷香。承明亦是棲遲處，何事逃名入醉鄉。

淋漓墨妙尚方傳，隱几幽齋見輞川。豈爲膏肓痼泉石，時從盤礴弄雲烟。蓴鱸恰及還家日，金馬猶堪避世年。未信少文能穩卧，清朝供奉正推賢。

送水部周明宇兵備淮揚

粉署含香大雅才，憲邦新命漢廷推。人如水部初停草，地是揚州好詠梅。淮海風聲傳露布，邦溝月色映霜臺。春農處處銷金甲，將相勳名取次裁。

節壽慶陳母唐孺人

瑤池會啓長生籙，瓊海籌添獻壽筵。貞史百年刊閫範，儒門兩世衍家傳。宜男色借芹宮茂，婺女光分璧曜妍。不用含辛論往事，衹今蔗境日綿綿。

扈駕功德寺陪李大司寇于徐二學士登西山對月二首

扈蹕乘高爽氣浮，湖山清勝遠凝眸。行宫夜度燕關月，輦路風回漢苑秋。扇影屯雲隨御仗，爐烟散彩傍宸遊。虞巡到處覃休澤，睿賞時聞遍比丘。天行雲漢灞陵濱，鄠杜長楊望幸新。閣道鑾旗回日月，周廬警柝擁星辰。鎬京汾水陪清賞，寶地瑤空隔世塵。共羨枚皋工賦詠，風流還似曲江春。

送李太清給諫抗疏斥還

瑣闥封章白板彈，稜稜風采動朝端。安危報國丹衷苦，鼎鑊甘心白晝寒。楚澤任教漁父問，漢廷終賴主恩寬。極知千古高名在，嘆息清時有說難。

風流千載見龍門，朝捧詞頭暮叩閽。慷慨此身寧自保，艱危吾道喜常存。一封豈謂酬臣節，九死猶應報主恩。珍重大匡傳世業，歸來掀揭樹乾坤。

送宗伯趙公應召北上二首

文昌星彩接奎躔，清世夔龍荷寵偏。東省追班聯玉笋，北扉侍直賜金蓮。吳門練影擬隨馬，鐘阜歡聲早卜鱣。前席好裁宣室對，孤忠應有漢皇憐。

文采風流玉署仙，並遊江左歲華遷。匡時禮樂南宮藉，抗疏聲名北斗懸。花柳欣欣迎雨露，江湖冉冉隔雲烟。向來珠樹和鳴鶴，何日相隨五鳳邊。

送秘書王澄源奉使南還

秋風行色動官河，直省清華到處多。知有玉魚頒寵岬，遥聞金馬唱離歌。九仙湖滿乘槎泛，五指潮平擁傳過。風度樓前問唐相，千秋金鑒待誰磨。

送王見齋年丈赴華亭諭

燕市悲歌又送君，清秋鴻雁感離群。酒錢尚愧蘇司業，坐客空憐鄭廣文。三泖夜談齋對月，九峰晴望館爲雲。相思一寄華亭鶴，天路鳴聲取次聞。

題韓醫士蘇臺畫像韓乃太史敬堂之兄

博帶褒衣振古風，翩翩意氣自江東。清修迥出風塵外，大隱偏躭城市中。名在任教聞女子，書傳何必對倉公。亦知太史稱難弟，調燮誰當國手同。

送太史何錫川使襄楚二藩便道省覲

受社新恩下未央，詞臣頒冊路輝煌。人如梅閣來何遜，地是蘭臺對楚襄。覽勝名都供作賦，趨庭佳節會稱觴。懸知別夢吟池草，多在春卿署裏芳。

送太史莊梅谷使韓慶二藩

河山百二控秦京，帶礪千秋載漢盟。宗子維城分玉葉，詞臣建節下金莖。八閩烟樹還家夢，四塞風塵吊古情。問道想過軒后洞，著書還續漆園名。

送鄧春宇年丈尹清流

握手都門意氣真，才高豈合嘆沉淪。黄金莫戀燕臺舊，墨綬應誇漢寵新。花裏鳴絃千嶂色，山間飛舄萬家春。此鄉風土休嫌薄，好作清流第一人。

送姚蘗庵孔目轉內台都事

執法星明拱太微，幕中三佐似君稀。向來寂寞耽仙署，此去光華動帝畿。驛路霜威分豸繡，朝端風采侍龍衣。清時原倚臺綱重，早樹勳名達禁闈。

送譚侍御赴謫

一封承譴有光輝，直道無嗟與世違。抗節忤時輿論惜，孤臣薄罰聖情微。謾同鳴馬辭天仗，終藉雲龍補衮衣。珍重他年珠浦葉，因風還向洛城飛。

送大司徒松坡畢公致政還鄉

優詔辭榮出漢宮，碧空寥落見孤鴻。兩都八座經天地，一德三朝自始終。客向函關占紫氣，人於洛社想遺風。秣陵回首含情舊，不盡東門嘆息中。

對罷戎機早乞閒，賜歸真慰北堂歡。帆開驛路風烟渺，寵荷明廷雨露寬。茅土千年朝翟茀，萊衣五色隱龍蟠。烏私莫羡陳情疏，燕喜還同魯頌看。

送沈少宰予告歸省

水鏡冰壺照玉堂，清時霖雨正相望。一封何事陳烏鳥，雙珮俄看解鳳皇。壽酒杯添仙掌露，綵衣身染御爐香。麒麟雙美真堪畫，到處江湖繫廟廊。供奉遥辭玉案頭，白雲歸夢繞滄洲。暫看北斗朝南極，即擬晨趨换晝遊。寶軸龍銜三世誥，瑛盤魚薦大官羞。公門此日栽桃李，好伴莊椿歲月悠。

送劉肖華太守廉州之任

横金出守郡名廉，五馬翩翩吏隱兼。鮫浦月明珠澤媚，羊城天闊羽書恬。黄堂政簡高齋寂，畫閣春深麗藻添。回首扶桑銅柱近，可能遺愛遍窮簷。

送王仰石太守之任惠州

今之太守古諸侯，露冕專城拜寵優。羡爾福星臨越徼，慰予鄉思在羅浮。梅花驛路傳應早，柳色關河望轉悠。共理亦知明主意，惠聲能不忝兹州。

房村道中會尚書潘公治河賦贈

徵詔三傳濕紫泥，洪河千里奠金隄。儆當洚水逢滄水，功擬玄圭陋白圭。憂國豈知潘鬢改，濟川疑傍傅舟棲。河渠書就勞相寄，回首台端望不迷。

遊茅山

巳字標形鎮海東，辛墟應籙帝圖雄。天闕日月藏昏曉，地軸滄桑接混濛。信有神仙遊物外，漫勞宰相説山中。丹丘此去無多路，白鵠翩翩未易通。

玄草無心學解嘲，素書擬借異人抄。峰當許掾兒孫列，樹過茅盈伯仲交。境秘華陽探洞壑，宮環句曲俯林梢。憑虚吾已驂鸞鶴，誰道浮名未肯拋。

振衣峰頂禮茅君，仙胄風流自昔聞。名注紫臺超萬劫，位同丹鼎列三分。金璫玉佩流玄訣，瑤草瓊花絕腥氛。竟日登臨歸路懶，亂峰回首隔烟雲。

文昌祠

文昌宮闕象雲門，絳節高居鷲嶺尊。天上張星流系遠，人間帝子毓靈存。六司炳曜聯奎柄，五夜光芒傍斗垣。自是文明當聖世，長瞻瑞色滿乾坤。

天竺寺參觀音大士像

何來三竺倚山椒，妙相莊嚴絶世囂。祥鳥擬窺丹鷲出，曇花偏傍白猿嬌。摩珠峰頂晴看月，梵語江門隱聽潮。六鑿塵根俱洗盡，可容香鉢解金貂。

元日同鄭春寰明府遊仙巖

仙令風流似永嘉，靈巖邀賞對韶華。攜來彭澤山中酒，共訪安期海上瓜。丹洞天開新歲月，瑤臺春靄舊烟霞。勝遊處處隨鳧舄，何必關門令尹誇。

遊楊歷巖

望入函關紫氣浮，丹梯斜引翠巖幽。鳴泉不斷四時雨，薦爽常含六月秋。聞法鳥歸蒼壁下，聽經龍傍白雲留。銀河祇在藤蘿外，槎泛猶疑逼斗牛。

石洞雲房裊四垂，群峰環拱路逶迤。側身巖壑盤蝸近，騁目乾坤過鳥知。隱約樓臺浮海市，霏微泉樹瀉天池。興來不盡磨崖紀，高閣憑虛縱所思。

仁化司馬明府邀遊錦石巖

白石蒼烟半有無，錦巖春色靄清都。探奇地主逢司馬，望氣人寰集懸鳧。陰洞微茫天一線，懸崖飄綴雨千珠。不妨跨鶴凌瑤島，聊爾停驂醉玉壺。
烟景桃源路不迷，停橈到處恣攀躋。丹臺霧擁諸天近，紫府峰回萬象低。二酉藏空餘石室，五丁方盡布金泥。法雲似覺前身是，惆悵松關擬借棲。

答張崌崍中丞二首

開府詞臣漢富平，寧邊新築受降城。月明青海無傳警，霜淨黃沙早息兵。問俗五陵瞻畫戟，按章三輔避危旌。麒麟他日看圖貌，談笑論功屬請纓。
烽火城西玁騎微，南樓清暇霽霜威。稚歌出牧聲新變，緩帶臨池色故飛。遂有錦溪來錦繡，遥傳珠海盡珠璣。懷中縱有堪酬璧，不及君家玉案希。

憩天界寺之萬松庵

何處尋春最可憐，萬松深處敞諸天。曇花琪樹雲烟麗，繡栱雕欄日月懸。法界自超人境外，好山多在夕陽前。詞人更有唐音妙，未道陽春寡和偏。

遊靈谷寺

橋山東去有祇林，王氣千年鎖翠岑。鷲嶺烟含丹闕迥，龍宮遠傍鼎湖深。石門窈窕松風隱，泉竇熹微花氣森。登覽群公多暇日，碧天蒼靄瀉幽襟。

九月望日郭司馬畢冢宰魏司徒枉小齋賞菊因用杜韻賦謝

環堵幽居秖自寬，披襟何意奉清驩。風流共聽尚書履，意氣真彈貢禹冠。竹葉且拚良夜醉，黄花堪對晚秋寒。德星並聚無勞奏，卿月中天萬里看。

山癯老人九景詩和畢松坡太宰韻

長林社諭

步屧風林春事深，田家結社幾相尋。每從更老宣皇諭，稍罄江湖戀闕心。帗舞觀時分柘影，叢祠祭罷對枌陰。詼諧割肉論陳事，潦倒能辭霜鬢侵。

崇明歸詠

空門結約對菩提，出郭言旋日已西。酒醒尚憐花似醉，歌停時聽鳥分啼。江山處處供吟藻，風月悠悠屬品題。借問當年點也意，白雲回首惠休棲。

蒲沼添籌

山中長夏自伊吾，令節俄傳沼上蒲。駐色仙標同藥餌，輕身靈液謝藜扶。已聞海屋增還算，更羡安期長道軀。四世秖令聞畢命，千秋寧許賀家湖。

舒溪泛槎

仙女溪邊漢使槎，秋光如練漾雲霞。蒹葭露冷鼋鼍穩，島嶼風驚雁鶩斜。蘭槳夷猶烟水合，錦帆縹緲斗牛賒。憑誰指點支機石，歸向君平肆裏誇。

丹竈回陽

真人自昔本忘機，煮石餐霞事亦稀。九轉功成人已去，一丘丹竈是耶非。參同何處訂平叔，靜定徐當叩子微。看取坎離交媾後，嬰兒姹女莫教違。

雪閣奇觀

陰風吹雪滿杉山，清賞憑高出玉寰。寒倚半空飛閣外，光搖百尺畫闌間。剡溪欲訪饒清興，梁苑分題判醉顏。獨羨山公多郢曲，調高能使和人艱。

松坡晚節

半畝松陰隱綠坡，青山雲物晝峨峨。春深雨露栽培厚，歲晚冰霜節操多。不羨椿枝傳漆圃，長疑桂影拂銀河。秦封丁夢當年事，摩頂餐脂鬢未皤。

金城辟暑

何處山家景最幽，金城珠樹印滄洲。參差樓閣慈雲合，掩映溪山法雨浮。炎暑何能侵此地，清涼祇擬對新秋。獨憐河朔爲流者，何處相期汗漫遊。

壽李封君六十

丈人家世本神仙，異代長生復此筵。谷有紫芝供白鹿，身隨玄鶴駕蒼烟。松關習靜風塵穩，蘭省傳芳雨露偏。記取五千從此始，函關望氣是何年。

題羅浮歸隱卷送歐楨伯虞部南歸

清時誰不榮軒冕，君獨何心早乞身。自愛東山成遠志，獨令南海見歸人。雲霄路隔冥鴻渺，江渚情深倦鳥親。何日相從陪杖屨，都門嘆息望行塵。

寄題楊太宰桃花嶺

鮑山深處有桃園，太宰當年別業存。薦實會同瑤水宴，迷花何必武陵源。千年隔洞應含笑，幾樹成蹊總不言。見說天邊多雨露，祇今培植滿公門。

西寧侯宋遇吾還京

少年開府富平侯，鵲印曾提過鷺洲。十葉金貂承雨露，三山瑤草羨風流。晨揮玉麈臨賓榻，夜拂銀燈運將籌。歸去彩雲依北闕，思君明月在南樓。

天津舟次送葉龍塘年丈備兵永平

薊門春色擁霓旌，杯酒河梁話別情。報國丹心應自許，行邊繡斧若爲榮。潮河坐鎮胡霜肅，□海臨闕漢月清。共羨爲儒兼將略，時來談笑著勳名。

拱日依雲卷爲陳泰寧題

舊京分閫幾登壇，爲奉潘輿暫解官。紅日九重看漸近，白雲千里望應寬。金貂奕世元侯貴，銀宮標題壽母歡。歸去可能忘報國，漢廷猶擬繫樓蘭。

酬吳明卿藩參見寄

大雅文章實起予，風塵廿載滯聯裾。每從楚客時歌鳳，漫向湘江擬覓魚。囊裏忽分三秀草，懷中如得九丘書。獨憐下里當春雪，欲報瓊瑤愧不如。

一從鄴下散詞曹，寶鋏龍文久自韜。載酒有無從問字，獨醒曾否著懷騷。壯心老驥知仍在，矯首冥鴻意轉勞。清廟祇今需雅頌，朱弦疏越待誰操。

立春前一日任白甫孝廉見過

帝京佳麗動初春，剪綵迎祥燕笑頻。興托郢歌憐爾和，夢回池草待誰論。條風拂柳行青陸，淑氣含梅映紫宸。珍重東園桃李色，芳菲次第報鴻鈞。

贈沈虹臺太史冊封肅藩

分茅乍下金莖直，視草初違玉笋班。帶礪宗盟傳漢室，河山天府控秦關。太行春盡登臨日，絕漠風高睥睨間。西去乘槎牛斗近，爲詢天上幾時還。

贈陳宗伯致政歸莆陽

八座青門悵別餘，賢哉真擬漢廷疏。南宮暫解尚書履，西掖應抛學士魚。世事且須看定局，畏途聊喜遂閑居。極知安石蒼生繫，悵望東山意未舒。

楊柳春風別思牽，天涯去住兩茫然。故交屈指凋零盡，往事驚心感慨偏。客路風塵煩愛護，片時尊酒暫流連。木蘭陂上扁舟穩，莫忘他年濟巨川。

挽高前江揮使以勤事沒於海

幾年海上逐天吴，報主今捐七尺軀。龍抱團花和雨泣，烏探殘幟向雲呼。忠魂黯淡西山暮，正氣騰凌北斗孤。滄海茫茫空極目，一杯何處奠生芻。

揮淚江濆引素旌，楚歌淒斷不勝情。拔山力盡名空在，填海魂消氣尚生。星隕故當五丈壘，鶴鳴無復八公兵。恠來白浪兼天湧，多恐英雄怒未平。

戎馬曾從百戰場，殞身自許效邊疆。長蛇尚在龍泉墮，飛鳥未盡烏號藏。湘水此時悲宋玉，東風何處問周郎。可憐天道每如此，徒使忠魂飲恨長。

庚午春興四首時在彭澤江上

青郊迎氣轉鴻鈞，玉律初回禹甸春。行客不知梅節換，東風惟見柳條新。江湖目極心偏切，池草詩成夢更親。笑煞洛陽裁勝者，看花猶是昔年人。

□風隔夜到江槎，綠鬢驚心又歲華。梅柳一春猶作客，天涯七月便離家。懶將壯志停孤劍，剩有韶光坐絳紗。獨對海棠春夢醒，流鶯剛報上林花。

華髮森森春自生，朝來攬鏡若爲情。纔看西陸移烏晷，又見南枝送鳥聲。光景郵亭憐過客，文章秘閣愧虛名。長安北去天應近，珍重梅花相伴行。

長安曉日麗城闉，鳴玉朝來會北辰。紫府屏開翔翡翠，御爐香篆動麒麟。履端共慶聞天語，瑞應抽毫記史臣。懷曝此時何處獻，觀風還向帝庭陳。

翟家婦有引

翟相家孫婦忍餓殉節，觀者傾朝市，予賦其事而哀之。

髫年伉儷轉堪哀，就義從容到夜臺。綠鬢乾坤餘片石，丹心今古獨飛灰。旌書帝里龍光近，芳譽人間鳳藻回。此日翟公門下客，相憐不爲世情來。

金山

江天樓閣倚崔嵬，吳楚風烟四望開。萬頃蒼茫涵几席，千山縹渺湧蓬萊。城臨鐵甕開龍藏，地控金陵接鳳臺。一自巨靈表東海，等閒大塊若浮杯。

紺宇岧嶢鎖翠岑，明霞宿露淨朝陰。慈航能度江天闊，法界偏依水府深。海月熹微窺佛相，河沙寥寂印禪心。朅來欲問無生滅，徙倚空門漏轉沉。

寄答張事軒親家

風塵南望雁鴻勞，每憶新詩別後高。弄月幾回尋釣艇，聚星何處對臨臯。扶搖碧海看鵬背，接武青雲待鳳毛。中散知君疏懶甚，可能書札寄山濤。

再到山莊漫興

身名幸自謝樊籠，招隱時來傍桂叢。鳥語慚能忘物外，鹿遊應已慣山中。開簾東嶺看初月，欹枕南窗聽晚風。爭席不須嫌野老，垂綸堪自擬漁翁。

望湖亭懷古

十里湖光四望中，晴波如練碧浮空。已無石砮留神跡，猶有殘碑紀舊宮。遠浦夕陽歸釣艇，清秋蘆岸落征鴻。淒涼不盡前朝事，一葉吳江送晚風。

遊南安東山寺

青山郭外倚雲偏，駐節南來度嶺年。十里關門連楚粵，千家樓閣枕江烟。珠林香氣巖前合，玉澗泉聲樹杪懸。歡賞橋邊歸路晚，尋舟疑到武陵還。

宿太平驛

青山迢遞望郵程，候吏欣聞報太平。瘴癘已消盤瓠穴，旌旗猶列伏波營。亂峰孤館停車騎，野水危橋度驛城。肅肅宵征思遠道，天涯芳草不勝情。

建州城懷古

建州城堞久蒿萊，勝國流傳尚可哀。洞主有祠依綠樹，美人無地問青梅。千年往事空啼鳥，一代遺蹤盡劫灰。遠浦溪前東逝水，憑高悵望意遲回。

遊觀音閣

蕊宮琪樹隱瑤京，出郭逢僧幾問名。白馬金牛歸想像，盤龍踞虎自回縈。香臺倒影穿簾入，石壁含毫繞殿明。本是化城無住處，皈依徒自笑塵纓。

過高庵荔枝園與同遊諸君野服散坐並賦

歸來瀟灑厭緇塵，獨樂園中寄傲身。自擬林泉求勝友，肯令風月負閒人。荔枝叢裏丁香信，瘿木尊前漉酒巾。身健心閒俱不偶，可能疏散任吾真。

謝張帶川送荔枝

虚傳大苑種葡萄，不及君家荔子高。玉貌肯將風味減，冰肌偏耐烈炎熬。仙人海上安期棗，王母天邊朔子桃。瓊苑秖今推第一，松喬擬頌續王褒。

廬山黄龍寺

錦屏歷盡禮雲窩，問道黄龍月夜過。五百應真窺海藏，三千秘密聽彌陀。烏依龍樹傳經寂，僧照寒潭悟法多。欲向東林仍載酒，空齋寧許病維摩。

題恩州環翠堂

江郭杯堪避暑留，虚堂春引石龍幽。軒開面面雲烟合，亭敞時時花樹浮。湖海鄉心關白社，天涯歸興寄滄洲。廿年姓字看題壁，荏苒流光憶舊遊。

奉邀樊以齋寓公泛舟西湖

天與幽人得鑒湖，到來生計滿菰蒲。雷門風景懷今昔，蜃市樓臺望有無。對酒客同湘水度，賦詩人擬輞川圖。百年吾道滄洲在，千里同心興不孤。（以上太子少保王忠銘先生文集天池草重編卷二四）

全粤詩卷三八三

王弘誨五

冬夜同戴宮允邀徐殿讀陳翰編過飲分韻

鳴玉時能過我曹，開尊意氣向人豪。鈎藏席地歡踰劇，波捲談天辯轉高。避世醉鄉容拓落，虚舟宦海縱遊遨。酒闌躍馬長安道，霜月蒼茫照錦袍。

送臨淮李秀巖留守南京

金符玉節拜彤墀，分陝親承聖主知。吴地河山新授鎮，漢家茅土舊開基。渡淮尚想圍棊墅，駐馬時成横槊詩。總爲太平根本計，麒麟勛業萬年垂。

幕府高臨建業開，風流誰似鄴侯才。金貂十葉舒仙李，畫戟三山蔭省槐。揮麈韜分龍虎勝，鳴鐃歌出鳳凰臺。遙憐他夜南樓月，清興何人許共陪。

送歐楨伯大理遷南工曹

賦成憐爾遞遷官，風采當年水部看。名重漢廷推結襪，交傾詞苑慶彈冠。鈎簾鍾阜春烟媚，對酒吴城海月寒。書續河渠應早寄，故人相望在長安。

送大司成樟溪戴公歸四明

適志歸來張翰舟，剡溪相訪道何由。行藏且自親猿鶴，得失從人喚馬牛。怪事可能書咄咄，安居何處記休休。賜環明主應留意，莫賦離騷易感愁。

秋日登紫微閣和陳公望韻

紫微樓閣倚崔嵬，坐擁群真四望來。勝地烟霞浮法界，洞天雞犬隔雲隈。當軒朔樹含秋色，遶檻燕山對酒杯。玄覽未能論出世，憑虛吾意數遲回。

送直閣黎瑤石致政南還

投老東歸訪釣遊，梅花春色夢羅浮。絲綸乍遠池頭鳳，機事渾忘海上鷗。避世金門憐意氣，和歌玉署想風流。江湖亦自干星象，珍重當年澤畔裘。

漢家東閣藉才賢，廿載丹霄雨露偏。倏爾蓬瀛生羽翼，翛然勾漏覓神仙。山中暇日輸浮白，花下清齋閉草玄。知爾著書成世業，出關仍否向人傳。

立春日賜宴和王見齋年丈韻

獻歲金門簇仗寒，朝回醽醁奉清驩。梅風暗入和羹鼎，柳日晴含細菜盤。五夜張筵聯廣坐，兩階稽首列千官。鵷行廿載逢明聖，一飯懷恩一寸丹。

贈大司寇王麟泉致政還溫陵

紫氣氤氳滿舊關，扁舟湖海戴恩還。傾都祖帳東門外，抗疏聲名北斗間。別業好尋裴綠野，前身應是白香山。即看紫蓋峰頭水，猶似磻溪舊釣灣。

送南大司成張玉陽加太常領北雍

舊京拜命入明光，國子新銜系奉常。天上夔龍虞禮樂，日邊桓馬漢宮牆。兩都模範歸山斗，異代風流並洛陽。從此金甌須定卜，幾人端不愧堂堂。

清朝師席重成均，聖主臨雍召講臣。三老鳩筇分御席，諸生虎幄侍文茵。經綸遇主陳車馬，冠帶圜橋領搢紳。問訊舊遊函丈地，向來糠粃愧先塵。

五指參天峰和丘文莊公韻

地盡南溟氣復連，五峰如指勢擎天。浴光應捧咸池日，染翠疑探太乙烟。瑤島露分仙掌湛，寶輪花傍佛支懸。寰中諸嶽紛羅立，誰向鴻濛握化原。

一柱波心五嶽連，高標削翠界南天。誰將赤手排滄海，直上丹霄拾紫烟。鉤弋曉穿雲錦出，神符宵握斗樞懸。最憐建水揮文筆，卓立乾坤判道原。

送司空陳公之金陵

台階曳履荷恩殊，八座班聯上大夫。星珮暫違楓殿直，雲帆新向秣陵趨。虞廷底績推神禹，周室開基重鎬都。聖主即今虛席待，老臣何以贊皇圖。

劍履從容出九重，雙旌遥指大江東。蕃宣久著周邦譽，饋餉曾推漢殿功。六代山河登眺外，兩都籌策指揮中。風流晝省應無事，賦就吳濤屬便鴻。

發白沙留别親舊

江津解纜早潮寒，歌罷驪駒強自寬。寓内君親情並切，天涯兄弟别俱難。誰堪皓首勞商綺，敢道蒼生望謝安。岐路茫茫芳草緑，雲山淒斷勸加餐。

六看梅發建江濱，多難空餘一病身。闕下簡書催物役，鏡中衰貌愧冠紳。非才豈合頻耽仕，薄禄長悲不逮親。終擬投竿滄海畔，北山猿鶴漫窺人。

發雷陽有司供張日侈賦此志愧

翩翩車騎擁雲從，負弩臨邛令踰恭。語燕啼鶯春宛轉，紅亭緑柳氣蒙茸。千家涑水看司馬，三顧南陽想卧龍。矯首當年慚父老，行藏何處定孤蹤。

電白南樓觀海爲方明府題

萬頃滄波檻外明，三山巨浸接杯平。扶桑日抱鼋鼉穩，若木雲連島嶼輕。地迥樓臺含蜃氣，天空雷雨送潮聲。風流仙令憐方朔，欲賦玄虛愧未成。

寇公祠

隕星炎徼感忠魂，植竹公安節氣屯。當日樓臺無地起，至今香火有祠存。海山遺讖流南粤，鎖鑰標名寄北門。莫問眼丁何處拔，朱崖流落有誰論。

過雷陽寓公樊以齋新搆居易堂留題

萬里投荒此卜居，騷壇千古擬湘纍。文身章甫知無用，埋劍豐城自有時。鳴馬暫辭天仗遠，山龍終待袞衣期。五湖烟水無勞長，坡老堂前續去思。

曲江拜張文獻祠

風度祠前仰止存，曾於金鑒讀遺文。東南一自開爰立，伊吕千秋幾嗣芬。海燕長辭秦嶺駕，中牢空吊越山魂。祇今大庾梅花發，終古行人頌大勳。

入賀萬壽聖節

新捧龍函上九天，重遊鍾阜歲華遷。辭家萬里趨朝日，戀闕千官祝聖年。隱豹未深南海霧，懸魚猶帶北山烟。微臣舊有千秋鑒，擬向彤庭獻御筵。

十載金門憶九重，歸來再聽紫宸鍾。憂時轉覺丹心苦，致主堪憐白髮慵。紅日天邊栽芍藥，秋風江上任芙蓉。梅花紙帳扁舟夢，半入羅浮四百峰。

和葉臺山少宗伯贈別用韻

歌罷驪駒日已西，白門回首意含悽。尊前明月孤鴻暮，雪裏梅花萬樹低。滄海波恬鷗鷺穩，碧梧春老鳳凰棲。還丹總就君休問，秖待功成錫命圭。

得請奉別留都知己

建禮回翔已十年，得歸重荷主恩偏。徵名出處虛相悞，浪跡浮沉秖自憐。葵藿有心終向日，江湖無計可回天。致君堯舜須公等，話別關河意黯然。

清朝簪紱盡名流，招隱林泉意轉稠。空有紫芝耽藥餌，總無青玉報瓊投。金陵佳氣蟠龍闕，珠海停雲結蜃樓。矯首不堪成去住，握蘭高誼重滄洲。

庚子自南禮乞歸再會鄉同年于珠江舟次

群仙再聚五羊城，紫氣關門傍斗横。履道九人稱盛會，洛陽一社盡耆英。波恬海印鷗機息，月照松關鶴夢清。四十年來霄漢侶，幾人重結歲寒盟。

沈太守邀飲驪珠臺漫賦

砥柱中流興不孤，妙高千古想眉蘇。化人國裏山名寶，龍母祠前海貢珠。萬井烟花橫睥睨，一尊帆影落江湖。風流地主文翁在，河馬從今應瑞圖。

王南興將軍林塘宴集同興軒

韋曲新開載酒堂，招邀並挂薜蘿裳。花間宴坐紅妝媚，苑外笙歌白紵涼。穿竹可能同蔣徑，觀魚還擬對濠梁。醉來明月當筵滿，歡賞惟應歸路忘。

癸卯春日同林憲副許給諫楊邑簿鄭馮謝三文學登明昌塔絕頂[一]

縹緲丹梯此共登，側身雲壑擬飛騰。天連滄海懸孤嶼，人立青霄最上層。望氣幾年逢尹喜，傳衣何處訂盧能[二]。摩空捧日邀吾黨[三]，雁塔龍門次第升。

[一] 此詩清康熙瓊山縣志卷一〇歸爲海瑞之作，題作春日同許給諫諸文學登明昌塔絕頂。

[二] 訂，清康熙瓊山縣志卷一〇作「是」。

[三] 邀，清康熙瓊山縣志卷一〇作「屬」。

賀邑侯陳元周生子

太丘有子世稱難，玉種瓊田出定安。花縣一枝郄氏桂，棠陰千里謝家蘭。想應弓冶傳經笥，聊與銅符試晬盤。秋色平分彌誕近，掌珠明月許同看。

春日吳薛陳黄林潘張諸孝廉邀登明昌塔

八窗樓閣倚崔嵬，嫋嫋蒼烟拂檻回。地接南溟標五指，天連北極應三台。青雲意氣憐同調，白社風流集異才。載筆可能題雁塔，看花應醉曲江杯。

登明昌塔

春深乘興此登臺，奇甸風烟四望回。五指雲山皆北向，七星芒曜自東來。天邊渺渺龍樓迥，海上冥冥蜃閣開。千載明昌逢泰運，佇看南極會中台。

岳武穆祠

霞嶺荒丘久寂寥，朱仙遺恨尚難消。藏弓總爲金牌誤，賜劍空憐玉輦遥。古廟松杉標異代，舊宫禾黍暗前朝。忠魂盡作南枝樹，風雨年年想後凋。

吊少傅丘文莊公墓

故相勳名垂宇宙，荒郊殘碣想遺芳。疏松雷雨餘楨幹，古屋塵埃自棟梁。經濟一編留汗簡，斗山百代重巖廊。斯文後死知誰是，通德衣冠集梓桑。

吊宮保海忠介公墓

霜英不與衆芳同，立懦廉頑振古風。一代乾坤扶正氣，九天日月照孤忠。寒雲黯淡滄溟外，古廟淒涼暮靄中。肅穆冠裳齊望拜，生芻一束意無窮。

讀海忠介公平黎草因爲轉上當道

九死批鱗歷險艱，一生砥柱障回瀾[一]。孤忠耿耿雲霄上，正氣堂堂宇宙間。南海青天名尚在，中台冰月望猶寒。茂林當日求遺草[二]，黎議誰從策治安。

[一] 回，清黄登嶺南五朝詩選作『狂』。

[二] 當，清黄登嶺南五朝詩選作『他』。

徐貞烈婦挽詩

冰肌玉質委紅顔，慷慨捐生就義艱。皎日矢心甘一抉，終天附耳解雙環。血凝海上盈盈碧，淚灑林間點點斑。連理枝棲雙比翼，精魂千古望夫山。

巾櫛從君結髮初，綱常一繫重璠璵。已拚薄命同飄葉，斷掃殘妝出倚廬。心許似懸徐塚劍，夢歸誰上茂陵書。極知之死應無忝，長恨來生尚有餘。

九泉幽約共登途，裂帛聲終命已徂。雲髮摘簪留奉母，金花存篋念榮夫。秦臺莫返吹簫鳳，吴苑長啼反哺烏。記罷玉樓傷逝水，因靈家法薦生芻。

地震夢中得詩

氣運南來盡海邦，風流寧用數諸姜。魁奇振古標群島，轟烈從今鬧幾場。五百明良扶地軸，三千禮樂破天荒。憑誰寄語東坡老，眼力何人較最長。

送鄭尉入覲

客旆風高拂曙烟，送君京洛愴離筵。孤槎瓊海三山路，細雨金飈八月天。琴座春深梟舄近，劍江秋到雁書便。明時得祿休嗟薄，雅志如君況壯年。

初秋送陳元周明府移官歸善

翩翩梟舄振清秋，千里移官擅上游。棠樹春風留建水，梅花晴月照羅浮。墨池硃沼尋坡老，勾漏朱明訪葛侯。政簡元龍堪臥治，思君應在合江樓。

壽司理熊公時署儋耳

載酒堂前慶壽筵，風流刺史借坡仙。持將製錦添堯衮，理卻横琴助舜弦。海甸梧桐瞻鳳彩，春明喬木聽鶯遷。如岡不淺邦人頌，爲上南華第一篇。

送慈風上人還金陵因訊其師雪浪上座

老夫歸興滿青山，竹裏逢僧心事閒。滄海路尋杯底渡，白門家在定中還。傳經幾譯西來意，杖錫誰從北渡關。若會浪師勞寄語，鏡湖烟水待開顔。

遊陵水舊城經廖尚書故里留題貽其家子姓諸文學

秋風懷古舊城邊，一望川原思渺然。綠野堂烟空宿燕，天津橋廢不聞鵑。尚書故里寒雲外，喬木人家夕照前。滄海獨餘東逝水，葱蘢佳氣自年年。

登龍門塔分得龍門高深四韻

清溪寒色映芙蓉，法界蒼茫瑞靄濃。北去層巒回玉几，西來積翠聳金峰。氣鍾瓊莞三千里，秀出秦關百二重。從此遐荒開泰運，滿江風雨化魚龍。

寶塔深居上帝尊，建江王氣俯中原。紫氛繚繞千峰合，翠石崚嶒萬壑奔。側聽金雞催日御，平看彩筆插天門。三山似擁神仙宅，五指標奇荷帝恩。

浴日滄波奠巨鼇，亭亭華表出林皋。摩空日月金輪轉，分界河山銅柱高。萬劫虛空摽色相，九天雲物寄風騷。好邀緱嶺登仙子，蓮葉舟輕帶醉操。

縹緲丹梯倚翠岑，龍門俯瞰建江深。崖邊巖石窺人立，天際空花度鳥音。身入塵中慚有累，心期物外欲相尋。乾坤俯仰俱陳跡，汗漫何妨盡日臨。

登岱

石磴丹梯入紫宫，寰中五嶽最稱雄。登封七十傳前古，浩刼三千接閬空。松老尚含秦代雨，桃深疑有晉人風。尋幽直到蓬萊頂，勝覽乾坤興未窮。

嶽頂高居上帝尊，東南王氣俯中原。白雲繚繞千峰合，翠石崚嶒萬壑奔。[一]朝捧金烏來海市，暮穿瑶鶴過雲門。談天未道鄒生誕，九萬扶搖信可論。

河山十二杳無涯，法界玄超望轉賒。景入壺中探日月，坐來衣上滿烟霞。緱山直擬隨仙馭，牛渚真看犯客槎。婚嫁何年畢禽尚，勝遊五嶽盡爲家。

人間信自有丹丘，汗漫聊從此地遊。玉簡金函空寂寞，琪花瑶草幾春秋。射牛不用儒生議，望馬堪從勝跡求。一自大觀歸老眼，尋常指點遍齊州。[二]

〔一〕以上四句與登龍門塔分得龍門高深四韻第二首之前四句雷同，疑有竄亂。

〔二〕此首據明陳是集溟南詩選卷二補。

登萬州東山題壁

中天積翠削芙蓉，石屋丹梯俯萬峰。松老華巖棲白鶴，雲深靈洞護蒼龍。炎州割據三山勝，奇甸環依五指宗。芒屐依稀尋謝傅，風流江左愧高蹤。

性癖時耽水與山，每逢佳巘一開顔。巉巖忽上華封頂，汗漫兼尋泉石間。地接弦觴寧爲賞，心閒魚鳥總相關。爲憐緱嶺吹簫者，安得從之共往還。

天池

躡蹬穿蘿度嶺危，逢人不識使君誰。門開野寺青楓晚，泉隱天池綠蘚滋。客過上方傳法密，僧歸古洞出山遲。漫遊無事多題壁，寂歷蒼苔有斷碑。

仙巖

飛閣懸崖俯萬尋，澄江倚棹落峰陰。仙家窟宅還高下，幻跡微茫自古今。龍虎尚餘丹鼎氣，鸞皇時度紫霄音。滄洲滿目堪乘興，莫問蓬萊路淺深。

辛丑七月八日賤生六十自述

銀魚久向碧山焚，蕉鹿沉吟未易分。弧矢四方曾有志，鼎鐘六秩尚無聞。行藏謾擬從詹卜，嬾拙惟應守召園。每憶向來河鼓夕，幾回卻巧謝天孫。

丁未初度自述

莫將箕斗問星躔，山澤形骸自輾然。衰謝易凋蒲柳質，劬勞難報蓼莪篇。謀身自擬龍蛇蟄，狎性聊依鷗鷺便。寄謝同心勞問訊，支離幸自保天年。

丁未初秋月八日，吾今六十六年過。風雲自慶明時遇，歲月堪憐暮景多。緱嶺笙簫懷子晉，恆河津筏念彌陀。堯天舜日知何有，白石南山浩浩歌。

尚書考滿蒙恩賦歸三世俱拜二品誥命焚黄先壟感而有述

世家清白守遺經，鄉里人傳積善名。豈謂一生覯薄祿，忽看三代位春卿。製詞褒處雲霞爛，延賞頒時雨露榮。夙夜君恩何以報，松楸焚草淚沾纓。

送倪太守入計

詔起褰帷海上城，浮沉世路轉分明。向來偃蹇二千石，此去逍遥九萬程。召對定前明主席，賜金誰續漢臣名。堪憐叔度空來晚，肯許兒童跨竹迎。

翩翩五馬似龔黄，文采風猷世莫當。拂地碧油明海甸，朝天彩鷁動炎荒。賦平濕野無萇楚，政簡清陰有芾棠。受計正元知第一，早持節鉞報君王。

壽許鑒垣七十

葛巾野服儼儀容，知是旌陽第幾宗。家有紫芝供白鹿，身隨玄鶴憩青松。時名日滿山中酒，世事雲閒海上峰。八百五陵諸弟子，誰驅雞犬一相從。

贈鄧總戎鎮貴陽

開府英聲動要荒，寧邊曾伏粤南王。旌旗半掩盤江日，組練遥飛桂嶺霜。八載勳高班定遠，二碑名紀杜當陽。功成露布報天子，封拜何時下夜郎。

題飛舄朝天卷贈趙石樓明府入覲

翩翩仙令似王喬，入覲當年荷聖朝。知有尚方曾賜履，想應禁苑聽鳴鑣。向來一鶴名猶著，此去雙舄望轉遥。好學鳳棲辭枳棘，還看鵬翮上扶摇。

送沈燕雲侍御按粤竣視京營

繡斧新恩嶺海回，朝端風采聖明推。九天驄馬趨金闕，五色神羊下粤臺。按部飛霜隨白簡，行營閃電捲黄埃。書生燕頷人争識，況復埋輪攬轡才。

茅中峨覲畢之建寧二守任

覲歸銜命下滄洲，佐郡閩南最上流。龍劍可能延渚合，熊旛應爲幔亭留。黄堂畫諾賡新詠，滄海華封感舊遊。從此相望天萬里，思君多在碧雲樓。

指雲瓊島卷慶熊司理尊人七十

司理黄堂愛日妍，麒麟雙美畫圖傳。棠陰榮署二千石，萊彩親承七十年。南海芝英供寶鼎，東方桃實薦瓊筵。熊軒旦夕來丹陛，鳳藻聯翩下錦箋。

喜鄭廣文見過

江上別來今幾年，一尊相對帝城邊。幽居正爾耽詩興，薄禄猶堪給酒錢。潦倒寧辭中散駕，投留應設廣文氊。黄金得士知君是，白雪憑誰擬共傳。

堦陳子行兒鯤同遊太學

太學慚予舊典型，茲遊何必減趨庭。談交到處須三益，燈火隨時對六經。老我驥心先按伏，逢人鶯語謝丁寧。天涯不盡臨岐話，兒女無忘把袂聽。

寄題陳玉壘太史清華樓居

白帝城頭春草生，憑高一望九愁輕。山光水色渾無恙，鳥囀歌聲各自成。雨洗亭皋千畝緑，劍横天外八風清。閒眠盡日無人到，江漢風流萬古情。

右清字集劉文房、錢仲文、耿湋、沈雲卿、張道濟、譚藏用、李清溪、杜子美。

澄波虚閣似仙家，占斷城中好物華。簾戶每宜通乳燕，碧池新漲浴□鴉。山中習靜觀朝槿，江上詩情爲晚霞。楊柳入樓吹玉笛，更持紅燭賞殘花。

右華字集元谿、徐陸州、杜子美、杜牧之、王摩詰、劉夢得、李杭州、李義山。

峨眉山月半輪秋，烽火城西百尺樓。烟柳疏疏人悄悄，西風淡淡水悠悠。閑依陶士開三徑，肯學張衡詠四愁。見説夜深星斗畔，群仙相望在瀛洲。

右樓字集李太白、王少伯、李知幾、許用晦、曹松、高千里、曹堯賓、胡宿。

白石溪邊自結廬，烟霞明滅上清居。古人已用三冬足，舊友相依萬里餘。葉下綺窗銀燭冷，荷翻翠蓋水堂虚。煩君遠示青囊籙，欲報瓊瑶愧不如。

右居字集曹堯賓、陳嵩伯、杜子美、郎君出、耿湋、李義山、盧允言、司空文明。

集唐句壽松師陳老先生

白綸巾下髮如絲，皮日休　龍馬精神海鶴姿。李郢　聖代逍遥更何事，楊景山　山人勾引住多時。姚合

金波穆穆沙堤月，胡宿　壽酒年年太液池。楊巨源　萬里寂寥音信斷，胡曾　因來相賀語相思。陳羽

舟中集杜句

匣琴流水自須彈，隱几蕭條戴鶡冠。看弄漁舟移白日，漫勞車馬駐江干。黄鶯過水翻回去，白鷺群飛大劇乾。乘興杳然迷出處，強移棲息一枝安。

杖藜徐步立芳洲，天入滄浪一釣舟。花萼夾城通御氣，石門斜日到林丘。不知明月爲誰好，更有澄江銷客愁。李杜齊名真忝竊，何時更得曲江遊。

乞歸候旨集杜

嘆息人間萬事非，懶朝真與世相違。腐儒衰晚謬通籍，回首風塵甘息機。萬里秋風吹錦水，千家山郭淨朝暉。白沙翠竹江村暮，來歲於今歸未歸。
江上形容吾獨老，天涯霜雪霽全消。久知白髮非春事，未有涓埃答聖朝。多病窮愁常闃寂，獨能無意向漁樵。欲填溝壑惟疏放，回首扶桑銅柱標。
干戈衰謝兩相催，冬至陽生春又來。萬事糾紛猶絕粒，百年多病獨登臺。新亭舉目風景切，巫峽秋濤天地回。獨把漁竿終遠去，一生懷抱向誰開。
故國平居有所思，江湖遠適無前期。書籤藥囊封蛛網，清簟疏簾看奕棋。草木變衰行劍外，碧梧棲老鳳凰枝。吏情更覺滄洲遠，搖落深知宋玉悲。

祖師堂聯句

懶性從來野興長，入山真愛懶融堂。王　園林日出喧雞犬，棟宇人傳自晉唐。唐　萬壑盡含風樹色，諸天不散雨花香。王　已非年少貪相賞，隨地呼童典鷫鸘。唐

同黎岱嶼年丈海珠寺眺望

珠海平看復此亭，忠銘　群仙東下走滄溟。旌旗隱隱誇池水，岱嶼　音樂飄飄想洞庭。畫舫夜浮江月白，

忠銘　離筵春傍柳條青。佳辰況喜臨蕭艾，岱嶼　澤畔何當笑獨醒。忠銘

火樹篇

玉樹銀花傍晚妍，春光誰假祝融邊。燎原欲種應無地，幻質能開別有天。紅學石榴全帶焰，綠偷楊柳半浮烟。熒煌燭影金蓮混，熠燿螢光翠篠翩。遂有魚珠承月吐，真看燐灼亂奎躔。影侵上苑燈花畔，聲鬧昭陽羯鼓前。千種鼇山增氣色，一林炎井似熬煎。丹書宛轉疑銜雀，振木分明似耀蟬。落英點水俱銷鑠，鑽燧微茫遞化遷。公子流丸非挾彈，佳人拾翠不成鈿。繁華炙手雖可熱，零落灰心豈再燃。不分榮枯隨把握，生憎炎冷竊機權。可憐佳夕當三五，浪費遊人幾百年。總爲洛陽春有價，花開花謝自年年。

擬清華樓居集百排律十韻

鬱鬱葱葱佳氣浮，趙氏　鳳城春報曲江頭。楊巨源　水通南極三千里，李易安　海色西風十二樓。宋邕　乳燕雙雙拂烟草，溫庭筠　珠簾處處上銀鉤。張仲素　林花著雨胭脂濕，杜子美　山勢凌空翡翠浮。王安石　紅樹暗藏殷浩宅，薛逢　客帆空戀李膺舟。李君一　東山芳意須同賞，羊士諤　高閣朱闌不厭遊。李嘉祐　曾約彭涓安朽質，李俊主　正懷何謝俯長流。趙承祐　西園公子名無忌，韋莊　雲裏新聲號莫愁。曹松　清夜滿城弦管沸，姚合　醉中因遺合甘州。薛陶臣

九日同林憲副許給諫登明昌塔拜高皇帝玉音

重陽風雨滿城邊，一笑登臨萬象先。玉旨輝煌天九五，珠崖浩瀚地三千。忠 文明此日開昌運，頌述於時藉大賢。甸 寶刹雲浮空外矗，綵旛風動霧中翩。元 赤烏僧定知何日，白馬經馱是幾年。老我升高還自下，從君顧後又瞻前。東來紫氣函關滿，南望青松短壑懸。落帽風流知尚健，看花寧惜幾留連。忠

留別譚太玄諸昆仲

金吾勝賞幾經過，文采風流意若何。家有新聲傳樂譜，人操彩筆當琱戈。三千珠履迎仙客，十二瑤環學翠娥。霓羽差池翻燕子，雲璈宛轉調鶯歌。蘭階香藹浮銀蠟，梅塢春深寂玉珂。璀璨珠旒垂月麗，飄颻繡帶舞風和。六街霞繞歡猶聚，五漏聲殘醉盡酡。鄉里祇今羨韋杜，華陽寧用說高軻。最憐唱罷驪駒後，從此花前憶綺羅。

賀崖州鄭養真太守生子

刺史簷前報鵲頻，歡騰周雅詠生民。海中仙果寧論晚，掌上明珠喜見新。瑞應三山呈鸑鷟，駒從五馬產麒麟。葵榴艷吐薰風午，湯餅筵開誕日晨。滾滾公侯鍾世澤，□□□□□□□。曹家晬日提戈印，竇氏芳華續桂椿。玉種藍田移鄭圃，弄璋我亦誤書人。（以上太子少保王忠銘先生文集天池草重編卷二五）

全粵詩卷三八四

王弘誨六

桂樹

庭中有桂樹，幽香向人發。何處覓瑤臺，開簾坐秋月。
高幹叢叢起，修枝嫋嫋垂。箇中清隱意，不令小山知。
偃蹇凌秋色，芳菲送晚花。殷勤謝桃李，何處競春華。
種豈依雲碧，栽非傍日紅。吳剛休錯認，生意任秋風。

題畫

溪上迷秦洞，天邊竊漢兒。無言誰得似，慚謝論功時。桃實
丹臉橫牆出，紅妝拂地垂。春風多少意，盡入曲江枝。杏花
盛夏丹葩艷，高秋玉粒滋。殷勤尚含祝，惟許魏收知。石榴

着雨靚濃妝，含風散清馥。舞蝶謾翻翻，花神睡未足。海棠

翠葉捲輕烟，素葩亂寒雪。江頭杜甫吟，相看鬥幽絕。山梔

國色原無匹，天香況出群。洛陽春一種，猶值五千文。牡丹

黄龍潭

廬山澗底泉，處處鳴寒玉。惟有黄龍潭，龍興沛膏澤。

梅花帳

清齋借榻眠，素幌生寒色。忽驚大庾來，夢斷梅花雪。

惠山泉

繞檻俯清泉，泉光隱寒鏡。聊此拭塵纓，一寄滄浪興。

處處品泉流，爭名不相下。豈無幽澗中，清恐人知者。

人云中泠泉，味在此山中。不知天一初，誰與定銖兩。[一]

［一］此首據明陳是集溟南詩選卷二補。

天池

千峰擁禪刹，一見濯天池。心源通性海，消息幾人知。

藏經閣

大藏五千卷，萬法還歸一。心心訂密傳，文字亦不立。

予自七十始製生棺題曰歸息庵而繫以辭

宇宙此蘧廬，循環自終始。夢覺總非真，瞬息通今古。

吊梁原沙

沙老耽梨園，一往不復返。不知長夜臺，何似滄浪館。

臨溪書院

門巷時通車馬，江湖遠隔市朝。滿地桑麻鳥雀，幾家烟火漁樵。
山色金雞繚繞，水聲文筆潺湲。藜杖頻窺草閣，酒家遙指花邨。
木蘭陂上花塢，楊柳渡頭酒罏。賦就美人赤壁，歌聽孺子滄浪。
烟雨行蹤雀舫，江湖心事鷗磯。漁父一竿釣艇，牧童三尺蓑衣。

隱居

九萬北溟羽翮，八千南楚春秋。寸舌常捫在否，微軀此外何求。

出世金仙大意，還丹玉訣真詮。樗櫟幸逃大匠，支離自保天年。
夢境翻爲覺境，酡顔自保衰顔。大隱聊同小隱，閉關頓悟開關。
休休知足忍辱，咄咄怪事書空。答客堪同曼倩，解嘲漫擬揚雄。
榮名滄海浮漚，光陰白駒過客。何須畏人驕人，惟有自適其適。
得喪此生喻馬，姓名與世呼牛。栩栩莊生蝴蝶，悠悠飄瓦虛舟。
劉伶用酒止酒，淵明作詩戒詩。到處有鄉稱醉，逢人問叟名癡。

海田道中

遠樹依微極浦，清溪宛轉長堤。杏花村裏尋醉，桃洞人家欲迷。
烟籠近浦沙白，雨急長溪水渾。一夜江頭潮滿，釣船撐到柴門。
綠樹孤村幾點，平田沙嶼一方。岐路寧知車馬，生涯半是舟航。
秋風燕子人家，細雨漁翁釣槎。日暮王孫何處，萋萋芳草天涯。

飲丘文莊公寶敕樓

尊聞北海湛流霞[一]，寶敕樓前學士家。載酒尚疑天祿閣，傳玄空自愧侯芭。

〔一〕聞，明陳是集滇南詩選卷二作『開』。

墨池清興卷爲瓊山少府宋任宇題

閒草黄庭换白鵝，墨池深處贊弦歌。主恩得爾知無負，松下長吟意若何。
彩毫揮就仲卿家，文藻翩翩漢史誇。鐵鎖銀鈎應解道，夢中曾否筆生花。

陽江環翠堂中留題四首

新築高齋傍翠林，開簾静對碧雲岑。圖書四壁春無價，一寄金門吏隱心。
閒開圖畫即丹丘，望裏雲山總卧遊。玄草尚疑揚子閣，月明何似庾公樓。
兀坐幽窗俗慮無，炎天過雨鶴聲孤。開簾雲水黿峰度，徙倚閒情問釣徒。
庭前松竹翠交加，隱几悠然草白麻。九轉未能論出世，祇憑虚室寄烟霞。

長門秋怨

徙倚雕欄坐夜遲，花間明月瘦寒枝。合歡縱得回新寵，零落須教異舊時。
太液池邊看月時，廣寒深鎖萬年枝。妾心自許如明月，留得清光欲對誰。
長樂更寒漏轉催，片雲飛度集靈臺。殷勤尚掃珊瑚枕，或恐君王有夢來。

題映雪讀書畫

玉樹瓊枝照眼明，寒窗披卷夢魂清。夜來堪與君王對，半部當年致太平。

燕子磯

滄江萬頃護朱欄，龍虎千年紫氣盤。鬐嗔香烟藏窈窕，月明笙鶴下高寒。

聞雁

蕭瑟燕山一葉秋，征鴻聲斷暮雲流。不知今夜長門月，多少班姬夢裏愁。
青海聯翩幾夜呼，蕭蕭雨雪暗伊吾。聞聲忽動經年憶，況復懷人一字無。
寒烟暮雨度湘潭，嘹唳西風聽不堪。寄語虞羅休競巧，爲傳邊信到江南。
結陣寒雲夕照斜，白蘋紅蓼對江花。多才似欲憐莊叟，作意長鳴度遠沙。

送袁上舍歸嶺南

遠道離離芳草鋪，萬家春色滿皇都。誰將明月移歸棹，一片鄉心落五湖。
野色蒼茫入望微，春風到處送征衣。王孫不似花無賴，新向金臺得價歸。
一冬臥雪有袁安，歸夢應憐客子難。想到越南春睡足，不知何似薊門寒。
十載紅塵識面初，謝家玉樹更誰如。春來夢後池塘句，俱屬風前塞雁書。

嶺南三名相

庾嶺開門拜始興，開元風度至今稱。東南一自公爰立，伊呂千秋幾嗣登。張文獻

東海北海龍潛起，何如南海鳳孤騫。平生亦有□門夢，欣慕何緣爲執鞭。崔清獻

張崔二獻稱唐宋，丘起瓊臺輔聖明。千載斯文聞後死，幾人吾党續先生。丘文莊

泰山雜詠

五夜峰前曙色浮，曈曈先出海東頭。擬將赤手扶羲馭，早向人間照九州。日觀峰

縹緲丹梯入九重，玉皇於此秘靈蹤。尋真直上朝元殿，身在蓬萊第一峰。玉皇頂

二世河山已改移，五株猶冒受封時。昂藏似愧虚名污，貽笑商巖四紫芝。大夫松

流水晴懸碧澗霓，桃花春似武陵溪。東方自擬隨王母，縱少漁郎路不迷。桃花峪

高標孑立向天門，氣象巖巖仰止存。五岳曾聞岱宗長，諸峰應是丈人孫。丈人峰[一]

[一] 此首據明陳是集溟南詩選卷二補。

五老觀梅圖爲溫陵林和之題

暗香疏影占春華，名擅西湖處士家。不及竹林覘五老，壓盡人間萬樹花。

大庾關門折贈時，東皇消息透寒枝。簪花紫帽知多少，野老無忘此日期。

燕京上元歌

寶馬香車意氣驕，春城遊冶鬥妖嬈。星衢月市行應遍，一刻千金是此宵。

山擁遊鼇繫綵繩，雲盤飛鳳護雕稜。中天一道風雷動，知是宮中正賞燈。

止止庵拜白真人像

瓊琯千秋有至人，朝元來此會群真。堂開止止標玄訣，凡質何緣景後塵。

紫陽精舍懷古

洙泗遺編續建安，斯文元氣障狂瀾。櫂歌此地流餘韻，郢曲從知和者難。

夜飲水晶庵

坐擁芙蓉隔岸浮，杯涵沆瀣吸寒流。水晶宮裏人如玉，鐵笛飄飄海月秋。

放鶴亭

山人昔向雲龍隱，此地還遺放鶴亭。佳賞百年尋舊跡，磨崖回首亂峰青。

石佛寺

兜率巖前開寶刹，辟支洞裏現文殊。青山不盡空中相，明月長懸頂上珠。

望湖亭

幽亭半面俯崔嵬，檻外波光一鏡開。何處舊遊偏得似，白雲孤倚妙高臺。

天遊峰

天遊峭壁削成屏，鐵嶂排空萬仞横。一曲清溪峰外轉，恍如銀漢繞金城。

仙掌峰

仙掌岧嶤北斗傍，遥從太華閂寒芒。九霄承露尋常事，萬古天門捧日光。

水簾洞

幽洞懸流作雨飛，一簾冰瀑濺珠璣。懶從玉女添妝鏡，故向松關掩石扉。

遊南華[一]

卓錫泉邊護法龍，寶坊叢裏振南宗。尋師一叩西來意[二]，雲在青天鶴在松。

[一] 清黄登嶺南五朝詩選卷四、清溫汝能粵東詩海卷三二題作謁六祖真相。

[二] 來，明陳是集溟南詩選卷二作「方」。

逍遥洞

洞口人家生事饒，桃花春水木蘭橈。紅妝緑鬢誰家女，隔樹偏窺半面嬌。

望東林

看山盡日費幽尋，丹壑雲房處處心。自是蓮池無慧遠，非關載酒避東林。

玉簪花

疑是花神夜出遊，花間曉墮玉釵頭。佳人拾處春相惜，斜插雲鬟傍翠樓。
何處佳人競晚妝，素釵斜倚曲欄旁。月明應訝花無影，風細時聞玉有香。

林章叔送狀元紅荔枝賦謝

榴火叢中削玉團，一林紅錦萬人看。年年桃李爭春色，誰似君家小狀元。

荔枝

一騎紅塵笑貴妃，冰盤玉椀濺珠璣。紫綃輕點胭脂額，剝啄聲中春事微。
荔子丹兮報狀元，宮羅輕剪玉肌寒。杏園走馬泥金信，何似紅塵騎裏看。

贈王南薰

潦倒堪從孔北海，淵源並遡魯東丘。握蘭相對懷深旨，倚劍光芒射斗牛。

題胡墨溪小像

褒衣博帶儼儀形，詩禮家傳對過庭。寶鼎香燒環玉鴨，呼兒燕侍抱遺經。

無題

侍立樽前粉黛香，陽臺飛夢到襄王。使君自有閒情賦，不爲司空錯斷腸。

芙蓉帳暖燕雙棲，楊柳風涼鶯語迷。嬌傍海棠春睡足，蛾眉偏向楚宮低。

聞蟬

曾聞清介飲瓊漿，更聽寒聲急可傷。謾道綠楊深處隱，也應回首顧螳螂。

嬴惠庵十景詩爲鄧元宇將軍賦

蓮峰映水

藕花洲上感飄蓬，依約殘妝媚晚風。何事輕盈還照步[一]，西方生處水晶宮。

[一] 照，明陳是集溟南詩選卷二作『步』。

湖光涵月

烟波蕩漾莫愁湖，人去臺荒月影孤。悔比嫦娥應記取，封侯較羿不如夫。

雲屏擁翠

山擁雲屏似九疑，行人下馬問洪祠。鷓鴣聲裏瓊臺暮，黯淡千秋兩地思。

石竇泉香

季子坡翁懷古間，松楸石竇水潺湲。源源本本鍾情處，家在泉南第幾山。

八月星槎

盈盈秋水恍銀河，登泛時隨八月槎。織女支機君莫問，人間往事已蹉跎。

三春農務

年年黍稷紀惟馨，布穀催農盡日聽。寂寞一區香火地，千秋血食饗巖扃。

虹橋飛瀑

長虹捲瀑雨花飄，緱嶺從誰聽玉簫。千載瓊漿何處捧，空疑仙子度藍橋。

古洞生烟

洞口斜陽海氣蒸，茫茫宇宙想神凝。境非吾土終惆悵，不見溫陵見萬陵。

層巖晚眺

遊魂羸惠兩相依，徙倚層巒吊落暉。千載彭殤一抔土，牛山何必淚沾衣。

石室仙蹤

石門幽鳥語關關，仙子遊蹤不可攀。總爲傷情無盡處，年年合浦葉飛還。

燕子樓

爲憶青樓春望違，美人應泣燕于飛。可憐紅粉俱銷盡，不見人歸見燕歸。

黃樓

澶淵無復昔年流，厭勝城東事已休。惟有寓公留勝跡，至今烟景尚黃樓。

寄題木谷嶺奇石

補煉東南事有無，中天倚柱白雲孤。端衣未下元章拜，納履先占圯上符。（以上太子少保王忠銘先生文集天池草重編卷二六）

全粤詩卷三八五

王弘誨七

峽山寺

縹緲烟霞四望開，仙人此地有樓臺。玉環已化猿蹤隱，丹竈猶存鶴馭來。溪上碧桃和露種，洞中瑶草傍雲培。捫蘿路入青霄近，欲伴前山帝子哀。

白雲山

一上名山石磴懸，禪宫高倚翠微巔。江波泱漭晴還雨，海霧蒼茫斷復連。縹緲似乘鸞鶴下，仙槎遥自斗牛旋。不須方外尋真訣，自是人間别有天。

羅浮山

何處神仙四百峰，丹梯萬仞削芙蓉。瑶臺積翠臨暘谷，鐵澗飛泉瀉玉淙。丹洞雲深留鶴馭，澄潭秋漲蟄蛟龍。七飛擬鍊超塵劫，桂父安期信可通。

翠巖

蒼翠似經媧后煉，昂藏肯受秦王鞭。巖瞻壁立風塵表，端笏誰當拜米顛。（以上清黃登嶺南五朝詩選卷四）

遊南華寺

幾載齋心學上乘，入門覺路羨初登。夢回欲解無生義，猶愧曹溪一宿僧。（清同治韶州府志卷二六）

錦石巖

白石蒼烟半有無，錦巖春色靄青都。探奇地主逢司馬，攬勝人寰集縣凫。險洞微茫天一線，懸崖飄綴雨千珠。不妨跨鶴凌瑤島，聊爾停驂醉玉壺。

烟景桃源路不迷，停橈到處恣攀躋。丹臺霧擁諸天近，紫府峰回萬象低。二首蔽空餘石室，五丁力盡布金泥。法雲似覺環身是，惆悵松關擬借棲。（以上民國仁化縣志卷八）

同蔣明府遊玉柱巖得蓮字

洞鑿玲瓏入，巖窺宛轉穿。壺天標玉柱，大地湧金蓮。會擬蘭亭客，杯分閬苑仙。何當邀鶴駕，即此謝塵緣。

通天巖

勝地開三島，通天有一門。澗幽窮禹蹟，村遠閟秦源。宛轉穿蘿憩，空濛煮石飡。悠然絕塵想，相對已忘言。

玲瓏巖絕頂三首

名巖覽勝陟岧嶢，歷盡層巒絕市囂。敢謂居高能小下，似緣心遠得神超。闢門路入梅花近，祇苑經翻貝葉遙。滄海回頭今是岸，故園松鶴待誰招。

飛閣懸崖俯萬尋，靈巖對酒落峰陰。仙人窟宅還高下，幻蹟熹微自古今。龍虎尚餘丹鼎氣，鸞凰時度紫霄音。滄洲滿目堪乘興，莫問蓬萊路淺深。

巉巖幽壑敞招提，躡蹬穿林路不迷。茗椀香花隨佛供，白雲蒼靄護禪棲。東林載酒淵明在，西竺同心慧遠攜。五十三參年已近，可能大意悟曹溪。（以上清道光直隸南雄州志卷一七）

遊石鐘山

坡仙自昔好奇者，月夜乘舟絕壁下。石鐘有記留兹山，寥寥千載知音寡。我来倚棹彭蠡傍，連朝風逆阻帆檣。探奇吊古尋蘇跡，輕舠霄日歸雲房。巨靈雕鎪役鬼斧，嵯岈譎怪張龍虎。回光倒影浸玻璃，雪竇風扃互吞吐。竅坎鏜鎝若有聲，鮫宮隱隱大鏞鳴。瀛簫馮鼓紛相續，洞庭張樂擬韶韺。元也水經語不盡，渤乎聆音未深辨。一從坡仙更品題，山水文章同不泯。觚生好古志每勤，蹉跎念載營朝昏。天時人事始相值，勝遊千古追龍門。因思遇合亦偶爾，世間萬事皆如此。曾聞海外多奇珍，何必蘇鐘與韓鼓。是非悠悠且莫談，寄謝坡仙懷二子。

題群龍圖

吁嗟真龍不可見，人間畫龍猶爭羨。倏忽縱横如有神，咫尺滄溟浮素練。儼然聳壑昂青霄，衝波跋浪江天高。巉巖同稟至陽粹，崢嶸頭角出洪濤。一龍翹首揚其鬐，奮身直上拿空虚。一龍曳尾出淵泓，迴身轉脊何逶迤。三三兩兩峙相探，含珠吸水風沙暗。是時元氣濕濛濛，河海漭沆山澤通。禹門天地雲霧裏，白晝雷霆行地中。嗟呼神物变化不可窮，胡為酒酣相視不改容。乃知丹青巧為此，潛以翰墨偷天功。君不見紫雲墨龍遶帝闕，篤生真主符乾祝。夜來黄袍軍中呼，横戈中原如破竹。又不見南陽臥龍起草中，三顧益州隆準公。八陣圖開扶漢鼎，指揮吴魏分雌雄。雲龍際會原非偶，攀鱗附翼古來有。祇今魚水幸相逢，天上虁龍自先後。我聞好龍稱葉公，真龍聞之降其宫。近來畫者洞微子，神龍現相來相從。精誠感通理或有，勸君着意為點瞳。會須一夜破壁去，九天霖雨霈蒼穹。

題御醫陳小山墨梅

我聞小山自昔多種杏，何時筆底化為梅。興來肘後試盤礡，千葩萬卉同時開。始疑大庾分清樾，復訝揚州觀中發。冷蕊疎疎半帶烟，寒梢裊裊時籠月。憐予海上梅郵人，對此悠然鄉思新。多病須君惟藥物，何期更贈一枝春。見說君家世業钱塘口，為問孤山放鶴詩人今在否。好將佳句集毫端，一笑檐前酒一斗。

擬題玄兔應制

寶繪傳明眎，爰爰意態輕。奇毛含水色，異孕吐星精。質豈千年變，衣疑六入成。匿光蹲桂樹，鍊藥搗芝莖。白露濡蟾魄，蒼烟斂玉衡。同文符卜筮，存野逐干城。獻瑞來安阜，馴遊入鎬京。君王今萬歲，特此進長生。

聞砧

秋夜誰家婦，寒砧隔院聲。含風時斷續，帶月共悽清。亂杵疑無力，傳衣獨有情。單于聞出塞，何日暫休兵。

春日對雪簡白甫

一春已過半，六出尚恢恢。舞絮疑侵柳，飄花似餞梅。凍含嬌鳥澀，光妬艷陽迴。何處堪乘興，幽蘭憶楚才。

七夕讌集

帝里秋開宴，天孫晚渡河。共憐今夜雨，偏為别來多。落月移粧鏡，輕雲散綺羅。人間與天上，惆悵意如何。

重登金山

再到金山上，憑欄四望時。乾坤留勝跡，歲月感前碑。霧雨江天暗，風波去路危。急流看勇退，吟眺動深思。

初秋長安感懷

客館新秋至，空庭一葉飄。晚蟬鳴樹近，歸雁倚空遙。亂後鄉書斷，愁來濁酒銷。故人多意氣，秉燭對深宵。

自天竺度嶺至五雲寺詢蓮池上座不遇

龍宮臨水國，鳥道入雲蘿。野曠江湖迴，松深風雨多。息心依淨域，疲足偃眠窩。遙憶東林社，攢眉未易過。

避亂山居即事

駐馬山前路，江村事事幽。野花開橘柚，林鳥叫鉤輈。地迥偏宜寂，時和早報秋。田家熟鷄黍，勸我數能留。

曉發故城

遠道戒行役，清宵發故城。掛帆殘月色，高枕隱鷄聲。戀闕心偏切，懷人意屢更。勞歌待明發，惆悵幾含情。

拜文忠公

超然臺後更淩虛，萬里投荒意自如。南海風烟消瘴癘，西方公據佩環琚。奇才莫返金蓮炬，春夢長酣載酒廬。一代興亡關出處，傷心當日逐臣書。

送袁莞沙之左州

五馬新承漢寵回，兩都詞賦謾多推。衹知聖主勤南顧，未道蠻荒負俊才。桂樹秋風經象郡，梅花晴日度羊臺。袁安臥閣多幽興，贈我寧無驛使來。

夏日同樊寓公柯袁鄭三孝廉遊天寧寺登懷坡堂諸古跡

古寺樓臺幾廢興，入門雙樹叩山僧。空齋載酒隨緣到，飛閣觀潮問路登。心叩如來傳法密，跡尋坡老舊遊曾。風流河朔憐同調，清話能消过雨蒸。

憨山上人渡海邀余说法

杯渡南溟似祖磨，當年發愿意如何。黄龍世遠禪機寂，白馬經留佛法多。振錫瓊花移寶樹，浣衣孝水接恒河。人天此會良非偶，祇苑誰傳證道歌。

辛丑七月八日賤生六十自述

似共雙星別有因，隔宵烏鵲尚歡填。懸弧紫氣依南極，戀闕丹心向北辰。絳縣紀年增甲子，黄庭課日守庚申。遲回退食江湖遠，樗散空慚祝大椿。

桐江謁客星祠

由來龍性固難馴，出處當年或有因。不信客星侵御座，豈緣狂態忤癡人。山川冒姓風流遠，祠宇標題歲月新。我亦投竿滄海客，登臺何處挹芳塵。

遊南安東山寺登眺絕頂

東山覽勝陟岧嶢，歷盡天門絕市囂。敢道居高能小下，似緣心遠得神超。鄉關路入梅花近，祇苑經翻貝葉遙。滄海回頭今是岸，故園松鶴待誰招。

珠江會同年九人得珠字

少年追隨今老夫，看花回首憶玄都。一時握手歡如昨，千里同心興不孤。酌我紫霞歌白苧，懷君青玉報明珠。百年此會還餘幾，九老從今擬畫圖。

都門會曾植齋少宗伯

都門握手意綣綣，一別回看十二年。道在行藏惟與爾，時來得喪任從天。吾甚衰矣無周夢，汝往欽哉作舜鄰。珍重明時各努力，乾坤後會尚茫然。

外孫張穆叔從父命遠行至今半載杳無消息悵然感懷二首

遠別倉皇歸路長，王孫芳草怨斜陽。衹知世子能共命，未念辭親亦有方。鹹虎百身寧可贖，子胥一劍為誰亡。悠悠思子宮前水，欲賦招魂恐斷腸。

遊子天涯慈母衣，密縫曾否意遲歸。可憐向長婚初畢，漫學盧敖計總非。霜雁已還虛信息，鏡鸞空睹失容輝。何時龍劍成雙合，蕭瑟寒江怨落暉。

中秋忽得穆叔變報驚疑未信遣人再訪述懷

楚些歌殘安所之，誰堪死別續生離。渥洼騕褭空燕市，江海魚龍恨鴟夷。雙淚把書還字字，一尊傷往獨時時。可憐牛渚槎邊客，翻作山陽笛裏悲。

馬生辭予至廣常厄而歸再此贈別

風波世路儘堪驚，去矣重回百感縈。空有綈袍憐范叔，誰將白璧贈虞卿。艱危歷試猶存舌，去住相關不盡情。世事茫茫那可料，匣中風雨自悲鳴。

虎丘

幾日看山到虎丘，吳宮寂寞使人愁。草深茂苑人何在，花暗横塘水自流。鴟革未消江上恨，魚腸寧復甬東遊。祇今惟有生公石，一悟空門尚點头。

題沈宗伯乃翁栢溪公墨竹卷

坡翁文老去千年，瀟灑猶疑寶墨傳。晚翠葳蕤渾欲滴，浮筠蒼靄總生妍。深根雲護龍應臥，孤籜風高鳳若騫。展卷不須還問主，詞林早已避如椽。

遊九華

蓮花峰頂息征輪，覺海慈航幾問津。九子已非前度客，千秋還有再來人。身閒始得逃名趣，心了方知出世因。歷盡天台又南嶽，六根何地可尋真。

秋日過陳仁甫太史宅時雨中庭前花卉艷香過人因取唐詩藥徑深紅蘇山窗滿翠微爲韻就席成五言絕十首選一

靜夜花容暗，空堦雨力微。故人多意氣，秉燭故相依。

說經訓兒

天有庶子星，地有莫愁湖。天地且猶然，而況於人乎。

放生玳瑁

文身介族賦形殊，斗水焉能豢爾軀。滄海放生吾意足，報恩何敢望明珠。

題大鑒像

葱嶺傳衣振鉢龍，一花五葉衍南宗。慈帆不盡空中相，覺海誰圖鏡裏容。

對菊

粲粲金英美可餐，九秋風露與清寒。多情似與詩人約，一夜叢開滿藥欄。

曉發龍江閣和松波太宰贈行韻

曉日河梁促去舟，離情南繫水東流。白門回首青山隔，祗有江聲似鷺州。

嬾融祖師堂二首

為愛幽棲謁慧公，莊嚴色相半空中。人間底事堪忙甚，一到堂前意已融。

一春阮籍似猖狂，放跡空門學隱墻。不盡西來傳度意，箇中疏懶味先嘗。

王昭君辭

驚沙亂雪下陰山，憔悴胡天幾日還。縱使君王憐念妾，歸來應減舊紅顏。

紈扇秋風怨未消，長門明月望空遙。人生失意無南北，何必天涯嘆寂寥。

縱殺毛延可奈何，無緣對面幾磋砣。古來紅粉翻嗟怨，算來不賂畫工多。

遊爛柯山

世事由來一局棋，千秋得失幾人知。直從彈指觀無著，翻笑柯仙領悟遲。

孔劍鋒種種幻術而尤精推數學能道人心上事歷歷不爽若有鬼神通之書此問之二首

紛紛幻術解人頤，遊意神通更出奇。我有三心尋不得，問君何處可前知。

安心久矣破支離，一笑猶堪對偃師。山鬼料應侏俩辨，可能猜就老夫詩。

贈樓醫懷川

君卿能讀父書成，肘後清言四坐傾。自是王侯求識面，争教女子不知名。

黄嶺滿題嶺有漢時柑園

石室雲門啓洞房，漢柑園在未全荒。青山到處堪為主，黄嶺從予好姓王。

題沈生畫風晴雨露竹四幅選一

碧雲深鎖翠琅玕，烟雨霏霏見歲寒。一夜龍孫初解籜，凌霄意氣待君看。雨竹

謝龍鱗張帶川送狀元紅荔枝題扇

荔子丹兮照四隅，一肩到處狀元呼。張騫槎上葡萄種，幻作龍鱗萬斛珠。（以上明陳是集溟南詩選卷二）

（楊權整理）

張子翼送王忠銘北上三十韻應和[一]

去矣辭鄉國，參辰各一隅。悠悠念戚里，望望入天衢。景色當春媚，烟花滿道鋪。旌輿行處擁，冠蓋望中都。計日燕山隔，停雲海徼殊。顧予本薄劣，遭會登華樞。文苑承人乏，清班與衆俱。許身同稷契，事主遇軒虞。青紫寧移志，章縫尚守儒。滄波何浩渺，涓滴未能輸。徒有左史技，敢希前席須。鹽梅誠待作，樗櫟恐難圖。但使閭閻泰，寧論松菊孤。夫君富瓊玖，早歲棲蓬壺。栗里松三徑，成都桑百株。攻詩同賈僻，嗜酒類辛迂。賦罷梁園兔，朝回葉懸鳧。理絲能結約，種玉尚探珠。松栢纏蘿蔓，鸞鳳集翠梧。信交偕管鮑，結綬薄蕭朱。文定承筐幣，詩分滿袖珠。繫繩徵月

老，占象協臾區。寒族慚河鯉，名家羨渥駒。畫屏開孔雀，玄草待童烏。對酒歌魚麗，銜書寄雁蘆。子牟方戀闕，范蠡已歸湖。去住情無恨，悲歡望每紆。驪駒今在御，龍劍引長途。方朔憐予輩，元真念爾徒。加飧言自愛，分手莫躊躕。

［一］題為整理者所加。

張子翼江亭餞別四首送太史王忠銘北上應和［一］

乘槎十載念張騫，忽漫相逢已別筵。折柳一從瓊海日，種瓜幾度邵陵年。江湖世事堪浮白，歲月空齋自理玄。縮地無因長極目，椷書愁絕薊門烟。散髮何如范蠡舟，行藏多係白雲頭。寒光自倚雙龍劍，麗藻還裁五鳳樓。丹鼎刀圭心上伏，赤城烟樹望中浮。海翁已自忘機事，沙際無勞避野鷗。萬里遙分建水筵，百年初結女蘿緣。合歡喜借藍田譽，投贈應慚白雪篇。宇內君親情並極，天涯兒女意多牽。何當姻婭過逢地，畫錦屏開孔雀邊。風塵南望雁鴻勞，每憶新詩別後高。弄月幾回尋釣艇，聚星何處對臨皐。扶搖碧海看鵬背，接武青雲待鳳毛。中散知君疎嬾甚，可能書札寄山濤。（以上海南叢書第五冊張事軒摘稿）

［一］題為整理者所加。

（韋盛年整理）

開元塔

寶塔崚嶒突地浮，鬱葱佳氣滿恩州。天開奧窔標銅柱，海涌蓬萊結蜃樓。華表棲真來白鶴，函關望氣過青牛。相從並是雲霄侶，徙倚還堪姓氏留。（民國陽江縣志卷一一）

重遊環翠堂

花底傳杯心事閒，清齋時聽鳥間關。沿階荔子紅堪摘，繞檻芭蕉翠自環。感舊轉因憐白髮，倦遊翻覺喜青山。相逢未可輕相負，回首風雲興未慳。（民國陽江縣志卷三四）

翠巖亭題石二首

羊群誰辨初平是，虎伏從知李廣非。最是功成看濟北，留侯應伴赤松歸。（民國陽江縣志卷三六）

（史洪權整理）